PIERWSZY ŚNIEG

JO NESBØ

PIERWSZY ŚNIEG

Przełożyła z norweskiego
Iwona Zimnicka

Wydawnictwo Dolnośląskie

Tytuł oryginału
Snømannen

Projekt okładki
Mariusz Banachowicz

Redakcja
Sylwia Mazurkiewicz-Petek

Korekta
Janina Gerard-Gierut

Redakcja techniczna
Jolanta Krawczyk

ISBN 978-83-245-8988-3

Wrocław

Wydawnictwo Dolnośląskie
50-010 Wrocław, ul. Podwale 62
oddział Publicat S.A. w Poznaniu
tel. 71 785 90 40, fax 71 785 90 66
e-mail: wydawnictwodolnoslaskie@publicat.pl
www.wydawnictwodolnoslaskie.pl

Dla Kirsten Hammervoll Nesbø

Część I

1 ŚRODA, 5 LISTOPADA 1980. BAŁWAN ZE ŚNIEGU

To było tego dnia, kiedy spadł śnieg. O jedenastej przed południem z bezbarwnego nieba bez żadnej zapowiedzi zaczęły się sypać olbrzymie płatki śniegu, niczym armada z kosmosu przybywająca na podbój pól, ogrodów i trawników w Romerike. O drugiej w Lillestrøm do akcji wkroczyły pługi śnieżne, a kiedy Sara Kvinesland o pół do trzeciej wolno i ostrożnie skierowała swoją toyotę corollę SR5 między wille na Kolloveien, listopadowy śnieg przykrywał już puchową kołdrą pofałdowany krajobraz.

Wydawało jej się, że domy w świetle dziennym wyglądają inaczej. Do tego stopnia inaczej, że o mało nie minęła wjazdu do jego garażu. Samochód poślizgnął się, gdy przyhamowała, a z tylnego siedzenia rozległo się prychnięcie. W lusterku zobaczyła niezadowoloną minę syna.

– To nie potrwa długo, kochanie – powiedziała.

Przed garażem wśród całej tej bieli widniał duży czarny prostokąt asfaltu. Zrozumiała, że właśnie w tym miejscu musiał stać samochód firmy przeprowadzkowej. Ścisnęło ją w gardle. Oby tylko nie przyjechała za późno.

– Kto tu mieszka? – padło pytanie z tylnego siedzenia.

– Po prostu znajomy – odparła Sara i odruchowo poprawiła fryzurę w lusterku. – Najwyżej dziesięć minut, kochanie. Zostawię kluczyk w stacyjce, żebyś mógł posłuchać radia.

Wysiadła, nie czekając na odpowiedź, i w butach na ślizgających się podeszwach podreptała do drzwi, przez które tyle razy wchodziła i wychodziła, ale nigdy w ten sposób, nigdy w środku dnia, w pełni widoczna dla wszystkich ciekawskich oczu w tej willowej dzielnicy. Nie chodziło o to, że późne wieczorne wizyty wyglądały na bardziej niewinne, lecz z jakiegoś powodu słuszniejsze wydawało się popełnianie takich czynów po zapadnięciu ciemności.

Usłyszała buczenie dzwonka w środku; zabrzmiał jak trzmiel zamknięty w słoiku po dżemie. Czekała z narastającą desperacją, zerkając w okna sąsiadów. Niczego nie zdradzały, ukazywały jedynie odbicia czarnych nagich jabłoni, szarego nieba i mlecznobiałego krajobrazu. Wreszcie usłyszała kroki za drzwiami i odetchnęła z ulgą. Moment później już była w środku, w jego ramionach.

– Nie wyjeżdżaj, kochany – poprosiła, czując płacz ściskający w gardle.

– Muszę – odparł takim tonem, jakby powtarzał refren, który mu się znudził. Ale jego dłonie już szukały znajomych ścieżek, które nigdy się im nie sprzykrzyły.

– Wcale nie musisz – szepnęła mu do ucha. – Chcesz. Zacząłeś się bać.

– To nie ma żadnego związku z tobą i mną.

Usłyszała irytację w jego głosie, a jednocześnie jego ręka, ta silna, lecz zarazem miękka ręka, przesunęła się po jej skórze na krzyżu i wpełzła pod pasek spódnicy i rajstop. Byli jak wyćwiczeni tancerze, znający każdy, nawet najdrobniejszy ruch partnera, każdy krok, oddech i rytm. Najpierw biała miłość. Ta dobra. Potem czerń. Ból.

Jego ręka przesunęła się po płaszczu, szukając pod grubym materiałem brodawek piersi. Zawsze go fascynowały, stale do nich wracał. Może dlatego, że sam ich nie miał.

– Zaparkowałaś przed garażem? – spytał i mocno ją uszczypnął.

Kiwnęła głową; ból przeszył ją niczym strzała żądzy sięgająca aż do mózgu. Pochwa otworzyła się dla jego palców, które już niedługo miały tam trafić.

– Mały czeka w samochodzie.

Jego dłoń gwałtownie znieruchomiała.

– On nic nie wie – wydusiła z siebie, czując jego wahanie.

– A twój mąż? Gdzie jest teraz?

– Jak ci się wydaje? Oczywiście w pracy.

Teraz to ona mówiła z irytacją. I dlatego, że on wprowadził męża do tej rozmowy, i dlatego, że trudno jej było o nim mówić, nie irytując się przy tym. A poza tym jej ciało tak bardzo go pragnęło. Teraz, już! Sara Kvinesland rozpięła mężczyźnie rozporek.

– Nie… – zaczął, łapiąc ją za nadgarstek.

Z całej siły uderzyła go drugą ręką w twarz. Patrzył na nią zdumiony, zaskoczony. Na policzku rozlewała się czerwona plama. Ona się uśmiechnęła i przyciągnęła jego twarz do swojej.

– Wyjedziesz – syknęła. – Ale najpierw będziesz mnie rżnął. Zrozumiano?

Poczuła jego oddech na twarzy, szybszy i urywany. Jeszcze raz uderzyła go wolną ręką, a jego członek trzymany tą drugą zaczął się powiększać.

Pchnięcia były coraz mocniejsze, ale ekscytacja już minęła. Ogarnęło ją odrętwienie, magia zniknęła, napięcie opadło i została jedynie rozpacz. Traciła go. Właśnie teraz, leżąc tu, traciła go. Wszystkie lata, przez które tęskniła, wszystkie wypłakane łzy, rozpaczliwe posunięcia, do których ją skłaniał, nic nie dając w zamian. Oprócz tego jednego.

Stał przy brzegu łóżka, brał ją z zamkniętymi oczami. Sara wpatrywała się w jego tors. Początkowo ją to dziwiło, ale z czasem zaczął jej się podobać widok białej gładkiej skóry na mięśniach piersi. Przypominał jej stare posągi, pozbawione brodawek piersiowych, by nie siać publicznego zgorszenia.

Zaczął sapać głośniej. Wiedziała, że już niedługo dojdzie ze wściekłym rykiem. Uwielbiała ten ryk, i ten zawsze pełen zaskoczenia, ekstatyczny, świadczący niemal o bólu wyraz twarzy, jak gdyby orgazm za każdym razem przechodził jego najdziksze oczekiwania. Teraz czekała tylko na ten ostatni ryk, na głośne pożegnanie w jego zimnej sypialni, ogołoconej z obrazów, zasłon i dywanów. On wkrótce się ubierze i wyjedzie do innej części kraju, gdzie, jak twierdził, otrzymał propozycję pracy, z której nie mógł zrezygnować. Ale z tego mógł zrezygnować. Z tego. Chociaż ryczał z rozkoszy.

Zamknęła oczy. Ale żaden ryk się nie rozległ. On znieruchomiał.

– Co się stało? – spytała, otwierając oczy.

Wykrzywił się. Ale nie z rozkoszy.

– Twarz – szepnął.

Sara cała aż drgnęła.

– Gdzie?

– Za oknem.

Okno znajdowało się za łóżkiem, tuż nad jej głową. Obróciła się, poczuła, jak on się z niej wysuwa, już miękki. Okno było za wysoko, by mogła przez nie wyjrzeć, leżąc, za wysoko też, by ktoś mógł przez nie zajrzeć do środka, stojąc na ziemi. W zapadających już ciemnościach zobaczyła jedynie podwójne odbicie sufitowej lampy w szybie.

– Widziałeś siebie – powiedziała niemal błagalnym tonem.

– W pierwszej chwili też mi się tak wydawało – odparł, wciąż nie odrywając oczu od okna.

Sara uklękła. Potem wstała i wyjrzała na ogród. I rzeczywiście zobaczyła twarz.

Roześmiała się głośno. Twarz była biała, miała oczy i usta z czarnych kawałków żwiru, prawdopodobnie zebranych z podjazdu, a ręce z gałęzi jabłoni.

– Na miłość boską – zaniosła się śmiechem. – To przecież tylko bałwan ze śniegu! – Śmiech zaraz przeszedł w płacz. Szlochała bezradnie, dopóki nie poczuła jego objęć.

– Muszę już iść – wykrztusiła.

– Zostań jeszcze trochę.

Została.

Kiedy szła w stronę garażu, zobaczyła, że minęło prawie czterdzieści minut.

Obiecał, że od czasu do czasu zadzwoni. Zawsze umiał kłamać, a ona wyjątkowo się z tego cieszyła. Jeszcze zanim dotarła do samochodu, zobaczyła bladą buzię chłopca, który patrzył na nią z tylnego siedzenia. Szarpnęła za drzwiczki, ale ku swemu zdumieniu stwierdziła, że są zamknięte. Popatrzyła na syna przez zaparowane okna. Dopiero gdy zastukała w szybę, otworzył.

Usiadła za kierownicą. Radio milczało, a w samochodzie panowało lodowate zimno. Kluczyki leżały na siedzeniu pasażera. Odwróciła się do syna. Był blady, dolna warga mu drżała.

– Coś się stało? – spytała.

– Tak – odparł. – Widziałem go.

W głosie chłopca brzmiał cienki przenikliwy ton strachu, którego nie słyszała od jego dzieciństwa, kiedy chował się, wciskając między rodziców na kanapę przed telewizorem, rękami zasłaniając oczy. A teraz przechodził mutację, przestał już dawać jej buzi na dobranoc, zaczął się interesować silnikami i dziewczynami. Któregoś dnia on też wsiądzie do samochodu z którąś z nich i od niej odjedzie.

– O czym ty mówisz? – spytała, wsunęła kluczyk do stacyjki i przekręciła.

– O bałwanie…

Silnik nie zareagował, a ją bez najmniejszej zapowiedzi ogarnęła panika. Nie wiedziała, czego tak naprawdę się boi. Wyjrzała przez przednią szybę i spróbowała jeszcze raz. Czyżby akumulator zdążył paść?

– Jak ten bałwan wyglądał? – spytała, naciskając gaz do dechy i w desperacji kręcąc kluczykiem tak mocno, że o mało go nie złamała. Chłopiec odpowiedział, ale jego słowa zagłuszył ryk zaskakującego silnika.

Sara wrzuciła bieg i puściła sprzęgło, jak gdyby nagle strasznie zaczęło jej się spieszyć. Koła zabuksowały w miękkim lepkim świeżym śniegu. Dodała więcej gazu, ale nie ruszyli, a tył samochodu wolno zaczął przesuwać się w bok. W końcu opony przedarły się do asfaltu, rzuciło ich w przód na drogę.

– Tata na nas czeka – powiedziała. – Musimy się pospieszyć.

Włączyła radio, podkręciła głośność, żeby wypełnić zimną przestrzeń w samochodzie dźwiękami innymi niż własny głos. Spiker po raz setny tego dnia informował, że Ronald Reagan pokonał dziś w nocy Jimmy'ego Cartera w amerykańskich wyborach prezydenckich.

Chłopiec znów coś powiedział. Popatrzyła w lusterko.

– Co mówisz? – spytała głośno.

Powtórzył, ale ona wciąż nie słyszała. Przyciszyła radio, kierując się w stronę szosy i rzeki, dwóch czarnych żałobnych wstążek, wijących się wśród śniegu. Drgnęła przestraszona, gdy uświadomiła sobie, że chłopiec wychylił się do przodu między siedzeniami. Jego głos tuż przy jej uchu zabrzmiał jak suchy szept, jak gdyby ważne było, by nikt inny oprócz ich dwojga go nie usłyszał.

– Umrzemy.

2 2 LISTOPADA 2004. DZIEŃ 1. OCZY ZE ŻWIRU

Harry Hole drgnął i szeroko otworzył oczy. Było lodowato, a w mroku rozlegał się głos, który go zbudził. Obwieszczał, że dziś naród amerykański zdecyduje, czy jego prezydent również przez następne cztery lata będzie się nazywał George Walker Bush. Listopad. Harry pomyślał, że zdecydowanie nadciąga era ciemności. Odrzucił kołdrę i dotknął stopami podłogi. Linoleum było tak zimne, że aż zapiekło. Zostawił nadające wiadomości radio z budzikiem włączone i poszedł do łazienki. Przejrzał się w lustrze. Tam też listopad, mglisty, szaroblady i pochmurny. Oczy były jak zwykle przekrwione, a pory na nosie przypominały wielkie czarne kratery. Worki pod oczami z jasnoniebieskimi, rozmytymi alkoholem tęczówkami znikną, kiedy poczują ciepłą wodę, ręcznik i śniadanie. Tak przynajmniej przypuszczał. Harry nie miał pewności, jak dokładnie będzie z upływem dnia wyglądała jego twarz teraz, kiedy skończył już czterdzieści lat. Czy zmarszczki się wygładzą i czy zniknie wyraz lęku pojawiający się, gdy rano budził się po nocach, w które dręczyły go koszmary? Takich nocy była większość. Nie wiedział, bo unikał luster, gdy już raz wyszedł ze swojego malutkiego, spartańsko umeblowanego mieszkania na Sofies gate, żeby się stać komisarzem Hole z Wydziału Zabójstw Komendy Okręgowej Policji w Oslo. Patrzył raczej w inne twarze, szukając w nich ich bólu, pięt achillesowych, koszmarów, motywów i powodów do samooszustwa, jednocześnie słuchał męczących kłamstw i próbował doszukać się sensu w tym, co robił: w zamykaniu w więzieniu ludzi, którzy już dawno zamknęli się we własnych więzieniach, w nienawiści i pogardzie dla samych siebie, które sam znał aż za dobrze.

Przeciągnął dłonią po sztywnych jak szczotka krótko obciętych jasnych włosach, które rosły dokładnie w odległości stu dziewięćdziesięciu trzech centymetrów od wychłodzonych stóp. Obojczyki rysujące się pod skórą wyglądały jak wieszak. Dużo trenował od czasu tej ostatniej sprawy. Niektórzy twierdzili, że wręcz fanatycznie. Oprócz jazdy na rowerze zaczął też dźwigać ciężary w siłowni mieszczącej się w piwnicy Budynku Policji. Lubił ból, palenie mięśni, które odsuwało myśli. Mimo to chudł. Tłuszcz znikał, a mięśnie układały się niczym warstwa podłużnych smug między szkieletem a skórą. Kiedyś miał szerokie bary, a Rakel mówiła, że ma atletyczną budowę, teraz zaczął przypominać obdartego ze skóry niedźwiedzia polarnego, którego zdjęcie kiedyś widział. Umięśnionego, lecz mimo wszystko szokująco chudego drapieżnika. Harry po prostu znikał. Chociaż to właściwie nie miało żadnego znaczenia. Westchnął. Listopad. Będzie jeszcze ciemniej.

Poszedł do kuchni, wypił szklankę wody na ból głowy i mrużąc oczy, zdziwiony wyjrzał przez okno. Dach kamienicy po drugiej stronie Sofies gate zbielał, a odbijające się od niego ostre światło kłuło w oczy. W nocy spadł pierwszy w tym roku śnieg. Pomyślał o liście. Zdarzało się, że dostawał takie listy, ale ten był wyjątkowy. Wspominał o Toowoombie.

W radiu zaczął się program przyrodniczy. Ktoś podnieconym głosem opowiadał o fokach. „Każdego lata foki Berhausa gromadzą się w Cieśninie Beringa na gody. Ponieważ przeważają wśród nich samce, rywalizacja o samice jest tak ostra, że te, którym uda się zdobyć partnerkę, będą się jej trzymać przez cały okres godowy. Samiec pilnuje samicy, dopóki młode nie przyjdzie na świat i nie osiągnie samodzielności. Nie powoduje nim jednak miłość, tylko uwielbienie dla własnych genów. Według teorii Darwina to dobór naturalny w walce o przetrwanie nakazuje fokom Berhausa monogamię, a nie moralność".

Może i tak, pomyślał Harry.

Głos w radiu z zachwytu przeszedł niemal w falset: „Ale zanim foki odpłyną z Cieśniny Beringa, by szukać pożywienia na otwartym morzu, samiec będzie próbował zabić samicę. Dlaczego? Ponieważ samica foki Berhausa nigdy nie parzy się dwa razy z tym samym samcem! Dla niej ważna jest różnorodność genetyczna. Rozwiązłość jest w jej wypadku biologicznie racjonalna i samiec o tym wie. Uśmiercając ją, nie dopuszcza do tego, by inne młode foki rywalizowały z jego potomstwem o pożywienie".

„Teoria Darwina dotyczy również nas, dlaczego więc ludzie nie myślą tak jak foki?" – spytał inny głos.

„Ależ właśnie tak myślimy! Nasze społeczeństwo wcale nie jest tak monogamiczne, na jakie wygląda, i nigdy takie nie było. Przeprowadzone niedawno w Szwecji badania wykazały, że od piętnastu do dwudziestu procent wszystkich dzieci ma innego ojca, niż uważają one same, a także ich zarejestrowany ojciec. Dwadzieścia procent! To przecież oznacza, że co piąte dziecko żyje w kłamstwie. Ale to również jest dbałość o różnorodność genetyczną".

Harry pokręcił gałką, szukając znośnej muzyki. Zatrzymał się na staroświeckiej wersji *Desperado* Johnny'ego Casha.

Ktoś mocno zapukał do drzwi.

Harry poszedł do sypialni, wciągnął dżinsy, wrócił do przedpokoju i otworzył.

– Harry Hole? – Ubrany w niebieski kombinezon mężczyzna patrzył na niego zza grubych szkieł okularów. Oczy miał jasne jak dziecko.

Harry kiwnął głową.

– Ma pan grzyb? – Mężczyzna zadał pytanie beznamiętnym tonem. Długi kosmyk włosów biegł przez czaszkę i kleił się do czoła. Nieznajomy ściskał pod pachą plastikową podkładkę z klipsem przytrzymującym gęsto zapisaną kartkę.

Harry czekał na dalszy ciąg, który by mu cokolwiek wyjaśnił, ale nic takiego nie nastąpiło. Tylko to jasne szczere spojrzenie.

– To – odezwał się wreszcie Harry – to jest absolutnie prywatna sprawa.

Mężczyzna leciutko się uśmiechnął, jakby usłyszał dowcip, którego miał już serdecznie dość.

– Grzyb w mieszkaniu. Albo pleśń.

– Nie mam powodów, żeby tak sądzić.

– Właśnie tak jest z grzybem. Rzadko daje powody, by podejrzewać, że jest. – Mężczyzna possał zęby i zakołysał się na piętach.

– Ale? – spytał w końcu Harry.

– Ale jest.

– Dlaczego pan tak uważa?

– Bo pański sąsiad ma pleśń.

– Tak? Myśli pan, że mogła się tu przenieść?

– Pleśń się nie przenosi. Przenosi się grzyb domowy.

– Więc...

– System wentylacyjny w ścianach tej kamienicy ma błąd konstrukcyjny. Pleśń ma doskonałe warunki wzrostu. Mogę zajrzeć do kuchni?

Harry usunął się na bok. Mężczyzna skierował się do kuchni, gdzie natychmiast przycisnął do ściany pomarańczowy aparat przypominający suszarkę do włosów. Urządzenie dwa razy pisnęło.

– Higrometr – wyjaśnił, patrząc na coś, co najwyraźniej było wskaźnikiem. – Dokładnie tak jak myślałem. Jest pan pewien, że nie widział pan ani nie czuł niczego podejrzanego?

Harry nie bardzo wiedział, co by to miało być.

– Taki osad jak na starym chlebie – wyjaśnił mężczyzna. – Zapach zgnilizny.

Harry pokręcił głową.

– Piekły pana oczy? Czuł się pan zmęczony? Głowa pana bolała?

– Oczywiście. – Harry wzruszył ramionami. – Odkąd pamiętam.

– Ma pan na myśli, odkąd pan tu mieszka?

– Być może. Proszę posłuchać...

Ale mężczyzna nie słuchał, tylko wyciągnął zza paska nóż. Harry wstrzymał oddech, wpatrzony w uzbrojoną rękę, która uniosła się wysoko i z wielką siłą uderzyła. Rozległo się jakby stęknięcie i ostrze zanurzyło się w gipsową płytę pod tapetą. Mężczyzna wyciągnął nóż, wbił go jeszcze raz i wydłubał kawałek kruszącego się gipsu, po którym w ścianie została czarna dziura. Potem wyjął niedużą długopisową latareczkę i poświecił w otwór. Nad wielkimi szkłami okularów ukazała się głęboka zmarszczka. W końcu przysunął nos do samej dziury i powąchał.

– No właśnie – powiedział. – Witam was.

– Kogo? – spytał Harry, podchodząc bliżej.

– *Aspergillus* – wyjaśnił mężczyzna. – Kropidlaki to taki rodzaj pleśni. Możemy wybierać spośród trzystu-czterystu gatunków i trudno stwierdzić, który jest akurat tutaj, bo na tych twardych powierzchniach rośnie tak cienką warstwą, że jest niewidoczny. Ale co do zapachu nie można się pomylić.

– To jakiś problem? – spytał Harry, usiłując sobie przypomnieć, ile mu zostało na koncie po tym, jak wspólnie z ojcem zasponsorował wyjazd do Hiszpanii Sio, młodszej siostrze, która, jak sama mówiła, miała „malutkiego Downa".

– To nie jest coś takiego jak prawdziwy grzyb domowy, kamienica się nie rozpadnie – wyjaśnił mężczyzna. – Ale pan może.

– Ja?

– Jeśli ma pan do tego skłonności. Niektórzy chorują, gdy oddychają tym samym powietrzem co pleśń. Niedomagają całymi latami i oczywiście wyzywa się ich od hipochondryków, bo nikt niczego nie może u nich znaleźć, a inni, którzy tam mieszkają, są zdrowi. A poza wszystkim te potwory zżerają tapetę i płyty gipsowe.

– Mhm. Co pan proponuje?

– Rozprawię się z tym diabelstwem.

– A jednocześnie z moimi finansami.

– Moją usługę pokryje ubezpieczenie kamienicy, więc pana nie będzie to kosztować ani korony. Muszę jedynie mieć dostęp do mieszkania przez kilka następnych dni.

Harry wyjął z szuflady w kuchni zapasowe klucze.

– Będę tu tylko ja – powiedział mężczyzna. – Tak tylko uprzedzam. Różne rzeczy się dzieją.

– Tak? – Harry uśmiechnął się ze smutkiem i wyjrzał przez okno.

– Co pan mówi?

– Nic – odparł Harry. – Tu i tak nie ma co ukraść. Muszę już iść.

Niskie poranne słońce odbijało się w szkle Budynku Policji, głównej kwatery Komendy Okręgowej Policji w Oslo, która już od blisko trzydziestu lat miała siedzibę tu, na szczycie wzgórza w okolicach Grønlandsleiret. Policja – chociaż nikt głośno nie mówił, że było to zamierzone – miała stąd blisko do najbardziej obciążonych przestępczością wschodnich okolic centrum miasta, a zarazem jej najbliższym sąsiadem było „Bayern", więzienie. Budynek Policji otaczał trawnik, porośnięty zbrązowiałą więdnącą trawą, rosły na nim klony i lipy, które w ciągu nocy pokryła cienka warstewka szarawego śniegu przypominająca całun.

Czarnym pasem asfaltu Harry dotarł do głównego wejścia i wszedł do centralnego holu, gdzie płynąca woda na porcelanowej dekoracji ściennej autorstwa Kari Christensen nieustannie szeptała swoje tajemnice. Skinął głową strażnikowi w recepcji i windą wjechał na szóste piętro do Wydziału Zabójstw. Chociaż odkąd dostał nowy pokój w czerwonej strefie, minęło już blisko pół roku, w pierwszej chwili skierował się do ciasnego, pozbawionego okien pokoiku, który kiedyś dzielił z sierżantem Jackiem Halvorsenem. Teraz rządził tam sierżant Magnus Skarre. A Jack Halvorsen leżał w ziemi na cmentarzu Vestre Aker. Rodzice początkowo chcieli pochować syna w rodzinnym Steinkjer, ponieważ Jack i Beate Lønn, szefowa Wydziału Techniki Kryminalistycznej, nie byli małżeństwem ani nawet nie zarejestrowali partnerstwa. Gdy jednak dowiedzieli się, że Beate jest w ciąży i latem urodzi, zgodzili się, by grób Halvorsena był w Oslo.

Harry wszedł do nowego pokoju. Wiedział, że na zawsze pozostanie nowym pokojem, tak samo jak pięćdziesięcioletni stadion klubu piłkarskiego Barcelona po katalońsku wciąż nazywano Camp Nou, czyli nowy stadion. Ciężko usiadł na krześle i włączył radio, na dzień dobry kiwając głową zdjęciom ustawionym na półce i opartym o mur, które pewnego dnia w nieznanej przyszłości, gdy w porę przypomni sobie o konieczności zakupu odpowiednich haczyków, miały znaleźć się na ścianie. Ellen Gjelten, Jack Halvorsen i Bjarne Møller. Stali w takiej kolejności, chronologicznie. *Dead Policemen's Society*.

W radiu norwescy politycy i publicyści wypowiadali się na temat amerykańskich wyborów prezydenckich. Harry rozpoznał głos Arvego Støpa, właściciela odnoszącego wielkie sukcesy magazynu „Liberał", znanego jako jeden z posiadających największą wiedzę, najbardziej aroganckich, a zarazem najzabawniejszych opiniotwórców. Harry podkręcił głośność, aż ryknęło wśród ścian, i sięgnął po swoje kajdanki marki Peerless leżące na nowym biurku. Zaczął ćwiczyć *speedcuffing*, błyskawiczne zakuwanie, na nodze biurka już zniszczonej od tego brzydkiego nawyku, którego nabrał na organizowanym przez FBI kursie w Chicago i który doprowadzał do perfekcji w samotne wieczory w wilgotnym mieszkaniu w dzielnicy Cabrini-Green przy wtórze wrzasków awanturujących się sąsiadów i w obecności Jima Beama, jego jedynego towarzysza. Sztuka polegała na takim uderzeniu otwartą bransoletą o nadgarstek osoby zatrzymywanej, by ruchome ramię na sprężynce obróciło się i wsunęło w zamek po drugiej stronie. Przy zachowaniu precyzji i odpowiedniej siły można było jednym ruchem przykuć się do aresztanta, nim ten zdążył zareagować. Harry'emu ta umiejętność w pracy nie przydała się nigdy, a ta druga, której się tam uczył, jak złapać seryjnego zabójcę, przydała się tylko raz.

Kajdanki zatrzasnęły się wokół nogi biurka, głosy w radiu dalej ciągnęły swoje:

„Jak pan sądzi, panie Støp, skąd bierze się norweski sceptycyzm wobec Georga Busha?".

„Jesteśmy nadmiernie chronionym krajem, który w zasadzie nigdy nie walczył na żadnej wojnie. Pozwalaliśmy, by inni to za nas załatwiali. Anglia, Związek Radziecki i USA. Właściwie od czasów wojen napoleońskich ukrywaliśmy się za plecami starszych braci. Norwegia zbudowała swoje bezpieczeństwo na przekazywaniu odpowiedzialności w ręce innych, gdy coś zaczynało pękać. Trwa to już od tak dawna, że zatraciliśmy orientację w rzeczywistości i wierzymy, że Ziemia w zasadzie zamieszkana jest przez ludzi, którzy pragną naszego – czyli najbogatszego kraju na świecie

– dobra. Norwegia jest jak gadająca od rzeczy bezdennie głupia blondynka, która zapuściła się w mroczne zaułki Bronksu i oburza się, że jej ochroniarz jest taki brutalny wobec napastników".

Harry wykręcił numer Rakel, jedyny oprócz telefonu do Sio, jaki znał na pamięć. Kiedy był młody i niedoświadczony, uważał, że dla śledczego marna pamięć to kalectwo. Teraz wiedział lepiej.

„A tym ochroniarzem jest Bush i Stany Zjednoczone?" – spytał prowadzący.

„Tak. Lyndon B. Johnson powiedział kiedyś, że USA wcale nie wybrały sobie takiej roli, ale zrozumiały, że nikogo innego nie ma. I miał rację. Nasz ochroniarz to neofita, facet z kompleksem ojca, problemami z alkoholem, ograniczony intelektualnie i pozbawiony kręgosłupa bodaj na tyle, by uczciwie odsłużyć wojsko. Krótko mówiąc, facet, z którego powtórnego wyboru na stanowisko prezydenta Ameryki powinniśmy się dzisiaj cieszyć".

„Zakładam, że powiedział pan to z ironią?".

„Ależ skąd! Słaby prezydent słucha swoich doradców, a w Białym Domu są ci najlepsi, proszę mi wierzyć. Chociaż po tym idiotycznym serialu telewizyjnym o Gabinecie Owalnym można odnieść wrażenie, że to demokraci mają monopol na inteligencję, to jednak, o dziwo, właśnie w skrajnie prawicowym skrzydle republikanów można znaleźć najbystrzejsze umysły. Norwegia jest w najlepszych rękach".

– Przyjaciółka przyjaciółki uprawiała z tobą seks.

– Naprawdę? – zdziwił się Harry.

– Nie z tobą – odparła Rakel. – Mówię do tego drugiego. Do Støpa.

– Przepraszam. – Harry ściszył radio.

– Po jakimś wykładzie w Trondheim. Zaprosił ją do pokoju. Była tym zainteresowana, ale uprzedziła go, że ma usuniętą pierś. Powiedział, że się zastanowi, i poszedł do baru. Potem po nią wrócił.

– Mhm. Mam nadzieję, że sprostał oczekiwaniom.

– Nic nie jest w stanie sprostać oczekiwaniom.

– No tak. – Harry zaczął się zastanawiać, o czym rozmawiają.

– Co z dzisiejszym wieczorem? – spytała Rakel.

– O ósmej w Palace Grill mi pasuje. Ale co to za wygłupy, że nie można wcześniej zarezerwować stolika?

– Przypuszczam, że przez to robi się tam jeszcze ekskluzywniej.

Umówili się na spotkanie w barze obok restauracji. Kiedy się rozłączyli, Harry siedział i myślał. Rakel wydawała się zadowolona, niefrasobliwa. Usiłował sprawdzić, czy cieszy się w jej imieniu, czy cieszy się, że kobieta, którą tak bardzo kochał, jest szczęśliwa z innym mężczyzną. Rakel i on mieli swój czas, dane im były szanse. Wykorzystali je. Dlaczego więc miałby się nie cieszyć, że jej jest dobrze? Dlaczego miałby nie porzucić myśli o tym, że mogło być inaczej, i po prostu żyć dalej własnym życiem? Obiecał sobie, że jeszcze bardziej się postara.

Poranna odprawa minęła szybko. Nadkomisarz Gunnar Hagen, szef Wydziału Zabójstw, szybko omówił sprawy, nad którymi pracowali. Nie było tego dużo, bo akurat nie toczyło się śledztwo w żadnej świeżej sprawie zabójstwa, a jedynie świeże zabójstwa sprawiały, że puls wydziału przyspieszał. Obecny na odprawie sierżant Thomas Helle z Sekcji Osób Zaginionych zrelacjonował sprawę kobiety, która zaginęła przed rokiem. Żadnych śladów przemocy, żadnych śladów sprawcy i żadnych śladów zaginionej. Nigdzie nie pracowała, a ostatni raz widziano ją w przedszkolu, do którego rano odprowadziła synka i córeczkę. Mąż i wszystkie pozostałe osoby z jej najbliższego kręgu mieli alibi, wykluczono ich więc jako podejrzanych. Ustalono, że sprawie przyjrzy się Wydział Zabójstw.

Magnus Skarre przekazał pozdrowienia od Stålego Aune, psychologa na stałe współpracującego z wydziałem, którego odwiedził w szpitalu Ullevål. Harry poczuł wyrzuty sumienia. Ståle Aune był nie tylko jego doradcą w sprawach kryminalnych, lecz również osobistym wsparciem w walce z alkoholem i człowiekiem najbardziej zasługującym na miano zaufanego przyjaciela. Minął już ponad tydzień, odkąd Aunego położono w szpitalu z niejasną diagnozą, lecz Harry wciąż jeszcze nie zdołał przezwyciężyć swojej niechęci do szpitali. W środę, pomyślał teraz. Albo w czwartek.

– Mamy nową koleżankę – oznajmił Gunnar Hagen. – Katrine Bratt.

Młoda kobieta w pierwszym rzędzie wstała bez dodatkowej zachęty, ale nie obdarzyła zebranych uśmiechem. Była bardzo ładna. Ładna, chociaż wcale się nie stara, stwierdził Harry. Cienkie, niemal wystrzępione włosy zwisały bez życia po obu stronach twarzy o czystych regularnych rysach, bladej i naznaczonej powagą, wręcz zmęczeniem, jakie Harry widywał u innych pięknych jak z obrazka kobiet, które tak już się przyzwyczaiły, że ktoś się im przygląda, że zaczęło im to być obojętne. Katrine Bratt była ubrana w niebieski kostium podkreślający jej kobiecość, ale grube czarne rajstopy wyłaniające się spod brzegu spódnicy i praktyczne kozaczki oddalały wszelkie podejrzenia o to, że kobiecością pragnie coś wygrać. Stojąc, przesunęła wzrokiem po zebranych, jak gdyby podniosła się po to, by się im przyjrzeć, nie odwrotnie. Harry obstawiał, że dokładnie zaplanowała zarówno strój, jak i ten krótki występ pierwszego dnia pracy w Budynku Policji.

– Katrine przez cztery lata pracowała w Komendzie Okręgowej Policji w Bergen. Głównie w obyczajówce, ale pewien okres spędziła też w tamtejszym Wydziale Zabójstw i Osób Zaginionych – ciągnął Hagen, zerkając na kartkę będącą, jak Harry przypuszczał, CV Katrine. – Studia prawnicze na Uniwersytecie Bergeńskim ukończone w roku 1999, Wyższa Szkoła Policji, a teraz praca tutaj. Na razie nie ma dzieci, ale jest mężatką.

Jedna wąska brew Katrine Bratt uniosła się ledwie zauważalnie. Hagen albo to zauważył, albo sam uznał, że ostatnia informacja była całkowicie zbędna, bo dodał:

– Dla tych, których by to interesowało…

Podczas dusznej i wiele mówiącej chwili milczenia, która teraz nastąpiła, Hagen najwyraźniej uświadomił sobie, że tylko jeszcze wszystko pogorszył. Chrząknął więc dwa razy i powiedział, że ci, którzy dotąd nie zgłosili swojego udziału w przyjęciu świątecznym, muszą to zrobić do środy.

Zaszurały krzesła. Harry zdążył już wyjść na korytarz, gdy za plecami usłyszał głos:

– Zdaje się, że jestem twoja.

Harry odwrócił się i zobaczył twarz Katrine Bratt. Zadał sobie pytanie, jak piękna mogłaby być, gdyby jej na tym zależało.

– Albo ty mój – dodała, ukazując rząd równych zębów w uśmiechu, który nie dotarł do oczu. – Zależy, jak się na to spojrzy.

Mówiła dialektem bergeńskim z umiarkowanie gardłową wymową „r" i Harry gotów był się ze sobą założyć, że Katrine pochodzi z Fana albo Kalfaret czy jakiejś innej solidnej mieszczańskiej dzielnicy.

Ruszył dalej. Katrine przyspieszyła kroku i zrównała się z nim.

– Wygląda na to, że nadkomisarz zapomniał cię poinformować. – Powiedziała to z lekko przesadnym naciskiem na wszystkie sylaby stopnia Gunnara Hagena. – Ale masz mnie oprowadzić i zająć się mną przez następne dni. Dopóki nie będę mogła zacząć działać na własną rękę. Jak myślisz, dasz radę?

Harry się uśmiechnął. Na razie Katrine mu się podobała, ale oczywiście pozostawał otwarty i w każdej chwili mógł zmienić zdanie. Zawsze był skłonny dać ludziom kolejną szansę trafienia na czarną listę.

– Nie wiem – odparł, zatrzymując się przy maszynie do kawy. – Zacznijmy od tego.

– Ja nie piję kawy.

– Wszystko jedno. Ona jest oczywista. Jak zresztą większość spraw tutaj. Co myślisz o tym zaginięciu?

Wcisnął guzik przy napisie „americano", który w tym wypadku oznaczał kawę tak samo amerykańską, jak norweska kawa na promie.

– A o co ci chodzi? – spytała Katrine.

– Myślisz, że ona żyje? – próbował rzucić to od niechcenia, żeby Katrine nie zrozumiała, że to test.

– Masz mnie za głupią? – prychnęła, z nieskrywanym obrzydzeniem patrząc, jak maszyna, charcząc, pluje czernią do białego plastikowego kubka. – Nie słyszałeś, jak nadkomisarz mówił, że przez cztery lata pracowałam w obyczajówce?

– Mhm – mruknął Harry. – Nie żyje?

– Martwa jak kamień – odparła Katrine Bratt.

Harry sięgnął po biały kubek. Właśnie dostrzegł możliwość, że oto pojawiła się koleżanka, którą być może będzie cenił.

Kiedy Harry po południu wracał do domu, śnieg zniknął już z ulic i chodników, a delikatne lekkie płatki, które wirowały w powietrzu, asfalt pożerał, gdy tylko dotknęły ziemi. Harry wstąpił do swojego ulubionego sklepu muzycznego na Akersgata i kupił ostatnią płytę Neila Younga, chociaż podejrzewał, że może być do niczego.

Kiedy otworzył kluczem drzwi mieszkania, zorientował się, że coś się zmieniło. Coś z dźwiękiem. Albo może z zapachem. Zatrzymał się gwałtownie na progu kuchni. Cała jedna ściana zniknęła. To znaczy tam, gdzie wcześniej była jasna tapeta w kwiatki na gipsowych płytach, teraz widział rdzawe cegły, szarą zaprawę i żółtoszarą drewnianą konstrukcję z dziurami po gwoździach. Na podłodze stała skrzynka z narzędziami grzybiarza, a na kuchennym stole leżała kartka z informacją, że rzemieślnik wraca jutro.

Harry wszedł do salonu, nastawił płytę Neila Younga, po kwadransie przygnębiony wyłączył ją i puścił Ryana Adamsa. Nie wiadomo, skąd się wzięła myśl o drinku. Zamknął oczy, wpatrując się w roztańczony wzór krwi i czarnej ślepoty. Znów myślał o liście. O pierwszym śniegu. O Toowoombie.

Dzwonek telefonu rozdarł *Shakedown On 9th Street* Ryana Adamsa na dwoje.

Kobieta, która przedstawiła się jako Oda, powiedziała, że dzwoni z redakcji „Bosse zaprasza", i podziękowała za ostatnie spotkanie. Harry jej nie pamiętał, przypominał sobie za to program telewizyjny. To było wiosną. Chcieli, żeby wystąpił w programie i opowiedział o seryjnych zabójcach, ponieważ był jedynym norweskim policjantem, który szkolił się w FBI i szczególnie studiował ten temat, a ponadto ścigał prawdziwego seryjnego zabójcę. A Harry był na tyle głupi, że się zgodził. Wmówił sobie, że robi to, by powiedzieć coś ważnego i jako tako prawdziwego o ludziach, którzy zabijają, a nie po to, by wystąpić w najpopularniejszym talk-show w kraju. Później nie miał już co do tego pewności. Ale nie to okazało się najgorsze. Najgorsze okazało się to, że przed programem wypił o jeden drink za dużo. Był pewien, że to tylko jeden drink, ale w telewizji wyglądało to tak, jakby wypił pięć. Mówił z wyraźną dykcją, jak zawsze. Ale wzrok miał zamglony, analizował ospale, a wyciągnąć wniosków nie zdążył, bo prowadzący musiał przedstawić kolejnego gościa, którym była świeżo upieczona mistrzyni Europy w układaniu dekoracji kwiatowych. Harry nic nie powiedział, ale mową ciała wyraźnie dał do zrozumienia, co myśli o debacie na temat kwiatów. Gdy prowadzący z półuśmiechem spytał, jaki jest stosunek śledczego zajmującego się morderstwami do kwiatów, odparł, że przynajmniej norweskie wieńce pogrzebowe utrzymują wysoki międzynarodowy standard. Może to jego lekko zawiany, nonszalancki styl publiczność w studio nagrodziła śmiechem, a ekipa programu poklepywaniem po plecach po nagraniu. Stwierdzili, że się spisał. Poszedł z niewielką ich grupką do baru w Domu Artystów, gdzie mu stawiano, a następnego dnia obudził się, czując, jak każde najmniejsze włókienko w ciele krzykiem domaga się jeszcze.

Była sobota, pił do niedzieli wieczór. Siedział w restauracji U Schrødera, wołając o piwo, kiedy błyskały światła, aż Rita, kelnerka, podeszła do niego i oświadczyła, że więcej go nie wpuszczą, jeśli zaraz stąd nie wyjdzie i nie położy się do łóżka. Następnego dnia rano Harry stawił się w pracy punktualnie o ósmej. Był nienadającym się do niczego śledczym, który po porannej odprawie rzygał do umywalki, czepiał się krzesła, pił kawę, palił i znowu rzygał, tym razem do kibla. Wtedy pękł po raz ostatni. Od kwietnia nie tknął nawet kropli alkoholu.

A teraz chcieli, żeby znów wrócił na ekran.

Kobieta wyjaśniła, że tematem jest terroryzm w krajach arabskich i ustalenie, czego trzeba, żeby zmienić dobrze wykształconych przedstawicieli klasy średniej w maszyny do zabijania. Harry przerwał jej, zanim skończyła:

– Nie.

– Ale tak byśmy chcieli, żeby pan przyszedł. Pan jest taki... odjazdowy! – roześmiała się z zachwytem, którego szczerości nie potrafił ustalić. Ale poznawał już jej głos. Była tamtego wieczoru w Domu Artystów. Ładna i młoda w nudny sposób, mówiła w młody nudny sposób i przyglądała się Harry'emu z żarłocznym apetytem, jakby był egzotycznym daniem, co do którego nie mogła zdecydować, czy nie jest zbyt egzotyczne.

– Proszę zadzwonić do kogoś innego – powiedział i odłożył słuchawkę. Zamknął oczy i usłyszał pytanie Ryana Adamsa: *Oh, baby, why do I miss you like I do?*

Chłopiec patrzył na mężczyznę, który stał obok niego przy kuchennym blacie. Światło z pokrytego śniegiem ogrodu odbijało się w bezwłosej skórze napiętej na masywnej czaszce ojca. Mama twierdziła, że ojciec ma taką dużą głowę, bo jest takim dużym mózgiem. Spytał, dlaczego mówi, że j e s t mózgiem, a nie, że m a mózg. Roześmiała się wtedy, pogładziła go po czole i powiedziała, że tak często bywa z profesorami fizyki. Akurat teraz mózg płukał ziemniaki pod kranem i wkładał je bezpośrednio do rondla.

– Nie obierzesz kartofli, tato? Mama zawsze...

– Twojej mamy tu nie ma, Jonasie, więc zrobimy to po mojemu.

Nie podniósł głosu, a mimo to wypowiedział te słowa z irytacją, od której Jonas aż się skulił. Nigdy nie potrafił całkiem zrozumieć, co tak złości ojca, a czasem nawet nie wiedział, czy ojciec naprawdę jest zły, dopóki na twarzy mamy nie ukazywał się ów zalękniony wyraz, ściągnięcie kącików ust, które zdawało się wprawiać ojca w jeszcze większą irytację. Jonas miał nadzieję, że mama niedługo wróci.

– Nie tych talerzów używamy, tato!

Ojciec trzasnął drzwiami szafki, a Jonas przygryzł wargę. Twarz ojca zniżyła się na wysokość chłopca. Błysnęły cienkie jak listki kwadratowe szkła okularów.

– Nie mówi się „talerzów", tylko „talerzy" – oświadczył ojciec. – Ile razy mam ci to powtarzać, Jonasie!

– Ale mama mówi...

– Mama nie mówi prawidłowo, rozumiesz? Mama pochodzi z takiego miejsca i z takiej rodziny, w której nie dba się o język norweski. – Oddech ojca pachniał słonymi zgniłymi wodorostami.

Otworzyły się drzwi wejściowe.

– Cześć! – rozległo się śpiewnie z przedpokoju. Jonas już miał podbiec do matki, ale ojciec złapał go za ramię i wskazał na nienakryty stół.

– Jacy wy jesteście dzielni!

Jonas słyszał cień uśmiechu w jej zdyszanym głosie, kiedy stanęła w progu, podczas gdy on rozkładał sztućce i filiżanki najszybciej, jak potrafił.

– I takiego wielkiego ślicznego bałwana ulepiliście!

Jonas zdziwiony odwrócił się do matki, która rozpięła już płaszcz. Była piękna. Miała ciemną cerę i włosy, jak on, i łagodność w oczach, taką, która prawie nigdy z nich nie znikała. Prawie. Nie była już tak szczupła jak na zdjęciach z początków małżeństwa z ojcem, ale Jonas zauważył, że gdy wybierali się razem na spacer po mieście, mężczyźni się za nią oglądają.

– Nie lepiliśmy żadnego bałwana – powiedział.

– Nie? – Matka zmarszczyła czoło, wyplątując się z długiego różowego szala, który dostała od Jonasa na Gwiazdkę.

Ojciec podszedł do okna.

– To pewnie chłopcy z sąsiedztwa – stwierdził.

Jonas wdrapał się na kuchenne krzesło i wyjrzał przez okno. Rzeczywiście na trawniku, tuż przed domem, stał bałwan. Był taki, jak powiedziała matka, wielki. Oczy i usta zrobiono z kamieni, a nos z marchewki. Nie miał kapelusza, czapki ani szalika, i tylko jedną rękę, cienką gałązkę, urwaną, jak Jonas się domyślał, z żywopłotu. Ale było w nim coś dziwnego. Stał odwrócony w złą stronę. Jonas nie wiedział dlaczego, ale bałwan powinien patrzeć na drogę, na otwartą przestrzeń.

– Dlaczego... – zaczął Jonas, ale ojciec mu przerwał:

– Porozmawiam z nimi.

– Po co? – spytała mama z przedpokoju. Jonas słyszał, że rozsuwa zamek błyskawiczny wysokich czarnych kozaków. – To przecież nic nie szkodzi.

– Nie chcę, żeby ktoś taki wałęsał się po naszej posesji. Zajmę się tym po powrocie.

– Dlaczego on nie patrzy na zewnątrz? – spytał Jonas.

Matka na korytarzu westchnęła.

– A kiedy wracasz, mój drogi?
– Jutro.
– O której?
– Dlaczego pytasz? Umówiłaś się z kimś?

W tonie ojca była dziwna lekkość, od której Jonasowi ciarki przebiegły po plecach.

– Chciałabym mieć obiad gotowy – odparła mama, która w tej samej chwili weszła do kuchni, nachyliła się nad kuchenką, zajrzała do garnków i podkręciła temperaturę dwóch płytek.

– Po prostu go przygotuj – ojciec odwrócił się do stosu gazet leżących na kuchennym blacie. – A ja na pewno wrócę do domu.

– No dobrze. – Matka podeszła do ojca i przytuliła się do jego pleców. – Naprawdę musisz jechać do Bergen już dzisiaj?

– Mam wykład o ósmej rano – odparł. – Dojazd z lotniska na uniwersytet zajmuje godzinę, więc nie zdążyłbym, nawet gdybym poleciał pierwszym porannym samolotem.

Jonas po jego mięśniach karku poznał, że ojciec trochę się rozluźnił, że mama znów zdołała dobrać właściwe słowa.

– Dlaczego ten bałwan patrzy na nasz dom? – spytał Jonas.
– Idź umyć ręce – powiedziała matka.

Jedli w milczeniu, przerywanym jedynie krótkimi pytaniami matki o to, jak było w szkole, i równie krótkimi wymijającymi odpowiedziami Jonasa. Wiedział, że zbyt duża ilość szczegółów może wywołać nieprzyjemne pytania ojca o to, czego się uczą, a raczej nie uczą w tej „żałosnej szkole". Albo szybkie przesłuchanie, gdyby Jonas wspomniał kogoś, z kim się bawił. Pytania o to, co robią rodzice i skąd pochodzą, na które Jonas, ku irytacji ojca, nigdy nie potrafił odpowiedzieć zadowalająco.

Kiedy Jonas już się położył, leżał i słuchał, jak na dole ojciec żegna się z matką, jak zatrzaskują się drzwi, samochód rusza i odjeżdża. Znów zostali sami. Mama włączyła telewizor. Jonas myślał o czymś, o co go spytała. Dlaczego przestał przyprowadzać kolegów do domu? Nie wiedział, co ma odpowiedzieć, nie chciał przecież, żeby było jej przykro. Ale teraz to jemu zrobiło się przykro. Ugryzł się w policzek. Poczuł nieprzyjemnie przyjemny ból promieniujący do ucha, zapatrzył się w metalowe rurki dzwonka wiatrowego wiszące pod sufitem. Wstał z łóżka i podreptał do okna.

Śnieg w ogrodzie odbijał dostateczną ilość światła, by mógł dostrzec bałwana. Wyglądał na samotnego. Ktoś powinien włożyć mu czapkę i szalik, i może dać szczotkę do zamiatania. W tej samej chwili zza chmur wyłonił się księżyc. Oświetlił czarne zęby i oczy. Jonas odruchowo wstrzymał oddech i cofnął się o dwa kroki. Błysnęły oczy ze żwiru. Nie dość że patrzyły na ścianę domu, to jeszcze spoglądały w górę, prosto na pokój. Jonas zaciągnął zasłony i wrócił do łóżka.

3 DZIEŃ 1. KOSZENILA

Harry siedział na stołku barowym w Palace Grill i czytał plakietki z żartobliwymi poleceniami dla gości barowych o tym, żeby nie prosili o kredyt, nie strzelali do pianisty, *Be Good Or Be Gone*. O tak wczesnej porze jedynymi innymi gośćmi w barze były dwie dziewczyny, siedzące przy jednym stoliku i paplające przez telefony komórkowe, i dwóch chłopaków grających w strzałki z wystudiowaną finezją ruchów i celowania, ale kiepskimi rezultatami. Dolly Parton, która, jak Harry zrozumiał, powróciła do łask sędziów dobrego smaku stylu country, zawodziła z głośników z nosowym akcentem południowych stanów. Harry znów zerknął na zegarek i założył się ze sobą, że Rakel Fauke stanie w drzwiach siedem po ósmej. Już czuł to elektryzujące napięcie, które zawsze go ogarniało, gdy miał ją zobaczyć. Tłumaczył sobie, że to odruch warunkowy, taki jak u psów Pawłowa, które zaczynały się ślinić na dźwięk sygnału zapowiadającego karmienie, chociaż jedzenia nie dostawały. Oni też mieli dziś nie dostać nic do jedzenia, a raczej mieli tylko jeść. I miło porozmawiać o tym, jak im się teraz żyje. A raczej, jak jej się teraz żyje. I o Olegu, jej synu, którego miała z byłym rosyjskim mężem, poznanym podczas pracy w ambasadzie norweskiej w Moskwie. O delikatnym zamkniętym w sobie chłopcu, do którego Harry'emu udało się dotrzeć i z którym z czasem nawiązał więzi pod wieloma względami silniejsze niż te, które Harry'ego łączyły z rodzonym ojcem. Kiedy Rakel w końcu się poddała i od niego odeszła, nie miał pewności, która strata była najdotkliwsza. Ale teraz już wiedział. Bo teraz było już siedem po ósmej, a ona stanęła w drzwiach, wyprostowana, z miękką linią pleców, którą tak dobrze znały jego dłonie, i kośćmi policzkowymi mocno zarysowanymi pod złocistą skórą, której dotyk wciąż potrafił przywołać. Miał nadzieję, że Rakel nie będzie wyglądać aż tak dobrze. Na aż tak szczęśliwą.

Podeszła do niego, ich policzki się musnęły. Harry dopilnował, by odsunąć się od niej pierwszy.

– Na co tak patrzysz? – spytała, rozpinając płaszcz.

– Przecież wiesz. – Zorientował się, że wcześniej powinien był chrząknąć.

Zaśmiała się cicho. Ten śmiech miał takie samo działanie jak pierwszy łyk Jima Beama. Ogarnęło go ciepło, rozluźnił się.

– Nie – zaprzeczyła.

Dokładnie wiedział, co to jej „nie" oznacza: Nie zaczynaj. Nie stawiaj nas w głupiej sytuacji. Tam nie idziemy. Wypowiedziała to cicho, ledwie słyszalnie. A mimo wszystko poczuł się tak, jakby wymierzyła mu policzek.

– Schudłeś.

– Podobno.

– Stolik...?

– Kelner po nas przyjdzie.

Usiadła na stołku naprzeciwko niego i zamówiła aperitif. Oczywiście campari. Harry nazwał ją kiedyś Koszenilą, od nazwy naturalnego barwnika przydającego korzennemu słodkiemu trunkowi charakterystycznego koloru. Nazwał ją tak, ponieważ Rakel lubiła ubierać się na czerwono. Ona sama twierdziła, że używa tego koloru jako barwy ostrzegawczej, jak zwierzęta chcące przekazać, że należy się od nich trzymać z daleka.

Harry zamówił jeszcze jedną colę.

– Dlaczego tak schudłeś? – spytała.

– Od grzyba.

– Od czego?

– Podobno mnie zżera. Mózg, oczy, płuca, koncentrację. Wysysa barwy i pamięć. Grzyb rośnie, a ja znikam. On się staje mną, a ja nim.

– Co ty wygadujesz? – zawołała z grymasem, który miał wyrażać obrzydzenie, ale w jej oczach Harry dostrzegł uśmiech. Lubiła słuchać, jak opowiada, nawet wtedy, gdy była to tylko słowna sieczka. Opowiedział więc o ataku grzyba w mieszkaniu.

– A co słychać u was? – spytał.

– Wszystko dobrze. U mnie w porządku i u Olega w porządku. Ale tęskni za tobą.

– Tak powiedział?

– Dobrze wiesz, że tęskni. Powinieneś mieć z nim większy kontakt.

– Ja? – zdumiał się Harry. – To przecież nie był mój wybór.

– I co z tego? – Rakel wzięła drinka od barmana. – To, że my nie jesteśmy już razem, nie oznacza wcale, że ciebie z Olegiem nie łączy ważny związek. Ważny dla was obu. Żaden z was łatwo nie przywiązuje się do ludzi, więc powinniście dbać o tych, których macie.

Harry wypił łyk coli.

– A jak się Olegowi układa z tym twoim lekarzem?

– On ma na imię Mathias – westchnęła Rakel. – Pracują nad tym. Są tacy... różni. Mathias bardzo by chciał, ale Oleg niczego mu nie ułatwia.

Harry poczuł słodkie ukłucie satysfakcji.

– Mathias zresztą dużo pracuje – dodała Rakel.

– Myślałem, że nie lubisz, kiedy twoi mężczyźni pracują – powiedział Harry i w tej samej chwili tego pożałował. Ale Rakel, zamiast się rozzłościć, znów westchnęła ze smutkiem:

– Nie chodziło o to, że pracowałeś, Harry. Ty byłeś opętany. Stałeś się swoją pracą, a twoją siłą napędową nie jest miłość czy poczucie odpowiedzialności. Ani solidarność. Albo choćby osobiste ambicje. Tobą powoduje gniew. I żądza zemsty. To niedobre, Harry. Tak nie powinno być. Wiesz, co się stało.

Tak, pomyślał Harry. Pozwoliłem, żeby zaraza przeniknęła również do twojego domu.

Chrząknął.

– A tego twojego lekarza napędzają... właściwe rzeczy?

– Mathias wciąż ma nocne dyżury na pogotowiu. Dobrowolne. Oprócz tego, że na pełen etat wykłada w Instytucie Anatomii.

– Jest też honorowym krwiodawcą i działa w Amnesty International.

Rakel westchnęła.

– B minus to rzadka grupa krwi, Harry. I ty też popierasz Amnesty, przecież wiem.

Zamieszała w szklance pomarańczowym patyczkiem zakończonym figurką konia. Czerwony płyn zawirował wokół kostek lodu. Koszenila.

– Harry? – odezwała się Rakel.

Coś w jej głosie kazało mu się spiąć.

– Mathias i ja planujemy zamieszkać razem. Po świętach.

– Tak prędko? – Harry powiódł językiem wzdłuż podniebienia w nadziei, że znajdzie bodaj odrobinę wilgoci. – Przecież znacie się nie dłużej niż rok.

– Półtora. Latem planujemy się pobrać.

Magnus Skarre przyglądał się gorącej wodzie spływającej mu po dłoniach i znikającej w odpływie umywalki. Nie. Nic nie znikało. Po prostu trafiało w inne miejsce. Tak jak ci ludzie, o których informacje zbierał przez ostatnie tygodnie. Ponieważ Harry go o to prosił. Ponieważ Harry powiedział, że w tym może coś być. I przed weekendem chciał dostać raport Magnusa. Co oznaczało, że Magnus musi pracować po godzinach. Chociaż wiedział, że Harry wyznacza im takie zadania wyłącznie po to, by podtrzymać jakąś aktywność w tych czasach przesiadywania z nogami na stole. Mała, trzyosobowa Sekcja Osób Zaginionych nie zgodziła się na grzebanie w starych sprawach, bo dość mieli bieżącej roboty.

Wracając pustym korytarzem do swojego pokoju, Magnus zobaczył, że drzwi są uchylone. Wiedział, że je zamknął, a było już po dziewiątej, więc ekipa sprzątająca dawno skończyła pracę. Dwa lata temu mieli problemy z kradzieżami w pokojach. Magnus Skarre mocnym szarpnięciem otworzył drzwi.

Katrine Bratt stała na środku i odwróciła się do niego, lekko unosząc brew, jak gdyby to on wparował niezapowiedziany do niej. Zaraz znów stanęła do niego plecami.

– Chciałam tylko zobaczyć – wyjaśniła, przesuwając spojrzenie po ścianach.

– Zobaczyć? Co? – Skarre się rozejrzał. Jego pokój był identyczny jak wszystkie pozostałe, z tą jedną różnicą, że nie miał okna.

– To był jego pokój, prawda?

Skarre zmarszczył czoło.

– O co ci chodzi?

– O Holego. To był jego pokój przez wszystkie lata. Również wtedy, gdy prowadził śledztwo w sprawie tych seryjnych zabójstw w Australii?

Skarre wzruszył ramionami.

– Chyba tak, a co?

Katrine Bratt pogładziła dłonią blat biurka.

– Dlaczego się przeniósł?

Magnus obszedł ją dookoła i usiadł na krześle.

– Tu nie ma okna. No i awansował na komisarza.

– Właśnie ten pokój dzielił najpierw z Ellen Gjelten, a później z Jackiem Halvorsenem – powiedziała Katrine. – I oboje zginęli.

Magnus założył ręce za głowę. Nowa sierżant miała klasę. Była ze dwie ligi wyżej niż on. Gotów był się założyć, że jej mąż jest jakimś szefem z dużymi pieniędzmi. Ten jej kostium wyglądał na drogi. Ale przy bliższym przyjrzeniu zauważało się pewien błąd. Skazę na urodzie, której Skarre nie potrafił wskazać palcem.

– Myślisz, że słyszał ich głosy i dlatego się stąd wyniósł? – spytała Bratt, wpatrując się w wiszącą na ścianie mapę Norwegii, na której Magnus zaznaczył kółeczkiem miejsca zamieszkania wszystkich zaginionych osób z terenu Østlandet od roku 1980.

Skarre roześmiał się, nie odpowiadając. Katrine miała szczupłą talię i zgrabne plecy. Wiedział, że poczuła jego wzrok na sobie.

– Jaki on właściwie jest? – spytała.

– Dlaczego cię to interesuje?

– Nowy szef interesowałby chyba każdego.

Miała rację. Tyle że on sam nigdy nie myślał o Holem jak o szefie, nie w ten sposób. Rzeczywiście Harry przydzielał im zadania, kierował śledztwem, ale oprócz tego wymagał jedynie, by nie wchodzili mu w drogę.

– Pewnie wiesz, że nie cieszy się dobrą sławą.

Katrine wzruszyła ramionami.

– Owszem, słyszałam o nadużywaniu alkoholu i o tym, że doniósł na kolegów. No i o tym, że cała góra chciała go wywalić, ale poprzedni nadkomisarz go osłaniał.

– Nazywał się Bjarne Møller – Skarre spojrzał na mapę, na kółeczko otaczające Bergen. Tu Møllera widziano po raz ostatni przed zaginięciem.

– I że ludziom stąd nie podoba się, że media zrobiły z niego coś w rodzaju gwiazdy pop.

Skarre przygryzł wargę.

– To cholernie dobry śledczy. Mnie to wystarczy.

– Lubisz go? – spytała Katrine.

Skarre zachichotał. Katrine się odwróciła i popatrzyła mu prosto w oczy.

– Lubię i nie lubię. Nie powiedziałbym ani tak, ani tak.

Odsunął się z krzesłem, położył nogi na stole, wyciągnął się i zmusił do udawanego ziewnięcia.

– Nad czym pracujesz tak późno wieczorem?

To była próba przejęcia przewagi. Ona była mimo wszystko tylko nowym sierżantem.

Ale Katrine Bratt się uśmiechnęła, jakby powiedział coś zabawnego, i wyszła.

Zniknęła. Á propos. Skarre zaklął, usiadł normalnie i znów włączył komputer.

Harry się obudził. Leżał w łóżku na plecach i gapił się w sufit. Jak długo spał? Obrócił się i spojrzał na zegarek na nocnym stoliku. Za piętnaście czwarta. Kolacja była koszmarem. Patrzył na usta Rakel, które wypowiadały słowa, piły wino, żuły i pochłaniały mięso, niszczyły go opowiadaniem o rozmowach z Mathiasem na temat spędzenia dwóch lat w Botswanie, której rząd miał niezły plan zwalczania HIV i brakowało mu lekarzy. Spytała, czy Harry się z kimś spotyka, a on odparł, że widuje się z kumplami z dzieciństwa, Øysteinem i Drewniakiem. Ten pierwszy był przepitym zwariowanym komputerowcem jeżdżącym taksówką, drugi przepitym hazardzistą, który zdobyłby mistrzostwo świata w pokerze, gdyby tylko sam potrafił tak dobrze zachować pokerową twarz, jak umiał czytać inne twarze. Zaczął nawet jej opowiadać o fatalnej przegranej Drewniaka w Mistrzostwach Świata w Las Vegas, ale przypomniał sobie, że już jej o tym mówił. A poza tym nie było prawdą, że się z nimi spotykał. Nie spotykał się z nikim.

Patrzył, jak kelner przy sąsiednim stoliku nalewa do kieliszków wódkę i w przypływie szaleństwa o mało nie wyrwał mu butelki i nie przyłożył do ust. W zamian zgodził się zabrać Olega na koncert, bo chłopiec błagał Rakel, żeby go puściła. Powstrzymał się przed wyjawieniem jej, na jaki zespół zamierza puścić syna, ponieważ sam miał ochotę zobaczyć Slipknot. Wprawdzie kapele z obowiązkowym mamrotaniem o śmierci, symbolami szatana i perkusją na haju zazwyczaj tylko go śmieszyły, Slipknot faktycznie wydawał mu się interesujący.

Zrzucił kołdrę i poszedł do kuchni. Odkręcił wodę i poczekał, aż popłynie naprawdę zimna, nabrał jej w dłonie i napił się. Zawsze uważał, że woda ma lepszy smak, gdy się ją pije właśnie tak, z własnej dłoni, z własnej skóry. Nagle gwałtownie wylał wodę do zlewu i zapatrzył się w czarną ścianę. Czyżby coś zobaczył? Coś się poruszyło? Nie, nic, najwyżej coś w nim, jak niewidzialna fala pod wodą przesuwająca się przez wodorosty. Przez martwe nitki, palce tak cienkie, że aż niewidoczne, przez zarodniki unoszone najmniejszym drgnieniem powietrza, które osadzają się w nowych miejscach i tam zaczynają jeść i ssać. Włączył radio w salonie. Sprawa była przesądzona. George W. Bush miał spędzić kolejny okres w Białym Domu.

Wrócił do łóżka i naciągnął kołdrę na głowę.

Jonasa obudził jakiś dźwięk. Odsunął kołdrę z twarzy. Przynajmniej sądził, że to był dźwięk. Jakiś chrzęst, przypominający odgłos lepkiego śniegu pod butami w ciszy między willami w niedzielny poranek. Musiało mu się coś przyśnić. Nie mógł zasnąć, chociaż zamknął oczy. W zamian napłynęły urywki snu. Ojciec stał przed nim nieruchomy, milczący, a w szkłach okularów coś się odbijało i ich powierzchnia wydawała się nieprzezroczysta, jakby zalodzona.

To musiał być jakiś koszmar, bo Jonas się bał. Znów otworzył oczy i zobaczył, że metalowe rurki pod sufitem się poruszają. Wyskoczył z łóżka, otworzył drzwi i pobiegł korytarzem. Udało mu się nie spojrzeć w ciemność na schodach na parter, zatrzymał się dopiero przy drzwiach sypialni rodziców i z największą delikatnością nacisnął klamkę. Nagle przypomniał sobie, że ojciec wyjechał, a mamę przecież i tak zamierzał zbudzić. Wemknął się do środka. Biały prostokąt księżycowego światła rozciągał się na podłodze aż po zaścielone podwójne łóżko. Zaświeciły do niego cyfry na budziku. 01.11. Jonas na moment znieruchomiał zdezorientowany.

Wrócił na korytarz. Podszedł do schodów. Ciemność tylko na niego czekała niczym wielka otwarta paszcza. Z dołu nie dochodził żaden odgłos.

– Mamo!

Pożałował tego okrzyku natychmiast, gdy w krótkim, twardym echu usłyszał własny strach. Bo teraz i ona, ciemność, już o nim wiedziała.

Odpowiedzi się nie doczekał.

Przełknął ślinę i ruszył na dół po schodach.

Na trzecim stopniu poczuł coś mokrego pod stopami. Podobnie na szóstym. I na ósmym. Jak gdyby ktoś szedł tędy w mokrych butach. Albo z mokrymi nogami.

W salonie światło się paliło, ale mamy nie było. Podszedł do okna, żeby zajrzeć do Bendiksenów, bo zdarzało się, że mama czasem odwiedzała Ebbę. Ale tam wszystkie okna były ciemne.

Poszedł do kuchni, do telefonu. Udało mu się nie myśleć, nie dopuścić do siebie ciemności. Wybrał numer komórki mamy i ogarnęła go radość, gdy usłyszał jej łagodny głos. Ale to była tylko informacja z prośbą o pozostawienie numeru telefonu i życzenia miłego dnia.

A przecież to nie był dzień, tylko noc.

W sieni wsunął stopy w wielkie buty ojca, na piżamę wciągnął puchową kurtkę i wyszedł. Mama mówiła, że śnieg do rana zniknie, ale wciąż było zimno. Lekki wiatr szeptał i mamrotał w gałęziach dębu przy furtce. Od domu Bendiksenów dzieliło go nie więcej niż sto metrów, a po drodze na szczęście paliły się dwie latarnie. Musiała tam pójść. Rozejrzał się na prawo i lewo, by się upewnić, że nie ma nikogo, kto by go zatrzymał. Wtedy zauważył bałwana. Stał jak wcześniej, nieruchomy, zwrócony w stronę domu, zalany zimnym księżycowym światłem. A mimo to wyglądał inaczej. Miał w sobie coś niemal ludzkiego, coś znajomego. Jonas spojrzał na dom Bendiksenów, postanowił, że tam pobiegnie. Ale tego nie zrobił. Stał i czuł, jak delikatny lodowaty wiatr przenika go na wskroś. Powoli znów odwrócił się do bałwana. Wreszcie bowiem sobie uświadomił, co sprawiło, że bałwan wydawał się tak znajomy. Miał teraz szalik. Różowy szalik. Ten, który Jonas podarował mamie na Gwiazdkę.

4 DZIEŃ 2. ZAGINIĘCIE

W środku dnia śnieg w centrum Oslo stopniał, ale na Hoff białe płaty wciąż utrzymywały się w ogrodach po obu stronach drogi, którą jechali Harry Hole z Katrine Bratt. W radiu Michael Stipe śpiewał, jak to jest wiedzieć, że coś pójdzie nie tak, i o chłopcu w studni. W środku cichej dzielnicy willowej i na jeszcze cichszej ulicy Harry wskazał srebrną toyotę corollę zaparkowaną tuż przy płocie.

– To samochód Skarrego. Stań za nim.

Willa była duża, żółta. Za duża dla trzyosobowej rodziny, pomyślał Harry, gdy szli alejką. Wokół nich kapało i chlupało. W ogrodzie stał bałwan, lekko przechylony na bok, z marnymi widokami na przyszłość.

Otworzył im Skarre. Harry nachylił się i obejrzał zamek.

– Nigdzie nie ma żadnych śladów włamania – stwierdził Skarre. Zaprowadził ich do salonu, w którym na podłodze siedział odwrócony do nich plecami chłopiec i oglądał film rysunkowy w telewizji. Z kanapy podniosła się kobieta. Podała Harry'emu rękę i przedstawiła się jako Ebba Bendiksen, sąsiadka.

– Birte nigdy wcześniej nic takiego nie robiła – powiedziała. – Przynajmniej odkąd ją znam.

– To znaczy jak długo? – spytał Harry, rozglądając się dokoła. Przed telewizorem stały wielkie ciężkie skórzane meble i ośmiokątny stolik z blatem z przydymionego szkła. Krzesła na stalowych nogach przy jasnym jadalnianym stole były lekkie i eleganckie, z rodzaju tych, które, jak wiedział, podobają się Rakel. Na ścianach wisiały dwa obrazy. Oba prezentowały mężczyzn wyglądających na szefów banku; spoglądali na niego z góry z surową władczością. Obok nich modernistyczna abstrakcyjna sztuka, która zdążyła już zrobić się niemodna, a potem znów bardzo modna.

– Dziesięć lat – odparła Ebba Bendiksen. – Sprowadziliśmy się do tego domu po drugiej stronie drogi akurat wtedy, kiedy Jonas się urodził. – Skinieniem głowy wskazała na chłopca, który wciąż siedział nieruchomo, wpatrzony w biegające strusie i eksplodujące kojoty.

– To pani telefonowała w nocy na policję?

– Tak.

– Chłopiec zadzwonił do państwa drzwi mniej więcej kwadrans po pierwszej – wtrącił Skarre, zerkając do swoich notatek. – Telefon do dyżuru kryminalnego był o pierwszej trzydzieści.

– Razem z mężem i Jonasem obszukaliśmy najpierw dom – wyjaśniła Ebba Bendiksen.

– Gdzie szukaliście? – spytał Harry.

– W piwnicy. W łazienkach. W garażu. Wszędzie. To naprawdę dziwne, żeby ktoś tak po prostu uciekł w ten sposób.

– Uciekł?

– Zniknął. Przepadł. Policjant, z którym rozmawiałam przez telefon, spytał, czy możemy zająć się Jonasem, i powiedział, że powinniśmy obdzwonić wszystkich, których Birte zna i u kogo może być. A poza tym czekać do rana i sprawdzić, czy Birte przyjdzie do pracy. Wyjaśnił mi, że w ośmiu na dziesięć podobnych przypadków zaginiona osoba odnajduje się w ciągu kilku godzin. Próbowaliśmy złapać Filipa...

– Męża – przerwał jej Skarre. – Był w Bergen z odczytem. To jakiś profesor.

– Fizyki – uśmiechnęła się Ebba Bendiksen. – Ale i tak miał wyłączoną komórkę, a nie wiedzieliśmy, w jakim hotelu się zatrzymał.

– Skontaktowano się z nim w Bergen dziś rano – oznajmił Skarre. – Powinien wkrótce tu być.

– Tak, dzięki Bogu. Kiedy zadzwoniliśmy do Birte do pracy i okazało się, że nie przyszła o właściwej porze, znów zatelefonowaliśmy do was.

Skarre na potwierdzenie pokiwał głową. Harry dał mu sygnał, żeby kontynuował rozmowę z Ebbą Bendiksen, a sam podszedł do telewizora i usiadł na podłodze obok chłopca.

– Cześć, Jonas. Mam na imię Harry. Czy ten drugi policjant ci powiedział, że takie sprawy jak ta prawie zawsze dobrze się kończą? Że ci, którzy znikają, znów się pojawiają sami z siebie?

Chłopiec pokręcił głową.

– Ale tak właśnie jest – oświadczył Harry. – Gdybyś miał zgadywać, to gdzie teraz może być twoja mama?

Chłopiec wzruszył ramionami.

– Nie wiem, gdzie ona jest.

– Wiem, że nie wiesz, Jonas. Nikt z nas akurat w tej chwili tego nie wie. Ale jakie miejsce pierwsze przychodzi ci do głowy, jeśli nie ma jej tutaj ani w pracy? Nie zastanawiaj się nad tym, czy to prawdopodobne, czy nie, po prostu odpowiedz.

Chłopiec nie odpowiedział, wpatrywał się tylko w kojota, na próżno usiłującego odrzucić laskę dynamitu, która przywarła mu do łapy.

– Macie jakąś działkę czy domek, do którego jeździcie?

Jonas pokręcił głową.

– A jest jakieś specjalne miejsce, do którego się wybierała, kiedy chciała być sama?

– Ona nie chciała być sama – odparł Jonas. – Chciała być ze mną.

– Tylko z tobą?

Chłopiec odwrócił się i spojrzał na Harry'ego. Miał piwne oczy, tak jak Oleg, a wśród tego brązu Harry dostrzegł strach, którego się spodziewał, i złość, której się nie spodziewał.

– Dlaczego oni znikają? – spytał Jonas. – Ci, którzy wracają?

Takie same oczy, pomyślał Harry. Takie same pytania. Ważne.

– Z bardzo różnych powodów – wyjaśnił. – Niektórzy błądzą. A zabłądzić można na wiele sposobów. Inni po prostu potrzebują przerwy i chowają się, żeby mieć trochę spokoju.

Trzasnęły drzwi wejściowe, Harry zauważył, że chłopiec drgnął. W chwili, gdy dynamit w łapie kojota eksplodował, otworzyły się drzwi salonu.

– Dzień dobry – rozległ się głos za ich plecami, ostry, a zarazem opanowany. – Jak wygląda sytuacja?

Harry odwrócił się akurat w porę, by zobaczyć, jak mniej więcej pięćdziesięcioletni mężczyzna w marynarce idzie przez pokój do stolika, sięga po pilota, a moment później obraz na ekranie telewizora przy wtórze protestującego pełnego złości syku skupia się w białą plamkę.

– Dobrze wiesz, co mówiłem o oglądaniu telewizji w środku dnia, Jonasie – rzucił z rezygnacją, jak gdyby jednocześnie pragnął oznajmić innym osobom obecnym w pokoju, jak beznadziejna jest w dzisiejszych czasach rola wychowawcy.

Harry wstał, przedstawił siebie, Magnusa Skarrego i Katrine Bratt, która do tej pory jedynie stała w drzwiach, wszystko obserwując.

– Filip Becker – powiedział mężczyzna, popychając palcem okulary, chociaż już i tak siedziały głęboko. Harry próbował uchwycić jego spojrzenie, stworzyć sobie to ważne pierwsze wrażenie potencjalnego podejrzanego, gdyby sytuacja miała się rozwinąć w tym kierunku, ale oczy Beckera pozostały ukryte za odbiciem w szkle okularów.

– Wykorzystałem ten czas na obdzwonienie wszystkich możliwych znajomych – oznajmił Filip Becker. – Co wiecie?

– Nic – odparł Harry. – Ale przede wszystkim może nam pan pomóc w ustaleniu, czy nie zginęły jakieś walizki, plecaki czy ubranie, żebyśmy wiedzieli, co o tym myśleć. – Harry przyjrzał się Beckerowi, zanim dodał: – Czy to zaginięcie było spontaniczne, czy zaplanowane.

Becker odwzajemnił szacujące spojrzenie Harry'ego, nim kiwnął głową i ruszył po schodach na piętro.

Harry przykucnął przy Jonasie, który nie odrywał wzroku od czarnego ekranu telewizora.

– Więc ty lubisz Strusia Pędziwiatra? – spytał Harry.

Chłopiec w milczeniu pokręcił głową.

– Dlaczego?

Szept Jonasa był ledwie słyszalny.

– Żal mi Wilusia E. Kojota.

Pięć minut później Becker wrócił z góry i oświadczył, że niczego nie brakuje, ani toreb podróżnych, ani ubrań, oprócz tego, co żona miała na sobie, kiedy wychodził, plus płaszcza, butów i szalika.

– Mhm. – Harry podrapał się w nieogoloną brodę i zerknął na Ebbę Bendiksen. – Możemy iść razem do kuchni, panie Becker?

Gospodarz wskazał mu drogę, a Harry dał znak Katrine, żeby poszła z nimi. W kuchni profesor zaraz zabrał się do wsypywania kawy do papierowego filtra i nalewania wody do ekspresu. Katrine stanęła przy drzwiach, Harry natomiast podszedł do okna i wyjrzał. Bałwanowi głowa zapadła się w ramiona.

– Kiedy pan wyszedł wczoraj z domu i jakim samolotem poleciał pan do Bergen?

– Wyszedłem stąd około pół do dziesiątej – odparł Becker bez wahania. – Samolot wylatywał pięć po jedenastej.

– Miał pan kontakt z Birte po wyjściu z domu?

– Nie.

– Jak pan sądzi, co się mogło stać?

– Nie mam pojęcia, komisarzu. Naprawdę nie mam pojęcia.

– Mhm. – Harry wyjrzał na ulicę. Odkąd się tu zjawili, nie słyszał ani jednego przejeżdżającego samochodu. Naprawdę cicha okolica. Po tej stronie miasta już sama ta cisza prawdopodobnie kosztuje parę milionów koron.

– Jakie jest pana małżeństwo? – Usłyszał, że Filip Becker nieruchomieje, więc dodał: – Muszę o to spytać, ponieważ czasami zdarza się, że małżonkowie po prostu uciekają.

Filip Becker chrząknął.

– Zapewniam pana, że moje małżeństwo jest idealne.

– Mimo wszystko nie zastanawiał się pan, czy żona może mieć znajomości, o których by pan nie wiedział?

– To wykluczone.

– „Wykluczone" to mocne stwierdzenie, panie Becker. A pozamałżeńskie znajomości są bardzo częste.

Filip Becker uśmiechnął się lekko.

– Nie jestem naiwny, panie komisarzu. Birte to atrakcyjna kobieta, sporo ode mnie młodsza. No i trzeba powiedzieć, że pochodzi ze stosunkowo niefrasobliwej rodziny. Ale ona sama nie jest w tym typie. A poza tym posiadam całkiem sporą wiedzę o jej zajęciach i poczynaniach, jeśli można tak powiedzieć.

Ekspres do kawy zabulgotał ostrzegawczo, gdy Harry otworzył usta, by dalej drążyć temat, ale zmienił zdanie.

– Czy zauważył pan u żony jakieś wahania nastrojów?

– Birte nie ma skłonności do depresji, komisarzu. Nie poszła do lasu się powiesić ani nie rzuciła się w morze. Jest gdzieś i żyje. Czytałem, że ludzie cały czas giną, a potem się pojawiają i cała sprawa zwykle ma jakieś naturalne i dość banalne wytłumaczenie. Czy nie jest tak?

Harry wolno pokiwał głową.

– Nie ma pan nic przeciwko temu, żebym się trochę rozejrzał po domu?

– A po co?

W pytaniu Filipa Beckera zabrzmiała ostrość, która uświadomiła Harry'emu, że to człowiek nawykły do rządzenia. Do bycia informowanym. I że bardzo mu się nie podoba taka wyprawa żony bez uprzedzenia. Ewentualność, którą Harry w zasadzie już w duchu wykluczył. Normalne zdrowe matki nie zostawiają dziesięcioletnich synów w środku nocy. No i jeszcze ta druga przyczyna. Zazwyczaj w początkowym stadium zaginięcia poświęcali sprawie minimalne środki, chyba że pojawiały się okoliczności wskazujące na kryminalne lub inne dramatyczne podłoże. To ten drugi powód kazał mu mimo wszystko osobiście przyjechać na Hoff.

– Czasami nie wiadomo, czego się szuka, dopóki człowiek tego nie znajdzie – odparł Harry. – To taka metoda pracy.

Tym razem udało mu się pochwycić spojrzenie Beckera skryte za okularami. W przeciwieństwie do syna oczy miał jasnoniebieskie, intensywnie błyszczące.

– Wobec tego proszę – powiedział Becker. – Proszę bardzo.

Sypialnia była chłodna i pozbawiona zapachu, panował w niej porządek. Na podwójnym łóżku leżała szydełkowa narzuta. Na jednej nocnej szafce stało zdjęcie starszej kobiety, podobieństwo kazało Harry'emu przyjąć, że to strona Filipa Beckera. Na drugiej szafce dostrzegł zdjęcie Jonasa. W szafie z damskimi ubraniami czuć było lekką woń perfum. Haczyki wieszaków wisiały w równych odstępach jak zwykle, gdy przez pewien czas zostawia się je w spokoju. Czarne sukienki z rozporkiem, krótkie sweterki z różowymi wzorkami i błyskotkami. Na dole szafy znajdowała się wewnętrzna komoda. Wyciągnął górną szufladę. Bielizna. Czarna i czerwona. Następna szuflada. Pasy do pończoch i pończochy. Trzecia szuflada. Biżuteria w zagłębieniach w czerwonym filcu. Zwrócił uwagę na ostentacyjnie duży pierścionek z ostro błyszczącymi kamieniami. Wszystko tu wyglądało trochę jak z Las Vegas. Żadne z zagłębień nie było puste.

Z sypialni drzwi prowadziły do świeżo wyremontowanej łazienki z kabiną prysznicową z sauną parową i dwiema stalowymi umywalkami.

W pokoju Jonasa Harry przysiadł na chwilę na krzesełku przy niedużym biurku. Leżał na nim kalkulator z wieloma zaawansowanymi matematycznymi funkcjami. Wyglądał na nowy i nieużywany. Nad biurkiem wisiał plakat ze zdjęciem siedmiu delfinów wśród fal i kalendarz na cały rok. Niektóre daty były zakreślone kółkiem, widniały przy nich krótkie hasła. Harry wyczytał wśród nich urodziny mamy i dziadka, wakacje w Danii, dentystę na dziesiątą, a przy dwóch lipcowych datach było słowo „lekarz". Nie znalazł natomiast żadnych meczów piłki nożnej, wyjść do kina czy na urodziny kolegi. Na łóżku zauważył różowy szalik w kolorze, w którym nie chciałby zostać przyłapany żaden chłopiec w wieku Jonasa. Harry wziął go do ręki. Szal był wilgotny, lecz mimo tego wyczuł wyraźny zapach skóry, włosów i damskich perfum. Tych samych co w szafie z ubraniami w sypialni.

Zszedł na dół. Przy kuchni się zatrzymał i słuchał wywodów Skarrego o tym, jak zwykle postępuje się w sprawach zaginięć. Dzwoniły filiżanki. Kanapa w salonie wydawała się ogromna, może z powodu drobnej postaci, która siedziała na niej zapatrzona w książkę. Harry podszedł bliżej i zobaczył zdjęcie Charlie'ego Chaplina w pełnym mundurze. Usiadł obok.

– Wiedziałeś, że Chaplin był angielskim szlachcicem? – spytał. – Że był sir Charlesem?

Jonas kiwnął głową.

– Ale z Ameryki go wyrzucili – powiedział, przerzucając kilka stron.

– Chorowałeś latem, Jonas?

– Nie.

– Ale byłeś u lekarza. Dwa razy.

– Mama chciała, żeby mnie zbadali. Mama… – głos mu się nagle załamał.

– Przekonasz się, niedługo wróci. – Harry położył mu rękę na drobnym ramieniu. – Nie wzięła przecież ze sobą szalika. Tego różowego, który leży w twoim pokoju.

– Ktoś go zawiązał na szyi bałwanowi – odparł Jonas. – Ja go zdjąłem i zabrałem do domu.

– Pewnie twoja mama nie chciała, żeby bałwan zmarzł.

– Nigdy nie dałaby bałwanowi swojego ulubionego szala.

– To może tata to zrobił?

– Nie. Ktoś zawiązał szalik po jego wyjeździe. W nocy. To ten ktoś, kto zabrał mamę.

Harry z namysłem pokiwał głową.

– Kto ulepił tego bałwana, Jonas?

– Nie wiem.

Harry spojrzał w okno wychodzące na ogród. To drugi powód, dla którego tu przyjechał. Miał wrażenie, że zimny podmuch nagle przeniknął przez ścianę.

Harry i Katrine wjechali na Sørkedalsveien w stronę Majorstua.

– Co cię tam uderzyło zaraz, gdy tylko przyjechaliśmy? – spytał Harry.

– Że ludzie, którzy tam mieszkają, nie są pokrewnymi duszami – odparła Katrine i przejechała przez punkt pobierania opłat za wjazd do miasta, nawet nie przyhamowując. – Że to raczej nieszczęśliwe małżeństwo. A jeśli tak, to ona cierpi bardziej.

– Mhm. A co cię naprowadziło na taką myśl?

– To chyba oczywiste – uśmiechnęła się Katrine, patrząc w lusterko. – Konflikt gustów.

– Wyjaśnij mi.

– Nie zauważyłeś tej okropnej kanapy i stolika? Typowe meble z lat osiemdziesiątych, kupowane przez mężczyzn w latach dziewięćdziesiątych. Natomiast to ona wybrała ten stół do jadalni z olejowanego na biało dębu z aluminiową podstawą. I Vitrę.

– Vitrę?

– Krzesła do jadalni. Szwajcarskie. Drogie. Takie drogie, że za to, co by zaoszczędziła, kupując tylko trochę tańsze kopie, mogłaby wymienić cały ten kurewsko paskudny komplet wypoczynkowy.

Harry zauważył, że słowo „kurewsko” w ustach Katrine Bratt nie zabrzmiało jak ordynarne przekleństwo, lecz było po prostu językowym kontrapunktem, jedynie podkreślającym jej przynależność klasową.

– To znaczy?

– Przy takim wielkim domu pod takim adresem w Oslo to nie pieniądze stanowią problem. Jej nie pozwolono wymienić jego kanapy i stołu. A kiedy mężczyzna bez gustu i widocznego zainteresowania urządzeniem wnętrza tak postępuje, coś mi to mówi o tym, kto tu dominuje.

Harry pokiwał głową głównie do siebie. Pierwsze wrażenie go nie zwiodło. Katrine Bratt była dobra.

– Powiedz mi raczej, co ty o tym myślisz. To ja mam się uczyć od ciebie.

Harry wyjrzał przez okno, popatrzył na stary bar Lepsvik, z tradycjami, ale niezbyt zacny.

– Uważam, że Birte Becker nie opuściła domu dobrowolnie – stwierdził.

– Dlaczego? Przecież nie było żadnych śladów przemocy.

– Ponieważ to zostało starannie zaplanowane.

– A kto jest winny? Mąż? To zawsze mąż, prawda?

– Owszem. – Harry poczuł, że myśli mu ulatują. – To zawsze mąż.

– Tyle że akurat ten mąż wyjechał do Bergen.

– Rzeczywiście, na to wygląda.

– Ostatnim samolotem. Nie mógł więc tu wrócić, a potem zdążyć na poranny wykład. – Katrine dodała gazu i przemknęła przez skrzyżowanie na Majorstua na żółtym świetle. – Zresztą gdyby Filip Becker był winny, złapałby tę przynętę, którą mu rzuciłeś.

– Przynętę?

– Tak. To, co powiedziałeś o wahaniach nastroju. Dałeś mu do zrozumienia, że możesz podejrzewać samobójstwo.

– No i?

Roześmiała się głośno.

– Przestań, Harry! Wszyscy łącznie z Beckerem wiedzą, że policja nie angażuje olbrzymich środków w sprawy, które wyglądają na samobójstwo. Krótko mówiąc, podsunąłeś mu możliwość podtrzymania teorii, która w wypadku, gdyby był winien, rozwiązałaby większość jego problemów. Ale on przeciwnie, odpowiedział, że żona jest radosna jak skowronek.

– Mhm. Uważasz, że to pytanie było testem?

– Ty przez cały czas testujesz ludzi, Harry. Między innymi mnie.

Harry nie odpowiedział, dopóki nie wjechali daleko w głąb Bogstadveien.

– Ludzie często bywają bystrzejsi, niż ci się wydaje – stwierdził wtedy i nie odezwał się, dopóki nie stanęli na parkingu pod Budynkiem Policji.

– Przez resztę dnia muszę pracować sam.

Powiedział tak dlatego, że rozmyślając o różowym szalu, podjął decyzję. Uważał, że trzeba się pospieszyć z przejrzeniem zebranych przez Skarrego materiałów o osobach zaginionych i z uzyskaniem potwierdzenia gnębiących go podejrzeń. I że jeśli jest tak, jak się tego obawiał, będzie musiał iść do nadkomisarza Gunnara Hagena z tym listem. Z tym przeklętym listem.

5 4 LISTOPADA 1992. TOTEM

Kiedy William Jefferson Blythe III przyszedł na świat w miasteczku Hope w stanie Arkansas, minęły dokładnie trzy miesiące od śmierci jego ojca w wypadku samochodowym. Cztery lata później matka Williama ponownie wyszła za mąż, William zaś przybrał nazwisko ojczyma. A w listopadową noc czterdzieści sześć lat później, w roku 1992, z nieba na ulicach Hope sypało się jak śnieg białe konfetti dla uczczenia tego, że ich nadzieja, dziecko tego miasta, William – a raczej po prostu Bill – Clinton został wybrany na czterdziestego drugiego prezydenta Stanów Zjednoczonych. Śnieg, który tej samej nocy padał w Bergen, jak zwykle nie dotarł do poziomu ulic, bo zmienił się w deszcz obmywający miasto prysznicem, takim samym, jakiego miasto zażywało od połowy września. Ale gdy nastał świt, szczyty siedmiu wzgórz strzegących tego pięknego miasta przysypała cieniutka warstewka cukru pudru. A na najwyższym z nich, Ulriken, zdążył się już znaleźć sierżant Gert Rafto. Z drżeniem wdychał górskie powietrze. W ramiona wciskał wielką głowę, której twarz miała tyle fałd skóry, że wyglądała, jakby złapała gumę.

Żółty wagonik kolejki gondolowej, która przewiozła go wraz z trzema kolegami z grupy zajmującej się badaniem miejsca zbrodni z Komendy Okręgowej Policji w Bergen 642 metry ponad miasto, kołysał się na solidnych stalowych linach, czekając. Kolejkę zamknięto, gdy tylko policję powiadomili pierwsi turyści przybyli rano na ten popularny szczyt.

– Rany boskie! – wykrzyknął jeden z techników, niewierzący, ale w sytuacjach, w których górę bierze strach i przerażenie, do głosu dochodzą wyrażenia przyswojone w dzieciństwie.

– No właśnie, rany boskie – powtórzył Rafto sarkastycznie, ale oczy błysnęły wśród fałd skóry przypominających stos naleśników. Zwłoki kobiety leżącej w śniegu były pocięte na tak małe kawałki, że tylko dzięki jednej nagiej piersi mogli określić płeć. Reszta przypominała Gertowi Rafto wypadek samochodowy na Eidsvågneset rok wcześniej, kiedy ciężarówka przewożąca aluminiowe profile, wykonując ostry zakręt, zgubiła ładunek, który dosłownie poszatkował nadjeżdżający z przeciwka samochód.

– Zabił ją i rozkawałkował zwłoki na miejscu – stwierdził jeden z techników.

Ta informacja wydała się Gertowi Rafto całkowicie zbędna, ponieważ śnieg dookoła cały był zbryzgany krwią, a podłużne smugi odchodzące w bok świadczyły o tym, że w czasie, gdy serce jeszcze biło, przecięta została co najmniej jedna tętnica. Zanotował w głowie, że musi sprawdzić, o której śnieg przestał padać. Ostatnia kolejka odjechała o piątej po południu. Oczywiście ofiara i zabójca mogli przyjść tu ścieżką wijącą się w dole albo wjechać linowo-szynową kolejką na Fløyen, sąsiedni szczyt, i stamtąd dotrzeć tu piechotą. Ale obie te wycieczki były długie, intuicja podpowiadała mu więc, że raczej wjechali gondolą. Na śniegu widniały ślady stóp dwóch osób, te mniejsze z pewnością należały do kobiety, chociaż jej butów nigdzie w pobliżu nie dostrzegli, a te drugie musiały być śladami zabójcy. Prowadziły ku ścieżce.

– Duże buciory – stwierdził młody technik z zapadniętymi policzkami, pochodzący z wyspy Sotra. – Numer co najmniej czterdzieści osiem. Na pewno jakiś wielki facet.

– Niekoniecznie. – Rafto wciągnął powietrze nosem. – Odcisk jest nierówny, nawet tu, na płaskim terenie. A to oznacza, że ta osoba miała mniejsze stopy niż buty. Może sprawca chciał nas oszukać.

Rafto czuł na sobie spojrzenia innych. Wiedział, co myślą. Że stoi tu i próbuje chociaż trochę błyszczeć. On, ta zgasła gwiazda, niegdyś uwielbiana przez gazety. Mocny w pysku, z gębą twardziela, obdarzony pasującą do tego energią. Krótko mówiąc, człowiek wprost stworzony do tego, by trafiać na nagłówki. Ale w pewnym momencie Rafto zrobił się za wielki dla nich wszystkich, i dla prasy, i dla kolegów. Zaczęły do niego docierać rozmaite aluzje, że myśli wyłącznie o sobie i własnym miejscu w światłach rampy, a w swoim egoizmie depcze po zbyt wielu kolegach i zbyt wielu trupach. On się tym jednak nie przejął. Nic na niego nie mieli. W każdym razie niewiele. Od czasu do czasu z miejsca przestępstwa ginęła jakaś wartościowa rzecz, biżuteria czy zegarek należący do zmarłej osoby, coś, czego raczej nikt nie szukał. Ale któregoś dnia jeden z kolegów Rafty, szukając długopisu – tak przynajmniej twierdził – zajrzał do szuflady w jego biurku. I znalazł trzy pierścionki. Rafto został wezwany do szefa wydziału, złożył wyjaśnienia, kazano mu trzymać gębę na kłódkę i łapy przy sobie. To wszystko. Ale plotki już zaczęły krążyć. Dotarły nawet do niektórych dziennikarzy. Nie było więc nic dziwnego w tym, że gdy po kilku latach na komendę posypały się oskarżenia o stosowanie przemocy przez policjantów, przeciwko jednemu człowiekowi od razu znalazły się konkretne dowody. Przeciwko człowiekowi wprost stworzonemu do nagłówków.

Gert Rafto był winien oskarżeniom, co do tego nikt nie miał wątpliwości. Wszyscy jednak zdawali sobie również sprawę, że komisarz stał się kozłem ofiarnym, na którego spadło całe odium za kulturę od lat panującą w komendzie. Tylko dlatego, że podpisał sporo raportów dotyczących aresztantów – w większości napastujących dzieci i handlarzy narkotyków – którzy spadli ze starych schodów prowadzących do cel aresztu, zarabiając przy tym kilka siniaków.

Gazety były bezlitosne. Przezwisko, jakie mu nadały – „Żelazny Rafto" – nie było zbyt oryginalne, ale przez to wcale nie mniej trafne. A teraz nabrało jeszcze nowego znaczenia. Dziennikarze przeprowadzili wywiady z wieloma jego starymi wrogami po obu stronach prawa, którzy oczywiście skorzystali z okazji, żeby się odgryźć. Kiedy więc córka Gerta Rafto wróciła ze szkoły z płaczem, bo koledzy przezwali ją „Żelaznymi Schodami", żona oświadczyła, że ma już tego dość i Gert nie może się spodziewać, że ona będzie tylko siedzieć cicho i patrzeć, jak on wciąga w błoto całą rodzinę. Rafto, jak często się zdarzało, stracił panowanie nad sobą. Żona zabrała córkę i więcej nie wróciła.

To był ciężki czas, ale on nigdy nie zapomniał, kim był. Żelaznym Rafto. A gdy okres kwarantanny się skończył, postawił wszystko na jedną kartę. Pracował dzień i noc po to, by odzyskać straconą pozycję. Ale nikt niczego nie zapomniał, rany były zbyt głębokie, wyczuwał wokół siebie niechęć. Oczywiście ludzie nie chcieli, by znów błyszczał, przypominając i im, i mediom o tym, co tak rozpaczliwie pragnęli zostawić za sobą. O zdjęciach przedstawiających zmaltretowane ciała w kajdankach. Ale on chciał im pokazać. Udowodnić, że Gert Rafto nie jest człowiekiem, który pozwoli się pogrzebać przed czasem. Że miasto należy do niego, a nie do pracowników opieki społecznej, do bab w jedwabnych rękawiczkach, które siedziały w swoich biurach z jęzorami tak długimi, że sięgały i do tyłków polityków gminnych, i do lewicujących dziennikarzy.

– Zrób kilka zdjęć i załatw mi identyfikację – powiedział Rafto do technika z aparatem fotograficznym.

– A kto miałby zidentyfikować coś takiego? – Młody człowiek pokazał palcem.

Gertowi Rafto nie spodobał się jego ton.

– Ktoś prędzej czy później zgłosi jej zaginięcie. No, bierz się do roboty, junior!

Rafto wszedł na szczyt i spojrzał w tył na płaskowyż. Jego wzrok błądził po okolicy, w końcu zatrzymał się na pagórku, na którym stało coś, co przypominało człowieka. Ale ta osoba stała zupełnie nieruchomo. Może to po prostu stos kamieni? Rafto zmrużył oczy. Bywał tu setki razy na wycieczkach z żoną i córką, ale tego stosu kamieni sobie nie przypominał. Zszedł do kolejki, porozmawiał z maszynistą i pożyczył od niego lornetkę. Piętnaście sekund później stwierdził, że to wcale nie stos kamieni, tylko trzy wielkie okrągłe kule śniegu, które ktoś ustawił jedna na drugiej.

Rafto nie lubił dzielnicy Fjellsiden z jej tak zwanymi malowniczymi krzywymi domkami z drewna bez zimowej izolacji, ze schodami i piwnicami w wąskich zaułkach, do których nigdy nie docierało światło, ale gdzie goniące za modą dzieci bogaczy chętnie wydawały miliony na coś autentycznie bergeńskiego i remontowały, dopóki nie usunęły najmniejszej drzazgi z tego, co było na początku. Nie rozlegały się tu już odgłosy dziecięcych stóp biegających po bruku, bo ceny dawno przegnały z tych okolic rdzennych mieszkańców i rodziny z małymi dziećmi na przedmieścia po drugiej stronie gór. Przeciwnie, było tu cicho i pusto jak w zimnej dzielnicy biurowej. Mimo to, gdy stawał na kamiennych schodkach i dzwonił do drzwi, miał poczucie, że jest obserwowany.

Po dłuższej chwili drzwi się otworzyły, wyjrzała zza nich blada wystraszona kobieta z pytającym wyrazem twarzy.

– Onny Hetland? – spytał Rafto, wyciągając identyfikator. – Przychodzę w sprawie pani przyjaciółki, Laili Aasen.

Mieszkanie było maleńkie, zaprojektowane w niepojęty sposób, z łazienką usytuowaną w kuchni, a jednocześnie oddzielającą sypialnię od salonu. Między wzorzyste bordowe tapety w salonie Onny Hetland z trudem udało się wcisnąć kanapę i zielonopomarańczowy fotel, resztkę miejsca zajmowały stosy tygodników, książek i płyt CD. Rafto, żeby przejść do sofy, musiał dać krok nad kotem i przewróconą miską z wodą. Onny Hetland usiadła w fotelu i zaczęła bawić się naszyjnikiem. Zielony kamyk wisiorka miał czarne pęknięcie, może skazę, a może właśnie taki miał być.

Onny Hetland dowiedziała się o śmierci przyjaciółki wcześnie rano, od męża Laili, Bastiana. Ale jej twarz i tak ulegała dramatycznym zmianom, gdy Rafto bezlitośnie odmalował przed nią wszystkie szczegóły zbrodni.

– To straszne – szepnęła Onny Hetland. – Bastian nic mi o tym nie mówił.

– Dlatego, że nie chcemy jeszcze wszystkiego wyjawiać – wyjaśnił Rafto. – Bastian twierdzi, że była pani najbliższą przyjaciółką Laili.

Onny kiwnęła głową.

– Czy pani wie, co Laila robiła na Ulriken? Jej mąż nie miał o tym pojęcia. Razem z dziećmi był wczoraj u babci we Florø.

Onny pokręciła głową. Bardzo zdecydowanie. W sposób, który nie powinien pozostawiać żadnych wątpliwości. I wcale nie ruch głowy stanowił problem, tylko setny ułamek sekundy wahania, zanim głowa zaczęła się poruszać. Ta setna cząstka sekundy była wszystkim, czego potrzebował Gert Rafto.

– Mamy do czynienia z zabójstwem, panno Hetland. Liczę, że pani rozumie powagę sytuacji i ryzyko, z jakim się wiąże zatajanie przede mną tego, co pani wie.

Onny Hetland zdezorientowana popatrzyła na policjanta o twarzy buldoga. Rafto już wietrzył zdobycz.

– Jeśli wydaje się pani, że milcząc, działa dla dobra rodziny, to źle pani to pojmuje. Te szczegóły i tak wyjdą na jaw.

Przełknęła ślinę. Wyglądała na wystraszoną. Jej strach widać było już wtedy, gdy otwierała drzwi. Zadał jej więc ostatnie pchnięcie. W zasadzie była to bagatelna groźba, która mimo wszystko działała zaskakująco skutecznie zarówno na winnych, jak i niewinnych.

– Może mi pani o tym powiedzieć teraz albo pojechać ze mną na przesłuchanie na komendę.

Do oczu napłynęły jej łzy, a ledwie słyszalny głos wydobył się z głębi gardła.

– Miała się tam z kimś spotkać.

– Z kim?

Onny Hetland drżąco nabrała powietrza.

– Laila zdradziła mi tylko imię i zawód. Mówiła, że nikt nie może się o tym dowiedzieć, zwłaszcza Bastian.

Rafto zajrzał do swoich notatek, żeby ukryć podniecenie.

– A to imię i zawód?

Zanotował, co powiedziała Onny. Znów spojrzał w notatnik. Stosunkowo popularne imię i stosunkowo popularny zawód. Ale ponieważ Bergen to stosunkowo małe miasto, uznał, że tyle powinno wystarczyć. Całym sobą czuł, że trafił na właściwy ślad. A przez całego siebie Gert Rafto rozumiał doświadczenie trzydziestu lat pracy w policji i znajomość ludzi opierającą się na ogólnej mizantropii.

– Musi mi pani obiecać jedno – oświadczył. – Że o tym, co mi pani przed chwilą zdradziła, nie wspomni pani nikomu. Absolutnie nikomu. Ani z rodziny, ani z prasy. Nawet innym policjantom, z którymi by pani rozmawiała. Jasne?

– Policjantom też nie?

– Zdecydowanie. To ja kieruję śledztwem i muszę mieć pełną kontrolę nad tym, kto posiada te informacje. Dopóki nie powiadomię, że może już pani o tym mówić, nic pani nie wie.

Nareszcie, pomyślał Rafto, gdy znów stanął na schodach przed domem. Błysnęła szyba, gdy kawałek dalej w zaułku poruszyło się okno, i znów ogarnęło go wrażenie, że jest obserwowany. Ale co z tego? Rewanż należał do niego. Tylko do niego. Gert Rafto zapiął płaszcz, ledwie zauważając bergeńską mżawkę, i triumfalnie pomaszerował po śliskich ulicach w stronę centrum.

Była już piąta po południu i z bergeńskiego nieba, w którym puściły uszczelki, siąpił deszcz. Na biurku przed Gertem Rafto leżała lista nazwisk przysłana mu ze związku zawodowego. Zaczął szukać kandydatów o właściwym imieniu, na razie znalazł tylko trzech. Od wizyty u Onny Hetland minęły zaledwie dwie godziny, a Rafto myślał, że już niedługo będzie wiedział, kto zabił Lailę Aasen. Sprawa rozwiązana w czasie krótszym niż dwanaście godzin. Nikt nie mógł mu tego odebrać. Nikt nie mógł zdobyć tego zaszczytu. Tylko on. Zamierzał osobiście poinformować prasę. Dziennikarze ze stolicy już przylecieli przez góry i okupowali komendę. Komendant okręgowy nakazał zatajenie wszelkich szczegółów związanych ze znalezieniem zwłok, ale sępy i tak zwietrzyły krew.

– Musiał być jakiś przeciek – stwierdził komendant, patrząc na Raftę, który ani nie odpowiedział, ani się nie uśmiechnął, chociaż uśmiech cisnął mu się na usta. Bo oto siedzieli tu wszyscy gotowi do składania raportów, ale już niedługo to on, Gert Rafto, będzie królem okręgowej komendy w Bergen.

Ściszył radio, w którym Whitney Houston przez całą jesień zapewniała, że zawsze będzie go kochać, ale zanim zdążył sięgnąć po słuchawkę, telefon zadzwonił.

– Słucham, Rafto – powiedział zirytowany i zniecierpliwiony, bo chciał już działać.

– To mnie szukasz.

Ten głos sprawił, że zdegradowany sierżant natychmiast zrozumiał, że nie ma do czynienia z żartownisiem ani z wariatem. Chłodny i opanowany, z wyraźną rzeczową dykcją, wykluczającą zwykłych szaleńców i pijaków. Ale w tym głosie było coś jeszcze, czego nie potrafił uchwycić.

Rafto głośno chrząknął dwa razy, nie spieszył się. Jakby po to, by pokazać, że nie jest wytrącony z równowagi, spytał:

– Z kim rozmawiam?

– Przecież wiesz.

Rafto zamknął oczy i w duchu zaklął. Do jasnej cholery, sprawca sam się zgłaszał, a to nie będzie miało takiego samego efektu jak aresztowanie go samodzielnie.

– Dlaczego uważasz, że cię szukam? – spytał przez zaciśnięte zęby.

– Po prostu wiem – odparł głos. – I jeśli zrobimy to na mój sposób, dostaniesz to, czego chcesz.

– A czego ja chcę?

– Chcesz mnie aresztować. I zrobisz to. Sam. Słuchasz mnie, Rafto?

Policjant kiwnął głową, ale zaraz się poprawił i powiedział:

– Tak.

– Spotkaj się ze mną przy słupie totemowym w parku Nordnes. Dokładnie za dziesięć minut.

Rafto próbował myśleć. Park Nordnes leżał koło Akwarium. Zdążyłby tam w ciągu dziesięciu minut. Ale dlaczego spotykać się akurat tam, w parku na samym krańcu cypla?

– Żebym widział, że idziesz sam – usłyszał w słuchawce, jakby w odpowiedzi na swoje myśli. – Jeśli zobaczę innych policjantów albo jeśli się spóźnisz, zniknę. Na zawsze.

Mózg Rafty przetwarzał, kalkulował i wyciągał wnioski. Nie zdąży zwołać grupy, żeby dokonać aresztowania. Będzie musiał napisać o tym w raporcie z wyjaśnieniem, dlaczego wziął się do tego całkiem solo. Idealnie.

– W porządku – zgodził się. – I co dalej?

– Opowiem ci wszystko i przedstawię warunki, na jakich się poddam.

– Jakie warunki?

– Że nie chcę żadnego skuwania podczas procesu. Że prasa nie będzie miała dostępu. Że posadzą mnie w takim miejscu, gdzie nie będę się musiał stykać z innymi więźniami.

Rafto czuł, że zaraz się rozkaszle.

– W porządku – powtórzył, spoglądając na zegarek.

– Zaczekaj, to jeszcze nie koniec warunków. Telewizor w celi i wszystkie książki, jakich tylko sobie zażyczę.

– Z tym sobie poradzimy – zapewnił Rafto.

– Kiedy podpiszesz umowę na moich warunkach, pójdę z tobą.

– A jeśli... – zaczął Rafto, ale pulsujące pikanie powiedziało mu, że ten ktoś już się rozłączył.

Rafto zaparkował przy stoczni. Nie była to najkrótsza droga, ale oznaczała, że wchodząc do parku, będzie miał lepszy widok. Duży park położony był na pofałdowanym terenie, po którym wśród pagórków porośniętych żółtą zwiędłą trawą wiły się wydeptane ścieżki. Drzewa wyciągały czarne sękate palce ku ciężkim chmurom napływającym od strony morza za Askøy. Jakiś człowiek truchtał za nerwowym rottweilerem na napiętej smyczy. Rafto czuł rewolwer smith&wesson w kieszeni płaszcza, gdy mijał kąpielisko Nordnes i pusty pomalowany na biało basen, przypominający ogromną wannę nad brzegiem morza.

Za zakrętem dostrzegł dziesięciometrowy totem, ważący dwie tony dar Seattle z okazji dziewięćsetlecia Bergen. Słyszał własny oddech i cmokanie mokrych liści lepiących się do butów. Zaczęło padać. Drobne ostre krople sieknęły go w twarz.

Przy słupie totemowym stała samotna osoba, zwrócona przodem do Rafty, jak gdyby wiedziała, że policjant nadejdzie właśnie od tej strony. Rafto pokonał ostatni odcinek z ręką zaciśniętą na rewolwerze. Zatrzymał się w odległości dwóch metrów od postaci. Zmrużył oczy na deszczu. To nie mogła być prawda.

– Zaskoczony? – Rafto usłyszał głos, który dopiero teraz zdołał rozpoznać.

Rafto nie odpowiedział. Mózg znów zaczął przetwarzać.

– Wydawało ci się, że mnie znasz. Ale to tylko ja znam ciebie. Dlatego było pewne, że spróbujesz załatwić to sam.

Rafto wpatrywał się w postać.

– To taka gra – usłyszał.

Rafto chrząknął.

– Gra?

– Tak. Ty przecież lubisz grać.

Rafto zacisnął dłoń na kolbie rewolweru, trzymał ją tak, by mieć pewność, że broń nie zaplącze się w kieszeń, gdyby musiał szybko jej użyć.

– Dlaczego akurat ja? – spytał.

– Ponieważ byłeś najlepszy. A ja gram tylko z najlepszymi.

– To szaleństwo – szepnął Rafto i od razu pożałował.

– Akurat w tej kwestii wątpliwości są niewielkie. – Słowom towarzyszył lekki uśmiech. – Ale ty też jesteś szalony, mój drogi. Wszyscy jesteśmy szaleńcami. Jesteśmy niemogącymi zaznać spokoju upiorami, które nie potrafią odnaleźć drogi do domu. Zawsze tak było. Wiesz, dlaczego Indianie je robili? – Obciągnięty rękawiczką zgięty palec wskazujący postukał w drewniany pień z rzeźbionymi figurami kucającymi jedna na drugiej i spoglądającymi na fiord wielkimi czarnymi ślepymi oczami. – Chcieli zatrzymać dusze. Żeby nie błądziły. Ale totemy gniją. Ten też zgnije, i tak ma właśnie być. W tym cała rzecz. Kiedy zniknie, dusze będą musiały sobie poszukać nowej siedziby. Może maski. Może lustra. A może nowo narodzonego dziecka.

Z wybiegu dla pingwinów w Akwarium dobiegły ochrypłe krzyki.

– Powiesz mi, dlaczego ona zginęła? – spytał Rafto i zorientował się, że on też ochrypł.

– Szkoda, że ta gra już się skończyła, Rafto. Była zabawna.

– Skąd wiesz, że wpadłem na twój ślad?

Rafto zobaczył unoszącą się rękę. Odruchowo cofnął się o krok. Z dłoni coś zwisało. Naszyjnik. Na końcu łańcuszka zielony kamyk w kształcie łzy z czarnym pęknięciem. Rafto poczuł, jak serce mu wali.

– Onny Hetland w pierwszej chwili rzeczywiście nie chciała nic mówić, ale pozwoliła... jak by to określić... się namówić.

– Kłamiesz. – Rafto wypowiedział to bez tchu i bez przekonania.

– Twierdziła, że kazałeś jej niczego nie zdradzić swoim kolegom. Wtedy stało się jasne, że przyjmiesz moją propozycję i przyjdziesz tu sam. Myślałeś, że znajdziesz nową siedzibę dla swojej duszy, że przeżyjesz zmartwychwstanie, prawda?

Delikatny zimny deszcz wilżył twarz Gerta Rafto jak pot. Policjant dotknął palcem spustu rewolweru, koncentrując się na tym, by mówić wolno i z opanowaniem.

– Twój wybór miejsca był fatalny. Stoisz plecami do morza. Na wszystkich drogach dojazdowych, które tu prowadzą, stoją radiowozy. Nikt się nie wymknie.

Stojąca przed nim postać wciągnęła powietrze przez nos.

– Czujesz ten zapach, Gert?

– Co?

– To strach. Adrenalina ma bardzo charakterystyczny zapach. Ale ty przecież wiesz o tym wszystko. Bez wątpienia go czułeś od tych aresztowanych, których biłeś. Laila też tak pachniała. Zwłaszcza gdy zobaczyła narzędzia, które miały zostać użyte. A Onny jeszcze mocniej. Prawdopodobnie dlatego, że nie poskąpiłeś jej szczegółów o Laili, więc zrozumiała, co się stanie, gdy tylko mnie zobaczyła. To podniecający zapach, nie sądzisz? Podobno dzięki niemu niektóre drapieżniki wyszukują swoje ofiary. Wyobraź sobie roztrzęsioną zwierzynę, która próbuje się ukryć, ale już wie, że to zapach jej własnego strachu ją zabije.

Rafto patrzył na dłonie w rękawiczkach zwisające wzdłuż boków, puste. Był dzień w pobliżu centrum drugiego co do wielkości miasta w Norwegii. Mimo swego wieku po ostatnich latach bez alkoholu był w dobrej formie fizycznej, odruchy miał szybkie, a technikę walki w zasadzie idealną. Wyciągnięcie broni zajmie mu ułamek sekundy. Dlaczego więc bał się tak, że szczękał zębami?

6 DZIEŃ 2. CELLULAR PHONE

Sierżant Magnus Skarre odchylił się na krześle i zamknął oczy. Natychmiast pojawił się przed nimi obraz osoby w kostiumie, obróconej do niego plecami. Prędko otworzył oczy i spojrzał na zegarek. Szósta. Zdecydował, że zasłużył na przerwę, skoro wykonał już wszystkie rutynowe czynności przy poszukiwaniu osób zaginionych. Obdzwonił szpitale z pytaniem, czy nie przyjęto Birte Becker. Zatelefonował do Norgestaxi i Oslotaxi, sprawdził wszystkie kursy w okolice adresu na Hoff poprzedniej nocy. Rozmawiał z bankiem, w którym kobieta miała konto, i uzyskał potwierdzenie, że przed zaginięciem nie podejmowała większych sum, nie zarejestrowano też żadnych wypłat w ciągu nocy ani dzisiaj. Policjanci dyżurujący na lotnisku przejrzeli listy pasażerów z wczorajszego wieczoru, ale jedynym pasażerem o nazwisku Becker był mąż, Filip Becker, lecący do Bergen. Skarre rozmawiał także z liniami promowymi kursującymi do Anglii i do Danii, chociaż Birte Becker raczej nie wybrała się za granicę, gdyż to mąż przechowywał jej paszport i pokazał go policji. Ambitny sierżant rozesłał też, jak zwykle w podobnych sprawach, faksy do hoteli w Oslo i w Akershus, a na koniec zgłosił poszukiwanie kobiety wszystkim jednostkom operacyjnym, włącznie z radiowozami patrolowymi w Oslo.

Pozostawała jeszcze kwestia telefonu komórkowego.

Magnus zadzwonił do Harry'ego, żeby poinformować go o sytuacji. Komisarz był zdyszany, a w tle rozbrzmiewało głośne ćwierkanie ptaków. Harry, zanim się rozłączył, zadał kilka pytań o komórkę. Skarre wstał i wyszedł na korytarz. W otwartych drzwiach do pokoju Katrine Bratt zobaczył zapalone światło, ale w środku nikogo nie było. Wszedł po schodach do kantyny piętro wyżej.

Stołówka była już zamknięta, ale na wózku przy drzwiach stał dzbanek z półwystygłą kawą, chrupkie pieczywo i dżem. Na sali siedziały tylko cztery osoby, a jedną z nich była Katrine Bratt przy stoliku pod ścianą. Czytała jakieś dokumenty w segregatorze. Przed nią stała szklanka wody i otwarta paczka z dwiema kanapkami. Katrine była w okularach z tak delikatną oprawką i cienkim szkłem, że prawie niewidocznych na twarzy.

Skarre nalał sobie kawy i podszedł do jej stolika.

– Zaplanowane nadgodziny? – spytał, siadając. Wydało mu się, że usłyszał westchnienie, nim oderwała wzrok od kartki. – Skąd o tym wiedziałem? – uśmiechnął się. – Przygotowane rano kanapki.

Zanim wyszłaś z domu, pomyślałaś o tym, że kantynę zamykają o piątej, a ty będziesz tu siedzieć dłużej. Przepraszam, ale tak to już bywa, kiedy człowiek jest śledczym.

– Naprawdę? – powiedziała bez skrzywienia, spuszczając wzrok z powrotem na kartki w segregatorze.

– Jasne. – Skarre wlał w siebie łyk kawy, wykorzystując okazję, by przyjrzeć się Katrine. Siedziała lekko pochylona, tak że mógł zajrzeć jej w dekolt bluzki i dostrzec brzeg koronki przy białym biustonoszu. – Weźmy to dzisiejsze zaginięcie. Nie mam żadnych innych informacji, których nie mieliby inni, a mimo to siedzę tu i myślę, że ona może wciąż jest na Hoff. Może leży gdzieś pod śniegiem albo pod liśćmi. A może w którymś z tych małych jeziorek czy strumieni.

Katrine Bratt nie odpowiedziała.

– A wiesz, dlaczego tak myślę?

– Nie – odparła obojętnie, nie odrywając oczu od segregatora.

Skarre wychylił się przez stół i położył tuż przed nią telefon komórkowy.

– To jest komórka – oświadczył. – Pewnie sądzisz, że to zupełnie nowy wynalazek, ale już w kwietniu 1973 roku Martin Cooper, ojciec telefonii komórkowej, odbył pierwszą rozmowę ze swoją żoną. Oczywiście nie miał wtedy pojęcia, że ten wynalazek stanie się w przyszłości jednym z najważniejszych narzędzi dla nas, dla policji, w poszukiwaniu zaginionych osób. Jeśli chcesz być niezłym śledczym, powinnaś słuchać i uczyć się takich rzeczy, Bratt.

Katrine zdjęła okulary i popatrzyła na Skarrego z lekkim uśmiechem, który mu się spodobał, chociaż nie bardzo umiał go odczytać.

– Zamieniam się w słuch, sierżancie.

– To dobrze – stwierdził Skarre. – Ponieważ Birte Becker jest posiadaczką telefonu komórkowego, a telefon komórkowy wysyła sygnały wychwytywane przez stacje bazowe w okolicy, w której się znajduje. Nie tylko wtedy, gdy się dzwoni, ale przez cały czas, gdy jest włączony. Właśnie dlatego Amerykanie od początku nazwali to urządzenie *cellular phone*. Dlatego, że stacje bazowe obejmują swoim zasięgiem niewielkie obszary, czyli komórki. Sprawdzałem w Telenorze. Stacja bazowa obejmująca Hoff wciąż odbiera sygnały z telefonu Birte. Ale przeszukaliśmy cały dom i żadnego telefonu nie znaleźliśmy. A raczej nie zgubiła go tuż przy domu, to by był zbyt dziwny zbieg okoliczności. Ergo... – Skarre uniósł ręce jak iluzjonista po wykonanej sztuczce. – Po wypiciu tej kawy skontaktuję się z Centralą Operacyjną i wyślę ekipę poszukiwawczą.

– Powodzenia! – Katrine podała mu komórkę i przewróciła stronę.

– To jedna z tych starych spraw Holego, prawda? – spytał Skarre.

– Owszem, zgadza się.

– Myślał, że mamy do czynienia z seryjnym zabójcą.

– Wiem.

– Wiesz? To może wiesz również, że się pomylił? I że nie był to pierwszy raz. Hole jest chorobliwie zainteresowany seryjnymi zabójcami. Jemu się wydaje, że to Ameryka. Ale u nas w kraju na razie jeszcze nie znalazł seryjnego zabójcy.

– W Szwecji było kilku seryjnych zabójców. Thomas Quick, John Asonius, Tore Hedin...

Magnus Skarre się roześmiał.

– Widzę, że odrobiłaś lekcje. Ale jeśli masz ochotę nauczyć się czegoś o prawdziwym śledztwie, to proponuję, żebyśmy się stąd wynieśli i poszli gdzieś na piwo.

– Dziękuję, nie...

– I może coś zjeść. Tych twoich kanapek nie ma za dużo. – Skarremu udało się wreszcie pochwycić i przytrzymać jej spojrzenie. Oczy dziwnie jej błyszczały, jak gdyby w głębi coś się żarzyło. Nigdy nie widział takiego blasku. Pomyślał, że udało mu się, że to on rozpalił ten ogień, że podczas tej rozmowy podskoczył do jej ligi.

– Możesz to potraktować jako... – zaczął, udając, że szuka słowa. – Szkolenie.

Uśmiechnęła się. Szeroko.

Skarre poczuł, że puls bije mu szybciej, że robi mu się ciepło i że jej ciało jest już przy nim. Obciągnięte pończochą kolano pod palcami, lekki chrzęst, gdy dłoń przesuwa się wyżej...

– O co ci chodzi, Skarre? Chcesz poderwać nową laskę w wydziale? – Uśmiechnęła się jeszcze szerzej, a oczy zapłonęły mocniej. – Chcesz ją zerżnąć jak najszybciej, jak chłopiec, który pluje na największy kawałek tortu, żeby go sobie zaklepać?

Poczuł, że szczęka mu opada.

– Pozwól, że udzielę ci kilku rad płynących z dobrego serca, Skarre. W pracy trzymaj się z dala od kobiet. Nie trać czasu na przesiadywanie w kantynie przy kawie, kiedy uważasz, że wpadłeś na jakiś trop. I nie próbuj mi wmawiać, że to ty zadzwonisz do Centrali Operacyjnej. Zadzwonisz do komisarza Holego i to on podejmie decyzję, czy należy podjąć poszukiwania. A wtedy skontaktuje się z Centrum Kryzysowym, które trzyma ludzi w pogotowiu, a nie będzie organizował ekipy poszukiwawczej tutaj.

Zmięła papier po kanapkach i rzuciła go w stronę kosza do śmieci za plecami Skarrego. Nie musiał się odwracać, żeby wiedzieć, czy trafiła. Zamknęła segregator i wstała, ale wtedy Skarre zdołał już się jako tako pozbierać.

– Nie wiem, co ty sobie wyobrażasz, Bratt. Jesteś zamężną kobietą, która może nie dostaje w domu wszystkiego, na co by miała ochotę, i dlatego liczy na faceta takiego jak ja, któremu by się chciało... chciało... – Nie mógł znaleźć słów. Do diabła, nie wiedział, co powiedzieć! – Ja cię tylko chciałem nauczyć paru rzeczy, ty pindo!

Coś się stało z jej twarzą. Jak gdyby jakaś zasłona odsunęła się na bok, a on mógł zajrzeć prosto w płomienie. Przez moment był pewien, że Katrine go uderzy, ale nic takiego się nie stało. Kiedy się odezwała, uświadomił sobie, że wszystko rozegrało się wyłącznie w jej oczach. Nie poruszyła nawet palcem, a głos miała w pełni opanowany.

– Przepraszam, że źle cię zrozumiałam – powiedziała, chociaż wyraz jej twarzy nie świadczył o tym, by uważała to za prawdopodobne. – Poza tym Martin Cooper odbył pierwszą rozmowę przez komórkę wcale nie z żoną, tylko z Joelem Englem z konkurencji w Bell Laboratories. Myślisz, że chciał go czegoś nauczyć, Skarre? Czy może raczej się pochwalić?

Skarre patrzył za nią, obserwował, jak kostium ociera się o pośladki, gdy szła w stronę wyjścia z kantyny. Cholera, ta baba jest szalona! Miał ochotę czymś w nią rzucić. Ale wiedział, że i tak nie trafi. Poza tym wolał nie wstawać, bał się, że erekcja byłaby widoczna.

Harry czuł płuca naciskające na żebra od środka. Oddech zaczynał się uspokajać. W przeciwieństwie do serca, które wciąż skakało mu w piersi jak zając. Dres miał ciężki od potu, gdy stanął na skraju lasu przy restauracji Ekeberg. Funkcjonalistyczny budynek z okresu międzywojnia był kiedyś dumą Oslo, gdy królował nad miastem na stromym zboczu od wschodu. Później jednak goście zarzucili długie wycieczki z centrum do lasu, lokal przestał być opłacalny, popadł w ruinę i zmienił się w odrapaną knajpę dla byłych lwów salonowych, pijaczków w średnim wieku i samotnych dusz polujących na inne samotne dusze. W końcu restaurację zamknięto. Harry kiedyś lubił przyjeżdżać tu, ponad żółtą pokrywę spowijających miasto spalin, biegać plątaniną ścieżek po stromiźnie, która stawiała opór i sprawiała, że kwas mlekowy palił w mięśniach. Lubił się zatrzymywać przy restauracji, przyglądać się jej minionej urodzie, siadać na mokrym od deszczu zarośniętym tarasie i patrzeć na miasto, które kiedyś było jego miastem, a teraz stało się masą upadłościową bankruta, oddaną innemu byłą narzeczoną.

Położone było w kotle, otoczone ze wszystkich stron wzgórzami, jedyną możliwością ucieczki pozostawał fiord. Geolodzy mówili, że Oslo to martwy krater wulkanu, a Harry w takie wieczory jak ten wyobrażał sobie, że światła miasta to perforacja skorupy ziemskiej, przez którą przebłyskuje wrząca lawa. Patrząc od skoczni Holmenkollen, przypominającej biały rozświetlony przecinek na wzgórzu po przeciwnej stronie miasta, usiłował obliczyć, gdzie może stać dom Rakel.

Myślał o liście. I o telefonie od Skarrego, który poinformował go o sygnałach zagubionej komórki Birte Becker. Serce biło mu już wolniej. Pompowało krew i słało spokojne regularne sygnały do mózgu, informujące, że życie jeszcze trwa. Jak telefon komórkowy do stacji bazowej. Serce, pomyślał Harry. Sygnał. List. To chora myśl. Dlaczego więc nie potrafił jej odrzucić? Dlaczego tu siedział i obliczał, ile czasu zajmie mu powrót biegiem do samochodu, jazda na Hoff i sprawdzenie, kto z nich jest bardziej chory?

Rakel stała przy kuchennym oknie i patrzyła przez podwórze na świerki zasłaniające widok do sąsiadów. Na zebraniu towarzystwa miłośników tej okolicy zaproponowała wycięcie niektórych drzew, żeby wpuścić tu więcej światła, ale spotkała się z niechęcią milczącą, ale tak wyraźną, że nie miała nawet śmiałości wspominać o głosowaniu. Świerki zasłaniały widok, ale na Holmenkollen chciano, by tak właśnie było. Śnieg wciąż leżał tu, nad miastem, gdzie bmw i volva ostrożnie sunęły pełnymi zakrętów drogami po zboczu, wracając do domów z automatycznymi bramami garażowymi, gotowymi obiadami przygotowanymi przez przebywające na urlopach bezpłatnych szczupłe, wytrenowane żony, jedynie z niewielką pomocą gosposi.

Nawet przez solidne stropy odziedziczonej po ojcu drewnianej willi Rakel słyszała muzykę z pokoju Olega na piętrze. Led Zeppelin i The Who. Kiedy sama miała dwanaście lat, nie do pomyślenia było słuchanie muzyki, która miała tyle lat co rodzice. Ale Oleg dostał te płyty od Harry'ego i puszczał je ze szczerym zaangażowaniem.

Pomyślała o tym, jak bardzo Harry schudł. Niemal jakby się skurczył. Tak jak wspomnienie o nim. To wprost przerażające, jak szybko człowiek, z którym było się tak blisko, potrafi zblednąć i zniknąć. A może właśnie dlatego; byli ze sobą tak blisko, że później, kiedy się rozstali, wszystko wydawało się nierzeczywiste jak sen, który prędko się zapomina, ponieważ to i tak wydarzyło się w głowie. Może dlatego tak nią wstrząsnęło, kiedy znów go zobaczyła. Kiedy go objęła, poczuła jego zapach, usłyszała głos nie tylko przez telefon, wydobywający się z ust o dziwnie miękkich wargach w twardej i coraz bardziej pooranej zmarszczkami twarzy, kiedy spojrzała w niebieskie oczy, których blask pojawiał się i znikał z różną intensywnością, gdy opowiadał. Tak samo jak wcześniej.

A jednak cieszyła się, że to się już skończyło, że ma to za sobą. Że ten mężczyzna stał się osobą, z którą nie będzie dzielić przyszłości, który nie będzie wciągał swojej brudnej rzeczywistości w ich życie.

Było jej teraz lepiej. O wiele lepiej. Spojrzała na zegarek. On już niedługo tu będzie. W przeciwieństwie do Harry'ego zwykle przychodził punktualnie.

Mathias pojawił się nagle któregoś dnia latem zeszłego roku. Na przyjęciu w ogrodzie zorganizowanym przez Towarzystwo Miłośników Holmenkollen. Nawet nie mieszkał w okolicy, zaprosili go przyjaciele. Przegadali wtedy z Rakel cały wieczór. Właściwie rozmawiali głównie o niej. Słuchał z zainteresowaniem, trochę jakby powodowany zawodową lekarską ciekawością. Ale dwa dni później zadzwonił i spytał, czy nie wybrałaby się z nim na wystawę do Centrum Henie-Onstad na Høvikodden. Powiedział, że Oleg też mógłby z nimi pójść, bo jest tam również wystawa dla dzieci. Pogoda była paskudna, sztuka średnia, a Oleg niegrzeczny. Mathias zdołał jednak poprawić trochę nastrój swoim dobrym humorem i ciętymi uwagami na temat talentu artysty. Później odwiózł ich do domu, przeprosił za zły pomysł i z uśmiechem obiecał, że nigdy więcej na nic już ich nie wyciągnie, chyba że sami o to poproszą. Potem na tydzień wyjechał do Botswany. A zaraz po powrocie, jeszcze tego samego wieczoru, zadzwonił i spytał, czy mógłby się z nią jeszcze kiedyś spotkać.

Usłyszała samochód zmieniający bieg na niższy, żeby mógł sforsować stromy podjazd. Mathias jeździł hondą accord starszego rocznika. Nie wiedziała dlaczego, ale podobało jej się to. Parkował przed garażem, nigdy nie wjeżdżał do środka. To też jej się podobało. Podobało jej się, że woził zmianę bielizny i kosmetyczkę w torbie, którą następnego dnia rano zabierał do domu, i to, że pytał, kiedy zechce się znów z nim zobaczyć, że nie przyjmował niczego za pewnik. To oczywiście mogło się teraz zmienić, ale była już na to gotowa.

Wysiadł z samochodu. Był wysoki, niemal równie wysoki jak Harry. Uśmiechnął się do kuchennego okna swoją chłopięcą otwartą twarzą, chociaż musiał być śmiertelnie zmęczony po nieludzko długim dyżurze.

Tak, była gotowa. Na mężczyznę, który będzie obecny, który będzie ją kochał i dla którego najważniejsza w życiu będzie ich trójka. Usłyszała klucz przekręcany w wejściowych drzwiach. Ten, który dała mu w zeszłym tygodniu. Mathias w pierwszej chwili wyglądał jak znak zapytania, jak dziecko, któremu właśnie wręczono bilet do fabryki czekolady.

Drzwi się otworzyły i zaraz znalazła się w jego objęciach. Uważała, że przyjemnie pachnie nawet jego wełniany płaszcz, jesiennie zimny, miły przy policzku. A spod płaszcza już biło ku jej ciału bezpieczne ciepło.

– Co się stało? – roześmiał się w jej włosy.

– Tak na ciebie czekałam – szepnęła.

Zamknęła oczy i przez chwilę stali przytuleni.

W końcu go puściła i spojrzała w jego uśmiechniętą twarz. Był przystojnym mężczyzną, przystojniejszym niż Harry.

Uwolnił się z jej objęć, rozpiął płaszcz, powiesił go i podszedł do umywalki umyć ręce. Zawsze tak robił, gdy wracał z Instytutu Anatomii, gdzie podczas wykładów dotykali prawdziwych zwłok. Tak samo jak Harry mył ręce, kiedy wracał z miejsca zbrodni. Mathias otworzył szafkę pod zlewem, wsypał do niego ziemniaki z wiaderka i odkręcił wodę.

– Jak ci minął dzień, kochana?

Pomyślała, że wielu innych mężczyzn spytałoby raczej o poprzedni wieczór. Przecież wiedział, że miała się spotkać z Harrym. Za to też go lubiła. Opowiadała, wyglądając przez okno. Jej spojrzenie przesuwało się po świerkach w stronę miasta w dole, w którym już zaczęły zapalać się światła. On teraz gdzieś tam był. W beznadziejnym pościgu za czymś, czego nigdy nie miał i nigdy nie znajdzie. Zrobiło jej się go żal. Nie pozostało nic oprócz współczucia, chociaż wczorajszego wieczoru przyszedł moment, kiedy oboje umilkli, a ich spojrzenia wpiły się w siebie i nie mogły przez dłuższą chwilę się oderwać. Przypominało to porażenie prądem, ale zaraz minęło. Całkiem. Magia nie trwała długo. Rakel postanowiła, że tak będzie.

Stanęła za Mathiasem, objęła go i wtuliła głowę w szerokie plecy. Czuła ruchy mięśni i ścięgien pod koszulą, gdy obierał ziemniaki i wrzucał je do garnka.

– Przydałyby się jeszcze ze dwa – stwierdził.

Rakel zauważyła jakiś ruch przy kuchennych drzwiach i odwróciła głowę.

Wpatrywał się w nich Oleg.

– Przyniósłbyś trochę ziemniaków z piwnicy – poprosiła i zobaczyła, jak ciemne oczy syna jeszcze bardziej ciemnieją.

Mathias się odwrócił. Oleg wciąż się nie ruszał.

– Ja pójdę. – Mathias wyciągnął puste wiadro spod zlewu.

– Nie. – Oleg zrobił dwa kroki w przód. – Ja. – Wziął wiadro od Mathiasa, odwrócił się i zniknął w drzwiach.

– O co chodzi? – spytał Mathias.

– On się po prostu trochę boi ciemności – westchnęła Rakel.

– To zrozumiałe, ale dlaczego mimo wszystko poszedł?

– Bo Harry powiedział, że ma tak robić.

– Co robić?

Rakel pokręciła głową.

– To, czego się boi, a czego nie ma ochoty się bać. Kiedy Harry tu był, przez cały czas wysyłał Olega do piwnicy.

Mathias zmarszczył brwi.

Rakel uśmiechnęła się ze smutkiem.

– Harry nie jest psychologiem dziecięcym, a Oleg mnie nie słucha, kiedy Harry już raz coś powie. No a z drugiej strony, w piwnicy przecież nie ma potworów.

Mathias przekręcił włącznik kuchenki i spytał cicho:

– Skąd macie taką pewność?

– Ty też? – roześmiała się Rakel. – Ty się bałeś ciemności?

– A kto powiedział, że się przestałem bać? – uśmiechnął się lekko Mathias.

Tak, lubiła go. Tak było lepiej. Lepsze życie. Naprawdę go lubiła.

Harry zatrzymał samochód na ulicy przed domem Beckerów. Siedząc w samochodzie, patrzył na żółte światło padające z okien do ogrodu. Bałwan się skurczył i zmienił w karła, ale jego cień mimo wszystko ciągnął się między drzewami aż do drewnianego płotu.

Harry wysiadł. Zgrzytnięcie furtki wywołało grymas na jego twarzy. Wiedział, że powinien zadzwonić do drzwi, bo ogród to równie prywatny teren jak dom. Ale nie miał ani cierpliwości, ani ochoty na dyskusje z profesorem Beckerem.

Rozmokła ziemia lekko się uginała. Harry przykucnął. Światło odbijało się w bałwanie, jakby był z matowego szkła. Topnienie śniegu w ciągu dnia sprawiło, że maleńkie kryształki zlewały się ze sobą, tworząc większe kryształy, a teraz, gdy temperatura znów spadła, para wodna uległa kondensacji i przymarzła do innych kryształów. W rezultacie śnieg, który rano był taki biały, delikatny i lekki, zrobił się szary, ubity, gruboziarnisty. Harry podniósł prawą rękę. Zacisnął pięść i uderzył.

Głowa bałwana stoczyła się z tułowia i upadła na brązową trawę.

Harry uderzył jeszcze raz, tym razem od góry przez miejsce po szyi. Palce ułożone w szpony wbiły się w śnieg i znalazły to, czego szukały.

Przyciągnął rękę do siebie i triumfalnie podsunął ją bałwanowi, tak jak Bruce Lee zwykł pokazywać przeciwnikowi serce, właśnie wyrwane mu z piersi.

To był czerwono-srebrny telefon komórkowy Nokia. Wciąż się świecił.

Ale poczucie triumfu zgasło, bo Harry już wiedział, że to wcale nie jest żaden przełom w śledztwie, tylko środkowy akt przedstawienia lalkowego, w którym ktoś pociąga za niewidzialne sznurki. To było za proste. Chodziło o to, żeby znaleźć ten telefon.

Podszedł do drzwi wejściowych i nacisnął dzwonek. Otworzył mu Filip Becker. Włosy miał potargane, a krawat przekrzywiony. Kilka razy mocno mrugnął, jakby przed chwilą się obudził.

– Tak – odpowiedział na pytanie Harry'ego. – Ona ma właśnie taki telefon.

– Mogę prosić, żeby zadzwonił pan na jej numer?

Filip Becker zniknął w głębi domu. Harry czekał. Nagle w drzwiach sieni ukazała się twarz Jonasa. Harry już chciał powiedzieć „cześć", ale w tej samej chwili z czerwonej komórki popłynęła melodia, *Koziołeczku, koziołeczku*. Harry przypomniał sobie dalszy ciąg ze szkolnego śpiewnika. *Proszę, myśl o mym syneczku.*

Zobaczył, że buzia Jonasa się rozjaśnia. Widział, jak mózg chłopca nieubłaganie przetwarza informacje. Jak natychmiastową wynikającą z zaskoczenia radość, wywołaną rozpoznaniem dzwonka telefonu matki, zastępuje biały nagi strach. Harry przełknął ślinę. Ten strach znał aż za dobrze.

Kiedy otworzył drzwi do swojego mieszkania, poczuł zapach gipsowego kurzu i trocin. Boazeria, zdjęta ze ścian korytarza, leżała teraz ułożona w stosy. Mur pod spodem pokrywały jasne plamy. Harry przeciągnął palcem po białym nalocie, który posypał się na parkiet. Wsunął koniuszek palca do ust. Poczuł słony smak. Czy pleśń miała smak soli? Czy to po prostu nalot solny, pot fundamentów? Zapalił zapalniczkę i nachylił się do samej ściany. Nic nie zobaczył ani nie poczuł.

Kiedy już się położył i zapatrzył w hermetyczną czerń sypialni, myślał o Jonasie. I o matce. O zapachu choroby i jej twarzy, wolno znikającej w bieli poduszki. O tych dniach i tygodniach, kiedy on bawił się z Sio, ojciec popadł w milczenie, a wszyscy próbowali udawać, że nic się nie stało. Wydało mu się, że słyszy lekki chrobot w korytarzu, jakby niewidzialne linki marionetek rosły, wyciągały się, skradały, pochłaniając ciemność i pozostawiając po sobie słabe migotliwe światło, które nie przestawało drżeć.

7 DZIEŃ 3. CIEMNE LICZBY

Bezsilne poranne światło sączyło się między żaluzjami w gabinecie nadkomisarza policji i niczym szary osad kładło się na twarzach dwóch mężczyzn. Gunnar Hagen słuchał Harry'ego ze zmarszczką zamyślenia nad czarnymi krzaczastymi brwiami, które zrosły się w jedną grubą kreskę. Na jego potężnym biurku stał niewielki cokolik z białą kostką małego palca, który według inskrypcji należał do dowódcy japońskiego batalionu Yoshito Yasudy. Podczas lat spędzonych w Akademii Wojskowej Hagen miał wykłady na temat tego małego palca, który Yasuda w rozpaczy obciął sobie na oczach swoich ludzi podczas odwrotu z Birmy w 1944 roku. O Hagena zaledwie rok temu upomniała się jego dawna pracodawczyni, policja, by pokierował Wydziałem Zabójstw, a ponieważ od tamtego czasu w rzece upłynęło wiele wody, słuchał stosunkowo cierpliwie, gdy jego doświadczony oficer śledczy wyłuszczał mu temat „osób zaginionych".

– W samym tylko Oslo zgłaszanych jest ponad sześćset przypadków zaginięć rocznie. Po dwóch godzinach od zgłoszenia, tych, których nie udaje się odnaleźć, zostaje ledwie garstka. Prawie nikt nie ginie na dłużej niż dwie doby.

Hagen potarł palcem te włoski nad nasadą nosa, które decydowały o złączeniu brwi. Powinien przygotować się do zebrania na temat budżetu w gabinecie komendanta głównego. Mieli omawiać oszczędności.

– Większość osób zaginionych to pacjenci zakładów psychiatrycznych albo staruszkowie z demencją – ciągnął Harry. – Ale odnajdują się nawet ci stosunkowo zdrowi na umyśle, którzy uciekli do Kopenhagi albo zdecydowali się na samobójstwo. Pojawiają się na jakiejś liście pasażerów, wypłacają gotówkę w bankomacie albo morze wyrzuca ich na brzeg.

– Do czego zmierzasz? – spytał Gunnar Hagen i zerknął na zegarek.

– Do tego. – Harry rzucił żółtą teczkę, która z plaśnięciem wylądowała na biurku nadkomisarza.

Hagen pochylił się i przejrzał spięte kartki.

– To dopiero, Hole! Przecież nie jesteś typem piszącym raporty.

– To produkcja Skarrego – wyjaśnił Harry krótko. – Ale konkluzja jest moja. Przekażę ją szefowi ustnie tu i teraz.

– Tylko krótko.

Harry spojrzał na własne dłonie, które ułożył sobie na kolanach. Długie nogi wyciągnął przed sobą. Nabrał powietrza. Wiedział, że kiedy już raz powie to głośno, nie będzie drogi odwrotu.

– Za dużo tych zaginięć – oświadczył.

Prawa połówka brwi Hagena wystrzeliła w górę.

– Wyjaśnij.

– Wyjaśnienie jest na stronie szóstej. Lista zaginionych kobiet w wieku od dwudziestu pięciu do pięćdziesięciu lat od roku 1995 do dzisiaj. Kobiet, których w ciągu ostatnich dziesięciu lat nie odnaleziono. Rozmawiałem z Sekcją Osób Zaginionych. Zgodzili się ze mną. Zaginionych jest po prostu za dużo.

– Za dużo w stosunku do czego?

– Do tego, co było wcześniej. Do Danii i do Szwecji. I w stosunku do innych grup demograficznych. Zamężne i pozostające w trwałych zarejestrowanych związkach kobiety są stanowczo zbyt licznie reprezentowane.

– Kobiety są bardziej samodzielne niż kiedyś – stwierdził Hagen. – Niektóre idą sobie w świat, zrywają z rodziną, może wyjeżdżają z innym mężczyzną za granicę. To się odbija również w statystykach. I co dalej?

– W Danii i w Szwecji kobiety też są samodzielniejsze, ale tam je znajdują.

Hagen westchnął.

– Jeśli te liczby miałyby tak odbiegać od normy, jak twierdzisz, to dlaczego nikt dotychczas nie zwrócił na to uwagi?

– Ponieważ liczby Skarrego dotyczą całego kraju, a policja zwykle przygląda się liczbie osób zaginionych tylko we własnym rejonie. KRIPOS ma wprawdzie ogólnokrajowy rejestr osób zaginionych liczący tysiąc osiemset nazwisk, ale ta lista obejmuje ostatnich pięćdziesiąt lat i zawiera również nazwiska ofiar z zatopionych statków czy wielkich katastrof, jak wypadek „Alexandra Kiellanda", tej platformy wiertniczej. Rzecz w tym, że nikt nie szukał jakiegoś schematu dla całego kraju. Dopiero teraz.

– No dobrze, ale my nie jesteśmy odpowiedzialni za cały kraj, Harry, tylko za okręg policyjny Oslo. – Hagen obiema dłońmi uderzył o blat biurka, dając znak, że audiencja skończona.

– Problem w tym – Harry potarł brodę – że to przyszło i do Oslo.

– Co za „to"?

– Wczoraj wieczorem znalazłem telefon komórkowy Birte Becker w środku bałwana ze śniegu. Nie bardzo wiem, czym „to" jest, szefie. Ale wydaje mi się ważne, żeby się tego dowiedzieć. Szybko.

– Statystyka jest interesująca – odpowiedział Hagen, roztargnionym gestem sięgając po kość małego palca Yasudy, przycisnął do niej paznokieć kciuka. – Rozumiem też, że ostatnie zaginięcie daje powody do zaniepokojenia. Ale to nie wystarczy. Powiedz mi więc, co właściwie cię skłoniło, by kazać Skarremu przygotować ten raport?

Harry spojrzał na Hagena. W końcu z wewnętrznej kieszonki wyjął pogniecioną kopertę i podał ją szefowi.

– Ten list znalazłem w skrzynce tuż po tym moim występie w telewizji na początku września. Do tej pory myślałem, że to po prostu jakiś wariat.

Hagen wyciągnął list i po przeczytaniu sześciu zdań, kręcąc głową, spojrzał na Harry'ego.

– Bałwan ze śniegu? I co to jest The Murri?

– Obawiam się – odparł Harry – że to jest właśnie „to".

Nadkomisarz spojrzał na niego, wciąż nic nie rozumiejąc.

– Mam nadzieję, że się mylę – powiedział Harry – ale odnoszę wrażenie, że czeka nas potworna pora ciemności.

– Czego ty chcesz, Harry? – westchnął Hagen.

– Chcę grupę śledczą.

Hagen patrzył na swojego komisarza. Jak większość innych w Budynku Policji uważał, że Harry Hole jest samowolny, arogancki, kłótliwy, niestabilny, a na dodatek pije. Mimo wszystko cieszył się, że grają w tej samej drużynie i że to nie jego będzie ścigał, powarkując, ten człowiek.

– Ile osób? – spytał w końcu. – I na jak długo?

– Dziesięć. Na dwa miesiące.

– Dwa tygodnie? – powtórzył Magnus Skarre. – I cztery osoby? I to ma być niby śledztwo w sprawie zabójstwa? – Z niechęcią spojrzał na pozostałych troje, którzy wcisnęli się do pokoju Holego: Katrine Bratt, Harry'ego Hole i Bjørna Holma z Wydziału Techniki Kryminalistycznej.

– Tyle dostałem od Hagena. – Harry wychylił się do tyłu razem z krzesłem. – I to nie jest jeszcze żadna sprawa zabójstwa. Na razie.

– A co to właściwie jest? – spytała Katrine Bratt. – Na razie?

– Zaginięcie – odparł Harry. – Ale takie, które wykazuje pewne cechy podobieństwa z innymi zaginięciami w ostatnich latach.

– Że to są kobiety z rodzinami, które nagle pewnego dnia późną jesienią znikają? – spytał Bjørn Holm resztkami dialektu z Toten, który, gdy przeprowadzał się ze Skreia, zabrał razem z kolekcją płyt winylowych Elvisa, hardcorowej muzyki hillbilly, Sex Pistols, Jasona &The Scorchers, trzema ręcznie szytymi garniturami marki Nashville, amerykańską Biblią, trochę za krótką rozkładaną kanapą i zestawem mebli do jadalni, co przeżyły trzy pokolenia Holmów. Wszystko zostało załadowane do przyczepki i przyciągnięte do stolicy ostatnim modelem amazona, jaki wytoczył się z fabryki Volvo w 1970 roku. Bjørn Holm kupił amazona za dwanaście tysięcy, ale nawet wtedy nikt nie wiedział, jak długą drogę przebył samochód, bo licznik kończył się na stu tysiącach kilometrów. Samochód wyrażał jednak wszystko, czym był i w co wierzył Bjørn Holm, a poza tym według niego pachniał najpiękniej na świecie, mieszanką skaju, blachy, oleju silnikowego, wyblakłą od słońca półką na kapelusze, fabryką Volvo i potem namaszczającym siedzenia, który, jak wyjaśniał Bjørn Holm, nie był zwyczajnym potem, tylko szlachetnym werniksem; tkwiły w nim dusze, karma, nawyki żywieniowe i styl życia wszystkich poprzednich właścicieli. Z lusterka zwisały oryginalne pluszowe kostki Fuzzy Dice, wyrażające właściwie odmierzoną szczerą miłość wymieszaną z ironicznym dystansem do minionej amerykańskiej kultury i estetyki, i pasowały jak ulał synowi norweskiego chłopa, któremu do jednego ucha wpadał Jim Reeves, a do drugiego Ramones, i który kochał jedno i drugie. Teraz siedział w pokoju Harry'ego w rastafariańskiej czapce, nadającej mu raczej wygląd tajniaka śledzącego dilerów narkotykowych niż technika kryminalistycznego. Spod czapki wystawały dwa olbrzymie bokobrody, ogniście rude i kształtem przypominające kotlety, które tworzyły ramę dla okrągłej sympatycznej twarzy Bjørna Holma z parą lekko wyłupiastych oczu, przez co kojarzył się z rybą i wyglądał na stale zdziwionego. Holm był jedyną osobą w grupie, na którą Harry się uparł.

– Jeszcze jedno. – Harry wyciągnął rękę i włączył projektor stojący między stosami papierów na jego biurku. Magnus Skarre zaklął i zasłonił oczy, gdy niewyostrzone pismo nagle pojawiło się na jego twarzy. Przesunął się, a zza projektora rozległ się głos Harry'ego:

– Ten list leżał w mojej skrzynce pocztowej dokładnie dwa miesiące temu. Brak nadawcy. Stempel pocztowy z Oslo. Wydruk ze standardowej drukarki atramentowej.

Zanim Harry zdążył o to poprosić, Katrine Bratt wcisnęła przełącznik przy drzwiach i pokój pogrążył się w ciemności, za to na białej ścianie pojawił się wyraźny prostokąt światła.

Czytali w milczeniu.

Wkrótce spadnie pierwszy śnieg. Wtedy on znów się pojawi. Bałwan. A kiedy śnieg zniknie, okaże się, że znów zabrał kogoś ze sobą. Musisz zadać sobie pytania: „Kto ulepił bałwana? Kto lepi bałwany? Kto urodził The Murri?". Bo bałwan sam tego nie wie.

– Poetyckie – mruknął Bjørn Holm.

– Co to jest The Murri? – spytał Skarre.

Odpowiedział mu monotonny szum wentylatora w projektorze.

– Najciekawsze, kim jest Bałwan – stwierdziła Katrine Bratt.

– Najwyraźniej ktoś, komu przydałoby się wyregulować głowę – stwierdził Bjørn Holm.

Samotny śmiech Skarrego prędko ucichł.

– „The Murri" to przezwisko człowieka, który już nie żyje – odezwał się Harry z ciemności. – *Murri* to Aborygen z Queensland w Australii. Ten *murri* za życia mordował w Australii kobiety. Nikt nie wie z całą pewnością, ile było ofiar. Naprawdę nazywał się Robin Toowoomba.

Wentylator szeptał i wzdychał.

– Seryjny zabójca – stwierdził Bjørn Holm. – Ten, którego zabiłeś.

Harry kiwnął głową.

– Czy to oznacza, że twoim zdaniem mamy teraz do czynienia z kimś takim?

– Przez ten list nie możemy tego wykluczyć.

– Hej, hej, wstrzymaj konia! – Skarre uniósł ręce. – Ile razy wołałeś „wilk", odkąd stałeś się gwiazdą po tej sprawie w Australii?

– Trzy. Co najmniej.

– I jak na razie nie widzieliśmy ani jednego seryjnego zabójcy w Norwegii. – Skarre zerknął na Katrine Bratt, jakby chciał się upewnić, czy go słucha. – Czy to przez ten kurs *Serial Killers* w FBI? To dlatego wszędzie ich widzisz?

– Być może – odparł Harry.

– No to pozwól, że ci przypomnę, że oprócz tego pielęgniarza, który zrobił zastrzyki paru staruszkom już i tak stojącym jedną nogą w grobie, nie mieliśmy w Norwegii żadnego seryjnego zabójcy. Nigdy. Takie typy istnieją tylko w Stanach, i to też głównie na filmach.

– Pomyłka – stwierdziła Katrine Bratt.

Pozostali odwrócili się w jej stronę. Stłumiła ziewnięcie.

– Szwecja, Francja, Belgia, Niemcy, Anglia, Włochy, Holandia, Dania, Rosja i Finlandia. Mówimy tylko o wykrytych sprawach. O ciemnych liczbach nikt nie mówi głośno.

Harry w półmroku nie mógł dojrzeć koloru twarzy Skarrego, widział tylko zarys jego podbródka, wysuniętego agresywnie w stronę Katrine Bratt.

– Nie mamy ani jednych zwłok, a mogę ci pokazać całą szufladę listów takich jak ten. Od ludzi bardziej obłąkanych niż ten... ten... Bałwan.

– Różnica polega na tym – Harry wstał i podszedł do okna – że ten wariat wykonał staranną robotę. Przezwisko „The Murri" ani razu nie znalazło się w żadnej gazecie z tamtego czasu. Ale takiego pseudonimu używał Robin Toowoomba, kiedy boksował się w objazdowym wesołym miasteczku.

Ze szczeliny w chmurach wyciekały ostatnie resztki dziennego światła. Harry spojrzał na zegarek. Oleg upierał się, żeby wyszli na tyle wcześnie, żeby zdążyć też na Slayer.

– Jak zaczynamy? – spytał Bjørn Holm.

– Co? – zdziwił się Skarre.

– Od czego zaczynamy? – powtórzył Holm z przesadnie wyraźną dykcją.

Harry wrócił do biurka.

– Holm sprawdzi mieszkanie i ogród Beckerów tak, jakby to było miejsce zbrodni. Zbadaj przede wszystkim komórkę i ten szal. Skarre, ty przygotujesz listę skazanych za zabójstwo, gwałcicieli, podejrzanych w...

– ...w podobnych sprawach i innych śmieci, które chodzą na wolności – dokończył Skarre.

– Bratt, ty posiedzisz nad raportami dotyczącymi tych zaginięć i spróbujesz znaleźć jakiś schemat.

Harry czekał na nieuniknione pytanie: „Jaki schemat?". Ale nie padło. Katrine Bratt tylko kiwnęła głową.

– Okej – powiedział Harry. – Do roboty.

– A ty? – zainteresowała się Katrine.

– Ja? Ja idę na koncert.

Kiedy pozostali już wyszli z pokoju, zerknął do swojego notatnika. Na jedyne słowa, jakie zanotował. „Ciemne liczby".

Sylvia biegła najszybciej, jak umiała. W zapadającym zmroku biegła tam, gdzie drzewa rosły najgęściej. Biegła za cenę życia.

Nie zasznurowała butów i nasypało się do nich śniegu. Rękę z siekierką trzymała przed sobą, przedzierając się przez niskie bezlistne gałęzie. Ostrze siekiery było czerwone i śliskie od krwi.

Wiedziała, że śnieg, który spadł wczoraj, w mieście już stopniał, lecz chociaż Sollihøgda leżała w odległości zaledwie pół godziny jazdy samochodem od Oslo, tutaj ten śnieg mógł poleżeć aż do wiosny. Akurat w tej chwili gorzko żałowała, że w ogóle przeprowadzili się w to zapomniane przez Boga miejsce, na ten skrawek pustkowia w pobliżu stolicy. Żałowała, że nie biegnie po czarnym asfalcie w mieście, w którym hałas zagłusza odgłosy ucieczki i w którym mogłaby się ukryć w wielkim bezpiecznym tłumie. Tu była całkiem sama.

Nie.

Nie całkiem.

8 DZIEŃ 3. ŁABĘDZIA SZYJA

Sylvia biegła w głąb lasu. Nadciągała ciemność. Zazwyczaj nienawidziła wczesnego listopadowego zmroku, ale dziś nie mogła się go już doczekać. Szukała ciemności tam, gdzie las rósł najgęściej, ciemności, która zdołałaby zatrzeć ślady na śniegu, a ją samą ukryć. Znała te okolice jak własną kieszeń. Miała orientację i umiała nie zawrócić do gospodarstwa wprost w objęcia... „tego". Jednakże śnieg przez noc odmienił krajobraz, przykrył ścieżki, znajome kamienie, wygładził wszelkie kontury, a zmierzch... Zmierzch wszystko zniekształcał i wykrzywiał. Zmierzch i jej własna panika.

Zatrzymała się, nasłuchując. Jej ciężki chrapliwy oddech rozszarpywał ciszę, brzmiał niczym odrywanie kawałka papieru, w który pakowała dziewczynkom drugie śniadanie. Zdołała wstrzymać oddech. Słyszała teraz jedynie krew dudniącą w uszach i ciche szemranie strumienia. Strumień! Zazwyczaj szli wzdłuż strumienia, kiedy wybierali się zbierać jagody, zastawiać pułapki albo szukać kur, chociaż właściwie wiedzieli, że porwał je lis. Strumień prowadził do szutrowej drogi, a drogą prędzej czy później będzie przejeżdżał jakiś samochód.

Nie słyszała już innych kroków. Nie słyszała trzasku łamiących się gałązek ani chrzęstu śniegu. Może się wymknęła? Zgięta wpół ruszyła szybko w stronę szemrania.

Strumień wyglądał tak, jakby płynął po białym prześcieradle rozłożonym na zagłębieniu w lesie.

Sylvia weszła do wody, która sięgnęła jej do kostek i zaraz przesiąkła przez buty. Była taka zimna, że natychmiast sparaliżowała mięśnie łydek. Sylvia znów zaczęła biec w tę samą stronę, w którą płynęła woda. Rozlegał się głośny plusk, gdy podnosiła nogi, robiąc długie kroki. Nie będzie śladów, pomyślała triumfalnie, i puls zaczął jej zwalniać, pomimo że biegła.

To z pewnością zasługa bieżni na siłowni w ostatnim roku. Schudła sześć kilogramów i miała śmiałość twierdzić, że jej ciało jest w lepszej kondycji niż większości trzydziestopięciolatek. Tak przynajmniej powiedział Yngve, którego pierwszy raz spotkała na tym tak zwanym inspiracyjnym seminarium w zeszłym roku. Na tym, na którym znalazła inspiracji aż za dużo. Boże, gdyby tylko mogła cofnąć czas! O osiem lat. Wszystko zrobiłaby inaczej. Nie powinna była wychodzić za Rolfa. Powinna zrobić skrobankę. Oczywiście teraz, gdy bliźniaczki wyrosły już takie duże, wydawało się to nie do pomyślenia, ale zanim się urodziły, zanim zobaczyła małą Emmę i Olgę, to było możliwe, a ona nie tkwiłaby w tym więzieniu, które z taką starannością sobie wybudowała.

Odsunęła gałęzie zwisające nad strumykiem i kątem oka zobaczyła, jak coś, jakieś zwierzę, podrywa się wystraszone i znika w szarym mroku lasu.

Pomyślała, że musi być ostrożna przy wymachiwaniu rękami, żeby nie skaleczyć się siekierką w stopę. Upłynęły minuty, ale ona miała wrażenie, że cała wieczność, odkąd stała w stodole i zabijała kury. Odrąbała już głowy dwóm i miała się wziąć do trzeciej, gdy usłyszała za plecami skrzypienie drzwi. Oczywiście się przestraszyła, była przecież sama w domu, a nie słyszała ani kroków, ani samochodu na podwórzu. Pierwszą rzeczą, jaką zauważyła, było to dziwne narzędzie, cienka metalowa pętla przymocowana do rączki. Przypominała trochę pułapki, jakie zastawiali na lisy. A kiedy osoba, która trzymała narzędzie, zaczęła mówić, Sylvia z wolna zdała sobie sprawę, że to ona jest zwierzyną. To ona ma umrzeć.

Powody zostały jej wyjaśnione.

Słuchała tej chorej, lecz przejrzystej logiki, a krew przeciskała się przez żyły z trudem, jakby już zaczęła krzepnąć. Wyjaśniono jej też, w jaki sposób się to stanie, ze szczegółami. Ta pętla zaczęła się rozżarzać, najpierw do czerwoności, potem do białości. Właśnie wtedy Sylvia w panice machnęła ręką i poczuła, jak świeżo naostrzona siekiera zahacza o materiał tuż pod atakującą ją uniesioną ręką, jak kurtka i sweter otwierają się, jakby pociągnęła za zamek błyskawiczny, a stal na nagiej skórze zostawia czerwoną kreskę. Zobaczyła, że postać zatoczyła się do tyłu i przewróciła na deskach śliskich od kurzej krwi, a ona, wykorzystując to, ruszyła biegiem do drzwi na tyłach stodoły. Do tych wychodzących na las. Na ciemność.

Odrętwienie podpełzło już ponad kolana, a ubranie miała mokre aż po pępek. Wiedziała jednak, że wkrótce dotrze do drogi, a stamtąd tylko kwadrans biegiem do najbliższych zabudowań. Strumień zakręcał. Lewa stopa uderzyła o coś, co ledwie wystawało ponad powierzchnię wody. Rozległ się huk, ktoś jakby złapał ją za stopę i moment później Sylvia Ottersen runęła w przód. Wylądowała na brzuchu. Przełknęła wodę o smaku ziemi i zgniłych liści, ale udało jej się unieść na rękach i uklęknąć. Wtedy zrozumiała, że wciąż jest sama. Gdy pierwszy atak paniki ustąpił, odkryła, że lewą stopę wciąż ma uwięzioną. Pomacała ręką pod wodą, spodziewając się, że znajdzie przy łydce splątane korzenie, ale palce dotknęły czegoś gładkiego i twardego. Metalu. Metalowej pętli. Poszukała wzrokiem tego, w co kopnęła, i wreszcie w śniegu przed sobą zobaczyła. To coś miało oczy, pióra i bladoczerwony grzebień. Znów poczuła ogarniającą ją panikę. To była odcięta kurza głowa. Nie jedna z tych, które przed chwilą odrąbała, tylko taka, których używał Rolf. Na przynętę. Kiedy udokumentowali, że lisy w zeszłym roku porwały szesnaście kur, gmina wyraziła zgodę na wystawienie konkretnej liczby pułapek na lisy, tak zwanych łabędzich szyj, w określonym promieniu wokół gospodarstwa, z dala od ścieżek, którymi mogą chodzić ludzie. Najlepsze miejsce na schowanie pułapek było pod wodą, z przynętą na wierzchu. Kiedy lis próbował zabrać przynętę, pułapka się zatrzaskiwała, łamiąc kręgosłup zwierzęciu, które momentalnie umierało. Przynajmniej w teorii. Sylvia sprawdziła ręką. Gdy kupowali pułapki w magazynie dla myśliwych w Drammen, powiedziano im, że sprężyny są tak napięte, że pułapka może złamać kości w łydce u dorosłej osoby, ale Sylvia w wychłodzonej nodze nie czuła bólu. Palce odnalazły ciężki stalowy drut przymocowany do łabędziej szyi. Wiedziała, że nie zdoła rozgiąć potrzasku bez łomu, który wisiał w szopie na narzędzia. A poza tym zwykle przywiązywali łabędzie szyje drutem do drzewa, żeby półzdechły lis czy inne zwierzę nie uciekło z drogim sprzętem. Powiodła dłonią wzdłuż drutu przez wodę aż na brzeg. Tam była metalowa tabliczka z ich nazwiskiem, tak jak nakazywały przepisy.

Zdrętwiała. Czy gdzieś w oddali nie usłyszała trzasku łamanej gałązki? Serce znów zaczęło jej walić, gdy wpatrywała się w wełnisty zmierzch.

Wymacując zdrętwiałymi palcami drut w śniegu, wyczołgała się na brzeg strumienia. Drut oplatał pień młodej, ale solidnej już brzozy. Wreszcie odnalazła supeł pod śniegiem. Metal zamarzł w sztywną grudę. Musiała go rozpleść. Musiała przedostać się dalej.

I znów trzasnęła gałązka. Tym razem bliżej.

Sylvia usiadła, opierając się plecami o pień po stronie przeciwnej niż ta, z której dochodziły odgłosy. Usiłowała sobie tłumaczyć, że nie wolno jej wpadać w panikę, że supeł puści, gdy przez jakiś czas będzie za niego ciągnąć, że kość w łydce jest nienaruszona, a dźwięki, które coraz bardziej się zbliżały, to na pewno tylko sarna. Próbowała ciągnąć za koniec drutu, nie poczuła bólu nawet wtedy, gdy paznokieć złamał jej się w połowie. Wszystko i tak bez rezultatu. Pochyliła się, zatrzeszczały zęby, gdy wbiła je w metal. Do diabła! Słyszała już lekkie spokojne kroki na śniegu i wstrzymała oddech. Zatrzymały się za drzewem. Możliwe, że sobie to wmówiła, ale wydawało jej się, że słyszy, jak to coś wietrzy, wciąga zapach. Siedziała całkiem nieruchomo. W końcu tamto coś zaczęło odchodzić. Dźwięki cichły. Oddalało się.

Sylvia odetchnęła drżąco. Musi się wreszcie uwolnić. Ubranie miała przemoczone i z całą pewnością przez noc zamarznie na śmierć, jeśli nikt jej tu nie znajdzie. W tej samej chwili przypomniała sobie. Siekierka! Jak mogła zapomnieć o siekierze! Drut był cienki, wystarczy położyć go na kamieniu, dwa celne uderzenia i byłaby wolna. Siekiera musiała wpaść do strumienia. Przeczołgała się tam, zanurzyła ręce w czarnej wodzie, przeszukując kamieniste dno.

Nic.

Zrozpaczona osunęła się na kolana, uważnie oglądając śnieg po obu stronach. Nagle zobaczyła ostrze wystające z wody dwa metry przed nią i wiedziała to, już zanim poczuła szarpnięcie drutu, zanim ułożyła się płasko w strumieniu, tak że woda z roztopionego śniegu obmywała ją z pluskiem, zimna tak, że serce w każdej chwili mogło stanąć, i wyciągnęła się do siekiery jak wystraszony żebrak. Wiedziała, że jest o pół metra za daleko. Palce zacisnęły się na powietrzu w odległości pięćdziesięciu centymetrów od trzonka. Nadciągnął płacz, ale zmusiła go, by się cofnął. Płakać mogła później.

– O to ci chodzi?

Niczego nie widziała ani nie słyszała, ale przed nią w strumieniu kucała postać. „To". Sylvia zaczęła pełznąć w tył, ale ta postać szła za nią z siekierą wyciągniętą przed siebie.

– No weź ją sobie.

Sylvia uklękła i wzięła siekierę.

– Co zamierzasz z nią zrobić? – dotarło do niej pytanie.

Poczuła nadciągającą wściekłość, tę, która zawsze towarzyszy strachowi, a rezultat był gwałtowny. Rzuciła się do przodu z uniesioną siekierą i zamachnęła wyprostowaną ręką, ale stalowy drut ją zatrzymał, siekiera przecięła jedynie ciemność, a Sylvia już w następnej chwili znów leżała w wodzie.

Rozległ się cichy śmiech.

Sylvia odwróciła się na bok.

– Odejdź – jęknęła i wypluła żwir.

– Chcę, żebyś jadła śnieg – usłyszała i zobaczyła unoszącą się sylwetkę i szybki ruch, przelotne dotknięcie boku w miejscu rozcięcia kurtki.

– Co? – wyrwało się Sylvii.

– Chcę, żebyś jadła śnieg, aż się posikasz. – Postać stanęła w pewnej odległości poza promieniem, w jakim drut umożliwiał Sylvii poruszanie się, i przyglądała jej się z przekrzywioną głową. – Aż twój żołądek tak się schłodzi, że nie będzie już w stanie roztapiać śniegu, aż będziesz miała w środku sam lód. Aż się staniesz prawdziwą sobą. Czymś, co niczego nie czuje.

Do mózgu Sylvii docierały słowa, ale sensu nie była w stanie uchwycić.

– Nigdy! – krzyknęła.

Postać wydała z siebie jakiś dźwięk, który zlał się z pluskającym strumieniem.

– Krzycz sobie teraz, droga Sylvio, bo nikt nigdy już cię nie usłyszy. Nigdy.

Sylvia zobaczyła, że „to" coś unosi. Coś, co się zapala. Pętla tworząca na ciemnym tle zarys rozżarzonej łzy. Rozległ się syk i poszedł dym, gdy pętla dotknęła powierzchni wody.

– Będziesz wolała jeść śnieg, uwierz mi.

Sylvię ogarnęła paraliżująca świadomość, że nadeszła jej ostatnia godzina. Pozostawała jeszcze jedna jedyna szansa. W zapadającej szybko ciemności starała się skupić spojrzenie na postaci między drzewami, jednocześnie ważąc siekierkę w dłoni. Czuła pulsowanie w palcach, do których znów napływała krew, jak gdyby i ona rozumiała, że to ostatnia możliwość. Ćwiczyła to razem z bliźniaczkami. Na ścianie stodoły. I za każdym razem, gdy po jej rzucie któraś z dziewczynek wyciągała siekierę z namalowanego celu przedstawiającego lisa, wołały triumfalnie: „Zabiłaś tego potwora, mamo! Zabiłaś potwora!". Sylvia wysunęła nieco jedną stopę przed drugą. Jeden krok rozbiegu, to optymalna pozycja do właściwego połączenia siły i precyzji.

– To szaleństwo – szepnęła.

– Akurat w tej kwestii – usłyszała i wydawało jej się, że dostrzega też uśmiech – wątpliwości są niewielkie.

Siekiera zawirowała w gęstej, niemal namacalnej ciemności z cichym śpiewnym odgłosem. Sylvia, zachowując idealną równowagę, z prawą ręką wyciągniętą do przodu, patrzyła na śmiercionośną broń. Widziała, jak leci między drzewami, jak obcina cienkie gałązki, jak znika w mroku. Usłyszała głuchy odgłos, gdy siekiera wbiła się głęboko pod śnieg gdzieś daleko.

Przycisnęła plecy do pnia drzewa i wolno osunęła się na ziemię. Znów czuła napływające łzy i tym razem nawet nie próbowała ich powstrzymać. Teraz już wiedziała. Nie będzie żadnego później.

– Zaczynamy? – usłyszała miękki głos.

9 DZIEŃ 3. OTCHŁAŃ

– Fajnie było, prawda?

Zachwycony głos Olega przedarł się przez syk smażonego oleju w budce z kebabem pełnej ludzi, którzy napłynęli tu po koncercie w Oslo Spektrum. Harry pokiwał głową. Spocony chłopiec w bluzie z kapturem wciąż lekko podskakiwał i nie przestawał rozprawiać o znanych mu z imienia i nazwiska członkach Slipknot, których sam Harry nie znał, bo ich płyty zawierały minimalną ilość informacji personalnych, a porządne magazyny muzyczne, takie jak „MOJO" i „Uncut", o takich zespołach nie pisały. Harry zamówił kebaby i spojrzał na zegarek. Rakel powiedziała, że będzie czekać tuż przy wyjściu o dziesiątej. Znów popatrzył na Olega, który nie przestawał mówić. Kiedy to się stało? Kiedy chłopak zdążył skończyć dwanaście lat i postanowić, że będzie lubił muzykę opisującą różne stadia śmierci, obcości, zimna i ogólnego zatracenia? Może Harry'ego powinno to zmartwić, ale tak się nie stało. To był w końcu jakiś początek, ciekawość, którą należało zaspokoić, strój, który chłopiec musiał włożyć, żeby sprawdzić, czy pasuje. Później przyjdą inne rzeczy. Lepsze. I gorsze.

– Tobie też się podobało, prawda, Harry?

Harry kiwnął głową. Nie miał serca przyznać, że ten koncert tylko wprawił go w przygnębienie. Nie potrafił wyjaśnić, o co chodzi, może po prostu nie był to ten wieczór. Od razu, gdy weszli w mrowie ludzi w Spektrum, odezwała się paranoja, która regularnie towarzyszyła pijaństwu, ale w ostatnim roku zaczęła się pojawiać również wtedy, gdy był trzeźwy. I zamiast wejść w nastrój, nie mógł pozbyć się uczucia, że jest obserwowany. Stał i rozglądał się, przeszukując ścianę twarzy otaczających ich ludzi.

– Slipknot górą! – zawołał Oleg. – A te maski były super. Szczególnie ta z tym długim cienkim nosem przypominała… taki…

Harry słuchał go jednym uchem z nadzieją, że Rakel wkrótce się zjawi. Powietrze w barku nagle wydało się gęste i duszne, jak gdyby cienka warstwa tłuszczu pokryła skórę i usta. Starał się nie dopuścić do siebie następnej myśli, ale ona już się zbliżała, była tuż za rogiem. Myśl o drinku.

– To indiańska maska śmierci – rozległ się kobiecy głos za nimi. – A Slayer byli lepsi niż Slipknot.

Harry odwrócił się zdumiony.

– Slipknot trochę za bardzo pozują, prawda? – ciągnęła. – Wtórnie przetworzone pomysły i puste gesty.

Była ubrana w błyszczący czarny obcisły płaszcz do ziemi, zapięty po samą szyję. Spod płaszcza wystawała jedynie para czarnych butów. Twarz miała bladą, a oczy umalowane.

– Nigdy bym nie pomyślał – powiedział Harry – że lubisz taką muzykę.

Katrine Bratt uśmiechnęła się przelotnie.

– W zasadzie jest raczej odwrotnie.

Nic więcej nie tłumaczyła. Gestami dała znać mężczyźnie za ladą, że chce wodę mineralną.

– Slayer jest do niczego – mruknął pod nosem Oleg.

Katrine odwróciła się do chłopca.

– Ty musisz być Oleg – stwierdziła.

– Tak – odparł niechętnie i podciągnął bojówki. Wyglądał tak, jakby zainteresowanie okazywane przez dorosłą kobietę zarazem mu się podobało i nie podobało. – Jak to załapałaś?

– Załapałaś? – uśmiechnęła się Katrine. – Ty przecież mieszkasz w eleganckiej dzielnicy na wzgórzu Holmenkollen i tak naprawdę mówisz „zrozumiałaś". To Harry nauczył cię języka ze wschodnich dzielnic?

Olegowi krew napłynęła do policzków.

Katrine zaśmiała się cicho i lekko dotknęła ramienia chłopca.

– Przepraszam. Za bardzo jestem ciekawska.

Kolor twarzy Olega nabrał intensywności czerwieni tak głębokiej, że białka mu zaświeciły.

– Ja też jestem ciekawski – powiedział Harry i podał Olegowi jeszcze jeden kebab. – Liczę, że znalazłaś ten schemat, o który cię prosiłem, Bratt, skoro masz czas na koncert.

Zobaczył, że zrozumiała jego ostrzeżenie: Nie drażnij się z chłopcem.

– Coś odkryłam. – Katrine odkręciła plastikowy korek z butelki wody Farris. – Ale jesteś zajęty, więc możemy o tym porozmawiać jutro.

– Aż taki zajęty nie jestem – stwierdził Harry, zapominając o warstwie tłuszczu i uczuciu, że się dusi.

– To tajne, za dużo tu ludzi. Ale mogę ci szepnąć parę haseł.

Nachyliła się bliżej; Harry poczuł przebijającą się przez zapach oleju woń niemal męskich perfum i ciepły oddech przy uchu.

– Srebrny volkswagen passat akurat zjechał na chodnik przed barem. W środku siedzi kobieta, która usiłuje zwrócić na siebie twoją uwagę. Zakładam, że to matka Olega...

Harry gwałtownie się wyprostował i przez wielkie okno spojrzał na samochód. Rakel opuściła szybę i patrzyła prosto na nich.

– Nie nabrudź! – upomniała Rakel, kiedy Oleg wskoczył na tylne siedzenie z kebabem w ręku.

Harry stanął przy otwartym oknie. Rakel miała na sobie prosty jasnoniebieski sweter. Dobrze go znał, wiedział, jak pachnie, jaki jest w dotyku pod dłonią i pod policzkiem.

– Dobry koncert? – spytała.

– Spytaj Olega.

– Co to właściwie był za zespół? – Spojrzała na syna w lusterku. – Wydaje mi się, że ludzie na chodnikach są trochę dziwnie ubrani.

– Takie spokojne piosenki o miłości. – Oleg puścił oko do Harry'ego, gdy tylko Rakel oderwała wzrok od lusterka.

– Dziękuję, Harry.

– Nie ma za co. Jedź ostrożnie.

– Kim była ta kobieta w środku?

– Koleżanka z pracy. Nowa.

– Tak? Wyglądało na to, że już się dobrze znacie.

– Jak to?

– No... – urwała. W końcu wolno pokręciła głową i roześmiała się głębokim, ale czystym śmiechem. Spokojnym i szczerym, tym, w którym kiedyś się zakochał.

– Przepraszam, Harry. Dobranoc.

Szyba powędrowała do góry i srebrny samochód zjechał z chodnika.

Harry poszedł przez Brugata. To przypominało marsz pod szablami wśród barów, z których otwartych drzwi płynęła muzyka. Zastanawiał się, czy nie wypić kawy w Teddy Softbar, ale wiedział, że to zły pomysł. Postanowił go minąć.

– Kawa? – powtórzył z niedowierzaniem facet za kontuarem.

Z grającej szafy u Teddy'ego płynęła muzyka Johnny'ego Casha.

– A ma pan jakąś lepszą propozycję? – Harry słyszał inny głos we własnym głosie, znany i nieznany zarazem.

– Hm. – Facet odgarnął tłuste włosy do tyłu. – Kawa nie jest akurat świeżo zaparzona, więc co pan powie na świeżo nalane piwo?

Johnny Cash śpiewał o Bogu, chrzcie i nowych obietnicach.

– No cóż – powiedział Harry.

Mężczyzna za kontuarem się uśmiechnął.

W tej samej chwili Harry poczuł wibrowanie komórki w kieszeni, sięgnął po nią szybko i chciwie, jakby czekał na ten telefon. Dzwonił Skarre.

– Akurat dostaliśmy zgłoszenie o zaginięciu, które pasuje. Żona i matka. Nie było jej, kiedy mąż i dzieci wrócili do domu kilka godzin temu. Mieszkają głęboko w lesie na Sollihøgda, żaden z sąsiadów jej nie widział, a samochodem nie mogła się stamtąd wydostać, bo auto zabrał mąż. I żadnych śladów stóp na drodze.

– Śladów stóp?

– Tam na górze wciąż leży śnieg.

Półlitrowa szklanka z piwem stuknęła o blat przed Harrym.

– Harry? Jesteś tam?

– Jestem. Myślę.

– O czym?

– Jest tam na miejscu bałwan?

– Co?

– Bałwan. Taki ze śniegu.

– A skąd mam wiedzieć?

– No to pojedźmy tam, żeby się przekonać. Wskakuj do samochodu i zabierz mnie spod Guneriusa na Storgata.

– Nie możemy się tym zająć jutro, Harry? Zobowiązałem się do kilku wieczornych numerków, a ta kobieta tylko zaginęła, więc na razie się nie spieszy.

Harry zapatrzył się w smugę piany wijącą się jak wąż w dół po zewnętrznej powierzchni szklanki.

– W zasadzie – powiedział – w zasadzie to cholernie się spieszy.

Barman ze zdziwieniem patrzył na nietknięte piwo, pięćdziesięciokoronowy banknot i szerokie plecy znikające w drzwiach akurat w chwili, gdy Johnny Cash wyzionął ducha.

– Sylvia nigdy by, ot tak sobie, nie poszła – mówił Rolf Ottersen.

Był chudy, a mówiąc ściślej, był skórą i kośćmi. Flanelową koszulę miał zapiętą do samej góry, wystawała z niej długa chuda szyja z głową, która przywiodła Harry'emu na myśl ptaka brodzącego. Z rękawów wyłaniały się wąskie dłonie z długimi cienkimi palcami, które bezustannie zwijały, skręcały i skubały. Paznokcie prawej dłoni były długie i ostro opiłowane jak szpony, oczy wydawały się duże za grubymi szkłami okularów w prostej okrągłej metalowej oprawce z rodzaju tych, jakie były popularne wśród radykalistów w latach siedemdziesiątych. Plakat na musztardowożółtej ścianie przedstawiał Indian niosących anakondę. Harry rozpoznał rysunek z okładki płyty Joni Mitchell z hippisowskiej epoki kamiennej. Obok wisiała reprodukcja jednego ze znanych autoportretów Fridy Kahlo. Cierpiąca kobieta, pomyślał Harry. Obraz wybrany przez kobietę. Podłoga była z surowej sosny, a pokój oświetlały staroświeckie lampy naftowe i kaganki z brunatnej gliny, które wyglądały na zrobione w domu. W rogu oparta o ścianę stała gitara z plastikowymi strunami stanowiąca, jak Harry przypuszczał, wyjaśnienie opiłowanych paznokci Rolfa Ottersena.

– Co pan chce powiedzieć przez to, że nigdy by tak sobie nie poszła? – spytał Harry.

Przed nim na stole Rolf Ottersen położył zdjęcie żony z dziesięcioletnimi bliźniaczkami, Olgą i Emmą. Sylvia Ottersen miała duże senne oczy, jak ktoś, kto przez całe życie nosił okulary, a w końcu zaczął używać soczewek kontaktowych albo poddał się zabiegowi laserowej korekcji wzroku. Bliźniaczki odziedziczyły oczy po matce.

– Uprzedziłaby – odparł Rolf Ottersen. – Zostawiłaby wiadomość. Coś musiało się stać.

Mimo rozpaczy głos miał stonowany i łagodny. Wyjął z kieszeni spodni chusteczkę i uniósł ją do twarzy, wąskiej i bladej, na której nos wydawał się nienaturalnie wielki. Wysmarkał się, jakby zadął w trąbę.

Skarre wsunął głowę przez drzwi.

– Już jest psi patrol. Mają psa do szukania trupów.

– Niech ruszają. Rozmawialiście ze wszystkimi sąsiadami?

– Tak. Ciągle nic.

Skarre zamknął drzwi, a Harry zorientował się, że oczy Ottersena za szkłami okularów zrobiły się jeszcze większe.

– Pies do szukania trupów – szepnął.

– To tylko takie określenie. – Harry zanotował w umyśle, że musi dać Skarremu parę wskazówek na temat dobierania słów.

– Używacie go też do szukania żywych ludzi? – W głosie męża zaginionej pojawiło się błaganie.

– Oczywiście – skłamał Harry, zamiast mu wytłumaczyć, że takie psy wskazują miejsce, gdzie leżą albo leżały zwłoki. Nie można ich użyć ani do szukania narkotyków, ani zaginionych przedmiotów, ani ludzi. Że taki pies służy tylko do znajdowania śmierci. Koniec i kropka.

– Widział pan ją ostatnio o czwartej – Harry zajrzał w notatki. – Zanim pojechał pan z córkami do miasta. Co tam robiliście?

– Ja pilnowałem interesu, a dziewczynki miały lekcję gry na skrzypcach.

– Interesu?

– Mamy na Majorstua malutki sklep, w którym sprzedajemy artykuły z Afryki. Ręczną robotę, sztukę, meble, obrusy, ubrania, wszystko, co się da. Te rzeczy są importowane bezpośrednio od wytwórców, którzy dostają za to przyzwoitą zapłatę. To głównie Sylvia stoi w sklepie, ale w czwartki jest dłużej otwarty. Przyjeżdża wtedy do domu samochodem, a ja z dziewczynkami jadę do miasta. Jestem w sklepie w czasie, gdy one grają na skrzypcach w szkole muzycznej Barratt od piątej do siódmej. Później je stamtąd odbieram i wracamy do domu. Przyjechaliśmy trochę po pół do ósmej.

– Mhm. A kto jeszcze pracuje w tym sklepie?

– Nikt.

– Ale to przecież musi oznaczać, że zamykacie na jakiś czas w ciągu dnia. Mniej więcej na godzinę?

Rolf Ottersen uśmiechnął się krzywo.

– To bardzo mały sklepik. Nie mamy wielu klientów. Szczerze mówiąc, przed sezonem świątecznym prawie w ogóle.

– No to jak…

– NORAD, Norweska Agencja Współpracy Rozwojowej. Oni wspierają sklep i naszych dostawców w ramach rządowego programu handlu z krajami Trzeciego Świata. – Chrząknął miękko. – Sygnały wsparcia są ważniejsze niż korony, øre i szybki zysk, prawda?

Harry pokiwał głową, chociaż nie myślał o pomocy i o sprawiedliwym handlu z Afryką, tylko o godzinach i czasie przejazdu przez Oslo i okolicę.

Z kuchni, gdzie bliźniaczki jadły późną kolację, dobiegł dźwięk radia. Telewizora w domu nigdzie nie zauważył.

– Na razie panu dziękuję – powiedział Harry i wyszedł na zewnątrz.

Na podwórzu stały zaparkowane trzy samochody. Jednym było volvo amazon Bjørna Holma, przelakierowane na czarno z paskiem rajdowej kratki biegnącej przez dach i bagażnik. Harry popatrzył w przejrzyste rozgwieżdżone niebo, tworzące sklepienie nad malutkim gospodarstwem na polanie. Wciągnął w płuca powietrze. Pachniało świerkiem i palonym drewnem. Ze skraju lasu dobiegały sapanie psa i zachęty policjanta.

Żeby dotrzeć do stodoły, Harry zatoczył łuk, bo tak się umówili, by nie zniszczyć ewentualnych śladów, które mogły się im przydać. Z otwartych drzwi dochodziły głosy. Przykucnął, przyglądając się odciskom stóp na śniegu w świetle lampy nad drzwiami. Potem wstał, oparł się o futrynę i wyjął z kieszeni paczkę papierosów.

– To wygląda jak miejsce zbrodni – ocenił. – Krew, zwłoki i przewrócone meble.

Bjørn Holm i Magnus Skarre umilkli. Odwrócili się i spojrzeli za wzrokiem Harry'ego. Dużą otwartą przestrzeń oświetlała pojedyncza żarówka na przewodzie zwisająca z belki. W jednym końcu pomieszczenia stał warsztat stolarski, w jego pobliżu wisiała tablica z narzędziami, młotkami, piłami, obcęgami i świdrami. Żadnych elektrycznych wynalazków. W drugim końcu znajdował się kojec z siatki, za którą kury siedziały na grzędach na ścianie albo przechadzały się nierytmicznie po słomie. Na samym środku pomieszczenia na poszarzałej podłodze z surowych desek poplamionych krwią leżały trzy bezgłowe ciała. Przy przewróconym pieńku do rąbania trzy głowy. Harry wsunął papierosa do ust, ale go nie zapalił. Wszedł do środka, pilnując, żeby nie wdepnąć w krew, przykucnął przy pieńku i zmrużonymi oczami zapatrzył się w kurze łby. Światło kieszonkowej latarki błysnęło słabo w czarnych oczach. Wziął najpierw do ręki białe przecięte pióro wyglądające na opalone przy brzegu, później uważnie przyjrzał się gładkim powierzchniom cięcia na szyjach kur. Zakrzepła krew poczerniała. Wiedział, że taki proces zachodzi szybko, w ciągu zaledwie pół godziny.

– Widzisz coś ciekawego? – spytał Bjørn Holm.

– Mam zawodowo uszkodzony mózg, Holm. Akurat teraz analizuję zwłoki kur.

Skarre zaśmiał się głośno i w powietrzu naszkicował gazetowy nagłówek.

– „Ohydne potrójne morderstwo na kurach. Wudu w wiosce. Sprawą zajmuje się Harry Hole".

– Ciekawsze jest to, czego nie widzę.

Bjørn Holm uniósł brew, rozejrzał się i z namysłem kiwnął głową.

Skarre obydwóm przyglądał się podejrzliwie.

– A to znaczy?
– Narzędzia zbrodni – wyjaśnił Harry.
– Siekiery – dodał Holm. – Jedyny rozsądny sposób na szlachtowanie kur.
Skarre prychnął.
– Jeśli to kobieta je zarzynała, na pewno odłożyła siekierę na miejsce. Ci wieśniacy lubią porządek.
– Z tym ostatnim się zgadzam – przyznał Harry, wsłuchując się w gdakanie, które zdawało się dochodzić ze wszystkich stron. – Właśnie dlatego to takie ciekawe, że pieniek leży wywrócony, a truchła rozrzucone po podłodze. A siekiery nie ma na swoim miejscu.
– Na swoim miejscu? – Skarre przewrócił oczami, patrząc na Holma.
– Jak by ci się chciało trochę tu rozejrzeć, Skarre... – powiedział Harry, nie podnosząc głowy.
Skarre wciąż patrzył na Holma, który gestem wskazał mu tablicę za warsztatem.
– O cholera! – westchnął Skarre.
W pustym miejscu między młotkiem a zardzewiałą piłą widniał obrys siekiery.
Z zewnątrz dobiegło szczekanie psa. Potem popiskiwanie i gniewne krzyki policjanta, które nie brzmiały już zachęcająco.
Harry potarł brodę.
– Przeszukaliśmy całą stodołę i wstępnie wygląda na to, że Sylvia Ottersen opuściła to miejsce w samym środku roboty i zabrała ze sobą narzędzie. Holm, możesz zmierzyć temperaturę tych kur i w przybliżeniu określić czas śmierci?
– Jasne.
– Co? – zdumiał się Skarre.
– Chcę wiedzieć, kiedy stąd uciekła – wyjaśnił Harry. – Udało ci się coś znaleźć wśród odcisków butów na zewnątrz, Holm?
Technik pokręcił głową.
– Za bardzo zadeptane. Potrzebuję więcej światła. Znalazłem kilka odcisków butów Rolfa Ottersena i parę innych prowadzących do stodoły, ale żadnych, które by z niej wychodziły. Może została stąd wyniesiona?

– Mhm. Wtedy ślady tego, kto ją niósł, byłyby głębsze. Szkoda, że nikt nie wdepnął w krew. – Harry zmrużył oczy, patrząc na ciemne ściany poza zasięgiem promienia żarówki. Z podwórza dochodziły żałosne piski psa i wściekłe przekleństwa policjanta. – Idź zobacz, co się tam dzieje, Skarre.

Skarre wyszedł, Harry jeszcze raz zapalił latarkę i podszedł do ściany, wodząc ręką wzdłuż surowych desek.

– Co to... – zaczął Holm, ale urwał, gdy but Harry'ego trafił w ścianę z suchym łupnięciem.

Ukazało się rozgwieżdżone niebo.

– Tylne drzwi. – Harry patrzył na czarny las i sylwetki świerków rysujące się na brudnożółtym tle świateł dalekiego miasta. Potem skierował latarkę na śnieg. Snop światła zaraz odnalazł ślady.

– Dwie osoby – stwierdził Harry.

– To ten pies. – Skarre wrócił. – Nie chce szukać.

– Nie chce? – Harry przesunął promień latarki po śladach. Światło odbijało się w śniegu, ale ślady znikały dopiero tam, gdzie drzewa pilnowały nocnej ciemności.

– Jego przewodnik nie może tego pojąć. Mówi, że ten pies wygląda na śmiertelnie przerażonego. W każdym razie za nic nie chce wejść do lasu.

– Może tu pachnie lisami – podsunął Holm. – W okolicy jest dużo lisów.

– Boi się lisa? – prychnął Skarre. – Taki wielki pies nie może się bać lisa!

– Może nigdy czegoś takiego nie widział – zauważył Harry. – Ale rozumie, że to zapach drapieżnika. Rozsądnie jest bać się czegoś, czego się nie zna. Ten, kto się nie boi, długo nie pożyje. – Harry czuł, że serce mu przyspiesza. I wiedział też dlaczego. Las. Ciemność. Ten strach nie był racjonalny. Był z rodzaju tych, które należy zwalczyć.

– Do odwołania należy traktować to jako miejsce zdarzenia – oświadczył. – Bierzcie się do roboty. Ja się trochę rozejrzę, dokąd prowadzą te ślady.

– Okej.

Harry przełknął ślinę, nim wyszedł przez tylne drzwi. Od tamtej pory minęło ćwierć wieku. A mimo to ciało się wzbraniało.

To było podczas jesiennych ferii u dziadka w Åndalsnes. Zagroda położona była na zboczu, nad nią wznosiły się potężne góry Romsdal, Harry miał dziesięć lat i zapuścił się w głąb lasu, wypatrując krowy, której szukał dziadek. Chciał ją znaleźć wcześniej, przed wszystkimi, dlatego się spieszył. Gnał jak opętany po pagórkach porośniętych krzewinkami jagód i zabawnie powyginanymi krzaczkami karłowatej brzozy. Ścieżki pojawiały się i znikały, gdy biegł w prostej linii w stronę, skąd, jak mu się wydawało, słyszał między drzewami krowi dzwonek. Znów się rozległ, tym razem trochę bardziej na prawo. Harry przeskoczył przez strumień, schylił się pod drzewem, w butach mu zachlupało, gdy biegł przez mokradło. W jego stronę nadciągał deszcz. Widział już delikatny welon spływający z chmury na strome zbocze.

Wyglądało to tak pięknie, że nie zauważył skradającej się ciemności, która wyłaniała się z bagniska, spomiędzy drzew, spływała niczym czarna farba z cieni na zboczu i zbierała się na dnie doliny. Zamiast tego Harry podniósł głowę i zapatrzył się w wielkiego ptaka, który krążył wysoko, tak wysoko, że aż kręciło się w głowie, bo z tyłu za nim widać było całą skalną ścianę.

Nagle jeden but mu utknął i Harry upadł twarzą w dół, nie zdążywszy wyciągnąć przed siebie rąk. Ogarnęła go czerń, nos i gardło wypełnił smak bagna, śmierci, zgnilizny i mroku. W ciągu tych sekund, gdy tkwił pod wodą, poznał smak ciemności, a kiedy się podniósł, odkrył, że całe światło zniknęło. Schowało się za górę, która zwieszała się nad nim w swej milczącej ciężkiej potędze i szeptała mu, że nie wie, gdzie jest. Że nie wie tego od dawna.

Nie zważając na to, że stracił but, podniósł się i znów zaczął biec. Musiał wkrótce znaleźć coś, co rozpozna. Ale okolica była jak zaczarowana. Kamienie zmieniły się w głowy istot wyrastających z ziemi, wrzos w palce drapiące go w łydki, karłowate brzozy w wiedźmy zgięte wpół ze śmiechu i pokazujące mu drogę, raz tu, raz tam. Do domu albo do zatracenia. Drogę do domku babci albo drogę do Otchłani. Dorośli opowiadali mu o Otchłani, o miejscu, gdzie moczary nie mają dna, w którym bydło, ludzie, całe wozy ginęły, żeby nigdy już się nie pojawić.

Była już prawie noc, gdy Harry wtoczył się do kuchni, a babcia objęła go i powiedziała, że ojciec, dziadek i dorośli sąsiedzi – wszyscy go szukają. Gdzie on był?

W lesie.

Nie słyszał ich wołania? Cały czas wołali „Harry, Harry". Ona ciągle ich słyszała.

Sam tego nie pamiętał, ale później wiele razy mu opowiadano, jak siedział na skrzyni z drewnem przy piecu, trzęsąc się z zimna, ze spojrzeniem apatycznie utkwionym gdzieś w dal. I odpowiedział:

– Myślałem, że to nie oni wołają.

– A co myślałeś, że kto to jest?

– Tamci. Wiedziałaś, że ciemność ma smak, babciu?

Harry wszedł zaledwie kilka metrów w las, a już ogarnęła go niezwykła, wręcz nienaturalna cisza. Latarką oświetlał ziemię tuż przed sobą, bo za każdym razem, gdy snop światła omiatał las, cienie zdawały się rozbiegać między drzewami jak przestraszone duchy, podążające w mrok. Odizolowanie od ciemności w bańce światła nie przydawało ani trochę poczucia bezpieczeństwa. Przeciwnie, świadomość, że jest najbardziej widocznym elementem poruszającym się w lesie, czyniła go obnażonym, bezbronnym. Gałęzie drapały go w twarz jak palce ślepca, który pragnie rozpoznać nieznajomego.

Ślady prowadziły do strumienia, którego plusk zagłuszył jego własny, nieco zbyt szybki oddech. Tam jeden ze śladów zniknął, natomiast ten drugi przemieścił się wzdłuż strumienia nieco niżej.

Harry szedł do przodu. Strumień skręcał raz w jedną, raz w drugą stronę, ale on się nie martwił, że straci orientację. Przecież będzie mógł wrócić po śladach.

Rozległo się ostrzegawcze pohukiwanie sowy, która musiała być gdzieś w pobliżu. Tarcza zegarka na nadgarstku świeciła słabym blaskiem na zielono i pokazywała, że Harry idzie już od ponad kwadransa.

Najwyższa pora zawrócić, przysłać tu ludzi w porządnych butach i ubraniu, z psem, który nie boi się lisa.

Nagle serce mu zamarło. Coś otarło się o jego twarz. Bezszelestnie i tak szybko, że nie zdążył nic zobaczyć. To coś zdradził jedynie ruch powietrza. Moment później usłyszał bicie skrzydeł o śnieg i żałosny pisk niewielkiego gryzonia, który właśnie stał się zdobyczą.

Wolno wypuścił powietrze z płuc. Ostatni raz omiótł las światłem latarki i odwrócił się z zamiarem powrotu. Zrobił krok, ale się zatrzymał. Chciał zrobić jeszcze jeden, jeszcze dwa, wrócić. Ale zrobił to, co musiał. Jeszcze raz podniósł latarkę. I znów to zauważył. Jakiś błysk. Odbicie światła, którego tutaj, w czarnym lesie nie powinno być. Podszedł bliżej. Spojrzał za siebie, próbując jakoś zapamiętać to miejsce. Było około piętnastu metrów od strumienia. Przykucnął. Wystawał tylko kawałek metalu, ale nie musiał nawet strząsać z niego śniegu, żeby wiedzieć, co to jest. Siekiera. Nieduża. Jeśli wcześniej ostrze pokrywała krew zabitych kur, to teraz zniknęła. Wokół narzędzia nie było żadnych śladów stóp. Harry poświecił i kilka metrów dalej zauważył obciętą gałązkę. Ktoś musiał rzucić siekierą z dużą siłą.

W tej samej chwili Harry znów to poczuł. To samo wrażenie, które wcześniej tego wieczoru ogarnęło go w Spektrum. Uczucie, że jest obserwowany. Instynktownie zgasił latarkę, ciemność rzuciła się na niego jak koc. Wstrzymał oddech i nasłuchiwał. Nie, myślał, nie bądź taki. Zło to nie rzecz, ono nie przenika. Przeciwnie, zło to brak czegoś. Brak dobroci. Jedynym, czego możesz się tutaj bać, jesteś ty sam.

Ale wrażenie nie chciało ustąpić. Ktoś się w niego wpatrywał. Coś. Tamci. A na polankę przy strumieniu sączyło się światło księżyca. Dostrzegł tam jakby zarys sylwetki.

Zapalił latarkę i skierował ją na polankę.

To była ona. Stała wyprostowana i nieruchoma między drzewami, patrzyła na niego, nie mrugając, tymi samymi wielkimi sennymi oczami co na zdjęciu. Harry w pierwszej chwili pomyślał, że jest ubrana jak panna młoda, cała w bieli, że tu w środku lasu idzie do ołtarza. W świetle aż lśniła. Z drżeniem wciągnął powietrze i sięgnął do kieszeni kurtki po komórkę. Bjørn Holm odebrał po drugim dzwonku.

– Ogradzajcie wszystko – nakazał Harry. W gardle mu zaschło, czuł się tak, jakby miał w nim trociny. – Wzywam posiłki.

– Co się stało?

– Tu stoi bałwan.

– I co z tego?

Harry wyjaśnił.

– Tego ostatniego nie usłyszałem! – zawołał Holm. – Strasznie słaby zasięg!

– Głowa – powtórzył Harry. – Głowa należy do Sylvii Ottersen.

Na drugim końcu zapadła cisza.

Harry poprosił jeszcze, żeby Holm przyszedł tu po śladach. Potem przykucnął przy drzewie, zapiął płaszcz pod samą szyję i zgasił latarkę, żeby oszczędzać baterię. Pomyślał, że prawie już zapomniał, jaki smak ma ciemność.

Część II

10 DZIEŃ 4. KREDA

Dochodziło pół do czwartej rano, gdy nieprzytomnie zmęczony Harry wreszcie otworzył drzwi do swojego mieszkania. Rozebrał się i poszedł prosto pod prysznic. Starał się nie myśleć, gdy puszczał wrzątek paraliżujący skórę, masujący zesztywniałe mięśnie i rozmrażający zlodowaciałe ciało. Rozmawiali już z Rolfem Ottersenem, ale przesłuchania musiały zaczekać do jutra. Na Sollihøgda dawno zakończyli wypytywanie sąsiadów, nie było ich zresztą wielu. Technicy i psy wciąż pracowali, mieli tam zostać przez całą noc, wykorzystać okienko w czasie, zanim ślady się zanieczyszczą, nim przysypie je śnieg albo się rozpłyną. Zakręcił wodę. Powietrze zszarzało od pary, a gdy Harry przetarł lustro, natychmiast zaparowało znów. Zniekształcało twarz i zamazywało kontury nagiego ciała.

Mył zęby, kiedy zadzwoniła komórka.

– Harry.

– Mówi Stormann, grzybiarz.

– Dziwna pora na telefon – zdumiał się Harry.

– Przypuszczałem, że jest pan w pracy.

– Tak?

– Pokazywali w wiadomościach. Tę kobietę z Sollihøgda. Zauważyłem pana w tle. Mam już wynik testu.

– I...

– Ma pan pleśń. Cholernie żarłoczne diabelstwo. *Versicolor*.

– A to znaczy?

– Że może mieć wszelkie możliwe barwy. Jeśli i kiedy jest widoczna. A oprócz tego oznacza też, że będę musiał usunąć jeszcze więcej ścian.

– Mhm. – Harry miał niejasne wrażenie, że powinien bardziej się tym zainteresować, bardziej zmartwić, a przynajmniej zadać więcej pytań. Ale nie miał siły. Nie tej nocy.

– No to niech pan zaczyna.

Rozłączył się i zamknął oczy. Czekał na upiory, na to, co nieuniknione, dopóki nie zażywał jedynego leku, jaki na nie znał. Może dzisiaj będzie to nowa znajomość. Czekał, aż ona wyjdzie z lasu, sunąc ku niemu na olbrzymim białym ciele bez nóg jak przerośnięty kręgiel z głową z czarnymi oczodołami, z których wrony wydziobały ostatnie resztki oczu, a zęby były odsłonięte, bo lis pożarł wargi. Trudno coś przewidzieć, podświadomość jest nieprzewidywalna. Tak nieprzewidywalna, że kiedy Harry zasnął, śniło mu się, że leży w wannie z głową pod wodą i słucha głębokiego bulgotu banieczek kobiecego śmiechu. Z emalii wyrastała morska trawa, wyciągająca się do niego niczym zielone palce na białej dłoni, szukające jego ręki.

Prostokąty porannego światła kładły się na gazetach leżących na biurku nadkomisarza Gunnara Hagena. Z pierwszych stron bił w oczy uśmiech Sylvii Ottersen i nagłówki: „Zamordowana przez obcięcie głowy", „Odcięta głowa w lesie" i – najkrótszy i prawdopodobnie najlepszy: „Ścięta".

Głowa Harry'ego bolała, odkąd się obudził. Teraz ostrożnie trzymał ją w dłoniach i myślał, że równie dobrze mógł się wieczorem upić, to i tak niczego by nie pogorszyło. Miał ochotę zamknąć oczy, ale nadkomisarz patrzył wprost na niego. Harry zauważył, że usta Hagena cały czas się otwierały, wykrzywiały i zamykały. Krótko mówiąc, formułowały słowa, które Harry odbierał tylko na mniej więcej dostrojonej częstotliwości.

– Konkluzja… – powiedział Hagen, a Harry pojął, że najwyższy czas nastawić uszu – jest taka, że ta sprawa ma od tej pory najwyższy priorytet. A to oznacza, że oczywiście natychmiast powiększamy twoją grupę i…

– Nie zgadzam się. – Harry poczuł, że od samego wymówienia tych kilku słów czaszka mało mu nie pękła. – Możemy angażować ludzi na bieżąco w miarę potrzeb, ale na razie nie chcę nikogo więcej na odprawach. Tylko nas czworo.

Mina Gunnara Hagena wyrażała zdumienie. W sprawach zabójstw, nawet tych prostych, grupy śledcze liczyły zawsze co najmniej dwanaście osób.

– Swobodne myślenie najlepiej funkcjonuje w mniejszych grupach – dodał Harry.

– Myślenie! – wykrzyknął Hagen. – A co ze zwykłą policyjną robotą? Z badaniem śladów technicznych, z przesłuchaniami, ze sprawdzaniem informacji od ludzi? Co z koordynacją danych? Duża grupa...

Harry podniósł rękę do góry, by powstrzymać ten strumień słów.

– Właśnie o to chodzi. Nie chcę w tym utonąć.

– Utonąć? – Hagen patrzył na niego z niedowierzaniem. – Wobec tego oddam tę sprawę komuś, kto lepiej pływa.

Harry lekko pomasował skronie. Wiedział, że Hagen ma świadomość, że akurat teraz nikt inny w całym Wydziale Zabójstw oprócz komisarza Harry'ego Hole nie może pokierować śledztwem w takiej sprawie. Harry wiedział też, że przekazanie sprawy KRIPOS, głównemu organowi śledczemu, byłoby przyznaniem się do wielkiej klęski dla nowego nadkomisarza, który wolałby raczej oddać owłosioną prawą rękę, niż to zrobić.

Harry westchnął.

– Zwykłe grupy śledcze walczą o to, by utrzymać się na powierzchni rzeki danych, i to wtedy, gdy mamy do czynienia ze zwyczajną sprawą. Przy ściętej głowie na pierwszych stronach... – Harry wzruszył ramionami. – Ludzie kompletnie oszaleją. Mieliśmy ponad sto telefonów z informacjami już po tej jednej wiadomości we wczorajszym dzienniku. Sam wiesz, szefie, ci sami bełkoczący pijacy i zwykli wariaci, a do tego jeszcze kilku nowych. Ludzie, którzy chcą przekazać, że to zabójstwo zostało opisane już w Apokalipsie Świętego Jana. Dzisiaj na razie mieliśmy dwieście zgłoszeń. A zobaczysz, co będzie, kiedy wyjdzie na jaw, że zwłok może być więcej. Powiedzmy, że trzeba będzie oddelegować dwadzieścia osób do samego zajęcia się tymi informacjami. Będą sprawdzać i pisać raporty. Powiedzmy, że kierujący śledztwem będą musieli codziennie poświęcić dwie godziny na przeczytanie nowych danych, dwie na ich skoordynowanie, dwie na zebranie całej grupy, poinformowanie jej, odpowiedzi na pytania i pół godziny na przefiltrowanie informacji, jakie można przekazać na konferencji prasowej, która potrwa trzy kwadranse. Najgorsze, że... – Harry przycisnął palce wskazujące do obolałej nasady szczęki i się skrzywił. – ...że w sprawie zwykłego zabójstwa to prawdopodobnie dobrze wykorzystane siły. Bo zawsze znajdzie się sporo takich, którzy coś wiedzą, coś słyszeli albo zauważyli. Jakieś cząstki, które musimy z mozołem poskładać albo które jak za dotknięciem czarodziejskiej różdżki rozwiążą całą sprawę.

– No właśnie – podchwycił Hagen. – Dlatego...

– Problem w tym – ciągnął Harry – że to nie jest taka sprawa. To nie taki typ zabójcy. Ten człowiek nie zwierzył się przyjacielowi ani nie pokazał w pobliżu miejsca zbrodni. Nikt nic nie wie, więc informacje od ludzi w niczym nam nie pomogą. I tylko będą nas hamować. A ewentualne ślady techniczne, które znajdziemy, zostały tam umieszczone, żeby zamącić nam w głowach. Krótko mówiąc, to zupełnie inny rodzaj gry.

Hagen oparł się na krześle, złączył dłonie końcami palców i teraz przyglądał się Harry'emu w zamyśleniu. Mrugnął parę razy jak senna jaszczurka w słońcu, nim w końcu spytał:

– Więc ty uważasz, że to gra?

Harry nie wiedział, do czego zmierza szef, ale kiwnął głową.

– A jaka gra? Szachy?

– No cóż, może szachy z zawiązanymi oczami.

– To znaczy, że wyobrażasz sobie klasycznego seryjnego zabójcę, zimnego mordercę obdarzonego nadzwyczajną inteligencją i lubiącego gry, zabawy i wyzwania.

Harry już się domyślał, do czego zmierza Hagen.

– Człowieka wyciągniętego wprost spośród seryjnych zabójców, których profile przygotowywaliście na tym kursie FBI? Kogoś takiego, z kim się zetknąłeś w Australii? Kogoś, kto po prostu jest... – nadkomisarz cmoknął, jakby smakował słowa – ...przeciwnikiem godnym ciebie?

Harry westchnął.

– Ja o takich rzeczach nie myślę, szefie.

– Nie? Nie zapominaj, że wykładałem w Akademii Wojskowej, Harry. Jak myślisz, o czym śnią przyszli generałowie, kiedy im opowiadam o dowódcach, którzy osobiście zmienili bieg historii świata? O tym, żeby siedzieć cicho z nadzieją na pokój, żeby opowiadać wnukom, że po prostu byli, że nikt nigdy nie miał okazji się dowiedzieć, do czego są zdolni w czasie wojny? Może tak i twierdzą, Harry, ale w głębi ducha marzą tylko o jednym, o bodaj jednej okazji. Rzecz dotyczy bardzo silnej społecznej potrzeby człowieka, potrzeby poczucia przydatności. To dlatego generałowie w Pentagonie od razu wygrażają, gdy tylko gdzieś na świecie wystrzeli kapiszon. Wydaje mi się, że ty chcesz, by ta sprawa była specjalna, Harry. Chcesz tego tak bardzo, że dostrzegasz w niej diabła.

– Bałwana, szefie. Pamiętasz ten list, który ci pokazałem?

Hagen westchnął.

– Pamiętam szaleńca.

Harry wiedział, że powinien teraz ustąpić. Przedłożyć kompromis, który już obmyślił. Oddać Hagenowi to drobne zwycięstwo. Mimo to wzruszył ramionami.

– Chcę zachować swoją grupę taką, jaka jest, szefie.

Twarz Hagena zamknęła się, stwardniała.

– Nie mogę ci na to pozwolić, Harry.

– Nie możesz, szefie?

Harry wytrzymał spojrzenie Hagena i w końcu mu się udało. Szef umknął wzrokiem, na ułamek sekundy, ale to wystarczyło.

– Trzeba mieć wzgląd na innych – powiedział.

Harry starał się zachować niewinną minę, gdy wbijał nóż.

– Na jakich innych, szefie?

Hagen spojrzał na swoje ręce.

– A jak myślisz? Na zwierzchników. Prasę. Polityków. Kiedy po trzech miesiącach wciąż nie będziemy mieć mordercy, to kto odpowie za takie zarządzanie wydziałem? Kto będzie musiał się tłumaczyć, że wyznaczyliśmy do tej sprawy czterech ludzi, ponieważ małe grupy lepiej się nadają do... – Hagen wypluł te słowa jak nieświeże krewetki – ...swobodnego myślenia i gry w szachy? Zastanawiałeś się nad tym, Harry?

– Nie. – Harry założył ręce na piersi. – Ja się zastanawiałem nad tym, jak złapać tego faceta. A nie jak się tłumaczyć z tego, że go nie złapaliśmy.

Zdawał sobie sprawę, że to marna puenta, ale słowa trafiły celnie. Hagen dwa razy mrugnął. Otworzył usta i zaraz je zamknął, a Harry nagle się zawstydził. Dlaczego zawsze musiał podjudzać do tej dziecinnej rywalizacji w sikaniu, bez żadnego znaczenia, tylko po to, żeby mieć satysfakcję, że komuś – wszystko jedno komu – dołożył. Rakel stwierdziła kiedyś, że chciałby się urodzić z dodatkowym palcem środkowym, który byłby cały czas wyprostowany.

– W KRIPOS jest facet, który się nazywa Espen Lepsvik – ciągnął Harry. – Umie pokierować dużym śledztwem. Mogę z nim pogadać, żeby zorganizował grupę, która będzie składała raporty mnie. Obie te grupy mogą działać równolegle i niezależnie od siebie. Konferencjami prasowymi zajmiesz się ty, szefie, i naczelnik Biura Kryminalnego. I jak to brzmi?

Nie musiał czekać na odpowiedź, widział wdzięczność w oczach Hagena i miał świadomość, że wygrał konkurs sikania.

Pierwszą rzeczą, jaką Harry zrobił po powrocie do własnego pokoju, było zatelefonowanie do Bjørna Holma.

– Hagen się zgodził. Będzie tak, jak mówiłem. Spotkanie u mnie za pół godziny. Zadzwonisz do Skarrego i Bratt?

Odłożył słuchawkę. Myślał o tym, co Hagen powiedział o jastrzębiach wyczekujących swojej wojny. Wyciągnął szufladę w złudnej nadziei znalezienia tam środka przeciwbólowego.

– Oprócz odcisków stóp nie znaleźliśmy żadnych śladów sprawcy w przypuszczalnym miejscu zbrodni – oznajmił Magnus Skarre. – Ale trudniej pojąć, że nie znaleźliśmy też żadnych śladów zwłok. Przecież on mimo wszystko obciął tej kobiecie głowę. Powinno zostać całe mnóstwo śladów. Ale tam nic nie było. Psy nawet nie zareagowały! To jakaś tajemnica.

– On ją zabił i obciął jej głowę w strumieniu – stwierdziła Katrine. – Odciski jej stóp ginęły w wodzie kawałek wyżej, prawda? Biegła wodą, żeby nie zostawiać śladów, ale on i tak ją dopadł.

– A czego użył? – spytał Harry.

– Siekiery albo piły. Czego innego?

– A co z tymi nadpaleniami w miejscu cięcia?

Katrine spojrzała na Skarrego, oboje wzruszyli ramionami.

– Okej, Holm to sprawdzi – powiedział Harry. – A później?

– Później być może przeniósł ją strumieniem do szosy – podsunął Skarre. Spał dwie godziny, sweter miał włożony tył naprzód, ale nikt nie miał serca zwrócić mu uwagi. – Mówię „być może", bo i tam kompletnie nic nie znaleźliśmy, a przecież powinniśmy. Smugę krwi na pniu drzewa, jakieś włókno na gałęzi albo oderwany kawałek materiału. Ale znaleźliśmy odciski jego stóp tam, gdzie strumień przebiega pod szosą, a przy drodze były ślady w śniegu pozostawione przez coś, co mogło być ciałem. Ale Bóg jeden wie, co to było, bo psy i tam nic nie wskazały. Nawet ten cholerny kundel do szukania trupów. To jest jakaś...

– ...tajemnica – powtórzył Harry i potarł brodę. – Czy nie jest rzeczą bardzo niepraktyczną odcinać komuś głowę, stojąc w tym strumieniu? To przecież tylko wąska rozpadlina. Nie ma jak poruszać łokciami, więc dlaczego?

– To oczywiste. Ślady spłyną z wodą.

– Nie takie znów oczywiste – zareplikował Harry. – Przecież głowę zostawił, więc nie bał się śladów. Dlaczego nie ma jej śladów po drodze do szosy?

– *Bodybag*! – zawołała Katrine. – Właśnie się zastanawiałam, w jaki sposób zdołał zanieść ją tak daleko w tym terenie. W Iraku używali worków na ciała z szelkami, można je nosić jak plecak.

– Mhm – mruknął Harry. – To by tłumaczyło, dlaczego pies do szukania zwłok nie znalazł nic przy drodze.

– I dlaczego mógł zaryzykować położenie jej w tym miejscu – dodała Katrine.

– Położenie jej? – zdziwił się Skarre.

– Te ślady ciała na śniegu. Położył ją tam, a sam poszedł po samochód, najprawdopodobniej zaparkowany gdzieś w pobliżu gospodarstwa Ottersenów. To by zabrało pół godziny, prawda?

– Mniej więcej – mruknął niechętnie Skarre.

– Te worki są czarne. Dla kogoś, kto by ewentualnie tamtędy przejeżdżał, wyglądałoby to na zwykły worek na śmieci.

– Nikt tamtędy nie przejeżdżał – rzucił Skarre ze złością i stłumił ziewnięcie. – Rozmawialiśmy ze wszystkimi w tym cholernym lesie.

– A co myśleć o tej historii Rolfa Ottersena, że od piątej do siódmej był w sklepie? – spytał Harry.

– To alibi jest gówno warte, dopóki nie zaglądał tam żaden klient – stwierdził Skarre.

– Mógł obrócić w dwie strony w czasie lekcji muzyki bliźniaczek – dodała Katrine.

– Ale to nie jest taki typ – orzekł Skarre, oparł się i pokiwał głową, jakby na potwierdzenie własnego wniosku.

Harry miał ochotę powiedzieć coś ogólnego na temat posiadania przez policjantów wrodzonych zdolności do wskazywania zabójców, ale to była ta faza śledztwa, w której każdemu wolno głośno mówić o tym, co mu się snuje po głowie, bez szczególnych zahamowań. Z doświadczenia wiedział, że najlepsze pomysły rodzą się ze spontanicznej wymiany myśli, z intuicyjnego zgadywania i błędnych konkluzji.

Otworzyły się drzwi.

– *Howdy*! – zaśpiewał Bjørn Holm. – Bardzo mi przykro, ale rzuciłem się na narzędzie zbrodni.

Zdjął skórzany płaszcz i odwiesił go na wieszak Harry'ego, który paskudnie się przechylił. Bjørn pod spodem miał fioletową koszulę z żółtym haftem i tekstem na plecach głoszącym, że Hank Williams mimo aktu zgonu wystawionego zimą 1953 roku wciąż żyje. Osunął się na ostatnie wolne krzesło i popatrzył na zwrócone ku niemu twarze kolegów.

– Co jest? – uśmiechnął się, a Harry już czekał na ulubiony dowcip Holma. – Ktoś umarł?

– Narzędzie zbrodni – rzucił w odpowiedzi Harry. – Mów.

Holm uśmiechnął się i zatarł ręce.

– Oczywiście zastanawiałem się, skąd mogły się wziąć osmalenia na szyi Sylvii Ottersen. Pani patolog nie miała pojęcia. Stwierdziła tylko, że drobne naczynia krwionośne są przypalone. Tak jak się robi przy amputacjach, żeby powstrzymać krwotok. Przed odpiłowaniem nogi. A kiedy powiedziała o piłowaniu, coś mi się przypomniało. Przecież dorastałem na wsi.

Bjørn Holm nachylił się z rozjaśnionymi oczami. Harry'emu skojarzył się z ojcem, który zamierza otworzyć gwiazdkowy prezent z olbrzymią kolejką, którą kupił dla swojego nowo narodzonego syna.

– Czasami się zdarzało, że kiedy krowa miała urodzić nieżywego cielaka, martwy płód był za duży, żeby mogła go z siebie wycisnąć własnymi siłami. A jeśli na dodatek cielak był źle ułożony, nie dawało rady go wyciągnąć bez wyrządzenia krzywdy krowie. Wtedy musiał przyjeżdżać weterynarz z piłą.

Skarre się skrzywił.

– To takie coś z cieniuteńkim giętkim ostrzem, które wkładasz krowie do brzucha i otaczasz nim cielę. Jakby pętla. A potem kręcisz i obracasz ostrzem raz w jedną, raz w drugą stronę, aż przetniesz cielaka. – Holm w opisie pomagał sobie rękami. – Aż przetnie się na dwie części i można wyciągać po połowie. Wtedy z reguły problem jest rozwiązany. Z reguły. Bo czasami zdarza się, że ostrze piły zawadzi też matkę i krowa wykrwawia się na śmierć. Kilka lat temu chłopi we Francji wymyślili bardzo praktyczne urządzenie rozwiązujące cały problem. Pętlę z rozżarzającego się drutu. To prosty trzonek z plastiku z cieniutkim supermocnym drutem przymocowanym obydwoma końcami do trzonka, tworzący pętlę, którą można wsunąć na to, co chce się obciąć. Wystarczy włączyć nagrzewanie. W ciągu piętnastu sekund drut rozżarza się do białości, wciskasz guzik na trzonku, pętla zaczyna się zaciskać i przecina martwy płód. Nie ma żadnych ruchów na boki, więc ryzyko skaleczenia matki jest znacznie mniejsze. A gdyby nawet tak się stało, są jeszcze dwie zalety.

– Próbujesz nam sprzedać to narzędzie? – zachichotał Skarre, wzrokiem szukając potwierdzania u Harry'ego.

– Z powodu temperatury drut jest całkowicie sterylny – ciągnął Holm. – Nie przenosi bakterii ani zatrutej krwi z płodu. Dzięki temperaturze drobne naczynia krwionośne są przypalane, co ogranicza krwawienie.

– Okej – pokiwał głową Harry. – Wiesz z całą pewnością, że właśnie takiego narzędzia użył?

– Nie – odparł Holm. – Mógłbym je przetestować, gdym je miał. Ale weterynarz, z którym rozmawiałem, powiedział, że w Norwegii pętle żarowe nie są zatwierdzone przez Ministerstwo Rolnictwa. – Patrzył na Harry'ego z głębokim szczerym smutkiem.

– No cóż. Nawet jeśli nie to było narzędziem zbrodni, to przynajmniej wyjaśniałoby, w jaki sposób zdołał obciąć jej głowę, stojąc w tym strumieniu. A co wy na to?

– Francja – westchnęła Katrine Bratt. – Najpierw gilotyna, a teraz jeszcze to.

Skarre złożył usta w ciup i pokręcił głową.

– Wydaje mi się zbyt dziwaczne. Gdzie on, na przykład, mógł zdobyć taką pętlę? Przecież nie są dopuszczone do użytku.

– Możemy zacząć od tego – zdecydował Harry. – Mógłbyś to sprawdzić, Skarre?

– Mówiłem już, że w to nie wierzę.

– Przepraszam za złe sformułowanie – powiedział Harry. – Miałem na myśli: „Sprawdzisz to, Skarre". Coś jeszcze, Holm?

– Nie. Na miejscu zbrodni musiało być mnóstwo krwi, ale jedyną krwią, jaką znaleźliśmy, była ta w stodole, z zabitych kur. Á propos kur. Temperatura ich ciał i otoczenia świadczą o tym, że zostały zarżnięte mniej więcej o pół do siódmej. Trochę to niepewne, bo jedna była cieplejsza niż dwie pozostałe.

– Pewnie miała gorączkę – zaśmiał się Skarre.

– A bałwan? – spytał Harry.

– W kupie kryształków śniegu, które z godziny na godzinę zmieniają kształt, nie znajdzie się odcisków palców, ale powinno się znaleźć drobinki naskórka dłoni, bo kryształki śniegu są ostre. Ewentualnie włókna z rękawiczek, jeśli ich używał. Ale nic takiego nie było.

– Gumowe rękawiczki – podpowiedziała Katrine.

– Poza tym nic – westchnął Holm.

– No cóż. Mamy przynajmniej głowę. Sprawdziliście zęby...

Holm przerwał Harry'emu z miną pełną wyrzutu.

– Szukając resztek czegoś, w co mogła się wgryźć? Włosy, ślady palców na szyi, inne rzeczy, o jakich nie myślą technicy?

Harry wymruczał przeprosiny i spojrzał na zegarek.

– Skarre, chociaż uważasz, że Rolf Ottersen nie jest typem mordercy, sprawdzisz, gdzie się znajdował i co robił w czasie, gdy zniknęła Birte Becker. Ja porozmawiam z Filipem Beckerem. Katrine, ty siądziesz nad wszystkimi sprawami zaginięć z tymi dwiema włącznie i poszukasz podobieństw.

– Okej.

– Sprawdzisz wszystko. Czas zabójstwa, fazę księżyca, program telewizyjny, kolor włosów ofiar, czy któraś nie wypożyczała tej samej książki z biblioteki, nie brała udziału w tym samym seminarium i sumę cyfr w numerze telefonu. Musimy wiedzieć, w jaki sposób on je wybiera.

– Chwileczkę – wtrącił się Skarre. – Czy już zdecydowaliśmy, że istnieje jakiś związek? Nie powinniśmy być otwarci na różne możliwości?

– Możesz być, do cholery, tak otwarty, jak sobie tylko chcesz. – Harry wstał i sprawdził, czy ma w kieszeni kluczyki do samochodu. – Dopóki słuchasz, co mówi twój szef. Ostatni gasi światło.

Harry, czekając na windę, usłyszał, że ktoś nadchodzi. Kroki zatrzymały się tuż za nim.

– Rozmawiałam dziś rano z jedną z bliźniaczek podczas przerwy w szkole.

– Tak? – Harry odwrócił się do Katrine Bratt.

– Spytałam, co robiły przedwczoraj.

– Przedwczoraj?

– Tego dnia, kiedy zniknęła Birte Becker.

– Aha.

– Obie spędziły z matką cały dzień w mieście. Pamiętała to, bo po kontroli u lekarza zwiedzały muzeum Kon-Tiki i nocowały u ciotki, bo matka poszła z wizytą do przyjaciółki. Ojciec był w domu i pilnował gospodarstwa. Sam.

Stała tak blisko, że Harry czuł jej perfumy. Pachniały zupełnie inaczej niż znajome zapachy kobiet. Ostrymi przyprawami, zupełnie pozbawionymi słodyczy.

– Mhm. A z którą z bliźniaczek rozmawiałaś?

Katrine wytrzymała jego spojrzenie.

– Nie mam pojęcia. To ma jakieś znaczenie?

Dzwonek oznajmił Harry'emu, że winda przyjechała.

Jonas rysował bałwana. W zamierzeniu bałwan miał się uśmiechać i śpiewać, to miał być wesoły bałwan. Ale się nie udało. Bałwan tylko na niego patrzył bez wyrazu z wielkiej białej kartki. Dookoła w ogromnym audytorium panowała prawie zupełna cisza. Słychać było jedynie, jak kreda ojca skrzypi i od czasu do czasu uderza w tablicę. I pióra studentów szurające po papierze. Jonas nie lubił piór. Pióra nie dawało się wytrzeć gumką. Nie można było nic zmienić. To, co się narysowało, zostawało już takie na zawsze. Obudził się dzisiaj i pomyślał, że mama wróciła, że wszystko jest już w porządku, więc pobiegł do jej sypialni, ale tam zastał tylko ojca, który się ubierał i jemu też kazał się ubrać, bo pojadą dziś na uniwersytet razem.

Audytorium lekko opadało w dół w stronę ojca. Przypominało salę teatralną. Ojciec nie odezwał się do studentów ani słowem, nawet wtedy gdy razem z Jonasem weszli do środka, tylko kiwnął im głową, wskazał Jonasowi, gdzie ma usiąść, a potem od razu podszedł do tablicy i zaczął pisać. Studenci najwyraźniej byli do tego przyzwyczajeni, bo czekali już gotowi i natychmiast zabrali się do notowania. Tablice zapełniały się cyframi, małymi literkami i jakimiś dziwnymi zawijasami, których znaczenia Jonas nie znał. Ojciec tłumaczył mu kiedyś, że to osobny język nazywany fizyką, którego używa się do tworzenia opowieści. Gdy Jonas spytał, czy bajek, ojciec roześmiał się i wyjaśnił, że fizyki można używać wyłącznie do opowiadania tego, co jest prawdziwe. To język, w którym nie można zmyślać, choćby nie wiem jak się próbowało.

Niektóre z tych zawijasów były zabawne. I całkiem ładne.

Na ramiona ojca sypała się kreda. Delikatną białą warstwą pokrywała marynarkę jak śnieg. Jonas patrzył na plecy ojca i próbował go narysować. Ale też nie wyszedł mu żaden wesoły bałwan. Nagle na sali zrobiło się całkiem cicho. Wszystkie pióra przestały szeptać. Dlatego że kreda znieruchomiała. Zamarła na samej górze tablicy, tak wysoko, że ojciec musiał wyciągnąć rękę nad głowę, by tam dosięgnąć. Wyglądało to trochę tak, jakby kreda się zaklinowała, a ojciec zwisał z tablicy. Jak Wiluś E. Kojot, gdy zawiśnie na gałązce na zboczu góry, a do ziemi jest bardzo, bardzo daleko. Potem barki ojca zaczęły drżeć. Jonas pomyślał, że pewnie usiłuje wyciągnąć kredę, żeby znów się zaczęła poruszać. Ale ona się nie dawała. Przez salę przebiegł szmer, jakby wszyscy równocześnie otworzyli usta i nabrali powietrza. Ojciec w końcu wyciągnął kredę i nie oglądając się, ruszył do drzwi i zniknął. Pewnie poszedł po nową kredę, pomyślał Jonas. Gwar wokół niego stawał się coraz głośniejszy. Jonas wyłapał dwa słowa: „żona" i „zaginęła". Spojrzał na niemal całkiem zapisaną tablicę. Ojciec chciał napisać, że ona nie żyje, ale kreda potrafiła pisać tylko prawdę, dlatego się zaklinowała. Jonas zaczął ścierać gumką swojego bałwana. Studenci pakowali rzeczy, trzaskały składane krzesełka, gdy wychodzili.

Na nieudanego bałwana na kartce padł cień i Jonas podniósł oczy.

To był policjant. Ten wielki. Z brzydką twarzą i miłymi oczami.

– Pójdziesz ze mną? Zobaczymy, czy uda nam się znaleźć twojego ojca.

Harry delikatnie zapukał do drzwi z tabliczką „Prof. Filip Becker".

Nie doczekawszy się żadnej odpowiedzi, otworzył.

Mężczyzna za biurkiem oderwał głowę od rąk.

– Czy ja powiedziałem „proszę"... – urwał, widząc, że to Harry, i przeniósł wzrok na chłopca stojącego obok i zwrócił się do niego z mieszanką zdziwienia i irytacji. Oczy miał zaczerwienione. – Czy nie mówiłem, że masz siedzieć spokojnie, Jonasie?

– To ja go stamtąd zabrałem – oświadczył Harry.

– Tak? – Becker spojrzał na zegarek i wstał.
– Pańscy studenci już wyszli – powiedział Harry.
– Naprawdę? – Becker znów opadł na krzesło. – Ja... chciałem tylko dać im chwilę przerwy.
– Byłem tam.
– Był pan? Dlaczego...
– Wszyscy od czasu do czasu potrzebujemy przerwy. Możemy porozmawiać?
– Nie chcę, żeby on chodził do szkoły – wyjaśnił Becker, wysławszy Jonasa do pokoju socjalnego z poleceniem, żeby się stamtąd nie ruszał. – Wszystkie te pytania i spekulacje, po prostu sobie tego nie życzę. Na pewno pan rozumie.
– No cóż. – Harry wyjął paczkę papierosów, pytająco spojrzał na Beckera i schował ją z powrotem, gdy profesor zdecydowanie pokręcił głową. – W każdym razie łatwiej mi zrozumieć to niż te symbole na tablicy.
– To fizyka kwantowa.
– Brzmi strasznie.
– Świat atomów jest straszny.
– W jakim sensie?
– One łamią nasze najbardziej podstawowe prawa fizyki. Na przykład to, że jedna rzecz nie może się znajdować w dwóch miejscach naraz. Niels Bohr powiedział kiedyś, że jeśli fizyka kwantowa cię nie przestraszyła, to jej nie rozumiesz.
– Ale pan ją rozumie.
– Ależ skąd! To jeden wielki chaos. Ale wolę tamten chaos od tego.
– Od jakiego?
Becker westchnął.
– Nasze pokolenie dorosłych zrobiło z siebie sługi i sekretarki swoich dzieci. Niestety dotyczy to również Birte. Tyle jest różnych spotkań, urodzin, ulubionych kanapek i treningów piłki nożnej, że doprowadza mnie to do szaleństwa. Dziś zadzwonili z jakiegoś gabinetu lekarskiego na Bygdøy, bo Jonas nie przyszedł na wizytę. Po południu ma trening, nie mam pojęcia gdzie. A jego pokolenie nigdy nie słyszało o tym, że można pojechać gdzieś autobusem.

– Co dolega Jonasowi? – Harry wyjął notatnik, w którym nigdy nic nie zapisywał, ale wiedział z doświadczenia, że jego widok zmusza ludzi do wzięcia się w garść.

– Nic. Przypuszczam, że to zwykła wizyta kontrolna. – Zirytowany Becker machnął ręką. – Ale panu zapewne chodzi o coś innego.

– Owszem – odparł Harry. – Chciałbym wiedzieć, gdzie pan był wczoraj po południu i wieczorem.

– Słucham?

– To tylko rutynowe pytania, panie Becker.

– Czy to ma jakiś związek z... z... – Becker kiwnął głową w stronę „Dagbladet" leżącej na wierzchu stosu papierów.

– Tego nie wiemy – powiedział Harry. – Proszę mi odpowiedzieć.

– Czy wyście oszaleli?

Harry w milczeniu spojrzał na zegarek.

Becker westchnął głośno.

– No dobrze, niech będzie. Przecież ja chcę pomóc. Wczoraj wieczorem siedziałem tutaj i pracowałem nad artykułem o długości fal w azocie, na którego publikację mam nadzieję.

– Jacyś koledzy mogą potwierdzić, że pan tu był?

– Powodem, dla którego wkład nauki norweskiej w życie społeczności światowej jest tak marginalny, jest to, że zadowolenie z siebie norweskich naukowców przewyższa jedynie ich lenistwo. Jak zawsze siedziałem tu całkiem sam.

– A Jonas?

– Wziął sobie coś do jedzenia i oglądał telewizję, dopóki nie wróciłem do domu.

– To znaczy?

– Niedługo po dziewiątej, jak przypuszczam.

– Mhm. – Harry udał, że notuje. – Przejrzał pan rzeczy Birte?

– Tak.

– I coś pan znalazł?

Filip Becker dotknął palcem kącika ust i pokręcił głową. Harry przytrzymał go wzrokiem, posługując się milczeniem w roli bodźca. Ale Becker nie dał się sprowokować.

– Dziękuję za pomoc. – Harry wsunął notes do kieszeni kurtki i wstał. – Powiem Jonasowi, że może już tu przyjść.

– Proszę się z tym wstrzymać.

Harry znalazł pokój socjalny, w którym Jonas rysował z językiem wysuniętym z ust. Harry stanął przy chłopcu i popatrzył na kartkę, na której na razie były tylko dwa nierówne okręgi.

– Bałwan.

– Tak. – Jonas podniósł głowę. – Jak pan to zobaczył?

– Dlaczego mama miała cię zabrać do lekarza?

– Nie wiem. – Jonas dorysował bałwanowi głowę.

– A jak ten lekarz się nazywa?

– Nie wiem.

– Gdzie to było?

– Nie wolno mi o tym nikomu mówić. Nawet tacie. – Jonas nachylił się nad kartką i narysował bałwanowi włosy. Długie włosy.

– Jestem policjantem, Jonas. Próbuję znaleźć twoją mamę.

Ołówek drapał coraz mocniej, a włosy robiły się coraz czarniejsze.

– Nie wiem, jak to się nazywa.

– A pamiętasz coś w pobliżu?

– Krowy króla.

– Krowy króla?

Jonas pokiwał głową.

– A ta pani, która siedzi za biurkiem, ma na imię Borghild. Dostałem lizaka za to, że wyciągnęła ze mnie krew taką strzykawką.

– Rysujesz kogoś konkretnego? – spytał Harry.

– Nie – powiedział Jonas i skupił się na rzęsach.

Filip Becker stał przy oknie i patrzył, jak Harry Hole idzie przez parking. W zamyśleniu uderzył o dłoń małym czarnym notatnikiem. Zastanawiał się, czy komisarz mu uwierzył, gdy udawał, że nie wiedział o jego obecności na wykładzie. Albo że poprzedniego wieczoru pracował nad artykułem. Albo że nie znalazł nic w rzeczach Birte. Czarny notes leżał w szufladzie jej biurka. Nawet nie próbowała go schować. A to, co w nim było…

O mało nie wybuchnął śmiechem. Tej naiwnej kobiecie wydawało się, że go oszuka.

11 DZIEŃ 4. MASKA ŚMIERCI

Katrine Bratt siedziała pochylona nad komputerem, gdy Harry zajrzał do jej pokoju.

– Znajdujesz jakieś podobieństwa?

– Nie bardzo – odparła Katrine. – Wszystkie te kobiety miały niebieskie oczy. Oprócz tego wyglądały zupełnie inaczej. Wszystkie miały mężów i dzieci.

– A ja mam punkt zaczepienia – oświadczył Harry. – Birte Becker prowadzała Jonasa do lekarza gdzieś w pobliżu królewskich krów. Musi chodzić o należące do króla gospodarstwo na Bygdøy. A ty mówiłaś, że bliźniaczki po wizycie u lekarza były w muzeum Kon-Tiki. To również Bygdøy. Filip Becker nic nie wiedział o lekarzu, ale może Rolf Ottersen coś wie.

– Zadzwonię.

– Potem przyjdź do mnie.

U siebie w pokoju Harry wyjął kajdanki, jedną bransoletę zapiął wokół własnego nadgarstka, a drugą zaczął uderzać o nogę biurka, odsłuchując przy tym sekretarkę. Rakel zawiadamiała go, że Oleg na lodowisko na stadionie Valle Hovin, gdzie się umówili, weźmie kolegę. To była zbędna wiadomość i Harry wiedział, że to zakamuflowane przypomnienie na wypadek, gdyby wszystko uleciało mu z głowy. Dotychczas nie zapomniał o żadnej umowie z Olegiem, ale akceptował te krótkie informacje, które inni być może uznaliby za votum nieufności. Co więcej, lubił je. Ponieważ pokazywały, jaką Rakel jest matką, i ponieważ ukrywała przypomnienie, żeby go nie urazić.

Katrine weszła bez pukania.

– Perwersja – powiedziała, skinieniem głowy wskazując nogę biurka, do której Harry był przykuty.

– Szybkie skuwanie jedną ręką – uśmiechnął się Harry. – Taka bzdurka, której nauczyłem się w Stanach.

– Powinieneś wypróbować nowe błyskawiczne kajdanki Hiatt. Nie musisz nawet myśleć, czy uderzasz z prawej czy z lewej strony, ramię bransolety i tak obejmie nadgarstek, jeśli czysto trafisz. No i powinieneś ćwiczyć dwoma kompletami, po jednym na każdym nadgarstku, miałbyś wtedy dwie próby.

– Mhm. – Harry rozpiął kajdanki. – No i co?

– Rolf Ottersen nie słyszał o żadnych wizytach u lekarza i o żadnym doktorze z Bygdøy. Przeciwnie, mają stałego lekarza w Bærum. Mogę porozmawiać z bliźniaczkami, czy pamiętają tę klinikę. Możemy też obdzwonić gabinety na Bygdøy i sami to sprawdzić. Są tylko cztery. Proszę.

Położyła mu na biurku żółtą kartkę.

– Im nie wolno podawać nazwisk pacjentów.

– Wobec tego porozmawiam z bliźniaczkami po szkole.

– Zaczekaj. – Harry podniósł słuchawkę i wybrał pierwszy numer.

Nosowy głos odpowiedział, podając nazwę gabinetu.

– Zastałem Borghild? – spytał Harry.

Nie było żadnej Borghild.

Pod drugim numerem automatyczna sekretarka równie nosowym głosem obwieściła, że telefony odbierane są tylko w ciągu wyznaczonych dwóch godzin, które już dawno minęły.

Pod czwartym numerem odezwał się ćwierkający, niemal wesoły głos i odpowiedział tak, jak Harry na to liczył.

– Słucham, to ja.

– Cześć, Borghild. Mówi komisarz Harry Hole. Komenda Okręgowa Policji w Oslo.

– Data urodzenia?

– Jakoś wiosną, ale tu chodzi o zabójstwo. Przypuszczam, że czytała pani dzisiejsze gazety. Chciałbym się dowiedzieć, czy widziała pani Sylvię Ottersen w ostatnim tygodniu.

Na drugim końcu linii zapadła cisza.

– Chwileczkę – powiedziała w końcu.

Harry usłyszał, że wstała, i czekał. Wreszcie kobieta wróciła.

– Bardzo mi przykro, panie Hole, ale informacje dotyczące pacjentów są objęte tajemnicą lekarską. Myślę, że policja o tym wie.

– Owszem, wiemy. Ale jeśli się nie mylę, to jej córki są pacjentkami, a nie sama Sylvia.

– Wszystko jedno. Prosi pan o informacje, które pośrednio mogą prowadzić do wyjawienia, kim są nasi pacjenci.

– Przypominam, że to sprawa o zabójstwo.

– A ja przypominam, że może pan wrócić z nakazem sądowym. Być może jesteśmy ponadprzeciętnie wstrzemięźliwi, jeśli chodzi o udzielanie informacji o pacjentach, ale to tkwi w naturze rzeczy.

– W naturze?

– W naszej specjalności.

– Którą jest?

– Chirurgia plastyczna i zabiegi specjalne. Proszę zajrzeć na naszą stronę. Chirklinika kropka no.

– Dziękuję, ale na razie chyba wiem już dostatecznie dużo.

– Jeśli pan tak uważa, to tym lepiej.

Odłożyła słuchawkę.

– No i co? – spytała Katrine.

– Jonas i bliźniaczki byli u tego samego lekarza. – Harry usiadł wygodniej. – A to znaczy, że coś się ruszyło.

Czuł już podekscytowanie, drżenie, które pojawiało się zawsze, gdy pierwszy raz wyczuł zapach bestii. A po podekscytowaniu nadciągało Wielkie Opętanie, będące jednocześnie wszystkim, zakochaniem i oszołomieniem, ślepotą i jasnowidzeniem, sensem i szaleństwem. Koledzy od czasu do czasu mówili o napięciu, ale to było coś innego, coś więcej. Nigdy nie opowiadał nikomu o Opętaniu ani nie próbował go przeanalizować. Nie miał odwagi. Wiedział jedynie, że ono mu pomaga, że go napędza, że jest paliwem pozwalającym wykonać pracę, do której został wyznaczony. Więcej nie miał ochoty wiedzieć. Naprawdę.

– A teraz? – spytała Katrine.

Harry otworzył oczy i poderwał się z krzesła.

– Teraz idziemy na zakupy.

Sklep Taste of Africa leżał tuż przy największej handlowej ulicy na Majorstua, Bogstadveien. Niestety, czternaście metrów w głąb bocznej uliczki sprawiało, że lokalizacja mimo wszystko była peryferyjna.

Rozległ się dzwonek, gdy Harry i Katrine weszli do środka. W przytłumionym świetle, a mówiąc dokładnie przy braku światła, Harry dostrzegł grubo tkane dywany w mocnych kolorach, przypominające sarongi tkaniny, wielkie poduchy w zachodnioafrykańskie wzory, niskie stoliki, które wyglądały tak, jakby wyrąbano je wprost z lasu deszczowego, i wysokie chude drewniane figurki przedstawiające Masajów, a także wybór najbardziej znanych zwierząt sawanny. Wszystko wyglądało na dokładnie zaplanowane i zrealizowane. Nigdzie nie było widocznych metek z ceną, kolory do siebie pasowały, a artykuły ustawiono parami, jak w Arce Noego. Krótko mówiąc, bardziej przypominało to wystawę niż sklep. Lekko przykurzoną wystawę. To wrażenie wzmacniała jeszcze wręcz nienaturalna cisza, która zapadła, gdy drzwi się zamknęły i dzwonek zamilkł.

– Halo? – zawołał jakiś głos z głębi sklepu.

Harry poszedł w kierunku, z którego dochodził. W ciemności w głębi lokalu, za olbrzymią drewnianą żyrafą w oświetleniu pojedynczego halogenu zobaczył plecy kobiety stojącej na krześle. Wieszała na ścianie czarną maskę z wyszczerzonymi zębami.

– O co chodzi? – spytała, nie odwracając się.

Jej słowa zabrzmiały tak, jakby się spodziewała, że może to być każdy, ale na pewno nie klienci.

– Jesteśmy z policji.

– Słucham. – Kobieta się odwróciła, światło reflektorka padło na jej twarz, a Harry poczuł, że serce kamienieje mu w piersi, i odruchowo się cofnął. To była Sylvia Ottersen.

– Coś nie tak? – spytała. Na czole nad okularami pojawiła się zmarszczka.

– Kim… kim pani jest?

– Ane Pedersen – przedstawiła się i w tej samej chwili najwyraźniej zrozumiała powód zdumionej miny Harry'ego. – Jestem siostrą Sylvii. Bliźniaczką.

Harry się rozkasłał.

– To jest komisarz Harry Hole – usłyszał głos Katrine za plecami. – A ja jestem Katrine Bratt. Liczyliśmy, że zastaniemy tu Rolfa Ottersena.

– Poszedł do zakładu pogrzebowego. – Ane Pedersen wyraźnie wstrzymała się przed powiedzeniem czegoś jeszcze, ale wszyscy troje wiedzieli w tej chwili, o czym myślą pozostali: Jak właściwie można pochować głowę?

– Pani go zastępuje? – pomogła jej Katrine.

Ane Pedersen uśmiechnęła się szybko.

– Tak. – Ostrożnie zeszła z krzesła, wciąż z drewnianą maską w ręku.

– To maska odświętna czy duchów? – spytała Katrine.

– Odświętna. Plemienia Hutu. Wschodnie Kongo.

Harry spojrzał na zegarek.

– Kiedy on wróci?

– Nie wiem.

– Ale mniej więcej o której?

– Mówiłam już, nie wiem.

– To naprawdę piękna maska! – wykrzyknęła Katrine. – Pani była w Kongo i osobiście ją kupiła, prawda?

Ane popatrzyła na nią zdziwiona.

– Skąd pani wie?

– Widzę, że trzyma ją pani tak, żeby nie zakrywać oczu ani ust. Szanuje pani duchy.

– A panią interesują maski?

– Trochę. – Katrine wskazała na czarną maskę z małymi rączkami po bokach i nóżkami zwisającymi u dołu. Twarz wyobrażała półczłowieka, półzwierzę. – To musi być maska Kpelie?

– Tak. Z Wybrzeża Kości Słoniowej, Senufo.

– Maska sędziego? – Katrine pogładziła natłuszczone sztywne zwierzęce włosy zwisające z górnej części skorupy orzecha kokosowego.

– No, no, sporo pani wie – uśmiechnęła się Ane.

– A co to jest maska sędziego? – spytał Harry.

– Akurat tym, na co wskazuje jej nazwa – odparła Ane. – W Afryce takie maski nie są tylko pustymi symbolami. Osoba z tajnego stowarzyszenia Lo, która ją nosi, automatycznie sprawuje wszelką władzę wykonawczą i sądowniczą. Nikt nie kwestionuje autorytetu tej osoby. Maska sama w sobie daje władzę.

– Zauważyłam przy drzwiach dwie maski śmierci – powiedziała Katrine. – Naprawdę piękne.

Ane uśmiechnęła się w odpowiedzi.

– Mam ich więcej. Są z Lesotho.

– Mogę zobaczyć?

– Oczywiście, proszę tu zaczekać.

Odeszła. Harry spojrzał na Katrine.

– Po prostu uważam, że warto z nią porozmawiać – odpowiedziała na niezadane pytanie. – Sprawdzić, czy nie ma jakichś rodzinnych tajemnic. Rozumiesz?

– Rozumiem. I najlepiej załatwisz to sama.

– Musisz gdzieś zdążyć?

– Będę w firmie. A jeśli Rolf Ottersen się pojawi, to pamiętaj, żeby wziąć od niego to oświadczenie o zwolnieniu z tajemnicy lekarskiej. – Harry zerknął jeszcze na skórzaste pokurczone i wykrzywione ludzkie twarze przy drzwiach, zanim wyszedł. Zakładał, że to tylko kopie.

Eli Kvale pchała wózek na zakupy między regałami sklepu ICA przy stadionie Ullevål. To był duży sklep. Trochę droższy od innych, ale miał o wiele lepszy asortyment. Nie przychodziła tu codziennie, tylko wtedy, gdy planowała ugotować coś wyjątkowego. A tego wieczoru starszy z synów, Trygve, przyjeżdżał do domu ze Stanów. Już trzeci rok studiował ekonomię w Montanie, ale tej jesieni nie wypadały mu żadne egzaminy i zamierzał uczyć się w domu aż do stycznia. Andreas miał prosto z plebanii pojechać po niego na lotnisko Gardermoen. Wiedziała, że kiedy wrócą do domu, będą już po uszy tkwić w dyskusji o łowieniu na muchę i wyprawach kajakowych.

Pochyliła się nad ladą chłodni i poczuła zimny powiew, gdy mijał ją jakiś cień. Nie musiała się oglądać, i tak wiedziała, że to on. Ten sam cień mijał ją, kiedy stała przy ladzie ze świeżymi artykułami, i na parkingu, kiedy zamykała samochód. To nic nie znaczyło. Tylko tamta dawna sprawa wypłynęła na powierzchnię. Eli pogodziła się z myślą, że lęk nigdy całkiem jej nie opuści, chociaż od tamtej pory minęło prawie ćwierć wieku. Przy kasach wybrała najdłuższą kolejkę, bo doświadczenie jej podpowiadało, że te z reguły posuwają się najszybciej, a przynajmniej uważała, że takie jest jej doświadczenie. Andreas twierdził, że się myli. Ktoś stanął za nią. A więc jeszcze więcej osób się myli, pomyślała. Nie odwróciła się, uznała jedynie, że ta osoba musi mieć mnóstwo mrożonek, bo poczuła chłód na plecach.

Ale kiedy jednak mimo wszystko się odwróciła, nikogo za nią nie było. Już chciała spojrzeć na inne kolejki. Nie zaczynaj, upomniała się w myślach, nie zaczynaj wszystkiego od nowa.

Po wyjściu ze sklepu zmusiła się, by iść do samochodu wolnym krokiem, nie rozglądać się, tylko otworzyć drzwiczki, włożyć zakupy, wsiąść i włączyć silnik. Kiedy toyota pełzła pod górę po długich zboczach do dwurodzinnego domku na Nordberg, myślała już jedynie o Trygvem i o obiedzie, który powinien czekać gotowy, kiedy staną w drzwiach.

Harry słuchał Espena Lepsvika przez telefon i mrużąc oczy, patrzył na zdjęcia zmarłych kolegów z pracy. Lepsvik już zorganizował swoją grupę i prosił Harry'ego o dostęp do wszystkich istotnych informacji.

– Dostaniesz hasło od naszego szefa komputerów – wyjaśnił Harry. – I wejdziesz w folder „Bałwan" na wspólnej przestrzeni Wydziału Zabójstw.

– Bałwan?

– Jakoś się to musi nazywać.

– Okej. Dziękuję, Hole. Jak często chcesz mieć raporty ode mnie?

– Tylko wtedy, kiedy będziesz miał coś istotnego. I jeszcze jedno, Lepsvik.

– Tak?

– Musisz krążyć naokoło rabatki.

– A czym dokładnie jest rabatka?

– Skup się na informacjach od ludzi, świadkach i tych z zafajdaną kartoteką, która może z nich zrobić ewentualnych seryjnych zabójców. To tam trzeba wykonać największą robotę.

Harry wiedział, co myśli doświadczony śledczy z KRIPOS: najbardziej gównianą robotę.

Lepsvik chrząknął.

– A więc jesteśmy zgodni co do tego, że istnieje związek między tymi zaginięciami?

– Nie musimy być zgodni. Rób, jak czujesz.

– Dobra.

Harry odłożył słuchawkę i spojrzał na ekran komputera. Wszedł na stronę polecaną przez Borghild i oglądał zdjęcia piękności i przystojnych jak modele mężczyzn z wykropkowanymi kreskami na twarzach i ciele pokazujących, jak ich idealny wygląd można by mimo wszystko – jeśli ktoś sobie życzył – poprawić. Z jednego zdjęcia uśmiechał się do niego sam Idar Vetlesen, tak piękny, że można by pomylić z jego modelami.

Pod zdjęciem Idara Vetlesena znajdowało się streszczenie dyplomów i kursów z długimi nazwami po francusku i angielsku, które z tego, co Harry wiedział, trwały dwa miesiące, ale dawały prawo umieszczania nowych łacińskich skrótów przed tytułem doktora. Poszukał Idara Vetlesena w googlach i pojawiły się listy wyników z – jak zrozumiał – zawodów w curlingu, i jeszcze stara strona jednego z jego dawnych pracodawców, kliniki Marienlyst. Kiedy zobaczył nazwisko obok Vetlesena, pomyślał, że przypuszczalnie prawdą jest, że Norwegia to tak mały kraj, że wszyscy są od siebie oddaleni o maksymalnie dwóch znajomych.

Weszła Katrine Bratt i usiadła na krześle przed Harrym, głęboko wzdychając. Skrzyżowała nogi.

– Myślisz, że to prawda, że piękni ludzie bardziej przejmują się urodą niż brzydcy? – spytał Harry. – To dlatego ci ładni poprawiają wygląd?

– Nie wiem – odparła Katrine. – Ale pewnie jest w tym jakaś logika. Ludzie z wysokim IQ są tak przejęci swoim IQ, że założyli własny klub, prawda? Człowiek koncentruje się na tym, co ma. Przypuszczam, że jesteś bardzo dumny ze swojego talentu śledczego.

– Masz na myśli gen szczurołapa? Wrodzoną zdolność do zamykania w odosobnieniu ludzi mających choroby psychiczne, problemy z nałogiem, intelekt sporo poniżej przeciętnej i ponadprzeciętnie trudne dzieciństwo?

– Więc jesteśmy tylko szczurołapami?

– Owszem. I dlatego tak się cieszymy, kiedy z rzadka trafia nam się taka sprawa jak ta. Możliwość dopadnięcia dużego zwierza. Ustrzelenie lwa, słonia, jakiegoś pieprzonego dinozaura.

Katrine się nie śmiała, przeciwnie, z powagą kiwała głową.

– I co miała do powiedzenia bliźniaczka Sylvii?

– Groziło mi, że się z nią zaprzyjaźnię – westchnęła Katrine i złożyła ręce na obciągniętym rajstopami kolanie.

– Mów.

– No cóż – zaczęła, a Harry zwrócił uwagę na swoje własne „no cóż” w jej ustach. – Ane wyjawiła mi, że i Sylvia, i Rolf uważali, że to Rolf miał szczęście, kiedy się ze sobą związali. Natomiast wszyscy inni wokół nich uważali, że jest odwrotnie. Rolf akurat zdobył tytuł inżyniera w Wyższej Szkole Technicznej w Bergen, przeniósł się do Oslo i zaczął pracować w firmie Kværner. Sylvia była, zdaje się, osobą z rodzaju tych, które co rano budzą się z nowym pomysłem na życie. Zaczynała studia na sześciu różnych kierunkach i nigdy nie została w żadnej pracy dłużej niż pół roku. Była uparta, porywcza i rozpieszczona. Zdeklarowana socjalistka. Pociągały ją te kierunki myśli, które głoszą unicestwienie własnego ja. Nielicznymi przyjaciółkami manipulowała, a mężczyźni, z którymi się wiązała, wkrótce odchodzili, bo nie mogli dłużej tego wytrzymać. Siostra jest zdania, że Rolf tak strasznie się zakochał, bo Sylvia reprezentowała jego zupełne przeciwieństwo. On bowiem poszedł w ślady ojca, został inżynierem, a pochodził z rodziny wierzącej w niewidzialną dobroczynną dłoń kapitalizmu i mieszczańskie szczęście. Sylvia uważała, że my, żyjący w zachodniej cywilizacji, jesteśmy materialistami, skorumpowanymi jako ludzie, że zapomnieliśmy o naszej prawdziwej tożsamości i źródle szczęścia. I że jakiś tam król w Etiopii był reinkarnacją Mesjasza.

– Hajle Sellasje. Rastafarianizm.

– Czego ty nie wiesz!

– To z płyt Boba Marleya. No cóż, to pewnie tłumaczy powiązania z Afryką.

– Być może. – Katrine zmieniła pozycję na krześle, teraz lewa noga leżała na prawej, a Harry odwrócił wzrok. – Rolf i Sylvia zrobili sobie w każdym razie rok wolnego, podróżowali po Afryce Zachodniej. Ten wyjazd zdecydował o ich dalszym życiu. Rolf odkrył, że jego powołaniem jest pomaganie Afryce w podźwignięciu się na nogi. Sylvia, która wytatuowała sobie na plecach wielką etiopską flagę, odkryła, że właśnie w Afryce ludzie są najbliżej siebie. Założyli więc Taste of Arica. Rolf po to, by pomagać ubogiemu kontynentowi, Sylvia, ponieważ kombinacja taniego importu z dotacją państwową wydawała się łatwym sposobem na zarabianie pieniędzy. Tak samo myślała, gdy przyłapano ją z plecakiem pełnym marihuany na lotnisku Fornebu, kiedy wracała z Lagos.

– No proszę.

– Dostała krótki wyrok w zawieszeniu, bo zdołała uprawdopodobnić, że nie wiedziała, co było w plecaku. Że wzięła go od pewnej rodziny w ramach przyjacielskiej przysługi dla pewnego Nigeryjczyka mieszkającego w Norwegii.

– Mhm. Coś jeszcze?

– Ane lubi Rolfa. Mówi, że jest dobry, troskliwy i bezgranicznie kocha dzieci. Ale podobno zupełnie ślepy, gdy chodziło o Sylvię. Sylvia dwa razy zakochiwała się w innych mężczyznach i wyprowadzała od Rolfa i dzieci. Tamci mężczyźni ją zostawiali, a Rolf za każdym razem pozwalał jej wracać.

– Czym go przytrzymywała, jak myślisz?

Katrine uśmiechnęła się niemal ze smutkiem i patrząc przed siebie, zaczęła wygładzać spódnicę.

– Przypuszczam, że tym co zawsze. Nikt nie potrafi oderwać się od osoby, z którą mu dobrze w łóżku. Można próbować czegoś nowego, ale zawsze się wraca. Jesteśmy pod tym względem bardzo prości, prawda?

Harry z namysłem kiwnął głową i postanowił, że nie będzie drążyć tego tematu.

– Widziałaś się z Rolfem Ottersenem?

– Tak. Wrócił dziesięć minut po twoim wyjściu. Wyglądał lepiej niż ostatnio. Nigdy nie słyszał o Klinice Chirurgicznej na Bygdøy, ale podpisał oświadczenie, że zwalnia lekarza z obowiązku dochowania tajemnicy.

Położyła na biurku Harry'ego złożoną kartkę.

Lodowaty wiatr dął w niskie trybuny stadionu łyżwiarskiego Valle Hovin, z których Harry obserwował łyżwiarzy sunących po torze. Technika Olega w ostatnim roku stała się bardziej elastyczna i skuteczna. Za każdym razem, gdy jego kolega przyspieszał, chcąc go wyprzedzić, Oleg jeszcze bardziej się schylał, wkładał dodatkową siłę w odbicie i spokojnie się oddalał. Harry zadzwonił do Espena Lepsvika, przekazali sobie aktualne informacje, i Harry dowiedział się, że w jakimś momencie tego wieczoru, w którym zniknęła Birte, ktoś zauważył wjeżdżającego na Hoffsveien ciemnego sedana. Podobno niedługo później wracał tą samą drogą.

– Ciemny sedan. – Harry zatrząsł się z zimna. – W jakimś momencie wieczoru.

– Tak, tak, wiem, że to niewiele – westchnął Lepsvik.

Harry wsunął telefon do kieszeni kurtki i nagle zauważył, że coś zasłania jeden z reflektorów.

– Przepraszam, że się trochę spóźniłem – usłyszał.

Podniósł głowę i zobaczył uśmiechniętą, jowialną twarz Mathiasa Lund-Helgesena. Wysłannik Rakel usiadł.

– Uprawiasz sporty zimowe, Harry?

Harry pomyślał, że Mathias ma to bezpośrednie spojrzenie, które oznajmia, że cię widzi. I wyraz twarzy tak szczery, że człowieka rozmawiającego z nim natychmiast ogarnia uczucie, że jest słuchanym, nawet wtedy, kiedy sam Mathias mówi.

– Nie bardzo. Trochę jeżdżę na łyżwach. A ty?

Mathias pokręcił głową.

– Ale zadecydowałem, że kiedy dzieło mego życia dobiegnie końca i będę już tak chory, że nie zechcę dłużej żyć, to wjadę windą na sam szczyt skoczni.

Kciukiem wskazał za ramię, a Harry nie potrzebował się odwracać, żeby wiedzieć. Holmenkollen. Ukochany pomnik Oslo i najgorszą skocznię widać było z każdego punktu miasta.

– I skoczę. Nie na nartach, tylko z wieży.

– Bardzo dramatycznie – stwierdził Harry.

Mathias się uśmiechnął.

– Czterdzieści metrów swobodnego spadania. Koniec w ciągu kilku sekund.

– Mam nadzieję, że to się nie stanie w najbliższej przyszłości.

– Z takim poziomem anty-Scl-70 we krwi nigdy nic nie wiadomo – zaśmiał się gorzko Mathias.

– Anty-Scl-70?

– No cóż, przeciwciała nie są złe, ale zawsze trzeba być podejrzliwym, gdy się pojawiają. Musi być jakiś tego powód.

– Mhm. A ja myślałem, że dla lekarza samobójstwo to bluźnierstwo.

– Nikt lepiej niż lekarze nie wie, co może przynieść choroba. Podeprę się przykładem stoika Zenona, który uważał, że samobójstwo to godny szacunku czyn, gdy choroba sprawia, że śmierć staje się bardziej atrakcyjna niż życie. Kiedy miał dziewięćdziesiąt osiem lat, zwichnął sobie paluch u nogi. Tak mu to dokuczało, że się powiesił.

– Dlaczego więc się nie powiesić, zamiast zawracać sobie głowę wchodzeniem aż na sam szczyt Holmenkollen?

– Hm. Śmierć ma być jakby hołdem dla życia. Poza tym muszę przyznać, że podoba mi się myśl o rozgłosie, z jakim się to będzie wiązać. Moje badania potrzebują pilnie choć trochę uwagi. – Jowialny śmiech Mathiasa pocięły na kawałeczki odgłosy szybko przemieszczających się łyżew. – A tak przy okazji, to przepraszam, że kupiłem Olegowi nowe panczeny. Rakel dopiero później mi powiedziała, że planowałeś podarować mu łyżwy na urodziny.

– Nic takiego się nie stało.

– Przecież wiesz, że on wolałby je dostać od ciebie.

Harry nie odpowiedział.

– Zazdroszczę ci, Harry. Możesz tu siedzieć, czytać gazetę, dzwonić z komórki i rozmawiać z innymi, a jemu wystarczy, że po prostu tu jesteś. Ja kibicuję, wrzeszczę, podpowiadam, robię wszystko to, co według podręcznika powinien robić dobry, zaangażowany ojciec, a on i tak tylko się denerwuje. Wiesz, że ostrzy te łyżwy codziennie, ponieważ wie, że ty tak robiłeś? I do czasu gdy Rakel wyraźnie mu nie nakazała, że łyżwy mają leżeć w domu, upierał się, żeby zostawiać je na zewnątrz na schodach, bo raz powiedziałeś, że stal w łyżwach zawsze musi być zimna. Jesteś dla niego wzorem, Harry.

Harry aż zadrżał na tę myśl, ale gdzieś w głębi ducha, a właściwie wcale nie tak głęboko, ucieszyło go to, co usłyszał. Był paskudnym zazdrośnikiem, który rzucił urok na wszelkie podejmowane przez Mathiasa próby zdobycia sympatii Olega.

Mathias obracał w palcach guzik płaszcza.

– Dziwnie jest z dziećmi w tych czasach rozwodów. Jak bardzo silna jest ich świadomość, od kogo pochodzą. I to, jak nowy ojciec nigdy nie jest w stanie zastąpić tego prawdziwego.

– Prawdziwy ojciec Olega mieszka w Rosji – przypomniał Harry.

– Owszem, prawdziwy na papierze – uśmiechnął się krzywo Mathias. – Rzeczywistość wygląda inaczej.

– Pracowałeś razem z lekarzem, który się nazywa Idar Vetlesen – stwierdził Harry.

Mathias spojrzał na niego zaskoczony.

– Z Idarem? No tak. W Klinice Marienlyst. O rany, to ty znasz Idara?

– Nie, wrzuciłam jego nazwisko w google i wyskoczyła mi stara strona z listą lekarzy zatrudnionych w tej klinice. Było tam twoje nazwisko.

– Od tamtej pory minęło już ładnych kilka lat. Ale świetnie się bawiliśmy w Marienlyst. Klinika powstała w czasie, gdy wszyscy sądzili, że prywatne zakłady służby zdrowia są skazane na zarabianie mnóstwa pieniędzy. A zamknięto ją, gdy się okazało, że to wcale nie jest takie oczywiste.

– Zbankrutowaliście?

– Rozwiązano nas, chyba takiego określenia użyto. Jesteś pacjentem Idara?

– Nie, jego nazwisko wypłynęło w związku z pewną sprawą. Możesz mi powiedzieć, co to za facet?

– Idar Vetlesen? – zaśmiał się Mathias. – Mogę o nim powiedzieć całkiem sporo. Studiowaliśmy razem i przez wiele lat obracaliśmy się w tym samym kręgu.

– To znaczy, że teraz już nie utrzymujecie kontaktu?

Mathias wzruszył ramionami.

– Chyba sporo się od siebie różniliśmy. Większość w naszej grupie na studiach uważała pracę lekarza za... No cóż, za powołanie. Idar był inny. On mówił wprost, że studiuje medycynę, bo to najbardziej szanowany zawód. Podziwiam w każdym razie jego szczerość.

– A więc Idarowi Vetlesenowi zależy na szacunku?

– No i oczywiście na pieniądzach. Nikt nie był zaskoczony, kiedy Idar zajął się chirurgią plastyczną. Ani tym, że otworzył klinikę dla wybranej klienteli bogatych i sławnych. Zawsze pociągali go ci ludzie. On chce być taki jak oni, poruszać się w ich kręgach. Problem w tym, że Idar zawsze stara się trochę za mocno. Potrafię sobie wyobrazić te gwiazdy, które w oczy mu się uśmiechają, ale za plecami nazywają namolnym, pretensjonalnym głupkiem.

– Chcesz powiedzieć, że to człowiek, który jest skłonny daleko się posunąć, żeby osiągnąć swoje cele?

Mathias się zastanowił.

– Idar zawsze szukał czegoś, co mogłoby mu zapewnić sławę. Problem Idara nie polega na tym, że nie jest zdolny do działania, on po prostu nigdy nie znalazł tego swojego wielkiego projektu. Kiedy ostatnio z nim rozmawiałem, sprawiał wrażenie sfrustrowanego, ba, wręcz w depresji.

– A ty wyobrażasz sobie, że mógłby znaleźć projekt, który zapewniłby mu sławę? Może coś poza medycyną?

– Nad tym się nie zastanawiałem, ale to możliwe. On nie jest urodzonym lekarzem.

– W jakim sensie?

– W takim, że tak jak Idar podziwia ludzi sukcesu, tak gardzi słabymi i chorymi. Nie jest jedynym lekarzem, który tak czuje. Za to jedynym, który mówi o tym wprost – roześmiał się Mathias.

– My, pozostali z grupy przyjaciół, zaczynaliśmy jako żarliwi idealiści, których w jakimś momencie bardziej zaczęły interesować stanowiska ordynatorskie, spłacenie nowego garażu i stawki za nadgodziny. Idar z całą pewnością nie zdradził żadnych ideałów. On po prostu taki był od samego początku.

Idar Vetlesen zaśmiał się głośno.

– Mathias naprawdę tak powiedział? Że nie zdradziłem żadnych ideałów?

Miał piękną, niemal kobiecą twarz z brwiami tak wąskimi, że można by je podejrzewać o regulację, i zęby tak białe i równe, że można by podejrzewać, że nie są jego własne. Skóra była miękka, jakby wyretuszowana, a włosy gęste, żywo falujące. Krótko mówiąc, nie wyglądał na swoje trzydzieści siedem lat.

– Nie wiem, co przez to rozumiał – skłamał Harry.

Siedzieli w głębokich fotelach w bibliotece, w dużej białej willi w typie starych, zacnych budowli na Bygdøy. Dom dzieciństwa, wyjaśnił Vetlesen, prowadząc Harry'ego przez dwa mroczne salony do pokoju, którego ściany pokrywały książki. Mikkjel Fønhus. Kjell Aukrust. *Mąż zaufania* Einara Gerhardsena. Popularna literatura i biografie polityków. Cała półka z pożółkłymi wydaniami Readers' Digest. Harry nie zauważył ani jednego tytułu wydanego po roku 1970.

– Ale ja wiem, o co mu chodziło – roześmiał się Idar.

Harry zaczął się domyślać, co Mathias mógł mieć na myśli, mówiąc, że w Klinice Marienlyst świetnie się bawili: prawdopodobnie konkurowali ze sobą o to, który z nich się śmieje najwięcej.

– Mathias, ten święty diabeł, to znaczy szczęśliwy diabeł. Nie, do cholery, jedno i drugie. – Znów zaniósł się śmiechem. – Wprawdzie moi koledzy twierdzą, że nie wierzą w Boga, ale ci wariaci jak szaleńcy gromadzą dobre uczynki, bo w głębi ducha strasznie się boją, że pójdą się smażyć w piekle.

– A pan się nie boi? – spytał Harry.

Idar uniósł elegancko uformowaną brew, spojrzał na niego z zainteresowaniem. Doktor był ubrany w miękkie jasnoniebieskie tenisówki z rozwiązanymi sznurówkami, dżinsy i białą koszulkę tenisową z graczem w polo na lewej piersi. Harry nie mógł sobie przypomnieć, jak się nazywa ta marka, ale z jakiegoś powodu kojarzył ją z nudnymi typami.

– Pochodzę z praktycznie myślącej rodziny, komisarzu. Mój ojciec był taksówkarzem. Wierzymy w to, co widzimy.

– Mhm. Ładny domek jak na taksówkarza.

– Był właścicielem taksówek, miał trzy licencje. Ale tu, na Bygdøy, ktoś, kto jeździ taksówką, na zawsze pozostanie sługą, plebejuszem.

Harry spojrzał na lekarza, próbując stwierdzić, czy jest na amfie czy na jakichś innych proszkach. Vetlesen siedział swobodnie rozparty w fotelu w niemal przesadnie rozluźnionej pozie, jakby chciał ukryć niepokój czy podniecenie. Harry'emu to samo przyszło na myśl, kiedy zadzwonił i wyjaśnił, że policja pragnie uzyskać odpowiedzi na kilka pytań, a Idar Vetlesen wręcz wylewnie zaprosił go do domu.

– Ale pan nie chciał jeździć taksówką – stwierdził Harry. – Pan chciał... upiększać ludzi?

Vetlesen się uśmiechnął.

– Może pan powiedzieć, że oferuję swoje usługi na targowisku próżności. Albo że naprawiam ludziom zewnętrzną powłokę, by ulżyć bólowi we wnętrzu. Proszę samemu wybrać. Mnie to w zasadzie nie obchodzi. – Vetlesen zaśmiał się, jakby z góry dyskontował oburzenie Harry'ego. Kiedy nie nastąpiło, spoważniał. – Traktuję siebie jak rzeźbiarza. Nie mam żadnego powołania. Lubię zmieniać wygląd, kształtować twarze. Zawsze to lubiłem. Jestem w tym dobry i ludzie mi za to płacą. To wszystko.

– Mhm.

– Ale to nie oznacza, że nie mam kompletnie żadnych zasad. A jedną z nich jest dochowywanie tajemnicy lekarskiej.

Harry nie odpowiedział.

– Rozmawiałem z Borghild – ciągnął Vetlesen. – Wiem, o co panu chodzi, komisarzu. I rozumiem, że sprawa jest poważna. Ale nie mogę panu pomóc. Wiąże mnie obowiązek dochowania tajemnicy.

– Już nie. – Harry wyjął z kieszeni złożoną kartkę, położył ją na stole między nimi. – To jest oświadczenie podpisane przez ojca bliźniaczek, które pana z tego zwalnia.

Idar pokręcił głową.
– To w niczym nie pomoże.
Harry zdziwiony zmarszczył czoło.
– Tak?
– Nie mogę wyjawić, kto był u mnie i co mówił. Ale generalnie mogę powiedzieć, że ci, którzy przychodzą do lekarza z dziećmi, są chronieni tajemnicą lekarską również przed swoimi współmałżonkami, jeśli tego sobie życzą.
– Dlaczego Sylvia Ottersen miałaby ukrywać przed mężem, że była tu z bliźniaczkami?
– Nasza praktyka może się wydawać bardzo sztywna, ale proszę pamiętać, że wielu naszych klientów to sławni ludzie, narażeni na plotki i niechciane artykuły w prasie. Proszę iść do Domu Artystów w piątkowy wieczór i trochę się rozejrzeć. Nie ma pan pojęcia, ilu z tam obecnych poprawiało sobie to i owo w mojej klinice. Ci ludzie zemdleliby na samą myśl, że ktoś jeszcze może wiedzieć o tym, że tu byli. Nasza renoma opiera się na dyskrecji. Gdyby wyszło na jaw, że nie dbamy o informacje o pacjentach, następstwa byłyby katastrofalne dla kliniki. Jestem pewien, że pan to rozumie.
– Mamy dwie ofiary śmiertelne i jeden jedyny element, który je łączy – powiedział Harry. – Obie były u pana w klinice.
– Tego ani nie chcemy, ani nie możemy potwierdzić, ale przyjmijmy hipotetycznie, że tak jest. – Vetlesen machnął ręką w powietrzu. – Norwegia to kraj z niewielką liczbą mieszkańców i jeszcze mniejszą liczbą lekarzy. Wie pan, o ile uścisków dłoni jesteśmy od siebie oddaleni? Taki zbieg okoliczności, że obie były u tego samego lekarza, nie jest wcale bardziej niezwykły niż to, że znalazłyby się w jakimś momencie w tym samym tramwaju. Spotkał pan kiedyś w tramwaju kogoś znajomego?
Harry nie mógł sobie przypomnieć ani jednego takiego przypadku. Zresztą nieczęsto jeździł tramwajem.
– Musiałem daleko przyjechać, żeby mi pan powiedział, że nic mi nie powie – stwierdził Harry.
– Przykro mi. Zaprosiłem pana tutaj, ponieważ przypuszczałem, że alternatywą dla mnie będzie konieczność stawienia się na

komendzie, w Budynku Policji, przed którym prasa czyha na okrągło przez dwadzieścia cztery godziny i sprawdza, kto wchodzi i kto wychodzi. Dziękuję bardzo, znam tych ludzi...

– Pan wie, że mogę uzyskać postanowienie sądu, zwalniające pana z obowiązku dochowania tajemnicy?

– Proszę bardzo – powiedział Vetlesen. – Bo w takim wypadku klinika zajmie bezpieczną pozycję. Ale do tego czasu... – Zasunął wyimaginowany zamek błyskawiczny na ustach.

Harry zmienił pozycję na fotelu. Wiedział, że Idar wie, że on wie. Że po to, by skłonić sąd do zwolnienia kogoś z tajemnicy zawodowej nawet w sprawie o zabójstwo, potrzebne są wyraźne przesłanki świadczące o tym, że informacje posiadane przez lekarza mają znaczenie. A czym oni dysponowali? Jak powiedział Vetlesen, przypadkowym spotkaniem w tramwaju. Harry czuł, że musi coś zrobić. Napić się. Albo trochę podźwigać ciężary. Długo, żeby się porządnie zmęczyć. Wziął głęboki oddech.

– Mimo wszystko jestem zmuszony spytać, gdzie pan był trzeciego i piątego listopada wieczorem.

– Liczyłem się z tym – uśmiechnął się Vetlesen. – Więc się nad tym zastanawiałem. Byłem tu razem... Ale oto i ona.

Starsza kobieta z mysimi włosami wiszącymi wokół głowy jak firanka weszła do pokoju mysim krokiem ze srebrną tacą z dwiema filiżankami, które niebezpiecznie brzęczały. Na twarzy miała taką minę, jakby niosła krzyż i koronę cierniową. Rzuciła spojrzenie synowi, który natychmiast się poderwał i wziął od niej tacę.

– Dziękuję, mamo.

– Zawiąż sznurowadła. – Odwróciła się lekko w stronę Harry'ego. – Czy ktoś mnie poinformuje, kto przychodzi do mojego domu?

– To komisarz Hole, mamo. Chciałby wiedzieć, gdzie byłem wczoraj wieczorem i trzy dni temu.

Harry wstał i wyciągnął rękę.

– Oczywiście pamiętam – kobieta ze zrezygnowaną miną podała mu kościstą, pokrytą plamami wątrobowymi dłoń. – Wczoraj oglądaliśmy debatę w telewizji, w której brał udział ten twój przyjaciel od curlingu. Bardzo mi się nie podobało to, co powiedział o rodzinie królewskiej. Jak ten człowiek się nazywa?

– Arve Støp – westchnął Idar.

Staruszka nachyliła się do Harry'ego.

– Mówił, że powinniśmy zlikwidować monarchię. Potrafi pan sobie wyobrazić coś równie strasznego? Dokąd byśmy zaszli podczas wojny, gdyby nie rodzina królewska?

– Do tego samego punktu, w którym jesteśmy dzisiaj – stwierdził Idar. – Podczas wojny głowa państwa nie liczy się ani mniej, ani bardziej. Støp powiedział także, że tak szerokie poparcie dla monarchii jest ostatecznym dowodem na to, że większość ludzi wciąż wierzy w trolle i elfy.

– Czy to nie okropne?

– Rzeczywiście, mamo – uśmiechnął się Idar, kładąc jej rękę na ramieniu, a przy okazji jednocześnie zerkając na zegarek marki Breitling, który na szczupłym przegubie wydawał się wielki i niezgrabny. – Ojej, muszę już lecieć, Hole. Pospieszmy się z tą kawą.

Harry pokręcił głową i uśmiechnął się do pani Vetlesen.

– Na pewno jest pyszna, ale spróbuję jej innym razem.

Kobieta westchnęła ciężko, mruknęła coś niewyraźnie, wzięła tacę i wyszła, szurając kapciami.

Kiedy Idar i Harry znaleźli się w korytarzu, Harry nagle się odwrócił.

– Co pan miał na myśli, mówiąc „szczęśliwy"?

– Słucham?

– Powiedział pan, że Mathias Lund-Helgesen był nie tylko świętym, lecz również szczęśliwym diabłem.

– Ach, to. Weźmy na przykład tę damulkę, z którą się urządził. Mathias jest w tej dziedzinie raczej nieporadny, ale ona, zdaje się, miała w życiu dwóch złych mężczyzn. Potrzebowała takiego dobrodusznego naiwniaka jak on. Proszę nie mówić Mathiasowi, że tak powiedziałem. A zresztą, niech się dowie.

– A czy wie pan, co to jest anty-Scl-70?

– To przeciwciała we krwi. Mogą wskazywać na sklerodermię. Zna pan kogoś, kto to ma?

– Nie wiem nawet, co to jest sklerodermia.

Harry wiedział, że powinien tego nie drążyć. Chciał tego nie drążyć. Ale nie mógł się powstrzymać.

– Więc Mathias powiedział, że ona miała złych mężczyzn?

– To moje słowa. Święty Mathias nie używa określenia „zły" w stosunku do ludzi. W jego oczach ludzie mają wyłącznie potencjał do poprawy. – Śmiech Idara Vetlesena odbił się echem po ciemnych pokojach.

Kiedy Harry podziękował za spotkanie, wciągnął buty i stanął na schodach na zewnątrz, odwrócił się i zobaczył – jeszcze zanim drzwi się zamknęły – że Idar Vetlesen siedzi schylony i zawiązuje sznurowadła.

W powrotnej drodze Harry zadzwonił do Skarrego. Poprosił o wydrukowanie zdjęcia Vetlesena z internetowej strony kliniki, zaniesienie go do Wydziału Narkotykowego i sprawdzenie, czy któryś z wywiadowców przypadkiem nie zauważył, że ten człowiek kupował amfetaminę.

– Na ulicy? – zdumiał się Skarre. – Chyba wszyscy lekarze mają takie coś w podręcznej apteczce.

– Owszem, ale procedury rejestrowania wszelkich zapasów środków narkotycznych są teraz tak surowe, że i lekarze wolą kupować amfę od dilera na Skippergata.

Po tej rozmowie Harry zadzwonił do Katrine do pracy.

– Na razie nic – powiedziała. – Wychodzę już stąd. Wracasz do domu?

– Tak. – Harry się zawahał. – Co myślisz o możliwości uzyskania postanowienia sądu zwalniającego Vetlesena z obowiązku dochowania tajemnicy?

– Z tym, co mamy? Oczywiście mogę włożyć wyjątkowo krótką spódniczkę, zajrzeć do sądu i znaleźć sędziego w odpowiednim wieku, ale szczerze mówiąc, myślę, że możemy o tym zapomnieć.

– Zgadzam się.

Harry skręcił w stronę Bislett. Pomyślał o swoim pustym zdemontowanym mieszkaniu. Spojrzał na zegarek. Zmienił zdanie i skręcił w Pilestredet w stronę Budynku Policji.

Była druga w nocy, kiedy znów rozmawiał przez telefon z zaspaną Katrine.

– Co się stało? – spytała.

– Jestem w pracy. Przejrzałem to, co znalazłaś. Mówiłaś, że wszystkie te zaginione kobiety miały mężów i dzieci. Myślę, że w tym może coś być.

– Co?

– Nie mam pojęcia. Musiałem tylko usłyszeć, jak to mówię komuś na głos. Żebym mógł stwierdzić, czy to brzmi idiotycznie.

– No i jak zabrzmiało?

– Idiotycznie. Dobranoc.

Eli Kvale leżała z szeroko otwartymi oczami. Obok niej Andreas oddychał głęboko i beztrosko. Promień księżycowego światła wpadał między zasłonami i oświetlał krucyfiks, który kupiła podczas podróży poślubnej do Rzymu. Co ją obudziło? Czyżby Trygve wstał? Kolacja i cały wieczór przebiegły dokładnie tak, jak na to liczyła. Patrzyła na wesołe, pełne entuzjazmu twarze w blasku świec, wszyscy mówili jedno przez drugie i tyle mieli sobie do opowiedzenia! Głównie Trygve. Kiedy opowiadał o Montanie, o studiach i tamtejszych przyjaciołach, ona umilkła i tylko patrzyła na tego chłopca, młodego mężczyznę, który stawał się już dorosły, który miał zostać tym, kim chciał, i wybrać swoją ścieżkę w życiu. Z tego cieszyła się najbardziej: że mógł wybierać. Swobodnie i otwarcie. Nie tak jak ona. Nie w ukryciu. Potajemnie.

Słuchała, jak dom trzeszczy. Jak ściany rozmawiają ze sobą.

Ale był też jakiś inny dźwięk. Obcy odgłos. Z zewnątrz.

Wstała z łóżka, podeszła do okna i rozsunęła zasłony. Spadł śnieg. Gałązki jabłoni pokryły się puchem, a światło księżyca odbijało się w cienkiej białej kołderce na ziemi, podkreślając wszystkie szczegóły ogrodu. Wzrok Eli przesunął się od furtki w stronę garażu, niepewny, czego szuka. W końcu się zatrzymał. Zdumiona i przerażona, głęboko wciągnęła powietrze. Nie zaczynaj znów, mówiła sobie. To na pewno Trygve. Zmiana czasu, nie może spać. Ślady stóp prowadziły od furtki prosto pod okno, w którym stała.

Czarny wielokropek w cienkiej warstwie śniegu. Sztuczna przerwa przed literami.

Ślady nie zawracały.

12 DZIEŃ 7. ROZMOWA

– Jeden z chłopaków od narkotyków go rozpoznał – powiedział Skarre. – Kiedy pokazałem mu zdjęcie Vetlesena, wywiadowca stwierdził, że widział go nieraz na skrzyżowaniu Skippergata z Tollbugata.

– Co jest na tym skrzyżowaniu? – spytał Gunnar Hagen, który uparł się, że weźmie udział w poniedziałkowej porannej odprawie w pokoju Harry'ego.

Skarre niepewnie spojrzał na Hagena, jakby chciał sprawdzić, czy nadkomisarz nie żartuje.

– Dilerzy, dziwki, klienci – wyjaśnił. – To ich nowe miejsce, odkąd przegnaliśmy ich z Plata.

– Tylko tam? – Hagen uniósł brodę. – Mówiono mi, że się rozpełzli po mieście.

– To jest coś w rodzaju centrum – wyjaśnił Skarre. – Ale oczywiście można ich znaleźć i na dole, w stronę giełdy, i bardziej w górę, przy Norges Bank. Wokół Muzeum Astrupa Fearnleya, Gamle Logen i kawiarni Misyjnej... – urwał, gdy Harry głośno ziewnął i powiedział niewinnie:

– *Sorry*. To był męczący weekend. Mów dalej.

– Wywiadowca nie przypominał sobie, żeby widział, jak Vetlesen kupuje narkotyki. Był zdania, że zagląda do Leona.

W tej chwili w drzwiach stanęła Katrine Bratt. Miała rozczochrane włosy i zapuchnięte oczy, była blada, ale z zadowoleniem rzuciła w śpiewnym bergeńskim dialekcie „dzień dobry", rozglądając się za wolnym krzesłem. Bjørn Holm poderwał się ze swojego, gestem dał jej znać, by usiadła, a sam wyszedł po jeszcze jedno.

– Leon na Skippergata? – spytał Hagen. – To miejsce, w którym się sprzedaje narkotyki?

– Możliwe – odparł Skarre. – Ale widziałem, jak wchodzą tam murzyńskie dziwki, więc to pewnie tak zwany salon masażu.

– Raczej nie – odezwała się Katrine, odwrócona do nich plecami, bo akurat odwieszała płaszcz. – Salony masażu to część rynku opanowana w tej chwili przez Wietnamczyków. Trzymają się raczej obrzeży, dyskretnych dzielnic willowych, wykorzystują Azjatki i starają się nie wchodzić na terytorium Afrykańczyków.

– Wydaje mi się, że tam wisi plakat reklamujący tanie pokoje – przypomniał sobie Harry. – Cztery stówy za noc.

– No właśnie – poświadczyła Katrine. – Mają małe pokoje, które na papierze można wynająć na dobę, a w praktyce na godziny. Czarne pieniądze, bo klienci nie żądają rachunku. I czarne kobiety. Czarny alfons. Ale właściciel hotelu, ten, który zarabia najwięcej, jest biały.

– Pewna siebie dama – zaśmiał się Skarre do Hagena. – Dziwne, że obyczajówka w Bergen nagle tyle wie o burdelach w Oslo.

– To wszędzie wygląda podobnie – stwierdziła Katrine. – Założysz się, że jest tak, jak mówię?

– Właścicielem jest Pakistaniec – oświadczył Skarre. – O dwie stówy.

– Przyjmuję.

– No cóż. – Harry złożył ręce. – To co my tu jeszcze robimy?

Właściciel hotelu Leon nazywał się Børre Hansen, pochodził z Solør i miał skórę szarobiałą jak rozmiękły śnieg, który tak zwani goście przynosili na butach i zostawiali na zniszczonym parkiecie przed kontuarem, nad którym stała tabliczka z wypisanym czarnymi literami słowem „Recpecja". Ponieważ ani klientela, ani Børre szczególnie nie przejmowali się poprawnością języka, tabliczka stała w tym miejscu dokładnie tak długo, jak siedział tu Børre. Cztery lata. Wcześniej objechał Szwecję wzdłuż i wszerz, sprzedając Biblię, próbował swoich sił w handlu przygranicznym przechodzonymi filmami pornograficznymi w Svinesund i nabawił się akcentu, który brzmiał jak coś pośredniego między mową muzyka przygrywającego do tańca a kaznodziei. To w Svinesund poznał Nataszę, Rosjankę, tancerkę erotyczną, i z trudem udało mu się wyrwać ją z łap jej rosyjskiego menedżera. Natasza zmieniła nazwisko i zamieszkała u Børrego w Oslo. On przejął hotel Leon po trzech Serbach, którzy z różnych powodów nie mogli dłużej przebywać w Norwegii, i podjął ich dzieło dokładnie w miejscu, w którym przerwali, ponieważ nie było powodu zmieniać koncepcji: wynajem pokoi na krótkie – czasami bardzo krótkie – okresy. Dochody spływały głównie w postaci gotówki, a goście nie mieli wymagań co do standardu i stopnia utrzymania lokalu. To był dobry interes, na tyle dobry, że Børre nie chciał go stracić. Dlatego nie znosił wszystkiego w tych dwóch osobach, które stały teraz przed nim, a najbardziej ich identyfikatorów.

Wysoki, ostrzyżony na jeża mężczyzna położył na ladzie zdjęcie.

– Widziałeś tego faceta?

Børre Hansen pokręcił głową. Mimo wszystko ulżyło mu, że to nie jego osobiście się czepiają.

– Jesteś pewien? – spytał mężczyzna, kładąc łokcie na kontuarze i pochylając się do przodu.

Børre spojrzał na zdjęcie jeszcze raz i pomyślał, że powinien był uważniej przyjrzeć się temu identyfikatorowi, bo facet bardziej niż na policjanta wyglądał na ćpuna z rodzaju tych wałęsających się po okolicy. A dziewczyna za nim też nie wyglądała na policjantkę. Miała wprawdzie to twarde spojrzenie, trochę jak dziwka, ale całą resztą przypominała damę, w stu procentach damę. Gdyby znalazła alfonsa, który by jej nie obdzierał ze skóry, z pewnością byłaby w stanie zarabiać pięć razy więcej.

– Wiemy, że prowadzisz tu burdel – powiedział policjant.

– Prowadzę zwykły hotel, mam zezwolenia i wszystkie papiery w porządku. Chcecie zobaczyć? – Børre wskazał na nieduże biuro tuż za recepcją.

Policjant pokręcił głową.

– Wynajmujesz pokoje prostytutkom i ich klientom. Prawo tego zakazuje.

– Posłuchajcie – zaczął Børre i przełknął ślinę. Rozmowa przybrała taki obrót, jakiego się bał. – Ja się nie wtrącam w to, czym zajmują się moi goście, dopóki za siebie płacą.

– Za to ja się wtrącam – oświadczył policjant cicho. – Przyjrzyj się uważniej temu zdjęciu.

Børre patrzył. Zdjęcie musiało zostać zrobione kilka lat temu, bo ten człowiek wyglądał bardzo młodo. Młody i beztroski. Bez cienia desperacji i rozpaczy.

– Kiedy ostatnio sprawdzałem, prostytucja w Norwegii nie była nielegalna – powiedział Børre Hansen.

– Rzeczywiście – wtrąciła się kobieta. – Ale prowadzenie burdelu, owszem.

Børre Hansen starał się jak mógł zrobić urażoną minę.

– Jak pan wie, policja ma obowiązek regularnie sprawdzać, czy przepisy dotyczące prowadzenia hoteli są przestrzegane – oznajmił policjant. – Na przykład ten o drodze ewakuacji w razie pożaru ze wszystkich pokoi.

– Rutynowe przechowywanie formularzy rejestracyjnych dla cudzoziemców – dodała policjantka. – Faks do bieżącego odbierania zapytań policji o gości.

– Rozliczenia VAT-u.

Robiło się coraz goręcej. To policjant zadał śmiertelny cios.

– Zastanawiałem się, czy nie przysłać Økokrim, kolegów od przestępstw gospodarczych, żeby sprawdzili rachunki, porównując je z osobami, których wejścia i wyjścia zarejestrowali w ostatnich tygodniach nasi wywiadowcy.

Børre Hansen poczuł ogarniające mdłości. Natasza. Kredyt na dom. I wzbierająca panika na myśl o lodowatych czarnych zimowych wieczorach na obcych schodach z Biblią pod pachą.

– Ale możemy tego nie robić – zaproponował policjant. – To przecież kwestia priorytetów. Pytanie o właściwe wykorzystanie ograniczonych środków policji, prawda, Bratt?

Policjantka kiwnęła głową.

– Wynajmuje pokój dwa razy w tygodniu – zaczął Børre Hansen. – Zawsze ten sam. Spędza w nim cały wieczór.

– Cały wieczór?

– Przyjmuje różne wizyty.

– Białe czy czarne? – spytała kobieta.

– Czarne. Wyłącznie czarne.

– Ile?
– Nie wiem. Różnie. Osiem. Dwanaście.
– Jednocześnie? – wyrwało się policjantce.
– Nie. One się zmieniają. Czasami przychodzą po dwie. Na ulicy też często chodzą parami.
– Mhm – mruknął policjant.
Børre Hansen tylko kiwnął głową.
– Pod jakim nazwiskiem się melduje?
– Nie pamiętam.
– Ale znajdziemy je w książce gości? I w rachunkach?
Koszula Børrego Hansena pod wytartą marynarką zrobiła się mokra od potu.
– Nazywają go Doctor White. To znaczy te kobiety, które o niego pytają.
– Doktor?
– Nic o tym nie wiem. On... – Børre Hansen się wahał. Nie chciał zdradzić więcej niż trzeba, z drugiej zaś strony chciał wykazać wolę współpracy. A ten klient już i tak był stracony. – Zawsze przychodzi z taką dużą torbą lekarską. I zawsze prosi o... dodatkowe ręczniki.
– No ładnie – westchnęła kobieta. – Widziałeś krew, kiedy sprzątałeś pokój?
Børre nie odpowiedział.
– Jeśli w ogóle go sprzątasz – skorygował policjant. – I jak?
– Niedużo. Nie więcej niż... – urwał z westchnieniem.
– Niż zwykle? – spytała kobieta sarkastycznie.
– Wydaje mi się, że on im nie robi krzywdy – czym prędzej dodał Børre Hansen i natychmiast tego pożałował.
– Dlaczego? – huknął policjant.
Børre wzruszył ramionami.
– Bo chyba inaczej by nie wracały.
– Przychodzą tylko kobiety?
Børre kiwnął głową, ale policjant musiał coś zauważyć. Jakieś nerwowe napięcie w mięśniach szyi, leciutkie drgnięcie przekrwionego załzawionego oka.
– Mężczyźni? – spytał.

Børre pokręcił głową.

– Chłopcy? – spytała policjantka, najwyraźniej wietrząca to samo co kolega.

Børre Hansen znów pokręcił głową, ale z ledwie dostrzegalnym opóźnieniem, które się pojawia, gdy mózg musi dokonać wyboru.

– Dzieci. – Policjant spuścił głowę, tak jakby zamierzał go ubóść. – Przychodziły do niego dzieci?

– Nie! – krzyknął Børre, czując pot oblewający już całe ciało. – Nigdy! Są pewne granice. To się zdarzyło tylko dwa razy... I nie weszły do środka. Wyrzuciłem je na ulicę.

– Afrykańskie dzieci? – spytał policjant.

– Tak.

– Chłopcy czy dziewczynki?

– I jedni, i drudzy.

– Przychodziły same? – spytała Katrine.

– Nie, razem z kobietami. Przypuszczam, że z matkami. Ale tak jak mówiłem, nie wpuszczałem ich do jego pokoju.

– Powiedziałeś, że on przychodzi dwa razy w tygodniu. O jakichś stałych porach?

– W poniedziałki i czwartki. Od ósmej do jedenastej. I zawsze jest bardzo punktualny.

– To znaczy dziś wieczorem? – Policjant spojrzał na koleżankę. – No cóż, dziękujemy za pomoc.

Børre wypuścił powietrze z płuc i zorientował się, że zdrętwiały mu łydki, bo przez cały czas stał na palcach.

– Cała przyjemność po mojej stronie – uśmiechnął się.

Policjanci ruszyli do drzwi. Børre wiedział, że powinien się zamknąć, ale miał też świadomość, że nie zaśnie, jeśli się nie upewni.

– Ale... – rzucił za nimi. – To znaczy, że mamy umowę?

Policjant odwrócił się, jedną rękę miał uniesioną ze zdziwienia.

– O czym?

Børre przełknął ślinę.

– O tych... inspekcjach?

Policjant potarł brodę.

– Chce pan powiedzieć, że ma coś do ukrycia?

Børre mrugnął dwa razy, w końcu usłyszał własny głośny nerwowy śmiech, gdy wyduszał z siebie:

– Nie, nie, oczywiście, że nie, cha, cha. Tutaj wszystko jest w jak najlepszym porządku.

– No to świetnie, nie ma się czego bać, kiedy przyjdą. Inspekcje to nie moja specjalność.

Wyszli. Børre otworzył usta, chciał zaprotestować, coś powiedzieć, tylko nie bardzo wiedział co.

Kiedy Harry wrócił do pracy, powitał go dzwonek telefonu. To Rakel chciałą oddać pożyczoną kiedyś płytę DVD.

– *Żyć szybko, umierać młodo* – powtórzył Harry zdumiony. – To ty to masz?

– Mówiłeś, że jest na tej twojej liście najbardziej niedocenionych filmów wszech czasów.

– No tak. Ale przecież tobie się te filmy nie podobają.

– Nieprawda.

– *Żołnierze kosmosu* ci się nie podobali.

– Bo to paskudny film macho.

– To satyra – powiedział Harry.

– Niby na co?

– Na wrodzony faszyzm społeczeństwa amerykańskiego. Skrzyżowanie braci Hardy z Hitlerjugend.

– Daj spokój, Harry. Wojna z olbrzymimi owadami na jakiejś odległej planecie?

– Lęk przed obcością.

– W każdym razie podobał mi się ten twój film z lat siedemdziesiątych o podsłuchiwaniu…

– *Rozmowa* – podpowiedział Harry. – Najlepszy film Coppoli.

– No właśnie. Zgadzam się, że ten jest niedoceniony.

– On wcale nie jest niedoceniony – westchnął Harry. – Tylko zapomniany. Dostał Oscara za najlepszy film.

– Wybieram się wieczorem do restauracji z przyjaciółkami. W powrotnej drodze mogę podrzucić ci płytę. Nie będziesz spał około dwunastej?

– Może nie. A dlaczego nie zajrzysz po drodze na kolację?

– Bo to większy stres. Ale oczywiście też mogę tak zrobić.

Odpowiedziała bardzo szybko, ale nie na tyle szybko, by Harry tego nie usłyszał.

– Mhm. I tak nie mogę spać. Wdycham pleśń, która kradnie mi oddech.

– Wiesz co, wrzucę tę płytę do skrzynki na listy, to nie będziesz musiał wstawać. Okej?

– Okej.

Rozłączyli się. Harry zobaczył, że ręka lekko mu drży. Doszedł do wniosku, że to z braku nikotyny, i ruszył do windy.

Katrine stanęła w drzwiach swojego pokoju, jak gdyby usłyszała, że to on tak ciężko tupie.

– Rozmawiałam z Espenem Lepsvikiem. Wypożyczy nam jednego człowieka na wieczorną robotę.

– Świetnie.

– Jakieś dobre wieści?

– A dlaczego?

– Bo tak się uśmiechasz.

– Naprawdę? No bo się cieszę.

– Z czego?

Poklepał się po kieszeni.

– Że zaraz zapalę.

Eli Kvale siedziała przy kuchennym stole nad filiżanką herbaty i patrzyła na ogród, wsłuchując się w uspokajające pomrukiwanie pralki. Czarny telefon stał na blacie. Słuchawka nagrzała się w jej dłoni, tak mocno ją ściskała, ale to była tylko pomyłka. Trygvemu smakowała zapiekanka z ryby, mówił, że to jego ulubione danie. Ale tak mówił prawie o wszystkim. Dobry chłopak. Na zewnątrz zbrązowiała pozbawiona życia trawa tuliła się do ziemi, a po śniegu, który spadł w nocy, nie został nawet ślad. Kto wie, może to wszystko jej się po prostu przyśniło?

Bez celu przerzucała strony czasopisma. Wzięła kilka dni urlopu na pierwsze dni pobytu Trygvego w domu, żeby mogli trochę pobyć razem. Spokojnie porozmawiać tylko we dwoje. Ale syn siedział teraz z Andreasem w salonie i robili to, na co ona wzięła urlop. W porządku, pewnie mieli więcej tematów do rozmowy. Byli przecież tacy do siebie podobni, a jej właściwie zawsze lepiej wychodziło myślenie o rozmowie z synem niż sama rozmowa. Bo ta rozmowa zawsze musiała się urwać w pewnym miejscu, pod grubym, wysokim murem nie do pokonania.

Oczywiście zgodziła się nadać chłopcu imię po ojcu Andreasa. Pozwoliła, by dostał od Andreasa przynajmniej tyle. Tuż przed porodem była bliska wyjawienia wszystkiego, chciała opowiedzieć o pustym parkingu, o ciemności, o czarnych śladach na śniegu. O nożu przyłożonym do szyi i oddechu, który nie miał twarzy, tuż przy policzku. W drodze do domu, czując, jak nasienie spływa jej w majtki, modliła się do Boga o to, by dalej wyciekało, aż do samego końca. Ale jej modlitwy nie zostały wysłuchane.

Później często się zastanawiała, jak by się wszystko potoczyło, gdyby Andreas nie był pastorem i nie miał tak bezkompromisowych poglądów na aborcję. I gdyby ona nie okazała się takim tchórzem. Gdyby Trygve się nie urodził. Ale wtedy już stała ściana, ten niezłomny mur przemilczenia.

Błogosławieństwem w tym przekleństwie było tak wielkie podobieństwo Trygvego do Andreasa. Zapaliło to nawet w niej iskierkę nadziei. Poszła do gabinetu lekarskiego, w którym nikt jej nie znał, i dała do analizy dwa włosy wzięte z ich poduszek. Czytała, że tyle wystarczy, by znaleźć kod czegoś, co się nazywa DNA, coś w rodzaju genetycznego odcisku palca. Gabinet przesłał je dalej do Instytutu Medycyny Sądowej w Szpitalu Centralnym, który wykorzystywał tę nową metodę w sprawach o ustalenie ojcostwa. Po dwóch miesiącach miała już pewność: parking, czarne ślady, gwałtowny oddech i ból to nie był tylko sen.

Znów spojrzała na telefon. Oczywiście, że to pomyłka. Ten oddech w słuchawce po prostu należał do osoby lekko zdumionej dźwiękiem obcego głosu, niezdecydowanej, czy ma coś powiedzieć, czy odłożyć słuchawkę. Właśnie tak musiało być.

*

Harry wyszedł do przedpokoju i podniósł słuchawkę domofonu.

– Halo? – zawołał, przekrzykując Franza Ferdinanda z głośników w salonie.

Nikt się nie odezwał, słychać było tylko szum samochodu przejeżdżającego przez Sofies gate.

– Halo?

– Cześć, to ja, Rakel. Położyłeś się już?

Poznał po jej głosie, że wypiła. Niedużo, akurat dość, by głos jej się podniósł o pół tonu, a śmiech, ten jej cudowny głęboki śmiech, brzmiał w każdym słowie.

– Nie – odparł. – Miło spędziłaś wieczór?

– Bardzo.

– Dopiero jedenasta.

– Dziewczyny chciały wcześniej wracać do domu. Jutro praca i w ogóle.

– Mhm.

Harry wyobraził ją sobie. Wesołe spojrzenie, błysk alkoholu w oczach.

– Przyniosłam ten film – powiedziała. – Jeśli mam go wrzucić do skrzynki, to musisz mi otworzyć.

– Jasne.

Wysunął palec, żeby wcisnąć guzik domofonu. Czekał. Wiedział, że to jest okienko w czasie. Dwie sekundy, które mieli do dyspozycji. Na razie pozostawały wszelkie możliwości odwrotu. Lubił je mieć. I dobrze wiedział, że nie chce, by to się stało. Że to zbyt niejasne, zbyt bolesne, by przechodzić przez to jeszcze raz. Dlaczego więc waliło mu w piersi tak, jakby miał tam dwa serca? Dlaczego palec już dawno nie wcisnął tego guzika, który wyprawiłby ją z tego domu i z jego serca? Teraz, pomyślał i dotknął palcem twardego plastiku.

– Albo… – odezwała się Rakel. – Mogę go przynieść na górę.

Harry, jeszcze zanim odpowiedział, miał świadomość, że jego głos zabrzmi dziwnie.

– Nie musisz. Moja skrzynka to ta bez nazwiska. Dobranoc.

– Dobranoc.

Wcisnął guzik. Poszedł do salonu, podkręcił Franza Ferdinanda, próbując zagłuszyć myśli, zapomnieć o tym idiotycznym podnieceniu i tylko chłonąć dźwięki gitary, które szarpały i darły. Złe, delikatne, średnio dobrze zagrane. Angielskie. Ale w gorączkowy szereg akordów wdarł się nagle inny dźwięk.

Harry ściszył muzykę. Nasłuchiwał. Już miał z powrotem podkręcić, kiedy znów coś usłyszał. Coś, co przypominało tarcie papieru ściernego o drewno. Albo szuranie butów po podłodze. Wyszedł do przedpokoju i przez matową szybę w drzwiach dostrzegł postać.

Otworzył.

– Dzwoniłam do drzwi. – Rakel patrzyła na niego przepraszająco.

– Tak?

Pomachała płytą.

– Nie zmieściła się do szczeliny w skrzynce.

Zamierzał coś powiedzieć. Chciał coś powiedzieć. Ale już wyciągnął rękę, objął ją i przyciągnął do siebie. Słyszał jej szloch, gdy mocno ją ściskał, widział, jak jej usta się otwierają, a język już wysuwa się do niego, drwiący i czerwony. W zasadzie nie było nic do powiedzenia.

Leżała przy nim, miękka i ciepła.

– O Boże – szepnęła.

Pocałował ją w czoło.

Pot stanowił cieniutką warstewkę, która ich rozdzielała, a jednocześnie sklejała ze sobą.

Było dokładnie tak, jak wiedział, że będzie. Tak jak za pierwszym razem. Tylko bez nerwowości, bez nieporadności, bez niewypowiedzianych pytań. Tak jak za ostatnim razem, bez smutku i bez jej szlochającego płaczu. Można odejść od kogoś, z kim jest ci dobrze w łóżku, ale Katrine miała rację, zawsze się wraca. Harry rozumiał jednak, że tym razem jest coś jeszcze. Że dla Rakel to ostatnia konieczna wizyta na starych śmieciach, pożegnanie z tym, co oboje nazywali kiedyś wielką miłością swojego życia. Zanim zrobi krok w nową epokę. W mniejszą miłość? Być może, ale w taką, którą da się wytrzymać.

Mrucząc, gładziła go po brzuchu. A mimo to wyczuł w niej lekkie napięcie. Mógł jej wszystko utrudnić albo ułatwić. Zdecydował się na to drugie.

– Masz wyrzuty sumienia? – spytał i poczuł, że drgnęła.

– Nie chcę o tym rozmawiać – odparła.

On też nie chciał. Chciał leżeć nieruchomo, wsłuchiwać się w jej oddech i czuć jej głowę na brzuchu. Ale wiedział, co będzie musiała zrobić, i nie chciał dłużej tego odkładać.

– On na ciebie czeka, Rakel.

– Nie. Razem z preparatorem medycznym szykują zwłoki do jutrzejszego porannego wykładu w Instytucie Anatomii. A uprzedziłam go, że nie wolno mu przychodzić do mnie bezpośrednio po tym, jak dotykał zwłok. Nocuje u siebie.

– A co ze mną? – uśmiechnął się Harry w ciemności, bo pomyślał, że ona to wszystko zaplanowała. Wiedziała, że to się stanie. – Skąd pewność, że ja nie dotykałem zwłok?

– Dotykałeś?

– Nie. – Harry pomyślał o papierosach w szufladce nocnej szafki. – Nie mamy żadnych zwłok.

Zamilkli, a ręka Rakel zataczała duże koła na jego brzuchu.

– Mam wrażenie, że ktoś się przedostał do środka – powiedział nagle.

– O czym ty mówisz?

– Nie bardzo wiem. Po prostu mam uczucie, że ktoś przez cały czas na mnie patrzy. Że teraz mnie widzi. Że ułożył dla mnie jakiś plan. Rozumiesz?

– Nie. – Przysunęła się bliżej.

– To ta sprawa, nad którą pracuję. Mam takie wrażenie, jakby moja osoba była zamieszana w samo...

– Ci... – Ugryzła go w ucho. – Ty zawsze jesteś zamieszany, Harry. I właśnie na tym polega twój problem. Odpręż się teraz.

Przesunęła dłoń na jego miękki członek, zamknął oczy wsłuchany w jej szept, i poczuł erekcję.

O trzeciej Rakel wstała z łóżka. Patrzył na nią w świetle latarni wpadającym przez okno. Na łuk pleców i cień kręgosłupa. Pomyślał o czymś, o czym wspomniała Katrine. Że Sylvia Ottersen miała na plecach wytatuowaną etiopską flagę. Musi pamiętać o zamieszczeniu tego w rysopisie ofiary. I że Rakel miała rację. On nigdy nie przestawał myśleć o sprawach, które prowadził. Zawsze był w nie zamieszany.

Odprowadził ją do drzwi. Szybko pocałowała go w usta i zeszła po schodach. Nie było nic do powiedzenia. Już miał zamknąć drzwi, gdy odkrył mokre ślady butów tuż pod drzwiami. Poszedł za nimi, dopóki nie zniknęły w ciemności klatki schodowej. To musiały być ślady Rakel, pozostawione, kiedy tu przyszła. Pomyślał o fokach Berhausa, o samicy, która parzy się z jednym samcem przez cały okres godowy, a przy następnych godach już nigdy do tego samego samca nie wraca. Dlatego że ze względów genetycznych to nie jest racjonalne. I że foki Berhausa muszą być mądrymi zwierzętami.

13 DZIEŃ 8. PAPIER

Było pół do dziesiątej i słońce świeciło na samotny samochód na rondzie na rozjazdach nad autostradą przy Sjølyst. Skręcała na Bygdøyveien prowadzącą na idylliczny wiejski półwysep, położony zaledwie pięć minut jazdy od Placu Ratuszowego. Panowała cisza, prawie nie było ruchu, na ziemi należącej do farmy rodziny królewskiej nie pasły się ani krowy, ani konie, a wąskie chodniki, którymi ludzie latem chodzili na plażę, były puste.

Harry prowadził samochód przez zakręty wijące się wśród wzgórz i słuchał Katrine.

– Śnieg – powiedziała.

– Śnieg?

– Zrobiłam tak, jak mówiłeś. Wyciągnęłam tylko te sprawy zaginięć, w których kobiety były mężatkami i miały dzieci. I zaczęłam przyglądać się datom. Większość tych zaginięć miała miejsce w listopadzie i grudniu. Odizolowałam je i sprawdziłam rozrzut geograficzny. Większość w Oslo, kilka w innych częściach kraju. Potem przypomniał mi się ten list, który dostałeś. To zdanie, że Bałwan pojawi się znów razem z pierwszym śniegiem. I że tamtego dnia, kiedy byliśmy na Hoffsveien, leżał pierwszy w tym roku śnieg w Oslo.

– I co?

– Poprosiłam Instytut Meteorologii o sprawdzenie tych dat i miejsc. I wiesz co?

Harry wiedział. I zdawał sobie sprawę, że powinien to wiedzieć już dawno.

– Pierwszy śnieg – mruknął. – On je dopada w dniu, w którym pada pierwszy śnieg.

– No właśnie.

Uderzył dłonią w kierownicę.

– Cholera, przecież mieliśmy to napisane czarno na białym. O ilu zaginięciach mówimy?

– O jedenastu. Po jednym każdego roku.

– A w tym roku już dwa. Zerwał schemat.

– W dziewięćdziesiątym drugim w Bergen były dwie ofiary w pierwszy śnieżny dzień. Uważam, że od tego powinniśmy zacząć.

– Dlaczego?

– Dlatego, że jedną z ofiar była zamężna kobieta mająca dziecko. Drugą jej przyjaciółka. A poza tym mamy dwie ofiary, jedno miejsce zbrodni i raporty ze śledztwa. No i jeszcze podejrzanego, który zniknął i nikt nigdy już go nie widział.

– Kto to taki?

– Policjant. Gert Rafto.

Harry posłał jej szybkie spojrzenie.

– A, to ta sprawa. To nie on kradł z miejsc zdarzenia?

– Przynajmniej takie krążyły plotki. Świadkowie widzieli, jak Rafto wchodzi do mieszkania jednej z tych kobiet, Onny Hetland. A później zniknął bez śladu.

Harry wpatrywał się w drogę, w nagie drzewa wzdłuż Huk Aveny prowadzącej do morza i muzeów tego, co Norwegowie uważają za największe osiągnięcia narodu: wyprawy trzcinową tratwą przez Ocean Spokojny i nieudanej próby dotarcia na Biegun Północny.

– A ty teraz uważasz, że on być może wcale nie zniknął? Że pojawia się co roku, gdy spadnie pierwszy śnieg?

Katrine wzruszyła ramionami.

– Uważam, że warto poświęcić środki na sprawdzenie, co się tam wydarzyło.

– Mhm. Trzeba będzie zacząć od poproszenia chłopaków z Bergen o pomoc.

– Ja bym tego nie robiła – odparła krótko.

– Bo?

– Sprawa Rafty wciąż jest bardzo nieprzyjemna dla komendy w Bergen. Środki, jakie wówczas wykorzystali, poszły głównie na zakopywanie wszystkiego, nie na śledztwo. Śmiertelnie się bali, co znajdą. A dopóki facet zniknął sam z siebie... – Narysowała w powietrzu duże X.

– Rozumiem. Co proponujesz?

– Żebyśmy we dwoje wybrali się do Bergen i zbadali wszystko na własną rękę. To już i tak element sprawy zabójstwa w Oslo.

Harry zaparkował pod trzypiętrowym murowanym budynkiem nad samą wodą oddzieloną pomostem. Zgasił silnik, ale dalej siedział, patrząc na zatokę Frognerkilen w stronę przystani Filipstad.

– W jaki sposób sprawa Rafty znalazła się na twojej liście? – spytał. – Po pierwsze, jest dawniejsza niż te, które kazałem ci sprawdzić. Po drugie, tam chodziło o zabójstwo.

Odwrócił się i spojrzał na Katrine. Wytrzymała jego spojrzenie bez mrugnięcia okiem.

– Sprawa Rafty była bardzo znana – powiedziała. – I było zdjęcie.

– Zdjęcie?

– Tak. Pokazywano je wszystkim nowym funkcjonariuszom w komendzie policji w Bergen. Zrobiono je na miejscu zbrodni na szczycie Ulriken. I było czymś w rodzaju chrztu bojowego. Wydaje mi się, że większość tak przerażały szczegóły na pierwszym planie, że nikt nie zwracał uwagi na tło. A może nigdy nie byli na Ulriken. W każdym razie tam znajdowało się coś, co się nie zgadza z rzeczywistością. Lekkie wzniesienie w oddali. Po powiększeniu dobrze widać, co to jest.

– Co?

– Bałwan.

Harry z namysłem pokiwał głową.

– Á propos zdjęć. – Katrine wyjęła z torby kopertę formatu A4 i rzuciła ją Harry'emu na kolana.

*

Klinika mieściła się na drugim piętrze, a poczekalnia była starannie i obrzydliwie drogo zaprojektowana. Stał tu włoski komplet wypoczynkowy, stolik na takiej wysokości jak ferrari, szklane rzeźby Nica Widerberga i oryginalna grafika Roya Lichtensteina przedstawiająca dymiący pistolet.

Zamiast obowiązkowych w gabinetach lekarskich recepcji za szklaną ścianą tu kobieta siedziała przy prześlicznym starym biurku na środku pomieszczenia. Była w rozpiętym białym fartuchu narzuconym na niebieski biznesowy kostium i uśmiechała się na przywitanie. Ten uśmiech nie zamarł znacząco, gdy Harry się przedstawił i wyjaśnił, z jaką sprawą przychodzą, i że przypuszczalnie to ona jest Borghild.

– Czy możecie chwilę poczekać? – spytała, wskazując na fotele z tą samą wyćwiczoną elegancją, z jaką stewardesy wskazują wyjścia awaryjne. Harry podziękował za propozycję espresso, herbaty i wody. Usiedli.

Zauważył, że wyłożone czasopisma są świeże. Otworzył egzemplarz „Liberała" i zdążył przeczytać nagłówek, w którym Arve Støp twierdził, że skłonność polityków do występowania w programach rozrywkowych po to, by „się zbliżyć do ludu", przyjmując na siebie rolę klauna, to ostateczne zwycięstwo rządów ludowych – z ludem na tronie i politykiem w roli nadwornego błazna.

W końcu otworzyły się drzwi z tabliczką z nazwiskiem doktora Idara Vetlesena i wyszła z nich kobieta. Szybkim krokiem przemaszerowała przez recepcję, rzuciła Borghild przelotne „cześć" i zniknęła, nie oglądając się ani w lewo, ani w prawo.

Katrine patrzyła za nią.

– Czy to nie ta z wiadomości na TV2?

W tej samej chwili Borghild oznajmiła, że Vetlesen jest gotów ich przyjąć. Otworzyła drzwi do gabinetu i przytrzymała je, czekając, aż wejdą.

Gabinet Idara Vetlesena miał dyrektorskie rozmiary i widok na Oslofjorden. Na krótszej ścianie za biurkiem wisiały oprawione w ramki dyplomy.

– Momencik. – Vetlesen nie przerywał pisania na komputerze i nie podniósł głowy. W końcu jakby triumfalnie wcisnął ostatni klawisz i obrócił się na krześle, jednocześnie zdejmując okulary.

– Lifting twarzy, Hole? Przedłużenie penisa? Odsysanie tłuszczu?

– Dziękuję za propozycje – odparł Harry. – To jest sierżant Bratt. Przyszliśmy jeszcze raz prosić o pomoc w uzyskaniu informacji na temat Ottersen i Becker.

Idar Vetlesen westchnął i zaczął chusteczką przecierać okulary.

– Jak mam to wytłumaczyć, żeby pan zrozumiał, Hole? Nawet dla kogoś takiego jak ja, kto szczerze i gorąco pragnie pomóc policji i kto pod wieloma względami gwiżdże na zasady, kilka rzeczy jest świętych. – Podniósł palec wskazujący. – Przez wszystkie te lata, które przepracowałem jako lekarz, nigdy, przenigdy... – palec zaczął wybijać rytm słów – ...nie złamałem obowiązku dochowania tajemnicy ciążącym na mnie jako lekarzu. I nie zamierzam tego robić teraz.

Nastąpiła długa chwila ciszy, w której Vetlesen tylko na nich patrzył, wyraźnie zadowolony z efektu swojej przemowy.

Harry chrząknął.

– A może jednak będziemy mogli spełnić pana gorące pragnienie przyjścia nam z pomocą, Vetlesen. Badamy właśnie sprawę możliwej prostytucji dziecięcej w jednym z tak zwanych hoteli w Oslo. Leon. Wczoraj wieczorem dwóch naszych ludzi siedziało na zewnątrz w samochodzie i robiło zdjęcia wchodzącym i wychodzącym.

Harry otworzył brązową kopertę A4, którą dostał od Katrine, nachylił się i położył zdjęcia przed doktorem.

– To pan, prawda?

Vetlesen wyglądał tak, jakby coś utknęło mu w przełyku. Oczy wyszły mu z orbit, na szyi uwidoczniły się żyły.

– Ja... – wydusił z siebie. – Ja... nie zrobiłem nic złego ani nielegalnego.

– Ależ skąd – powiedział Harry. – Po prostu zastanawiam się nad wezwaniem pana na świadka. Świadka, który będzie mógł opowiedzieć, co się tam dzieje. Przecież powszechnie wiadomo, że Leon to miejsce prostytutek i ich klientów. Nowością jest to, że widziano tam również dzieci. A w przeciwieństwie do wszelkiej innej prostytucji, prostytucja dziecięca, jak pan zapewne wie, nie jest legalna. Pomyślałem tylko, że powiadomimy pana o tym, zanim przekażemy całą tę historię prasie.

Vetlesen wpatrywał się w zdjęcia, mocno pocierając twarz.

– Widzieliśmy zresztą, jak wychodziła ta pani z wiadomości na TV2 – dodał Harry. – Jak ona się nazywa?

Vetlesen nie odpowiedział. Na ich oczach całą jego gładką młodzieńczość jakby z niego wyssano, a twarz starzała mu się z sekundy na sekundę.

– Proszę do nas zadzwonić, gdyby w obowiązku dochowania tajemnicy pojawiły się jakieś dziurki – zakończył Harry.

Nie pokonali jeszcze z Katrine nawet połowy drogi do drzwi, gdy Vetlesen ich zatrzymał.

– Były tu na badaniach – powiedział. – To wszystko.

– Na jakich badaniach? – spytał Harry.

– Pod kątem pewnej choroby.

– Tej samej? Jakiej?

– To nie jest istotne.

– No cóż. – Harry ruszył do drzwi. – Niech pan na to spojrzy tak, że kiedy zostanie pan wezwany na świadka, to też nie będzie istotne. Przecież nie znaleźliśmy nic nielegalnego.

– Chwileczkę!

Harry odwrócił się, Vetlesen oparł się na łokciach i ukrył twarz w dłoniach.

– Choroba Fahra*.

– Czyjego ojca?

– Fahra. Przez samo h. Rzadka dziedziczna choroba przypominająca trochę alzheimera. Człowiek traci umiejętności, szczególnie w sferze kognitywnej, a jego ruchy nabierają sztywności. W większości przypadków choroba ujawnia się po trzydziestym roku życia, ale można na nią zapaść również w dzieciństwie.

– Mhm. A Birte i Sylvia wiedziały, że ich dzieci cierpią na tę chorobę?

---

* Far (norw.) – ojciec (przyp. tłum.).

– Kiedy się tu zgłosiły, miały jedynie podejrzenia. Fahra trudno jest zdiagnozować, a Birte Becker i Sylvia Ottersen były u wielu lekarzy i żaden nic nie znalazł u ich dzieci. Wydaje mi się, że obie szukały informacji w internecie, opisały objawy i doszły do wniosku, że wszystkie idealnie się zgadzają z chorobą Fahra.

– I skontaktowały się z panem? Z chirurgiem plastycznym?

– Przypadkiem jestem specjalistą od Fahra.

– Przypadkiem?

– W Norwegii jest zaledwie około osiemnastu tysięcy lekarzy, a wie pan, ile chorób jest znanych na świecie? – Vetlesen skinieniem głowy wskazał na dyplomy. – Choroba Fahra przypadkiem była omawiana na kursie w Szwajcarii dotyczącym przewodzenia nerwowego. Ta odrobina, której się tam nauczyłem, wystarczyła, żebym w Norwegii był specjalistą.

– Co pan może nam powiedzieć o Birte Becker i Sylvii Ottersen?

Vetlesen wzruszył ramionami.

– Przychodziły tu ze swoimi dziećmi raz w roku. Badałem je, nie stwierdzałem żadnego wzmocnienia objawów. Oprócz tego nie wiem nic więcej o ich życiu. Ani też, jeśli chodzi o ścisłość – odgarnął grzywkę – o ich śmierci.

– Wierzysz mu? – spytał Harry, gdy mijali puste pola.

– Nie bardzo – odpowiedziała Katrine.

– Ja też. Wydaje mi się, że powinniśmy skoncentrować się na nim, a Bergen na razie zostawić.

– Nie – sprzeciwiła się Katrine.

– Nie?

– Gdzieś tu jest jakiś link.

– No to mów.

– Nie wiem. To brzmi jakoś idiotycznie, ale być może istnieje związek między Gertem Rafto a Vetlesenem. Może to w ten sposób Rafto zdołał się ukrywać przez wszystkie te lata.

– Co masz na myśli?

– Że całkiem po prostu załatwił sobie maskę. Prawdziwą maskę. Operację plastyczną twarzy.

– U Vetlesena?

– To może wyjaśniać zbieg okoliczności, że dzieci dwóch ofiar były pod opieką tego samego lekarza. Właśnie w klinice Rafto mógł zobaczyć Birte i Sylvię, i zdecydować, że to one będą następne.

– Za wcześnie wyciągasz wnioski.

– Za wcześnie?

– Takie śledztwo przypomina układanie puzzli. We wstępnej fazie gromadzimy kawałeczki, obracamy je i oglądamy na wszystkie strony. Jesteśmy cierpliwi. Ty teraz za wcześnie próbujesz na siłę łączyć poszczególne elementy.

– Po prostu usiłuję powiedzieć to komuś na głos. Żeby się przekonać, czy to brzmi idiotycznie.

– I tak jest. Brzmi idiotycznie.

– To nie jest droga do komendy – zauważyła Katrine.

Harry wychwycił w jej głosie dziwne drżenie. Zerknął na nią przelotnie, ale twarz Katrine niczego nie zdradzała.

– Mam ochotę sprawdzić kilka rzeczy, o których mówił Vetlesen, u pewnego znajomego – wyjaśnił Harry. – To jednocześnie znajomy Vetlesena.

Mathias był ubrany w biały fartuch i zwyczajne żółte rękawiczki do zmywania, gdy czekał na Harry'ego i Katrine w garażu pod Prosektorium, jak powszechnie nazywano brązowy budynek w tej części szpitala Gaustad wychodzącej na autostradę Ring 3.

Zaprowadził ich samochód na, jak się okazało, jego własne nieużywane miejsce parkingowe.

– Najczęściej, jak mogę, staram się jeździć rowerem – wyjaśnił Mathias i użył karty do otwarcia drzwi prowadzących wprost z garażu do piwnicznego korytarza Instytutu Anatomii.

– To bardzo praktyczne rozwiązanie przy transporcie zwłok – wyjaśnił. – Chętnie zaprosiłbym was na kawę, ale właśnie skończyłem zajęcia z jedną grupą studentów, a następni już czekają.

– Przepraszamy za najście, na pewno jesteś dziś zmęczony.

Mathias spojrzał na niego zdziwiony.

– Rozmawiałem z Rakel przez telefon. Mówiła, że wczoraj musiałeś długo pracować – dodał Harry z nadzieją, że jego twarz niczego nie zdradzi, przeklinając w duchu własną głupotę.

– Rakel, no tak. Sama długo się nie kładła. Do późna bawiła się z koleżankami i dziś musiała sobie wziąć wolne. Ale kiedy niedawno z nią rozmawiałem, robiła w domu wielkie sprzątanie. Ach, te kobiety!

Harry uśmiechnął się sztywno, zastanawiając się, czy istnieje jakaś standardowa odpowiedź na takie stwierdzenie.

Mężczyzna w zielonym szpitalnym stroju pchał metalowe łóżko w stronę drzwi do garażu.

– Nowa przesyłka na uniwersytet w Tromsø? – spytał Mathias.

– Pożegnaj się z Kjeldsenem – uśmiechnął się człowiek w zieleni. Miał gęsty rząd małych kółeczek w jednym uchu, przypominających trochę naszyjniki Masajek, z tą różnicą, że te jego kółeczka przydawały twarzy irytującej asymetrii.

– Kjeldsen? – wykrzyknął Mathias, zatrzymując się. – Naprawdę?

– Trzynaście lat na służbie. A teraz Tromsø będzie go kroić.

Mathias uniósł przykrycie. Harry dostrzegł twarz zmarłego. Skóra opinała czaszkę, wygładzając zmarszczki starego człowieka na pozbawionej oznak płci twarzy, białej jak gipsowa maska. Harry wiedział, że to z powodu spreparowania zwłok. W naczynia krwionośne wpompowano mieszankę formaliny, glicerolu i spirytusu, dzięki której ciało nie gniło od środka. Do ucha przymocowana była okrągła metalowa tabliczka z wybitą na niej trzycyfrową liczbą. Mathias zapatrzył się na preparatora, który powiózł Kjeldsena w stronę drzwi do garażu. W końcu jakby się ocknął.

– Przepraszam. Po prostu Kjeldsen towarzyszył nam tak długo. Był profesorem Instytutu Anatomii, kiedy oddział funkcjonował jeszcze w mieście. Znakomity anatom. O wyjątkowo wyraźnej muskulaturze. Będzie nam go brakowało.

– Nie zamierzamy cię długo zatrzymywać – zapewnił Harry. – Chcieliśmy spytać, czy możesz nam coś powiedzieć o stosunku Idara do pacjentek, do kobiet. I do ich dzieci.

Mathias podniósł głowę i zdumiony spojrzał na Harry'ego, potem przeniósł wzrok na Katrine i z powrotem na Harry'ego.

– Czy ty mnie pytasz o to, o co mi się wydaje, że pytasz?

Harry kiwnął głową.

Mathias przepuścił ich przez kolejne drzwi. Weszli do pomieszczenia z ośmioma metalowymi stołami i tablicą na końcu. Przy stołach stały lampy i zlewy. Na każdym umieszczono coś podłużnego, owiniętego w białe ręczniki. Z kształtu i rozmiaru Harry wywnioskował, że temat dzisiejszych zajęć będzie się mieścił gdzieś między kością biodrową a podeszwą stopy. Czuć było słaby zapach chlorowanego wapna, ale nie był aż tak ostry, jak ten, do którego Harry był przyzwyczajony w prosektorium w Instytucie Medycyny Sądowej. Mathias usiadł na krześle, a Harry przysiadł na brzegu katedry. Katrine podeszła do jednego ze stołów i przyglądała się trzem mózgom, o których nie potrafiła powiedzieć, czy to modele, czy prawdziwe organy.

Mathias długo się zastanawiał, zanim odpowiedział:

– Osobiście nigdy nie zauważyłem ani nie słyszałem jakichkolwiek aluzji o tym, by coś takiego mogło być między Idarem a którymś z jego pacjentów.

Coś w zaakcentowaniu słowa „pacjentów" sprawiło, że Harry zadrżał.

– A co z tymi, którzy nie byli pacjentami?

– Nie znam Idara na tyle dobrze, żebym mógł się na ten temat wypowiadać. A z kolei znam go na tyle dobrze, że w ogóle wolałbym o tym nie mówić – uśmiechnął się niepewnie. – Jeśli to w porządku?

– Oczywiście. Zastanawiałem się jeszcze nad czymś. Słyszałeś o chorobie Fahra?

– Tyle o ile. To straszna przypadłość. Niestety, w wysokim stopniu dziedziczna.

– Znasz jakichś norweskich specjalistów, którzy się nią zajmują?

Mathias się zastanowił.

– Tak naprędce nikt mi nie przychodzi do głowy.

Harry podrapał się w kark.

– No cóż, dzięki z pomoc, Mathias.

– Nie ma za co. Niewiele wam pomogłem. Ale jeśli chcesz się dowiedzieć czegoś więcej o chorobie Fahra, to zadzwoń wieczorem. Będę miał wtedy pod ręką książki.

Harry wstał. Podszedł do Katrine, która podniosła przykrywkę jednej z czterech dużych metalowych skrzyń pod ścianą, i zerknął jej przez ramię. Poczuł pieczenie na języku i cały jego system nerwowy zareagował. Nie na części ciała zanurzone w przezroczystym spirytusie i wyglądające jak kawałki mięsa u rzeźnika. Tylko na zapach spirytusu. Czterdziestoprocentowego.

– Trafiają do nas mniej więcej w całości – wyjaśnił Mathias. – Potem ich tniemy w miarę, jak potrzebujemy konkretnych części ciała.

Harry spojrzał na twarz Katrine. Sprawiała wrażenie kompletnie niewzruszonej. Za ich plecami otworzyły się drzwi. Zaczęli wchodzić pierwsi studenci, ubierali się w niebieskie fartuchy i białe lateksowe rękawiczki.

Mathias odprowadził ich do garażu. Przy drzwiach złapał jeszcze Harry'ego lekko za ramię i zatrzymał.

– Powinienem ci jeszcze wspomnieć o pewnym drobiazgu, Harry. A może nie powinienem, nie bardzo wiem.

– Dalej, mów! – zachęcił Harry, myśląc, że zaraz usłyszy, że Mathias poznał to po Rakel.

– Mam pewien nieduży moralny dylemat. Chodzi mi o Idara.

– Tak? – Harry ku swemu zdumieniu poczuł raczej rozczarowanie niż ulgę.

– To z pewnością nic nie znaczy, ale doszedłem do wniosku, że nie do mnie należy rozstrzyganie i że nie można pozwolić, by w tak strasznej sprawie najważniejsza była koleżeńska lojalność. Wszystko jedno. W zeszłym roku, kiedy ciągle jeszcze pracowałem w pogotowiu, poszedłem razem z kolegą, który też zna Idara, do kawiarni Pocztowej zjeść śniadanie po nocnym dyżurze. Tam wcześnie otwierają i podają piwo, zbiera się tam więc wiele spragnionych rannych ptaszków i innych nieszczęśników.

– Znam to miejsce – powiedział Harry.

– Ku naszemu wielkiemu zdumieniu zastaliśmy tam Idara. Siedział przy stoliku razem z jakimś brudnym chłopcem, który jadł zupę. Kiedy Idar nas zobaczył, poderwał się przestraszony i zaczął się tłumaczyć. Więcej się nad tym nie zastanawiałem. Tak mi się przynajmniej wydawało aż do chwili, gdy o tym wspomniałeś. I przypomniało mi się, co sobie wtedy pomyślałem. Że być może... No... rozumiesz.

– Rozumiem. – Harry, widząc udręczoną minę Mathiasa, dodał: – Dobrze zrobiłeś.

– Dziękuję. – Mathias próbował się uśmiechnąć. – Ale czuję się jak Judasz.

Harry próbował wymyślić coś rozsądnego, lecz zdołał jedynie wyciągnąć rękę i mruknąć:

– Dziękuję za pomoc. – I zadrżał, gdy poczuł, że ściska dłoń Mathiasa w zimnej gumowej rękawiczce.

Judasz. Pocałunek Judasza. Jechali w dół Slemdalsveien, a Harry myślał o chciwym języku Rakel w jego ustach, o jej miękkich westchnieniach i półgłośnych sapnięciach. O bólu bioder, gdy uderzał nimi o biodra Rakel. O jej gniewnym okrzyku, gdy nagle przerwał, bo nie chciał, by to dłużej trwało. Przecież ona nie przyszła po to, by to miało trwać. Zjawiła się, żeby wypędzić demony. Oczyścić ciało, by móc wrócić do domu i oczyścić duszę. I posprzątać dom. Im wcześniej, tym lepiej.

– Wybierz numer do kliniki – polecił Harry.

Usłyszał ruch szybkich palców Katrine i ciche piski. Podała mu komórkę.

Borghild odebrała wystudiowaną mieszanką łagodności i skuteczności.

– Mówi Harry Hole. Proszę mi powiedzieć, do kogo mam się zwrócić z chorobą Fahra.

Pauza.

– To zależy – odpowiedziała w końcu Borghild z wahaniem.

– Od czego?

– No... od tego, na jaką chorobę cierpi pana ojciec.

– No tak, no tak. Czy zastałem Idara Vetlesena?

– Już wyszedł z pracy.
– Już?
– Gra w curling. Proszę spróbować innego dnia.
W jej głosie zabrzmiało zniecierpliwienie. Harry przypuszczał, że już nie może się doczekać weekendu.
– W klubie curlingu na Bygdøy?
– Nie, w tym prywatnym. Tym poniżej Gimle.
– Dziękuję. Miłego wieczoru.
Harry oddał Katrine telefon.
– Zwijamy go – oznajmił.
– Kogo?
– Specjalistę, którego asystentka nawet nie słyszała o chorobie, w której on się specjalizuje.

Rozpytawszy się przechodniów, odnaleźli Villa Grande, okazałą posiadłość, należącą podczas drugiej wojny światowej do Norwega o nazwisku, które w przeciwieństwie do nazwiska żeglarza pływającego na trzcinowej tratwie i polarnika, było powszechnie znane również poza Norwegią: do zdrajcy ojczyzny Quislinga.

Na dole zbocza po południowej stronie posiadłości stał podłużny drewniany budynek przypominający stary barak wojskowy. Zaraz po wejściu do znajdującego się tuż za drzwiami korytarza czuło się chłód. A za następnymi drzwiami temperatura spadała jeszcze bardziej.

Na tafli lodu było czterech mężczyzn. Ich okrzyki odbijały się echem od drewnianych ścian, a żaden z graczy nie zauważył Harry'ego i Katrine. Wykrzykiwali do wypolerowanego na gładko kamienia, który sunął po lodzie. Dwudziestokilową bryłę granitu z rodzaju *ailsite* ze szkockiej wyspy Ailsa Craig zatrzymali trzej strażnicy – inne kamienie stojące na skraju dwóch kół wyrysowanych przy końcu pola do gry. Mężczyźni ślizgali się po lodzie, utrzymując równowagę na jednej nodze, drugą się odbijając, dyskutowali, opierali się na swoich szczotkach i ustawiali kolejny kamień.
– Sport snobów – szepnęła Katrine. – Popatrz na te typy.
Harry nie odpowiedział. Lubił curling, bliskie medytacji zapatrzenie w powolną żeglugę kamienia sunącego przez pozornie po-

zbawiony tarcia wszechświat, jak jeden ze statków kosmicznych w odysei Kubricka, tylko zamiast akompaniamentu Johana Straussa, cichy szelest kamienia i gniewne szorowanie szczotek.

Mężczyźni wreszcie ich zauważyli. Harry rozpoznał dwie twarze z różnych mediów. Jedną z nich był Arve Støp.

Idar Vetlesen prześlizgnął się po lodzie w ich stronę.

– Przyszedł pan zagrać, Hole?

Wołał to już z daleka, jak gdyby słowa skierowane były do tamtych mężczyzn, nie do Harry'ego. Towarzyszył im jowialny śmiech. Ale mięśnie rysujące się pod skórą szczęki zdradzały lekarza. Zatrzymał się przy nich, z ust unosiła się mu biała para.

– Gra się chyba już skończyła – zauważył Harry.

– Nie wydaje mi się – uśmiechnął się Idar.

Harry już czuł chłód lodu przenikający przez podeszwy butów i przenoszący się na łydki.

– Chcielibyśmy, żeby pojechał pan z nami na komendę – oświadczył. – Teraz.

Uśmiech Idara Vetlesena zniknął jak zdmuchnięty.

– Dlaczego?

– Dlatego, że pan nas okłamuje. Między innymi nie jest pan specjalistą od choroby Fahra.

– Kto tak twierdzi? – Idar zerknął na pozostałych curlerów, by stwierdzić, czy stoją dostatecznie daleko, by ich nie słyszeć.

– Pańska asystentka. Najwyraźniej nawet się nie otarła o tę chorobę.

– Proszę posłuchać. – W głosie Idara pojawił się nowy ton. Rozpacz. – Nie możecie tak po prostu przyjść tu po mnie. Nie tutaj. Nie na oczach...

– Pańskich klientów? – Harry zmrużonymi oczami spojrzał ponad ramieniem Idara. Zobaczył, że Arve Støp czyści szczotką spód kamienia z lodu, jednocześnie przyglądając się Katrine.

– Nie wiem, o co panu chodzi – padły słowa Idara. – Jestem skłonny do współpracy, ale nie w sytuacji, w której chcecie świadomie mnie upokorzyć i zniszczyć. To są moi najlepsi przyjaciele.

– Gramy dalej, Vetlesen... – rozległ się głęboki baryton Støpa.

Harry popatrzył na nieszczęśliwego chirurga. Zastanawiał się, co w jego ustach znaczy „najlepsi", gdy mówił o przyjaciołach, i pomyślał, że jeśli istnieje bodaj ułamek szansy na to, że spełniając życzenie Vetlesena, dostaną coś w zamian, to chyba warto.

– Okej – powiedział Harry. – Idziemy. Ale pan ma się stawić w Budynku Policji na Grønland dokładnie za godzinę. Jeśli nie, przyjedziemy po pana na sygnale. Z trąbami zapowiadającymi sąd ostateczny. Na Bygdøy dźwięk dobrze się niesie, prawda?

Vetlesen kiwnął głową i przez moment wyglądał tak, jakby starym zwyczajem zaraz znów miał się roześmiać.

Oleg z hukiem zatrzasnął drzwi, zrzucił buty i wbiegł po schodach na piętro. W całym domu unosił się świeży zapach cytryny i mydła. Chłopiec wpadł do swojego pokoju, a metalowe rurki dzwonka zwisające z sufitu zagrały przerażone, gdy zrzucał dżinsy i wciągał spodnie od dresu. Znów wybiegł, ale gdy łapał się poręczy, by pokonać schody dwoma długimi susami, zza otwartych drzwi sypialni matki usłyszał swoje imię.

Poszedł tam i zastał Rakel na kolanach przy łóżku, spod którego wystawała szczotka na długim kiju.

– Myślałem, że sprzątałaś w weekend.

– Owszem, ale niedokładnie. – Matka wstała i wytarła ręką czoło. – Dokąd idziesz?

– Na stadion, na Gressbanen. Pojeździć na łyżwach. Karsten czeka na ulicy. Wrócę na obiad. – Odbił się od progu i ślizgiem posunął po parkiecie w stronę schodów, z punktem ciężkości nisko, tak jak nauczył go Erik V., jeden z weteranów łyżwiarstwa szybkiego na Valle Hovin.

– Chwileczkę, młody człowieku. Á propos łyżew…

Oleg się zatrzymał. O nie, pomyślał. Znalazła łyżwy!

Rakel stanęła w drzwiach i z przekrzywioną głową patrzyła na syna.

– A co z lekcjami?

– Mam mało zadane – odparł Oleg z ulgą i się uśmiechnął. – Odrobię po obiedzie. – Zobaczył, że matka się waha, prędko więc dodał: – Ślicznie wyglądasz w tej sukience, mamo.

Rakel spojrzała na błękitną jak niebo sukienkę w białe kwiatki. I chociaż posłała synowi ostrzegawcze spojrzenie, w kącikach jej ust czaił się śmiech.

– Uważaj, Oleg. Powiedziałeś to teraz tak jak twój ojciec.

– Tak? Myślałem, że on mówił tylko po rosyjsku.

Nic złego nie miał na myśli, ale zobaczył, że z matką nagle coś się dzieje, jakby przeszył ją prąd.

– Mogę już iść? – spytał niecierpliwie.

– „Tak, może pan już iść”? – Okrzyk Katrine Bratt odbił się od ścian siłowni w piwnicy Budynku Policji. – Naprawdę tak powiedziałeś? Że Idar Vetlesen po prostu może sobie iść?

Harry patrzył na jej twarz nachyloną nad ławką treningową, na której leżał. Światło lampy na suficie otaczało jej głowę świetlistą żółtą aureolą. Ciężko dyszał z powodu sztangi opierającej mu się na piersi. Zamierzał wycisnąć dziewięćdziesiąt pięć kilo i akurat zdjął sztangę ze statywu, gdy Katrine wmaszerowała do sali i popsuła mu próbę.

– Musiałem. – Harry przesunął sztangę odrobinę wyżej, żeby oparła się na mostku. – Przyszedł ze swoim adwokatem, z Johanem Krohnem.

– I co z tego?

– No cóż. Krohn zaczął od pytania, jakich metod używamy do wywierania nacisku na jego klienta. Powiedział, że kupowanie i sprzedawanie seksu jest w Norwegii legalne, a nasze metody nakłonienia szanowanego lekarza do złamania obowiązku dochowania tajemnicy również zasługują na nagłówek w gazecie.

– O Boże, człowieku! – Głos Katrine aż drżał z wściekłości. – Tu przecież chodzi o zabójstwo!

Harry nigdy jeszcze nie widział, by w taki sposób traciła kontrolę nad sobą, i odpowiedział najłagodniejszym tonem:

– Posłuchaj. Nie potrafimy powiązać tego zabójstwa z chorobą dzieci ofiar ani nawet uprawdopodobnić jakiegoś powiązania, i Krohn o tym wie. Nie mogłem go zatrzymać.

– Potrafisz tylko... leżeć tu i... nic nie robić!

Harry poczuł ból w mostku i pomyślał, że akurat co do tego Katrine ma całkowitą rację.

Zasłoniła twarz dłońmi.

– Ja... ja... przepraszam. Myślałam po prostu... to był taki dziwny dzień.

– W porządku – stęknął Harry. – Możesz mi pomóc z tą sztangą, bo zaraz...

– Od drugiego końca! – zawołała Katrine i odsłoniła twarz. – Musimy zacząć od drugiego końca. W Bergen!

– Nie – szepnął Harry resztką powietrza z płuc. – Bergen nie można traktować jako drugi koniec. Mogłabyś...

Spojrzał na nią. Zobaczył, że ciemne oczy wypełniają się łzami.

– Mam okres – szepnęła i zaraz się uśmiechnęła. Nastąpiło to tak gwałtownie, jakby stanęła nad nim zupełnie inna osoba. Osoba z dziwnym błyskiem w oku i w pełni panująca nad głosem.

– A ty możesz tu sobie umrzeć.

Zdumiony słuchał, jak jej kroki się oddalają, jak trzeszczy jego własny szkielet. Przed oczami zaczęły mu tańczyć czerwone plamy. Zaklął, zacisnął dłonie na sztandze i z rykiem pchnął. Sztanga ani drgnęła.

Katrine miała rację. Rzeczywiście mógł tak umrzeć. Mógł wybrać taką śmierć. Komiczne, ale prawdziwe.

Obrócił się, przechylił sztangę na bok, aż wreszcie usłyszał ogłuszający huk ciężarków zsuwających się po kiju i walących w podłogę. Usiadł i patrzył, jak kółka toczą się po sali bez żadnego sensu.

Wziął prysznic, przebrał się i schodami wszedł na szóste piętro. Ciężko usiadł na krześle, już czując słodki ból mięśni zapowiadający, że jutro będzie całkiem sztywny.

Uruchomił automatyczną sekretarkę i odsłuchał wiadomość od Bjørna Holma, żeby oddzwonił do niego jak najszybciej.

Kiedy Holm podniósł słuchawkę, rozległ się rozdzierający serce szloch przy akompaniamencie śliskich tonów gitary hawajskiej.

– Co jest? – spytał Harry.

– Dwight Yoakam – wyjaśnił Holm i ściszył muzykę. – Sexy szatan, prawda?

– Nie to miałem na myśli. O co chodzi?

– Są wyniki badania tego listu od Bałwana.

– I?

– Nic szczególnego, jeśli chodzi o pismo. Standardowa drukarka laserowa.

Harry czekał. Wiedział, że Holm ma coś w zanadrzu.

– Ale szczególny jest papier, którego użył. W laboratorium nikt z czymś podobnym się nie zetknął, dlatego trochę to trwało. To papier zrobiony z *mitsumata*, japońskich włókien przypominających papirus. Podobno *mitsumata* można poznać po zapachu. Używają kory do ręcznego wyrobu papieru i akurat ten rodzaj jest wyjątkowo ekskluzywny. Nazywa się Kono.

– Kono?

– Można go kupić wyłącznie w specjalistycznych sklepach, takich, w których sprzedają wieczne pióra za dziesięć tysięcy koron, specjalny atrament i notesy oprawione w skórę, wiesz.

– Właściwie to nie.

– Ja też nie – przyznał Holm. – Ale w każdym razie w Oslo jest tylko jeden sklep, w którym mają papier listowy Kono. To Worse na Gamle Drammensveien. Rozmawiałem z nimi i dowiedziałem się, że teraz już rzadko ktoś kupuje takie rzeczy, więc chyba więcej tego nie zamówią. Podobno ludziom już tak bardzo nie zależy na jakości jak dawniej.

– Czy to znaczy...

– Niestety, to znaczy, że nie mógł sobie przypomnieć, komu ostatnio sprzedał papier Kono.

– Mhm. I to jedyny sprzedawca?

– Tak – odparł Holm. – Był jeszcze jeden w Bergen, ale kilka lat temu przestali tym handlować.

Holm czekał na odpowiedź, a raczej na pytanie, a w tym czasie Dwight Yoakam ściszonym jodłowaniem wabił swoją ukochaną do grobu. Ale żadna nie przyszła.

– Harry?

– Tak. Myślę.

– To dobrze! – powiedział Holm.

To ten jego spokojny wiejski humor sprawiał, że Harry jeszcze długo po rozmowie z Bjørnem potrafił uśmiechać się pod nosem, sam nie wiedząc dlaczego. Ale nie tym razem. Chrząknął.

– Wydaje mi się, że to cholernie dziwne wysyłać taki papier śledczemu, który zajmuje się zabójstwem, jeśli za wszelką cenę nie chcesz, by doprowadził do ciebie. Nie trzeba nawet oglądać za dużo filmów kryminalnych w telewizji, by wiedzieć, że to sprawdzimy.

– Może nie wiedział, że ten papier jest taki rzadki – podsunął Holm. – Może to nie on go kupił.

– Oczywiście istnieje taka możliwość, ale coś mi mówi, że Bałwan nie popełniłby takiego głupstwa.

– Ale tak zrobił.

– Nie wierzę, że to było głupstwo – orzekł Harry.

– Chcesz powiedzieć...

– Uważam, że on chciał, byśmy to odkryli.

– Dlaczego?

– Z klasycznych powodów. Narcystyczny seryjny zabójca inscenizuje grę ze sobą w roli głównej jako niepokonany, najpotężniejszy bohater, ten, który w końcu zwycięży.

– Ale co zwycięży?

– No cóż. – Harry po raz pierwszy wypowiedział to na głos: – Mam świadomość, że to może zabrzmieć narcystycznie. Mnie.

– Ciebie? Ale dlaczego?

– Nie mam pojęcia. Może dlatego, że wie, że jestem jedynym policjantem w Norwegii, który schwytał seryjnego zabójcę. Może traktuje mnie jak wyzwanie. Wskazuje na to ten list. Odwołuje się przecież do Toowoobomy. Nie wiem, Holm. Masz zresztą nazwę tego sklepu w Bergen?

– Flæsk!*

Słowo zostało wypowiedziane z bergeńskim akcentem i napuszeniem. To znaczy z cienkim „l", przeciągłym „æ", lekko załamanym w środku, i słabym „s". Człowiek, który dobrowolnie wymawiał swoje nazwisko tak, jakby mówił o najmniej godnym elemencie

* Nazwisko „Flesch" po norwesku wymawia się tak jak „flesk" – słonina (przyp. tłum.).

ludzkiego ciała, Peter Flesch, ciężko dyszał, głośno mówił i tchnął otwartością. Chętnie opowiadał, że zajmuje się handlem wszelkiego rodzaju antykami, dopóki są nieduże, ale wyspecjalizował się w fajkach, zapalniczkach, piórach, skórzanych teczkach i przyborach piśmiennych. Trochę używanego, trochę nowego. Miał głównie stałych klientów o przeciętnej wieku rosnącej wraz z jego wiekiem.

Na pytanie Harry'ego o papier listowy Kono z żalem w głosie odpowiedział, że już nie prowadzi jego sprzedaży. Minęło ładnych kilka lat, odkąd miał go na składzie.

– Pewnie za dużo wymagam – powiedział Harry – ale ponieważ ma pan głównie stałych klientów, czy możliwe jest, by przypomniał pan sobie kogoś, kto kupił ten papier?

– Może niektórych. Møller. I Kikkusæn z Møllåren. Nie prowadzimy rejestrów, ale żona ma dobrą pamięć.

– Moglibyście zapisać nazwiska, przybliżony wiek i adres tych, których pamiętacie, i przesłać mi e-mailem?

Harry'emu przerwało cmokanie.

– Nie mamy żadnego e-maila. I nie będziemy mieć. Proszę mi raczej podać numer faksu.

Harry podał mu numer faksu komendy. Potem przez chwilę się zawahał. To był impuls. Ale impulsy pojawiają się zawsze z jakiegoś powodu.

– Nie mieliście przypadkiem przed laty klienta, który nazywał się Gert Rafto? – spytał.

– Żelazny Rafto? – zaśmiał się Peter Flesch.

– Słyszał pan o nim?

– Całe miasto wiedziało, kto to jest Rafto. Nie, nie był naszym klientem.

Nadkomisarz Bjarne Møller zwykł był powtarzać, że po to, by wyizolować jedyną możliwość, należy wyeliminować wszystko to, co niemożliwe. I dlatego śledczy nigdy nie powinien wpadać w rozpacz, tylko cieszyć się za każdym razem, gdy może skreślić ślad nieprowadzący do rozwiązania. Poza tym to był tylko impuls.

– No cóż, w każdym razie dziękuję. Życzę miłego dnia.

– On nie był moim klientem – dokończył Flesch. – To ja byłem jego klientem.

– Słucham?

– Właśnie tak. Przynosił mi różne drobiazgi. Używane zapalniczki ze srebra, złote pióra. Zdarzało się, że coś od niego kupowałem. To było, oczywiście, zanim się dowiedziałem, skąd pochodzą.

– A skąd pochodziły?

– Nie słyszał pan o tym? Kradł z miejsc zbrodni, przy których pracował.

– Ale nigdy nic nie kupował?

– On nie potrzebował takich rzeczy, które mamy.

– No ale papier? Papier potrzebny jest przecież każdemu.

– Chwileczkę. Porozmawiam z żoną.

Słuchawkę zakryła dłoń, ale Harry i tak usłyszał wołanie, a potem cichą rozmowę. W końcu dłoń się odsunęła i Flesch wykrzyknął triumfalnie z mocnym bergeńskim akcentem:

– Żona twierdzi, że ten Rafto dostał resztę kartek, kiedy przestaliśmy sprzedawać ten papier. W zamian za zniszczony holenderski stojak do pióra ze srebra. Tak jej się wydaje. Kobieta ma cholernie dobrą pamięć.

Harry odłożył słuchawkę i zrozumiał, że musi jechać do Bergen. Znów do Bergen.

O dziewiątej wieczorem na piętrze w budynku przy Brynsalléen 6 w Oslo wciąż się świeciło. Z zewnątrz pięciopiętrowy budynek wyglądał jak pierwszy lepszy kompleks biurowy z nowoczesną fasadą z czerwonej cegły i szarej stali. W środku zresztą też, ponieważ większość z ponad czterystu zatrudnionych było inżynierami, specjalistami IT, socjologami, laborantami, fotografami i tak dalej. To jednak była „krajowa jednostka do zwalczania zorganizowanej i innej poważnej przestępczości", powszechnie określana swoją dawną nazwą, Centrala Policji Kryminalnej, a raczej jej skrótem – KRIPOS.

Była dziewiąta wieczorem, a Espen Lepsvik właśnie zwolnił swoich ludzi po omówieniu wyników śledztwa. W pustej oświetlonej ostrym światłem sali konferencyjnej został tylko jeden człowiek.

– Niewiele – stwierdził Harry Hole.

– Piękne omówienie słowa „nic". – Espen Lepsvik kciukiem i palcem wskazującym masował oczy. – Pójdziemy gdzieś na piwo? Powiesz mi, do czego się dokopaliście.

Harry opowiadał w czasie, gdy Espen Lepsvik prowadził samochód do centrum, do knajpy Sprawiedliwość, położonej po drodze do domów obydwu. Zanim Harry skończył, siedzieli przy stoliku najbardziej w głębi podniszczonego lokalu, do którego zaglądali zarówno spragnieni piwa studenci prawa, jak i jeszcze bardziej spragnieni adwokaci i policjanci.

– Zastanawiam się, czy zamiast Skarrego nie wziąć ze sobą do Bergen Katrine Bratt – powiedział Harry i wypił łyk z butelki z wodą gazowaną. – Sprawdziłem jej teczkę personalną tuż przed wyjazdem do was. Jest dość świeża, ale z tych dokumentów wynikało, że pracowała w Bergen przy dwóch zabójstwach, w których śledztwo, o ile dobrze sobie przypominam, prowadziłeś ty.

– Bratt, tak, tak. Pamiętam ją. – Espen Lepsvik uśmiechnął się i podniósł rękę, dając w barze znak, że chce jeszcze jedno piwo.

– Byłeś z niej zadowolony?

– Cholernie. Cholernie... zdolna dziewczyna. – Lepsvik puścił do Harry'ego oko, który zauważył, że kolega ma już zamglone spojrzenie zmęczonego człowieka, który wypił trzy piwa. – I gdybyśmy oboje nie byli w małżeństwach, to pewnie bym czegoś próbował.

Opróżnił szklankę.

– Chodzi mi bardziej o to, czy twoim zdaniem ona jest stabilna – wyjaśnił Harry.

– Stabilna?

– Tak. Jest w niej coś... Nie bardzo wiem, jak to wytłumaczyć. Coś ekstremalnego.

– Chyba cię rozumiem. – Espen Lepsvik z namysłem pokiwał głową, próbując utrzymać wzrok na twarzy Harry'ego. – Kartotekę ma bez jednej plamki, ale, między nami mówiąc, słyszałem, jak któryś z tamtejszych chłopaków mówił coś o niej i jej mężu.

Lepsvik szukał w twarzy Harry'ego zachęty, nie znalazł jej, lecz mimo to ciągnął:

– Coś... no wiesz. Lakier i skóra. Coś z sado. Podobno chodzili do takich klubów. Lekka perwersja.

– To nie moja sprawa – powiedział Harry.

– Nie, nie. Moja też nie! – zawołał Lepsvik i podniósł ręce w obronnym geście. – To tylko plotka. I wiesz, co? – roześmiał się głośno i nachylił przez stół tak, że Harry poczuł piwny zapach jego oddechu. – Gdyby chciała, mogłaby mi założyć obrożę.

Harry pojął, że musiał mieć coś w oczach, bo Lepsvik nagle jakby pożałował swojej szczerości, szybko wrócił na swoją stronę stolika i ciągnął już bardziej zawodowym tonem:

– Profesjonalistka. Bystra. Żarliwa i zaangażowana. Może trochę zbyt gwałtownie nalegała, żebym pomógł jej przy jakichś umorzonych sprawach, to pamiętam. Ale nie można mówić o żadnej niestabilności, raczej przeciwnie. Trochę zamknięta w sobie i dziwna, ale takich ludzi jest dużo. Wiesz, prawdę mówiąc, wydaje mi się, że moglibyście tworzyć idealną parę.

Harry uśmiechnął się, słysząc ten sarkazm i wstał.

– Dzięki za podpowiedź, Lepsvik.

– A co w zamian? Jakaś inna podpowiedź? Coś się między wami kroi?

– Moja podpowiedź brzmi tak – Harry rzucił setkę na stół – lepiej będzie, jak zostawisz tu samochód.

14 DZIEŃ 9. BERGEN

Punktualnie o godzinie 08.26 koła DY604 z Oslo dotknęły mokrego asfaltu na lotnisku Flesland. Dotknęły go na tyle mocno, że Harry nagle oprzytomniał.

– Wyspałeś się? – spytała Katrine.

Harry kiwnął głową, przetarł oczy i zapatrzył się w ciężki od deszczu świt.

– Mówiłeś coś przez sen – uśmiechnęła się.

– Mhm. – Harry nie chciał pytać, co mówił. W zamian podsumował, co mu się śniło. To nie był sen o Rakel. W nocy też mu się nie śniła. Wypędził ją z myśli. Wypędzili ją razem. Ale śnił mu się Bjarne Møller, jego szef i mentor, który wyruszył w głąb bergeńskich płaskowyżów i dwa tygodnie później został znaleziony w jeziorze Revurtjernet. Taką decyzję Møller podjął, ponieważ – tak jak Zenon z bolącym palcem u nogi – doszedł do wniosku, że życie jest już nie do życia. Czy Gert Rafto uznał podobnie? A może rzeczywiście wciąż jeszcze gdzieś żył?

– Dzwoniłam do byłej żony Rafty – odezwała się Katrine, gdy szli przez halę przylotów. – Ani ona, ani córka nie życzą sobie już rozmów z policją, nie chcą rozgrzebywać starych ran. Zresztą to nic nie szkodzi. Protokoły z tamtych czasów w zupełności nam wystarczą.

Przed terminalem wsiedli do taksówki.

– Fajnie być w domu? – spytał Harry, przekrzykując bębnienie deszczu i rytmiczny szmer wycieraczek.

Katrine obojętnie wzruszyła ramionami.

– Zawsze nienawidziłam deszczu. I nienawidziłam bergeńczyków, którzy twierdzili, że tu wcale nie pada tyle, ile by chcieli ci ze wschodu.

Minęli Danmarksplass i Harry spojrzał w stronę szczytu Ulriken. Pokrywał go śnieg, ale widział, że kolejka gondolowa kursuje. Potem przedarli się przez gniazdo os, czyli plątaninę zjazdów i wjazdów przy jeziorze Store Lungegårdsvann, i już byli w centrum, które po nieprzyjemnym wjeździe dla odwiedzających okazywało się zawsze pozytywną niespodzianką.

Zatrzymali się w hotelu SAS-u koło Bryggen. Harry wcześniej się zastanawiał, czy Katrine nie zechce przenocować u rodziców, ale powiedziała, że jedna noc to tylko mnóstwo stresu, że będą się do tego za bardzo przygotowywać i że prawdę mówiąc, nawet nie dała znać, że przyjeżdża.

Dostali karty do swoich pokoi i w ciszy wjechali windą na górę. Katrine spoglądała na Harry'ego z uśmiechem, jakby milczenie w windach było dowcipem między wierszami. On patrzył w ziemię z nadzieją, że ciało nie wysyła fałszywych sygnałów. Albo prawdziwych.

Wreszcie drzwi windy się rozsunęły i biodra Katrine zakołysały się przed Harrym w korytarzu.

– Za pięć w recepcji – powiedział.
– Jaki jest rozkład dnia? – spytał, gdy sześć minut później siedzieli w lobby hotelowym.
Katrine wychyliła się do przodu z głębokiego fotela i zaczęła przerzucać swój oprawiony w skórę kalendarz. Przebrała się w elegancki szary kostium, który doskonale pasował do biznesmenów goszczących w hotelu.
– Masz spotkanie z Knutem Müller-Nilsenem, szefem Wydziału Zabójstw i Osób Zaginionych w komendzie.
– Ty ze mną nie idziesz?
– Musiałabym się tylko witać i gadać ze wszystkimi. Cały dzień by na tym zszedł. Prawdę mówiąc, dobrze by było, gdybyś w ogóle o mnie nie wspominał. Będą się złościć, że ich nie odwiedziłam. Ja się wybiorę na Øyjordsveien porozmawiać z ostatnim świadkiem, który widział Raftę.
– Mhm. I gdzie to było?
– Koło stoczni. Świadek widział, jak Rafto parkuje samochód i wchodzi do parku Nordnes. Samochodu nigdy stamtąd nie zabrano, a wodę w okolicy przebadano sondami bez rezultatu.
– Co robimy potem? – Harry przeciągnął dwoma palcami po szczękach i pomyślał, że powinien był się ogolić przed wizytą w obcej komendzie.
– Ty przejrzysz stare raporty razem ze śledczymi, którzy wtedy brali udział w śledztwie i jeszcze pracują. Odświeżysz spojrzenie. Niech spróbują zobaczyć to z innej strony.
– Nie – zaprotestował Harry.
Katrine podniosła głowę znad papierów.
– Tamci śledczy już wysnuli wówczas konkluzję i teraz będą tylko bronić wniosków – stwierdził Harry. – Wolę w spokoju przeczytać te akta w Oslo, a tutaj raczej poświęcić czas na lepsze poznanie Gerta Rafto. Czy są gdzieś jego rzeczy?
Katrine pokręciła głową.
– Wszystko, co po nim zostało, rodzina oddała Armii Zbawienia. Podobno nie było tego dużo, jakieś meble i ubrania.
– A co z miejscem, w którym mieszkał, albo w którym przebywał?

– Po rozwodzie mieszkał sam w mieszkaniu w Sandviken, ale już dawno je sprzedano.

– I nie ma żadnego domu dzieciństwa, domku na wsi albo działki, która wciąż należałaby do rodziny?

Katrine zawahała się.

– Raporty wspominały o jakimś domku na terenie należącym do policji na wyspie Finnøy w Fedje. Te domki w takich wypadkach dziedziczy rodzina, możliwe więc, że coś tam jest. Mam numer telefonu do żony Rafty, zadzwonię do niej.

– Myślałem, że ona nie rozmawia z policją?

Katrine uśmiechnęła się chytrze.

W recepcji Harry pożyczył parasol, który w porywach wiatru wywrócił się na drugą stronę jeszcze przed Targiem Rybnym i przypominał poturbowanego nietoperza, gdy Harry zgięty wpół biegł do wejścia do Komendy Okręgowej Policji w Bergen.

Gdy stał w recepcji i czekał na nadkomisarza Knuta Müller-Nilsena, zadzwoniła do niego Katrine z informacją, że rodzina Rafty wciąż dysponuje domkiem na Finnøy.

– Ale żona nie przestąpiła progu domku od czasu tamtej sprawy. Córka prawdopodobnie też.

– Jedziemy tam – oświadczył Harry. – Skończę tutaj do pierwszej.

– Okej. Ja załatwię jakąś łódź. Spotkamy się na Zachariasbryggen.

Knut Müller-Nilsen był roześmianym misiem z uśmiechem w oczach i dłońmi wielkimi jak rakiety do tenisa. Stosy papierów w jego pokoju wznosiły się tak wysoko, że gdy siedział za biurkiem z rakietami za głową, sprawiał wrażenie przysypanego śniegiem.

– Rafto, tak, tak – powiedział, wyjaśniwszy, że w Bergen wcale nie pada tak dużo, jak się wydaje mieszkańcom wschodnich części kraju.

– Wygląda na to, że policjanci mają tendencję wam znikać – stwierdził Harry, obracając w palcach zdjęcie Gerta Rafto dołączone do raportów, które trzymał na kolanach.

– Tak? – Müller-Nilsen spojrzał pytająco na Harry'ego, który znalazł sobie twarde drewniane krzesełko w wolnym od papierów kącie gabinetu.

– Bjarne Møller – przypomniał Harry.

– No właśnie – przyświadczył Müller-Nilsen, ale niepewny ton go zdradził.

– Ten, który zniknął na Fløyen – dodał Harry.

– Oczywiście. – Müller-Nilsen uderzył się w czoło. – Tragiczna historia. Był tutaj tak krótko, że nawet nie zdążyłem... Przypuszczalnie zabłądził, prawda?

– Pewnie tak. – Harry wyjrzał przez okno, myśląc o drodze Bjarnego Møllera od idealizmu do korupcji. O dobrych zamiarach. O tragicznych błędnych krokach. O których nikt inny nigdy się nie dowie.

– Co mi możesz powiedzieć o Gercie Rafto?

To mój mentalny sobowtór w Bergen, pomyślał Harry, wysłuchawszy opisu Müller-Nilsena: niezdrowy stosunek do alkoholu, trudny temperament, samotny wilk, niegodny zaufania, wątpliwej moralności o bardzo zafajdanym życiorysie.

– Ale posiadał doskonałe zdolności analityczne i intuicję – dodał Müller-Nilsen. – I silną wolę. Jak gdyby kierowało nim... coś. Nie bardzo wiem, jak to powiedzieć. Żelazny Rafto był ekstremistą. Zresztą to się samo przez się rozumie, kiedy już wiemy, co się stało.

– A co się stało? – spytał Harry, w tym momencie dostrzegając popielniczkę wśród stosów papierów.

– Rafto miał skłonność do przemocy. I wiemy, że był w mieszkaniu Onny Hetland. Wiemy też, że być może Hetland miała informacje, które mogłyby ujawnić, kto zabił Lailę Aasen. Poza tym on sam zaraz potem zniknął. Nie jest wykluczone, że się utopił. W każdym razie nie widzieliśmy powodów, by wszczynać rozległe śledztwo.

– Mógł uciec za granicę?

Müller-Nilsen z uśmiechem pokręcił głową.

– Dlaczego nie? – spytał Harry.

– Pozwól, że ujmę to tak: w tej sprawie mieliśmy tę przewagę, że bardzo dobrze znaliśmy podejrzanego. Wprawdzie jego ucieczka z Bergen byłaby teoretycznie możliwa, ale on nie był tego rodzaju człowiekiem. Po prostu.

– I nikt z krewnych ani przyjaciół nie zgłaszał, że dał jakiś znak życia?

Müller-Nilsen pokręcił głową.

– Rodzice już dawno umarli, a przyjaciół Żelazny Rafto nie miał wielu. Z byłą żoną układy miał na tyle napięte, że i tak by się z nią nie kontaktował.

– A z córką?

– Mieli dobre stosunki. Miła bystra dziewczyna. Przecież wyszła na ludzi, gdy się pomyśli, w jakich warunkach dorastała.

Harry zwrócił uwagę na oczywistość w stwierdzeniu „przecież wyszła na ludzi". Sformułowanie typowe dla małych komend, w których człowiek spodziewa się wiedzieć wszystko o wszystkich.

– Rafto miał domek na Finnøy? – spytał Harry.

– Tak. I to oczywiście mogła być naturalna kryjówka, odpowiednie miejsce, żeby wszystko przemyśleć, a potem... – Müller-Nilsen wielką dłonią potarł krtań. – Przeszukaliśmy domek i całą wyspę z psem, sondowaliśmy w wodzie. Nic.

– Pomyślałem sobie, że tam zajrzę.

– Nie bardzo jest co oglądać. Sam mam domek naprzeciwko Żelaznego Rafto. Niestety, mogę powiedzieć, że tamten prawie całkiem się rozpada. To wstyd, że jego żona z niego nie zrezygnuje. Przecież nigdy tam nie przyjeżdża. – Müller-Nilsen zerknął na zegarek. – Muszę iść na spotkanie, ale jeden z komisarzy, który uczestniczył w tamtym śledztwie, przejrzy razem z tobą te raporty.

– Nie ma takiej potrzeby – stwierdził Harry i spojrzał na zdjęcie, które trzymał na kolanach. Twarz wydała mu się nagle dziwnie znajoma, jakby niedawno ją widział. U kogoś w przebraniu? U kogoś, kto tylko mignął mu w przelocie? Kto odgrywał nic nieznaczącą rolę, przez co nie zwrócił na tę osobę uwagi? Któryś ze strażników pilnujących parkomatów krążących po Sofies gate? Albo ekspedient w monopolowym? W końcu się poddał.

– A więc nie Gert.

– Słucham? – zdziwił się Müller-Nilsen.

– Mówisz o nim Żelazny Rafto. Nie nazywaliście go po prostu Gert?

Müller-Nilsen spojrzał na Harry'ego niepewnie, próbował się roześmiać, ale poprzestał na krzywym uśmiechu.

– Nie, chyba nigdy nie wpadłoby to nikomu do głowy.

– No cóż. Dziękuję za pomoc.

Kiedy Harry szedł do wyjścia, usłyszał, że Müller-Nilsen go woła, i się odwrócił. Szef wydziału stał w drzwiach do swojego gabinetu na końcu korytarza, a jego słowa odbiły się od ścian krótkim drżącym echem:

– Myślę, że Rafcie też by się to nie podobało!

Przed budynkiem komendy Harry przystanął, obserwując ludzi, którzy zgięci wpół brnęli chodnikami przez deszcz i wiatr. Wrażenie nie ustępowało. Uczucie, że coś lub ktoś jest tu w pobliżu. Od wewnątrz. Coś, co stałoby się widoczne, gdyby tylko spojrzał na to we właściwy sposób. We właściwym świetle.

Katrine zabrała Harry'ego z przystani, tak jak się z nim umówiła.

– Pożyczyłam łódź od kumpla – powiedziała, gdy wypływali dwudziestojednostopową motorówką przez wąskie wyjście z portu. Gdy okrążyli cypel Nordneset, jakiś dźwięk kazał Harry'emu się odwrócić i wtedy zobaczył totem. Drewniane twarze krzyczały do niego ochryple, szeroko otwierając usta. Zimny powiew wiatru uderzył w łódź.

– To lwy morskie w Akwarium – wyjaśniła Katrine.

Harry mocniej owinął się płaszczem.

Finnøy była niewielką wyspą. Oprócz wrzosu ten smagany wiatrem i deszczem kawałeczek lądu nie miał innej roślinności, miał za to pomost, przy którym Katrine sprawnie zacumowała motorówkę. Na terenie należącym do policji stało sześćdziesiąt budyneczków wielkości domków dla lalek, które Harry'emu najbardziej przypominały domy górników, które widział w Soweto.

Katrine poprowadziła Harry'ego żwirową ścieżką między domkami, w pewnej chwili skręciła ku jednemu z nich. Wyróżniał się spośród innych łuszczącą się na ścianach farbą. Jedno okno było pęknięte. Katrine stanęła na palcach, ujęła w obie ręce szklany klosz nad drzwiami i przekręciła. Zazgrzytało, a gdy odwróciła klosz, wypadły z niego martwe owady i klucz, który złapała w powietrzu.

– Była żona mnie polubiła – wyjaśniła, wsuwając klucz w zamek.

W środku pachniało pleśnią i wilgotnym drewnem. Harry usiłował przeniknąć wzrokiem półmrok, zaraz jednak usłyszał lekki trzask przełącznika i światło się zapaliło.

– Ona ma prąd, chociaż nie korzysta z domku.

– To wspólny prąd – wytłumaczyła Katrine, powoli rozglądając się dokoła. – Policja płaci.

Domek miał dwadzieścia pięć metrów kwadratowych i składał się z pokoju dziennego połączonego z kuchnią i jednej sypialni. Na blacie kuchennym i stole w pokoju stały gęsto puste butelki po piwie. Na ścianach nic nie wisiało. Na parapetach nie było żadnych ozdób, a na półkach książek.

– Jest też piwnica. – Katrine wskazała na klapę w podłodze. – To twoja działka. Co teraz robimy?

– Szukamy – odparł Harry.

– Czego?

– O tym staramy się w ogóle nie myśleć.

– Dlaczego?

– Ponieważ jeśli się czegoś szuka, łatwo jest przeoczyć coś ważnego. Opróżnij mózg. Zrozumiesz, czego szukasz, kiedy to znajdziesz.

– Okej – zgodziła się Katrine po namyśle.

– Ty szukaj na górze – nakazał Harry, a sam podszedł do klapy w podłodze i pociągnął za umocowany do niej żelazny pierścień. Wąskie schody prowadziły w ciemność. Miał nadzieję, że Katrine nie zauważyła jego wahania.

Zasuszone martwe pajęczyny oblepiły mu twarz, gdy zagłębił się w wilgotną ciemność pachnącą ziemią i gnijącymi deskami. Cała piwnica znajdowała się pod poziomem ziemi. Przy końcu schodów znalazł kontakt, przekręcił go, ale bez rezultatu. Jedynym światełkiem tutaj było czerwone oczko na samej górze zamrażarki stojącej przy krótszej ze ścian. Zapalił latarkę, snop światła wyłowił z ciemności drzwi do komórki.

Zazgrzytały zawiasy, gdy je otwierał. To była stolarska komórka z narzędziami. Miejsce mężczyzny z ambicjami zrobienia czegoś sensownego, pomyślał Harry. Nie tylko łapania zabójców.

Ale narzędzia nie wyglądały na zbyt często używane, więc być może Rafto pojął, że mimo wszystko nie nadaje się do niczego innego. Że nie jest kimś, kto buduje, tylko kimś, kto sprząta. Nagły dźwięk kazał mu gwałtownie się odwrócić. Odetchnął z ulgą, gdy zrozumiał, że to tylko termostat zamrażarki uruchomił wentylator. Harry przeszedł do sąsiedniego schowka. Coś, co tam było, zostało nakryte kocem. Ściągnął go, znów buchnął zapach wilgoci i ziemi. Światło latarki pokazało przegniły parasol plażowy, plastikowy stół, stos plastikowych szuflad, odbarwione plastikowe krzesła i zestaw do krokieta. Nic więcej w piwnicy nie było. Słyszał, że Katrine kręci się na górze i już chciał zamknąć komórkę, ale jedna z plastikowych szuflad przesunęła się na próg, gdy ściągał koc. Miał ją wepchnąć stopą, lecz coś nagle przykuło jego uwagę. W świetle latarki zobaczył wytłoczony napis na boku. Elektrolux. Podszedł do krótszej ściany, przy której wciąż szumiał wentylator zamrażarki. Ona też była marki Elektrolux. Sięgnął do uchwytu i pociągnął, ale drzwiczki trzymały. Zauważył zamek tuż pod rączką i pojął, że zamrażarka jest po prostu zamknięta na klucz. Przyniósł łom z warsztatu. Gdy się z niego wyłaniał, Katrine schodziła po schodach.

– Na górze nic nie ma – oświadczyła. – Chyba musimy wracać. Co robisz?

– Łamię przepisy dotyczące przeszukania. – Harry już umieścił krawędź łomu przy drzwiach zamrażarki tuż nad zamkiem i całym ciężarem oparł się o drugi koniec. Nic się nie stało. Spróbował jeszcze raz, tym razem jedną nogą zapierając się o schody, i nacisnął.

– Jasna chole…

Drzwi z suchym trzaskiem puściły, a Harry się przewrócił. Słyszał, jak latarka uderza o betonową podłogę, i poczuł chłód bijący w niego niczym oddech z lodowca. Zaczął obmacywać podłogę w poszukiwaniu latarki, gdy nagle usłyszał Katrine. To był dźwięk przenikający do szpiku kości. Głęboki charczący krzyk, który przeszedł w szloch przypominający śmiech. Na moment zapanowała cisza, gdy nabierała powietrza, by znów zanieść się krzykiem, przeciągłym niczym rytualna bolesna pieśń rodzącej. Ale wtedy Harry już zdążył zobaczyć i zrozumieć dlaczego. Katrine krzyczała, ponieważ zamrażarka po dwunastu latach wciąż działała na tyle doskonale, że zapaliło się w niej wewnętrzne światełko, ukazując coś, co znajdowało się wciśnięte do środka, z ramionami z przodu, z ugiętymi kolanami i głową wepchniętą w głąb. Ciało pokrywały białe kryształki lodu niczym warstwa białego grzyba, który się nim żywił, a wykręcona pozycja ciała w dziwny sposób pasowała do krzyku Katrine. Ale nie to sprawiło, że Harry'emu żołądek podszedł do gardła. Po wyłamaniu drzwi zamrażarki ciało, które prawdopodobnie się o nie opierało, poleciało do przodu, czołem uderzając w kant drzwi tak, że kryształki śniegu posypały się z twarzy na podłogę. Dlatego Harry mógł z całą pewnością stwierdzić, że to Gert Rafto się do nich uśmiecha. Nie uśmiechał się tymi ustami, które zaszyto grubą przypominającą konopie nitką zygzakowym ściegiem. Uśmiech przebiegał przez brodę i ciągnął się na policzki, narysowany rządkiem czarnych pinesek, które musiały zostać wbite młotkiem. Ale najbardziej w oczy rzucał się nos. Harry w odruchu czystego sprzeciwu przełknął żółć. Uprzednio musiano usunąć kość nosową i chrząstkę. Mróz wyssał wszystek kolor z marchewki. Bałwan był kompletny.

Część III

15 DZIEŃ 9. ÓSEMKA

Była ósma wieczorem, a mimo to ludzie idący przez Grønlandsleiret widzieli, że w Budynku Policji świeci się na całym szóstym piętrze.

W K1 przed Harrym siedzieli Holm, Skarre, Espen Lepsvik, naczelnik Biura Kryminalnego i Gunnar Hagen. Minęło sześć i pół godziny od znalezienia zwłok Gerta Rafto na Finnøy i cztery godziny, odkąd Harry zadzwonił z Bergen i zwołał zebranie, jeszcze zanim sam pojechał na lotnisko.

Zrelacjonował już odnalezienie zwłok i nawet naczelnik Biura Kryminalnego drgnął na krześle, gdy Harry pokazał zdjęcia z miejsca zdarzenia przesłane e-mailem przez komendę z Bergen.

– Raport z sekcji jeszcze nie jest gotowy – ciągnął Harry – ale przyczyna zgonu jest najzupełniej oczywista. Broń strzelecka w ustach, kula wchodzi przez gardło i wychodzi z tyłu głowy. To się stało tam, na miejscu. Chłopcy z Bergen znaleźli pocisk w ścianie komórki.

– Krew i masa mózgowa? – spytał Skarre.

– Nic – odparł Harry.

– Nie po tylu latach – wyjaśnił Lepsvik. – Szczury, owady…

– Pewnie mogły zostać jakieś resztki – powiedział Harry – ale rozmawiałem z patologiem i byliśmy zgodni. Rafto najprawdopodobniej pomógł, żeby tak nie naświnić.

– Co? – zdumiał się Skarre.

– O Boże! – westchnął Lepsvik.

Skarremu nagle rozjaśniło się w głowie i wykrzywił się z obrzydzeniem.

– O, jasna cholera…

– Przepraszam – wtrącił się Hagen. – Czy ktoś może mi wytłumaczyć, o czym mówicie?

– Czasami stykamy się z czymś takim przy samobójstwie – wyjaśnił Harry. – Nieszczęśnik zasysa powietrze z lufy przed oddaniem strzału. Powstaje próżnia i przez to jest mniej... – szukał słowa – ...nabrudzone. Tu prawdopodobnie Rafcie nakazano wyssać powietrze.

Lepsvik aż pokręcił głową.

– A policjant taki jak Rafto musiał dokładnie wiedzieć dlaczego.

Hagen pobladł.

– Ale jak... jak, w imię niebios, skłonić człowieka do wyssania...

– Może pozostawiono mu wybór – podsunął Harry. – Są gorsze sposoby umierania niż kula w łeb.

Zapadła grobowa cisza. Harry przez kilka sekund jej nie mącił, ale w końcu podjął:

– Do tej pory nie znajdywaliśmy ciał ofiar. Rafto również został ukryty, ale on zostałby odnaleziony stosunkowo szybko, gdyby nie to, że rodzina unikała tego domku. To mi nasuwa myśl, że Rafto nie był elementem składowym projektu zabójcy.

– Który, twoim zdaniem, jest seryjnym mordercą? – W głosie szefa Biura Kryminalnego nie było nic wyzywającego, chciał po prostu potwierdzenia.

Harry kiwnął głową.

– Jeśli to nie jest część tego tak zwanego projektu, to jaki mógł być motyw?

– Tego nie wiemy. Ale kiedy zabity zostaje śledczy badający sprawę zabójstwa, naturalną rzeczą jest pomyśleć, że stanowił jakieś zagrożenie dla zabójcy.

Espen Lepsvik chrząknął.

– Czasami sposób, w jaki potraktowane są zwłoki, może nam coś powiedzieć o motywie. W tym wypadku nos zastąpiono marchewką. Czyli długim nosem.

– Czy on się z nas naśmiewa? – spytał Hagen.

– Może ten długi nos wskazuje, że Rafto za bardzo węszył? – podsunął ostrożnie Holm.

– Na pewno! – ożywił się Hagen. – To ostrzeżenie dla innych, żeby trzymali się z daleka.

Naczelnik Biura Kryminalnego spuścił głowę i z ukosa spojrzał na Harry'ego.

– A te zaszyte usta?

– Nakaz trzymania języka za zębami – oświadczył z przekonaniem Skarre.

– Właśnie! – zawołał Hagen. – Jeśli Rafto był zgniłym jabłkiem, to może w taki czy inny sposób działał w porozumieniu z zabójcą i groził, że go ujawni.

Wszyscy patrzyli teraz na Harry'ego, który nie zareagował na żadną z propozycji.

– Co ty na to? – burknął naczelnik.

– Oczywiście możecie mieć rację – odparł Harry. – Ale mnie się wydaje, że zabójca chciał jedynie zostawić przesłanie: „Bałwan tu był". I że on lubi lepić bałwany. Kropka.

Pozostali popatrzyli po sobie, ale nikt nie zaprotestował.

– Mamy inny problem – podjął Harry. – Komenda w Bergen dała do prasy komunikat o znalezieniu zwłok na Finnøy. Nic więcej. Prosiłem o wstrzymanie się na razie z podawaniem innych szczegółów, żebyśmy mieli parę dni na szukanie śladów w czasie, gdy Bałwan nie będzie wiedział, że znaleźliśmy te zwłoki. Niestety te dwa dni są nierealne. Żadna komenda policji nie jest pod tym względem aż tak szczelna.

– Prasa będzie miała nazwisko Rafty jutro rano – westchnął Espen Lepsvik. – Znam tych ludzi z „Bergens Tidende" i „BA".

– Mylisz się – rozległ się głos za ich plecami. – Będą to mieli już w ostatnich dzisiejszych wiadomościach na TV2. Nie tylko nazwisko, ale wszystkie szczegóły z miejsca zdarzenia i powiązania z Bałwanem.

Odwrócili się. W drzwiach stała Katrine Bratt, wciąż blada, ale już nie tak jak wtedy, gdy odpływała łodzią z Finnøy, a Harry został sam, by czekać na policję.

– Więc znasz ludzi z TV2? – spytał Espen Lepsvik z krzywym uśmiechem.

– Nie – odparła Katrine, siadając. – Za to znam komendę w Bergen.

– Gdzie się podziewałaś, Bratt? – To Hagen spytał. – Nie było cię kilka godzin.

Katrine zerknęła na Harry'ego, który niedostrzegalnie kiwnął jej głową i chrząknął.

– Zleciłem Katrine wykonanie paru zadań.

– To musiało być coś ważnego. Opowiadaj, Bratt!

– Na razie nie ma potrzeby się w to zagłębiać – powiedział Harry.

– Jestem po prostu ciekawy – nie odpuszczał Hagen.

Cholerny żołnierzu, myślał Harry. Przeklęty pedancie, służbisto. Nie możesz zostawić jej w spokoju? Nie rozumiesz, że dziewczyna przeżyła szok? Sam aż zbladłeś, jak zobaczyłeś te zdjęcia. Pobiegła do domu, uciekła od wszystkiego. I co z tego? Już wróciła. Poklep ją raczej po ramieniu, zamiast upokarzać w obecności kolegów. Harry mówił to głośno, chociaż w duchu, jednocześnie starając się pochwycić spojrzenie Hagena i nakłonić go, by to zrozumiał.

– No i co, Bratt? – spytał Hagen.

– Sprawdziłam kilka rzeczy – odparła Katrine, zadzierając brodę.

– Ach tak? Na przykład jakich?

– Na przykład takich, że Idar Vetlesen studiował medycynę, kiedy zginęły Laila Aasen i Onny Hetland, a Rafto zniknął.

– I co z tego? – spytał naczelnik Biura Kryminalnego.

– To z tego – powiedziała Katrine – że studiował na Uniwersytecie Bergeńskim.

W K1 zapadła cisza.

– Student medycyny? – Naczelnik Biura Kryminalnego popatrzył na Harry'ego.

– Dlaczego nie? – odparł Harry. – Ktoś, kto później zajął się operacjami plastycznymi, kto sam mówi, że lubi modelować ludzi.

– Sprawdziłam, gdzie miał staż i gdzie pracował – dodała Katrine. – Nie pokrywa się to z miejscami, w których zaginęły te kobiety prawdopodobnie zabite przez Bałwana. Ale młody lekarz zawsze znajdzie wytłumaczenie dla wyjazdów. Konferencje, krótkie zastępstwa.

– Cholera! Że też ten Krohn nie pozwolił nam z tym facetem porozmawiać – westchnął Skarre.

– Nie martw się – powiedział Harry. – Aresztujemy Vetlesena.

– Za co? – spytał Hagen. – Za to, że studiował w Bergen?

– Za usiłowanie kupienia seksu z dziećmi.

– Na jakiej podstawie? – spytał naczelnik Biura Kryminalnego.

– Zeznania świadka. Właściciela Leona. Mamy też zdjęcia wiążące Vetlesena z tym miejscem.

– Przykro mi, że muszę to powiedzieć – wtrącił się Espen Lepsvik – ale znam tego faceta z Leona. On nigdy nie zgodzi się zeznawać. Zero dowodów. Będziecie musieli wypuścić Vetlesena w ciągu dwudziestu czterech godzin, gwarantuję.

– Wiem – potwierdził Harry, patrząc na zegarek. Obliczał, ile czasu potrwa dojazd na Bygdøy. – Ale w głowie się nie mieści, co ludzie przez ten czas potrafią opowiedzieć.

Harry wcisnął dzwonek przy drzwiach jeszcze raz i pomyślał, że czuje się tak jak wtedy, kiedy był mały i wszyscy wyjechali na wakacje, a on jako jedyny chłopiec został na Oppsal. Kiedy stał i dzwonił do drzwi Øysteina czy innego kolegi z nadzieją, że któryś z nich cudem mimo wszystko będzie w domu, a nie u babci w Halden, w domku letniskowym w Son czy na kempingu w Danii. Dzwonił i dzwonił do różnych drzwi, aż w końcu musiał przyznać, że została już tylko jedna możliwość. Drewniak. Drewniak, z którym on i Øystein nigdy nie mieli ochoty się bawić, ale który mimo to zawsze był w pobliżu, jak cień, wyczekujący, że jednak zmienią zdanie, że choć na pewien czas dopuszczą go do ciepła. Wybrał sobie Harry'ego i Øysteina zapewne dlatego, że oni też nie byli najbardziej popularni, liczył więc, że to ta paczka, na którą ma największe szanse. I oto ta szansa właśnie nadeszła, bo tylko on jako jedyny został, a Harry wiedział, że Drewniak zawsze jest w domu, bo jego rodziny nigdy nie było stać na żaden wyjazd, a chłopak nie miał innych towarzyszy zabaw.

Harry usłyszał za drzwiami odgłos szurających kapci i drzwi się uchyliły. Twarz kobiety się rozjaśniła. Tak jak twarz matki Drewniaka na widok Harry'ego. Nigdy nie zapraszała go do środka, tylko wołała syna, szła po niego, krzyczała, kazała mu włożyć brzydką kurtkę i wyprawiała go na schody, gdzie stał i spode łba patrzył na Harry'ego. Harry wiedział, że Drewniak wie. I czuł jego milczącą nienawiść, gdy szli w stronę kiosku. Ale to było w porządku, czas jakoś płynął.

– Idara, niestety, nie ma – powiedziała pani Vetlesen. – Ale może zechce pan wejść i na niego zaczekać? Mówił, że wychodzi tylko na chwilę.

Harry pokręcił głową, zastanawiając się, czy kobieta mogła widzieć na drodze niebieskie błyski rozświetlające wieczorny mrok na Bygdøy. Gotów był się założyć, że to ten idiota Skarre kazał je włączyć.

– Kiedy wyszedł?

– Tuż przed piątą.

– Przecież to już kilka godzin temu – zauważył Harry. – Mówił, dokąd się wybiera?

Pokręciła głową.

– On mi nigdy nic nie mówi. Co pan na to? Nie chce nawet informować matki.

Harry podziękował i zapowiedział, że wróci później. Ruszył żwirową alejką i zszedł po schodach do furtki w drewnianym płocie. Nie zastali Idara Vetlesena w pracy ani w hotelu Leon, a hala curlingowa była zamknięta i ciemna. Harry zamknął za sobą furtkę i podszedł do oznakowanego radiowozu. Otworzyło się okno w aucie.

– Wyłączcie tego koguta – nakazał Harry i zwrócił się do Skarrego siedzącego z tyłu. – Ona mówi, że nie ma go w domu, i raczej nie kłamie. Zaczekajcie tu, może wróci. Zadzwoń na dyżur kryminalny, niech ogłoszą poszukiwania. Tylko nic przez radio policyjne, okej?

Jadąc z powrotem do miasta, Harry zadzwonił do centrali operacyjnej Telenoru, gdzie się dowiedział, że Torkildsen poszedł już do domu, a ewentualne prośby o zlokalizowanie komórki Idara

Vetlesena należy zgłaszać drogą formalną jutro rano. Rozłączył się i podkręcił głośno *Vermilion* grupy Slipknot, ale poczuł, że nie może tego znieść, i wcisnął „eject", żeby zmienić na płytę Gila Evansa, którą znalazł w głębi schowka na rękawiczki.

Gdy siłował się z okładką, radio NRK Zawsze wiadomości ryknęło na cały regulator:

– Policja poszukuje trzydziestokilkuletniego lekarza, zamieszkałego na Bygdøy, który może być zamieszany w zabójstwa dokonane przez Bałwana.

– Jasna cholera! – wrzasnął Harry i rzucił Gilem Evansem o przednią szybę, aż posypały się odłamki plastiku. Płyta potoczyła się na podłogę. Harry z wściekłości wcisnął gaz do dechy i wyprzedził cysternę jadącą lewym pasem. Dwadzieścia minut. Potrzebowali na to dwudziestu minut. Może w końcu powinni zainstalować w Budynku Policji mikrofon i nadawać bezpośrednio stamtąd?

Kantyna w Budynku Policji była już zamknięta i pusta, ale właśnie tam Harry ją znalazł. Siedziała z paczką kanapek przy dwuosobowym stoliku. Harry usiadł na drugim krześle.

– Dziękuję, że nikomu nie powiedziałeś o tym, że na Finnøy straciłam kontrolę nad sobą – odezwała się cicho.

Harry kiwnął głową.

– Gdzie się podziewałaś?

– Wymeldowałam się z hotelu i zdążyłam na samolot do Oslo o trzeciej. Po prostu musiałam się schować. Przepraszam.

– W porządku – stwierdził Harry, przyglądając się jej szczupłemu karkowi z upiętymi włosami i drobnej dłoni leżącej na stole. Inaczej teraz na nią patrzył. – Kiedy twardzielom już raz się popruje, to pruje się na dobre.

– Dlaczego?

– Dlatego, że mają za mało wprawy w traceniu kontroli.

Katrine kiwnęła głową ze wzrokiem wciąż utkwionym w herbatę w filiżance z logo klubu sportowego policji.

– Ty sam jesteś zwariowany na punkcie kontroli, Harry. Nigdy jej nie tracisz?

Podniosła oczy, a Harry pomyślał, że ta intensywna jasność jej tęczówek przydaje białkom niebieskawego połysku. Sięgnął po papierosy.

– Ja się zaliczam do tych, którzy mają znakomitą wprawę w traceniu kontroli. Prawie nie trenowałem nic innego. Mam czarny pas w traceniu kontroli.

Uśmiechnęła się lekko w odpowiedzi.

– Mierzono aktywność mózgu doświadczonym bokserom – ciągnął. – Wiedziałaś, że oni w trakcie walki wielokrotnie tracą przytomność? Na sekundę tu, na sekundę tam. Ale mimo to są w stanie jakoś utrzymać się na nogach. Jak gdyby ciało wiedziało, że to tymczasowe, przejmowało sterowanie i samo utrzymywało ich w pionie, dopóki świadomość nie wróci. – Harry wysunął papierosa z paczki. – Ja też straciłem kontrolę w tym domku. Różnica polegała na tym, że moje ciało po tylu latach już wiedziało, że ją odzyska.

– Ale co ty robisz? – spytała Katrine, odgarniając z twarzy kosmyk włosów. – Żeby od razu nie dać się znokautować?

– Robię tak jak bokserzy. Idę za ciosem. Nie opieram się. Jeśli coś, co się dzieje w pracy, tak działa na ciebie, to nie przeszkadzaj. I tak na długo nie dasz rady tego odsunąć. Rozprawiaj się z tym po kawałku. Wypuszczaj to z siebie jak tama wodę. Nie pozwól, żeby się gromadziła, aż mur pęknie. – Wsunął niezapalonego papierosa do ust. – Wiem, o wszystkim tym mówił policyjny psycholog, kiedy byłaś jeszcze w szkole. Ale teraz powiem ci najważniejsze. Nawet kiedy wszystko z siebie wyrzucisz, musisz sprawdzać, co to z tobą robi. Sprawdzać, czy cię nie niszczy.

– Okej. A co, jeśli czuję, że niszczy?

– Wtedy szukasz sobie innej pracy.

Długo mu się przyglądała.

– A co ty zrobiłeś, Harry? Co zrobiłeś, czując, że cię to niszczy?

Harry lekko nagryzł filtr, poczuł, jak miękka sucha substancja trze o zęby. I pomyślał, że ona mogłaby być jego siostrą albo córką. Że są ulepieni z tej samej gliny. Twardej, sztywnej i trudnej w obróbce, z wielkimi szczelinami.

– Ja zapomniałem poszukać sobie innej pracy.

Uśmiechnęła się szeroko.

– Wiesz, co? – zaczęła cicho.

– Nie.

Wyciągnęła rękę, wyjęła mu papierosa z ust i wychyliła się przez stół.

– Uważam...

Drzwi do kantyny otwarły się z trzaskiem. To był Holm.

– TV2 – powiedział. – Już pokazują w wiadomościach. Mają nazwiska i zdjęcia. I Rafty, i Vetlesena.

To był początek chaosu. Chociaż dochodziła już jedenasta wieczorem, hol Budynku Policji w ciągu pół godziny wypełnił się dziennikarzami i fotografami. Wszyscy czekali, aż kierujący śledztwem Espen Lepsvik, szef Wydziału Zabójstw, naczelnik Biura Kryminalnego, komendant główny czy w zasadzie ktokolwiek zejdzie do nich i coś powie. Między sobą pomrukiwali, że policja musi poczuć się do odpowiedzialności i udzielić informacji opinii publicznej w tak poważnej, wstrząsającej i napędzającej sprzedaż gazet sprawie.

Harry stał przy poręczy i patrzył z góry na atrium. Dziennikarze krążyli jak niezmęczone rekiny, konsultowali się ze sobą, oszukiwali się, pomagali sobie, blefowali i zarzucali haczyk. Ktoś coś słyszał? Czy wieczorem będzie konferencja prasowa? Przynajmniej jakaś krótka, improwizowana? To prawda, że Vetlesen jest już w drodze do Tajlandii? Zbliżał się *deadline*, coś musiało się wydarzyć.

Harry czytał gdzieś, że słowo *deadline* narodziło się na polach bitewnych podczas amerykańskiej wojny domowej, gdzie w braku czegoś konkretnego, czym można było ogrodzić jeńców wojennych, zbierano ich w jednym miejscu i wokół nich rysowano na ziemi linię. Ją właśnie nazywano *deadline* i strzelano do każdego, kto ją przekroczył. Ci walczący o wiadomości na dole w holu byli takimi jeńcami wojennymi, utrzymywanymi na miejscu przez *deadline*.

Harry szedł do pokoju odpraw, by dołączyć do pozostałych, gdy zadzwoniła jego komórka. Mathias.

– Odsłuchałeś wiadomość, którą ci zostawiłem na sekretarce? – spytał.

– Nie zdążyłem, tu się wszystko gotuje. Nie możemy porozmawiać później?

– Oczywiście, możemy. Ale to dotyczy Idara. Widziałem w wiadomościach, że jest poszukiwany.

Harry przełożył telefon do drugiej ręki.

– No to mów.

– Idar zadzwonił do mnie dziś rano. Wypytywał mnie o carnadrioksyd. Czasami telefonował z pytaniami o różne leki, farmakologia nie była jego mocną stroną. Dlatego głębiej się nad tym nie zastanawiałem. Dzwonię, ponieważ carnadrioksyd to śmiertelnie niebezpieczny lek. Pomyślałem tylko, że może będziecie chcieli o tym wiedzieć.

– Oczywiście, oczywiście. – Harry grzebał w kieszeniach, aż w końcu znalazł obgryziony ołówek i bilet tramwajowy. – Carna...?

– Carnadrioksyd. Zawiera truciznę ze ślimaka, skrępa stożkowatego, i jest stosowany jako środek uśmierzający ból u pacjentów z nowotworami i HIV. Tysiąc razy silniejszy od morfiny i już odrobinę zwiększona dawka paraliżuje mięśnie ze skutkiem natychmiastowym. Organy oddechowe i serce zatrzymują się i człowiek umiera momentalnie.

Harry notował.

– Okej. Co jeszcze mówił?

– Nic. Wydawał się zdenerwowany. Podziękował i odłożył słuchawkę.

– Masz jakiś pomysł, skąd mógł dzwonić?

– Nie. Ale było coś dziwnego z akustyką. W każdym razie nie dzwonił ze swojego pokoju. Brzmiało to trochę tak, jakby stał w kościele albo w jaskini, rozumiesz?

– Rozumiem. Dziękuję, Mathias. Zadzwonimy, jeśli będziemy chcieli wiedzieć coś więcej.

– Z przyjemnością wam...

Dalszego ciągu Harry nie słyszał, bo już się rozłączył.

W K1 cała mała grupka śledcza siedziała nad filiżankami z kawą. W ekspresie parzył się kolejny dzbanek, a kurtki wisiały na krzesłach. Skarre właśnie wrócił z Bygdøy. Relacjonował rozmowę, jaką odbył z matką Idara Vetlesena, która powtarzała, że nic nie wie, i że to wszystko musi być jakimś wielkim nieporozumieniem.

Katrine zatelefonowała do asystentki lekarza, Borghild Moen, która powiedziała to samo.

– Przesłuchamy je jutro, jeśli się to okaże konieczne – stwierdził Harry. – Teraz, obawiam się, mamy pilniejszy problem.

Cała trójka bacznie mu się przyglądała, gdy przekazywał rozmowę z Mathiasem i odczytywał nazwę zapisaną na odwrocie biletu. Carnadrioksyd.

– Myślisz, że właśnie tak mordował? – spytał Holm. – Za pomocą paraliżującego leku?

– No to go mamy – stwierdził Skarre. – To dlatego musiał ukryć ciała. Nie chciał, żeby wykryto obecność tego leku, który doprowadziłby nas do niego.

– Na razie wiemy jedynie, że Idar Vetlesen stracił kontrolę – podsumował Harry. – A jeśli to on jest Bałwanem, to łamie schemat.

– Pytanie tylko – wtrąciła Katrine – kogo chce teraz dopaść. Bo ktoś w każdym razie niedługo umrze od tego leku.

Harry potarł kark.

– Masz wydruk połączeń telefonicznych Vetlesena, Katrine?

– Tak. Dostałam nazwiska i numery. Przejrzałam je razem z Borghild. Większość to pacjenci. I jeszcze dwie rozmowy z adwokatem Krohnem i ta, o której przed chwilą mówiłeś, z Lund-Helgesenem. Ale był też numer wpisany jako wydawnictwo Popper.

– Nie mamy za dużo do roboty – powiedział Harry. – Możemy tu siedzieć, popijać kawę i drapać się w głupie łby. Albo iść do domu i wrócić tu jutro z tak samo głupimi, ale już mniej zmęczonymi łbami.

Popatrzyli na niego zdumieni.

– Ja wcale nie żartuję. Idźcie, do cholery, do domu.

*

Harry zaofiarował się, że podrzuci Katrine do dawnej robotniczej dzielnicy Grünerløkka. Tam, według jej wskazówek, zatrzymał się pod jedną ze starych trzypiętrowych kamienic na Seilduksgata.

– Które mieszkanie? – spytał.

– Drugie piętro z lewej strony.

Zadarł głowę. We wszystkich oknach było ciemno. Nie widział żadnych zasłon.

– Wygląda na to, że twojego męża nie ma w domu. Albo już poszedł spać.

– Być może – odparła i dalej nie wysiadała. – Harry?

Spojrzał na nią zdziwiony.

– Kiedy powiedziałam, że teraz pozostaje pytanie, kogo Bałwan tym razem będzie chciał dopaść, zrozumiałeś, kogo miałam na myśli?

– Być może.

– To, co znaleźliśmy na Finnøy, nie było zabójstwem przypadkowej osoby, która za dużo wiedziała. To zostało zaplanowane znacznie wcześniej.

– Co masz na myśli?

– Jeśli Rafto wpadł na jego ślad, to również zostało zaplanowane.

– Katrine...

– Zaczekaj. Rafto był najlepszym śledczym w Wydziale Zabójstw w Bergen. Ty jesteś najlepszy w Oslo. On mógł przewidzieć, że to ty będziesz się zajmował tymi zabójstwami, Harry. To dlatego dostałeś ten list. Mówię to, żebyś trochę uważał.

– Próbujesz mnie wystraszyć?

Wzruszyła ramionami.

– Jeśli się boisz, to wiesz, co to znaczy?

– Nie?

Katrine otworzyła drzwiczki samochodu.

– Że powinieneś poszukać sobie innej pracy.

Harry wszedł do swojego mieszkania, zdjął buty i zatrzymał się na progu salonu. Pokój wyglądał na kompletnie zdemontowany, jak wywrócony na lewą stronę zestaw klocków. Światło księżyca padało na coś białego na nagiej czerwonej ścianie z cegieł. Wszedł do pokoju. To była ósemka narysowana kredą. Wyciągnął rękę i jej dotknął. Musiał ją zrobić ten człowiek od grzyba, ale co to miało znaczyć? Może jakiś kod dotyczący środka, jakim miał nasmarować mur akurat w tym miejscu?

Przez resztę nocy Harry rzucał się na łóżku dręczony koszmarami. Śniło mu się, że coś mu się wciska w usta i że musi oddychać przez otwór, żeby się nie udusić. Że to coś ma smak oleju, metalu i prochu. I że w końcu w tym czymś zabrakło powietrza, została tylko próżnia. Wypluł to coś i zorientował się, że oddychał wcale nie przez lufę pistoletu, tylko przez ósemkę. Ósemkę składającą się z jednego większego okręgu na dole i drugiego mniejszego na górze. Po chwili na ósemce pojawiło się trzecie kółko. Głowa. Sylvii Ottersen. Próbowała krzyczeć, powiedzieć mu, co się stało, ale nie mogła. Usta miała zaszyte.

Kiedy się obudził, bolała go głowa, oczy miał sklejone, a na wargach osad o smaku wapna i żółci.

16 DZIEŃ 10. CURLING

Na Bygdøy był przenikliwie zimny poranek, gdy Asta Johannessen jak zwykle o ósmej otworzyła kluczem drzwi do klubu curlingowego. Blisko siedemdziesięcioletnia wdowa sprzątała tu dwa razy w tygodniu, w jej opinii i tak za często, ponieważ z tej niedużej prywatnej hali korzystała zaledwie garstka mężczyzn, a poza tym nie mieli tu pryszniców. Zapaliła światło. Na ścianach z drewnianych bali wisiały trofea, dyplomy, proporczyki z łacińskimi słowami i stare czarno-białe fotografie mężczyzn w tweedach, z wąsami i dostojnymi minami. Zdaniem Asty wyglądali komicznie, jak myśliwi polujący na lisy w angielskich serialach telewizyjnych o klasie wyższej. Weszła do samej hali i po chłodzie panującym w środku poznała, że zapomnieli podkręcić termostat utrzymujący temperaturę lodu, co zwykle robili, żeby oszczędzić prąd. Asta Johannessen pstryknęła przełącznik i gdy świetlówki błyskając, zastanawiały się, czy zechcą w końcu się zapalić, włożyła okulary i zobaczyła, że termostat kabli chłodzących rzeczywiście ustawiony jest na zbyt niską temperaturę, więc go podkręciła.

Światło odbiło się od szarej powierzchni lodu. Przez szkła okularów do czytania Asta dojrzała coś na drugim końcu lodowiska, zdjęła więc okulary. Wzrok powoli jej się wyostrzał. Człowiek? Rozważała, czy nie iść po lodzie, ale się zawahała. Nie była z natury strachliwa, bała się jednak, że któregoś dnia złamie na lodzie nogę w biodrze i będzie musiała tak leżeć, dopóki ci myśliwi jej nie znajdą. W końcu sięgnęła po jedną ze szczotek do gry stojących pod ścianą i używając jej jako laski, maleńkimi kroczkami zaczęła sunąć po lodzie.

Nieruchomy człowiek leżał na końcu tafli z głową w samym środku okręgów. Białoniebieskie światło świetlówek padało na twarz zesztywniałą w grymasie. Było w niej coś znajomego. Czyżby to jakaś słynna osoba? Zmatowiałe oczy wyglądały tak, jakby szukały czegoś daleko, patrzyły gdzieś poza halę. Prawa dłoń kurczowo zaciskała się na pustej strzykawce, na której od środka zostały czerwone ślady po zawartości.

Asta Johannessen ze spokojem stwierdziła, że nie może nic dla niego zrobić, skupiła się więc na powrotnej drodze przez lód i dotarciu do najbliższego telefonu.

Kiedy już zadzwoniła i przyjechała policja, Asta poszła do domu na przedpołudniową kawę.

Dopiero gdy znów otworzyła „Aftenposten", uświadomiła sobie, kogo znalazła.

Harry, kucając, patrzył na buty Idara Vetlesena.

– Co mówi nasz patolog o czasie zgonu? – spytał Bjørna Holma, który stał obok niego w kurtce dżinsowej podbitej białym futerkiem. W butach z wężowej skóry poruszał się po sztucznie zmrożonym lodzie prawie bezszelestnie. Minęła ledwie godzina od telefonu Asty Johannessen, ale przed halą do curlingu ogrodzoną czerwoną policyjną taśmą już pojawili się reporterzy.

– Mówi, że to trudne – odparł Holm. – Może tylko przypuszczać, jak szybko spada temperatura ciała, które leży na lodzie w pomieszczeniu z o wiele wyższą temperaturą.

– Ale czy coś przypuszcza?

– Między piątą a siódmą wczoraj po południu.

– Mhm. A więc przed informacją, że jest poszukiwany. Oglądałeś zamek?

Holm kiwnął głową.

– Zwykły, zatrzaskowy. Był zamknięty, kiedy przyszła sprzątaczka. Widzę, że patrzysz na buty. Już sprawdzałem odciski. Jestem całkiem pewien, że są identyczne z tymi odciskami, które mamy z Sollihøgda.

Harry przyglądał się wzorowi na podeszwach.

– Więc ty uważasz, że to jest nasz człowiek?

– Sądzę, że tak.

Harry z namysłem kiwał głową.

– Nie wiesz, czy Vetlesen był leworęczny?

– Raczej nie. Sam widzisz, że strzykawkę trzyma w prawej ręce.

Harry nigdy nie potrafił czuć prawdziwej radości, gdy sprawy, nad którymi pracował, nagle pewnego dnia okazywały się wyjaśnione, dokończone, gotowe. Dopóki toczyło się śledztwo, to ono było jego celem, lecz gdy go osiągnął, wiedział jedynie, że do celu nie dotarł. Albo że nie tam zamierzał dotrzeć. Albo że cel się przesunął, on sam się zmienił, czy cholera wie jeszcze co. Rzecz była w tym, że czuł się pusty. Sukces nie miał takiego smaku, jaki obiecywał, a pojmaniu winnego zawsze towarzyszyło pytanie: Co dalej?

Była już siódma wieczorem, świadkowie zostali przesłuchani, ślady techniczne zabezpieczone, konferencja prasowa zakończona, a w korytarzach Wydziału Zabójstw powoli narastała atmosfera święta. Hagen zamówił tort i piwo, wezwał i ludzi Lepsvika, i Harry'ego, by sami sobie pogratulowali w K1.

Harry siedział tam na krześle i patrzył na za duży kawałek tortu na talerzyku, który ktoś mu położył na kolanach. Słyszał przemowę Hagena, śmiech i oklaski. Ktoś w przelocie poklepał go po plecach, ale większość zostawiała go w spokoju. Dookoła słychać było gwar rozmów.

– Ten drań nie umiał przegrywać. Stchórzył, kiedy już wiedział, że go mamy.

– Oszukał nas.

– Nas? Chcesz powiedzieć, że wy z grupy Lepsvika...

– Gdybyśmy go złapali żywego, sąd uznałby go za niepoczytalnego i...

– ...trzeba się cieszyć, bo przecież, do cholery, nie mamy ostatecznych dowodów, tylko poszlaki.

Z drugiego końca sali dobiegł donośny głos Espena Lepsvika.

– Zamknijcie się, ludzie! Padła propozycja i została przyjęta, żeby spotkać się w barze Fenris o ósmej i na poważnie upić. Należy to traktować jako rozkaz, zrozumiano?

Wybuch radości.

Harry odstawił talerzyk z tortem i wstał, gdy nagle poczuł czyjąś dłoń na ramieniu. To był Holm.

– Sprawdziłem. Tak, jak mówiłem, Vetlesen był praworęczny.

Zasyczał gaz z otwieranej butelki piwa i lekko już podcięty Skarre objął Holma za ramiona.

– Podobno praworęczni żyją dłużej niż mańkuci. U Vetlesena się nie sprawdziło, cha, cha!

Skarre odszedł, żeby podzielić się tą złotą myślą z innymi, a Holm pytająco popatrzył na Harry'ego.

– Uciekasz?

– Idę się przejść. Może się zobaczymy w Fenrisie.

Harry dotarł już prawie do drzwi, gdy za ramię złapał go Hagen.

– Dobrze by było, żeby na razie nikt nie wychodził. Komendant główny zapowiedział, że zejdzie na dół i powie kilka słów.

Harry popatrzył na Hagena i zrozumiał, że musiał mieć coś w oczach, bo szef zaraz go puścił, jakby się sparzył.

– Idę tylko na chwilę do kibla – powiedział Harry.

Hagen uśmiechnął się przelotnie i kiwnął głową.

Harry zajrzał do swojego pokoju, wziął z niego kurtkę i wolnym krokiem zszedł na dół po schodach, opuścił Budynek Policji i ruszył w dół Grønlandsleiret. W powietrzu czuło się drobne śnieżynki, światła na wzgórzu Ekeberg błyskały. Gdzieś w oddali wznosił się i opadał ton syreny, przypominający ściszoną pieśń wielorybów. Dwaj Pakistańczycy sprzeczali się dobrodusznie przy swoich sąsiadujących ze sobą sklepach, śnieg padał na ich pomarańcze, zataczający się pijak przy Grønlands torg śpiewał szantę. Harry wyczuwał obecność nocnych istot, które wietrzyły w powietrzu, sprawdzając, czy można wyjść z ukrycia. O Boże, jak on kochał to miasto!

– Siedzisz tutaj? – Eli Kvale spojrzała zaskoczona na syna, Trygvego, który czytał jakieś czasopismo przy kuchennym stole. W tle szumiało radio.

Chciała spytać, dlaczego nie usiadł w salonie razem z ojcem, ale uznała, że równie naturalne powinno być to, że chce porozmawiać z nią. Tyle że tak nie było. Nalała sobie filiżankę herbaty i w milczeniu patrzyła na syna. Był taki piękny. Wcześniej przypuszczała, że będzie jej się wydawał wstrętny, ale się pomyliła.

Jakiś głos w radiu mówił, że problemem nakłonienia kobiet do zajmowania stanowisk w zarządach nie są już dominujący mężczyźni, lecz to, że większość kobiet wydaje się chronicznie wzbraniać przed zajmowaniem stanowisk, na których mogłyby narazić się na krytykę, konieczność stawiania czoła wyzwaniom mogącym podważyć ich kompetencje.

„To tak jak z dzieckiem, które wypłakało sobie wreszcie upragnionego zielonego pistacjowego loda, ale pluje, kiedy wreszcie go dostanie – mówił głos. – To ogromnie irytujące. Najwyższa pora, żeby panie wzięły na siebie odpowiedzialność i pokazały, że też mają jaja".

Tak, pomyślała Eli. Najwyższa pora.

– Ktoś podszedł dzisiaj do mnie w ICA – odezwał się Trygve.

– Tak? – Eli poczuła, że serce podskoczyło jej do gardła.

– Usłyszałem pytanie, czy jestem synem twoim i taty.

– Aha – odparła Eli lekko, bardzo lekko, czując, że kręci jej się w głowie. – I co odpowiedziałeś?

– Co odpowiedziałem? – Trygve podniósł głowę znad gazety. – Oczywiście, że tak.

– A kim był ten człowiek, który cię pytał?

– Co się z tobą dzieje, mamo?

– O co ci chodzi?

– Tak strasznie pobladłaś.

– Nic mi nie jest, kochanie. Kim on był?

Trygve wrócił do swojego czasopisma.

– Ja wcale nie powiedziałem, że to był mężczyzna, prawda?

Eli wstała i zgasiła radio, w którym kobiecy głos dziękował ministrowi gospodarki i Arvemu Støpowi za rozmowę. Zapatrzyła się w mrok, w którym tu i ówdzie dało się dostrzec wirujące śnieżynki, unoszące się jakby bez celu i pozornie niepodlegające sile ciążenia i własnej woli. Chciały po prostu gdzieś wylądować. Gdzie, o tym zdecyduje przypadek. Zaraz i tak stopnieją i znikną. Była w tym pewna pociecha.

Chrząknęła.

– Co? – spytał Trygve.

– Nic – powiedziała. – Chyba się przeziębiłam.

Harry kręcił się po ulicach miasta pozornie bez celu i bez własnej woli. Dopiero kiedy stanął pod hotelem Leon, zrozumiał, że właśnie tutaj szedł. Dziwki i dilerzy już zajęli pozycje na pobliskich ulicach. Godziny szczytu. Klienci woleli kupować seks i narkotyki przed północą.

Harry wszedł do recepcji. Przerażona mina Børrego Hansena oznajmiła mu, że ten człowiek go poznał.

– Mieliśmy umowę! – pisnął właściciel hotelu ze szwedzkim akcentem i od razu wytarł czoło.

Harry zadał sobie pytanie, dlaczego mężczyźni, którzy żyją z biedy innych, zawsze mają twarze pokryte tą błyszczącą warstewką potu, jakby werniksem fałszywego wstydu, że nie mają sumienia.

– Daj mi klucz do pokoju doktora – zażądał Harry. – On dzisiaj nie przyjdzie.

Trzy ściany hotelowego pokoju pokrywała tapeta z lat siedemdziesiątych w psychodeliczne brązowo-pomarańczowe wzory, natomiast ściana nośna, ta od łazienki, była pomalowana na czarno. Widniały na niej tylko szare pęknięcia i strupy w miejscach, gdzie odpadł tynk. Podwójne łóżko było zapadnięte, narzuta sztywna. Pewnie wodo- i spermoodporna, doszedł do wniosku Harry. Zdjął sprany ręcznik z krzesła ustawionego w nogach łóżka i usiadł. Słuchał pełnego nadziei szumu miasta i czuł, że psy powróciły. Szczerzyły kły i szczekały, szarpały za łańcuchy, wrzeszcząc: tylko jeden drink, jeden kieliszek i zostawimy cię w spokoju. Posłusznie się położymy. Harry'emu było nie do śmiechu, ale i tak się roześmiał. Demony trzeba zaklinać, a ból zagłuszać. Zapalił papierosa. Dym uniósł się w górę ku lampie z ryżowego papieru.

Z jakimi demonami walczył Idar Vetlesen? Czy zabierał je tutaj i tu się z nimi bił? Czy też to było miejsce, w którym się od nich uwalniał, gdzie się chronił? Dostali, być może, kilka odpowiedzi, ale nie wszystkie. Nigdy wszystkie. Na przykład ta na pytanie, czy szaleństwo i zło to dwie różne rzeczy, czy też tylko my postanowiliśmy, że tam, gdzie nie jesteśmy w stanie zrozumieć celu destrukcji, określamy ją jako szaleństwo. Potrafimy zrozumieć, że ktoś musi zrzucić bombę atomową na miasto, w którym mieszkają niewinni cywile, ale już nie to, że ktoś inny musi kroić prostytutki roznoszące choroby i moralny upadek po slumsach Londynu. Dlatego to pierwsze nazywamy realizmem, a to drugie szaleństwem.

Boże, tak strasznie potrzebował tego drinka! Tylko jednego, który zdoła zeszlifować ostre kanty bólu, kanty tego dnia i nocy.

Ktoś zapukał do drzwi.

– Tak! – wrzasnął Harry i drgnął na dźwięk własnego wściekłego głosu.

Drzwi się otworzyły i ukazała się w nich ciemnoskóra kobieta. Harry się jej przyjrzał. Poniżej pięknej wyrazistej twarzy zobaczył kurtkę tak krótką, że widoczne były wałki tłuszczu wylewającego się z obcisłych spodni.

– *Doctor?* – spytała. Akcent na ostatnią sylabę sprawił, że słowo zabrzmiało z francuska.

Harry pokręcił głową. Spojrzała na niego. Moment później drzwi znów się zamknęły i kobieta zniknęła.

Minęło parę sekund, nim Harry poderwał się z krzesła i skoczył do drzwi. Kobieta dotarła już do końca korytarza.

– *Please!* – krzyknął. – *Please, come back!*

Zatrzymała się i popatrzyła na niego z wahaniem.

– *Two hundred kroner* – powiedziała z akcentem na ostatnią sylabę.

Harry kiwnął głową.

Usiadła na łóżku i ze zdumieniem słuchała jego pytań. O *Doctora*. Tego złego człowieka. O orgie z kilkoma kobietami. O dzieci, które chciał, żeby mu przyprowadzały. Z każdym kolejnym pytaniem coraz bardziej zdziwiona kręciła głową. W końcu spytała, czy on jest *police.*

Harry potwierdził.

Brwi kobiety zbiegły się na czole.

– *Why you ask these questions? Where is Doctor*?

– *Doctor killed people* – wyjaśnił Harry.

Spojrzała na niego podejrzliwie.

– *No true* – stwierdziła w końcu.

– *Why not?*

– *Because Doctor is a nice man. He helps us.*

Harry spytał, w jaki sposób doktor im pomagał. I teraz to on siedział i słuchał ze zdumieniem, podczas gdy ta czarna kobieta opowiadała, że doktor w każdy wtorek i czwartek siedział w tym pokoju ze swoją torbą, rozmawiał z nimi, wysyłał do toalety, żeby oddały mocz do analizy, pobierał im krew do badań, robił testy na wszystkie choroby weneryczne, jakie tylko mogły być. Dawał im rozmaite pigułki i tabletki, jeśli miały któreś ze zwykłych chorób. I adres szpitala, jeśli miały tę drugą. Dżumę. A gdy dolegało im coś innego, czasami i na to dawał leki. Nigdy nie brał żadnych pieniędzy. Żądał jedynie, żeby o tym, co robi, nie mówić nikomu, z wyjątkiem koleżanek z ulicy. Niektóre dziewczyny przyprowadzały do niego chore dzieci, ale właściciel hotelu ich nie wpuszczał.

Harry, słuchając, palił papierosa. Czy to była pokuta Vetlesena? Przeciwieństwo zła? Konieczna równowaga? A może po prostu coś, co jeszcze mocniej akcentowało zło, jeszcze bardziej je uwypuklało? Podobno doktor Mengele bardzo lubił dzieci.

Język rósł mu w ustach, grożąc, że go zadusi, jeśli wkrótce się nie napije.

Kobieta przestała mówić. Obracała w palcach dwustukoronowy banknot.

– *Will Doctor come back*? – spytała.

Harry otworzył usta, żeby jej odpowiedzieć, ale język mu przeszkodził. Zadzwoniła komórka. Odebrał.

– Hole, słucham.

– Harry? Mówi Oda Paulsen. Pamiętasz mnie?

Nie pamiętał. Poza tym miała stanowczo zbyt młody głos.

– Z NRK. To ja zaprosiłam cię ostatnio do „Bossego".

Ta dziewczyna od researchu, spryciula.

– Chciałam spytać, czy zechciałbyś do nas znów przyjść, w najbliższy piątek. Chętnie posłuchamy o waszym triumfie, o ujawnieniu Bałwana. Tak, wiem, że on nie żyje, ale można trochę pogadać o tym, co się właściwie dzieje w takim człowieku, jeśli w ogóle można go nazwać...

– Nie – powiedział Harry.

– Słucham?

– Nie przyjdę.

– Przecież to „Bosse zaprasza". – W głosie Ody Paulsen brzmiało szczere zdumienie. – W telewizji NRK.

– Nie.

– Posłuchaj, Harry, a nie interesowałoby cię poroz...

Harry rzucił komórką o czarną ścianę. Kolejny kawałek tynku odpadł.

Podparł głowę rękami, próbując ją przytrzymać tak, by nie rozpękła się na kawałki. Musiał się czegoś napić. Wszystko jedno czego. Kiedy podniósł głowę, był w pokoju sam.

Być może dałoby się tego uniknąć, gdyby w Fenrisie nie podawano mocniejszych alkoholi. Gdyby Jim Beam nie stał na półce za barmanem i chrapliwym pijackim głosem nie obwieszczał anestezji i amnestii: „Harry! Chodź tutaj, powspominamy dawne czasy. Pogadamy o paskudnych upiorach, które we dwóch przepędziliśmy, o nocach, kiedy udało nam się zasnąć".

A z drugiej strony może wcale nie.

Harry nie zwracał uwagi na kolegów, a oni na niego. Kiedy wszedł do pełnego jaskrawych kolorów baru z jego pluszowoczerwonym wnętrzem, przypominającym wystrój promów kursujących do Danii, pozostali bawili się już od jakiegoś czasu. Wieszali się sobie na ramionach, krzyczeli, tchnęli oddechami pachnącymi wódką i razem ze Steviem Wonderem śpiewali, że dzwonią tylko po to, by powiedzieć, że kochają. Krótko mówiąc, wyglądali jak drużyna piłkarska, która zdobyła Puchar Świata. A kiedy Wonder zakończył zapewnieniem, że wyznanie miłości płynie z głębi serca, przed Harrym na barze stanął trzeci drink.

Pierwszy sparaliżował go całego. Nie mógł oddychać i pomyślał, że to chyba takie samo uczucie jak po zrobieniu zastrzyku z carnadrioksydu. Od drugiego żołądek prawie wywrócił mu się na lewą stronę, ale organizm zdołał już dojść do siebie po pierwszym szoku i zrozumiał, że dostał wreszcie to, o co tak długo błagał. Teraz odpowiadał, pomrukując z zadowolenia. Harry czuł ciepło. To była muzyka dla duszy.

– Pijesz? – Nagle stanęła przy nim Katrine.

– To już ostatni – odparł Harry i poczuł, że język przestał być taki wielki, znów stał się szczupły i zwinny. Alkohol poprawił mu artykulację, a do pewnego momentu większość ludzi nie zauważała po nim, że jest pijany. Dlatego wciąż miał pracę.

– To nie jest ostatni – powiedziała Katrine. – Tylko pierwszy.

– Jedna z nauk AA. – Harry spojrzał na nią. Intensywnie niebieskie oczy, cieniutkie skrzydełka nosa, pełne wargi. Jaka ona śliczna! – Jesteś alkoholiczką, Katrine Bratt?

– Miałam ojca alkoholika.

– Mhm. To dlatego nie chciałaś odwiedzić rodziców w Bergen?

– Uważasz, że chorych ludzi się nie odwiedza?

– Nie wiem. Może miałaś przez niego nieszczęśliwe dzieciństwo albo coś podobnego.

– Spóźnił się z tym, żeby mnie unieszczęśliwić. Taka się już urodziłam.

– Nieszczęśliwa?

– Być może. A co z tobą?

Harry wzruszył ramionami.

– To jasne.

Katrine wypiła łyk swojego drinka. Przezroczystego. Przezroczystego od wódki, a nie szarego od dżinu, stwierdził Harry.

– Skąd się wzięło twoje nieszczęście, Harry?

Wypowiedział te słowa, zanim zdążył się zastanowić:

– Z tego, że kocham kogoś, kto kocha mnie.

Katrine się roześmiała.

– Biedaku! Urodziłeś się jako osoba harmonijna o beztroskim umyśle, który został zniszczony, czy ta droga została wytyczona już wcześniej?

Harry popatrzył na złocistobrunatny płyn we własnej szklance.

– Czasami się nad tym zastanawiam. Ale nieczęsto. Staram się myśleć o innych rzeczach.

– Na przykład jakich?

– Innych.

– Zdarza ci się myśleć o mnie?

Ktoś ją popchnął, przysunęła się bliżej. Poczuł, jak jej perfumy mieszają się z zapachem Jima Beama.

– Nigdy – odparł. Sięgnął po szklankę i wlał w siebie zawartość. Spojrzał w lustrzaną ścianę za butelkami, w której zobaczył, że Katrine Bratt i Harry Hole stoją zbyt blisko siebie. Katrine pochyliła się do przodu.

– Kłamiesz, Harry.

Odwrócił się do niej. Jej oczy zdawały się żarzyć na żółto, nieprzezroczyście, jak światła przeciwmgielne w samochodzie nadjeżdżającym z przeciwka. Nozdrza miała rozszerzone, oddychała ciężko. Do wódki dodano jej chyba soku z limonki.

– Powiedz mi teraz dokładnie i ze szczegółami, co masz ochotę zrobić, Harry. – W jej głosie pojawiła się chropowatość. – Powiedz mi wszystko. I tym razem nie kłam.

Przypomniał sobie plotki, o których wspominał Espen Lepsvik, o preferencjach Katrine i jej męża. Bzdury, wcale nie musiał sobie tego przypomnieć, to się cały czas czaiło gdzieś na powierzchni kory mózgowej. Odetchnął głęboko.

– Okej, Katrine. Jestem prostym człowiekiem i mam proste potrzeby.

Odchyliła głowę, jak niektóre gatunki zwierząt, gdy okazują uległość. Harry podniósł szklankę.

– Mam ochotę pić.

Jakiś niepewnie trzymający się na nogach kolega potrącił Katrine. Zatoczyła się na Harry'ego. Podtrzymał ją, łapiąc za lewy bok wolną ręką. Po twarzy Katrine przebiegł grymas bólu.

– Przepraszam – powiedział. – Coś cię boli?

Złapała się za bok.

– To od fechtowania. Nic nie szkodzi. Przepraszam.

Odwróciła się do niego plecami i zaczęła sobie torować drogę między ludźmi. Harry widział, że kilku chłopaków się za nią obejrzało. Zniknęła w toalecie. Przeskanował wzrokiem lokal, zobaczył, że Lepsvik spuszcza wzrok, gdy ich spojrzenia się spotkały. Nie powinien tu zostać. Były inne miejsca, w których mógł pogadać z Jimem. Zapłacił i chciał wyjść. W szklance został mu jeszcze łyk. Ale Lepsvik i dwóch kolegów obserwowali go z drugiej strony baru. Chodziło jedynie o odrobinę panowania nad sobą. Harry chciał podnieść nogi, ale przykleiły się do podłogi. Sięgnął po szklankę, przyłożył ją do ust i wlał w siebie wszystko co do kropli.

Chłodne wieczorne powietrze na zewnątrz cudownie chłodziło rozpaloną skórę. Był gotów pocałować to miasto.

Po powrocie do domu próbował się onanizować nad kuchennym zlewem, ale zamiast tego zwymiotował i spojrzał na kalendarz wiszący na gwoździu nad szafką. Dostał go od Rakel na Gwiazdkę dwa lata temu. Były w nim zdjęcia całej ich trójki. Po jednym na każdy miesiąc, jaki przeżyli razem. Listopad. Rakel i Oleg śmiali się do niego na tle żółtych jesiennych liści i bladobłękitnego nieba. Tak niebieskiego jak sukienka, którą miała na sobie Rakel. Ta w małe białe kwiatki. Sukienka, w którą była ubrana za pierwszym razem. Postanowił, że tej nocy przyśni mu się to niebo. Otworzył dolną szafkę, odsunął wszystkie puste butelki po coli, które przewróciły się z brzękiem, a za nimi na samym końcu stała ona. Nietknięta butelka Jima Beama. Harry nigdy nie ryzykował braku alkoholu w domu, nawet w swoich najbardziej trzeźwych okresach. Wiedział, do czego zdolny jest się posunąć, żeby go zdobyć, gdy już raz pęknie. Pogładził dłonią etykietkę, jak gdyby po to, by odsunąć w czasie coś nieuniknionego. Otworzył butelkę. Jaka ilość wystarczy? Strzykawka, której użył Vetlesen, miała czerwony osad trucizny, świadczący o tym, że była pełna koszenilowej czerwieni. Moja ukochana. Koszenila. Odetchnął i podniósł butelkę, przyłożył ją do ust, poczuł, jak ciało się napina, przygotowuje na szok. Zaczął pić. Chciwie i desperacko, jakby chciał już mieć to za sobą. Odgłos, który wydobywał mu się z gardła między kolejnymi łykami, przypominał szloch.

17 DZIEŃ 14. DOBRE WIEŚCI

Gunnar Hagen szybkim krokiem szedł przez korytarz.

Był poniedziałek, od rozwiązania sprawy Bałwana minęły cztery dni. Powinny to być cztery przyjemne dni i rzeczywiście, były gratulacje, uśmiechnięci szefowie, pozytywne komentarze w mediach, a nawet prośby z prasy zagranicznej o dokładne naświetlenie całej historii, opisanie śledztwa od startu do mety. I właśnie tam zaczynał się problem: człowieka, który mógł przekazać Hagenowi szczegóły tej historii, nie było. Bo również cztery dni minęły, odkąd ktokolwiek widział albo słyszał Harry'ego Hole. Przyczyna wydawała się oczywista. Koledzy obserwowali, jak pije w Fenrisie. Hagen zachował to dla siebie, ale plotki dotarły do naczelnika Biura Kryminalnego. Tego dnia rano Hagena wezwano do jego biura.

– Gunnar, tak dłużej być nie może.

Gunnar Hagen wyjaśniał, że mogą być inne przyczyny, że Harry nie zawsze pamięta o tym, by zgłosić, że pracuje poza firmą. Przecież w sprawie Bałwana śledztwo nie zostało jeszcze ukończone, mimo że wykryli sprawcę.

Ale szef podjął decyzję.

– Gunnarze, jeśli chodzi o Holego, to dotarliśmy już do kresu drogi.

– To nasz najlepszy śledczy, Torleif.

– I najgorszy reprezentant. Chcesz, żeby ktoś taki był wzorem dla młodych, Gunnarze? Przecież to alkoholik! Wszyscy w firmie już wiedzą, że pił w Fenrisie. I że od tamtej pory nie pojawił się w pracy. Jeśli to zaakceptujemy, wyznaczymy tak niski standard, że szkód nie da się już naprawić.

– Ale wypowiedzenie... Czy nie możemy...

– Ostrzeżenia już wykorzystaliśmy. Regulamin jest wyraźny, gdy chodzi o nadużywanie alkoholu przez funkcjonariuszy państwowych.

To ta rozmowa wciąż dzwoniła w uszach nadkomisarza, gdy pukał do drzwi i słuchał zapraszającego wołania naczelnika Biura Kryminalnego.

– Widziano go – oznajmił Hagen.

– Kogo?

– Holego. Zadzwoniła do mnie Li i powiedziała, że widziała, jak Harry wchodzi do swojego pokoju i zamyka za sobą drzwi.

– Ach, tak? Możemy więc tam iść i równie dobrze załatwić tę rozmowę od razu.

Głośnym krokiem przeszli korytarzami do czerwonej strefy Wydziału Zabójstw na szóstym piętrze Budynku Policji. Ludzie, jakby wietrząc, co się dzieje, stawali w drzwiach pokoi, wystawiali głowy, obserwując tych dwóch mężczyzn idących ramię w ramię z ponurymi zamkniętymi twarzami.

Zatrzymali się przed drzwiami z numerem 616. Hagen odetchnął głęboko.

– Torleif... – zaczął, ale naczelnik już położył rękę na klamce i szarpnięciem otworzył drzwi.

W progu znieruchomieli, patrząc z niedowierzaniem.

– Dobry Boże! – szepnął naczelnik.

Za biurkiem siedział Harry Hole w T-shircie, z ramieniem obwiązanym gumową opaską i głową pochyloną nad biurkiem. Z jego ręki tuż pod opaską zwisała strzykawka. Jej zawartość była przezroczysta, a oni nawet od drzwi widzieli kilka czerwonych punkcików, ślady nakłuć na mlecznobiałej skórze przedramienia.

– Co ty, do cholery, wyprawiasz, człowieku? – Naczelnik Biura Kryminalnego popchnął Hagena przed sobą i zatrzasnął drzwi.

Harry podniósł głowę i popatrzył na nich nieobecnym wzrokiem. Hagen zorientował się, że Harry trzyma w ręku stoper. Nagle wyrwał strzykawkę z ramienia, przyjrzał się pozostałej w niej zawartości, rzucił strzykawkę i zanotował coś na kartce.

– To... to właściwie wszystko tylko ułatwia, Hole – wydusił z siebie naczelnik. – Bo przynosimy złe wieści.

– Złe wieści mam ja, panowie – oświadczył Harry, z leżącej przed nim torebki wyjął wacik i przycisnął go do przedramienia. – Idar Vetlesen nie mógł sam odebrać sobie życia. Mam nadzieję, że rozumiecie, co to oznacza.

Gunnar Hagen, o dziwo, czuł, że jest bliski śmiechu. Cała sytuacja wydała mu się tak absurdalna, że mózg zwyczajnie odmówił jakiejkolwiek innej adekwatnej reakcji. Po minie szefa poznał, że również on nie wie, co robić.

Harry spojrzał na zegarek i wstał.

– Przyjdźcie za godzinę do pokoju odpraw, to dowiecie się dlaczego – oznajmił. – Akurat w tej chwili mam parę spraw do załatwienia.

Wyciągając nogi, wyminął dwóch zdumionych zwierzchników, otworzył drzwi i zniknął w korytarzu.

Godzinę i cztery minuty później Gunnar Hagen wraz z naczelnikiem Biura Kryminalnego i komendantem głównym weszli do K1, w którym panowała cisza jak makiem zasiał. Pokój po brzegi wypełniali ludzie z grupy Lepsvika i Holego, ale słychać było jedynie głos Harry'ego. Zwierzchnicy stanęli z samego tyłu. Na płóciennym ekranie ukazało się zdjęcie Idara Vetlesena, tak jak go znaleziono w hali do curlingu.

– Jak widzicie, Vetlesen trzyma strzykawkę w prawej ręce – mówił Harry. – Nic w tym dziwnego, ponieważ był praworęczny. Ale zdziwiły mnie jego buty. Spójrzcie tutaj.

Kolejne zdjęcie pokazywało zbliżenie butów.

– Te buty to w zasadzie jedyny dowód techniczny, jaki mamy. Ale i on by wystarczył, bo ślady idealnie zgadzają się z tymi, które znaleźliśmy na śniegu na Sollihøgda. Ale przyjrzyjcie się sznurowadłom. – Harry pokazał wskaźnikiem. – Wczoraj przećwiczyłem to na własnych butach. Żeby supeł tak wyglądał, musiałem je zawiązać odwrotnie niż zwykle, tak jakbym był leworęczny. Postanowiłem spróbować zawiązać but od drugiej strony, jakbym go wiązał komuś innemu.

Przez salę przebiegł niespokojny szmer.

– Ja jestem praworęczny – rozległ się głos Espena Lepsvika. – I właśnie w ten sposób zawiązuję sznurowadła.

– No cóż, możesz mieć rację, może to po prostu taki dziwny zbieg okoliczności. Ale to coś, co budzi pewien... – Hole wyglądał tak, jakby rozsmakowywał się w słowie, zanim je wypowiedział: – ...niepokój. Niepokój zmuszający do zadawania innych pytań. Czy to naprawdę buty Idara Vetlesena? To tania marka. Odwiedziłem wczoraj matkę Vetlesena i obejrzałem całą jego kolekcję obuwia. Wszystkie bez wyjątku okazały się drogie. I tak jak myślałem, Vetlesen był taki jak my wszyscy. Od czasu do czasu ściągał buty, nie rozwiązując sznurówek. Dlatego mogę powiedzieć – lekko stuknął wskaźnikiem w zdjęcie – że wiem, że Idar Vetlesen nie wiązał butów w taki sposób.

Hagen zerknął na naczelnika Biura Kryminalnego, u którego na czole zarysowała się głęboka zmarszczka.

– Nasuwa się pytanie, czy ktoś mógł włożyć buty Idarowi Vetlesenowi? Tę samą parę, której tamten człowiek używał na Sollihøgda. Powodem byłoby oczywiście upozorowanie Vetlesena na Bałwana.

– Sznurowadła i tanie buty? – zawołał komisarz z grupy Lepsvika. – Mamy chorego faceta, który chciał płacić za seks z dziećmi, zostawił ślady na miejscu zbrodni i znał obie ofiary w Oslo. A ty masz tylko spekulacje.

Wielki policjant spuścił ostrzyżoną na jeża głowę.

– To rzeczywiście prawda. Ale teraz dojdę do twardych faktów. Idar Vetlesen pozornie odebrał sobie życie, wstrzykując sobie carnadrioksyd strzykawką z bardzo cienką igłą, którą wbił w żyłę. Z raportu z sekcji wynika, że wartości carnadrioksydu były na tyle duże, że musiał sobie wstrzyknąć dwadzieścia mililitrów. To się zgadza również ze śladami wewnątrz strzykawki, które świadczą, że była pełna. Carnadrioksyd, jak wiemy, działa paraliżująco i jest śmiertelny nawet w małych dawkach, ponieważ natychmiast paraliżuje serce i układ oddechowy. Zdaniem patologa dorosła osoba żyje zaledwie trzy sekundy po zrobieniu zastrzyku dożylnego, jak to było w wypadku Idara Vetlesena. I to się po prostu nie zgadza.

Hole machnął kartką, na której Hagen dostrzegł jakieś liczby zanotowane ołówkiem.

– Sprawdziłem to na sobie, używając takiej samej strzykawki i igły jak Vetlesen. Posłużyłem się roztworem soli przypominającym carnadrioksyd, bo wszystkie takie roztwory zawierają co najmniej dziewięćdziesiąt pięć procent wody. Zanotowałem wyniki. Bez względu na to, jak mocno się naciska tłok strzykawki, cienka igła sprawia, że nie da się wtłoczyć w żyłę dwudziestu mililitrów płynu w czasie krótszym niż osiem sekund. Ergo... – Zaczekał, aż nieuchronna konkluzja dotrze do wszystkich, nim podsumował: – Vetlesen byłby sparaliżowany, zanim wstrzyknąłby sobie jedną trzecią zawartości. Krótko mówiąc, nie mógł sobie wstrzyknąć wszystkiego bez czyjejś pomocy.

Hagen przełknął ślinę. Ten dzień stawał się gorszy, niż to sobie wyobrażał.

Kiedy zebranie dobiegło końca, Hagen zobaczył, że komendant szepcze coś do ucha naczelnikowi Biura Kryminalnego, który z kolei nachylił się do Hagena.

– Poproś zaraz Holego i jego grupę do mojego gabinetu. I załóż kaganiec Lepsvikowi i jego ludziom. Ani słowo na ten temat nie może się wydostać na zewnątrz, zrozumiano?

Hagen zrozumiał. Pięć minut później siedzieli w dużym nieprzytulnym gabinecie naczelnika.

Katrine Bratt zamknęła drzwi i usiadła jako ostatnia. Harry obsunął się na swoim krześle, a jego wyciągnięte nogi sięgały aż do biurka szefa.

– Powiem krótko – zaczął naczelnik i potarł dłonią twarz, jak gdyby chciał zetrzeć widok, który się przed nim roztaczał: grupę śledczą właśnie powracającą do punktu z napisem „start". – Masz jakieś dobre wiadomości, Hole? Takie, które choć trochę osłodziłyby ten gorzki fakt, że podczas twojej tajemniczej nieobecności zdążyliśmy powiedzieć prasie, że Bałwan nie żyje dzięki naszej niezmordowanej pracy.

– No cóż. Możemy przypuszczać, że Idar Vetlesen wiedział o czymś, o czym nie powinien wiedzieć; zabójca odkrył, że wpadliśmy na ten ślad, i dlatego postanowił wyeliminować tę możliwość dotarcia do niego. Jeśli tak jest, to wciąż prawdą pozostaje, że Vetlesen umarł dzięki naszej niezmordowanej pracy.

Szefowi Biura Kryminalnego na policzkach wykwitły gorączkowe rumieńce.

– Nie to miałem na myśli, mówiąc o dobrych wiadomościach, Hole.

– Dobrą wiadomością jest to, że robi się gorąco. Gdyby było inaczej, Bałwan nie przejmowałby się pozorowaniem, że to Vetlesen jest człowiekiem, którego ścigamy. On chce, żebyśmy zakończyli śledztwo i wierzyli, że rozwiązaliśmy sprawę. Krótko mówiąc, czuje, że jest pod presją. To właśnie wtedy zabójcy tacy jak Bałwan zaczynają popełniać błędy. Poza tym oznacza to, miejmy nadzieję, że nie wystarczy mu odwagi na kontynuowanie tej krwawej jatki.

Naczelnik w zamyśleniu wodził językiem po zębach.

– A więc tak myślisz, Hole. Czy po prostu masz taką nadzieję?

– No cóż. – Harry podrapał się w kolano przez dziurę w dżinsach. – To szef domagał się dobrych wieści.

Hagen jęknął. Wyjrzał przez okno. Zachmurzyło się. Zapowiadali śnieg.

Filip Becker patrzył na Jonasa, który siedział na podłodze w salonie i nie odrywał oczu od ekranu telewizora. Od zaginięcia Birte chłopczyk tkwił tak godzinami w każde popołudnie. Jak gdyby to było okno na lepszy świat. Świat, w którym mógł ją odnaleźć, jeśli tylko będzie uważnie patrzeć.

– Jonas.

Chłopiec spojrzał na niego posłusznie, ale bez zainteresowania. Twarz zesztywniała mu ze strachu, kiedy zobaczył nóż.

– Będziesz mnie ciął? – spytał.

Jego mina i cienki głos były tak komiczne, że Filip Becker o mało nie wybuchnął śmiechem. Światło lampy nad stołem odbiło się w stali. Becker kupił nóż w sklepie z artykułami żelaznymi w centrum handlowym Storo. Zaraz po telefonie do Idara Vetlesena.

– Tylko troszeczkę, Jonas. Tylko troszeczkę.

I ciął.

18 DZIEŃ 15. WIDOK

O drugiej Camilla Lossius wróciła do domu z treningu. Wcześniej niż zwykle przejechała przez miasto na zachodnią stronę do siłowni Colosseum Park. Nie dlatego, żeby tam mieli inne urządzenia niż w klubie w pobliżu ich domu na Tveita, po prostu ludzie przychodzący do Colosseum byli bardziej podobni do niej. Mieszkańcy zachodnich dzielnic. Przeprowadzka na Tveita stanowiła element umowy przedmałżeńskiej z Erikiem. A Camilla musiała wtedy patrzeć na całość. Skręciła w uliczkę, przy której mieszkali, widziała światła w oknach sąsiadów, których pozdrawiała, ale nigdy z nimi nie rozmawiała. To byli ludzie Erika. Zahamowała. Nie oni jedni na tej ulicy na Tveita mieli podwójny garaż, ale jedyny z automatycznie otwieraną bramą. Erik przejmował się takimi rzeczami, jej to nie obchodziło. Wcisnęła guzik, brama się podniosła, Camilla puściła sprzęgło i samochód wsunął się do środka. Tak jak się spodziewała, samochodu Erika nie było, nie wrócił jeszcze z pracy. Nachyliła się nad siedzeniem pasażera, chwyciła sportową torbę i reklamówkę z zakupami spożywczymi z ICA, a zanim wysiadła, z przyzwyczajenia przejrzała się w lusterku. Przyjaciółki mówiły, że dobrze wygląda. Nie przekroczyła jeszcze trzydziestki, a już miała willę, drugi samochód dla siebie i wiejską posiadłość pod Niceą. Pytały, jak się mieszka po wschodniej stronie miasta. I co słychać u jej rodziców po bankructwie. Dziwne, że ich mózgi odruchowo wiązały te dwa pytania ze sobą.

Camilla spojrzała w lusterko. Miały rację. Dobrze wyglądała. Wydało jej się, że zobaczyła coś jeszcze. Jakiś ruch na samym skraju lusterka. Ale nie, to tylko brama garażu sama się zamknęła. Wysiadła z samochodu i w pęku kluczy zaczęła szukać tego do drzwi prowadzących wprost z garażu do domu, kiedy przypomniała sobie, że komórka wciąż tkwi w uchwycie w samochodzie.

Odwróciła się i krótko krzyknęła.

Mężczyzna stał tuż za nią. Cofnęła się przerażona i ręką zakryła usta. Chciała ze śmiechem przeprosić, chociaż wcale nie dlatego, by było za co; on po prostu ani trochę nie wyglądał na kogoś groźnego. Nagle jednak zobaczyła w jego ręce pistolet. Wskazywał wprost na nią. Od razu pomyślała, że broń to jakaś zabawka.

– Nazywam się Filip Becker – powiedział. – Dzwoniłem do drzwi. Nikogo nie było w domu.

– Czego pan chce? – spytała Camilla, usiłując zapanować nad drżeniem głosu, ponieważ instynkt podpowiadał jej, że nie powinna ujawniać lęku. – O co chodzi?

Uśmiechnął się krótko.

– O cudzołóstwo.

Harry w milczeniu patrzył na Hagena, który przerwał zebranie u niego w pokoju, żeby powtórzyć nakaz naczelnika Biura Kryminalnego o tym, że „teoria" na temat zabójstwa Vetlesena nie może w żaden sposób wyciec. Nawet do małżonków czy narzeczonych. W końcu Hagen zauważył spojrzenie Harry'ego.

– Tak, to już wszystko – rzucił szybko i wyszedł.

– Mów dalej – Harry ponaglił Bjørna Holma, który opisywał ślady znalezione w klubie curlingowym, a raczej ich brak.

– Ledwie zdążyliśmy tam wejść, a już stwierdzono, że to samobójstwo. Nie zabezpieczaliśmy żadnych śladów technicznych, a teraz całe to miejsce jest okropnie zanieczyszczone, bo znów zaczęli tam grać. Pojechałem do tej hali przed południem i obawiam się, że nie ma tam czego szukać.

– Mhm – mruknął Harry. – Katrine?

Katrine zajrzała do swoich notatek.

– Według twojej teorii Vetlesen spotkał się z zabójcą w klubie curlingowym, musieli się tam wcześniej umówić. Trzeba założyć, że najprawdopodobniej przez telefon. Prosiłeś, żebym sprawdziła spisy połączeń.

– Tak – odparł Harry i stłumił ziewnięcie.

Katrine przerzuciła kartki.

– Dostałam z Telenoru listy połączeń i na komórkę Vetlesena, i na jego telefon biurowy. Poszłam z nimi do domu Borghild.

– Do domu? – zdziwił się Skarre.

– Oczywiście, przecież ona już nie ma pracy. Powiedziała mi, że w ciągu ostatnich dwóch dni do Vetlesena przychodzili wyłącznie pacjenci. Tu jest lista. – Wyjęła kartkę z teczki i położyła ją na stole. – Tak jak przypuszczałam, Borghild ma niezłe pojęcie o kontaktach Vetlesena, zarówno tych służbowych, jak i towarzyskich. Pomogła mi zidentyfikować praktycznie wszystkie osoby z listy. Tu są dwa zestawienia. Jedno kontaktów służbowych, drugie towarzyskich. Na obydwu jest podany numer telefonu, data i godzina rozmowy, czy to była rozmowa wychodząca, czy przychodząca, i jak długo trwała.

Pozostali członkowie grupy pochylili głowy, przyglądając się wydrukom. Ręka Katrine dotknęła dłoni Harry'ego. Nie zauważył u niej żadnych śladów zażenowania. Może tylko przyśniła mu się ta propozycja, z którą wystąpiła w Fenrisie? Tyle że Harry'emu, kiedy pił, nic się nie śniło. Na tym polegał sens picia. Mimo to następnego dnia rano obudził się z pomysłem, który musiał narodzić się gdzieś między systematycznym opróżnianiem butelki whisky a bezlitosnym powrotem do rzeczywistości. Powiązanie koszenili z pełną strzykawką Vetlesena. Właśnie ten pomysł ocalił go przed natychmiastowym pognaniem do sklepu monopolowego na Thereses gate, bo zamiast tego rzucił się w wir pracy. Narkotyk za narkotyk.

– Czyj to numer? – spytał teraz.

– Który?

Katrine nachyliła się niżej.

Harry wskazał numer na liście kontaktów towarzyskich.

– Dlaczego akurat ten cię zainteresował? – Katrine spojrzała na niego z ciekawością.

– Ponieważ to kontakt towarzyski, który zadzwonił do Vetlesena, a nie odwrotnie. Musimy założyć, że to zabójca reżyserował całość, więc również on musiał nawiązać kontakt z ofiarą.

Katrine sprawdziła numer na swojej liście z nazwiskami.

– *Sorry*, ale akurat ten dzwoniący jest na obu listach. Był też pacjentem.

– Okej, ale od czegoś musimy zacząć. Kto to jest? Kobieta czy mężczyzna?

Katrine uśmiechnęła się krzywo.

– Zdecydowanie mężczyzna.

– O co ci chodzi?

– Bardzo męski. Macho. Arve Støp.

– Arve Støp? – zdumiał się Holm. – Ten Arve Støp?

– Wpisz go na listę ludzi, których należy odwiedzić – poprosił Harry.

Kiedy skończyli analizować, mieli na liście siedem rozmów i nazwiska związane z tymi numerami, z wyjątkiem jednego: w dniu śmierci Vetlesena ktoś do niego dzwonił z centrum handlowego Storo.

– Mamy dokładną godzinę – zauważył Harry. – Może w pobliżu tego automatu jest jakaś kamera?

– Chyba nie – odparł Skarre. – Ale wiem, że są kamery przy każdym wejściu. Pogadam z ochroniarzami, sprawdzę, czy nie mają nagrania.

– Zbadaj wszystkie twarze pół godziny przed i pół godziny po tej rozmowie.

– Trudna robota.

– Zgadnij, kogo mógłbyś poprosić o pomoc.

– Beate Lønn – podsunął natychmiast Holm.

– No właśnie. Pozdrów ją ode mnie.

Holm kiwnął głową, a Harry poczuł ukłucie wyrzutów sumienia. Zadzwonił telefon Skarrego melodią *There She Goes* The Las.

– Sekcja Osób Zaginionych – poinformował Skarre i odebrał.

Obserwowali go podczas rozmowy. Harry myślał o tym, że od dawna już unika telefonu do Beate i nie widział się z nią od czasu tamtej jednej wizyty latem, wkrótce po porodzie. Wiedział, że Beate nie obwinia go o śmierć Halvorsena na służbie, ale dla Harry'ego to było trochę za dużo, patrzeć na dziecko Halvorsena, którego młody sierżant sam nie zdążył zobaczyć, i w głębi ducha wiedzieć, że Beate się myli. On mógł i powinien ocalić Halvorsena.

Skarre się rozłączył.

– Mąż zgłosił zaginięcie żony na Tveita. To Camilla Lossius, dwadzieścia dziewięć lat, mężatka, nie ma dzieci. Minęło zaledwie kilka godzin, ale parę rzeczy chłopaków niepokoi. W kuchni na blacie leży torba z zakupami, nic nie schowane do lodówki. Komórka została w samochodzie, a zdaniem męża ona się bez niej nie rusza nawet na krok. Jeden z sąsiadów powiedział mężowi, że widział mężczyznę kręcącego się wokół domu i garażu, jakby na kogoś czekał. Mąż nie potrafi określić, czy coś zginęło, nawet przybory toaletowe czy walizki. To podobno ludzie, którzy mają własny dom pod Niceą i tyle różnych rzeczy, że nie są w stanie zauważyć, jak coś zniknie. Rozumiecie?

– Mhm – mruknął Harry. – I co oni sądzą?

– Że ona się pojawi. Chcieli nas tylko uprzedzić.

– Okej. Wobec tego kontynuujemy.

Podczas dalszej części zebrania nikt więcej nie skomentował tego zgłoszenia, ale Harry czuł, że ono zawisło w powietrzu niczym odległy grzmot z chmur nadciągających – a może nie – w ich stronę.

Po rozdzieleniu nazwisk z listy numerów telefonicznych, z którymi mieli się skontaktować, grupa opuściła pokój Harry'ego. On sam podszedł do okna i wyjrzał na park. Coraz wcześniej robiło się ciemno, dawało się to wyczuć z każdym upływającym dniem. Myślał o reakcji matki Idara Vetlesena, gdy powiedział jej, że syn wieczorami udzielał bezpłatnej pomocy lekarskiej prostytutkom z Afryki. Kobiecie po raz pierwszy spadła z twarzy maska. Wcale nie z żalu, tylko z wściekłości. Zaczęła krzyczeć, że to kłamstwo, że jej syn nie mógł mieć do czynienia z murzyńskimi dziwkami. Może lepiej byłoby skłamać. Harry pomyślał też o tym, co dzień wcześniej powiedział naczelnikowi Biura Kryminalnego: że krwawa jatka tym razem się skończyła. W ciemności, w dole ledwie go dostrzegał pod swoim oknem. Do parku często przychodziły przedszkolaki, szczególnie gdy w nocy spadł śnieg. W każdym razie o tym pomyślał, gdy go zobaczył rano po przyjściu do pracy. To był duży szarobiały bałwan.

Nad lokalami redakcji „Liberała" na Aker Brygge, na ostatnim piętrze i z widokiem na Oslofjorden, twierdzę Akershus i cypel Nesoddtangen znajdowało się dwieście trzydzieści najdroższych metrów kwadratowych w Oslo pozostających w rękach prywatnych. Należały one do właściciela i redaktora naczelnego „Liberała", Arvego Støpa, a raczej po prostu do Arvego, jak było napisane na drzwiach, do których zadzwonił Harry. Klatka schodowa była utrzymana w funkcjonalnym minimalistycznym stylu, ale po obu stronach dębowych drzwi stały dwa ręcznie malowane dzbany i Harry przyłapał się na szacowaniu, jaki zysk przyniosłoby zwinięcie choćby jednego z nich.

Zadzwonił jeszcze raz i wreszcie usłyszał głosy ze środka. Jeden jasny, ćwierkający, drugi głęboki i spokojny. Drzwi się otworzyły i wylał się zza nich kobiecy śmiech. Kobieta miała na głowie białą futrzaną czapkę, Harry przypuszczał, że ze sztucznego futra, spod której spływały długie jasne włosy.

– Bardzo się cieszę! – zaszczebiotała, odwróciła się i dopiero teraz zobaczyła Harry'ego. – Dzień dobry – rzuciła obojętnym tonem, ale rozpoznawszy Harry'ego, zastąpiła to bardziej entuzjastycznym: – Ach, cześć!

– Cześć – powiedział Harry.

– Co u ciebie? – spytała.

Harry zorientował się, że właśnie przypomniała sobie ich ostatnią rozmowę. Tę, która zakończyła się ścianą w Leonie.

– Więc wy z Odą się znacie? – Arve Støp stał w korytarzu z rękami skrzyżowanymi na piersi. Był bosy, a na sobie miał T-shirt z prawie niewidocznym logo Louisa Vuittona i zielone lniane spodnie, które na innym mężczyźnie wyglądałyby kobieco. Arve Støp był jednak niemal równie wysoki i szeroki w barach jak Harry, a za jego twarz amerykański kandydat na prezydenta dałby się pokroić. Mocno zarysowana broda, chłopięco niebieskie spojrzenie, zmarszczki od uśmiechu wokół oczu i gęste siwe włosy.

– Kiedyś się poznaliśmy – odparł Harry. – Brałem raz udział w tym ich talk-show.

– Muszę lecieć. – Oda posłała im pocałunek w powietrzu i pobiegła. Jej kroki zabębniły na schodach, jakby od pośpiechu zależało jej życie.

– Teraz też chodziło o ten cholerny talk-show. – Støp gestem zaprosił Harry'ego do środka i podał mu rękę. – Obawiam się, że mój ekshibicjonizm zbliża się do granicy żałosności. Tym razem nawet nie spytałem, jaki jest temat, a już się zgodziłem na uczestniczenie. Oda przyszła tu zrobić research. Zresztą brał pan w tym udział, więc wie pan, jak oni pracują.

– W moim wypadku wszystko dało się załatwić przez telefon – powiedział Harry, wciąż czując na skórze ciepło dłoni Arvego Støpa.

– Kiedy pan zadzwonił, wydawał się pan bardzo poważny, Hole. W czym marny dziennikarz może panu pomóc?

– Chodzi mi o pańskiego lekarza i kolegę od curlingu, Idara Vetlesena.

– Och, oczywiście, o Vetlesena. Przejdziemy dalej?

Harry ściągnął buty i poszedł za Støpem korytarzem do salonu położonego dwa stopnie niżej niż reszta mieszkania. Jedno spojrzenie wystarczyło, by wiedzieć, skąd Idar Vetlesen czerpał inspirację do swojej poczekalni. Za oknami blask księżyca odbijał się w fiordzie.

– Uprawiacie coś w rodzaju śledztwa *a priori*? – spytał Støp, siadając na najmniejszym meblu, prostym, odlewanym z formy krześle.

– Słucham? – zdumiał się Harry, zajmując miejsce na kanapie.

– Zaczynacie od rozwiązania i cofacie się, żeby się dowiedzieć, jak mogło do tego dojść.

– Właśnie to znaczy *a priori*?

– Nie wiem, do cholery, po prostu lubię brzmienie łaciny.

– Mhm. A co pan myśli o naszym rozwiązaniu? Wierzy pan w nie?

– Ja? – roześmiał się Støp. – Ja w nic nie wierzę. Ale na tym polega moja profesja. Gdy tylko coś zaczyna przypominać ustalone prawdy, moim zadaniem jest wysunąć kontrargumenty. Właśnie na tym polega liberalizm.

– A w tym wypadku?

– Hm. Na przykład nie widzę, by Vetlesen miał jakiś racjonalny motyw. Ale może był szalony w sposób, który nie jest powszechnie akceptowany.

– Nie wierzy pan zatem, że to Vetlesen jest zabójcą?

– Argumentowanie przeciwko temu, że Ziemia jest okrągła, wcale nie jest tym samym, co wiara w to, że jest płaska. Zakładam, że macie dowody. Napije się pan drinka? Kawy?

– Owszem, chętnie kawy.

– Blefowałem – uśmiechnął się Støp. – Mam tylko wodę i wino. Aha, i jeszcze cydr z Abbediengen gård. Musi go pan spróbować, czy pan chce, czy nie.

Wyszedł do kuchni, a Harry wstał i zaczął się rozglądać.

– Niezłe mieszkanie, panie Støp.

– To właściwie były trzy mieszkania – zawołał Støp z kuchni. – Jedno należało do odnoszącego sukcesy armatora, który powiesił się z nudów mniej więcej w tym miejscu, w którym pan teraz siedzi. Drugie, tu gdzie ja stoję, było własnością maklera giełdowego, którego wsadzili za kratki za niedozwolone transakcje z wykorzystaniem poufnych informacji. W więzieniu się nawrócił, sprzedał mieszkanie mnie, a wszystkie pieniądze oddał kaznodziei z Misji Wewnętrznej. Ale to również coś w rodzaju handlu z wykorzystaniem poufnych informacji, jeśli pan rozumie, co mam na myśli. Słyszałem, że ten człowiek jest teraz o wiele szczęśliwszy, więc dlaczego nie?

Støp wszedł do salonu z dwiema szklankami o bladożółtej zawartości. Jedną podał Harry'emu.

– Właścicielem trzeciego mieszkania był hydraulik z Østensjø, który, gdy planowali budowę Aker Brygge, postanowił, że właśnie tu zamieszka. Coś w rodzaju przeskoku do wyższej klasy. Oszczędzając i pożyczając – lub pracując na czarno za wygórowane stawki – przez dziesięć lat kupił mieszkanie. Ale kosztowało go tyle, że nie stać go już było na wynajęcie firmy przeprowadzkowej i zajął się tym sam z kolegami. Miał sejf ważący czterysta kilo, pewnie potrzebował go do tych wszystkich swoich czarnych pieniędzy. Kiedy dotarli na ostatni podest i zostało im już tylko osiem stopni, cholerny sejf wyślizgnął im się z rąk. Hydraulik znalazł się pod nim ze złamanym kręgosłupem. Sparaliżowało go. Teraz mieszka w domu opieki tam, skąd pochodził. Ma widok na jezioro Østensjø. – Støp stanął przy oknie, wypił łyk i w zamyśleniu spojrzał na fiord. – To wprawdzie tylko jezioro, ale mimo wszystko jakiś widok.

– Mhm. Zastanawiają nas pana związki z Idarem Vetlesenem.

Støp obrócił się teatralnym gestem. Ruchy miał miękkie jak dwudziestolatek.

– Związki? To cholernie mocne słowo. Był moim lekarzem. No i czasami graliśmy razem w curling. To znaczy my, pozostali, graliśmy. To, co robił Idar, można w najlepszym razie nazwać popychaniem kamienia i czyszczeniem lodu. – Zamachał ręką. – Tak, tak, wiem, że on nie żyje, ale taka była prawda.

Harry odstawił szklankę z cydrem na stół nietkniętą.

– O czym rozmawialiście?

– Przeważnie o moim ciele.

– Ach tak?

– Przecież on był, do cholery, moim lekarzem.

– A pan chciał coś zmienić w swoim ciele?

Arve Støp roześmiał się serdecznie.

– Akurat co do tego nigdy nie odczuwałem takiej potrzeby. Wiem, że Idar zajmował się tymi śmiesznymi operacjami plastycznymi, odsysaniem tłuszczu i podobnymi głupstwami. Ale zalecam zapobieganie, zamiast późniejszych napraw. Trenuję, komisarzu. Nie smakuje panu cydr?

– Zawiera alkohol – wyjaśnił Harry.

– Naprawdę? – Støp spojrzał na swoją szklankę. – Nigdy bym nie pomyślał.

– Więc o jakich częściach ciała rozmawialiście?

– O łokciu. Cierpię na łokieć tenisisty. Dokucza mi przy curlingu. Idar przepisał mi środki przeciwbólowe przed treningiem. Idiota. Przecież one hamują też zapalenie, a przez to za każdym razem przeciążałem mięśnie. No, nie muszę ostrzegać potencjalnych pacjentów, skoro rozmawiamy o nieżyjącym doktorze, ale bólu nie należy zwalczać pigułkami. Ból to dobra rzecz, bez niego byśmy nie przeżyli. Powinniśmy być wdzięczni za to, że go odczuwamy.

– Doprawdy?

Støp postukał palcem w szybę tak grubą, że nie przepuszczała żadnego dźwięku z miasta.

– Moim zdaniem to zupełnie nie to samo co widok na słodką wodę. Co pan o tym sądzi, Hole?

– Ja nie mam żadnego widoku.

– Nie? A powinien pan. Widok pozwala uzyskać perspektywę.

– Doprawdy? Telenor przekazał nam zestawienie rozmów Vetlesena w ostatnich dniach. O czym rozmawialiście przez telefon dzień przed jego śmiercią?

Støp spojrzał na Harry'ego jednym pytającym okiem, a jednocześnie odchylił głowę i opróżnił szklankę. Westchnął zadowolony.

– Prawie już zapomniałem, że w ogóle rozmawialiśmy. Ale przypuszczam, że tematem był łokieć.

To Drewniak powiedział kiedyś, że ten pokerzysta, który opiera się na intuicji, żeby odkryć blef, jest pewnym przegranym. Wprawdzie kłamstwo u wszystkich uwidacznia się na zewnątrz, ale według Drewniaka, żeby odkryć dobrego kłamcę, człowiek jest bez szans, jeśli na zimno metodycznie nie obserwuje tych oznak u każdej konkretnej osoby. Harry był skłonny przyznać Drewniakowi rację. I dlatego powodem, dla którego miał pewność, że Støp kłamie, nie była ani jego mina, ani głos, ani mowa ciała.

– Gdzie pan przebywał między czwartą a ósmą wieczorem w dniu śmierci Vetlesena?

– Halo! – Støp uniósł brew. – Halo! Czy jest w tej sprawie coś, o czym ja i moi czytelnicy powinniśmy wiedzieć?

– Gdzie pan wtedy był?

– To niewątpliwie zabrzmiało tak, jak byście mimo wszystko nie złapali Bałwana. Mam rację?

– Dobrze by było, żebym to ja mógł zadawać pytania, Støp.

– No cóż, byłem razem z... – urwał. Nagle twarz rozjaśniła mu się w chłopięcym uśmiechu. – Chwileczkę, pan insynuuje, że mogłem mieć coś wspólnego ze śmiercią Vetlesena. Odpowiedź byłaby przyznaniem się do założeń pytania.

– Chętnie zanotuję, że odmawia pan odpowiedzi.

Støp uniósł szklankę jak do toastu.

– Dobrze znane kontrposunięcie, Hole, które my, ludzie z prasy, wykorzystujemy codziennie. Stąd nasz tytuł zawodowy. Prasa. Ale niech pan pamięta, że ja nie odmawiam odpowiedzi, Hole. Tylko wstrzymuję się z udzieleniem jej akurat w tej chwili. To oznacza, że się nad tym zastanawiam. – Støp podszedł do okna, stanął przy nim i kiwając do siebie głową, ciągnął: – Nie odmawiam odpowiedzi, po prostu jeszcze nie zdecydowałem, czy odpowiem i co. A pan przez ten czas musi czekać.

– Nie spieszy mi się.

Støp się odwrócił.

– Nie chcę nadużywać pańskiego czasu, Hole. Ale już wcześniej powtarzałem, że jedynym kapitałem i środkiem produkcji „Liberała" jest moja osobista uczciwość zawodowa. Mam nadzieję, że pan rozumie, iż jako dziennikarz jestem zobowiązany do wykorzystania tej sytuacji.

– Do wykorzystania?

– Do cholery, przecież trzymam w rękach bombową wiadomość! Zakładam, że na razie jeszcze żadna z gazet nie ma nawet cienia podejrzeń, że w śmierci Vetlesena jest coś niejasnego. Gdybym teraz udzielił panu odpowiedzi, która wyłączyłaby mnie ze sprawy, zmarnowałbym kartę. Wtedy byłoby już za późno prosić o istotne informacje w zamian za odpowiedź. Mam rację, Hole?

Harry domyślał się, do czego to prowadzi. Pojął, że Støp jest bystrzejszy, niż przewidział.

– Nie takich informacji pan potrzebuje – powiedział. – Ta panu najpotrzebniejsza mówi, że świadome utrudnianie śledztwa jest karalne.

– *Touché* – zaśmiał się Støp, wyraźnie podniecony. – Ale jako dziennikarz i liberał muszę mieć wzgląd na pryncypia. Pytaniem pozostaje, czy jako zdeklarowany wrogi systemowi pies stróżujący mam bezwarunkowo oddać się do dyspozycji siłom porządkowym ludzi będących u władzy – wypluł te słowa, nie kryjąc ironii.

– A jakie byłyby warunki tej odpowiedzi?

– Oczywiście wyłączność na niezbędne mi informacje.

– Mogę panu dać wyłączność – oświadczył Harry. – Wraz z nakazem nieprzekazywania tych informacji ani jednej żywej duszy.

– Czyli jesteśmy w punkcie wyjścia – westchnął Støp. – Ale niech pan się zastanowi, z kim pan ma do czynienia, Hole. W sobotę mamy imprezę wszech czasów w Plaza. Sześciuset gości uczci jubileusz dwudziestopięciolecia „Liberała". Nieźle, jak na czasopismo, które zawsze przesuwało granice wolności słowa, które każdego dnia żeglowało po nieczystych pod względem prawnym wodach. Dwadzieścia pięć lat, Hole! I wciąż jeszcze nie przegraliśmy ani jednej sprawy przed sądem. Porozmawiam o tym z naszym adwokatem Johanem Krohnem. Przypuszczam, że go znacie.

Harry z ponurą miną kiwnął głową. Støp dyskretnym gestem wskazał na drzwi, dając znak, że wizytę uważa za zakończoną.

– Obiecuję pomóc tyle, ile mogę – powiedział, gdy stanęli w przedpokoju. – Jeśli wy pomożecie nam.

– Dobrze pan wie, że nie możemy zawrzeć takiej umowy.

– Nie ma pan pojęcia, jakie umowy zawieraliśmy – uśmiechnął się Støp i otworzył drzwi. – Naprawdę, nie ma pan pojęcia. Liczę, że prędko znów się zobaczymy.

– Nie liczyłem, że tak prędko znów cię zobaczę – stwierdził Harry, przytrzymując otwarte drzwi.

Rakel pokonywała ostatnie stopnie do jego mieszkania.

– Owszem, liczyłeś – powiedziała, padając mu w objęcia. Zaraz wepchnęła go do przedpokoju, nogą zamknęła drzwi, obiema rękami chwyciła jego głowę i chciwie pocałowała.

– Nienawidzę cię – wyznała, rozpinając mu pasek. – Dobrze wiesz, że wcale tego nie potrzebowałam w życiu.

– No to idź. – Harry rozpiął jej płaszcz i bluzkę. Spodnie miały suwak z boku. Otworzył go i położył dłoń na dolnej części jej pleców, tuż nad gładkim chłodnym jedwabiem bielizny. W przedpokoju zapadła cisza, słychać było jedynie ich oddechy i pojedyncze stuknięcie obcasa o podłogę, gdy Rakel przesuwała stopę, by ułatwić mu dostęp.

Później w łóżku, kiedy palili jednego papierosa, Rakel oskarżyła go, że jest jak diler.

– Przecież oni też tak robią, prawda? Pierwsze działki są gratis. A potem człowiek się uzależnia.

– I musi płacić. – Harry wydmuchał z dymu dwa kółka, jedno duże, drugie małe, które uniosły się pod sufit.

– W dodatku słono – dodała Rakel.

– Przychodzisz tu tylko dla seksu, prawda? Chcę to wiedzieć.

Rakel pogładziła go po piersi.

– Bardzo schudłeś, Harry.

Nie odpowiedział. Czekał.

– Związek z Mathiasem nie funkcjonuje zbyt dobrze. To znaczy on funkcjonuje bardzo dobrze. Świetnie. To ja nie funkcjonuję.

– W czym tkwi błąd?

– Gdybym to ja wiedziała. Patrzę na Mathiasa i myślę: facet z marzeń. Myślę o tym, że on mnie rozpala, i próbuję się rozpalić, prawie go napadam, ponieważ mam ochotę mieć ochotę, rozumiesz? To by było takie dobre, takie słuszne. Ale nie potrafię...

– Mhm. Mam pewne trudności z wyobrażeniem sobie tego, ale słyszę, co mówisz.

Pociągnęła go mocno za ucho.

– To, że stale mieliśmy na siebie ochotę, niekoniecznie przypieczętowało wysoką jakość naszego związku, Harry.

Zobaczył, że mniejsze kółko dopędziło większe i razem utworzyły ósemkę. Właśnie, że tak było, pomyślał.

– Zaczęłam szukać wymówek. Weźmy na przykład tę zabawną osobliwość, którą Mathias odziedziczył po ojcu.

– Co to?

– Nic ciekawego, ale on się tego trochę wstydzi.

– No dalej, mów!

– Nie, nie, to bez znaczenia. Początkowo jego skrępowanie wydawało mi się po prostu słodkie. Teraz zaczyna mnie irytować. Tak jakbym chciała, żeby ta bagatelka zmieniła się w wadę Mathiasa. Wymówkę do tego, żeby... żeby... – urwała.

– Żeby tu być – dokończył Harry.

Uścisnęła go mocno i wstała.

– Już tu nie wrócę – zapowiedziała, wykrzywiając się do niego. Była prawie północ, gdy Rakel wyszła z mieszkania Harry'ego. Delikatna bezszelestna mżawka sprawiała, że asfalt pod latarniami lśnił. Skręciła w Stensberggata, gdzie zostawiła samochód. Wsiadła i już miała zapalić, kiedy zauważyła ręcznie napisaną kartkę wsuniętą pod wycieraczkę. Uchyliła drzwi, wyjęła kartkę i spróbowała odczytać napis niemal zmyty przez deszcz:

Umrzemy, dziwko.

Rakel drgnęła przestraszona, rozejrzała się, ale była sama. Na ulicy widziała tylko inne samochody. Czy w którymś z nich znajdowała się podobna kartka? Niczego takiego nie zauważyła. To musiał być przypadek. Nikt nie mógł wiedzieć, że jej samochód stoi akurat tutaj. Lekko uchyliła okno i ująwszy kartkę w dwa palce, wysunęła ją poza szczelinę. Włączyła silnik i ruszyła ulicą.

Tuż przed wjazdem na samą górę Ullevålsveien nagle ogarnęło ją uczucie, że ktoś wpatruje się w nią z tylnego siedzenia. Zerknęła w lusterko i zobaczyła twarz chłopca. Nie Olega, tylko jakąś inną obcą twarz. Gwałtownie zahamowała, aż guma zapiszczała na asfalcie, i zaraz rozległ się gniewny dźwięk klaksonu. Trzy razy. Rakel patrzyła w lusterko, oddychając głęboko, niespokojnie. Widziała twarz młodego przerażonego chłopaka w samochodzie jadącym tuż za nią. Roztrzęsiona pojechała dalej.

Eli Kvale stała jak przygwożdżona do podłogi w przedpokoju. W ręku wciąż trzymała słuchawkę. Niczego sobie nie wmówiła. Niczego.

Dopiero gdy Andreas dwukrotnie powtórzył jej imię, doszła do siebie.

– Kto to był? – spytał.

– Nikt. Pomyłka.

Kiedy się położyli, miała ochotę wtulić się w męża, ale nie mogła. Nie potrafiła się przemóc. Była nieczysta.

„Umrzemy – powiedział głos w telefonie. – Umrzemy, dziwko".

19 DZIEŃ 16. TV

Gdy grupa śledcza zebrała się następnego dnia rano, zdążyli sprawdzić sześć z siedmiu nazwisk na przygotowanej przez Katrine Bratt liście ludzi, z którymi Idar Vetlesen rozmawiał przed śmiercią. Pozostało tylko jedno nazwisko.

– Arve Støp? – zawołali Bjørn Holm i Magnus Skarre chórem.

Katrine się nie odezwała.

– No cóż – westchnął Harry. – Rozmawiałem z adwokatem Krohnem przez telefon. Oświadczył mi jasno, że Støp nie odpowie na pytanie, czy ma alibi. Ani na żadne inne pytanie. Możemy go aresztować, ale będzie miał wtedy pełne prawo odmówić składania zeznań. Osiągniemy jedynie to, że obwieścimy całemu światu, że Bałwan wciąż pozostaje wolny. Pytanie, czy Støp mówi prawdę, czy też to wszystko jest wyłącznie grą?

– Supergwiazda w roli mordercy – skrzywił się Skarre. – To przecież nie do pomyślenia.

– O.J. Simpson – zaczął wyliczać Holm. – Robert „Baretta" Blake, Phil Spector. Ojciec Marvina Gaye.

– Kto to, do cholery, jest Phil Spector?

– Powiedzcie mi raczej, co myślicie – przerwał Harry. – Wprost. Spontanicznie. Czy Støp ma coś do ukrycia? Holm?

Bjørn Holm potarł swoje bokobrody w kształcie kotletów.

– Podejrzane, że nie chce odpowiedzieć na tak konkretne pytanie o to, gdzie był w chwili śmierci Vetlesena.

– Bratt?

– Wydaje mi się, że Støpa zwyczajnie bawi rola podejrzanego. A dla jego pisma to nie ma znaczenia, przeciwnie, wzmacnia jeszcze jego *image* outsidera. On jest trochę jak wielki męczennik kroczący pod prąd.

– Zgadzam się – przyświadczył Holm. – Zmieniam stronę. Nie ryzykowałby tak, gdyby był winny. Chce mieć sensację.

– Skarre? – spytał Harry.

– Blefuje. To tylko głupie gadanie. Czy ktoś z was zrozumiał to o prasie i zasadach?

Nikt z pozostałej trójki się nie zgłosił.

– Okej – pokiwał głową Harry. – Załóżmy, że większość ma rację i że on mówi prawdę. W takim razie powinniśmy go czym prędzej sprawdzić i skreślić, żeby móc posunąć się dalej. Czy ktoś mógł być razem z nim w chwili, gdy dokonano zabójstwa?

– Raczej nie – odparła Katrine. – Telefonowałam do znajomej dziewczyny z „Liberała". Mówi, że poza pracą Støp nie jest szczególnie towarzyski. Głównie siedzi sam w swoim mieszkaniu na Aker Brygge. Z wyjątkiem oczywiście odwiedzin kobiet.

Harry spojrzał na Katrine. Przypominała mu nadgorliwą studentkę, która zawsze wyprzedza prowadzącego o jeden semestr.

– Kobiety w liczbie mnogiej? – zainteresował się Skarre.

– Cytując moją koleżankę, Støp notorycznie ugania się za laskami. Wkrótce po tym, jak odrzuciła jego zaloty, dał jej do zrozumienia, że nie sprostała jego oczekiwaniom jako dziennikarka i powinna się zastanowić nad zmianą pastwiska.

– Co za fałszywy drań! – prychnął Skarre.

– Ona też tak uważa – stwierdziła Katrine. – Ale faktem jest, że jako dziennikarka jest do niczego.

Holm i Harry się roześmiali.

– Spytaj tę twoją przyjaciółkę, czy zna nazwiska jakichś jego kochanek – polecił Harry, wstając. – Później obdzwonisz innych w redakcji i wypytasz o to samo. Chcę, żeby poczuł nasz oddech na karku. Zaczynamy.

– A co z tobą? – spytała Katrine, nie ruszając się z miejsca.

– Ze mną?

– Tak. Nie powiedziałeś nam, czy według ciebie Støp blefuje.

– No cóż – uśmiechnął się Harry. – W każdym razie na pewno nie mówił całej prawdy.

Teraz patrzyli już na niego wszyscy troje.

– Stwierdził, że nie pamięta, o czym rozmawiał z Vetlesenem podczas ostatniej rozmowy telefonicznej.

– I co z tego?

– Kiedy się dowiadujesz, że facet, z którym rozmawiałaś dzień wcześniej, okazał się poszukiwanym seryjnym zabójcą, który właśnie odebrał sobie życie, to nie próbowałabyś od razu przypomnieć sobie ze szczegółami tej rozmowy? Nie obracałabyś na wszystkie strony każdego wypowiedzianego przez niego słowa? Nie zastanawiałabyś się, czy nie powinnaś czegoś zrozumieć?

Katrine wolno pokiwała głową.

– Druga rzecz, która mnie zastanawia – ciągnął Harry – to dlaczego Bałwan skontaktował się ze mną, żebym go szukał. A kiedy się do niego zbliżam, co powinien przewidzieć, wpada w desperację i próbuje upozorować wszystko tak, jakby to miał być Vetlesen.

– Może przez cały czas o to chodziło – podsunęła Katrine. – Może ma motyw, żeby wskazać właśnie na Vetlesena? Jakieś porachunki między nimi? Prowadził cię tą drogą od samego początku.

– A może on po prostu chciał w ten sposób cię pokonać – powiedział Holm. – Nakłonić cię do błędu i w ciszy napawać się zwycięstwem.

– Dajcie spokój – prychnął Skarre. – Mówicie tak, jakby to była osobista rozgrywka Bałwana z Harrym Hole.

Pozostali patrzyli na niego w milczeniu.

Skarre zmarszczył czoło.

– Uważacie, że tak jest?

Harry zdjął kurtkę z wieszaka.

– Katrine, chciałbym, żebyś jeszcze raz odwiedziła Borghild. Powiedz, że mamy zezwolenie na wgląd w karty pacjentów. Awanturę biorę na siebie, gdy przyjdzie na to czas. Sprawdź, co znajdziesz na Arvego Støpa. Coś jeszcze, zanim wyjdę?

– Ta kobieta z Tveita – odezwał się Holm. – Camilla Lossius. Wciąż się nie odnalazła.

– Przyjrzyj się temu, Holm.

– A ty dokąd idziesz? – spytał Skarre.

Harry uśmiechnął się niepewnie.

– Uczyć się grać w pokera.

Kiedy Harry stanął przed drzwiami do mieszkania Drewniaka na szóstym piętrze jedynego bloku na Frogner plass, ogarnęło go to samo uczucie co w dzieciństwie, gdy spędzał wakacje w domu na Oppsal. Czuł, że to ostatnia szansa. Ostatnie rozpaczliwe działanie, kiedy już obdzwonił drzwi wszystkich innych. Drewniak, a raczej Asbjørn Treschow, jak się naprawdę nazywał, otworzył i z obojętnością spojrzał na Harry'ego. On też wiedział, tak samo jak wtedy. Ostatnia możliwość.

Drzwi prowadziły do trzydziestometrowego lokalu z tym, co przy dobrej woli można było nazwać salonem z otwartą kuchnią, a przy braku dobrej woli – jednopokojowym mieszkaniem z kuchenką we wnęce. Już od wejścia w nozdrza uderzał smród. Zapach bakterii żyjących na wilgotnych stopach. Skłonność do pocenia się nóg Drewniak odziedziczył po ojcu, podobnie jak przezwisko, ponieważ obaj zawsze chodzili w tych dziwacznych butach przekonani, że drewno chłonie zapach.

Jedyną pozytywną rzeczą, jaką dało się powiedzieć o odorze bijącym ze stóp Drewniaka Juniora, było to, że przyćmiewał on smród brudnych naczyń stojących w zlewie, przepełnionych popielniczek i przepoconych T-shirtów suszących się na oparciach krzeseł. Harry pomyślał, że przypuszczalnie prawdą było twierdzenie, że to smród bijący od nóg Drewniaka doprowadził do szaleństwa jego przeciwników i dzięki temu Drewniak dotarł aż do półfinału Mistrzostw Świata w pokerze odbywających się w Las Vegas.

– Dawno się nie widzieliśmy.

– Prawda. Cieszę się, że znalazłeś dla mnie czas.

Drewniak zaśmiał się krótko, jakby Harry opowiedział dowcip, a Harry, który nie miał najmniejszej ochoty spędzać w tym mieszkaniu więcej czasu niż to konieczne, spytał wprost:

– Dlaczego w pokerze chodzi tylko o to, by zobaczyć, kiedy przeciwnik kłamie?

Drewniak najwyraźniej nie miał nic przeciwko pominięciu wstępnych uprzejmości.

– Ludziom wydaje się, że poker to kwestia statystyki, szans i prawdopodobieństwa. Ale jeśli się gra na wysokim poziomie, wszyscy gracze znają szanse na pamięć i nie tu rozgrywa się walka. Tym, co wyróżnia najlepszych, jest zdolność odczytywania innych. Przed wyjazdem do Vegas wiedziałem, że będę grać z najlepszymi. A najlepszych mogłem oglądać na Gamblers Channel, który odbieram przez satelitę. Nagrywałem to na wideo i przyglądałem się twarzom każdego z tych chłopaków, kiedy blefowali. Puszczałem w zwolnionym tempie, określałem w najdrobniejszych szczegółach to, co się działo na ich twarzach, co mówią i co robią, co się powtarza. I kiedy analizowałem to dostatecznie długo, zawsze się okazywało, że robią coś, co się pojawia zawsze. Jeden drapał się prędko w prawe nozdrze, inny lekko głaskał karty od tyłu. Pojechałem tam więc pewien, że wygram. Niestety, okazało się, że potrafię jeszcze bardziej się zdradzić.

Gorzki śmiech Drewniaka zabrzmiał niemal jak szloch i wprawił jego wielkie bezkształtne ciało w drżenie.

– Ale to znaczy, że kiedy ściągnę faceta na przesłuchanie, będziesz umiał zobaczyć, czy on kłamie?

Drewniak pokręcił głową.

– To nie jest takie proste. Po pierwsze, muszę to mieć nagrane na wideo. Po drugie, muszę widzieć karty, żeby wiedzieć, kiedy blefuje. Potem mogę to puścić jeszcze raz i zobaczyć, co on robi inaczej. To trochę tak jak z ustawianiem wykrywacza kłamstw, prawda? Przed testem trzeba faceta nakłonić do powiedzenia czegoś, co jest oczywistą prawdą, na przykład jak się nazywa. A potem coś, co jest oczywistą nieprawdą. I na podstawie tych wyników sporządza się mapę, według której można się poruszać.

– Oczywista prawda – mruknął Harry. – I oczywiste kłamstwo. Na kasecie wideo.

– Ale tak jak już ci mówiłem przez telefon, niczego nie gwarantuję.

Harry zastał Beate Lønn w House of Pain, w pokoju, w którym spędziła niemal cały czas przepracowany w Wydziale Napadów. House of Pain było pozbawionym okien pomieszczeniem z urządzeniami do nagrywania, odtwarzania i redagowania filmów z napadów, do powiększania zdjęć i identyfikowania osób na ziarnistych fotografiach i głosów z niewyraźnych automatycznych sekretarek. Teraz jednak Beate była szefową Wydziału Techniki Kryminalistycznej na Bryn, a poza tym miała urlop macierzyński.

Maszyny szumiały, a suche ciepłe powietrze wywołało rumieńce na przezroczystych bladych policzkach młodej kobiety.

– Cześć – powiedział Harry, pozwalając, by zamknęły się za nim żelazne drzwi.

Drobna niewysoka dziewczyna wstała, uściskali się, oboje nieco zażenowani.

– Schudłeś – zauważyła.

Wzruszył ramionami.

– Jak ci się wiedzie... w ogóle?

– Greger śpi, kiedy ma spać, je, kiedy ma jeść, i prawie wcale nie płacze – uśmiechnęła się. – I tak dla mnie wygląda teraz „w ogóle".

Harry pomyślał, że powinien powiedzieć coś o Halvorsenie, coś, co by pokazało, że nie zapomniał. Ale właściwe słowa nie chciały przyjść, a Beate, jakby to rozumiejąc, spytała, co u niego.

– W porządku – odparł, siadając na krześle. – Nie najgorzej. Fatalnie. Zależy, kiedy o to spytasz.

– A dzisiaj? – Odwróciła się do monitora, wcisnęła jakiś przycisk i ludzie na ekranie zaczęli biec tyłem od wejścia z wielkim napisem „Centrum Handlowe Storo".

– Mam paranoję – stwierdził Harry. – Nie mogę pozbyć się wrażenia, że ścigam kogoś, kto mną manipuluje, i że wszystko jest postawione na głowie, że on skłania mnie do robienia dokładnie tego, czego chce. Znasz to uczucie?

– Owszem – odparła Beate. – Na imię mu Greger. – Zatrzymała przewijanie. – Chcesz zobaczyć, co znalazłam?

Harry przysunął sobie krzesło bliżej. Nie było żadnym mitem, że Beate Lønn posiadała niezwykłe zdolności, że jej *gyrus fusiformus*, czyli ta część mózgu, która odpowiada za zapamiętywanie i identyfikowanie ludzkich twarzy, jest u niej tak rozwinięta i tak wrażliwa, że Beate stała się właściwie chodzącą kartoteką przestępców.

– Przejrzałam zdjęcia wszystkich osób zamieszanych w tę sprawę. Mężów, dzieci, świadków i tak dalej. A jeśli chodzi o naszych starych znajomych to wiem, jak wyglądają. – Przesuwała zdjęcia klatka po klatce. – Tutaj – oświadczyła, zatrzymując. Zdjęcie drgało, ziarniste, czarno-białe. Ukazywało niewyraźną grupkę ludzi.

– Gdzie? – spytał Harry. Poczuł się równie głupio jak zawsze, gdy oglądał twarze razem z Beate.

– Tutaj. To jest ta sama osoba, co na tym zdjęciu. – wyjęła z teczki fotografię. – Możliwe, że to ten człowiek cię ściga, Harry?

Harry zdumiony patrzył na zdjęcie. W końcu powoli kiwnął głową i sięgnął po telefon. Katrine odebrała po dwóch sekundach.

– Bierz kurtkę. Spotykamy się w garażu – powiedział Harry. – Jedziemy.

Harry jechał przez Uranienborgveien i Majorstuveien, żeby ominąć światła na Bogstadveien.

– Naprawdę była pewna, że to on? – spytała Katrine. – Przecież jakość zdjęć zrobionych przez kamerę przemysłową...

– Możesz mi wierzyć. Jeśli Beate Lønn mówi, że to on, to jest tak na pewno. Zadzwoń do informacji, niech ci podadzą jego numer domowy.

– Wpisałam go w komórkę – Katrine wyjęła telefon.

– Wpisałaś? – Harry zerknął na nią. – Zapisujesz numery wszystkich osób związanych ze sprawą, nad którą pracujesz?

– Owszem. Robię z nich oddzielną grupę. A kiedy sprawa się już wyjaśni, wszystko kasuję. Sam powinieneś tego spróbować, to naprawdę cudowne uczucie, kiedy wciskasz „delete". Bardzo... konkretne.

Harry zatrzymał się przed żółtym domem na Hoff.

We wszystkich oknach było ciemno.

– Filip Becker – westchnęła Katrine. – Trudno się domyślić.

– Pamiętaj, że mamy z nim jedynie porozmawiać. Mógł mieć całkiem naturalne powody do tego, by dzwonić do Vetlesena.

– Z automatu centrum handlowego Storo?

Harry spojrzał na Katrine. Puls bił jej szybko pod cienką skórą szyi. Harry odwrócił się i spojrzał w okna salonu.

– Chodź – powiedział. W momencie gdy sięgał do klamki, zadzwoniła jego komórka. – Tak?

Głos na drugim końcu brzmiał podniecony, ale mimo wszystko składał raport krótkimi treściwymi zdaniami. Harry przerwał potok wymowy dwukrotnym „mhm”, jednym zaskoczonym „co?” i jednym „kiedy?”.

Wreszcie na drugim końcu linii zapadła cisza.

– Dzwoń do centrali operacyjnej – polecił Harry. – Poproś, żeby przysłali dwa najbliższe wozy patrolowe na Hoffsveien. Tylko bez syren i niech się zatrzymają na dwóch różnych końcach kwartału.

– Co?

– W środku jest chłopiec, a ja nie mam ochoty denerwować Beckera bardziej, niż to absolutnie konieczne. Jasne?

Najwyraźniej było jasne.

– To Holm dzwonił. – Harry przechylił się nad Katrine, otworzył schowek na rękawiczki, pogrzebał w nim i wyciągnął kajdanki. – Jego ludzie znaleźli sporo odcisków palców na samochodzie w garażu Lossiusów. Porównali je z innymi odciskami, które zebraliśmy podczas tej sprawy.

Harry wyciągnął kluczyki ze stacyjki, nachylił się i spod siedzenia wyciągnął metalową skrzynkę. Wsunął kluczyk w zamek, otworzył i wyjął krótkolufowy smith&wesson.

– Jeden z przedniej szyby pasował.

Katrine ułożyła usta w nieme „o” i ruchem głowy wskazała na żółty dom.

– Owszem – przyświadczył Harry. – Profesor Filip Becker.

Widział, jak oczy Katrine się rozszerzają, ale głos wciąż miała spokojny.

– Mam wrażenie, że wkrótce będę mogła wcisnąć „delete”.

– Być może. – Harry wysunął bębenek rewolweru i sprawdził, czy we wszystkich komorach są naboje.

– Nie ma dwóch mężczyzn, którzy uprowadzają kobiety w taki sposób. – Katrine przechyliła głowę na bok, jakby szykowała się do walki bokserskiej.

– Chyba dość rozsądne założenie.

– Powinniśmy to zrozumieć już wtedy, gdy byliśmy tu pierwszy raz.

Harry patrzył na nią, zastanawiając się, dlaczego nie podziela jej podniecenia. I gdzie się podziała oszałamiająca przyjemność z zatrzymania? Czy przepadła dlatego, że wiedział, że wkrótce zastąpi ją pustka? Poczucie, że i tak się spóźnili, że są jak strażacy przeszukujący zgliszcza? Owszem, ale nie o to chodziło. Rzecz była w czymś innym, czuł to teraz. Miał wątpliwości. Odciski palców i zdjęcia z centrum handlowego Storo aż nadto wystarczą do procesu i skazania, ale to wydawało się jakieś za łatwe. Ten zabójca nie był taki, nie popełniał tak banalnych błędów. To nie ta sama osoba, która uzupełniła śniegowego bałwana głową Sylvii Ottersen, zamroziła policjanta w jego własnej zamrażarce i przysłała Harry'emu list ze słowami: „Masz sobie zadać pytanie: Kto ulepił bałwana?".

– Co robimy? – spytała Katrine. – Zatrzymujemy go sami.

Harry po jej tonie nie potrafił stwierdzić, czy to pytanie.

– Na razie jeszcze zaczekamy, aż zjawią się posiłki, dopiero wtedy zadzwonimy do drzwi.

– A jeśli nie ma go w domu?

– Jest.

– Tak? A skąd...

– Spójrz na okno w salonie, przez chwilę nie odrywaj oczu.

Katrine popatrzyła. Kiedy światło za wielkim panoramicznym oknem salonu się zmieniło, wiedział, że zrozumiała: to było światło z włączonego telewizora.

Czekali w milczeniu. Dookoła było cicho, zaskrzeczała tylko wrona. Potem znów zapadła cisza. Zadzwonił telefon Harry'ego.

Posiłki stawiły się na miejsce.

Harry pokrótce zorientował ich w sytuacji. Zapowiedział, że nie chce widzieć nikogo w mundurze, dopóki nie zostaną wezwani lub ewentualnie nie usłyszą strzału albo krzyku.

– Wycisz telefon – poleciła Katrine, kiedy skończył rozmowę z tamtymi.

Uśmiechnął się krótko, zrobił, jak mu kazała, zerkając na nią ukradkiem. Pomyślał o jej twarzy wtedy, gdy drzwi zamrażarki puściły. Ale teraz ta twarz nie zdradzała ani lęku, ani nerwowości, jedynie koncentrację. Wsunął telefon do kieszeni kurtki i usłyszał, jak szczęknął o rewolwer.

Wysiedli z samochodu, przeszli przez drogę i otworzyli furtkę. Mokry żwir w alejce chciwie rzucił się na ich buty. Harry nie spuszczał wzroku z panoramicznego okna, wypatrywał cieni na tle białej tapety.

Wreszcie stanęli na schodach. Katrine zerknęła na Harry'ego, który kiwnął głową. Przycisnęła dzwonek. Ze środka dobiegło głębokie, pełne wahania bim-bom. Czekali. Nie słychać było żadnych kroków. W podłużnym okienku z matową szybą w drzwiach wejściowych nie pojawił się żaden cień.

Harry przyłożył ucho do szkła, co było prostym i zaskakująco skutecznym sposobem na podsłuchanie, co się dzieje wewnątrz domu. Ale nic nie usłyszał, nawet telewizora. Zrobił trzy kroki do tyłu, złapał rękami za brzeg daszka nad schodami i podciągnął się na tyle, by mógł widzieć cały salon przez okno. Na podłodze tuż przed telewizorem obrócony do niego plecami siedział po turecku jakiś człowiek w szarym płaszczu. Olbrzymie słuchawki otaczały nierówną czaszkę niczym czarna aureola. Od słuchawek biegł przewód do telewizora.

– On nas nie słyszy, bo ma na uszach słuchawki. – Harry opuścił się na ziemię akurat w momencie, gdy Katrine kładła rękę na klamce. Gumowe listwy puściły drzwi z lekkim cmoknięciem.

– Chyba jesteśmy tu mile widziani – stwierdziła Katrine cicho i weszła.

Zaskoczony Harry, przeklinając w duchu, poszedł za nią. Katrine już była przy drzwiach do salonu, otworzyła. Stała tam, dopóki Harry się do niej nie zbliżył. Wtedy zrobiła krok w bok, zawadziła przy tym o konsolę, aż stojący na niej wazon groźnie się zachwiał, nim zdecydował, że jednak dalej będzie stał.

Do osoby siedzącej do nich tyłem wciąż pozostawało co najmniej sześć metrów.

Na ekranie telewizora chwiejące się na nogach niemowlę usiłowało utrzymać równowagę, ściskając za palec roześmianą kobietę. Na odtwarzaczu DVD pod telewizorem świeciła się niebieska lampka. Harry przeżył *déją vu*. Miał wrażenie, że tragedia się powtarza. Wszystko tak samo, ta cisza, amatorskie nagranie rodzinnego szczęścia, kontrast między tym co wtedy i co teraz. Tragedia, która już się rozegrała i wymaga jedynie zakończenia.

Katrine pokazała mu palcem, ale on już zauważył.

Tuż za plecami mężczyzny, między niedokończoną układanką a gameboyem, leżał pistolet, do złudzenia przypominający zabawkę. Harry przypuszczał, że to glock 21. Poczuł mdłości, gdy organizm nagle przeskoczył na wyższy bieg i do krwi popłynęło więcej adrenaliny.

Mieli dwa wyjścia. Zostać tu przy drzwiach, zawołać Beckera i ponieść konsekwencje tego, co się wydarzy, gdy uzbrojony człowiek zostanie skonfrontowany z bronią. Albo rozbroić go, zanim ich zauważy. Harry położył rękę na ramieniu Katrine i przesunął ją za siebie, jednocześnie próbując obliczyć, ile czasu zajmie Beckerowi odwrócenie się, sięgnięcie po pistolet, wycelowanie i naciśnięcie spustu. Cztery długie kroki powinny wystarczyć. Za Harrym nie było żadnego światła, które rzuciłoby cień, a ekran telewizora wydawał się zbyt jasny, by się w nim odbił.

Harry odetchnął głęboko i ruszył. Najdelikatniej jak potrafił, dotknął stopą parkietu. Plecy ani drgnęły. Harry był w połowie drugiego kroku, gdy za sobą usłyszał trzask. Domyślił się, że to wazon. Zobaczył, jak mężczyzna się odwraca, ujrzał wyraz udręki na twarzy Filipa Beckera. Znieruchomiał. Wpatrywali się w siebie. Ekran telewizora za Beckerem sczerniał. Usta profesora otworzyły się, jakby chciał coś powiedzieć, na białkach oczu widoczne były czerwone strumienie, a policzki miał spuchnięte, jakby płakał.

– Pistolet! – To Katrine krzyknęła, a Harry automatycznie podniósł wzrok i zobaczył jej odbicie w ciemnym ekranie telewizora. Stała przy drzwiach na szeroko rozstawionych nogach z rękami wyciągniętymi przed siebie, w dłoniach ściskając rewolwer.

Czas zdawał się zwalniać, zmienił się w lekką bezkształtną materię, w której jedynie zmysły zdawały się działać w czasie rzeczywistym.

Wyćwiczony policjant, taki jak Harry, powinien odruchowo paść na ziemię i wyciągnąć własną broń. Ale tu było coś innego, coś, co działało wolniej niż instynkty, za to z większą siłą. Później Harry miał zmienić zdanie, ale początkowo myślał, że zrobił to, co zrobił, z powodu innego *déją vu*, widoku martwego człowieka na podłodze, przeszytego kulą policyjną, ponieważ wiedział, że znalazł się już u kresu drogi i nie miał siły walczyć z kolejnymi upiorami.

Harry przesunął się w prawo na linię strzału Katrine.

Usłyszał oleiste gładkie kliknięcie za plecami. Odgłos opadającego kurka rewolweru, palca zwalniającego nacisk na cyngiel.

Dłoń Beckera przyciskała się do podłogi tuż przy pistolecie. Kostki palców mu pobielały. Podobnie jak ich nasada. Oznaczało to, że Becker opierał się na nich całym ciężarem ciała. W drugiej ręce, prawej, ściskał pilota. Gdyby prawą ręką sięgnął po pistolet w tej pozycji, w której teraz siedział, straciłby równowagę.

– Nie ruszaj się – powiedział głośno Harry.

Jedynym ruchem Beckera było dwukrotne mrugnięcie powiekami, jak gdyby chciał przepędzić widok Harry'ego i Katrine. Harry podszedł do niego, starając się, by jego ruchy były spokojne, ale skuteczne. Nachylił się i podniósł pistolet, zaskakująco lekki. Tak lekki, że w magazynku nie mogło być nabojów.

Wsunął pistolet do kieszeni kurtki obok własnego rewolweru i przykucnął. Na ekranie telewizora widział, że Katrine wciąż w nich celuje, niespokojnie przenosząc ciężar ciała z jednej nogi na drugą. Wyciągnął dłoń do Beckera, cofającego się jak wystraszone zwierzę, złapał za słuchawki i ściągnął mu je z głowy.

– Gdzie jest Jonas? – spytał.

Becker spojrzał na Harry'ego, jakby nie rozumiał ani sytuacji, ani słów.

– Jonas – powtórzył Harry i zaczął wołać: – Jonas! Jonas! Jesteś tu?

– Cicho – odezwał się wreszcie Becker. – On śpi. – Mówił głosem lunatyka, jakby zażył coś na uspokojenie. Becker wskazał na słuchawki. – Nie chciałem go budzić.

Harry przełknął ślinę.

– A gdzie on jest?

– Gdzie? – Becker przekrzywił nierówną czaszkę i popatrzył na Harry'ego tak, jakby dopiero teraz zaczynał go poznawać. – Oczywiście w swoim łóżku. Wszyscy chłopcy muszą spać w swoich łóżkach – powiedział, mocno akcentując słowa, jakby recytował wiersz.

Harry sięgnął do drugiej kieszeni kurtki i wyjął kajdanki.

– Wyciągnij ręce – nakazał.

Becker znów mrugnął.

– To dla twojego własnego bezpieczeństwa – dodał Harry. To było wyćwiczone zdanie, jedno z tych, którego się uczyli jeszcze w szkole policyjnej; miało przede wszystkim na celu uspokojenie aresztowanego. Ale kiedy Harry usłyszał je z własnych ust, zrozumiał nagle, dlaczego przesunął się na linię strzału. Wiedział, że to nie z powodu upiorów.

Becker podsunął do niego ręce w niemal błagalnym geście i stal zatrzasnęła się wokół jego szczupłych owłosionych nadgarstków.

– Siedź. Ona cię przypilnuje.

Harry wstał i poszedł w stronę drzwi, w których stała Katrine. Opuściła już rewolwer i uśmiechała się do niego z dziwnym blaskiem w oczach, jak gdyby gdzieś w głębi płonął w nich żar.

– Wszystko w porządku? – spytał Harry cicho.

– Oczywiście – zaśmiała się.

Harry się zawahał, ale w końcu ruszył na górę po schodach. Pamiętał, gdzie był pokój Jonasa. Najpierw jednak pootwierał inne drzwi, jak gdyby chciał to odsunąć. W sypialni Beckera światło było zgaszone, ale widział podwójne łóżko. Pościel z jednej połowy zabrano, jak gdyby Becker wiedział, że żona już nigdy nie wróci.

Wreszcie Harry stanął przed pokojem Jonasa. Zanim go otworzył, opróżnił głowę z wszelkich myśli i obrazów. Jakieś dziwne dźwięki rozległy się w ciemności i chociaż nic nie widział, to zdawał sobie sprawę, że ruch powietrza wywołany otwarciem drzwi poruszył grupkę ciemnych metalowych rurek. Oleg też miał taki dzwonek zawieszony na suficie w swoim pokoju. Harry wszedł do środka i dostrzegł kogoś albo coś pod kołdrą w łóżku. Nasłuchiwał oddechu, ale wciąż słyszał jedynie wibrujący ton, który nie chciał umilknąć. Dotknął ręką kołdry i na moment sparaliżował go strach. Chociaż nic tutaj nie stanowiło dla niego fizycznego zagrożenia, wiedział, czego się boi. Kiedyś ktoś, jego dawny szef

Bjarne Møller, nazwał to po imieniu. Bał się własnego człowieczeństwa.

Delikatnie ściągnął kołdrę z ciała, które pod nią leżało. To był Jonas. Po ciemku naprawdę wyglądał tak, jakby spał. Tylko oczy miał otwarte, utkwione w sufit. Harry zauważył plaster na przedramieniu. Nachylił się nad półotwartymi ustami chłopca, jednocześnie kładąc mu rękę na czole. I drgnął, czując ciepło skóry i strumień powietrza przy uchu. Moment później usłyszał zaspany głos mamroczący:

– Mama?

Harry był kompletnie nieprzygotowany na swoją reakcję. Może dlatego, że myślał o Olegu. A może dlatego, że myślał o sobie samym wtedy, gdy jako mały chłopiec budził się z myślą, że ona wciąż żyje, biegł do sypialni rodziców na Oppsal i widział podwójne łóżko, z którego jednej połowy usunięto pościel.

W każdym razie nie potrafił powstrzymać łez, które nagle napłynęły mu do oczu, napełniły je, aż twarz Jonasa się rozpłynęła, i wreszcie pociekły po policzku, rysując ciepłe smugi, dopóki nie znalazły bruzd, po których spłynęły do kącików ust, i Harry mógł poczuć słony smak siebie.

Część IV

20 DZIEŃ 17. CIEMNE OKULARY

Była siódma rano, kiedy Harry otworzył drzwi do celi numer 23 w areszcie. Becker siedział na pryczy w pełni ubrany i patrzył na niego obojętnie. Harry postawił krzesło, które przyniósł sobie z dyżurki, na środku pięciu metrów kwadratowych przydzielanych nocującym w izolatkach aresztantom w Budynku Policji. Siadł na nim okrakiem i zaproponował Beckerowi papierosa z własnej pogniecionej paczki cameli.

– Tu na pewno nie wolno palić – stwierdził Becker.

– Gdybym ja tu siedział z szansą na dożywocie, chyba jednak bym zaryzykował.

Becker tylko na niego patrzył.

– Niech pan przestanie, nie znajdzie pan lepszego miejsca na palenie w ukryciu – dodał Harry.

Profesor wreszcie się uśmiechnął i sięgnął po papierosa.

– Jonas ma się dobrze na tyle, na ile można tak powiedzieć w tej sytuacji. – Harry mówiąc, wyjmował zapalniczkę. – Rozmawiałem z Bendiksenami, zgodzili się nim zaopiekować przez kilka dni. Trochę musiałem się pokłócić z urzędem ochrony praw dziecka, ale jakoś się udało. Na razie też nie poinformowaliśmy prasy o pańskim aresztowaniu.

– Dlaczego? – spytał Becker, zaciągając się lekko nad płomieniem zapalniczki.

– Jeszcze do tego wrócę. Ale na pewno pan rozumie, że jeśli odmówi pan współpracy, to nie będę mógł dłużej ukrywać tej informacji.

– Aha, to pan jest tym dobrym gliną. A ten, który mnie przesłuchiwał wczoraj, był tym złym, prawda?

– Rzeczywiście, Becker, ja jestem dobrym gliną. I chciałbym panu zadać parę pytań *off the record*. To, co pan powie, ani nie będzie mogło, ani nie zostanie wykorzystane przeciwko panu. Zgadza się pan?

Becker wzruszył ramionami.

– Espen Lepsvik, który pana przesłuchiwał wczoraj, uważa, że pan kłamie – Harry dmuchnął dymem z papierosa prosto w czujnik dymu na suficie.

– O czym?

– O tym, że pan tylko rozmawiał z Camillą Lossius w garażu i potem pan sobie stamtąd poszedł.

– Tak było. A co ten glina myśli?

– Powiedział to panu wczoraj w nocy. Że pan ją uprowadził, zabił, a ciało ukrył.

– To przecież chore! – wybuchnął Becker. – My tylko rozmawialiśmy. Naprawdę!

– Dlaczego nie chce pan nam zdradzić, o czym rozmawialiście?

– Mówiłem już, że to sprawa prywatna.

– I przyznaje pan, że dzwonił pan do Idara Vetlesena tego dnia, gdy znaleziono go martwego, ale temat rozmowy również uważa pan za sprawę prywatną. Dobrze zrozumiałem?

Becker rozejrzał się dokoła, jakby uznał, że gdzieś tutaj powinna stać popielniczka.

– Proszę mnie posłuchać. Nie popełniłem żadnego przestępstwa, ale nie chcę odpowiadać na dalsze pytania bez obecności mojego adwokata. A on przyjdzie dopiero później.

– Wczoraj wieczorem zaproponowaliśmy panu adwokata, który mógł przyjść od razu.

– Chcę prawdziwego adwokata, a nie jednego z tych... zatrudnionych przez gminę. Czy nie pora, żebyście mi powiedzieli, dlaczego uważacie, że zrobiłem coś tej żonie Lossiusa?

Harry zadrżał, słysząc takie sformułowanie. Żona Lossiusa.

– Jeśli zaginęła, to powinniście raczej aresztować Lossiusa – ciągnął Becker. – Czy nie jest tak, że zawsze winien jest mąż?

– Owszem – przyświadczył Harry. – Ale on ma alibi. Był w pracy w czasie, gdy ona zniknęła. Powód, dla którego pan tu siedzi, jest następujący: Uważamy, że Bałwan to pan.

Usta Beckera się rozsunęły. Mrugał teraz tak, jak w salonie na Hoffsveien poprzedniego wieczoru. Harry wskazał na papierosa, który dymił mu w palcach.

– Trochę dymu musi pan wchłonąć, bo inaczej alarm się włączy.

– Że jestem Bałwanem? Przecież Bałwan to Vetlesen.

– Nie – zaprzeczył Harry. – Wiemy już na pewno, że nie.

Becker mrugnął jeszcze dwa razy, zanim wybuchnął śmiechem tak suchym i gorzkim, że zabrzmiał jak kaszel.

– To dlatego niczego nie zdradziliście prasie. Nie chcecie, żeby dziennikarze się dowiedzieli, jak się wygłupiliście. A w tym czasie rozpaczliwie staracie się znaleźć prawdziwego winowajcę. Albo potencjalnego.

– Słusznie. – Harry pociągnął własnego papierosa. – A chwilowo jest nim pan.

– Chwilowo? Sądziłem, że pańską rolą jest przekonanie mnie o swoich racjach, więc równie dobrze mogę się przyznać. Od razu.

– Ale ja nie jestem pewien – powiedział Harry.

Becker przymknął jedno oko.

– To jakaś sztuczka?

Harry wzruszył ramionami.

– Po prostu takie mam wrażenie. Musi mnie pan przekonać, że jest niewinny. To krótkie przesłuchanie jedynie umocniło wrażenie, że wiele pan ukrywa.

– Nie miałem nic do ukrycia. To znaczy nie mam. Tylko nie widzę powodu, dla którego miałbym wam opowiadać o prywatnych sprawach, dopóki nic złego nie zrobiłem.

– Niech mnie pan posłucha, Becker. Myślę, że ani nie jest pan Bałwanem, ani nie zabił pan Camilli Lossius. Myślę też, że jest pan racjonalnie myślącą osobą, która zrozumie, że mniejszą szkodę przyniesie ujawnienie tych spraw prywatnych mnie tu i teraz niż jutrzejsze nagłówki informujące o tym, że profesor Filip Becker został aresztowany jako podejrzany o popełnienie największej w historii Norwegii serii zbrodni. Bo pan wie, że nawet jeśli zostanie pan oczyszczony z zarzutów i zwolniony pojutrze, prasa i tak uczepi się pańskiego nazwiska. Pańskiego i pana syna.

Harry patrzył, jak jabłko Adama porusza się w górę i w dół nieogolonej szyi Beckera. Widział, jak mózg wyciąga logiczne wnioski. Proste wnioski. I wreszcie usłyszał słowa wypowiadane tonem tak udręczonym, że w pierwszej chwili uznał, że to papieros tak podziałał.

– Birte, moja żona, była dziwką.

– Ach tak? – Harry usiłował ukryć zaskoczenie.

Becker odłożył papierosa na cementową podłogę, wychylił się do przodu i z tylnej kieszeni spodni wyciągnął czarny notes.

– Znalazłem go dzień po jej zniknięciu. Leżał w szufladzie jej biurka. Nie był nawet schowany. Na pierwszy rzut oka wyglądał całkiem niewinnie. Zwykłe zapiski, przypomnienia i numery telefonów. Dopiero kiedy zacząłem sprawdzać te numery w informacji, okazało się, że nie istnieją. To był szyfr. Ale obawiam się, że moja żona nie była wybitną szyfrantką. Na rozgryzienie wszystkich wystarczył mi jeden dzień.

Erik Lossius był właścicielem firmy „Sprawna przeprowadzka", która zdobyła stabilną, mocną pozycję w tej mało lukratywnej branży za pomocą niskich cen, agresywnej reklamy, taniej siły roboczej z zagranicy i kontraktów, w których właściciel żądał rozliczenia gotówką w momencie, gdy rzeczy znajdowały się na samochodach, lecz przed odjazdem na miejsce przeznaczenia. Nigdy nie stracił pieniędzy na kliencie, między innymi dlatego, że zamieszczona mniejszymi literami klauzula mówiła, że skargę na ewentualne uszkodzenia i kradzież należy składać w ciągu dwóch dni, co w praktyce oznaczało, że dziewięćdziesiąt procent stosunkowo wielu skarg składano zbyt późno, przez co mogły zostać odrzucone. Gdy chodziło o pozostałe dziesięć procent, Erik Lossius wypracował rozwiązania pozwalające jemu pozostawać niedostępnym, a sprawom płynąć trybem tak męczącym, że nawet ci, którym podczas przeprowadzki zniszczono pianino lub którzy stracili telewizor plazmowy, wreszcie się poddawali.

Erik Lossius zaczynał w tej branży w młodym wieku, u poprzedniego właściciela „Sprawnej przeprowadzki". Właściciel był przyjacielem ojca Erika i właśnie ojciec wprowadził syna do firmy. „Chłopak ma zbyt niespokojną krew, żeby chodzić do szkoły, a jest za bystry, żeby zostać łobuzem – powiedział ojciec do właściciela. – Możesz go przyjąć?".

Jako przedstawiciel firmy pracujący na prowizji Erik prędko zwrócił na siebie uwagę swoim wdziękiem, skutecznością i brutalnością. Był atletycznej budowy, po matce odziedziczył piwne oczy, a po ojcu gęste kręcone włosy. To przede wszystkim kobiety rezygnowały z szukania innych ofert firm przeprowadzkowych i podpisywały umowę od ręki. Erik był bystry, radził sobie z liczbami i taktyką, gdy z rzadka proponowano mu większe zlecenie. Oferował niskie ceny, za to z wysokim udziałem własnym klienta w kwestii szkód i strat. Po pięciu latach „Sprawna przeprowadzka" zaczęła przynosić solidne zyski, a Erik stał się prawą ręką właściciela w większości spraw związanych z prowadzeniem firmy. Ale podczas stosunkowo prostej operacji przeprowadzkowej tuż przed świętami Bożego Narodzenia – przy przenoszeniu stołu do nowego pokoju Erika, mieszczącego się obok biura szefa na piętrze – właściciel miał zawał i padł martwy na miejscu. W następnych dniach Erik pocieszał żonę właściciela najlepiej, jak umiał – a umiał całkiem nieźle – i tydzień po pogrzebie ustalili wręcz symboliczną kwotę za przejęcie firmy, będącej – jak podkreślał Erik – „maleńkim interesem w mało lukratywnej branży o wysokim ryzyku". Zapewnił jednak, że najważniejsze dla niego jest mimo wszystko niezmarnowanie dotychczasowego dzieła życia jej męża. W jego piwnych oczach błysnęła łza, gdy wypowiadał te słowa, a kobieta dotknęła jego ręki, mówiąc, że w razie osobistych trudności musi się zwrócić do niej i informować ją o wszystkim. Tym samym Erik Lossius stał się właścicielem „Sprawnej przeprowadzki", a jego pierwszymi posunięciami było wyrzucenie do śmieci wszystkich skarg dotyczących zniszczenia czy zaginięcia rzeczy, przepisanie kontraktów i wysłanie imiennych listów z ofertą do wszystkich gospodarstw domowych w bogatych zachodnich dzielnicach Oslo, w których przeprowadzano się najczęściej i przykładano największą wagę do ceny.

Kiedy Erik Lossius kończył trzydzieści lat, stać go było na dwa bmw, letni domek na północ od Cannes i pięćsetmetrową willę na Tveita, gdzie bloki, w których sam dorastał, nie zasłaniały słońca. Krótko mówiąc, stać go było na Camillę Sandén.

Camilla pochodziła z upadłej szlachty konfekcyjnej z zachodniej dzielnicy Blommenholm, ze środowiska, które synowi robotnika było równie obce jak francuskie wino, chociaż teraz zapasy w piwnicy na Tveita sięgały na wysokość metra. Ale kiedy wszedł do wielkiego domu i zobaczył wszystkie rzeczy, które należało przewieźć, odkrył coś, czego jeszcze nie miał, i co w związku z tym musiał zdobyć: klasę, styl, minioną wielkość i przychodzącą bez wysiłku wyższość, podkreślaną jeszcze przez uprzejmość i uśmiechy. A wszystko to uosabiała córka zleceniodawców, Camilla. Siedziała na tarasie i patrzyła na Oslofjorden przez wielkie ciemne okulary, które z tego, co Erik wiedział, mogły być kupione na najbliższej stacji benzynowej, lecz na niej wyglądały jak Gucci, Dolce&Gabbana, czy jak tam się nazywały te wszystkie marki.

Teraz już dobrze znał te nazwy.

Przeniósł wszystkie rzeczy, z wyjątkiem dwóch obrazów, które miały zostać sprzedane, do mniejszego domu pod mniej modnym adresem. I nigdy nie dostał żadnej skargi dotyczącej jednej jedynej pozycji, którą przywłaszczył sobie podczas tej przeprowadzki. Nawet gdy Camilla Lossius szła do ołtarza w kościele na Tveita z milczącymi blokami w roli świadków, jej rodzice nawet miną nie dali do zrozumienia, że potępiają wybór córki. Może widzieli, że Erik i Camilla w pewnym sensie dopełniają się nawzajem. Jemu brakowało stylu, jej pieniędzy.

Erik traktował Camillę jak księżniczkę, a ona mu na to pozwalała. Dawał jej wszystko, czego zapragnęła, zostawiał ją w spokoju w sypialni, gdy sobie tego życzyła, i nie żądał od niej nic, oprócz dobrej prezencji, gdy gdzieś wychodzili lub zapraszali zaprzyjaźnione pary – to znaczy jego przyjaciół z dzieciństwa – na kolację. Camilla czasami się zastanawiała, czy on po prostu jej nie kocha, bo w niej z czasem zaczęło się rozwijać głębokie uczucie do tego ambitnego pracowitego chłopaka ze wschodniej części miasta.

Erik ze swej strony był niezwykle zadowolony. Od samego początku rozumiał, że Camilla nie jest gorącokrwistym typem; faktycznie była to jedna z tych jej cech, która w jego oczach umieszczała ją w innej, wyższej sferze niż dziewczęta, do jakich był przyzwyczajony. Potrzeby fizyczne i tak zaspokajał przez bliski kontakt z klientkami. Doszedł do wniosku, że musi być coś w naturze przeprowadzki, zerwania z przeszłością, co sprawia, że ludzie stają się sentymentalni, rozdarci i otwierają się na nowe doświadczenia. W każdym razie pieprzył się z kobietami samotnymi, pozostającymi w separacji, w związkach partnerskich i z mężatkami na stołach, na podestach schodów, na materacach zapakowanych w plastikową folię i świeżo umytych parkietach, wśród oklejonych taśmą kartonów i nagich ścian, od których odbijało się echo, i zastanawiał się nad następnym prezentem dla Camilli.

Genialność tkwiła w samej naturze tych romansów, ponieważ obcował z kobietami, z którymi już nigdy miał się nie spotkać. Przeprowadzały się i znikały. I tak działo się zawsze. Z jednym wyjątkiem.

Birte Olsen była śliczna, miała ciemną cerę i włosy, a ciało jak z Penthouse'a. Była od niego młodsza, a jasny głos i formułowane przez nią zdania jeszcze ujmowały jej lat. Była w drugim miesiącu ciąży, właśnie zamierzała przeprowadzić się za miasto z jego okolic, z Tveita, na Hoffsveien razem z przyszłym ojcem dziecka, facetem z zachodniej dzielnicy, za którego miała wyjść za mąż. Z tą przeprowadzką Erik Lossius potrafił się zidentyfikować. A bez tego seksu – jak zrozumiał po namiętnym akcie na zwykłym drewnianym krześle na środku nagiego odartego ze sprzętów pokoju – nie potrafił się obyć.

Krótko mówiąc, Erik Lossius spotkał osobę równą sobie.

Nie udawała, że pragnie czegoś innego niż on. Chciała się pieprzyć do utraty rozumu. W pewnym sensie to się im udawało. W każdym razie zaczęli się spotykać w pustych mieszkaniach, z których ktoś się wyprowadzał albo do których się wprowadzał, co najmniej raz w miesiącu i zawsze z pewnym ryzykiem, że zostaną odkryci. Byli szybcy, zorganizowani, a ich rytuały stałe i bez wariacji. Erik Lossius cieszył się na te spotkania jak dziecko na

Wigilię, to znaczy ze szczerą nieskomplikowaną nadzieją, którą jedynie umacniało przekonanie, że wszystko będzie takie samo, że nadzieje się spełnią. Wiedli równoległe życie, mieli swoją równoległą rzeczywistość, a jej najwyraźniej odpowiadało to tak samo, jak jemu. I nadal tak się spotykali, z przerwami jedynie na poród, który na szczęście odbył się przez cesarskie cięcie, kilkakrotne dłuższe wakacje i niewinną chorobę weneryczną, której źródła ani on, ani ona nie mogli ani nie próbowali dociekać. Tak upłynęło dziesięć lat, a teraz przed Erikiem Lossiusem siedzącym na kartonie w prawie pustym mieszkaniu na Torshov jakiś wysoki, ostrzyżony na jeża facet z głosem przypominającym warczenie kosiarki pytał, czy Erik znał Birte Becker.

Erik Lossius przełknął ślinę.

Facet przedstawił się jako Harry Hole, komisarz z Wydziału Zabójstw, ale z wyglądu przypominał raczej jednego z tragarzy niż komisarza policji. Ci policjanci, z którymi Erik miał kontakt od czasu zgłoszenia zaginięcia Camilli, byli z Sekcji Osób Zaginionych. Ale kiedy facet wyciągnął swój identyfikator, Erik natychmiast pomyślał, że ten policjant przyszedł z informacjami o Camilli i – ponieważ nie zadzwonił wcześniej, tylko po prostu go tu odszukał – obawiał się, że są to złe wiadomości. Dlatego odesłał swoich ludzi i poprosił komisarza, żeby usiadł, a sam wyjął papierosa, przygotowując się na to, co wkrótce musiał usłyszeć.

– I co? – spytał komisarz.

– Birte Becker? – powtórzył Erik Lossius, próbując zapalić papierosa, a jednocześnie szybko myśleć. Nie udało mu się ani jedno, ani drugie. Boże, myśleć nie potrafił nawet wolno.

– Rozumiem, że musi się pan pozbierać – powiedział policjant i wyjął własne papierosy. – Niechże więc pan to zrobi.

Erik patrzył, jak komisarz zapala camela, i drgnął, gdy policjant podsunął mu pod nos wciąż palącą się zapalniczkę.

– Dziękuję – mruknął Erik i zaciągnął się dymem tak gwałtownie, że tytoń aż zatrzeszczał. Dym wypełnił płuca, a nikotyna wstrzyknięta do krwi nagle jakby usunęła blokady. Brał przecież pod uwagę, że to się prędzej czy później wyda, że policja w jakiś sposób znajdzie powiązanie między nim a Birte, przyjdzie i będzie wypytywać. Ale wtedy myślał wyłącznie o tym, jak zdoła to ukryć przed Camillą. Teraz wszystko wyglądało inaczej. Faktycznie od tej chwili, bo dopiero w tym momencie uświadomił sobie, że policja może uznać, że między tymi dwoma zaginięciami istnieje związek.

– Mąż Birte, Filip Becker, znalazł notes, w którym Birte zapisywała różne rzeczy czymś w rodzaju szyfru – powiedział policjant. – Dość łatwym do rozkodowania. Były tam numery telefonów, daty i krótkie informacje, pozostawiające stosunkowo niewielkie wątpliwości co do tego, że Birte utrzymywała regularne kontakty z innymi mężczyznami.

– Z mężczyznami? – wyrwało się Erikowi.

– Jeśli to może być dla pana jakąś pociechą, zdaniem Beckera był pan tym, z którym widywała się najczęściej. Pod różnymi adresami, jak rozumiem.

Erik nie odpowiedział. Miał wrażenie, że siedzi w łodzi i widzi olbrzymią falę wyrastającą na horyzoncie.

– Becker odszukał więc pana adres, zabrał należący do jego syna pistolet-zabawkę, wierną kopię glocka 21, przyjechał na Tveita czekać, aż pan wróci do domu. Mówił, że chciał zobaczyć lęk w pana oczach. Chciał pana zmusić do wyjawienia wszystkiego, zanim poda nam pańskie nazwisko. Wszedł do garażu za samochodem, który do niego wjechał, ale okazało się, że w środku była pana żona.

– I on... on...

– Owszem, opowiedział jej wszystko.

Erik wstał ze swojego kartonu i podszedł do okna. Mieszkanie miało widok na park Torshov i Oslo w bladym przedpołudniowym słońcu. Nie lubił mieszkań z widokiem w starych kamienicach, bo to oznaczało schody. Im lepszy widok, tym więcej schodów i droższe mieszkania, a co za tym idzie – droższe cięższe sprzęty, wyższa kwota ubezpieczenia od szkód i częstsze zwolnienia chorobowe tragarzy. Ale tak już było, gdy ktoś ryzykował utrzymywanie stałych niskich cen, to zawsze wygrywał konkurs na najgorsze przeprowadzki. Przez dłuższy czas każde ryzyko ma swoją cenę. Erik oddychał głęboko, słuchając szurania stóp policjanta po parkiecie. I wiedział, że ten policjant nie pozwoli się zmęczyć żadnej strategii przeciągania, że to skarga, której nie będzie mógł wyrzucić do śmieci. Że Birte Olsen, obecnie Becker, będzie pierwszą klientką, która przyniesie mu stratę.

– No i opowiedział, że od dziesięciu lat miał romans z Birte Becker i że pierwszy raz, kiedy się spotkali i spali ze sobą, ona się spodziewała dziecka męża.

– Masz na myśli, że była w ciąży z mężem, tak? – spytała Rakel, przyklepując poduszkę, żeby go lepiej widzieć.

– Mhm – mruknął Harry, podniósł się na ręce i wyciągnął nad Rakel po papierosy na nocnej szafce. – W każdym razie to się nie zdarza częściej niż osiem na dziesięć razy.

– Co?

– W radiu mówili, że od piętnastu do dwudziestu procent wszystkich dzieci w Skandynawii ma innego ojca niż myślą. – Wyjął papierosa z paczki, uniósł go pod popołudniowe światło sączące się przez roletę. – Palimy jednego na spółkę?

Rakel w milczeniu kiwnęła głową. W zasadzie nie paliła, ale kiedy byli razem, zwykle robili to po kochaniu. Wypalali wspólnie jednego papierosa. Za pierwszym razem poprosiła, żeby dał jej spróbować, jak smakuje. Powiedziała, że chce czuć to samo co on. Poczuć stymulującą truciznę, zbliżyć się do niego najbliżej, jak się da. Pomyślał wtedy o wszystkich spotkanych w życiu ćpunkach, które zrobiły sobie pierwszy zastrzyk z tego samego powodu, i się nie zgodził. Rakel jednak go przekonała i od tamtego czasu stało się to rytuałem. Kiedy kochali się powoli, leniwie i długo, wypalanie papierosa było przedłużeniem samego aktu. Kiedy indziej papieros zmieniał się w fajkę pokoju wypalaną po bitwie.

– Ale on miał alibi na cały ten wieczór, kiedy zniknęła Birte – powiedział Harry. – Męska impreza na Tveita, która zaczęła się o szóstej i trwała całą noc. Co najmniej dziesięciu świadków, większość co prawda w sztok pijana, ale nikt stamtąd nie wyszedł przed szóstą rano.

– Dlaczego musicie utrzymywać w tajemnicy, że Bałwan nie został jeszcze złapany?

– Dopóki on myśli, że nam się wydaje, że mamy sprawcę, będzie, miejmy nadzieję, siedział cicho i nie popełni kolejnych zabójstw. A jednocześnie przestanie być taki czujny, sądząc, że polowanie odgwizdane. A my w tym czasie możemy spokojnie go okrążać...

– Czyżbym słyszała ironię?

– Być może. – Harry podał jej papierosa.

– To znaczy, że ty nie bardzo w to wierzysz?

– Uważam, że szefostwo ma wiele powodów, by nie ujawniać, że nie złapaliśmy właściwego człowieka. To naczelnik Biura Kryminalnego i Hagen zorganizowali tę konferencję prasową, na której sami sobie gratulowali rozwiązania sprawy...

Rakel westchnęła.

– Czasami tęsknię za Budynkiem Policji.

– Mhm.

Rakel patrzyła na papierosa.

– Czy ty kiedykolwiek zdradziłeś, Harry?

– Zdefiniuj zdradę.

– Seks z inną osobą niż ta, z którą jesteś.

– Tak.

– To znaczy, kiedy byłeś ze mną.

– Dobrze wiesz, że nie mogę tego powiedzieć z całą pewnością.

– No dobrze, na trzeźwo.

– Nie, nigdy.

– Wobec tego co myślisz teraz o tym, że tu jestem?

– To jakieś podchwytliwe pytanie?

– Pytam poważnie, Harry.

– Wiem. Nie wiem tylko, czy mam ochotę odpowiadać.

– Nie dam ci tego papierosa.

– Oj, no dobrze. Myślę, że wydaje ci się, że chcesz mnie, ale chciałabyś chcieć jego.

Słowa zawisły nad nimi, jakby wryły się w półmrok sypialni.

– Jesteś taki cholernie... instrumentalny! – wykrzyknęła Rakel, oddała Harry'emu papierosa i założyła ręce na piersi.

– Może nie powinniśmy o tym rozmawiać – zasugerował Harry.

– Ale ja muszę o tym rozmawiać, nie rozumiesz? Inaczej oszaleję. Boże, już oszalałam! Jestem tu teraz... – Podciągnęła kołdrę pod samą brodę.

Harry obrócił się i przysunął do niej. Jeszcze nim jej dotknął, zamknęła oczy, odchyliła głowę, a oddech wydobywający się z rozchylonych ust przyspieszył. Pomyślał: jak ona potrafi tak prędko przejść od wstydu do podniecenia? Jak może być tak... instrumentalna?

– Myślisz – zaczął i zobaczył, że Rakel otwiera oczy i patrzy w sufit, zdziwiona i zawiedziona, że dotyk, na który czekała, nie nastąpił – że wyrzuty sumienia nas podniecają? Że zdradzamy nie mimo wstydu, tylko z jego powodu?

Zamrugała kilka razy.

– Coś w tym jest – stwierdziła w końcu – ale to nie wszystko. Nie tym razem.

– Tym razem?

– Tak.

– Spytałem cię kiedyś, a ty wtedy powiedziałaś...

– Skłamałam. Zdradziłam już wcześniej.

Leżeli w milczeniu, słuchając dalekiego szumu popołudniowych godzin szczytu na Pilestredet. Przyszła do niego prosto z pracy, znał dobrze rozkład dnia jej i Olega, wiedział, że już niedługo będzie musiała wyjść.

– Wiesz, czego w tobie nienawidzę – odezwała się wreszcie, ciągnąc go za ucho. – Że jesteś taki cholernie dumny i uparty, że nawet nie spytasz, czy to ciebie zdradziłam.

– No cóż. – Harry wziął od niej wypalonego papierosa i patrzył na jej nagie ciało, gdy wstawała z łóżka. – Po co miałbym to wiedzieć?

– Z tego samego powodu co mąż Birte. Żeby odkryć kłamstwo. Wyłożyć prawdę na stół.

– Myślisz, że Filip Becker, znając prawdę, będzie mniej nieszczęśliwy?

Rakel wciągnęła przez głowę sweter. Czarny, obcisły, z ostrej wełny, ściśle przylegający do jej miękkiej skóry. Harry pomyślał, że gdyby miał być o coś zazdrosny, to o ten sweter.

– Wie pan co, panie Hole? Jak na kogoś, kto ma pracę polegającą na odkrywaniu nieprzyjemnej prawdy, za bardzo pan lubi życiowe kłamstwa.

– No dobrze. – Harry zgasił papierosa w popielniczce. – Opowiadaj!

– To było w Moskwie, kiedy byłam z Fiodorem. W ambasadzie norweskiej zaczął pracować norweski attaché, razem byliśmy na stażu. Bardzo się w sobie zakochaliśmy.

– I?

– On też miał dziewczynę. Oboje już mieliśmy zerwać nasze związki, ale ona go uprzedziła, zaszła w ciążę. A ponieważ ja mam na ogół niezły gust, jeśli chodzi o mężczyzn... – wydęła wargi, wciągając buty – oczywiście wybrałam takiego, który nie uchylał się od odpowiedzialności. Postarał się o powrót do Oslo i więcej się nie widzieliśmy. Wyszłam za Fiodora.

– I zaraz potem sama zaszłaś w ciążę?

– Tak. – Zapięła płaszcz i spojrzała na niego. – Czasami myślę, że stało tak, by zapomnieć o tamtym. Że Oleg nie jest owocem miłości, tylko żalu po utraconej miłości. Myślisz, że może tak być?

– Nie wiem – powiedział Harry. – Wiem tylko, że ten owoc jest dobry.

Uśmiechnęła się do niego z wdzięcznością, nachyliła i pocałowała w czoło.

– Nigdy więcej się nie zobaczymy, Hole.

– Oczywiście – przyświadczył.

Siedział w łóżku, wpatrzony w gołą ścianę, dopóki nie usłyszał, jak ciężka brama od ulicy zamyka się za nią z głuchym trzaskiem. Poszedł wtedy do kuchni, odkręcił kran i wyjął z szafki czystą szklankę. Czekając, aż popłynie lodowata woda, przesunął wzrok z kalendarza ze zdjęciem Olega i Rakel w niebieskiej sukience na podłogę. Na linoleum widniały dwa mokre ślady butów. Najpewniej Rakel.

Wciągnął kurtkę i buty, chciał wyjść, ale zawrócił. Z górnej półki w szafie wyjął służbowy rewolwer smith&wesson i schował go do kieszeni.

Miłość wciąż tkwiła mu w ciele niczym drżąca przyjemność, leciutkie oszołomienie. Doszedł do bramy, gdy jakiś dźwięk, lekki trzask, kazał mu się odwrócić i spojrzeć na podwórze pogrążone w gęściejszej ciemności niż ulica. Już miał ruszyć dalej i zrobiłby to, gdyby nie tamte ślady. Ślady butów na linoleum. Poszedł więc na podwórze. Żółte światło z górnych okien odbijało się w resztkach śniegu leżących tam, gdzie nie docierało słońce. Stał przy zejściu do piwnic. Niezgrabna figura z przekrzywioną głową z oczami z kamieni i uśmiechem ze żwiru. Z milczącym śmiechem odbijającym się od ścian kamienicy i przechodzącym w histeryczny pisk, który, jak zrozumiał, wydobywał się z jego własnych ust. Gdy złapał za szuflę do śniegu stojącą przy schodach i zamachnął się nią z wściekłością, ostry metalowy kant uderzył dokładnie pod głową, oderwał ją od reszty ciała i rzucił mokrym śniegiem o ścianę. Następne uderzenie przerąbało tors bałwana na pół, a trzecie rozrzuciło szczątki po czarnym asfalcie na środku podwórza. Harry stał, ciężko dysząc, gdy za plecami usłyszał kolejny trzask przypominający odgłos odwodzonego kurka rewolweru. Obrócił się błyskawicznie, odrzucając szuflę, i jednym płynnym ruchem wyciągnął z kieszeni broń.

Przy płocie pod starą brzozą stali nieruchomo Muhammed z Salmą i wielkimi, szeroko otwartymi z przerażenia dziecięcymi oczami wpatrywali się w swojego sąsiada. W rękach trzymali suche gałązki. Widać było, że dobrze by się prezentowały jako ręce bałwana, gdyby przerażona Salma akurat nie przełamała swojej na pół.

– Nasz... nasz bałwan – wyjąkał Muhammed.

Harry schował rewolwer do kieszeni płaszcza i zamknął oczy. Przeklinając w duchu, poinstruował mózg o tym, że ma wypuścić rękojeść z zaciśniętych palców. W końcu otworzył oczy. Zobaczył łzy Salmy.

– Przepraszam – wydusił z siebie. – Pomogę wam ulepić nowego.

– Chcę do domu – szepnęła dziewczynka głosem ściśniętym od płaczu.

Muhammed wziął siostrzyczkę za rękę i przeprowadził ją obok Harry'ego, okrążając go szerokim łukiem.

Harry wciąż zaciskał dłoń na rewolwerze. Ten trzask. Myślał, że to odgłos odciąganego kurka, ale to przecież nieprawda, to akurat odbywa się bezszelestnie. Słyszy się dźwięk opadającego kurka, odgłos nieoddanego strzału, oznaczający, że się żyje. Znów wyjął rewolwer z kieszeni. Skierował go w ziemię i pociągnął za cyngiel. Kurek opierał się o tylną część bębenka. Harry pociągnął cyngiel jeszcze mocniej. Kurek wciąż się nie ruszał. Dopiero kiedy wcisnął spust mniej więcej na jedną trzecią, myśląc, że teraz strzał może paść w każdej chwili, kurek zaczął się podnosić. Harry puścił cyngiel. Kurek opadł z metalicznym trzaskiem. Harry rozpoznał ten dźwięk. I zrozumiał, że ktoś, kto pociągnął za cyngiel na tyle mocno, by kurek się podniósł, ma zamiar strzelić.

Spojrzał we własne okna na trzecim piętrze. Było w nich ciemno. A jemu przyszło do głowy, że nie wie, co się za nimi dzieje, kiedy go tam nie ma.

Erik Lossius siedział bezczynnie w swoim biurze, wyglądał przez okno i się dziwił. Tym, jak mało wiedział, co się dzieje za piwnym spojrzeniem Birte. Tym, że bardziej przykra dla niego była wiadomość o innych jej mężczyznach niż o jej zaginięciu i być może śmierci. I tym, że wolałby stracić Camillę z rąk mordercy niż w taki sposób. Ale przede wszystkim Erik Lossius rozmyślał o tym, że musiał kochać Camillę. I że wciąż ją kochał. Zadzwonił do jej rodziców, ale też nie mieli od niej żadnych wiadomości. Może zamieszkała u którejś z tych przyjaciółek z zachodnich dzielnic, znanych mu jedynie ze słyszenia?

Spojrzał w popołudniowy mrok, z wolna nadciągający nad Groruddalen, zapełniający dolinę i zacierający szczegóły. Nie miał tu dziś nic więcej do roboty. Ale nie chciał wracać do zbyt wielkiego i zbyt pustego domu. Na razie jeszcze nie. W szafce za jego plecami stała skrzynka wyborowych wódek, tak zwanych stłuczek z rozmaitych przeprowadzanych barków. Ale nie miał wody do mieszania. Nalał dżinu do kubka od kawy i zdążył wypić łyk, kiedy zadzwonił telefon. Rozpoznał na wyświetlaczu kod krajowy Francji. Numer nie był wpisany na listę niezałatwionych skarg, więc odebrał.

Poznał ją po oddechu, jeszcze zanim wypowiedziała bodaj jedno słowo.

– Gdzie jesteś? – spytał.

– A jak myślisz? – Jej głos zdawał się dobiegać z daleka.

– Skąd dzwonisz?

– Od Caspra.

Z kawiarni odległej o trzy kilometry od ich posiadłości.

– Camillo, policja cię poszukuje.

– Doprawdy?

Mówiła tak, jakby drzemała w słońcu na leżaku, jakby się nudziła i tylko udawała zainteresowanie, z tym swoim uprzejmym zdystansowanym chłodem, w którym zakochał się już wtedy na tarasie na Blommenholm.

– Ja… – zaczął, ale urwał. Co właściwie miał powiedzieć?

– Uznałam, że powinnam do ciebie zadzwonić, zanim zrobi to nasz adwokat.

– N a s z adwokat?

– Mojej rodziny – wyjaśniła. – Obawiam się, że jeden z najlepszych w podobnych sprawach. Zaproponuje podział majątku dokładnie po połowie, jeśli chodzi o wszystkie ruchomości i pieniądze. Zażądamy też domu i z pewnością go dostaniemy, chociaż nie ukrywam, że mam zamiar go sprzedać.

Oczywiście, pomyślał.

– Wracam do domu za pięć dni. Liczę, że do tego czasu się wyprowadzisz.

– To bardzo krótki termin – wydusił z siebie.

– Na pewno sobie poradzisz. Słyszałam, że nikt nie pracuje szybciej i taniej niż „Sprawna przeprowadzka".

Ostatnie słowa wypowiedziała z taką pogardą, że cały aż się skurczył.

Tak jak kurczył się od czasu tamtej rozmowy z komisarzem Holem. Przypominał ubranie uprane w zbyt wysokiej temperaturze, zrobił się dla niej za mały, nie do użytku. I z tą samą pewnością, z jaką wiedział, że teraz, w tej chwili, kocha ją bardziej niż kiedykolwiek, tak samo wiedział, że nieodwołalnie ją stracił. Że nigdy nie dojdzie do żadnej ugody. Kiedy odłożyła słuchawkę, wyobraził sobie, że zmrużyła oczy, patrząc na zachód słońca, tam, na francuskiej Rivierze, w ciemnych okularach kupionych za dwadzieścia euro, które na niej wyglądają na Gucciego za trzy tysiące, na Dolce&Gabbanę albo... zapomniał, jak nazywają się pozostałe.

Harry podjechał na wzgórze po zachodniej stronie miasta. Zostawił samochód na dużym pustym parkingu kompleksu sportowego i piechotą podszedł do skraju skoczni Holmenkollen. Tam stanął w punkcie widokowym i razem z parą zabłąkanych turystów patrzył na ziejące pustką trybuny po obu stronach zeskoku, na jeziorko na samym dole opróżniane na zimę i na miasto rozciągające się nad fiordem. Widok pozwala uzyskać perspektywę. Nie mieli konkretnych śladów. Bałwan był już tak blisko. Wydawało im się, że wystarczy wyciągnąć rękę i go złapać. Tymczasem on znów zrobił unik jak przebiegły zawodowy bokser. Harry poczuł się stary, ciężki i niezdarny. Jeden z turystów spojrzał na niego. Ciężar rewolweru leciutko ściągał płaszcz na prawą stronę. No i zwłoki. Gdzie u diabła podziały się zwłoki? Przecież nawet zakopane ciała kiedyś się pojawiają. Czyżby Bałwan używał kwasu?

Poczuł ogarniającą go rezygnację. Cholera, nie! Na tym kursie zorganizowanym przez FBI omawiali przypadki, w których do złapania sprawcy upływało ponad dziesięć lat. Z reguły sprawę pomagał rozwiązać jakiś drobny, pozornie przypadkowy szczegół, ale tak naprawdę rozwiązywali ją dlatego, że nigdy się nie poddawali, walczyli przez wszystkie piętnaście rund, a jeśli przeciwnik wciąż trzymał się na nogach, krzykiem domagali się powtórzenia walki.

Popołudniowy zmierzch nadciągał od miasta w dole. Dookoła zapalały się latarnie.

Muszą szukać tam, gdzie jest jasno. To banalna, ale ważna reguła dotycząca śledztwa. Zaczynać tam, gdzie istnieje jakiś ślad. W tym wypadku oznaczało to rozpoczęcie od najmniej prawdopodobnej osoby, jaką można sobie wyobrazić, i od najgorszego, najbardziej chorego pomysłu, jaki kiedykolwiek miał.

Harry westchnął, wyjął komórkę i zaczął przeglądać listę wcześniejszych rozmów. Nie było ich wiele, więc numer się zachował od czasu tamtej bardzo krótkiej rozmowy w hotelu Leon. Wcisnął „OK" przy „zadzwoń".

Researcherka Bossego, Oda Paulsen, odebrała od razu wesołym podnieconym głosem osoby, dla której każdy telefon oznacza nową interesującą możliwość. I tym razem w pewnym sensie miała rację.

21 DZIEŃ 18. POCZEKALNIA

To było pomieszczenie wielkich nerwów. Może właśnie dlatego niektórzy nazywali je „poczekalnią", jak u dentysty, albo „przedsionkiem", jak gdyby ciężkie drzwi między kanapami prowadzące do Studia 1 wiodły do jakiegoś bardzo ważnego czy nawet świętego miejsca. Ale na obszernej liście pomieszczeń w budynkach państwowej telewizji NRK na Marienlyst w Oslo miało ono nudną nazwę, „pokój dzienny Studia 1". A jednak było to najbardziej emocjonujące pomieszczenie, jakie Oda Paulsen znała.

Czterech z sześciu gości, którzy mieli wystąpić w wieczornym wydaniu programu „Bosse zaprasza", już przyszło. Jak zwykle pierwsze zjawiały się osoby najmniej znane i te, które miały uczestniczyć w programie najkrócej. Teraz uszminkowane siedziały na dwóch kanapach z nerwowymi rumieńcami na policzkach, uprzejmie ze sobą konwersując i małymi łyczkami popijając herbatę lub czerwone wino, lecz ich spojrzenia nieustannie wędrowały na monitor ukazujący wnętrze studia za ścianą.

Tam wpuszczono już publiczność, a szefowa nagrania instruowała ją, jak ma klaskać, śmiać się i okazywać radość. Na monitorze widoczne było też krzesło prowadzącego i cztery krzesła dla gości oczekujące na ludzi, treść i rozrywkę.

Oda uwielbiała te intensywne nerwowe chwile przed emisją na żywo. W każdy piątek przez czterdzieści minut tutaj znajdowało się centrum świata na tyle, na ile w Norwegii można się do niego zbliżyć. Program oglądało od dwudziestu do dwudziestu pięciu procent wszystkich mieszkańców kraju. Niesamowicie wysoka oglądalność, jak na talk-show. Ci, którzy tu pracowali, nie tylko znajdowali się tam, gdzie coś się działo, lecz to oni sprawiali, że się działo. To był biegun północny magnetycznie przyciągający do siebie uwagę wszystkiego i wszystkich. A ponieważ uwaga, czyli oglądalność, to uzależniający narkotyk, od bieguna północnego zaś istnieje tylko jeden kierunek – na południe, czyli w dół, wszyscy kurczowo trzymali się swoich stanowisk. Wolny strzelec, jak Oda, musiał się bardzo starać, by zostać w ekipie na następny sezon, i właśnie dlatego Oda tak się ucieszyła również we własnym imieniu z tego telefonu wczoraj po południu, tuż przed zebraniem redakcyjnym. Nawet Bosse Eggen się do niej uśmiechnął i powiedział, że to sensacja. Jej sensacja.

Tematem dzisiejszego wieczoru miały być zabawy dorosłych. Typowy temat dla tego programu, odpowiednio serio, ale nie za poważny. Coś, o czym każdy z zaproszonych gości mógł mieć jakieś prawie profesjonalne zdanie i o czym dałoby się pogadać. W rozmowie miała uczestniczyć pani psycholog, która na ten temat napisała pracę naukową, ale głównym gościem był Arve Støp. Okazję, dla której został zaproszony, stanowiły obchody dwudziestopięciolecia „Liberała" zaplanowane na sobotę. Ten playboy Støp raczej nie miał nic przeciwko pogawędkom o rozbawionych dorosłych, gdy przyszła na wstępne spotkanie do jego mieszkania. Śmiał się tylko, kiedy porównała go do starzejącego się Hugha Hefnera w szlafroku, z fajką, na wiecznym wieczorze kawalerskim w jego rezydencji. Czuła na sobie jego spojrzenie, badawcze i ciekawe, aż do chwili, gdy spytała, czy nie brak mu dziecka, spadkobiercy imperium.

– Czy pani sama ma dzieci? – spytał.

Kiedy odparła przecząco, ku jej zdumieniu, jakby nagle stracił zainteresowanie i nią, i ich rozmową. Dlatego szybko zakończyła, podając mu zwykłe informacje o terminach, charakteryzacji, unikaniu ubioru w paski oraz o tym, że i tematy, i pozostali goście mogą się zmienić nawet w krótkim czasie przed emisją, ponieważ program dotyczy aktualności.

A teraz Arve Støp stał tu, w pokoju dziennym Studia 1, już po charakteryzacji, z tymi swoimi intensywnie niebieskimi oczami i włosami siwymi, gęstymi i świeżo ufryzowanymi, lecz akurat na tyle długimi, by ich końce zawadiacko się podwijały. Był ubrany w prosty szary garnitur z rodzaju tych, o którym nikt nie potrafi powiedzieć, skąd wie, że kosztował bajońskie sumy. Opalona dłoń już się wyciągała do powitania z psycholożką siedzącą na kanapie przy orzeszkach ziemnych i kieliszku czerwonego wina.

– Nie wiedziałem, że psycholodzy potrafią być tacy piękni – zagadnął. – Mam nadzieję, że ludzie zrozumieją też to, co będzie pani mówiła.

Oda zauważyła wahanie psycholożki, po którym nastąpił szeroki uśmiech. I chociaż kobieta wyraźnie zrozumiała, że komplement Støpa był żartem, Oda po błysku w jej oczach poznała, że Støpowi udało się do niej trafić.

– Dobry wieczór, dziękuję wszystkim, że zechcieliście przyjść. – To Bosse wpadł do pokoju. Zaczął od gości z lewej strony, ściskał im ręce, patrzył w oczy, wyrażał radość z ich udziału w programie i przypominał, że mogą w każdej chwili wtrącać komentarze albo pytania kierowane do innych gości, bo dzięki temu rozmowa się ożywia.

Gubbe, producent, dał znak, że Støp i Bosse mają wejść do sąsiedniego pomieszczenia, żeby poświęcić chwilę na przygotowanie tego, co miało być głównym wywiadem i początkiem programu. Oda popatrzyła na zegarek. Osiem i pół minuty do wejścia na antenę. Zaczęła się już niepokoić i zastanawiała się, czy nie zadzwonić do recepcji i nie spytać, czy on tam przypadkiem nie czeka. Prawdziwy główny gość, sensacja. Ale gdy podniosła oczy, zobaczyła, że właśnie przed nią staje razem z jedną z asystentek, i poczuła, że serce podskakuje jej w piersi. Nie był przystojny, może nawet wręcz brzydki, ale nie wstydziła się przyznać, że czuje do niego pociąg. Ten pociąg miał pewien związek z tym, że właśnie tego gościa teraz życzyłyby sobie wszystkie redakcje telewizyjne w całej Skandynawii. To był człowiek, który schwytał Bałwana, rozwiązując tym samym największą od lat sprawą kryminalną w Norwegii.

– Mówiłem, że przyjdę późno – przypomniał Harry Hole, nim zdążyła coś powiedzieć.

Oda wciągnęła zapach jego oddechu. Kiedy ostatnio brał udział w programie, był wyraźnie nietrzeźwy i uraził cały naród, a w każdym razie jego dwadzieścia pięć procent.

– Bardzo się cieszymy, że pan przyszedł – zaszczebiotała. – Wchodzi pan dopiero jako numer dwa i zostanie pan w studio do końca programu, pozostali goście będą się zmieniać.

– W porządku – powiedział.

– Zabierz pana do charakteryzacji – zwróciła się Oda do asystentki – Zaangażuj Guri.

Guri była szybka i skuteczna, a przede wszystkim widziała, jak za pomocą prostych sztuczek sprawić, by zmęczona twarz dobrze się prezentowała publiczności telewizyjnej.

Wyszli, Oda odetchnęła głębiej. Uwielbiała te ostatnie pełne drżenia minuty, kiedy wszystko wydawało się jednym wielkim chaosem, a mimo to się układało.

Bosse i Støp wyszli z bocznego pokoju.

„Trzymam kciuki", szepnęła do Bossego samymi ustami. Usłyszała oklaski publiczności i drzwi się zamknęły. Na monitorze zobaczyła, że Bosse zajmuje miejsce na swoim fotelu, a szefowa nagrania odlicza już sekundy do wejścia na antenę. Pojawiła się czołówka. Ruszyli.

Oda zrozumiała, że coś jest nie tak. Zbliżał się już koniec programu i wszystko dotąd szło jak po maśle. Arve Støp wypadł wspaniale, a Bosse znakomicie się bawił. Støp oświadczył, że jest postrzegany jako elita, ponieważ jest elitą, ale że nie zostanie zapamiętany, jeśli porządnie nie nastąpi na jeden czy drugi odcisk.

– Dobre historie nigdy nie opisują równego pasma sukcesów, tylko spektakularne przegrane – perorował. – Chociaż Roald Amundsen wygrał wyścig i pierwszy dotarł do bieguna południowego, to jednak świat poza Norwegią pamięta raczej Roberta Scotta. Żadnej z wygranych bitew Napoleona świat nie zna tak dobrze jak klęski pod Waterloo. Narodowa duma Serbii jest dziś zbudowana na bitwie z Turkami na Kosowym Polu w 1389 roku, którą Serbowie z wielkim hukiem przegrali. I spójrzmy tylko na Jezusa! Symbolem człowieka, który, jak twierdzą, zwyciężył śmierć, powinien być mężczyzna stojący obok grobu z rękami triumfalnie wyrzuconymi w górę, tymczasem chrześcijanie zawsze woleli jego spektakularną klęskę, chwile, kiedy wisi na krzyżu i się poddaje. To dlatego, że zawsze historia przegranej porusza nas najbardziej.

– I pan ma zamiar być taki jak Jezus?

– Nie – odparł Støp. Z uśmiechem spuścił wzrok, czekając, aż publiczność przestanie się śmiać. – Ja jestem tchórzem. Walczę o sukces, który odejdzie w zapomnienie.

Zamiast osławionej arogancji Støp ukazał swoją sympatyczną, wręcz pokorną stronę. Bosse spytał go na koniec, czy jako wieloletni singiel nie tęskni za stałą partnerką u swego boku. Kiedy Støp odparł, że owszem, właśnie tak, tyle że na razie jeszcze jej nie znalazł, Oda wiedziała, że Støp może się spodziewać huraganu listów z oświadczynami. Publiczność nagrodziła go gorącymi długimi oklaskami. Następnie Bosse w dramatyczny sposób zapowiedział „samotnego i nigdy nie porzucającego polowania wilka z policji w Oslo, śledczego Harry'ego Hole". Odzie wtedy wydało się, że dostrzega zdumienie na twarzy Støpa, gdy na moment zatrzymała się na niej kamera.

Bossemu najwyraźniej spodobał się odzew, jaki wywołało jego pytanie o kobietę na stałe, bo próbował podtrzymać wątek, pytając Harry'ego, który z tego, co wiedział, również nie był z nikim związany, czy nie tęskni za kobietą. Harry uśmiechnął się półgębkiem i pokręcił głową, ale Bosse się nie poddawał i spytał, czy może czeka na jakąś szczególną.

– Nie – powiedział Harry krótko.

Zwykle taka odpowiedź skłaniała Bossego do jeszcze bardziej uporczywych nacisków, ale tym razem wiedział, że nie może stracić smaczniejszego kąska. Bałwana. Poprosił więc, by Harry opowiedział coś o tej sprawie, będącej na ustach całej Norwegii. O pierwszym prawdziwym seryjnym zabójcy w kraju.

Harry lekko skinął głową i zaczął mówić, wiercąc się na krześle, jakby było za małe dla jego wielkiego ciała. Krótkimi, dobitnymi zdaniami podsumował, co się wydarzyło. Opowiadał, że w ostatnich latach było więcej zaginięć wykazujących cechy podobieństwa, wszystkie zaginione kobiety miały partnerów i dzieci, a po ich zwłokach nie pozostał ślad.

Bosse zrobił najpoważniejszą ze swoich min, sygnalizującą wkroczenie do strefy, w której żarty są zakazane.

– W tym roku w podobnych okolicznościach ze swego domu na Hoff w Oslo zniknęła Birte Becker – ciągnął Harry – a wkrótce potem na Sollihøgda niedaleko Oslo została zabita Sylvia Ottersen; po raz pierwszy znaleźliśmy ciało, a przynajmniej jego część.

– No tak, znaleźliście głowę – przerwał mu Bosse, odpowiednio informując niewtajemniczonych, i krwawo tabloidalny dla wtajemniczonych. Był tak profesjonalny, że Odę z zadowolenia aż ścisnęło w żołądku.

– Następnie znaleźliśmy zwłoki zaginionego policjanta pod Bergen – ciągnął niewzruszony Harry. – Zaginął przed dwunastoma laty.

– Żelaznego Rafto – dopowiedział Bosse.

– Gerta Rafto – poprawił go Harry. – A kilka dni temu znaleźliśmy zwłoki Idara Vetlesena na Bygdøy. To jedyne ciała, jakie mamy.

– Co, pana zdaniem, było najgorsze w tej sprawie?

Oda słyszała zniecierpliwienie w głosie Bossego, prawdopodobnie dlatego, że Harry nie złapał przynęty w postaci wzmianki o głowie, ani też nie opisał zabójstw ze szczegółami, na jakie Bosse liczył.

– Że upłynęło tyle lat, nim zrozumieliśmy, że między tymi zaginięciami istnieje związek.

Jeszcze jedna nudna odpowiedź. Szefowa nagrania dała znać Bossemu, by powoli przechodził do następnego tematu.

Bosse złączył dłonie koniuszkami palców.

– Ale teraz sprawa jest już rozwiązana i pan znów jest gwiazdą, Harry. Jakie to uczucie? Dostaje pan listy od fanów?

Rozbrajający chłopięcy uśmiech. Strefę bez żartów już opuścili. Komisarz powoli kiwnął głową i w skupieniu zwilżył wargi, jakby sformułowanie odpowiedzi było bardzo ważne.

– No cóż. Dostałem pewien list jesienią. Ale o tym zapewne Støp może powiedzieć coś więcej.

Zbliżenie na twarz Støpa, który zdziwiony patrzy na Harry'ego. Dwie długie telewizyjne sekundy milczenia. Oda przygryzła wargę. O co Holemu mogło chodzić? Włączył się Bosse i próbował wyjaśniać:

– No tak, pan Støp oczywiście otrzymuje mnóstwo listów od fanów, a zwłaszcza od fanek. A jak jest z panem, Hole? Pan też ma fanki? Czy policja w ogóle ma fanki?

Publiczność ostrożnie się roześmiała.

Harry Hole pokręcił głową.

– Proszę powiedzieć. Zdarza się chyba przynajmniej, że przychodzi do pana młoda studentka szkoły policyjnej z prośbą o dodatkowe wykłady z rewizji osobistej?

Sala śmiała się teraz głośno, serdecznie. Zadowolony Bosse też wyszczerzył zęby.

Harry Hole nawet się nie uśmiechnął. Patrzył tylko z rezygnacją, zerkając na wyjście. Przez krótką szaloną chwilę Odzie wydawało się, że wstanie i wyjdzie. Zamiast tego zwrócił się do siedzącego obok Støpa.

– A co pan robi, Støp, kiedy po wykładzie w Trondheim podchodzi do pana kobieta i mówi, że ma tylko jedną pierś, ale chciałaby iść z panem do łóżka? Zaprasza pan ją na dodatkowy wykład w pokoju hotelowym?

Publiczność gwałtownie ucichła, a Bosse nie potrafił ukryć zdumienia.

Jedynie Arve Støp wyglądał tak, jakby uznał to pytanie za zabawne.

– Nie, nie zapraszam jej do hotelu. Wcale nie dlatego, że z jedną piersią musi być gorzej, ale po proste hotelowe łóżka w Trondheim są bardzo wąskie.

Publiczność się roześmiała, lecz jakby bezsilnie, głównie z ulgi, że sytuacja nie stała się jeszcze bardziej kłopotliwa. Zapowiedziano panią psycholog.

Zaczęła się rozmowa o lubiących się bawić dorosłych. Oda zauważyła, że Bosse kieruje dyskusją z pominięciem Harry'ego Hole. Pewnie doszedł do wniosku, że nieobliczalny policjant nie ma dziś swojego najlepszego dnia. Dlatego Arve Støp, który zdecydowanie miał dziś swój dzień, mógł się wypowiadać jeszcze dłużej.

– A pan jak się bawi, Støp? – spytał Bosse z niewinnym wyrazem twarzy, podkreślającym wcale nie niewinny podtekst. Oda się cieszyła. To ona wymyśliła to pytanie.

Ale zanim Støp zdążył odpowiedzieć, Harry Hole wychylił się do niego i spytał głośno i wyraźnie:

– Lepi pan bałwany?

Właśnie wtedy Oda pojęła, że coś jest nie tak. Ten władczy gniewny ton Holego, agresywna mowa ciała. Uniesiona brew zdumionego Støpa, którego twarz jednocześnie zaczęła się jakby kurczyć, ściągać. Bosse milczał. Oda nie wiedziała, co się dzieje, ale doliczyła do czterech sekund, to cała wieczność w programie nadawanym na żywo. W końcu jednak powiedziała sobie, że Bosse wie, co robi. Bo chociaż Bosse za swój obowiązek uważał utrzymywanie dobrego nastroju w studiu, to nie zapominał nigdy, że nadrzędnym zadaniem jego programu jest rozrywka, a nie ma lepszej rozrywki niż ludzie, którzy wpadają w gniew, tracą kontrolę, płaczą, załamują się lub w inny sposób obnażają swoje uczucia przed dużą publicznością w programie nadawanym na żywo. Właśnie dlatego po prostu popuścił cugle i tylko w milczeniu patrzył na Støpa.

– Oczywiście, że lepię bałwany – odpowiedział Støp po czterech sekundach. – Buduję je na tarasie tuż obok mojego basenu. Staram się, żeby każdy przypominał kogoś z rodziny królewskiej. W ten sposób, gdy przyjdzie wiosna, mogę cieszyć się, że coś, co nie należy do tej pory roku, topnieje i znika.

Po raz pierwszy tego wieczoru Støp nie wywołał ani śmiechu, ani oklasków. Oda pomyślała, że powinien wiedzieć, że komentarze z gruntu antyrojalistyczne nigdy nie wzbudzają aplauzu.

Bosse rezolutnie przerwał ciszę, przedstawiając gwiazdę pop. Dziewczyna miała mówić o swym niedawnym załamaniu na scenie i zakończyć program piosenką z singla, którego radiową premierę zapowiedziano na poniedziałek.

– Co to, u diabła, było? – spytał Gubbe, producent, który stanął tuż za Odą.

– Może mimo wszystko on nie jest całkiem trzeźwy – odparła.

– Boże, przecież to policjant – mruknął Gubbe.

W tej samej chwili Oda uprzytomniła sobie, że Hole jest jej. Że to jej sensacja.

– Ale i tak jest świetny.

Producent nie odpowiedział. Gwiazda popu opowiadała o swoich problemach psychicznych, o tym, że są dziedziczne, a Oda spojrzała na zegarek. Czterdzieści sekund. To zbyt poważne na piątkowy wieczór. Czterdzieści trzy. Bosse przerwał po czterdziestu sześciu.

– A jak u ciebie, Arve? – Bosse zwykle przechodził na ty z głównym gościem pod koniec programu. – Masz w rodzinie szaleńca? Albo kogoś, kto cierpi na inne poważne choroby dziedziczne?

– Nie, Bosse, nie mam – uśmiechnął się Støp. – Chyba że za chorobę uzna się uzależnienie od całkowitej wolności. To rzeczywiście jest dziedziczna słabość w mojej rodzinie.

Bosse docierał do zakończenia. Teraz musiał jeszcze tylko lekko musnąć słowami pozostałych gości i już mógł zapowiedzieć piosenkę. Parę ostatnich słów psycholożki na temat zabawy i pytanie:

– Teraz, kiedy Bałwana nie ma już wśród nas, może i ty znajdziesz kilka dni na zabawę, Harry?

– Nie – zaprzeczył Harry. Obsunął się na krześle tak nisko, że długimi nogami prawie dosięgał gwiazdy popu. – Bałwan nie został złapany.

Bosse z uśmiechem uniósł brew, czekając na ciąg dalszy, na puentę dowcipu. Oda miała nadzieję, że okaże się lepsza niż wstęp do niej.

– Nigdy nie powiedziałem, że Idar Vetlesen jest Bałwanem – stwierdził Harry Hole. – Przeciwnie, wszystko wskazuje na to, że Bałwan wciąż pozostaje na wolności.

Bosse wydał z siebie lekki śmiech. Taki, do jakiego zwykle się uciekał, gdy próbował ratować podjętą przez gościa próbę bycia zabawnym.

– Z uwagi na spokojny sen mojej żony, mam nadzieję, że teraz żartujesz – powiedział z błyskiem w oku.

– Nie – odparł Harry. – Nie żartuję.

Oda spojrzała na zegarek, wiedząc, że szefowa nagrania stoi teraz za kamerą i podskakuje, przeciągając płaską dłonią po szyi, żeby pokazać Bossemu, że przekroczyli już plan, że musi zaczynać piosenkę, jeśli mają zdążyć z pierwszym refrenem przed napisami. Ale Bosse był najlepszy. On wiedział, że to jest ważniejsze od wszystkich premierowych singli na całym świecie. Dlatego zignorował batutę. Wychylił się ze swojego fotela, żeby pokazać wszystkim, którzy ewentualnie mieli jeszcze wątpliwości, co to jest. To była sensacja. Sensacyjne oświadczenie. Tu, w jego programie. W ich programie. Drżenie w jego głosie było niemal prawdziwe.

– Twierdzi pan tu i teraz, że policja kłamała, Hole? Że Bałwan wciąż krąży i czyha na nowe ofiary?

– Nie – odparł Harry. – Nie kłamaliśmy. Po prostu w sprawie pojawiły się nowe elementy.

Bosse obrócił się na fotelu, a Oda miała wrażenie, że słyszy, jak szef kamerzystów wrzeszczy: kamera jeden! I zaraz na monitorze pojawiła się twarz Bossego, wpatrzona w nich.

– O tych elementach, jak rozumiem, usłyszymy więcej w wieczornych wiadomościach. A Bosse zaprasza znów w przyszły piątek. Dziękujemy, dobranoc.

Kiedy zespół zaczął grać piosenkę, Oda zamknęła oczy.

– Dobry Boże – usłyszała za sobą szept producenta. I znów: – Cholera jasna, dobry Boże!

Sama miała ochotę wrzeszczeć. Z radości. Tutaj, myślała, tu na biegunie północnym. My nie jesteśmy tam, gdzie coś się dzieje. To my sprawiamy, że coś się dzieje.

22 DZIEŃ 18. PROFIL

Gunnar Hagen stał za drzwiami restauracji U Schrødera i rozglądał się w koło. Wyjechał z domu dokładnie trzydzieści dwie minuty i trzy rozmowy telefoniczne po napisach programu „Bosse zaprasza". Nie zastał Harry'ego ani w mieszkaniu, ani w Domu Artystów, ani w pracy. To Bjørn Holm podpowiedział mu, żeby zajrzał do ulubionego lokalu Harry'ego, do Schrødera. Kontrast między młodą, piękną i prawie sławną klientelą w Domu Artystów a lekko zaspanymi piwoszami U Schrødera był uderzający. W głębi w kącie przy oknie sam przy stoliku siedział Harry. Nad półlitrową szklanką.

Hagen utorował sobie drogę do stolika.

– Próbowałem do ciebie dzwonić, Harry. Wyłączyłeś komórkę?

Komisarz podniósł półprzytomne oczy.

– Nie dawali mi spokoju. Cholernie dużo dziennikarzy nagle koniecznie chciało się ze mną skontaktować.

– W NRK powiedzieli, że redakcja „Bosse zaprasza" razem z gośćmi zwykle po programie idzie do Domu Artystów.

– Prasa już tam na mnie czekała, dlatego uciekłem. O co chodzi, szefie?

Hagen ciężko usiadł na krześle i patrzył, jak Harry podnosi szklankę do warg, a złocisty płyn wlewa mu się do ust.

– Rozmawiałem z naczelnikiem Biura Kryminalnego. To poważna historia, Harry. Wyjawienie, że Bałwan wciąż jest na wolności, to bezpośrednie złamanie zakazu dochowania tajemnicy.

– Owszem, to prawda – przyznał Harry i wypił kolejny łyk.

– Prawda? To wszystko, co masz do powiedzenia? W imię niebios, dlaczego, Harry?

– Opinia publiczna ma prawo wiedzieć – oświadczył Harry. – Nasza demokracja jest zbudowana na otwartości, szefie.

Hagen walnął pięścią w stół, na co reakcją było kilka ożywionych spojrzeń od sąsiednich stolików i ostrzegawcze kelnerki, która akurat ich mijała z objęciami pełnymi półlitrowych szklanek piwa.

– Nie baw się ze mną, Harry! Ogłosiliśmy publicznie, że sprawa jest rozwiązana. Postawiłeś firmę w bardzo złym świetle, zdajesz sobie z tego sprawę?

– Moja praca polega na łapaniu bandytów – stwierdził Harry. – A nie na pokazywaniu się w dobrym świetle.

– To dwie strony tego samego medalu! Warunki, w jakich pracujemy, zależą od tego, jak nas postrzega opinia publiczna. Media są ważne!

Harry pokręcił głową.

– Prasa nigdy ani mi nie przeszkodziła, ani nie pomogła w rozwiązaniu bodaj jednej jedynej sprawy. Media są ważne dla pojedynczych osób, które chcą się wykazać i wybić. Tych, o których mówisz, interesują konkretne rezultaty jedynie w takim stopniu, w jakim przynoszą dobrą prasę. Albo zapobiegają złej. A ja chcę złapać Bałwana.

– Stanowisz zagrożenie dla swojego otoczenia. Wiesz?

Harry zrobił minę, jakby się zastanawiał nad tym twierdzeniem. Opróżnił szklankę i dał znak kelnerce, że chce jeszcze raz to samo.

– Rozmawiałem dziś wieczorem z naczelnikiem Biura Kryminalnego i z komendantem głównym – powiedział Hagen, cały się spinając. – Kazano mi natychmiast cię odnaleźć i założyć ci kaganiec. Już w tej sekundzie. Zrozumiano?

– Jasne, szefie.

Hagen mruknął zdziwiony, ale twarz Harry'ego niczego nie zdradzała.

– Od tej pory muszę cały czas trzymać rękę na pulsie – oświadczył nadkomisarz. – Chcę mieć sprawozdania na bieżąco. Wiem, że i tak mnie nie posłuchasz, więc rozmawiałem już z Katrine Bratt i jej to zleciłem. Jakieś zastrzeżenia?

– Żadnych, szefie.

Hagen pomyślał, że Harry musi być bardziej pijany, niż wygląda.

– Bratt mi powiedziała, że kazałeś jej zwrócić się bezpośrednio do asystentki Idara Vetlesena, żeby sprawdziła kartę Arvego Støpa. Bez pośrednictwa prokuratora. Co wy, do jasnej cholery, wyprawiacie? Wiesz, ile byśmy ryzykowali, gdyby Støp mógł coś takiego odkryć?

Głowa Harry'ego podskoczyła jak u czujnego zwierzęcia.

– Co masz na myśli, mówiąc, „gdyby mógł coś takiego odkryć"?

– Że na całe szczęście żadnej karty Støpa tam nie było. Ta sekretarka Vetlesena twierdziła, że nic takiego mu nie zakładano.

– Tak? A to dlaczego?

– Tego nie wiem, Harry. Ale po prostu się z tego cieszę, bo nie potrzebujemy teraz więcej kłopotów. Arve Støp, Boże! Wszystko jedno, od tej pory Bratt będzie ci deptała po piętach, tak żeby mogła składać raporty mnie.

– Mhm. – Harry mruknął i skinął głową kelnerce, która postawiła przed nim nową szklankę. – A nie poleciłeś jej już tego wcześniej?

– O co ci chodzi?

– Kiedy zaczęła u nas pracować, powiedziałeś jej przecież, że mam być jej... – Harry gwałtownie urwał.

– Jej czym? – spytał zirytowany Hagen.

Harry pokręcił głową.

– O co chodzi, coś się stało?

– Nic. – Harry wypił pół szklanki jednym łykiem i położył na stole setkę. – Miłego wieczoru, szefie.

Hagen siedział, dopóki Harry nie wyszedł. Dopiero wtedy zauważył, że w opróżnionej do połowy szklance nie unoszą się ku powierzchni banieczki gazu. Rozejrzał się ukradkiem, zanim ostrożnie przyłożył szklankę do ust. Sok jabłkowy.

Harry szedł do domu pogrążonymi w ciszy ulicami. Okna w starych niskich kamienicach jarzyły się nocą jak kocie oczy. Miał ochotę zadzwonić do Drewniaka, żeby się dowiedzieć, jak poszło, ale postanowił dać mu na to noc, tak się umówili. Skręcił w Sofies gate. Pusto. Kierował się do swojej kamienicy, gdy nagle dostrzegł ruch i lekki błysk. Światło odbite w okularach. Ktoś stał po drugiej stronie szeregu samochodów ustawionych wzdłuż chodnika i wyglądało tak, jakby się męczył z otwarciem drzwiczek. Harry wiedział, jakie samochody zwykle parkują w tym końcu jego ulicy, a ten, niebieskie volvo C70, do nich nie należał.

Było za ciemno, żeby Harry mógł zobaczyć wyraźnie twarz, ale zauważył, że ta osoba trzyma głowę w takiej pozycji, że mogła go obserwować. Dziennikarz? Harry minął samochód. W bocznym lusterku któregoś z innych aut dostrzegł cień przesuwający się między samochodami i zbliżający od tyłu. Bez pośpiechu Harry wsunął rękę pod płaszcz. Słyszał zbliżające się kroki. I czuł napływającą wściekłość. Policzył do trzech, po czym gwałtownie się odwrócił. Człowiek za nim wmarzł w asfalt.

– Mnie szukasz? – wychrypiał Harry i zrobił krok do przodu z uniesionym rewolwerem. Złapał mężczyznę za kołnierz, szarpnął go w bok, wybijając z równowagi, a następnie przygniótł własnym ciałem i obaj padli na maskę samochodu. Harry wcisnął przedramię w szyję mężczyzny, a lufę rewolweru przyłożył do okularów.

– O mnie ci chodzi? – wysyczał.

Odpowiedź mężczyzny zagłuszył uruchomiony alarm. Odgłos wypełnił całą ulicę. Mężczyzna próbował się uwolnić, ale Harry mocno go trzymał. W końcu tamten się poddał. Tyłem głowy uderzył o maskę z lekkim stuknięciem i wtedy na jego twarz padło światło latarni. Harry od razu go puścił. Mężczyzna skulił się i kasłał.

– Idziemy. – Harry przeczekał uporczywe wycie, złapał mężczyznę pod ramię i pociągnął go przez ulicę. Kluczem otworzył bramę i wepchnął mężczyznę za nią.

– Co pan, u czorta, robi? – spytał. – I skąd pan wie, gdzie mieszkam?

– Przez cały wieczór próbowałem się dodzwonić pod ten numer na pańskiej wizytówce. W końcu zatelefonowałem do informacji, podali mi adres.

Harry patrzył na mężczyznę, a raczej na cień mężczyzny. Nawet w celi aresztu było w nim więcej z profesora Filipa Beckera.

– Musiałem wyłączyć telefon – wyjaśnił Harry.

Wszedł przed Beckerem do mieszkania, otworzył drzwi kluczem, zrzucił buty i w kuchni włączył elektryczny czajnik.

– Widziałem dziś pana w „Bosse zaprasza" – powiedział Becker. Przyszedł za Harrym do kuchni, ale w płaszczu i butach. Twarz miał bladą, martwą. – To było odważne. Pomyślałem więc, że i ja będę odważny. Jestem to panu winien.

– Winien?

– Pan mi uwierzył wtedy, kiedy nie wierzył mi nikt. Ocalił mnie pan przed publicznym upokorzeniem.

– Mhm.

Harry przysunął mu krzesło, ale profesor pokręcił głową.

– Zaraz sobie pójdę. Chcę panu tylko powiedzieć coś, o czym nigdy nie może się dowiedzieć nikt inny. Nie wiem nawet, czy to ma jakieś znaczenie dla sprawy, ale chodzi o Jonasa.

– Tak?
– Tego samego wieczoru, kiedy poszedłem do Lossiusów, pobrałem mu trochę krwi.
Harry przypomniał sobie plaster na przedramieniu chłopca.
– I jeszcze wziąłem wymaz z ust. Wysłałem to wszystko do oddziału ustalania ojcostwa w Instytucie Medycyny Sądowej, żeby zrobili test DNA.
– Naprawdę? Myślałem, że to trzeba załatwiać przez adwokata.
– Kiedyś tak było. Teraz każda osoba prywatna może zakupić taki test. Dwa tysiące osiemset koron za sztukę. Trochę więcej, jeśli chce się szybką odpowiedź. Ja się na to zdecydowałem. Odpowiedź przyszła dzisiaj. Jonas... – Becker urwał i głęboko odetchnął: – Jonas nie jest moim synem.
Harry wolno kiwnął głową.
Becker zakołysał się na piętach, jakby musiał się rozpędzić.
– Poprosiłem, żeby porównali wynik ze wszystkim danymi w bazie danych. Znaleźli idealną spójność.
– Idealną? To znaczy samego Jonasa?
– Właśnie.
Harry się zastanowił. Coś zaczynało mu świtać w głowie.
– Innymi słowy, ktoś już wcześniej wysłał próbkę do sporządzenia profilu DNA Jonasa – ciągnął Becker. – Poinformowano mnie, że tamten poprzedni profil został wykonany siedem lat temu.
– Potwierdzili, że to Jonas?
– Nie. Próbka była anonimowa. Ale mieli nazwę zamawiającego analizę.
– I to było?
– Przychodnia lekarska, które już nie istnieje.
Harry znał odpowiedź, zanim Becker dokończył:
– Klinika Marienlyst.
– Idar Vetlesen. – Harry przekrzywił głowę, jakby przyglądał się zdjęciu i nie mógł zdecydować, czy wisi krzywo, czy prosto.
– Owszem. – Becker złożył dłonie i uśmiechnął się blado. – To wszystko. Chciałem panu po prostu powiedzieć, że... nie mam syna.
– Przykro mi.

– Właściwie od dawna miałem takie wrażenie.

– Mhm. Dlaczego tak się panu spieszyło, żeby mi to przekazać, że aż pan do mnie przyszedł?

– Nie wiem – powiedział Becker.

Harry czekał.

– Ja... musiałem dzisiaj coś zrobić. Na przykład to. Inaczej nie wiem, co bym wymyślił. Ja... – Profesor na chwilę urwał. – Jestem teraz sam. Moje życie nie ma sensu. Gdyby ten pistolet był prawdziwy...

– Nie – przerwał mu Harry. – Tak niech pan nie myśli. Im dłużej będzie się pan nad tym zastanawiał, tym bardziej wyda się to kuszące. I zapomina pan o jednej rzeczy. Chociaż pana życie nie ma sensu dla pana, to może ma sens dla kogoś innego. Na przykład dla Jonasa.

– Dla Jonasa? – prychnął Becker i zaśmiał się gorzko. – Dla tego kukułczego jaja? A tego o kuszących myślach uczą was w szkole policyjnej?

– Nie – odparł Harry.

Spojrzeli sobie w oczy.

– Wszystko jedno – powiedział Becker. – Teraz już pan to wie.

– Dziękuję.

Kiedy Becker wyszedł, Harry wciąż siedział, próbując stwierdzić, czy zdjęcie wisi krzywo, i nie zauważył, że woda wrze, że czajnik sam się wyłączył, a czerwone oczko pod włącznikiem powoli zgasło.

23 DZIEŃ 19. MOZAIKA

Była siódma rano i chmury kamuflowały puszysty świt, gdy Harry wszedł na korytarz na siódmym piętrze bloku na Frogner. Drewniak zostawił drzwi do mieszkania uchylone i Harry zastał go siedzącego z nogami na zielonej ławie, z tyłkiem na kanapie i z pilotem w lewej ręce. Obrazy przesuwające się do tyłu na ekranie telewizora rozpływały się w cyfrowej mozaice.

– Naprawdę nie chcesz piwa? – powtórzył Drewniak, unosząc do góry własną, już do połowy opróżnioną butelkę. Z obu popielniczek wysypywały się pety.

– Nie, dziękuję – Harry usiadł. – No i jak?

– Miałem tylko tę jedną noc. – Drewniak zatrzymał odtwarzacz DVD. – Zwykle zajmuje mi to ze dwa dni.

– Ten człowiek nie jest zawodowym pokerzystą – przypomniał Harry.

– Tak nie mów. – Drewniak przechylił butelkę. – Blefuje lepiej niż wielu karciarzy. Tutaj jest to miejsce, w którym zadajesz mu zaplanowane pytanie, licząc, że skłamie, prawda?

Drewniak wcisnął „play" i Harry ujrzał samego siebie w studiu telewizyjnym. Był ubrany w nieco za ciasną prążkowaną marynarkę jakiejś szwedzkiej marki, czarny T-shirt, prezent od Rakel, dżinsy marki Diesel i martensy. Siedział w dziwnie niewygodnej pozycji, jak gdyby krzesło było nabite gwoździami. Przez telewizyjne głośniki pytanie zabrzmiało głucho: „Zaprasza ją pan na dodatkowy wykład w pokoju hotelowym?".

„Nie, nie zapraszam jej do hotelu" – zaczął Støp, ale zamarł, gdy Drewniak wcisnął pauzę.

– I wiesz na pewno, że on kłamie? – spytał Drewniak.

– Wiem – potwierdził Harry. – Pieprzył się z koleżanką Rakel. Kobiety zwykle nie przechwalają się na próżno takimi rzeczami. Co widzisz?

– Gdybym zdążył przepuścić to przez komputer, mógłbym powiększyć oczy, ale nie muszę. I tak widać, że źrenice mu się rozszerzają. – Drewniak wyciągnął w stronę ekranu palec z obgryzionym paznokciem. – To najbardziej klasyczna oznaka stresu. I spójrz na jego nozdrza. Troszeczkę się rozszerzyły, prawda? Tak się dzieje w stresie, kiedy mózg potrzebuje więcej tlenu. Ale to nie znaczy, że on kłamie. Wiele osób się denerwuje, nawet jeśli mówi prawdę. Albo są tacy, których nie stresuje kłamstwo. Widać na przykład, że dłonie ma spokojne.

Harry zauważył, że głos Drewniaka uległ przemianie. Zgrzyt zniknął i głos stał się miękki, prawie przyjemny. Harry spojrzał na ekran, na dłonie Støpa nieruchomo leżące na kolanach, lewa na prawej.

– Nie istnieją, niestety, żadne określone nawyki – ciągnął Drewniak. – Każdy pokerzysta jest inny, więc trzeba się posługiwać różnicami. Znaleźć coś, co inaczej wygląda u danej osoby, kiedy kłamie i kiedy mówi prawdę. To jak triangulacja. Potrzebne są dwa stałe punkty przestrzeni.

– Jedno oczywiste kłamstwo i jedna oczywista prawda. Brzmi całkiem prosto.

– „Brzmi" to właściwie słowo. Jeśli założymy, że Støp mówi prawdę, kiedy opowiada o początkach swojego pisma i o tym, dlaczego gardzi politykami, to mamy drugi punkt. – Drewniak przesunął i puścił DVD. – Zobacz.

Harry patrzył. Ale najwyraźniej nie na to, na co powinien. Pokręcił głową.

– Ręce – podpowiedział Drewniak. – Patrz na ręce.

Harry wpatrzył się w opalone dłonie spoczywające na podłokietnikach.

– Wciąż są spokojne – zauważył Harry.

– Owszem, ale ich nie ukrywa. To klasyczne zachowanie marnych pokerzystów. Kiedy mają słabe karty, starają się tym bardziej ukrywać dłonie. A kiedy blefują, w zamyśleniu kładą rękę na ustach, jakby po to, by ukryć wyraz twarzy. Nazywamy ich chowaczami. Inni blefują przesadnie, prostując się na krześle albo odchylając barki w tył, żeby wyglądać na większych, niż są. Tych nazywamy blefiarzami. Støp to chowacz.

Harry wychylił się do przodu.

– Czy ty...

– Owszem – odparł Drewniak. – To się cały czas powtarza. Zdejmuje dłonie z podłokietników i chowa prawą, kiedy kłamie. Przypuszczam, że jest praworęczny.

– A jak się zachowuje, kiedy zadaję mu pytanie o bałwany? – Harry nawet nie próbował ukryć narastającego podniecenia.

– Kłamie – stwierdził Drewniak.

– W którym momencie? Kiedy mówi o lepieniu bałwanów w ogóle czy o lepieniu ich na tarasie?

Drewniak wydał z siebie lekkie warknięcie, mające, jak Harry zrozumiał, oznaczać śmiech.

– To nie jest żadna ścisła nauka. Mówiłem ci już, że Støp to niezły karciarz. Przez pierwsze sekundy trzyma dłonie na oparciach, jakby zamierzał powiedzieć prawdę. Jednocześnie nozdrza mu się rozszerzają odrobinę, co oznacza stres. Potem jednak zmienia zdanie, chowa ręce i kłamie.

– No właśnie – powiedział Harry. – A to znaczy, że ma coś do ukrycia, prawda?

Drewniak zacisnął wargi na znak, że to głupie pytanie.

– Może również znaczyć, że woli powiedzieć kłamstwo, o którym wie, że zostanie odkryte. Żeby ukryć, że równie dobrze mógł powiedzieć prawdę.

– Nie rozumiem.

– Kiedy zawodowi gracze dostają dobre karty, czasami zdarza się, że od razu podbijają stawkę, jednocześnie wysyłając drobne sygnały o tym, że blefują. Akurat tyle, by wystarczyło na przekonanie niedoświadczonych graczy, że odkryli blef i zdecydowali się na udział w podbijaniu stawki. W zasadzie właśnie tak mi to wygląda. Na blefowany blef.

Harry wolno pokiwał głową.

– On chce, żebym pomyślał, że ma coś do ukrycia?

Drewniak spojrzał na pustą butelkę po piwie, potem na lodówkę, bez przekonania podjął próbę podniesienia wielkiego ciała z kanapy i westchnął.

– Mówiłem ci już, że to nie jest nauka ścisła. Chciałoby ci się...

Harry wstał i podszedł do lodówki. W duchu przeklinał. Kiedy dzwonił do Ody z redakcji Bossego, wiedział, że od razu przyjmą jego propozycję udziału w programie. Wiedział też, że będzie mógł bez przeszkód zadawać Støpowi bezpośrednie pytania. Taka była formuła programu. I że kamera filmuje odpowiadających albo w zbliżeniu, albo w tak zwanym półzbliżeniu, to znaczy górną połowę ciała. Wszystko nadawało się idealnie do analizy Drewniaka. A mimo to nie wypaliło. To było ostatnie koło ratunkowe. Ostatnie jako tako oświetlone miejsce. Reszta pozostawała zaciemniona. Może czekało ich dziesięć lat poruszania się po omacku z nadzieją na łut szczęścia, na przypadek. Na głupi błąd.

Harry zapatrzył się na ustawione w równiutkich rządkach butelki piwa Ringnes w lodówce, stanowiące komiczny kontrast z chaosem panującym w całym mieszkaniu. Zawahał się, w końcu wyjął dwie butelki. Były tak zimne, że aż dłonie go zapiekły. Drzwi lodówki powoli zaczęły się zamykać.

– Jedynym momentem, w którym mogę z całą pewnością stwierdzić, że Støp kłamie – odezwał się Drewniak z kanapy – to ten, kiedy odpowiada, że w jego rodzinie nie było szaleńców ani innych chorób dziedzicznych.

Harry zdążył przytrzymać drzwi lodówki nogą. Światło padające ze szczeliny odbiło się w czarnym oknie bez zasłon.

– Powtórz – powiedział.

Drewniak powtórzył.

Dwadzieścia pięć sekund później Harry był już w połowie schodów, a Drewniak w połowie butelki piwa, którą Harry mu rzucił.

– I jeszcze jedno, Harry – mruknął Drewniak do siebie. – Bosse spytał cię, czy jest jakaś kobieta, na którą czekasz, a ty powiedziałeś, że nie – beknął. – Nie zaczynaj przypadkiem grać w pokera.

Harry zadzwonił z samochodu.

Z drugiego końca, jeszcze zanim zdążył się przedstawić, usłyszał:

– Cześć, Harry.

Zadrżał na myśl o tym, że Mathias Lund-Helgesen albo rozpoznał jego numer, albo zapisał go w telefonie z jego imieniem. W tle słyszał głosy Rakel i Olega. Weekend. Rodzina.

– Mam pytanie dotyczące kliniki Marienlyst. Czy wciąż istnieją karty leczonych tam pacjentów?

– Bardzo w to wątpię – odparł Mathias. – Wydaje mi się, że są przepisy nakazujące niszczenie takich dokumentów, jeśli nikt nie przejmuje interesu. Ale skoro to ważne, to oczywiście sprawdzę.

– Dziękuję.

Harry minął stację kolejki na Vinderen. Przed oczami zamajaczył mu upiór. Pościg samochodowy, kolizja, martwy kolega.

Plotka o tym, że to Harry prowadził i że powinno mu się zbadać krew na obecność alkoholu. To było dawno temu. Woda pod mostem. Blizny pod skórą. *Versicolor* duszy.

Mathias oddzwonił po kwadransie.

– Rozmawiałem z Gregersenem, kierował kliniką Marienlyst. Obawiam się, że wszystko zostało zniszczone. Ale wydaje mi się, że niektórzy, między innymi Idar, zabrali karty swoich pacjentów.

– A ty?

– Ja wiedziałem, że nie otworzę prywatnej praktyki, więc nic stamtąd nie brałem.

– Pamiętasz nazwiska jakichś pacjentów Idara?

– Może niektórych. Ale na pewno niewielu. To było dawno temu, Harry.

– Wiem. W każdym razie dziękuję.

Harry rozłączył się i jechał zgodnie z tablicami wskazującymi drogę do Szpitala Centralnego. Grupa budynków była już widoczna na zboczu.

Gerda Nelvik była pogodną czterdziestokilkuletnią kobietą o obfitym biuście i jako jedyna pracowała na oddziale ojcostwa w Instytucie Medycyny Sądowej Szpitala Centralnego w tę sobotę. Przyjęła Harry'ego i wpuściła go do środka. Niewiele tutaj świadczyło, że to miejsce, w którym ściga się najgorszych przestępców w kraju. Jasne, przytulne, po domowemu urządzone pomieszczenia świadczyły raczej o tym, że sztab składa się niemal wyłącznie z kobiet.

Harry był tu już wcześniej i znał procedury przeprowadzania badań DNA. Za szybami laboratoriów w powszedni dzień ujrzałby kobiety w białych fartuchach, czepkach i jednorazowych rękawiczkach, nachylone nad urządzeniami i maszynami, zajęte tajemniczymi procesami nazywanymi preparacją włosa, preparacją krwi i amplifikacją, których efektem miał być krótki raport z konkluzją w postaci wartości liczbowych piętnastu różnych markerów.

Minęli pomieszczenie z półkami, na których leżały brunatne pakiety pocztowe z oznakowaniami komend policji w całym kraju.

Harry wiedział, że zawierają ubrania, włosy, obicia mebli, krew i inny materiał organiczny, przesłany tu do analizy. Wszystko po to, by wyciągnąć z materiału kod liczbowy reprezentujący wybrane punkty tajemniczej girlandy nazywanej DNA, identyfikującej jej właściciela na dziewięćdziesiąt dziewięć i dużą liczbę dziewiątek po przecinku procent pewności. Gabinet Gerdy Nelvik był nieduży, mieściły się w nim półki z segregatorami i biurko z komputerem, kilka stosów dokumentów i duże zdjęcie dwóch uśmiechniętych chłopców z deskami do snowboardu.

– To pani synowie? – spytał Harry, siadając.

– Tak mi się wydaje – uśmiechnęła się.

– Słucham?

– To taki nasz wewnętrzny dowcip. Wspomniał pan o kimś, kto zamawiał u nas analizy.

– Tak. Chciałbym się dowiedzieć o wszystkich badaniach DNA zamawianych przez pewien konkretny zakład dwanaście lat temu i później. I kto konkretnie je zamawiał.

– Aha. Co to za zakład?

– Klinika Marienlyst.

– Klinika Marienlyst? Jest pan pewien?

– Dlaczego?

Wzruszyła ramionami.

– W sprawach o ustalenie ojcostwa badanie z reguły zlecają nam sądy albo adwokaci. Albo bezpośrednio osoby prywatne.

– To nie są sprawy o ustalenie ojcostwa, tylko przypadki, w których chciano sprawdzić ewentualne pokrewieństwo z uwagi na zagrożenie chorobami dziedzicznymi.

– Aha – powiedziała Gerda. – No to będą w bazie danych.

– Może to pani sprawdzić tu i teraz?

– To zależy, czy ma pan czas, żeby zaczekać... – Spojrzała na zegarek. – Trzydzieści sekund.

Harry kiwnął głową.

Gerda zaczęła pisać na komputerze, literując słowa na głos.

– K-l-i-n-i-k-a M-a-r-i-e-n-l-y-s-t.

Odchyliła się na krześle, pozwalając komputerowi pracować.

– Przykra jest taka jesienna pogoda, prawda? – zagadnęła.

– Owszem – odparł Harry półprzytomnie, wsłuchując się w burczenie twardego dysku, jakby mogło mu pokazać, czy komputer da odpowiedź, na którą liczył.

– Od tych ciemności można popaść w depresję – stwierdziła Gerda. – Mam nadzieję, że niedługo spadnie śnieg. Wtedy jest jakby jaśniej.

– Mhm – mruknął Harry.

Burczenie ustało.

– No proszę – Gerda spojrzała na ekran. – Klinika Marienlyst rzeczywiście była naszym klientem. Ale nie w ostatnich siedmiu latach.

Harry próbował liczyć. Kiedy Idar Vetlesen mógł przestać tam pracować?

Gerda zmarszczyła czoło.

– Ale wcześniej, jak widzę, zamawiali całkiem sporo analiz. – Zawahała się.

Harry czekał, żeby to powiedziała. I wreszcie usłyszał:

– Niezwykle dużo jak na prywatną klinikę.

Teraz Harry to poczuł. Właśnie tą drogą musieli podążać. To ta droga wyprowadzi ich z labiryntu, a raczej zaprowadzi w jego głąb. Do jądra ciemności.

– Macie nazwiska i inne dane osób badanych?

Gerda pokręciła głową.

– Zazwyczaj je mamy, lecz w tym wypadku klinika najwyraźniej chciała, aby te osoby pozostały anonimowe.

– Cholera! – Harry zamknął oczy i myślał. – Ale wciąż macie wyniki tych testów? To znaczy, czy dana osoba jest ojcem, czy nie.

– Oczywiście, mamy – odparła Gerda.

– I co one mówią?

– Na to nie odpowiem tu i teraz. Muszę zaglądać do każdego badania pojedynczo, a to zabierze więcej czasu.

– Okej. Ale czy przechowujecie profil DNA przebadanych przez was osób?

– Owszem.

– I analiza jest równie szczegółowa, jak w sprawach kryminalnych?

– Bardziej. Po to, by ustalić ojcostwo z całą pewnością, potrzebujemy więcej markerów, ponieważ połowa materiału genetycznego pochodzi od matki.

– To znaczy, że mogę pobrać materiał komórkowy konkretnej osoby, przysłać go tutaj i poprosić, żebyście sprawdzili, czy jest identyczny z materiałem, jaki już badaliście dla kliniki Marienlyst?

– Odpowiedź brzmi tak – powiedziała Gerda tonem świadczącym o tym, że chętnie usłyszałaby jakieś wyjaśnienie.

– To dobrze – stwierdził Harry. – Moi współpracownicy przyślą wobec tego materiał pobrany od sporej liczby osób, mężów, dzieci i kobiet zaginionych w ciągu ostatnich lat. Proszę sprawdzić, czy te osoby były badane już wcześniej. Dopilnuję, by te analizy miały najwyższy priorytet.

W oczach Gerdy nagle zapaliło się światełko.

– Już wiem, gdzie pana widziałam! W „Bosse zaprasza"! Czy chodzi o tego…

Chociaż znajdowali się tu tylko we dwoje, zniżyła głos, jak gdyby nazwa, którą nadano potworowi, była przekleństwem, obscenicznością, zaklęciem, którego nie należy wymawiać głośno.

Harry zadzwonił do Katrine i poprosił, żeby spotkała się z nim w barku kawowym Java na wzgórzu St. Hanshaugen. Zaparkował przed bramą starej kamienicy z tabliczką grożącą odholowaniem samochodu, mimo że w bramie ledwie zmieściłaby się kosiarka. Ullevålsveien była pełna ludzi spieszących w górę i w dół ulicy po niezbędne sobotnie zakupy. Lodowaty północny wiatr dmuchał z St. Hanshaugen w stronę Cmentarza Zbawiciela, zrywając czarne kapelusze z głów zgarbionych żałobników.

Harry kupił podwójne *espresso* i *cortado* w tekturowych kubkach na wynos i usiadł na jednym z krzeseł wystawionych na chodnik. Po parkowej sadzawce po drugiej stronie ulicy pływał samotny bielusieńki łabędź z szyją wygiętą w znak zapytania. Harry patrzył na niego i myślał o nazwie pułapki na lisy. Powierzchnia wody pod wpływem wiatru pokryła się gęsią skórką.

*

– *Cortado* wciąż jest ciepła?

Katrine stała przed nim z wyciągniętą ręką.

Harry podał jej kubek, ruszyli w stronę jego zaparkowanego samochodu.

– Dobrze, że możesz pracować w sobotnie przedpołudnie – powiedział.

– Dobrze, że ty możesz pracować w sobotnie przedpołudnie – odparła.

– Ja jestem singlem. Dla takich jak ja przedpołudnie w sobotę nie ma żadnej wartości. Ty natomiast powinnaś mieć jakieś życie.

Kiedy doszli do samochodu, zobaczyli, że z ponurą miną wpatruje się w niego jakiś starszy mężczyzna.

– Zamówiłem lawetę – oznajmił.

– Słyszałem, że ostatnio są bardzo modne – Harry otworzył drzwiczki. – Jedyny problem to, zdaje się, znaleźć dla nich miejsce do parkowania.

Wsiedli. Ale pomarszczona dłoń zaraz zastukała w okno. Harry opuścił szybę.

– Laweta już jedzie – oznajmił staruszek. – Musi pan tu zostać i zaczekać.

– Muszę? – Harry wyciągnął identyfikator.

Staruszek nawet na niego nie spojrzał, tylko ze złością zerknął na zegarek.

– Pańska brama jest za wąska, nie zasługuje na miano wjazdu – powiedział Harry. – Zaraz tu przyślę kogoś z wydziału ruchu drogowego, żeby kazał odkręcić tę nielegalną tabliczkę. Obawiam się też, że może za to grozić niezła grzywna.

– Co?

– Jesteśmy z policji.

Staruszek wyrwał Harry'emu identyfikator i podejrzliwie porównał go ze zdjęciem.

– No dobrze, tym razem pozwalam wam odjechać – mruknął w końcu, oddając identyfikator.

– Nie jest dobrze – odparł Harry. – Bo dzwonię do drogówki.

Staruszek spojrzał na niego z wściekłością.

Harry przekręcił kluczyk, pozwolił silnikowi się rozgrzać, a potem znów odwrócił się do mężczyzny.

– A pan musi tu zostać i zaczekać.

Odjeżdżając, widzieli jeszcze zdumioną twarz w lusterku.

Katrine głośno się śmiała.

– Jesteś okropny. Przecież to był stary człowiek.

Harry spojrzał na nią z boku. Miała dziwną minę, jak gdyby śmiech sprawiał jej ból. Paradoksalnie wydawało się, że tamten epizod w barze Fenris spowodował, że bardziej się przy nim rozluźniła. Być może piękne kobiety tak właśnie reagują. Odrzucenie budzi ich szacunek i większe zaufanie.

Harry uśmiechnął się. Ciekawe, jak by w takim razie zareagowała, gdyby wiedziała, że rano obudził się z erekcją i resztkami snu, w którym brał ją na umywalce w toalecie w Fenrisie. Że pieprzył ją tak, że aż trzeszczały rury, woda przelewała się z klozetów, a świetlówki buczały i mrugały, gdy on czuł lodowaty dotyk porcelany na jądrach przy każdym pchnięciu. Lustro za jej plecami wibrowało, rysy jego twarzy się rozmyły, gdy uderzali biodrami, plecami i udami o krany, suszarki do rąk i pojemniki z mydłem. Dopiero gdy skończył, zorientował się, że twarz w lustrze to twarz jakiegoś innego mężczyzny.

– O czym myślisz? – spytała Katrine.

– O rozmnażaniu – odparł Harry.

– Słucham?

Podał jej paczkę, otworzyła. Na samej górze leżała kartka z tytułem: *Instrukcja pobierania z jamy ustnej materiału do badań DNA*.

– W taki czy inny sposób chodzi o ojcostwo – stwierdził Harry. – Tylko na razie jeszcze nie wiem, w jaki ani dlaczego.

– A my jedziemy... – spytała Katrine, wyjmując opakowanie z wymazówkami.

– Na Sollihøgda – odparł Harry. – Pobrać materiał do badań od bliźniaczek.

Na polach otaczających gospodarstwo śnieg był w odwrocie. W miejscach, które wciąż okupował, pozostawał mokry i szary.

Rolf Ottersen powitał ich na schodach i zaprosił na kawę. Gdy odwieszali ubrania, Harry wyjaśnił, po co przyjechali. Rolf Ottersen nie spytał dlaczego, tylko kiwnął głową.

Bliźniaczki siedziały w salonie i robiły na drutach.

– Co to będzie? – spytała Katrine.

– Szalik – odpowiedziały chórem. – Ciocia nas uczy. – Wskazały na Ane Pedersen, która siedziała w fotelu na biegunach, też robiła na drutach i uśmiechnęła się do Katrine.

– Chcę od was pobrać tylko trochę śliny i śluzu – rzuciła Katrine wesoło i wyciągnęła wymazówkę. – Otwórzcie buzie.

Bliźniaczki ze śmiechem odłożyły robótki.

Harry poszedł za Rolfem Ottersenem do kuchni, gdzie nastawiony był już duży czajnik, pachniało staroświecką gotowaną kawą.

– Jednak się pomyliliście – powiedział Rolf. – Z tym lekarzem.

– Może i tak – przyznał Harry. – Ale niewykluczone, że on i tak ma jakiś związek ze sprawą. Mógłbym jeszcze raz zajrzeć do stodoły?

Rolf Ottersen gestem wyraził zgodę.

– Ale Ane tam posprzątała – oświadczył. – Nie bardzo jest co oglądać.

Rzeczywiście stodołę uprzątnięto. Harry pamiętał, że kiedy Holm pobierał próbki, kurza krew grubą warstwą pokrywała podłogę, ale teraz była wyszorowana. Tam, gdzie krew wsiąkła w drewno, deski zabarwiły się na różowo. Harry stanął przy pieńku do rąbania i popatrzył na drzwi. Próbował sobie wyobrazić Sylvię, która stoi w tym miejscu i szlachtuje kury w chwili, gdy w drzwiach pojawia się Bałwan. Zaskoczył ją? Zarżnęła dwie kury. Nie, trzy. Dlaczego pomyślał, że dwie? Dwie plus jedną. Dlaczego plus jedną? Zamknął oczy.

Dwie kury leżały przy pieńku. Ich krew wsiąkała w trociny. Tak należało zabijać kury. Ale trzecia znajdowała się kawałek dalej na podłodze i jej krew pobrudziła deski. Amatorszczyzna. Krew zakrzepła na powierzchni cięcia na szyi trzeciej kury. Tak jak na szyi Sylvii. Pamiętał, jak Bjørn Holm to tłumaczył, i wiedział, że ta myśl nie jest wcale nowa, że tkwi w głowie już od dawna razem z innymi do połowy przemyślanymi, przeżutymi, prześnionymi myślami. Że ta trzecia kura została zabita w taki sam sposób, za pomocą żarowej pętli.

Podszedł do miejsca, w którym deski wchłonęły krew, i przykucnął.

Jeśli to Bałwan zabił ostatnią kurę, dlaczego użył do tego pętli, a nie siekiery? To proste. Ponieważ siekiera przepadła gdzieś w ciemności lasu. A więc to musiało się stać po zabójstwie. Wrócił aż tutaj i zabił kurę. Ale dlaczego? Coś w rodzaju rytuału wudu? Nagły impuls? Bzdura! Ta maszyna do zabijania ściśle trzyma się planu, postępuje według określonego wzoru.

Był jakiś powód.

Dlaczego?

– Dlaczego? – spytała Katrine.

Harry nie usłyszał, jak przyszła. Stanęła w drzwiach stodoły, światło pojedynczej żarówki padało jej na twarz. W ręku trzymała dwie torebeczki z wymazówkami. Harry aż zadrżał, widząc ją w tym miejscu, w drzwiach z rękami skierowanymi w jego stronę, tak jak u Beckera. Ale było w tym coś jeszcze, coś w inny sposób znajomego.

– Tak jak mówiłem – mruknął, patrząc na różowe plamy. – Myślę, że tu chodzi o pokrewieństwo. I o ukrywanie różnych rzeczy.

Podeszła do niego, obcasy kozaków zastukały o deski.

– Kogo masz na celowniku? – spytała.

Przykucnęła obok niego, w chłodnym powietrzu męskie perfumy szybko unosiły się w górę z rozgrzanego ciała, przesuwały obok Harry'ego.

– Już mówiłem, nie mam pojęcia.

– To nie jest żadna systematyczna praca, tylko pomysł, który ci przyszedł do głowy. Stworzyłeś jakąś teorię – oświadczyła, palcem prawej ręki dotykając trocin.

Harry się wahał.

– To nie jest nawet teoria.

– Dalej, mów!

Harry odetchnął głęboko.

– Arve Støp.
– Co z nim?
– Według jego własnych słów konsultował się z Idarem Vetlesenem w sprawie swojego łokcia tenisisty. Ale Borghild twierdzi, że Vetlesen nie prowadził żadnej karty Støpa. Zadałem sobie pytanie, z czego to mogło wynikać.
Katrine wzruszyła ramionami.
– Może to było coś więcej niż łokieć. Może Støp bał się, że ktoś znalazłby dowód na to, że poprawiał swój wygląd.
– Gdyby Idar Vetlesen zgodził się na rezygnację z prowadzenia kart wszystkich swoich pacjentów, którzy się tego bali, to nie miałby w swoim archiwum ani jednego nazwiska. Pomyślałem, że tu musi chodzić o coś innego. O coś, co naprawdę nie znosi światła dziennego.
– Na przykład co?
– Støp kłamał podczas programu Bossego. Powiedział, że w jego rodzinie nie było chorób dziedzicznych ani szaleńców.
– A są?
– Na potrzeby tej teorii załóżmy, że tak.
– Na potrzeby teorii, która nie jest teorią?
Harry kiwnął głową.
– Idar Vetlesen był najbardziej tajemniczym ekspertem od choroby Fahra w Norwegii. Nie wiedziała o tym nawet Borghild, jego asystentka. To w jaki sposób, na miłość boską, Sylvia Ottersen i Birte Becker do niego trafiły?
– Jak to?
– Załóżmy, że specjalnością Vetlesena nie były wcale choroby dziedziczne, tylko dyskrecja. Sam przecież mówił, że właśnie na tym opiera się cały jego biznes. Właśnie dlatego zwrócił się do niego pacjent i przyjaciel z problemem choroby Fahra, diagnozą, którą uzyskał gdzie indziej. U prawdziwego specjalisty. Ale ten specjalista nie jest tak wyspecjalizowany w dyskrecji, a to naprawdę coś, co należy zachować w tajemnicy. Pacjent nalega, być może dodatkowo za to płaci, bo to jest ktoś, kto naprawdę może zapłacić.
– Arve Støp?

– Tak.

– Ale jemu już postawiono diagnozę w jakimś miejscu, w którym może nastąpić przeciek.

– Støp nie tego przede wszystkim się boi. Boi się, że ktoś odkryje, że on tam przyprowadza swoje potomstwo, które chce zbadać pod kątem tej dziedzicznej choroby. I to właśnie trzeba zrobić w najgłębszej tajemnicy. Ponieważ nikt nie wie, że to są jego dzieci. Przeciwnie, niektórzy wierzą, że dzieci są ich. Tak jak Filip Becker sądził, że jest ojcem Jonasa. I... – Harry ruchem głowy wskazał na dom mieszkalny.

– Rolf Ottersen? – szepnęła zdumiona Katrine. – Bliźniaczki? Chcesz powiedzieć... – Uniosła torebki. – Że tu jest materiał genetyczny Arvego Støpa?

– Może tak być.

Katrine popatrzyła na niego.

– Te zaginione kobiety... te inne dzieci...

– Jeśli test DNA wykaże, że Støp jest ojcem Jonasa i bliźniaczek, w poniedziałek zaczniemy pobierać próbki od dzieci pozostałych zaginionych kobiet.

– Chcesz powiedzieć, że... pieprzył się naokoło po całej Norwegii? Narobił dzieci różnym kobietom, a potem je pouśmiercał, jak już urodziły?

Harry wzruszył ramionami.

– Dlaczego? – spytała Katrine.

– Jeśli mam rację, to oczywiście mówimy o szaleństwie. A wtedy to będą wyłącznie spekulacje. Za szaleństwem często kryje się całkiem jasna logika. Słyszałaś o fokach Berhausa?

Katrine pokręciła głową.

– U fok ojciec to wyrachowany racjonalny morderca – wyjaśnił Harry. – Kiedy samica już urodzi małe, a ono zdoła przetrwać pierwszy krytyczny okres, ojciec usiłuje zabić matkę, ponieważ wie, że ona już nigdy nie będzie chciała się z nim parzyć. A samiec nie chce, by inne młode foki stały się konkurencją dla jego potomka.

Katrine wyglądała tak, jakby miała trudności ze zrozumieniem tego.

– To szaleństwo – wykrztusiła w końcu. – Ale nie wiem, co tu jest bardziej chore. Myśleć jak foka, czy wyobrażać sobie, że ktoś myśli jak foka.

– Mówiłem ci już... – Harry wstał, wyraźnie chrupnęło mu przy tym w kolanach. – To nawet nie jest teoria.

– Kłamiesz. – Popatrzyła na niego. – Ty już jesteś pewien, że Arve Støp jest ojcem tych dzieci.

Harry uśmiechnął się krzywo.

– Jesteś tak samo szalony jak ja – stwierdziła Katrine.

Harry długo na nią patrzył.

– Chodź. W Instytucie Medycyny Sądowej już czekają na te twoje wymazówki.

– W sobotę? – Katrine przeciągnęła dłonią po trocinach. Przekreśliła to, co narysowała, i wstała. – Czy oni tam nie mają żadnego prywatnego życia?

Po dostarczeniu plastikowych torebeczek do Instytutu Medycyny Sądowej i uzyskaniu obietnicy odpowiedzi do wieczora lub nazajutrz, Harry odwiózł Katrine do domu na Seilduksgata.

– U ciebie w oknach jest ciemno – zauważył Harry. – Sama?

– Taka fajna dziewczyna jak ja – uśmiechnęła się Katrine – nigdy nie jest sama.

– Mhm. Dlaczego w Bergen nie chciałaś powiedzieć swoim kolegom z komendy, że przyjechałaś?

– Co?

– Chyba fajnie by było, gdyby się dowiedzieli, że pracujesz w stolicy nad tak poważną sprawą?

Katrine wzruszyła ramionami i otworzyła drzwiczki.

– Bergeńczycy nie uważają Oslo za stolicę. Cześć.

– Cześć.

Harry skierował samochód na Sannergata.

Nie był pewien, ale wydawało mu się, że widział, jak Katrine sztywnieje. Teraz jednak mało czego można było być pewnym. Nawet trzasku, który się bierze za odgłos kurka rewolweru, bo w końcu okazuje się trzaskiem gałązki złamanej przez dziewczynkę ogarniętą czystym przerażeniem. Nie mógł jednak dłużej udawać. Udawać, że nie wie. Tamtego wieczoru Katrine skierowała swój służbowy rewolwer w plecy Filipa Beckera, a kiedy Harry wszedł jej na linię strzału, usłyszał ten dźwięk, który, jak mu się wydawało, słyszał, gdy Salma na podwórzu złamała gałązkę. Odgłos nasmarowanego opadającego kurka. Który oznaczał, że był już uniesiony. Że Katrine wcisnęła spust dalej niż na dwie trzecie. Że strzał mógł paść w każdej chwili. Że chciała zastrzelić Beckera.

Nie, nie mógł dłużej udawać. Ponieważ tam, w drzwiach stodoły światło padło na jej twarz. Wtedy ją rozpoznał. I tak jak jej powiedział, miało to związek z pokrewieństwem.

Nadkomisarz policji Knut Müller-Nilsen kochał Julie Christie tak bardzo, że nigdy nie starczyło mu odwagi na to, by wyznać żonie calutką prawdę. Ponieważ jednak podejrzewał, że żonę łączy podobny pozamałżeński związek z Omarem Sharifem, nie miał wyrzutów sumienia, że siedzi obok niej i wprost pożera Julie Christie wzrokiem. Przyjemność zaburzało mu jedynie to, że jego Julie akurat w tej chwili znajdowała się w objęciach tegoż Omara. Kiedy zadzwonił telefon stojący na stole w salonie i Müller-Nilsen go odebrał, jego żona wcisnęła pauzę i obraz przedstawiający ten cudowny, lecz mimo to nieznośny moment z ich ulubionego filmu, *Doktor Żywago,* zamarł na ekranie.

– Dobry wieczór, Hole – powiedział Müller-Nilsen, kiedy komisarz się przedstawił. – No, no, myślę, że macie teraz co robić.

– Poświęcisz mi chwilę? – spytał chropowaty, ale miły głos na drugim końcu linii.

Müller-Nilsen spojrzał na czerwone drżące wargi Julie i jej zwrócony w górę zamglony wzrok.

– Możemy rozmawiać tyle, ile chcesz, Hole.

– Kiedy byłem u ciebie w komendzie, pokazałeś mi zdjęcie Gerta Rafto. Odniosłem wrażenie, że go znam.

– Ach, tak?

– A potem powiedziałeś coś o jego córce. O tym, że przecież wyszła na ludzi. Chodzi mi o to, że użyłeś tego „przecież". Jakby to było coś, o czym wiedziałbym już wcześniej.

– No tak, no bo przecież dobrze sobie radzi, prawda?
– Pytanie, jak się na to patrzy.

24 DZIEŃ 19. TOOWOOMBA

Pod żyrandolami w sali Sonji Henie w hotelu Plaza niósł się rozentuzjazmowany gwar. Arve Støp stał w drzwiach, gdzie witał gości. Szczęki miał już zdrętwiałe od uśmiechów, a od ściskania dłoni przypomniała o sobie dolegliwość łokcia tenisisty. Młoda kobieta z agencji organizacji imprez, odpowiedzialna za stronę techniczną, stanęła obok niego i z uśmiechem oznajmiła, że goście są już rozmieszczeni przy stolikach. Jej czarny neutralny strój i zestaw słuchawkowy z prawie niewidocznym mikrofonem przywiódł mu na myśl agentkę z *Mission Impossible*.

– Idziemy do środka – powiedziała i życzliwym, niemal czułym gestem poprawiła mu muszkę.

Miała na palcu obrączkę. Jej biodra kołysały się przed nim, gdy wchodzili na salę. Czy te biodra już wydały na świat dziecko? Czarne spodnie opinały umięśnione pośladki, a Arve Støp wyobrażał sobie ten sam tyłeczek, tylko bez spodni przed sobą w łóżku na Aker Brygge. Ale kobieta za bardzo wyglądała na profesjonalistkę. Byłoby z tym za dużo zachodu, za dużo namawiania. Napotkał jej spojrzenie w wielkim lustrze obok drzwi, zrozumiał, że został odkryty i uśmiechnął się szeroko, przepraszająco. Roześmiała się, ale jednocześnie na policzki wystąpił jej lekki nieprofesjonalny rumieniec. *Mission Impossible*? O nie, ale nie tego wieczoru.

Kiedy podszedł do ośmioosobowego stolika, wszyscy wstali. Za towarzyszkę przy stole miał własną zastępczynię. Nudny, ale konieczny wybór. Była mężatką, miała dzieci i udręczoną twarz kobiety, która codziennie spędza w pracy od dwunastu do czternastu godzin. Biedne dzieciaki. I biedny będzie on tego dnia, gdy kobieta odkryje, że życie to coś więcej niż tylko „Liberał". Siedzący przy stole wznieśli toast za niego, ale spojrzenie Støpa omiatało salę. Błyszczały cekiny, biżuteria i roześmiane oczy, w których odbijały się światła żyrandoli. Suknie bez ramiączek, bez rękawów, bez pleców, bez wstydu.

W końcu huknęło. Z głośników popłynęły potężne tony *Tako rzecze Zaratustra*. Na spotkaniu z przedstawicielami agencji Arve Støp podkreślił, że nie jest to oryginalne otwarcie, zbyt pompatyczne i przywodzące mu na myśl stworzenie człowieka. W odpowiedzi usłyszał, że takie właśnie ma być.

Na wielkiej scenie spowitej w dym i światło pojawił się gwiazdor telewizyjny, który zażądał – i dostał – sześciocyfrowę kwotę za konferansjerkę.

– Panie i panowie! – zawołał do wielkiego bezprzewodowego mikrofonu o kształcie, który Støpowi nasunął skojarzenie z ogromnym penisem we wzwodzie. – Serdecznie witamy! – Wargi gwiazdora niemal muskały czarną główkę. – Pozdrawiam wszystkich i obiecuję, że to będzie naprawdę wyjątkowy wieczór!

Arve Støp nie mógł się już doczekać, kiedy się skończy.

Harry wpatrywał się w zdjęcia na półce w swoim pokoju. *Dead Policemen's Society*. Starał się myśleć, ale myśli wirowały mu w głowie, o nic się nie zaczepiając, nie tworząc całościowego obrazu. Przez cały czas czuł, że ktoś przeniknął do wewnątrz, ktoś, kto o każdej porze wiedział, co on będzie robił. Ale nie domyślił się, że to będzie tak wyglądało. A to było takie niewiarygodnie proste. A jednocześnie niewiarygodnie skomplikowane.

Knut Müller-Nilsen powiedział mu, że Katrine pracowała jako jedna z najbardziej obiecujących śledczych w Wydziale Zabójstw Komendy Okręgowej Policji w Bergen. Że była wschodzącą gwiazdą. Nigdy nie mieli z nią żadnych problemów. No, oczywiście poza tym jednym przypadkiem, który doprowadził do tego, że postanowiła się przenieść do sekcji obyczajowej. Pewien świadek ze starej umorzonej sprawy zadzwonił ze skargą, że Katrine stale zadaje mu coraz to nowe pytania, że nie chce ustąpić, chociaż dobitnie jej powiedział, że wyjaśnił policji naprawdę wszystko. Wyszło wtedy na jaw, że Katrine od dłuższego czasu prowadziła w tej sprawie własne śledztwo, nie informując kierownictwa o swoich poczynaniach. Ponieważ zajmowała się nim w wolnym czasie, zwykle nie stanowiłoby to żadnego problemu, lecz akurat gdy chodziło o tę sprawę, nikt sobie nie życzył, by Katrine Bratt w niej grzebała. Powiedziano jej o tym jasno i wyraźnie. Zareagowała, wytykając liczne błędy popełnione w poprzednim śledztwie, ale nie znalazła zrozumienia i sfrustrowana postarała się o przeniesienie do obyczajówki.

„Ta sprawa ją opętała – podsumował Müller-Nilsen na koniec. – O ile dobrze pamiętam, to właśnie wtedy mąż się z nią rozstał".

Harry wstał, wyszedł na korytarz i zbliżył się do drzwi pokoju Katrine. Tak jak nakazywała instrukcja, były zamknięte na klucz. Poszedł dalej korytarzem do pokoju z kopiarkami. Na najniższej półce obok paczek z ryzami papieru stała gilotyna, wielka, ciężka, metalowa płyta z zamontowanym na stałe nożem. Nie pamiętał, kiedy ktokolwiek jej używał, ale przydźwigał ją w obu rękach korytarzem z powrotem pod drzwi Katrine.

Uniósł gilotynę nad głowę i wycelował. Opuścił ręce.

Narzędzie uderzyło w klamkę, futryna pękła z krótkim trzaskiem. Harry ledwie zdążył uskoczyć przed gilotyną z głuchym łomotem spadającą na podłogę. Drzwi plunęły drzazgami i otworzyły się, gdy pchnął je nogą. Podniósł gilotynę i wszedł do środka.

Pokój Katrine Bratt był identyczny jak ten, który swego czasu dzielił z sierżantem Jackiem Halvorsenem. Porządny, czysty, bez zdjęć i innych rzeczy osobistych. Biurko miało pojedynczy zamek na górze otwierający wszystkie szuflady. Pod dwóch rundach z gilotyną i górna szuflada, i zamek się poddały. Harry szukał prędko, przerzucał papiery, grzebał wśród plastikowych teczek, dziurkaczy i innych akcesoriów biurowych, aż wreszcie znalazł nóż w pochwie. Ostrze miało nacięcia, zdecydowanie nie była to harcerska finka. Przeciągnął ostrzem po stosie kartek, nóż bezszelestnie i bez najmniejszego oporu zagłębił się w papierową masę.

W szufladzie leżały dwa nieotwarte opakowania z nabojami do służbowego rewolweru. Jedynymi rzeczami osobistymi, jakie Harry znalazł, były dwa pierścionki. Jeden z kamieniami, błyskającymi ostro w świetle biurkowej lampy. Widział go już wcześniej. Zamknął oczy i spróbował zwizualizować sobie gdzie. Duży rzucający się w oczy pierścionek. Dużo wszystkiego. Las Vegas. Katrine nigdy nie włożyłaby takiego pierścionka. W tej samej chwili już wiedział, gdzie to było. Poczuł własny puls. Bijący szybko, ale równo. Widział go w sypialni. W sypialni Beckera.

W sali Sonji Henie kolacja dobiegła końca i stoliki uprzątnięto. Arve Støp stał oparty o ścianę na tyłach sali, patrząc na scenę, przed którą zgromadzili się goście, z zachwytem wpatrzeni w grający na niej zespół. Brzmiało to potężnie, brzmiało drogo, brzmiało manią wielkości. Arve Støp miał swoje wątpliwości, ale agencja przekonała go w końcu, że inwestycja w takie przeżycie to zakup lojalności pracowników, dumy i zachwytu dla miejsca pracy. A kupując kawałek międzynarodowego sukcesu, podkreślał sukces pisma i budował markę „Liberała". Produkt, z którym chcieli być kojarzeni ogłoszeniodawcy.

Wokalista dotknął palcem słuchawki w uchu, atakując najwyższy ton ich międzynarodowego przeboju z lat osiemdziesiątych.

– Nikt nie fałszuje tak pięknie jak Morten Harket – odezwał się jakiś głos obok Støpa.

Odwrócił się i od razu wiedział, że widział ją już wcześniej, bo nigdy nie zapominał pięknej kobiety. Coraz częściej za to wylatywało mu z głowy, kto to jest, gdzie i kiedy. Była szczupła, miała na sobie czarną prostą sukienkę z rozporkiem, która przywiodła mu na myśl inną. Birte. Birte miała taką suknię.

– To skandaliczne – stwierdził.

– Trudny dźwięk do zaśpiewania – odparła, nie spuszczając oczu z wokalisty.

– Skandaliczne jest to, że nie pamiętam, jak pani na imię. Wiem tylko, że już się spotkaliśmy.

– Nie spotkaliśmy się. Pan tylko na mnie patrzył. – Odgarnęła z twarzy czarne włosy. Miała klasyczną urodę, piękną w nieco surowy sposób, jak Kate Moss. Birte była w typie Pameli Anderson.

– Myślę, że akurat to da się wybaczyć – powiedział, czując, że się budzi, że krew zaczyna krążyć w ciele i przenosi szampana do tych części mózgu, które sprawiały, że czuł się lekko, a nie tylko sennie.

– Kim pani jest?

– Nazywam się Katrine Bratt.

– Ach tak. Jest pani jednym z naszych ogłoszeniodawców, Katrine? Z banku? Podnajemca? Fotografka pracująca jako wolny strzelec?

Na każde z tych pytań Katrine odpowiadała, z uśmiechem kręcąc głową.

– Jestem *partycrasher* – odparła. – Jedna z pańskich dziennikarek to moja przyjaciółka. Powiedziała mi, kto wystąpi po kolacji i zasugerowała, że mogę po prostu włożyć elegancką sukienkę i tu wejść. Ma pan ochotę mnie wyrzucić?

Podniosła do ust kieliszek z szampanem. Wargi nie były tak pełne, jak lubił, ale ciemnoczerwone i wilgotne. Wzrok wciąż miała skierowany na scenę, mógł więc swobodnie obserwować jej profil. Cały profil. Miękki łuk pleców, idealne zaokrąglenie piersi. Wcale niekoniecznie silikon, po prostu dobry biustonosz. Ale czy mogły wykarmić dziecko?

– Rozważam to – oświadczył. – Jakieś argumenty przeciw?

– A czy wystarczy groźba?

– Być może.

– Widziałam, że paparazzi na zewnątrz już czekają na pańskich gości, którzy będą stąd wychodzić ze zdobyczą upolowaną tego wieczoru. A gdybym tak im opowiedziała o tej mojej przyjaciółce dziennikarce, o tym, jak się dowiedziała, że jej widoki na przyszłość w „Liberale" są raczej marne, ponieważ odrzuciła pana zaloty?

Arve Støp zaśmiał się głośno i serdecznie. Zauważył, że już zdążyli przyciągnąć zaciekawione spojrzenia. Kiedy się nachylił do Katrine, poczuł, że jej perfumy są podobne do wody kolońskiej, której sam używał.

– Po pierwsze, nie boję się złej sławy, a już najmniej wśród moich kolegów z plotkarskiej prasy. Po drugie, pani przyjaciółka jest do niczego jako dziennikarka, a po trzecie, kłamie. Spałem z nią trzy razy. Może to pani opowiedzieć paparazzim. Jest pani mężatką?

– Tak – odparła nieznajoma. Odwróciła się do sceny i przestąpiła z nogi na nogę, dostrzegł wtedy wzór na gumce samonośnych pończoch. Poczuł, że zasycha mu w ustach i wypił łyk szampana.

Spojrzał na stadko przebierających nogami kobiet pod sceną. Wypuścił powietrze przez nos. Zapach kobiety.

– Ma pani dzieci, Katrine?

– A chciałby pan, żebym je miała?

– Tak.

– Dlaczego?

– Ponieważ matki, dając życie, doświadczyły poddania się naturze, co daje im głębszą wiedzę o życiu, niż mają inne kobiety. I niż mężczyźni.

– Bzdury!

– Właśnie tak. Dzięki temu tak rozpaczliwie nie szukają potencjalnego ojca. Po prostu chcą się zabawiać.

– Okej – roześmiała się. – Wobec tego mam dzieci. W co pan się lubi bawić?

– Ojej? – Støp spojrzał na zegarek. – Szybko się posuwamy do przodu.

– W co pan się lubi bawić?

– We wszystko.

– To dobrze.

Wokalista zamknął oczy, ujął mikrofon w obie dłonie i rzucił się w crescendo piosenki.

– To nudna impreza, idę już do domu. – Støp odstawił pusty kieliszek na tacę przepływającą obok w powietrzu. – Mieszkam na Aker Brygge. To samo wejście co do „Liberała", ostatnie piętro. Górny dzwonek.

Uśmiechnęła się lekko.

– Wiem, gdzie to jest. Ile chce pan mieć przewagi?

– Proszę mi dać dwadzieścia minut. I obiecać, że przed wyjściem nie będzie pani z nikim rozmawiać. Nawet z przyjaciółką. Możemy się tak umówić, Katrine Bratt?

Popatrzył na nią z nadzieją, że dobrze zapamiętał nazwisko.

– Może mi pan zaufać – obiecała, a on wtedy zauważył, że oczy dziwnie jej błyszczą, jakby pojawiła się w nich poświata płonącego lasu na tle nieba. – W równym stopniu co pana interesuje mnie, żeby to zostało między nami. – Podniosła kieliszek. – A poza tym spał pan z nią cztery razy, nie trzy.

Støp posłał jej ostatnie spojrzenie i ruszył do wyjścia. Za jego plecami falset wokalisty wciąż ledwie słyszalnie drżał pod żyrandolami.

Trzasnęła brama i po Seilduksgata poniosły się głośne, pełne entuzjazmu okrzyki. Czwórka młodych ludzi wyszła z imprezy i kierowała się do jednego z barów na Grünerløkka. Minęli samochód zaparkowany przy chodniku, nie zwracając uwagi na siedzącego w środku mężczyznę. Skręcili za róg i na ulicy znów zapanowała cisza. Harry nachylił się do przedniej szyby i spojrzał w okna mieszkania Katrine Bratt.

Mógł zadzwonić do Hagena, podnieść alarm, wziąć ze sobą Skarrego i radiowóz. Ale mógł się mylić. Najpierw musiał się upewnić. Za dużo było do stracenia. I dla niej, i dla niego.

Wysiadł z samochodu, podszedł do bramy i wcisnął guzik domofonu bez nazwiska na drugim piętrze. Chwilę poczekał. Zadzwonił jeszcze raz. W końcu wrócił do samochodu, wyjął z bagażnika łom, podszedł do bramy i zadzwonił do mieszkania na parterze. Męski głos sennie wymruczał „Słucham", w tle słychać było szum telewizora. Piętnaście sekund później mężczyzna zszedł i otworzył. Harry pokazał mu identyfikator.

– Nie słyszałem żadnej awantury – stwierdził. – Kto do was zadzwonił?

– Wyjdę już sam – odpowiedział Harry. – Dziękuję za pomoc.

Na drzwiach na drugim piętrze też nie było żadnej tabliczki z nazwiskiem, Harry zapukał, przyłożył ucho do zimnego drewna i nasłuchiwał. Potem wsunął łom między drzwi a futrynę tuż nad zamkiem. Ponieważ kamienice na Grünerløkka swego czasu zbudowano dla robotników pracujących w fabrykach wzdłuż rzeki Aker, a co za tym idzie z najtańszych materiałów, drugie w ciągu godziny włamanie poszło Harry'emu jak po maśle.

Na parę sekund stanął w ciemności przedpokoju i słuchał, nim zapalił światło. Spojrzał na półkę na buty. Sześć par. Żadne nie były na tyle duże, by mógł je nosić mężczyzna. Podniósł jeden z kozaków, które Katrine miała na sobie wcześniej tego dnia. Podeszwa wciąż była wilgotna.

Wszedł do salonu. Zamiast lampy na suficie zapalił latarkę, żeby z ulicy nie dostrzegła, że ma gości.

Snop światła omiótł sosnową podłogę z dużymi szparami między deskami, prostą białą kanapę, niskie półki na książki i wzmacniacz ekskluzywnej marki Linn. We wnęce stało wąskie zaścielone łóżko, a w kąciku kuchennym kuchenka i lodówka. Całość robiła surowe wrażenie, spartańskie, nienagannie uporządkowane. Tak jak u niego. Światło latarki wyłowiło z ciemności twarz, sztywno w niego wpatrzoną. Potem jeszcze jedną i jeszcze. Czarne drewniane maski zdobione rzeźbieniami i namalowanymi wzorami.

Spojrzał na zegarek. Jedenasta. Przeniósł światło dalej.

Nad jedynym stołem w pokoju przypięto do ściany strony gazet. Od podłogi do sufitu. Podszedł bliżej. Przyglądał się wycinkom i czuł, jak puls zaczyna tykać jak licznik Geigera.

To były opisy zabójstw.

Wielu zabójstw. Dziesięciu albo dwunastu. Niektóre tak stare, że gazetowy papier pożółkł. Ale Harry wszystkie je dokładnie pamiętał. Pamiętał dlatego, że wszystkie te sprawy łączył jeden wspólny mianownik: to on prowadził śledztwo.

Na stole obok komputera i drukarki leżał stos teczek. Raporty ze śledztwa. Otworzył jedną. To nie była któraś z jego spraw, tylko zabójstwo Laili Aasen na Ulriken. Druga dotyczyła zaginięcia Onny Hetland z Fjellsiden. Trzecia teczka zawierała materiały dotyczące stosowania przez policję w Bergen przemocy i oskarżeń w stosunku do Gerta Rafto. Harry przerzucał kartki. Zobaczył to samo zdjęcie Rafty, które widział w biurze Müller-Nilsena. Gdy teraz na nie patrzył, wszystko było najzupełniej oczywiste.

Przy drukarce leżał plik kartek. Na tej na samym wierzchu coś narysowano. Pospieszny amatorski szkic ołówkiem, ale motyw był wyraźny. Bałwan. Twarz miał podłużną, jakby topniała. Martwe oczy z kawałków węgla, a marchewka była długa, cienka i opuszczona w dół. Harry przerzucił kartki, znalazł więcej rysunków. Wszystkie przedstawiały bałwany. Większość tylko głowy. Maski, pomyślał Harry. Maski śmierci. Jedna z twarzy miała ptasi dziób, po bokach małe ludzkie rączki, a na dole ptasie szpony. Inna świński ryj i cylinder.

Harry rozpoczął przeszukiwanie w tym rogu pokoju. Powtórzył sobie to samo, co mówił Katrine na Finnøy. Opróżnij mózg z wszelkich oczekiwań i rozglądaj się, nie szukaj. Przejrzał wszystkie szafki i szuflady, przegrzebał sprzęty kuchenne i środki czystości, sprawdził ubrania, egzotyczne szampony i dziwne kremy w łazience, w której wciąż wisiał ciężki zapach jej perfum. Podłoga prysznica była mokra, a na umywalce leżał wacik ze śladami tuszu do rzęs. Nie wiedział, czego szuka, jedynie, że tego tu nie ma. Wyprostował się i rozejrzał.

Błąd. To tutaj było, tylko on na razie jeszcze tego nie znalazł.

Wysunął książki z półek, otworzył rezerwuar w toalecie, sprawdził, czy w podłodze albo w ścianie nie ma luźnych desek, odwrócił materac łóżka we wnęce. Skończył. Szukał wszędzie. Bez rezultatu. Jeśli nie brać pod uwagę najważniejszego twierdzenia w przeszukaniu, że tak samo ważne jest to, czego nie znajdziesz, jak to, co znajdziesz. Teraz już wiedział, czego nie znalazł. Spojrzał na zegarek i zaczął po sobie sprzątać.

Dopiero gdy odkładał rysunki na miejsce, uświadomił sobie, że nie sprawdził drukarki. Wyciągnął szufladę z papierem. Górna kartka była żółtawa i grubsza niż zwykły papier. Dziwnie pachniała, jakby przyprawami lub spalenizną. Uniósł ją pod światło biurkowej lampy, szukając marki. I znalazł. Na samym dole w prawym rogu. Coś w rodzaju znaku wodnego ledwie widocznego wśród delikatnych włókien zauważalnych dopiero po podświetleniu żarówką. Naczynia krwionośne w szyi gwałtownie mu się rozszerzyły, jak gdyby krwi nagle zaczęło się spieszyć, bo mózg krzykiem domagał się tlenu.

Harry włączył komputer. Znów spojrzał na zegarek i słuchał, jak maszyna przez całą wieczność uruchamia system operacyjny i programy. Potem od razu przeszedł do funkcji wyszukiwania i wpisał jedno jedyne słowo. Kliknął myszą w „szukaj". Pojawił się wesoły animowany piesek, podskakując niemo poszczekiwał, żeby uprzyjemnić czas oczekiwania. Harry wpatrywał się w tekst, który gorączkowo się zmieniał w miarę przeszukiwania kolejnych dokumentów. Przeniósł wzrok na okienko, w którym na razie widniała informacja: „Poszukiwany tekst odnaleziono w 0 dokumentach". Sprawdził, czy prawidłowo napisał to słowo. Toowoomba. Zamknął oczy. Komputer pomrukiwał głęboko jak spragniony pieszczot kot. W końcu zamilkł. Harry otworzył oczy. „Poszukiwany tekst znaleziono w 1 dokumentach”. Przesunął strzałkę na ikonę dokumentu Worda, pojawił się komunikat w żółtej ramce: „Data modyfikacji 9 września”. Poczuł, że palec mu drży, gdy dwa razy klikał. Na białym tle pojawił się krótki tekst. Nie pozostały już żadne wątpliwości. Te słowa były identyczne jak w liście od Bałwana.

25 DZIEŃ 19. DEADLINE

Arve Støp leżał w łóżku uszytym na miarę i wagę w fabryce Misuku w Osace i w gotowym stanie przetransportowanym statkiem do garbarni w Chennai w Indiach, ponieważ przepisy stanu Tamil Nadu nie zezwalały na bezpośredni transport tego rodzaju skór zwierzęcych. Od chwili złożenia zamówienia do otrzymania łóżka minęło pół roku, ale warto było czekać. Potulnie jak gejsza dopasowywało się do kształtów jego ciała, podpierając tam, gdzie należało, i dając się regulować odpowiednio do żądanych poziomów i kierunków.

Obserwował powolne obroty ramion wentylatora z tekowego drewna.

Była już w windzie, jechała do niego. Przez domofon wyjaśnił, że czeka na nią w sypialni, a drzwi do mieszkania zostawia otwarte. Chłodny jedwab bokserek przyjemnie przylegał do rozgrzanej alkoholem skóry, muzyka z jednej z płyt Café Del Mar płynęła z zestawu stereofonicznego Bose, którego głośniki kryły się we wszystkich pomieszczeniach mieszkania.

Usłyszał jej obcasy stukające o parkiet w salonie. Powolne, ale zdecydowane kroki. Już na sam ten odgłos poczuł, że twardnieje. Gdyby tylko wiedziała, co ją czeka… Wsunął rękę pod łóżko. Palce znalazły to, czego szukały.

Stanęła teraz w drzwiach, jej sylwetka rysowała się na tle księżycowego światła na fiordzie. Patrzyła na niego z tym swoim półuśmiechem. Rozwiązała pasek długiego czarnego płaszcza ze skóry, rzuciła go na ziemię. Arve Støp odetchnął głęboko, ale ona pod spodem miała jeszcze sukienkę. Podeszła do łóżka i podała mu coś gumowego. To była maska. Jasnoróżowa głowa zwierzęcia.

– Włóż ją – nakazała obojętnym służbowym tonem.

– No proszę – powiedział. – Maska świni.

– Zrób, jak mówię.

Znów ten dziwny żółtawy blask w jej oczach.

– *Mais oui, madame.*

Arve Støp włożył maskę. Zakryła mu całą twarz. Pachniała jak rękawiczki do zmywania. Przez maleńkie dziurki na oczy ledwie mógł coś dojrzeć.

– A ja chcę, żebyś... – zaczął; zdziwił go jego własny dobiegający z zamknięcia obcy głos. Więcej nie zdążył powiedzieć, gdy poczuł palący ból lewego ucha.

– Zamknij się! – krzyknęła.

Powoli uświadamiał sobie, że go uderzyła. Wiedział, że nie powinien reagować, że to ją wytrąci z roli, ale nie mógł się powstrzymać. To było zbyt komiczne. Maska świni! Lepka różowa guma ze świńskimi uszami i świńskim ryjem. Zarechotał. Kolejny cios trafił go w żołądek z szokującą siłą. Złamał się w wpół, jęknął i opadł na łóżko. Nie zdawał sobie sprawy, że nie oddycha, dopóki nie zaczęło mu się robić ciemno przed oczami. Rozpaczliwie usiłował łapać powietrze pod obcisłą gumą, jednocześnie czując, jak ona ściąga mu ręce za plecy. Tlen wreszcie dotarł do mózgu i od razu pojawił się ból. I wściekłość. Przeklęta baba, co jej się wydaje? Szarpnął się, chcąc ją złapać, ale nie mógł uwolnić rąk. Tkwiły uwięzione za plecami. Szarpnął jeszcze raz i poczuł, że w nadgarstki wbija mu się coś twardego. Kajdanki? Zboczona dziwka!

Pociągnęła go, zmuszając, by usiadł.

– Widzisz, co to jest? – usłyszał jej szept.

Ale maska przesunęła się na bok i nie widział nic.

– Nie muszę. Czuję zapach twojej cipy.

Cios trafił go w skroń, płyta CD jakby przeskoczyła, a kiedy dźwięk powrócił, on wciąż siedział na łóżku. Czuł, że coś spływa mu po policzku pod maską.

– Czym ty, u diabła, bijesz? – warknął. – Krew mi poszła, ty wariatko!

– Tym.

Arve Støp poczuł coś twardego przyciskającego się do nosa i ust.

– Powąchaj – rozkazała. – Nie jest przyjemne? To stal. I smar do smarowania broni. Smith&wesson. Pachnie zupełnie inaczej niż wszystko, prawda? A jeszcze przyjemniejszy jest zapach prochu. Jeśli oczywiście zdążysz go poczuć.

To tylko brutalna zabawa, tłumaczył sobie Arve Støp. Taka gra. Ale było coś jeszcze, coś w jej głosie i w całej tej sytuacji, coś, co na wszystko, co się działo, rzuciło nagle zupełnie nowe światło. Po raz pierwszy od dawna, od tak dawna, że musiał pamięcią wracać do dzieciństwa, Arve Støp poczuł, że się boi.

– Jesteś pewien, że nie trzeba trochę podgrzać? – zatrząsł się z zimna Bjørn Holm i mocniej otulił się skórzaną kurtką. – Kiedy amazon się pojawił, zasłynął z cholernie dobrego ogrzewania.

Harry pokręcił głową i spojrzał na zegarek. Pół do drugiej. Siedzieli w samochodzie Bjørna pod mieszkaniem Katrine już ponad godzinę. Noc była granatowoszara, ulice puste.

– Pierwotnie to była kalifornijska biel – mówił Bjørn Holm. – Kolor volvo numer czterdzieści dwa. Poprzedni właściciel przemalował go na czarno. Teraz już uznany za zabytek. Tylko trzysta sześćdziesiąt pięć koron opłaty rocznej. Korona za dzień…

Bjørn Holm urwał, widząc ostrzegawcze spojrzenie Harry'ego, i tylko podgłośnił Davida Rawlingsa i Gillian Welch, jedyną muzykę, jakiej był w stanie słuchać. Przegrał ją z płyty CD na kasetę, nie tylko po to, żeby dało się ją puszczać w samochodzie w zamontowanym później odtwarzaczu kasetowym, ale przede wszystkim dlatego, że należał do niezmiernie małej, ale upartej grupy miłośników muzyki, których zdaniem płyta kompaktowa nigdy nie zdoła oddać wyjątkowo ciepłego dźwięku kasety.

Bjørn Holm wiedział, że za dużo gada, ponieważ jest zdenerwowany. Harry nie zdradził mu nic poza tym, że Katrine Bratt należy odsunąć od pewnej sprawy. I że życie Bjørna Holma w następnych tygodniach byłoby łatwiejsze, gdyby nie wiedział, od jakiej. Bjørn Holm jako spokojny, pokojowo nastawiony i inteligentny człowiek nie próbował dopominać się o kłopoty. Nie oznaczało to jednak, że podoba mu się ta sytuacja. Spojrzał na zegarek.

– Pewnie poszła z jakimś facetem do niego.

Harry drgnął.

– Dlaczego tak myślisz?

– Przecież powiedziałeś, że ona jednak nie ma męża. A kobiety singielki zachowują się teraz tak jak my, faceci single.

– To znaczy?

– Cztery kroki polowania. Wyjść, poobserwować stado, wypatrzyć najsłabszą zwierzynę i ją powalić.

– Mhm. Ty stosujesz te cztery kroki?

– Tylko trzy pierwsze. – Bjørn Holm przekręcił lusterko i zaczął poprawiać rude włosy. – W tym mieście są same cnotki. – Wcześniej zastanawiał się, czy nie użyć pomady, ale doszedł do wniosku, że to zbyt radykalny krok. A z drugiej strony może właśnie tego było potrzeba.

– Jasna cholera! – krzyknął nagle Harry. – Cholera!

– Co?

– Mokro w prysznicu. Perfumy. Tusz do rzęs. Masz rację. – Komisarz wyjął telefon, rozgorączkowany wstukał numer. Połączył się prawie od razu.

– Gerda Nelvik? Mówi Harry Hole. Wciąż badacie te próbki? Jakie na razie macie odpowiedzi?

Bjørn Holm słuchał, jak Harry dwa razy mruknął „mhm" i trzy razy powiedział „aha".

– Dziękuję – zakończył Harry. – Chciałbym jeszcze tylko wiedzieć, czy ktoś od nas już do pani dzwonił, pytając o to samo? Co? Rozumiem. Tak, tak, proszę się odezwać, kiedy skończycie.

Rozłączył się i od razu powiedział:

– Możesz włączyć silnik.

Bjørn Holm przekręcił kluczyk.

– Co się dzieje?

– Jedziemy do Plaza. Katrine Bratt wcześniej dzwoniła do Instytutu Medycyny Sądowej, żeby dowiedzieć się o wyniki.

– Już dziś wieczorem? – Bjørn dodał gazu i skręcił w prawo, kierując się w stronę Schous plass.

– Robią wstępne testy, które potwierdzają ojcostwo na dziewięćdziesiąt pięć procent. Resztę czasu poświęcają na zwiększenie prawdopodobieństwa do dziewięćdziesięciu dziewięciu koma dziewięć.

– I?

– Na dziewięćdziesiąt pięć procent ojcem bliźniaczek Ottersen i Jonasa Beckera jest Arve Støp.

– Jasny piorun!

– I coś mi się wydaje, że Katrine postanowiła wykorzystać twoje cztery przykazania na sobotni wieczór. A zwierzyną jest Arve Støp.

Harry zadzwonił do Centrali Operacyjnej i poprosił o wsparcie. Stary silnik z warkotem sunął przez pogrążone w nocnej ciszy ulice Grünerløkka. Kiedy mijali pogotowie nad rzeką Aker i wjechali na szyny tramwajowe na Storgata, ogrzewanie rzeczywiście dmuchało już na nich gorącym powietrzem.

Odin Nakken, dziennikarz z „VG", stał i marzł na chodniku pod Plaza, przeklinając świat, ludzi ogólnie, a swoją pracę szczególnie. Na tyle, na ile mógł się zorientować, z imprezy „Liberała" zaczynali już wychodzić ostatni goście. A ci ostatni bywali zazwyczaj najbardziej interesujący, to właśnie oni mogli trafić nazajutrz na pierwsze strony. Ale *deadline* już się zbliżał, za pięć minut powinien stąd iść. Przejść do biura na Akersgata kilkaset metrów dalej i zabrać się do roboty. Napisać do redaktora naczelnego, że jest już dorosły, że nie chce mu się wystawać jak zasmarkany nastolatek pod salą imprezową z nosem przylepionym do szyby i zaglądać do środka z nadzieją, że pojawi się osoba, która mu powie, kto z kim tańczył, kto komu postawił drinka, kto się z kim obściskiwał. Napisać, że składa wymówienie.

Krążyło już kilka plotek, zbyt fantastycznych, by mogły być prawdziwe. Ale tych, rzecz jasna, nie mogli zamieścić. Istniała pewna granica, niepisane reguły. Reguły, których trzymali się przynajmniej dziennikarze z jego pokolenia, bez względu na to, ile to było warte.

Odin Nakken rozejrzał się dokoła. Do tej godziny wytrzymało zaledwie dwóch dziennikarzy i fotografów. Może też mieli dla materiałów o celebrytach równie późny *deadline* jak jego gazeta. W ich stronę z dużą prędkością nadjechało volvo amazon. Zahamowało przy chodniku. Od strony pasażera wyskoczył mężczyzna, którego Odin Nakken od razu rozpoznał. Dał znak fotografowi i obaj puścili się pędem za policjantem biegnącym już do drzwi.

– Harry Hole? – wydyszał Nakken, kiedy znalazł się tuż za nim. – Co tu robi policja?

Policjant z zaczerwienionymi oczami odwrócił się do niego gwałtownie.

– Idę na imprezę, Nakken. Gdzie to się odbywa?

– W sali Sonji Henie na piętrze. Ale obawiam się, że raczej już po wszystkim.

– Mhm. Widziałeś Arvego Støpa?

– Støp wcześniej wyszedł do domu. Mogę spytać, czego od niego chcesz?

– Nie. Wyszedł sam?

– Pozornie.

Komisarz zatrzymał się w miejscu i odwrócił.

– Jak mam to rozumieć?

Odin Nakken przekrzywił głowę. Nie miał pojęcia, co to jest, ale nie wątpił, że to nareszcie jest coś.

– Poszła plotka, że stał i negocjował z ekstra laską z niezłym błyskiem w oku. Niestety nic, co byśmy mogli wydrukować.

– I? – warknął komisarz.

– Kobieta odpowiadająca temu opisowi wyszła z imprezy dwadzieścia minut po Støpie. Wsiadła do taksówki.

Hole zawrócił i ruszył tą samą drogą, którą przyszedł. Odin się go uczepił.

– A ty nie pojechałeś za nią, Nakken?

Odin Nakken udał, że nie usłyszał sarkazmu. Był na to odporny. Już.

– To nie była żadna znana osoba, Hole. Gwiazda, która pieprzy się z niegwiazdą, to nie jest już żadna sensacja, jeśli można tak powiedzieć. Chyba że kobieta chciałaby mówić, oczywiście. Ale ta po prostu zniknęła.

– Jak wyglądała?

– Szczupła, ciemna, ładna.

– A w co ubrana?

– W długi czarny skórzany płaszcz.

– Dzięki. – Hole wskoczył do amazona od strony pasażera.

– Halo? – krzyknął Nakken. – Co dostanę w zamian?

– Spokojny nocny sen – odparł Harry. – Świadomość, że dzięki tobie nasze miasto będzie bezpieczniejsze.

Z ponurą miną Odin Nakken patrzył na stary szpanerski samochód znikający z rykiem silnika. Najwyższa pora się stąd wynosić. Najwyższa pora napisać to wymówienie. Najwyższa pora, by dorosnąć.

– *Deadline* – powiedział fotograf. – Musimy wracać i zrobić to gówno.

Odin Nakken westchnął z rezygnacją.

Arve Støp wpatrywał się w ciemność we wnętrzu maski i zastanawiał, co ona robi. Zaciągnęła go do łazienki w kajdankach, wciskając, jak twierdziła, rewolwer w żebra, i kazała mu wejść do wanny. Gdzie teraz się podziała? Wstrzymał oddech, usłyszał bicie własnego serca i trzeszczący elektryczny szum. Czyżby któraś ze świetlówek w łazience zamierzała się już pożegnać? Krew ze skroni dotarła do kącika ust. Czuł na języku metaliczny słodki smak.

– Gdzie byłeś tej nocy, kiedy zniknęła Birte Becker? – Jej głos dochodził od strony prysznica.

– Tu, w mieszkaniu – odparł Støp, usiłując myśleć. Powiedziała mu, że jest z policji, a on w tej samej chwili przypomniał sobie, gdzie ją wcześniej widział. W hali do curlingu.

– Sam?

– Tak.

– A tamtej nocy, gdy zabito Sylvię Ottersen?

– Też.

– To znaczy, że nie masz żadnego alibi?

– Mówię przecież, że byłem tutaj.
– To dobrze.
– Dobrze? – zdziwił się Arve Støp. Dlaczego dobrze, że nie mam alibi? Czego ona chce? Wymusić na nim przyznanie się do winy? I dlaczego ten elektryczny szum staje się coraz głośniejszy i coraz bliższy.
– Kładź się – nakazała.
Zrobił to, co chciała, i poczuł, jak lodowata emalia wanny parzy skórę na plecach i z tyłu ud. Para wodna z jego oddechu skondensowała się we wnętrzu maski, zmoczyła ją i jeszcze bardziej utrudniała oddychanie. Jej głos rozległ się znów, teraz tuż przy nim.
– Jak chcesz umrzeć?
Umrzeć? To wariatka. Jakaś kompletna wariatka. A może nie? Tłumaczył sobie, że musi zachować zimną krew, że ona tylko próbuje go wystraszyć. Czy to możliwe, by stał za tym Harry Hole? Że on jednak nie docenił tego zapijaczonego policjanta? Drżał teraz na całym ciele, trząsł się tak, że zegarek Tag Heuer stukał o emalię, jak gdyby ciało zaakceptowało coś, czego mózg jeszcze nie pojął. Potarł tyłem głowy o dno wanny, próbując poprawić maskę, by móc patrzeć przez otworki. Miał umrzeć.
A więc dlatego umieściła go w wannie, żeby nie było za dużo brudu i wszystkie ślady dały się szybko usunąć. Idiotyzm. Przecież ty jesteś Arve Støp, a ona policjantką. Oni nic nie wiedzą.
– Jak sobie chcesz – oświadczyła. – Podnieś głowę.
Maska. Nareszcie. Zrobił, jak kazała. Poczuł, że jej dłonie dotykają czoła, tyłu głowy, ale maski nie zdejmują. Znów się cofnęły. Coś cienkiego, twardego zacisnęło się wokół szyi. Co, do cholery? Pętla!
– Nie… – zaczął, ale głos mu urwało, kiedy pętla ścisnęła tchawicę. Kajdanki zadzwoniły i zadrapały o dno wanny.
– Zabiłeś je wszystkie – usłyszał i pętla zacisnęła się jeszcze bardziej. – To ty, Arve Støp, jesteś Bałwanem.
Wypowiedziała to głośno. Zmniejszona ilość krwi dopływającej do mózgu sprawiła, że robiło mu się słabo. Energicznie pokręcił głową.
– Ależ tak – powiedziała.

Miał wrażenie, że odetnie mu głowę, gdy szarpnęła.

– Właśnie zostałeś mianowany.

Ciemność zapadała szybko. Arve Støp uniósł stopę i zaraz ją opuścił, bezsilnie uderzając piętą o wannę. Rozległ się głuchy odgłos.

– Fantastyczne uczucie, prawda, Støp? To mózgowi zaczyna brakować tlenu. Cudowne. Mój były mąż zwykle się onanizował, gdy go dusiłam.

Próbował krzyczeć, próbował sprawić, by ta odrobina powietrza, jaka jeszcze została mu w ciele, przecisnęła się przez metalowy ucisk pętli, ale to było niemożliwe. Boże, czy ona nie chciała nawet przyznania się do winy? Nagle to poczuł. Lekki szum w głowie niczym syczące banieczki szampana. Czy to tak miało się stać? Tak łatwo? Nie chciał, by było tak prosto.

– Powieszę cię w salonie – powiedziała, delikatnie głaszcząc go po głowie. – Twarzą w stronę fiordu. Będziesz miał ładny widok.

Rozległ się cichy pisk, który skojarzył mu się z filmowym dźwiękiem alarmu urządzenia podtrzymującego prace serca, rozlegającego się wtedy, gdy wykres staje się całkiem płaski i serce przestaje bić.

26 DZIEŃ 19. UCZCIWOŚĆ ZAWODOWA

Harry jeszcze raz wcisnął dzwonek domofonu do Arvego Støpa.

Jakiś nocny myśliwy bez zdobyczy przeszedł przez most nad kanałem, zerkając na czarnego amazona, który stał na samym środku pustego placu na Aker Brygge.

– Na pewno nie otworzy, jeśli jest u niego kobieta – stwierdził Bjørn Holm. – Støp mieszka na samej górze. Czytałem o tym.

Harry już się rozglądał.

– Nie. – Holm pojął jego zamiary. – Tutaj łomem nic nie wskórasz. Ta zbrojona szyba nie da się stłuc. Musimy czekać, aż dozorca...

Harry już szedł do samochodu. Tym razem jednak Holm nie zdołał przewidzieć zamiarów komisarza. Stało się to dopiero wtedy, gdy Harry zajął miejsce kierowcy, a Bjørn uświadomił sobie, że kluczyki zostały w stacyjce.

– Nie, Harry! Nie...

Dalsze słowa zagłuszył ryk silnika. Koła zabuksowały na mokrych od deszczu kamiennych płytach, nim w końcu złapały przyczepność. Bjørn Holm, wymachując rękami, zagrodził drogę, ale przez moment mignęło mu spojrzenie Harry'ego i uskoczył. Zderzak amazona uderzył w drzwi z głuchym hukiem, szkło w drzwiach zmieniło się w białe kryształki, które przez moment bezszelestnie zawisły w powietrzu, po czym dźwięcznie posypały się na ziemię. I zanim Bjørn zdążył ocenić straty, Harry już wyskoczył z samochodu i wchodził przez pozbawione szkła wejściowe drzwi.

Bjørn pobiegł za nim, rozpaczliwie przeklinając. Harry złapał jedną z olbrzymich donic z palmami wielkości człowieka, zaciągnął ją pod windę i wcisnął guzik. Gdy błyszczące aluminiowe drzwi się rozsunęły, umieścił donicę między nimi i wskazał na białe drzwi z zieloną tabliczką wyjścia awaryjnego.

– Jeśli ty pójdziesz tymi schodami, a ja głównymi, to odetniemy wszystkie drogi ucieczki. Spotkamy się na siódmym, Holm.

Bjørna Holma zlał pot, zanim wąskimi metalowymi schodami dotarł na trzecie piętro. Ani jego ciało, ani głowa nie były do tego przygotowane. Przecież on był, do cholery, technikiem kryminalistycznym, dramatyzm lubił rekonstruować, a nie konstruować. Na chwilę przystanął. Ale słyszał jedynie zamierające echo własnych kroków i sapanie. Co powinien zrobić, gdyby się na kogoś natknął? Harry kazał mu zabrać na Seilduksgata służbowy rewolwer, ale czy powinien go użyć? Czy o to mu chodziło? Przytrzymując się poręczy, znów ruszył pod górę. Co by zrobił Hank Williams? Zanurzyłby głowę w drinku. Sid Vicious? Ten pokazałby palec i uciekł. A Elvis? Elvis. Elvis Presley. No właśnie. Bjørn Holm sięgnął po rewolwer.

Schody się skończyły. Wyszedł na klatkę i tam na końcu korytarza zobaczył Harry'ego przyciskającego się plecami do ściany obok brązowych drzwi. W jednej trzymał służbowy rewolwer, drugą miał podniesioną do góry. Palec położył na ustach, patrząc na Bjørna i wskazując na drzwi. Były uchylone.

– Sprawdzamy po kolei każde pomieszczenie – szepnął, gdy Bjørn do niego podszedł. – Ty weźmiesz te na lewo, ja na prawo. W tym samym tempie, plecy w plecy. I pamiętaj, żeby oddychać.

– Zaczekaj! A jeśli Katrine tam jest?

Harry patrzył na niego i czekał.

– To znaczy – ciągnął Bjørn, sam próbując zrozumieć, o co mu chodzi. – W najgorszym razie zastrzelę... koleżankę.

– W najgorszym razie – odparł Harry – koleżanka zastrzeli ciebie. Gotowy?

Młody technik kryminalistyczny ze Skreia kiwnął głową, przysięgając sobie, że jeśli to się dobrze skończy, to cholera, wypróbuje też pomadę.

Harry bezszelestnie pchnął drzwi stopą i wszedł do środka. Od razu wyczuł ruch powietrza. Przeciąg. Pierwsze drzwi na prawo znajdowały się w końcu korytarza. Ujął klamkę lewą ręką, jednocześnie celując z rewolweru. Szarpnął i wszedł. To był gabinet. Pusty. Nad biurkiem wisiała duża mapa Norwegii z powbijanymi w nią szpilkami.

Harry wyszedł na korytarz, gdzie czekał na niego Holm. Harry dał mu znak, że cały czas ma trzymać broń w pogotowiu. Szli dalej w głąb mieszkania.

Kuchnia, biblioteka, pokój do ćwiczeń, jadalnia, ogród zimowy, pokój gościnny. Wszystkie puste. Harry czuł, że temperatura spada. Kiedy doszedł do salonu, zobaczył dlaczego. Rozsuwane drzwi na taras i basen były otwarte na oścież, białe firanki nerwowo powiewały na wietrze. Z salonu odchodziły dwa niewielkie korytarzyki, oba prowadziły do drzwi. Dał znak, że Bjørn ma się zająć tymi na prawo, sam stanął przed drugimi.

Wziął głęboki oddech, po czym skulił się, by stanowić jak najmniejszy cel, i gwałtownie otworzył.

W ciemności dostrzegł łóżko, białą pościel i coś, co mogło przypominać ciało. Lewą ręką wymacał kontakt na ścianie za drzwiami.

– Harry! – krzyknął Holm. – Tutaj, Harry!

W jego głosie słychać było podniecenie, ale Harry je zignorował. Skupił się na roztaczającej się przed nim ciemności. Dłoń odnalazła kontakt i już w następnej chwili sypialnię zalało halogenowe światło. Była pusta. Harry przed wyjściem sprawdził jeszcze szafy.

Holm stał przed drzwiami z rewolwerem skierowanym do środka pomieszczenia.

– On się nie rusza – szepnął. – Nie żyje. On...

– Nie musiałeś krzyczeć – powiedział Harry, podchodząc do wanny. Nachylił się nad nagim mężczyzną i ściągnął mu z twarzy maskę świni. Cienka czerwona smuga biegła mu wokół szyi, twarz była blada i spuchnięta, a zakryte powiekami oczy wychodziły z orbit. Arve Støp był nie do poznania.

– Dzwonię po techników – oświadczył Holm.

– Zaczekaj. – Harry przytrzymał rękę przy ustach Støpa. Potem złapał dziennikarza za ramiona i mocno nim potrząsnął.

– Co ty wyprawiasz?

Harry szarpał jeszcze mocniej.

Bjørn położył mu rękę na ramieniu.

– Harry, czy ty nie widzisz, że on...

Nagle drgnął przestraszony. Støp otworzył oczy. Teraz wciągał powietrze jak ktoś, kto uprawia swobodne nurkowanie i wynurza się na powierzchnię. Głęboko, boleśnie, rzężąco.

– Gdzie ona jest? – spytał Harry.

Støp zatoczył głową, patrząc na Harry'ego oczami, których źrenice były wielkie i czarne ze strachu.

– Gdzie ona jest? – powtórzył Harry.

Støp nie był w stanie utrzymać spojrzenia w jednym punkcie, a z ust wydobywały mu się jedynie urywane szlochy.

– Zaczekaj tutaj, Holm.

Bjørn Holm kiwnął głową i tylko patrzył, jak kolega wychodzi z łazienki.

Harry stał na brzegu tarasu Arvego Støpa. Dwadzieścia pięć metrów pod nim połyskiwała czarna woda kanału. W blasku księżyca widział w wodzie rzeźbę kobiety na szczudłach i tam... na powierzchni kołysało się coś błyszczącego. Przypominało brzuch martwej ryby. Plecy czarnego skórzanego płaszcza. A więc skoczyła. Z siódmego piętra.

Harry przeszedł na sam brzeg tarasu między puste doniczki. Przez głowę przeleciało mu wspomnienie. Østmarka i Øystein skaczący na główkę do jeziora Hauktjern. Harry i Drewniak wywlekający go na brzeg. Øystein w szpitalnym łóżku z rusztowaniem wokół szyi. To wtedy Harry się nauczył, że z wysoka trzeba skakać na nogi, nie na głowę. I pamiętać o przyciskaniu rąk do ciała, żeby nie połamać obojczyków. Ale przede wszystkim trzeba się uprzednio zdecydować, zanim się spojrzy w dół, i skoczyć, zanim lęk pozwoli działać rozumowi. Dlatego gdy kurtka Harry'ego miękko upadła na taras, on sam już znajdował się w powietrzu, słysząc ryk w uszach. Czarna woda zbliżała się do niego coraz szybciej, czarna jak asfalt.

Złączył pięty i moment później poczuł, jakby coś wydusiło z niego całe powietrze, a jakaś ogromna dłoń próbowała zerwać z niego całe ubranie. Wszystkie dźwięki ucichły. Zaraz nadciągnęło paraliżujące zimno. Odbił się i wynurzył na powierzchnię. Zorientował się w kierunkach, namierzył na płaszcz i zaczął płynąć. Już tracił czucie w stopach i wiedział, że ma zaledwie minuty, zanim ciało przestanie funkcjonować w tej temperaturze. Ale wiedział również, że jeśli odruch krtaniowy Katrine zadziałał i gardło zamknęło się w momencie kontaktu z wodą, to właśnie owo nagłe wychłodzenie mogło ją uratować, gwałtownie zatrzymać metabolizm, wprawić komórki i organy ciała w uśpienie, a życiowe organy utrzymywać przy minimalnej ilości tlenu.

Sunął przez gęstą ciężką wodę, kierując się ku błyszczącej czarnej skórze.

Wreszcie do niej dotarł i złapał wpół.

Natychmiast podświadomie pomyślał, że Katrine już poszła do nieba, że pożarły ją demony. Bo został tylko płaszcz.

Harry zaklął i obrócił się w wodzie. Spojrzał na taras. Powiódł wzrokiem wzdłuż jego brzegu do okapu, do metalowych rur i małych skośnych daszków prowadzących na drugą stronę budynku, do innych kamienic, na inne tarasy, ku plątaninie schodów przeciwpożarowych i dróg ewakuacyjnych wzdłuż labiryntu fasad na Aker Brygge. Poruszał w wodzie łydkami, których już nie czuł, i stwierdził, że trudno powiedzieć, że Katrine go przeceniła. Dał się złapać na najgłupszą podręcznikową sztuczkę. Przez moment rozważał śmierć przez utonięcie, bo podobno jest przyjemna.

Była czwarta nad ranem, na łóżku przed Harrym siedział roztrzęsiony Arve Støp w szlafroku. Całą opaleniznę jakby wyssało mu z twarzy, skurczył się i zmienił w starego człowieka. Ale źrenice odzyskały swoje normalne wymiary.

Harry wziął bardzo gorący prysznic i przebrał w sweter Holma i spodnie od dresu pożyczone od Støpa. Z salonu dochodził głos Bjørna próbującego przez komórkę zorganizować pościg za Katrine Bratt. Harry kazał mu skontaktować się z Centralą Operacyjną, żeby wszczęto ogólne poszukiwania, z policją na lotnisku Gardermoen na wypadek, gdyby Katrine próbowała wydostać się którymś z porannych samolotów, i z oddziałem Delta, by zajęli się obserwacją jej mieszkania, chociaż Harry był pewien, że tam jej nie znajdą.

– Uważa więc pan, że to nie była żadna seksualna zabawa, tylko że Katrine Bratt usiłowała odebrać panu życie? – spytał Harry.

– Czy ja tak uważam? – powtórzył Støp, szczękając zębami. – Przecież o mało mnie nie udusiła!

– Mhm. I pytała o alibi na czas tych zabójstw?

– Po raz trzeci odpowiadam: tak! – jęknął Støp.

– Więc ona myśli, że Bałwan to pan?

– Cholera ją wie, co ona myśli. Ta kobieta jest w oczywisty sposób kompletnie szalona.

– Być może – powiedział Harry. – Ale to wcale nie musi oznaczać, że nie ma racji.

– A jaka miałaby być ta jej racja? – Støp spojrzał na zegarek.

Harry wiedział, że adwokat Krohn już jest w drodze i gdy tylko się zjawi, zakaże swojemu klientowi mówienia czegokolwiek. Harry podjął więc decyzję i nachylił się do Støpa.

– Wiemy, że jest pan ojcem Jonasa Beckera i bliźniaczek Sylvii Ottersen.

Głowa Støpa podskoczyła.

Harry miał świadomość, że musi ryzykować i iść za ciosem.

– Idar Vetlesen był jedyną osobą, która o tym wiedziała. To pan go wysłał do Szwajcarii i zapłacił za ten kurs na temat choroby Fahra, prawda? Choroby, którą pan sam odziedziczył.

Harry pojął, że dobrze trafił, widząc, że źrenice Arvego Støpa znów się rozszerzają.

– Przypuszczam, że Vetlesen opowiedział panu o naszych naciskach – Harry nie ustępował. – Może pan się bał, że on pęknie? Albo wykorzysta sytuację i będzie chciał, żeby się pan odwzajemnił za przysługę? Na przykład pieniędzmi.

Redaktor z niedowierzaniem patrzył na Harry'ego i kręcił głową.

– Wszystko jedno, Støp. Najwyraźniej uznał pan, że ma pan wiele do stracenia, jeśli prawda o tym ojcostwie wyjdzie na jaw. Wystarczająco dużo, by stało się to motywem do pozbawienia życia jedynych osób, które mogły pana zdradzić, matek i Idara Vetlesena. Czy to się nie zgadza?

– Ja... – Støp uciekał wzrokiem.

– Pan...

– Ja... nie mam nic więcej do powiedzenia. – Støp spuścił głowę, oparł ją na rękach. – Proszę rozmawiać z Krohnem.

– W porządku – stwierdził Harry. Nie miał wiele czasu. Ale miał jedną ostatnią kartę. Dobrą. – Przekażę im, że tak pan powiedział.

Harry czekał. Støp wciąż siedział schylony i nieruchomy. Wreszcie podniósł głowę.

– Jakim im?

– Oczywiście prasie – odparł lekko Harry. – Są powody, by przypuszczać, że będą nas dość gruntowanie wypytywać, prawda? Przecież to właśnie jest coś, co wy nazywacie sensacją.

Støpowi zaczynało chyba przejaśniać się w głowie.

– Jak to? – spytał takim tonem, jakby już znał odpowiedź.

– Znanemu człowiekowi wydaje się, że wabi do domu młodą kobietę, a okazuje się, że właściwie było odwrotnie. – Harry uważnie oglądał obraz na ścianie za Støpem. Z dużym prawdopodobieństwem przedstawiał kobietę balansującą na linie. – Mężczyzna zostaje namówiony do włożenia maski świni, wierzy, że to zabawa seksualna i właśnie w takim stanie zostaje znaleziony przez policję. Nagi, zapłakany, we własnej wannie.

– Nie może pan tego wyjawić – wyrwało się Støpowi. – To... to naruszenie tajemnicy!

– No cóż – powiedział Harry. – Być może jest to naruszenie image'u, jaki pan sobie zbudował, Støp, ale nie obowiązku dochowania tajemnicy. Raczej przeciwnie.

– Przeciwnie? – Støp prawie krzyknął. Przestał już szczękać zębami, a na policzki powoli wracały mu kolory.

Harry chrząknął.

– Mój jedyny kapitał i środek produkcji to moja osobista uczciwość zawodowa – zaczekał, aż Støp pozna własne słowa – a w wypadku policjanta oznacza to między innymi informowanie opinii publicznej na tyle, na ile to możliwe bez szkody dla śledztwa. A w tym wypadku to z pewnością możliwe.

– Nie może pan tego zrobić.

– Mogę i zrobię.

– To... to mnie zniszczy.

– Mniej więcej tak jak „Liberał" co tydzień niszczy jakąś osobę na pierwszej stronie.

Støp otwierał i zamykał usta jak rybka akwariowa.

– Ale oczywiście – podjął Harry. – Nawet dla mężczyzn o nieskalanej uczciwości zawodowej istnieją kompromisy.

Støp długo na niego patrzył.

– Mam nadzieję, że pan rozumie – Harry cmoknął, jakby przypominając sobie dokładne brzmienie słów – że jako policjant jestem zobowiązany do wykorzystania tej sytuacji.

Støp powoli kiwnął głową.

– Zaczynamy od Birte Becker – powiedział Harry. – Gdzie pan ją poznał?

– I na tym chyba skończymy – rozległ się jakiś głos.

Odwrócili się do drzwi. Johan Krohn najwyraźniej zdążył się wykąpać, ogolić i uprasować koszulę.

– Okej. – Harry wzruszył ramionami. – Holm!

Piegowata twarz Bjørna ukazała się w drzwiach za Krohnem.

– Dzwoń do Odina Nakkena z „VG" – nakazał Harry i zwrócił się do Støpa: – Mogę panu oddać ubranie trochę później?

– Chwileczkę – powstrzymał go Støp.

W pokoju zapadła cisza, gdy Arve Støp uniósł obie ręce i wierzchem dłoni zaczął trzeć czoło, jakby chciał pobudzić krążenie.

– Johan – powiedział w końcu. – Możesz iść. Sam sobie dam z tym radę.

– Arve – odezwał się adwokat. – Uważam, że nie powinieneś.

– Wracaj do domu i idź spać, Johan. Zadzwonię do ciebie później.

– Jako twój adwokat muszę...

– Jako mój adwokat masz się zamknąć i stąd iść. Jasne?

Johan Krohn wyprostował się, mobilizując resztki swojej urażonej adwokackiej godności, ale zmienił zdanie na widok miny Støpa. Krótko skinął mu głową, odwrócił się i wyszedł.

– Na czym skończyliśmy? – spytał Støp.

– Na początku – odparł Harry.

27 DZIEŃ 20. POCZĄTEK

Arve Støp pierwszy raz zobaczył Birte Becker w pewien chłodny zimowy dzień w Oslo podczas wykładu, który wygłaszał dla pewnej agencji organizacji imprez w audytorium Centrum. Wykład odbywał się w ramach seminarium motywacyjnego, na które firmy wysyłały swoich zmęczonych pracowników po tak zwany „doping", który miał ich zmotywować do jeszcze cięższej pracy. Doświadczenie Arvego Støpa pokazywało, że większość prelegentów na podobnych seminariach stanowili przedsiębiorcy, którzy odnieśli pewien sukces z niezbyt oryginalnym pomysłem na biznes, sportowcy, którzy zdobyli złoto na bardzo ważnych mistrzostwach w bardzo mało popularnej dyscyplinie, lub himalaiści, których sposobem na życie było wchodzenie na szczyt i schodzenie, a następnie opowiadanie o tym. Wspólne dla nich było twierdzenie, że ich sukces to wynik posiadania wyjątkowej woli i moralności. No i zmotywowania. Właśnie to miało działać motywująco na innych.

Arve Støp był ostatnim punktem programu – zawsze stawiał taki warunek. Dzięki temu mógł zacząć od szlachtowania wcześniejszych prelegentów jako chciwych na pieniądze narcyzów, dzielić ich na trzy kategorie i oświadczać, że sam należy do tej pierwszej – jest człowiekiem, którego niezbyt oryginalny pomysł na biznes odniósł sukces. Pieniądze wydane na to seminarium motywacyjne były wyrzucone w błoto, większość osób obecnych na sali nigdy bowiem nie zdoła zajść tak wysoko, ponieważ miały na tyle szczęścia, że oszczędzona im została ta nienaturalnie rozwinięta potrzeba uznania, która dręczyła prelegentów. Jego także, a to dlatego, że ojciec nigdy szczególnie się o niego nie troszczył. Arve Støp musiał szukać miłości i podziwu u innych. Powinien więc zostać aktorem lub muzykiem, gdyby oczywiście miał jakiś talent w tym kierunku.

Zdumienie publiczności w tym momencie wykładu przeszło w śmiech. I przerodziło się w sympatię. Støp wiedział, że skończy się podziwem, bo stał przed słuchaczami i błyszczał. Błyszczał, ponieważ i on, i wszyscy inni wiedzieli, że bez względu na to, co powie, i tak pozostanie uosobieniem sukcesu. A przeciwko sukcesowi nie da się wysuwać argumentów. Nawet przeciwko własnemu. Podkreślał znaczenie odpowiedniego zbiegu okoliczności, czyli po prostu szczęścia jako najważniejszego czynnika sukcesu. Bagatelizował własny talent, omawiał ogólną niezdarność i lenistwo w norweskiej gospodarce, które sprawiają, że udać się może nawet średniakom.

Słuchacze na koniec nagrodzili go owacją na stojąco.

Uśmiechał się, wbijając wzrok w ciemnowłosą piękność w pierwszym rzędzie, która, jak się później okazało, ma na imię Birte. Zwrócił na nią uwagę, gdy tylko wszedł na salę. Zdawał sobie sprawę z tego, że połączenie szczupłych łydek z dużym biustem często bywa jednoznaczne z silikonowymi implantami, ale Støp nie był przeciwnikiem sztucznego upiększania kobiecego ciała. Lakier do paznokci, silikon, jaka to w zasadzie różnica? Przy wtórze oklasków po prostu zszedł ze sceny i przeszedł się wzdłuż pierwszego rzędu, ściskając dłonie słuchaczy. To był idiotyczny gest, coś, na co mógł sobie pozwolić amerykański prezydent, ale jego to nie obchodziło. Kompletnie, w ogóle. Cieszyło go, jeśli mógł kogoś urazić. Zatrzymał się przed ciemnowłosą kobietą, która na niego patrzyła z zaczerwienionymi z emocji policzkami. Kiedy podał jej rękę, dygnęła jak przed członkiem rodziny królewskiej, a on poczuł ostre rogi własnej wizytówki, którą wciskał jej do ręki. Ona wypatrywała obrączki.

Obrączka była matowa. A prawa ręka szczupła i blada, lecz jej uścisk zaskakująco mocny.

– Sylvia Ottersen – przedstawiła się z niemądrym uśmiechem. – Jestem pana gorącą wielbicielką, więc po prostu musiałam uścisnąć panu dłoń.

Właśnie tak pierwszy raz spotkał Sylvię Ottersen. W sklepie Taste of Africa w pewien gorący letni dzień w Oslo. Nie zachwyciła go urodą, ale była mężatką. Arve Støp spojrzał na afrykańskie maski i spytał o coś, by sytuacja nie stała się jeszcze bardziej kłopotliwa. Wprawdzie nie dla niego, ale zauważył, że stojąca obok niego kobieta zesztywniała, gdy Sylvia Ottersen podała mu rękę. Miała na imię Marita. Nie, Marite. To ona uparła się, by go tu przyprowadzić i pokazać jakieś poduszki ze skóry zebry; twierdziła, że po prostu muszą się znaleźć na łóżku, z którego przed chwilą wstali i na którym w pościeli pozostało kilka długich włosów Marite – a może Marity. Przypominał sobie o nich teraz i nakazał w duchu, że musi pamiętać, by je usunąć.

– Z zebry już nie mamy – powiedziała Sylvia Ottersen. – Co państwo powiedzą na te?

Podeszła do półki przy oknie, światło dzienne padło jej na plecy i pośladki. Nie najgorsze, uznał. Ale prowincjonalnie brązowe włosy były wystrzępione i bez blasku.

– Co to jest? – spytała kobieta na M.

– Imitacja skóry gnu.

– Imitacja? – prychnęła M. i przerzuciła jasne włosy na plecy. – Poczekamy raczej, aż przyjdą te z zebry.

– Ta skóra zebry to też imitacja. – Sylvia uśmiechnęła się jak do dziecka, któremu się tłumaczy, że księżyc nie jest jednak z sera.

– Ach, tak? – powiedziała M., odwzajemniła kwaśno uśmiech pomalowanymi na czerwono ustami i złapała Arvego pod ramię. – Wobec tego dziękujemy.

Nie podobał mu się pomysł M. wspólnego wyjścia i pokazywania się publicznie, a jeszcze mniej spodobało mu się to złapanie pod ramię. Ona być może wyczuła jego niechęć, bo gdy wyszli ze sklepu, przynajmniej go puściła. Spojrzał na zegarek.

– Ojej! – zawołał. – Muszę zdążyć na spotkanie.

– Nie pójdziemy na lunch? – Patrzyła na niego z lekko zaskoczoną miną, którą zdołała zamaskować głębokie rozczarowanie.

– Może do ciebie zadzwonię – odparł.

To ona zadzwoniła do niego. Minęło zaledwie trzydzieści minut, odkąd zszedł ze sceny w Centrum i jechał akurat taksówką sunącą za pługiem, który odgarniał brudny śnieg na skraj drogi.

– Siedziałam dokładnie naprzeciwko pana. Chciałam tylko podziękować za wykład.

– Mam nadzieję, że nie gapiłem się zbyt natarczywie – zawołał, przekrzykując zgrzytanie metalu o asfalt.

Zaśmiała się cicho.

– Ma pani jakieś plany na wieczór?

– Hm. Nic takiego, czego nie dałoby się zmienić…

Cudowny głos. Cudowne słowa.

Przez resztę popołudnia nie schodziła mu z głowy. Fantazjował o tym, że będzie ją brał na komodzie w przedpokoju, aż zacznie walić głową w obraz Gerharda Richtera, który kupił w Berlinie. I myślał, że najlepsze jest zawsze właśnie to. Oczekiwanie.

Zadzwoniła domofonem o ósmej. Czekał przy drzwiach. Wsłuchiwał się w echo mechanicznego klikania windy przypominającego ładowanie broni. W szum, który się zbliżał. Krew pulsowała mu w penisie.

I nagle stanęła przed nim. Poczuł się tak, jakby ktoś wymierzył mu policzek.

– Kim pani jest? – spytał.

– Jestem Stine – Na uśmiechniętej tłustej twarzy pojawiło się lekkie zdziwienie. – Dzwoniłam...

Zmierzył ją spojrzeniem od stóp do głów, przez chwilę mimo wszystko rozważając możliwość, bo od czasu do czasu podniecały go zwyczajne, nieatrakcyjne kobiety. Poczuł jednak, że erekcja mija, i zrezygnował.

– Bardzo mi przykro, że nie zdążyłem dać znać – powiedział – ale właśnie wezwano mnie na spotkanie.

– Na spotkanie? – powtórzyła, nawet nie próbując ukryć, jak bardzo jest urażona.

– Kryzysowe. Zadzwonię.

Stał w drzwiach, słuchając, jak drzwi windy zamykają się i otwierają. W końcu wybuchnął śmiechem. Śmiał się, dopóki sobie nie uświadomił, że być może już nigdy w życiu nie spotka tej ciemnowłosej piękności z pierwszego rzędu.

Zobaczył ją godzinę później. Zjadł już wtedy samotny lunch w Barze&Restauracji. Kupił garnitur w Kamikaze, który włożył od razu i dwa razy przeszedł obok Taste of Africa usytuowanego w cieniu, z dala od palącego słońca. Za trzecim razem wszedł do środka.

– Już pan wrócił? – uśmiechnęła się Sylvia Ottersen.

Tak jak przed godziną była sama w chłodnym mrocznym wnętrzu lokalu.

– Spodobały mi się te poduszki – powiedział.

– Owszem, ładne. – Pogładziła dłonią imitację skóry gnu.

– Może mi pani pokazać coś jeszcze?

Położyła dłoń na biodrze. Głowę lekko przekrzywiła. Ona wie, pomyślał. Czuje zapach.

– Pytanie, co chce pan obejrzeć.

Słyszał drżenie w głosie, gdy odpowiadał:

– Chciałbym obejrzeć panią nago.

Oddała mu się na zapleczu i nie zatroszczyła się nawet o zamknięcie na klucz drzwi do sklepu.

Arve Støp doszedł prawie od razu. Od czasu do czasu te zwyczajne i mało atrakcyjne cholernie go podniecały.

– We wtorki i w środy w sklepie jest mój mąż – powiedziała, gdy wychodził. – W czwartek?

– Może – odparł i zobaczył, że na garniturze z Kamikaze pojawiła się plama.

Śnieg wirował jak ogarnięty paniką między biurowcami na Aker Brygge, kiedy zadzwoniła Birte.

Powiedziała, że wyszła z założenia, iż dał jej swoją wizytówkę po to, by się z nim skontaktowała.

Arve Støp czasami zadawał sobie pytanie, dlaczego musiał mieć te kobiety, te podniety, te stosunki, które właściwie nie były niczym innym niż ceremonialnymi rytuałami uległości. Czy nie dość miał już w życiu podbojów? Czy to przez lęk, że się starzeje? Czy myślał, że zanurzając się w tych dziewczyno-kobietach będzie w stanie skraść im jakąś cząstkę ich młodości? I skąd ten pośpiech, to gorączkowe tempo? Może wynikało ze świadomości choroby. Z wiedzy, że już niedługo przestanie być tym mężczyzną, którym wciąż jeszcze był. Nie znajdował odpowiedzi. I właściwie po co mu one? Jeszcze tego samego wieczoru słuchał stęknięć Birte, głębokich jak mężczyzny, gdy uderzała głową o kupiony w Berlinie obraz Gerharda Richtera.

Zainfekowane nasienie Arvego Støpa wytrysnęło w momencie, gdy dzwonek nad drzwiami wejściowymi gniewnie oznajmił, że ktoś wchodzi do Taste of Africa. Próbował się wyrwać, ale Sylvia Ottersen uśmiechnęła się szeroko i jeszcze mocniej złapała go za pośladki. Uwolnił się w końcu i wciągnął spodnie. Sylvia zsunęła się z kontuaru, poprawiła letnią spódnicę i wyszła za róg, żeby obsłużyć klienta. Arve Støp czym prędzej podszedł do półki z jakimiś figurkami i odwrócony tyłem do wnętrza sklepu zapinał rozporek. Za sobą słyszał głos mężczyzny przepraszający za spóźnienie, ale tak trudno znaleźć miejsce do parkowania. Sylvia odpowiedziała mu ostrym głosem, że powinien to przewidzieć, przecież wakacje już się skończyły. A ponieważ już i tak jest spóźniona na spotkanie z siostrą, to on musi się zająć klientem.

Arve Støp usłyszał głos mężczyzny tuż za sobą.

– W czym mogę pomóc?

Odwrócił się i zobaczył wychudzonego mężczyznę z nienaturalnie wielkimi oczami za okrągłymi okularami, we flanelowej koszuli, z której wystawała bociania szyja.

Spojrzał ponad ramieniem mężczyzny, zdążył zobaczyć Sylvię już w drzwiach. Brzeg spódnicy jej się podwinął, a pod kolano spływała mokra smuga.

I wtedy uświadomił sobie, że ona wiedziała, że ten strach na wróble, będący, jak pojął, jej mężem, przyjdzie akurat wtedy. Chciała, by ich nakrył.

– Dziękuję. Dostałem już to, czego sobie życzyłem – odparł, kierując się do drzwi.

Arve Støp czasami próbował sobie wyobrazić, jak zareagowałby na wiadomość, że zrobił którejś dziecko. Czy nalegałby na aborcję, czy na to, by się urodziło? Jednego był pewien: nalegałby albo na jedno, albo na drugie, bo pozostawianie decyzji innym nie leżało w jego naturze.

Birte Becker powiedziała, że nie muszą używać żadnych środków antykoncepcyjnych, ponieważ ona nie może mieć dzieci. Gdy trzy miesiące i sześć stosunków później, promieniejąc z radości, oświadczyła, że jednak może, od razu pojął, że chce urodzić to dziecko. Zareagował paniką i nastawał na usunięcie ciąży.

– Mam najlepsze kontakty. W Szwajcarii. Nikt się o niczym nie dowie.

– To moja ostatnia szansa na macierzyństwo, Arve. Lekarz mówi, że to cud, który być może już nigdy się nie powtórzy.

– W takim razie nie chcę więcej widzieć ani ciebie, ani ewentualnego dziecka, słyszysz?

– Dziecko potrzebuje ojca, Arve. I bezpiecznego domu.

– U mnie tego nie znajdziesz. Jestem nosicielem strasznej dziedzicznej choroby, rozumiesz?

Birte Becker zrozumiała. A ponieważ była prostą, ale bystrą dziewczyną, która mając pijaka za ojca i kłębek nerwów za matkę, wcześnie musiała się nauczyć radzić sobie sama, zrobiła to, co powinna. Znalazła dla dziecka ojca i bezpieczny dom.

Filip Becker nie mógł uwierzyć, kiedy ta piękna kobieta, do której zalecał się tak rozpaczliwie i na próżno, nagle uległa i zdecydowała się z nim związać. A ponieważ nie mógł w to uwierzyć, ziarenko podejrzeń już zostało zasiane. Ale w momencie, gdy oznajmiła mu, że jest z nim w ciąży – zaledwie w tydzień po tym, jak go do siebie dopuściła – ziarenko wciąż leżało zakopane głęboko w ziemi.

Kiedy Birte zadzwoniła do Arvego Støpa i oznajmiła, że Jonas przyszedł na świat i jest do niego podobny jak dwie krople wody, Arve znieruchomiał ze słuchawką przy uchu, wpatrzony gdzieś przed siebie. Potem poprosił o zdjęcie. Dostał je pocztą, a dwa tygodnie później Birte, zgodnie z umową, siedziała w kawiarni z Jonasem na kolanach i obrączką na palcu, podczas gdy Arve przy innym stoliku udawał, że czyta gazetę.

Tej nocy rzucał się niespokojnie w pościeli i rozmyślał o chorobie.

Należało to sprawdzić dyskretnie. Z pomocą lekarza, który będzie umiał trzymać język za zębami. Krótko mówiąc, musiał to być ten podskakiewicz, idiota, ten chirurg z klubu curlingowego, Idar Vetlesen.

Złapał Vetlesena w klinice Marienlyst. Głupek zgodził się na zlecenie. Przyjął też pieniądze i na rachunek Støpa pojechał do Genewy, gdzie co roku zbierali się najlepsi w Europie specjaliści od choroby Fahra po to, żeby się szkolić i żeby przedstawiać najnowsze przygnębiające wyniki badań.

Pierwsze analizy przeprowadzone u Jonasa nic nie wykazały, lecz chociaż Vetlesen powtarzał, że objawy zazwyczaj pojawiają się dopiero w dobrze dorosłym wieku – Arve Støp miał spokój do czterdziestki – Støp uparł się, by chłopca badać co rok.

Minęły dwa lata, odkąd widział, jak jego nasienie spływa po łydce Sylvii Ottersen wychodzącej ze sklepu i z życia Arvego Støpa. Po prostu więcej się z nią nie kontaktował, a ona z nim. Dopiero niedawno. Kiedy zadzwoniła, od razu powiedział, że właśnie wychodzi na bardzo ważne kryzysowe spotkanie, ale ona się streszczała. W czterech zdaniach wyjaśniła mu, że najwyraźniej nie całe nasienie z niej wyciekło, bo urodziły się bliźniaczki, jej mąż jest przekonany, że to jego dzieci, a poza tym potrzebują wielkodusznego sponsora, by utrzymać Taste of Africa.

– Wydaje mi się, że dość już wpakowałem w ten sklep – odparł Arve Støp, który często na złe wiadomości reagował żartami.

– Pieniądze mogę załatwić w inny sposób. Poproszę o nie „Se og Hør". Ten tygodnik uwielbia takie historie z cyklu „Ojcem moich dzieci jest gwiazda".

– Marny blef – stwierdził. – Masz za dużo do stracenia.

– Wiele rzeczy się zmieniło. Zamierzam odejść od Rolfa, jeśli tylko uda mi się zdobyć dość pieniędzy na spłacenie jego części sklepu. Problem Taste of Africa tkwi w jego lokalizacji. Dlatego postawię warunek, by „Se og Hør" zamieściło zdjęcia sklepu, żeby mieć porządną reklamę. Wiesz, ile ludzi czyta ten tygodnik?

Arve Støp wiedział. Co szósty dorosły Norweg. Nigdy nie miał nic przeciwko opisaniu go od czasu do czasu w kontekście interesującego skandalu. Ale być przedstawionym jako łajdak, który wykorzystał swój status gwiazdy do uwiedzenia przyzwoitej zamężnej kobiety i tak tchórzliwie ją porzucił? Oficjalny obraz Arvego Støpa jako człowieka o prostym kręgosłupie nieznającego strachu byłby zniszczony, a na zamieszczane w „Liberale" artykuły w obronie moralności padłoby światło hipokryzji.

– O jakiej kwocie mówimy? – spytał.

Gdy ustalili szczegóły, zadzwonił do Idara Vetlesena z kliniki Marienlyst i zapowiedział mu, że ma dwie nowe pacjentki. Ustalili, że zrobią tak jak z Jonasem. Najpierw pobiorą próbki od bliźniaczek i prześlą je do Instytutu Medycyny Sądowej, żeby uzyskać potwierdzenie ojcostwa, a potem zaczną szukać symptomów tej choroby, której nazwy nie należało wymieniać.

Kiedy Arve Støp odłożył słuchawkę, odchylił się na skórzanym fotelu i zobaczył słońce oświetlające wierzchołki drzew na Bygdøy i Snarøya. Wiedział, że powinien się czuć głęboko przygnębiony. Tymczasem wcale tak się nie działo. Był podekscytowany. Prawie szczęśliwy.

Tamto odległe wspomnienie poczucia szczęścia było pierwszą rzeczą, o jakiej Arve Støp pomyślał, kiedy Idar Vetlesen zadzwonił do niego z wyczytaną w gazetach informacją, że kobieta, której obcięto głowę na Sollihøgda, to Sylvia Ottersen.

– Najpierw ginie matka Jonasa Beckera. A teraz znajdują zamordowaną matkę bliźniaczek. Nie jestem mistrzem rachunku prawdopodobieństwa, ale musimy iść z tym na policję, Arve. Oni szukają związków.

Vetlesen w ostatnich latach zajął się poprawianiem urody gwiazd, ale mimo tego, a może właśnie przez to, w oczach Arvego Støpa pozostał głupkiem.

– Nie, nie pójdziemy na policję – sprzeciwił się.

– Tak? Chyba musisz mi podać jakiś naprawdę dobry powód.

– W porządku. O jakiej kwocie mówimy?

– Na Boga, nie dzwonię po to, żeby cię naciskać, Arve. Po prostu nie mogę...

– Ile?

– Przestań. Masz alibi czy nie masz?

– Nie mam alibi, ale mam cholernie dużo pieniędzy. Podaj liczbę zer, a ja się nad tym zastanowię.

– Arve, jeśli nie masz nic do ukrycia...

– Oczywiście, że mam, ty idioto! Myślisz, że interesuje mnie, żeby mówiono o mnie jak o facecie, który rżnie cudze żony, i potencjalnym mordercy? Musimy się spotkać i porozmawiać.

– I spotkaliście się? – spytał Harry Hole.

Arve Støp pokręcił głową. Za oknem sypialni widać było zapowiedź świtu, ale fiord wciąż pozostawał czarny.

– Nie zdążyliśmy przed jego śmiercią.

– Dlaczego nie powiedział mi pan o tym, kiedy tu byłem pierwszy raz?

– Czy to nie jest oczywiste? Nie wiem nic, co mogłoby mieć dla was jakąś wartość, więc dlaczego miałbym się w to mieszać. Niech pan pamięta, że muszę dbać o markę, którą jest moje nazwisko. Ta marka to w zasadzie jedyny kapitał „Liberała".

– Wcześniej mówił pan, zdaje się, że jedynym kapitałem jest pańska osobista uczciwość zawodowa.

Stop z niezadowoleniem wzruszył ramionami.

– Uczciwość zawodowa. Marka. To jedno i to samo.

– Więc jak coś wygląda na uczciwość zawodową, to jest uczciwe?

Støp patrzył na Harry'ego półprzytomnie.

– „Liberał" właśnie to sprzedaje. Jeśli ludzie czują, że dostają szczerą prawdę, są zadowoleni.

– Mhm. – Harry spojrzał na zegarek. – Myśli pan, że ja jestem teraz zadowolony?

Arve Støp nie odpowiedział.

28 DZIEŃ 20. CHOROBA

Bjørn Holm odwiózł Harry'ego z Aker Brygge do Budynku Policji. Komisarz przebrał się wcześniej we własne mokre ubranie i kiedy przesuwał się po skajowym siedzeniu, słychać było ciche kląskanie.

– Delta wpadła do jej mieszkania dwadzieścia minut temu – poinformował Bjørn. – Było puste. Zostawili trzech ludzi na straży.

– Ona się nie pojawi – stwierdził Harry.

W swoim biurze na szóstym piętrze Harry przebrał się w mundur, który wisiał na wieszaku i nie był używany od pogrzebu Halvorsena. Przejrzał się w szybie. Kurtka zrobiła się luźna. Gunnara Hagena zbudzono, zjawił się w firmie zaraz potem. Siedząc za swoim biurkiem, słuchał raportu Harry'ego, na tyle bulwersującego, że zapomniał zirytować się wymiętym mundurem komisarza.

– Bałwan to Katrine Bratt – powtórzył Hagen powoli, tak jakby słowa wypowiadane na głos stawały się bardziej pojmowalne.

Harry kiwnął głową.

– A ty wierzysz Støpowi?

– Tak – odparł Harry.

– Ktoś może potwierdzić jego historię?

– Wszyscy już nie żyją. Birte, Sylvia, Idar Vetlesen. Støp mógł więc być Bałwanem. Tego właśnie chciała się dowiedzieć Katrine Bratt.

– Katrine? Ale przecież mówisz, że Bałwanem jest ona. Dlaczego miałaby...

– Mówię, że chciała się dowiedzieć, czy on m ó g ł być Bałwanem. Szukała kozła ofiarnego. Kiedy Støp przyznał się jej, że nie ma alibi na czas żadnego z zabójstw, powiedziała „To dobrze" i dodała, że właśnie został mianowany Bałwanem. Potem zaczęła go dusić. Usłyszała jednak huk samochodu uderzającego w drzwi na dole, zrozumiała, że się zbliżamy, i uciekła. Pewnie miała taki plan, byśmy znaleźli Støpa martwego w jego mieszkaniu, aby wyglądało, że się powiesił. To miało nas przekonać, że znaleźliśmy winnego, i uspokoić. Tak jak zabiła Idara Vetlesena. I tak jak próbowała strzelić do Filipa Beckera podczas aresztowania.

– Co? Próbowała...

– Trzymała rewolwer skierowany w jego stronę i kurek był już odwiedziony. Usłyszałem, jak opada, kiedy stanąłem na linii strzału.

Gunnar Hagen zamknął oczy i pomasował skronie palcami.

– Słyszę. Ale to wszystko są na razie spekulacje, Hole.

– Jest jeszcze ten list.

– List?

– Od Bałwana. Znalazłem tekst w jej domowym komputerze. Z datą wcześniejszą, niż ktokolwiek z nas go znał. A obok taki sam papier.

– Boże! – Hagen wbił łokcie w blat i schował twarz w dłoniach. – I my ją tu zatrudniliśmy! Wiesz, co to oznacza, Harry?

– No cóż, skandal wszech czasów. Votum nieufności dla całej policji. Rzeź na poziomie szefostwa.

Hagen lekko rozsunął palce i przez szczelinę spojrzał na Harry'ego.

– Serdecznie dziękuję za takie szczegółowe podsumowanie.

– Nie ma za co.

– Zaraz wezwę naczelnika Biura Kryminalnego i komendanta głównego. W tym czasie ty i Bjørn Holm macie trzymać gęby na kłódkę. A co ze Støpem? Czy on z tym gdzieś nie pójdzie?

– Raczej nie, szefie. – Harry uśmiechnął się krzywo. – Jest już kompletnie opróżniony.

– Z czego?

– Z uczciwości zawodowej.

Dochodziła już dziesiąta i Harry z okna swojego pokoju widział blade, niemal pełne wahania światło dzienne kładące się na dachach domów w pogrążonej w niedzielnej ciszy dzielnicy Grønland. Minęło ponad sześć godzin, odkąd Katrine Bratt zniknęła z mieszkania Støpa, a poszukiwania na razie nie przyniosły żadnych rezultatów. Oczywiście wciąż mogła być w Oslo, lecz jeśli przygotowała sobie drogę ucieczki, to pewnie była już daleko. A Harry nie wątpił, że się przygotowała.

Tak samo jak nie miał wątpliwości, że Katrine jest Bałwanem.

Po pierwsze, były oczywiste dowody. List i usiłowania zabójstwa. A po drugie, przy założeniu, że Bałwanem jest Katrine Bratt, wszystko składało się do kupy: wrażenie, że jest obserwowany z bliska, że ktoś przeniknął w jego życie. Te gazetowe wycinki na ścianach, raporty. Poznała go tak dobrze, że mogła przewidzieć jego następne posunięcia, wykorzystać go do swojej gry. Była wirusem w jego obiegu krwionośnym, szpiegiem w środku głowy.

Usłyszał, że ktoś wchodzi do pokoju, ale się nie odwrócił.

– Wytropiliśmy jej komórkę – usłyszał głos Skarrego. – Przedostała się do Szwecji.

– Tak?

– W centrali operacyjnej Telenoru mówią, że sygnały przemieszczają się na wschód. Lokalizacja i prędkość zgadzają się z pociągiem do Kopenhagi, który wyjechał z Dworca Centralnego w Oslo pięć po siódmej. Rozmawiałem już z policją w Helsingborgu. Potrzebują formalnego wniosku o zatrzymanie. Do przyjazdu pociągu pozostało pół godziny. Co robimy?

Harry powoli kiwnął głową do siebie samego. Za oknem na sztywnych skrzydłach przeleciała mewa, ale nagle zmieniła kierunek i zapikowała w stronę drzew w parku. Może coś zobaczyła? A może po prostu zmieniła zdanie. Tak jak robią ludzie. Na Dworcu Centralnym o siódmej rano.

– Harry? Ona się przedostanie do Danii, jeśli wkrótce nie...
– Poproś Hagena, żeby pogadał z Helsingborgiem.
Harry odwrócił się nagle i zdjął kurtkę z wieszaka. Zdziwiony Skarre patrzył, jak komisarz długimi krokami przemierza korytarz.

Sierżant Orø z magazynu broni w Budynku Policji ze szczerym zdumieniem patrzył na ostrzyżonego na jeża komisarza.
– CS? To znaczy gaz? – powtórzył.
– Dwie puszki – potwierdził Harry. – I pudełko nabojów do rewolweru.
Sierżant, przeklinając pod nosem, pokuśtykał do magazynu. Wszyscy wiedzieli, że ten Hole to kompletny wariat, ale gaz łzawiący? Gdyby chodziło o kogoś innego, pomyślałby, że to na wieczór kawalerski z kolegami, ale z tego, co słyszał, ten Hole nie miał kolegów, a już na pewno nie przyjaźnił się z nikim z firmy.
Komisarz chrząknął, kiedy Orø wrócił.
– Czy Katrine Bratt z Wydziału Zabójstw pobierała tu jakąś broń?
– Ta babka z komendy z Bergen? Tylko to, co powinna mieć zgodnie z instrukcją.
– A co mówi instrukcja?
– Że oddajesz całą broń i niewykorzystane naboje w tej komendzie, którą opuszczasz, i dostajesz nowy rewolwer i dwa pudełka nabojów w tej komendzie, do której przechodzisz.
– To znaczy, że ona nie ma żadnej cięższej broni niż rewolwer?
Zdziwiony Orø pokręcił głową.
– Dziękuję – Hole wrzucił torebkę z nabojami do czarnej torby razem z zielonymi cylindrycznymi puszkami z pachnącym pieprzem gazem łzawiącym, który Corso i Stoughton zmajstrowali w 1928 roku.
Sierżant nie odpowiedział. Dopiero kiedy Hole podpisał mu się na kwicie pobrania broni, mruknął:
– Miłej niedzieli.

Harry siedział w poczekalni szpitala Ullevål, czarna torba stała obok. Pachniało tu słodko spirytusem, starymi ludźmi i powolną śmiercią. Jakaś pacjentka usiadła na krześle naprzeciwko niego i przyglądała mu się tak, jakby próbowała znaleźć coś, czego tam nie było. Znajomą osobę, kogoś drogiego, kto nigdy nie przychodził, syna, którego, jak jej się wydawało, poznaje.

Harry westchnął, spojrzał na zegarek i wyobraził sobie nalot na pociąg w Helsingborgu. Maszynistę, któremu zawiadowca stacji kazał się zatrzymać kilometr przed dworcem. Uzbrojonych policjantów czekających w pogotowiu z psami wzdłuż szyn po obu stronach. Szybkie przeszukiwanie wagonów, przedziałów, toalet. Przerażeni pasażerowie kulący się na widok uzbrojonej policji, wciąż stanowiącej niezwykły widok w skandynawskich krainach szczęśliwości. Drżące dłonie kobiet, proszonych o wylegitymowanie się. Szerokie bary policjantów, nerwowość, ale i podniecenie. Ich niecierpliwość, zwątpienie, irytacja, a wreszcie pełne rezygnacji rozczarowanie, gdy nie znajdują tego, czego szukali. A w końcu, jeśli będą mieli szczęście i okażą się dostatecznie zręczni, przekleństwa i okrzyki na widok źródła sygnałów wyłapanych przez stację bazową. Komórka Katrine Bratt w koszu na śmieci w toalecie.

Pojawiła się przed nim uśmiechnięta twarz.

– Może się pan z nim teraz zobaczyć.

Harry poszedł za klapiącymi drewniakami i szerokimi energicznymi biodrami w białych spodniach. Pielęgniarka pchnęła drzwi i jeszcze go upomniała:

– Tylko proszę nie siedzieć za długo, pacjent musi odpoczywać.

Ståle Aune leżał w jednoosobowej sali. Jego okrągła, zawsze zaczerwieniona twarz, zapadła się i była tak blada, że niemal zlewała się z poduszką. Do czoła okrągłego sześćdziesięciolatka lepiły się cienkie jak u dziecka kosmyki włosów. Gdyby nie spojrzenie, tak samo bystre, jakby roztańczone, Harry pomyślałby, że patrzy na zwłoki psychologa współpracującego na stałe z Wydziałem Zabójstw i osobistego pocieszyciela.

– Dobry Boże, Harry! – powitał go Ståle Aune. – Wyglądasz jak szkielet. Jesteś chory?

Harry musiał się uśmiechnąć. Aune, krzywiąc się, usiadł na łóżku.

– Przepraszam, że wcześniej cię nie odwiedziłem – powiedział Harry, ze zgrzytem przyciągając krzesło do łóżka. – To tylko to, że szpitale... Nie wiem...

– Szpitale przypominają ci o matce, która umarła, kiedy byłeś mały. Wiem.

Harry usiadł i wbił wzrok we własne dłonie.

– Dobrze cię tu traktują?

– Takie pytania zadaje się ludziom, których się odwiedza w więzieniu, a nie w szpitalu.

Harry znów kiwnął głową.

Ståle Aune westchnął.

– Za dobrze cię znam, Harry, żeby nie wiedzieć, że to nie jest kurtuazyjna wizyta. Wiem, że i tak się o mnie martwisz, więc powiedz od razu, z czym przychodzisz.

– To może zaczekać. Mówili, że nie jesteś w dobrej formie.

– Forma to pojęcie względne. A względnie jestem we wspaniałej formie. Powinieneś mnie zobaczyć wczoraj. To znaczy nie powinieneś mnie wczoraj oglądać.

Harry uśmiechnął się do swoich dłoni.

– Chodzi o Bałwana? – spytał Aune.

Harry skinął głową.

– Nareszcie! – ucieszył się psycholog. – O mało nie umrę tu z nudów. Opowiadaj!

Harry odetchnął głęboko, a potem streścił wszystko, co się wydarzyło w sprawie. Próbował wyeliminować zbędne męczące informacje, nie gubiąc przy tym istotnych szczegółów. Aune przerwał mu zaledwie kilka razy krótkimi pytaniami, poza tym słuchał w milczeniu ze skupioną, wręcz wyrażającą uniesienie miną. A kiedy Harry skończył, wyglądało wręcz na to, że chory się ożywił. Miał rumieńce na policzkach i usiadł wyżej w łóżku.

– Interesujące – przyznał. – Ale przecież ty już wiesz, kto jest sprawcą, więc po co z tym do mnie przychodzisz?

– Ona jest szalona, prawda?

– Osoby popełniające takie przestępstwa są bez wyjątku szalone. Ale niekoniecznie w rozumieniu prawno-sądowym.

– Mimo to jest w niej parę rzeczy, których nie rozumiem – powiedział Harry.

– No, no, jeśli o mnie chodzi, to w ludziach jest zaledwie parę rzeczy, które rozumiem. Jesteś więc lepszym psychologiem niż ja.

– Miała zaledwie dziewiętnaście lat, kiedy zabiła te dwie kobiety w Bergen i Gerta Rafto. Jak osoba na tyle szalona może przejść przez testy psychologiczne w Wyższej Szkole Policji i przez tyle lat funkcjonować w pracy, by nikt niczego nie zauważył?

– Dobre pytanie. Może to przypadek koktajlowy.

– Koktajlowy?

– Ktoś, kto ma po trochu wszystkiego. Schizofrenii na tyle, by słyszeć głosy, ale jest w stanie ukryć chorobę przed otoczeniem. Zaburzenia osobowości o charakterze natręctw połączone z kropelką paranoi, co skutkuje błędnymi wyobrażeniami na temat sytuacji, w jakiej się znajduje, i rodzaju działań, jakie należy podjąć, by z niej wyjść. Ale dla otoczenia wygląda to jedynie na pewne zamknięcie się w sobie. Bestialstwo i wściekłość ujawniające się przy opisywanych przez ciebie zabójstwach zgadzają się z osobowością typu *borderline*, ale z taką, która jest w stanie kontrolować wściekłość.

– Mhm. To znaczy, że nie masz pojęcia.

Aune się roześmiał. Śmiech przeszedł w kaszel.

– Przepraszam, Harry. Większość przypadków jest taka. Urządziliśmy w psychologii cały zestaw boksów, w których nasze krowy nie chcą stać. To wręcz bezwstydnie niewdzięczne krętaczki. Pomyśl tylko, ile badań im poświęciliśmy.

– Jest coś jeszcze. Kiedy znaleźliśmy zwłoki Gerta Rafto, była naprawdę przerażona. Uważam, że nie grała. Widziałem, że jest w szoku. Źrenice miała wielkie i czarne, mimo że przystawiłem jej latarkę do twarzy.

– Ho, ho, to interesujące. – Aune podsunął się jeszcze wyżej. – Dlaczego poświeciłeś jej w twarz? Podejrzewałeś ją już wtedy?

Harry nie odpowiedział.

– Masz rację. Mogła wyprzeć te zabójstwa. Nie ma w tym nic niezwykłego. Mówisz przecież, że naprawdę bardzo pomagała w śledztwie i nie sabotowała go. To może wskazywać, że miała jakieś podejrzenia w stosunku do siebie i szczerą chęć odkrycia prawdy. Co wiesz o noktambulizmie, czyli lunatykowaniu?

– Wiem, że ludzie mogą chodzić we śnie, mówić, jeść, ubrać się, a nawet wyjść i przez sen prowadzić samochód.

– No właśnie. Dyrygent Harry Rosenthal przez sen dyrygował i udawał różne instrumenty, wygrywając całe symfonie. Było też co najmniej pięć spraw o zabójstwo, w których sprawców uniewinniono, ponieważ sąd uznał, że byli somnabulikami, a to znaczy cierpieli na zaburzenia snu. Kilka lat temu w Kanadzie pewien mężczyzna wstał z łóżka, przejechał ponad dwadzieścia kilometrów, zaparkował samochód, zabił swoją teściową, z którą był w najlepszych stosunkach, zaczął dusić teścia, a potem wrócił samochodem i znów położył się spać. Został uniewinniony.

– Chcesz powiedzieć, że ona mogła zabijać we śnie? Że jest takim właśnie somnabulikiem?

– To bardzo kontrowersyjna diagnoza, ale wyobraź sobie osobę, która regularnie zapada w coś w rodzaju śpiączki i później nie jest w stanie sobie przypomnieć, co robiła. Kogoś, kto ma jedynie niewyraźny fragmentaryczny obraz tego, co się wydarzyło. Jak sen.

– Mhm.

– I załóż, że ta kobieta podczas śledztwa zaczęła rozumieć, co zrobiła.

Harry z namysłem pokiwał głową.

– Zaczyna rozumieć, że po to, by się wywinąć, musi znaleźć kozła ofiarnego.

– To możliwe – Ståle Aune się skrzywił. – Ale jest tak, że jeśli chodzi o ludzką psychikę, prawie wszystko jest możliwe. Problem w tym, że tych chorób, o których rozmawiamy, nie możemy zobaczyć. Musimy przyjąć, że są, na podstawie objawów.

– Tak jak pleśń.

– Co proszę?

– A co sprawia, że człowiek zapada na taką chorobę psychiczną jak tak kobieta?

Aune westchnął.

– Wszystko jest możliwe! I nic. I geny, i wychowanie.

– Skłonny do przemocy ojciec alkoholik?

– Oczywiście. Za to jest dziewięćdziesiąt punktów. Dodaj do tego matkę z jakąś historią psychiatryczną, jedno czy drugie traumatyczne przeżycie w okresie dorastania i masz już pełny wynik.

– Czy to prawdopodobne, że kiedy ona stała się silniejsza niż jej skłonny do przemocy ojciec alkoholik, to chciała go skrzywdzić, zabić?

– To absolutnie nie jest wykluczone. Pamiętam pewien przy... – Ståle Aune gwałtownie urwał. Wbił wzrok w Harry'ego. Potem się nachylił i z dziwnym błyskiem w oczach spytał: – Czy ty mówisz to, co mi się wydaje, Harry?

Harry Hole oglądał swoje paznokcie.

– Na komendzie policji w Bergen pokazano mi zdjęcie pewnego mężczyzny. Wydawało mi się, że jest w nim coś dziwnie znajomego. Miałem wrażenie, że go spotkałem. Dopiero niedawno zrozumiałem dlaczego. To było podobieństwo rodzinne. Katrine Bratt przed ślubem nazywała się Rafto. Gert Rafto to jej ojciec.

Skarre zadzwonił do Harry'ego, kiedy ten był w drodze do pociągu jadącego na lotnisko. Harry się pomylił. Telefonu Katrine nie znaleźli w toalecie. Leżał w jednym z przedziałów na półce z bagażami.

Osiemdziesiąt minut później otoczyła go szarość. Kapitan zapowiedział niskie chmury i deszcz w Bergen. Zerowa widoczność, pomyślał Harry. Lecą tylko na instrumentach pokładowych.

Drzwi willi otwarły się gwałtownie zaledwie kilka sekund po tym, jak Thomas Helle, sierżant z Sekcji Osób Zaginionych, wcisnął dzwonek przy tabliczce z napisem Andreas, Eli i Trygve Kvale.

– Dzięki Bogu, że przyjechaliście tak szybko. – Mężczyzna stojący w drzwiach patrzył ponad ramieniem Hellego. – A gdzie reszta?

– Jestem sam. Wciąż nie miał pan żadnych wiadomości od żony?

Mężczyzna, którym jak Helle przypuszczał, musiał być Andreas Kvale, ten, który dzwonił na dyżur kryminalny, patrzył na niego z niedowierzaniem.

– Przecież mówiłem, że moja żona zaginęła.

– Wiemy, ale one zwykle wracają.

– Jakie one?

Thomas Helle westchnął.

– Mogę wejść, panie Kvale? Deszcz pada...

– A tak, przepraszam.

Pięćdziesięciokilkuletni mężczyzna odsunął się na bok, a w półmroku za jego plecami Helle dostrzegł ciemnowłosego, mniej więcej dwudziestoletniego chłopca.

Thomas Helle postanowił załatwić tę sprawę na stojąco w korytarzu. Prawie nie mieli dziś ludzi do obsługi telefonu. Była niedziela, a wszyscy na służbie szukali Katrine Bratt. Jednej z nich. Wszystko zostało owiane tajemnicą, ale i tak rozeszły się plotki, że Katrine mogła być zamieszana w sprawę Bałwana.

– W jaki sposób zorientowaliście się, że jej nie ma? – spytał Helle, szykując się do notowania.

– Trygve i ja wróciliśmy dzisiaj z wyprawy namiotowej w lasach Nordmarka. Nie było nas dwa dni. Nie wzięliśmy komórki, tylko wędki. Nie zastaliśmy Eli w domu, nie zostawiła żadnej wiadomości i, jak już mówiłem przez telefon, drzwi nie były zamknięte na klucz. Ona zawsze zamyka, nawet kiedy jest w domu. Moja żona to bardzo lękliwa kobieta. Nie zniknęło też żadne z jej wierzchnich okryć. Ani buty. Tylko kapcie. Przy tej pogodzie...

– Dzwoniliście do wszystkich znajomych? Z sąsiadami włącznie?

– Oczywiście. Nikt nic nie słyszał.

Thomas Helle notował. Czuł, że nadpełza znajome uczucie, gdzieś już o tym słyszał. Zaginiona żona i matka.

– Powiedział pan, że żona to bojaźliwa kobieta – zaczął lekko. – Komu ewentualnie mogła otworzyć drzwi? I ewentualnie wpuścić do środka?

Ojciec i syn wymienili spojrzenia.

– Niewiele jest takich osób. To musiał być ktoś, kogo znała.

– Albo ktoś, kto nie wydawał jej się groźny. Na przykład dziecko albo kobieta.

Andreas Kvale kiwnął głową.

– Albo ktoś, kto miał jakąś rozsądną wymówkę na to, by dostać się do środka. Na przykład z elektrowni, żeby odczytać stan licznika.

Mąż nie spieszył z zapewnieniem.

– Być może.

– Czy zaobserwowaliście ostatnio wokół domu coś niezwykłego?

– Niezwykłego? Co pan przez to rozumie?

Helle przygryzł wargę. W końcu się zdecydował.

– Na przykład coś, co mogło przypominać... bałwana?

Andreas Kvale spojrzał na syna, który energicznie kręcił głową, niemal z przerażeniem.

– Tak tylko pytam, żebyśmy mogli to wykluczyć – powiedział Helle spokojnie.

Syn coś mruknął.

– Słucham? – spytał Helle.

– On mówi, że nie ma już śniegu – wyjaśnił ojciec.

– No tak. – Helle schował notes do kieszeni kurtki. – Roześlemy zgłoszenie do wszystkich radiowozów. Jeśli żona nie pojawi się wieczorem, zintensyfikujemy poszukiwania. W dziewięćdziesięciu dziewięciu procent przypadków zaginione osoby się wtedy odnajdują. Proszę więc, to moja wizytówka...

Helle poczuł dłoń Andreasa Kvale na przedramieniu.

– Muszę panu coś pokazać, sierżancie.

Thomas Helle poszedł za Kvalem do drzwi w głębi korytarza i po schodach zszedł na dół do piwnicy. Kvale otworzył drzwi do pomieszczenia, w którym pachniało mydłem i suszącym się praniem. W rogu stała staroświecka maglownica, a obok niej pralka Elektrolux starszego typu. Betonowa podłoga lekko opadała ku umieszczonemu na środku odpływowi. Podłoga była mokra, a pod ścianą stała jeszcze woda, jakby niedawno ktoś ją spryskał zielonym szlauchem, który też tam leżał. Ale nie to przede wszystkim przykuło uwagę Thomasa Helle. Zrobiła to sukienka wisząca na sznurku do suszenia, przypięta za ramiona białymi klamerkami do bielizny. A raczej to, co zostało z sukienki. Została obcięta tuż pod piersiami. Brzeg był krzywy i czarny, bawełniane nitki się zwęgliły.

29 DZIEŃ 20. GAZ ŁZAWIĄCY

Deszcz ciekł z dziurawego nieba na Bergen spowite w niebieski popołudniowy zmierzch. Łódź, którą zamówił Harry, dwudziestosiedmiostopowy fiński jacht motorowy w dobrym stanie, czekała gotowa przy kei u stóp mostu nad Puddefjorden, gdy taksówka Harry'ego zatrzymała się przed agencją wynajmu.

– Wybieram się na ryby w te okolice. – Harry palcem pokazał na mapie morza. – Są tu jakieś szkiery czy coś innego, o czym powinienem wiedzieć?

– Na Finnøy? – zdziwił się facet z agencji wynajmu. – Niech pan próbuje łowić na błystkę, ale z rybami tam marnie.

– Zobaczymy. Jak się tę łajbę włącza?

Kiedy, perkocząc, mijał cypel Nordneset, wśród nagich drzew w parku widział totem. Morze ułożyło się całkiem płasko pod deszczem siekącym powierzchnię i ubijającym ją na pianę. Harry przesunął manetkę obok koła sterowego do przodu, dziób łodzi uniósł się tak gwałtownie, że musiał przestawić nogę, żeby nie stracić równowagi. Łódź nabrała prędkości.

Kwadrans później Harry cofnął manetkę i skręcił w stronę przystani na zewnętrznym brzegu Finnøy, gdzie pozostawał niewidoczny z domku Gerta Rafto. Zacumował, wyciągnął wędkę i wsłuchał się w deszcz. Łowienie ryb nie było jego specjalnością. Ciężarek denny był rzeczywiście ciężki, haczyk zaczepił o coś na dnie, w końcu Harry wyciągnął wodorosty, które owinęły się wokół wędki, gdy ją podniósł. Oswobodził haczyk i oczyścił. Potem znów spróbował zarzucić wędkę, ale w kołowrotku coś się zablokowało i błystka zawisła dwadzieścia centymetrów pod czubkiem wędki, nie dawała się przesunąć ani w górę, ani w dół. Harry spojrzał na zegarek. Jeśli kogoś przestraszył szum silnika, to już powinien się uspokoić, a Harry musiał to zrobić przed zapadnięciem ciemności. Odłożył wędkę na siedzenie, otworzył torbę, wyjął rewolwer, rozpieczętował pudełko z nabojami i włożył je do bębenka. Przypominające termosy puszki z gazem łzawiącym umieścił w różnych kieszeniach i w końcu zszedł na brzeg.

Dojście na szczyt wyludnionej wyspy i pozamykanych na zimę domków po drugiej stronie zajęło mu pięć minut. Domek Rafty wyglądał na ciemny i niedostępny. Harry znalazł miejsce na skale dwadzieścia metrów od domku, skąd miał widok na wszystkie drzwi i okna. Deszcz już dawno przemoczył na wskroś ramiona zielonej wojskowej kurtki. Harry odbezpieczył puszkę z gazem. Za pięć sekund sprężyna otworzy puszkę, gaz z sykiem zacznie się ulatniać. Podbiegł do domku z puszką w wyciągniętej ręce i cisnął nią w okno. Szyba pękła z cichym delikatnym brzękiem. Harry wycofał się na skały i uniósł rewolwer. Przez szum deszczu słyszał gniewny syk ulatniającego się gazu i widział, że szyby od środka szarzeją.

Gdyby ona była wewnątrz, nie wytrzymałaby dłużej niż kilka sekund.

Wycelował. Czekał i celował.

Po dwóch minutach wciąż nic się nie działo.

Harry odczekał jeszcze dwie.

Potem przygotował drugą puszkę, z uniesionym rewolwerem podszedł do drzwi i nacisnął klamkę. Zamknięte na klucz. Ale słabe. Cofnął się o cztery kroki, żeby wziąć rozbieg.

Drzwi pękły wzdłuż linii zawiasów, a on wpadł do zadymionego pomieszczenia. Gaz natychmiast zaatakował oczy. Harry wstrzymał oddech, po omacku usiłując odszukać klapę do piwnicy. Odchylił ją, odbezpieczył drugą puszkę i cisnął do środka. Wybiegł z domku. Znalazł kałużę i uklęknął. Ciekło mu z oczu i z nosa. Z otwartymi oczami zanurzył głowę w wodzie najgłębiej, jak mógł, aż nosem dotknął żwiru. Dwa razy powtórzył to płytkie nurkowanie. W nosie i gardle wciąż jadowicie go piekło, ale przejrzał na oczy. Znów wycelował bronią w stronę domku. Czekał. I czekał.

– Dalej, wychodź, do ciężkiej cholery!

Ale nikt nie wyszedł.

Po kwadransie z dziury w szybie przestał wydobywać się dym.

Harry podszedł do domku i kopniakiem otworzył drzwi. Kaszląc, rzucił ostatnie spojrzenie do wnętrza. Mgliste pustkowie. Lądowanie za pomocą instrumentów. Niech to piekło pochłonie!

Kiedy wracał do łodzi, zrobiło się już ciemno, wiedział, że będzie miał problemy z widocznością. Odcumował, wszedł na pokład i ujął w rękę linkę rozrusznika. Przez głowę przeleciało mu, że nie spał półtorej doby, nie jadł nic od rana, przemókł do suchej nitki i na próżno pojechał do pieprzonego Bergen. Jeśli ten silnik nie zaskoczy od pierwszego razu, to podziurawi kadłub sześcioma trzydziestoośmiomilimetrowymi kawałkami ołowiu i popłynie do lądu wpław. Silnik zaskoczył z rykiem. Harry'emu właściwie było żal. Już miał przesunąć manetkę do przodu, kiedy ją zobaczył.

Stała tuż przed nim na schodach prowadzących pod pokład, nonszalancko oparta o futrynę, w szarym swetrze narzuconym na czarną sukienkę.

– Ręce do góry – powiedziała.

Zabrzmiało to tak dziecinnie, że wydawało się wręcz żartem. Ale żartem nie był czarny rewolwer wycelowany w Harry'ego. Ani następne słowa:

– Jeśli mnie nie posłuchasz, strzelę ci w brzuch, Harry. Kula zniszczy nerwy w kręgosłupie i sparaliżuje cię. Kolejny strzał będzie w głowę. Ale pierwszy w brzuch.

Lufa rewolweru lekko się obniżyła.

Harry puścił kierownicę i manetkę, wyciągnął ręce nad głowę.

– Cofnij się, proszę – nakazała.

Weszła na górę i Harry dopiero teraz dostrzegł błysk w jej oczach, ten sam, który widział, gdy aresztowali Beckera. I w Fenrisie. Oczy zdawały się wręcz iskrzyć. Harry cofał się, dopóki nie poczuł pod kolanami brzegu siedzenia na rufie.

– Siadaj! – Katrine zgasiła silnik.

Harry osunął się na ławkę. Usiadł na wędce i poczuł, że woda na plastikowym siedzeniu wsiąka w spodnie.

– Jak mnie znalazłeś? – spytała.

Harry wzruszył ramionami.

– Mów! – Uniosła pistolet. – Musisz zaspokoić moją ciekawość.

– No cóż. – Harry próbował coś wyczytać z jej bladej ściągniętej twarzy, ale to był nieznany teren. Twarz kobiety nie należała do tej Katrine Bratt, którą znał, a przynajmniej tak mu się wydawało. – Każdy ma swój schemat – zaczął. – Swój sposób gry.

– Aha. A jaki jest mój sposób?

– Wskazywanie w jednym kierunku i bieg w przeciwnym.

– Tak?

Harry poczuł ciężar rewolweru w prawej kieszeni kurtki. Uniósł się trochę, odsunął wędkę, a prawą rękę zostawił przy tym na siedzeniu.

– Piszesz list, w którym podpisujesz się jako Bałwan, wysyłasz go do mnie, a kilka tygodni później pojawiasz się w komendzie. Na wstępie mówisz, że z polecenia Hagena mam się tobą zająć. Hagen nigdy tak nie powiedział.

– Na razie wszystko się zgadza. Coś jeszcze?

– Wrzuciłaś płaszcz do wody w pobliżu mieszkania Støpa, a uciekłaś w przeciwną stronę, po dachach. Ten schemat wskazuje, że skoro umieściłaś komórkę w pociągu jadącym na wschód, sama uciekłaś na zachód.

– Brawo! A jak uciekłam?

– Oczywiście nie samolotem. Wiedziałaś, że Gardermoen będzie obstawione. Przypuszczam, że zostawiłaś telefon w pociągu na Dworcu Wschodnim dość długo przed odjazdem. Przeszłaś na dworzec autobusowy, pojechałaś wczesnym autobusem na zachód. Domyślam się, że podróż dzieliłaś na etapy. Przesiadałaś się.

– Ekspres do Notodden – oświadczyła Katrine. – Stamtąd autobus do Bergen. Wysiadłam w Voss i kupiłam ubranie. Autobus do Ytre Arna. I miejscowy autobus do Bergen. Na Zachariasbryggen zapłaciłam rybakowi, żeby mnie tu przywiózł. Nieźle to wykombinowałeś, Harry.

– To nie było trudne. Jesteśmy do siebie podobni.

Katrine przekrzywiła głowę.

– Skoro byłeś taki pewny, to dlaczego przyjechałeś sam?

– Nie jestem sam. Müller-Nilsen i jego ludzie już tu płyną.

Katrine się roześmiała. Harry przesunął rękę bliżej kieszeni kurtki.

– Zgadzam się, że jesteśmy do siebie podobni, Harry. Ale kłamać potrafię lepiej niż ty.

Harry przełknął ślinę. Ręka mu zmarzła, a palce powinny go teraz słuchać.

– No tak, tobie to przychodzi łatwiej. Tak samo jak zabijanie.

– Doprawdy? Wyglądasz tak, jakbyś to ty miał teraz ochotę mnie zabić. Ta twoja ręka bardzo niebezpiecznie zbliża się do kieszeni. Wstań, zdejmij kurtkę. Powoli. I rzuć ją tutaj.

Harry zaklął w duchu, ale zrobił tak, jak chciała. Kurtka wylądowała u stóp Katrine z lekkim stukiem. Nie odrywając od niego oczu, Katrine wyrzuciła ją za burtę.

– I tak już najwyższa pora na nową – stwierdziła.

– Mhm – mruknął Harry. – Masz na myśli taką, do której będzie pasowała marchewka na środku mojej gęby?

Katrine dwa razy mrugnęła, a Harry w jej oczach dostrzegł coś, co przypominało konsternację.

– Posłuchaj, Katrine. Przyjechałem, żeby ci pomóc. Potrzebujesz pomocy. Jesteś chora. To choroba kazała ci zabić.

Katrine zaczęła wolno kręcić głową. Wskazała na ląd.

– Przesiedziałam dwie godziny w tej szopie na łodzie, czekając na ciebie, Harry. Wiedziałem, że przyjedziesz. Przeprowadziłam studia nad twoją osobą. Zawsze znajdujesz to, czego szukasz. Właśnie dlatego wybrałam ciebie.

– Wybrałaś?

– Żebyś znalazł dla mnie Bałwana. Właśnie dlatego dostałeś ten list.

– Dlaczego nie mogłaś odnaleźć go sama? Przecież nie musiałaś szukać daleko.

Pokręciła głową.

– Próbowałam, Harry. Próbowałam przez wiele lat. Wiedziałam, że sama sobie z tym nie poradzę. To musiałeś być ty. Tobie jedynemu udało się złapać seryjnego zabójcę. Potrzebowałam Harry'ego Hole. – Uśmiechnęła się ze smutkiem. – Ostatnie pytanie, Harry. Jak wpadłeś na to, że cię oszukałam?

Harry zastanawiał się, co się teraz stanie. Kula w czoło, pętla z rozżarzonego drutu czy wycieczka po morzu i śmierć przez utonięcie. Przełknął ślinę. Powinien się bać. Odczuwać strach, uniemożliwiający myślenie. Nakazujący paść na pokład i błagać ją o darowanie życia. Dlaczego więc się nie bał? Nie mogło chodzić o dumę, bo ją przełknął już razem z whisky i wielokrotnie wyrzygał. Oczywiście mógł zadziałać jego racjonalny mózg, świadomość, że strach i tak mu w niczym nie pomoże, wręcz przeciwnie, jeszcze skróci mu życie. W końcu doszedł do wniosku, że tak działa zmęczenie. Obejmujące wszystko głębokie zmęczenie, które powodowało, że pragnął jedynie mieć to wszystko za sobą. Zauważył, że nie czuje już zimna.

– Przez cały czas w duchu podejrzewałem, że to się zaczęło dawno temu, że to wszystko zostało zaplanowane, a ktoś, kto za tym stoi, zdołał przeniknąć w moje życie. Nie ma zbyt wielu osób, spośród których mógłbym wybierać, Katrine. Kiedy zobaczyłem wycinki z gazet w twoim mieszkaniu, wiedziałem już, że to ty.

Zobaczył, że Katrine mruga zdezorientowana. I nagle poczuł cień wątpliwości wbijający mu się w myśli. W logikę, która przedstawiała się tak jasno. Ale czy na pewno? Czy tej wątpliwości nie było przez cały czas? Siąpiący deszcz przeszedł, z nieba teraz lunęło. Krople zabębniły o pokład. Harry zobaczył, że usta Katrine otwierają się, a palec zagina na cynglu. Zacisnął rękę na leżącej obok niego wędce i zapatrzył się w lufę rewolweru. A więc tak się to skończy, na łodzi w zachodniej Norwegii, bez świadków, bez śladu. Przed oczami stanął mu Oleg. Sam.

Zamachnął się na Katrine wędką. To była ostatnia rozpaczliwa próba. Żałosne usiłowanie odwrócenia tej gry, zmylenia losu. Miękki koniec lekko trącił Katrine w policzek, ledwie to poczuła, uderzenie ani jej nie zraniło, ani nie zaburzyło jej równowagi. Później Harry nie mógł sobie przypomnieć, czy to, co się stało, było zaplanowane, chociaż w części przemyślane, czy też po prostu najzwyczajniej miał szczęście: Pęd błystki sprawił, że dwudziestocentymetrowy luźny kawałek żyłki owinął się wokół jej głowy w taki sposób, że błystka uderzyła Katrine w zęby w otwartych ustach. A kiedy Harry mocno szarpnął wędką do siebie, czubek haczyka zadziałał zgodnie ze swoją konstrukcją i przeznaczeniem. Znalazł żywe ciało, wbił się w prawy kącik ust Katrine. A rozpaczliwe szarpnięcie Harry'ego było tak silne, że zmusiło Katrine do odwrócenia głowy w prawo. Przez moment miał uczucie, że odkręca głowę przyśrubowaną do reszty ciała, które z pewnym opóźnieniem za nią podążyło, obróciło się w prawo i nie przerywając obrotu, runęło na pokład.

Harry poderwał się i zwalił na Katrine kolanami. Uderzył nimi po obu stronach szyi na wysokości obojczyków. Wiedział, że w ten sposób sparaliżuje jej ręce.

Wyjął rewolwer z bezwładnej dłoni Katrine i podsunął lufę do jej otwartego oka. Broń wydawała się lekka, ale widział, jak metal wciska się w miękkie ciało. Katrine nawet nie mrugnęła. Przeciwnie, uśmiechała się. Szeroko. Ustami, których kącik pękł i w których deszcz usiłował spłukać krew z zębów.

30 DZIEŃ 20. KOZIOŁ OFIARNY

Knut Müller-Nilsen osobiście stawił się na kei pod mostem Puddefjordsbroen. Kiedy Harry przypłynął jachtem, wraz z dwoma funkcjonariuszami i psychiatrą wszedł pod pokład, gdzie Katrine Bratt leżała przykuta do koi kajdankami. Dostała zastrzyk uspokajający i przeniesiono ją do czekającego samochodu.

Müller-Nilsen podziękował Harry'emu za to, że zgodził się załatwić to tak dyskretnie.

– Starajmy się dalej zachować to między sobą – powiedział Harry i spojrzał na dziurawe niebo. – Oslo zapewne zechce przejąć reżyserię, kiedy cała sprawa będzie miała zostać upubliczniona.

– To jasne – kiwnął głową Müller-Nilsen.

– Kjersti Rødsmoen – rozległ się jakiś głos, który kazał im się odwrócić. – Psychiatra.

Kobieta, która patrzyła na Harry'ego, miała czterdzieści kilka lat, jasne nastroszone włosy i wielką jaskrawoczerwoną puchówkę. W palcach trzymała papierosa, najwyraźniej nie przejmując się tym, że deszcz moczy i ją, i papierosa.

– Czy to się odbyło dramatycznie? – spytała.

– Nie – odparł Harry, czując, jak rewolwer Katrine wciska się w skórę pod paskiem spodni. – Poddała się, nie stawiając oporu.

– Co mówiła?

– Nic.

– Nic?

– Ani słowa. Jaka jest pani diagnoza?

– Bez wątpienia psychoza – odparła natychmiast Rødsmoen. – Co wcale nie oznacza, że jest chora psychicznie. Po prostu umysł w taki sposób radzi sobie z sytuacją, z którą nie sposób sobie poradzić. Mniej więcej tak, jak postanawia zemdleć, kiedy ból staje się zbyt nieznośny. Przypuszczam, że przez dłuższy czas przeżywała ekstremalne napięcie. Czy to możliwe?

Harry potwierdził skinieniem głowy.

– Czy ona jeszcze będzie mówić?

– Tak – powiedziała Kjersti Rødsmoen, z niechęcią patrząc na mokrego gasnącego papierosa. – Ale nie wiem kiedy. Akurat w tej chwili potrzebuje odpoczynku.

– Odpoczynku? – prychnął Müller-Nilsen. – To seryjna morderczyni!

– A ja jestem psychiatrą – oświadczyła Rødsmoen, wyrzuciła papierosa i ruszyła w stronę niedużej czerwonej hondy, która nawet w ulewnym deszczu wyglądała na zakurzoną.

– Co teraz robisz? – spytał Müller-Nilsen.

– Wracam do domu ostatnim samolotem.

– Nie wygłupiaj się. Wyglądasz jak trup. Komenda ma umowę z hotelem Rica Travel. Zawieziemy cię tam i przyślemy ci jakieś suche ubranie. Jest tam też restauracja.

Kiedy Harry się zameldował i stanął przed lustrem w łazience ciasnego jednoosobowego pokoju, zastanowił się nad tym, co powiedział Müller-Nilsen. Że wygląda jak trup. Pomyślał, jak niewiele brakowało, żeby nim teraz był. Ale czy naprawdę? Kiedy wziął prysznic i zjadł coś w pustej restauracji, wrócił do pokoju i próbował spać. Nie mógł, włączył więc telewizor. Gówno na wszystkich kanałach z wyjątkiem NRK2, na którym pokazywali *Memento*. Widział już ten film. Historię opowiadano z punktu widzenia mężczyzny cierpiącego na uszkodzenie mózgu, z pamięcią krótkotrwałą jak u złotej rybki. Zabito kobietę. Główny bohater zapisał na zdjęciu, kim był sprawca, ponieważ wiedział, że może zapomnieć. Pozostawało pytanie, czy może wierzyć w to, co sam napisał. Harry zrzucił kołdrę. Minibar pod telewizorem miał brązowe drzwiczki bez zamka.

Powinien był wsiąść w ten samolot.

Wstawał z łóżka, gdy gdzieś w pokoju zadzwoniła komórka. Wsunął rękę do kieszeni mokrych spodni przewieszonych przez krzesło przy kaloryferze. Dzwoniła Rakel. Spytała, gdzie jest. Oświadczyła, że muszą porozmawiać. Nie w jego mieszkaniu, tylko w jakimś miejscu publicznym.

Harry opadł na łóżko z zamkniętymi oczami.

– Żeby mi powiedzieć, że już więcej się nie zobaczymy? – spytał.

– Żeby ci powiedzieć, że już więcej się nie zobaczymy. Nie daję rady.

– Wystarczy, że powiesz to przez telefon, Rakel.

– Nie wystarczy. Bo wtedy nie będzie dostatecznie bolało.

Harry jęknął. Miała rację.

Umówili się jutro na jedenastą pod muzeum „Fram" na Bygdøy, przy atrakcji turystycznej, w której można zniknąć wśród Niemców i Japończyków. Rakel spytała, co robi w Bergen. Opowiedział jej, prosząc, by nikomu o tym nie wspominała, dopóki za parę dni nie przeczyta o sprawie w gazetach.

Rozłączyli się. Harry dalej leżał wpatrzony w minibar, podczas gdy w *Memento* wciąż trwała zabawa w przewijanie taśmy do tyłu. Właśnie o mało nie został zabity, miłość jego życia nie chciała go więcej widzieć i zakończył najgorszą sprawę w życiu. Ale czy na pewno? Nie odpowiedział Müller-Nilsenowi na pytanie, dlaczego postanowił szukać Bratt sam. Ale teraz już wiedział. To ta wątpliwość. Albo nadzieja. Rozpaczliwa nadzieja, że to jednak nie w taki sposób się ze sobą wiąże. Ta nadzieja wciąż w nim tkwiła, ale teraz należało ją zgasić. Utopić. No dalej, miał trzy dobre powody i całą sforę psów w brzuchu ujadających zgodnym chórem jak opętane. Dlaczego więc nie otworzyć tej szafki?

Wstał, poszedł do łazienki, odkręcił kran i pił wodę pryskającą mu na twarz. Kiedy się wyprostował, spojrzał w lustro. Jak trup. Dlaczego trup nie chce pić? Wypluł odpowiedź, patrząc na swoją twarz.

– Bo wtedy to nie będzie dostatecznie mocno bolało.

Gunnar Hagen był zmęczony. Zmęczony do głębi duszy. Rozejrzał się. Dochodziła północ, a on znajdował się w pomieszczeniu na szczycie jednego z budynków w centrum Oslo. Wszystko w tym pokoju było lśniąco brązowe. Podłoga jak na statku, sufit z oświetleniem halogenowym, ściany z malowanymi portretami poprzednich przewodniczących klubu, którego lokal był własnością, ogromny mahoniowy stół o powierzchni dziesięciu metrów kwadratowych i skórzane podkładki do pisania leżące przed każdym z dwunastu znajdujących się tu mężczyzn. Godzinę temu Hagen został przez naczelnika Biura Kryminalnego telefonicznie wezwany pod ten nowy adres. Niektóre z osób – na przykład komendanta głównego policji – znał, zdjęcia innych widywał w gazetach, ale kim była większość, nie miał pojęcia. To naczelnik Biura Kryminalnego wprowadził ich w sprawę. Poinformował, że Bałwanem okazała się policjantka z Bergen, która ostatnio działała, pracując w Wydziale Zabójstw komendy na Grønland. Mówił o tym, że policja z Oslo została oszukana i że teraz, gdy kobieta została ujęta, wkrótce trzeba będzie o skandalu poinformować opinię publiczną.

Kiedy skończył, zaległa cisza gęsta jak dym z cygara.

Dym sączył się z końca stołu, przy którym siedział siwowłosy mężczyzna odchylony na krześle tak, że twarz miał w cieniu. Po raz pierwszy wydał z siebie jakiś odgłos, jedynie lekkie westchnienie. Gunnar Hagen uświadomił sobie, że wszyscy, którzy do tej pory coś mówili, zwracali się właśnie do tego człowieka.

– Paskudna sprawa, Torleif – powiedział siwowłosy zaskakująco jasnym, niemal kobiecym głosem. – Wysoce szkodliwa. Chodzi o zaufanie do systemu, bo na tym szczeblu się znajdujemy. A to oznacza... – Cały pokój wstrzymał oddech, gdy siwowłosy ssał cygaro. – ...że muszą polecieć głowy. Pytanie tylko czyje.

Komendant główny chrząknął.

– Masz jakieś propozycje?

– Na razie jeszcze nie – odparł siwowłosy. – Ale wydaje mi się, że ty i Torleif powinniście mieć.

Komendant główny spojrzał na naczelnika Biura Kryminalnego. To on zabrał głos.

– Traktujemy to jako bardzo konkretny błąd popełniony podczas zatrudniania i kontroli. Ludzkie pomyłki nie są błędami całego systemu. Dlatego stanowi to problem całości zarządzania. W związku z tym proponujemy rozróżnienie między odpowiedzialnością a winą. Szefostwo weźmie na siebie odpowiedzialność, okaże pokorę i...

– Elementarne informacje możesz pominąć – oświadczył siwowłosy. – Kto jest twoim kozłem ofiarnym?

Naczelnik Biura Kryminalnego poprawił kołnierzyk. Gunnar Hagen widział, że bardzo źle się czuje w tej sytuacji.

– Komisarz Harry Hole – poinformował naczelnik.

Znów zapadła cisza, gdy siwowłosy ponownie zapalał cygaro. Kilkakrotnie kliknęła zapalniczka, w końcu rozległo się cmokanie i znów uniósł się dym.

– Nieźle pomyślane – rozległ się w końcu jasny głos. – Gdyby to był ktoś inny niż Hole, powiedziałbym, że musisz szukać kozła ofiarnego wyżej w hierarchii, że komisarz nie wystarczy za jagnię ofiarne. Może kazałbym ci się zastanowić nad sobą, Torleif. Ale Hole to policjant, o którym głośno. Brał zresztą udział w tym programie telewizyjnym. Popularna postać posiadająca pewną renomę jako śledczy. Owszem, to może zostać uznane za wystarczające. Ale czy on zechce współpracować?

– To już pozostaw nam – odparł naczelnik. – Co ty na to, Gunnarze?

Gunnar Hagen przełknął ślinę. Myślał, nie wiedzieć czemu, o swojej żonie. O wszystkim, co poświęciła, żeby on mógł zrobić karierę. Kiedy się pobrali, zrezygnowała ze studiów i przenosiła się z nim tam, gdzie rzucała go służba w armii, później w policji.

Ta inteligentna, mądra kobieta była mu równa, a pod wieloma względami go przewyższała. To do niej się zwracał z problemami dotyczącymi ścieżki zawodowej i etycznych wyborów. Zawsze potrafiła mu udzielić dobrej rady. A mimo to chyba nie udało mu się zrobić błyskotliwej kariery, na którą oboje liczyli. Ostatnio jednak zaczęło się to nareszcie zapowiadać lepiej. Rozumiało się samo przez się, że ze stanowiska szefa Wydziału Zabójstw można skoczyć wyżej i że zapewne tak właśnie się stanie. Należało tylko nie zrobić żadnego błędnego kroku. A to wcale nie musiało być takie trudne.

– Co ty na to, Gunnarze? – powtórzył naczelnik Biura Kryminalnego.

Tylko to zmęczenie, zmęczenie do głębi duszy. Dla ciebie, pomyślał. Ty byś tak zrobiła, moja droga.

31 DZIEŃ 21. BIEGUN POŁUDNIOWY

Harry i Rakel stali na dziobie drewnianego statku „Fram" w muzeum i obserwowali grupę Japończyków, którzy robili zdjęcia linom i masztom, jednocześnie z uśmiechem kiwali głowami i udawali, że słuchają przewodnika. Tłumaczył im, że ten prosty statek przewiózł Fridtjofa Nansena podczas jego nieudanej próby dotarcia jako pierwszy do bieguna północnego w 1893 roku i Roalda Amundsena, kiedy w 1911 pokonał Scotta w wyścigu do bieguna południowego.

– Zostawiłam u ciebie zegarek na nocnej szafce – powiedziała Rakel.

– Stara sztuczka – stwierdził Harry. – To znaczy, że musisz wrócić.

Rakel oparła dłoń na linie i pokręciła głową.

– Dostałam go od Mathiasa na urodziny.

O których ja zapomniałem, pomyślał Harry.

– Wieczorem razem wychodzimy i zdziwi się, jeśli nie będę go miała. A wiesz, jak jest z moim kłamaniem. Nie mógłbyś...

– Przywiozę ci go przed czwartą.

– Dziękuję. Będę w pracy. Ale po prostu połóż go w domku dla ptaków na ścianie przy drzwiach. Tam...

Nie musiała mówić nic więcej. W tym miejscu chowali klucz do domu, kiedy Harry wracał późno, gdy ona już się położyła. Harry uderzył ręką w reling.

– Według Arvego Støpa problem Roalda Amundsena polega na tym, że wygrał. On twierdzi, że wszystkie najlepsze historie opowiadają o ludziach, którzy przegrali.

Rakel nie odpowiedziała.

– To pewnie jakaś pociecha – stwierdził Harry. – Idziemy?

Na dworze padał śnieg.

– Więc już po wszystkim? – spytała. – Do następnego razu?

Zerknął na nią, by się upewnić, czy naprawdę mówi o Bałwanie, czy o nich.

– Nie wiemy, gdzie są zwłoki – powiedział. – Dzisiaj rano przed wyjazdem na lotnisko byłem u niej w celi, ale ona nic nie mówi. Patrzy tylko przed siebie, jakby nikogo przy niej nie było.

– Uprzedziłeś kogoś, że jedziesz do Bergen sam? – spytała nagle.

Harry pokręcił głową.

– Dlaczego?

– No cóż. Mogłem się mylić, a w takim wypadku miałem szansę po prostu wrócić po cichu, nie tracąc twarzy.

– Wcale nie dlatego – stwierdziła.

Zerknął na nią. Wyglądała na smutniejszą niż on.

– Szczerze mówiąc, sam nie wiem. Miałem chyba nadzieję, że w taki czy inny sposób okaże się, że to mimo wszystko nie Katrine.

– Dlatego, że jest taka jak ty? Dlatego, że mógłbyś być nią?

Harry nie przypominał sobie, by kiedykolwiek mówił Rakel o tym podobieństwie.

– Wyglądała na taką samotną i wystraszoną – powiedział, czując, że płatki śniegu zapiekły go w oczy. – Jak ktoś, kto zabłądził o zmierzchu. Cholera! – mrugał, czując płacz niczym pięść, która próbuje przepchnąć się przez tchawicę. Czyżby sam był bliski załamania? Przeszedł go dreszcz, gdy poczuł ciepłą dłoń Rakel na karku.

– Ty nie jesteś nią. Harry. Ty jesteś inny.

– Naprawdę? – uśmiechnął się słabo i odtrącił jej rękę.

– Ty nie odbierasz życia niewinnym ludziom.

Harry nie skorzystał z propozycji podwiezienia go przez Rakel, tylko wsiadł do autobusu. Patrząc na płatki śniegu i na fiord za szybą, myślał o tym, jak Rakel całkiem w ostatniej chwili udało się wcisnąć słowo „niewinnym".

Harry już miał otworzyć kluczem bramę kamienicy na Sofies gate, kiedy przypomniał sobie, że zabrakło mu kawy rozpuszczalnej, i przeszedł pięćdziesiąt metrów do sklepu Niazich.

– Dziwnie cię widzieć o tej porze doby – powitał go Ali Niazi, przyjmując pieniądze.

– Mam wolne za nadgodziny – wyjaśnił Harry.

– Ale pogoda, prawda? Podobno w ciągu następnej doby ma spaść pół metra śniegu.

Harry obracał w palcach słoik z kawą.

– Któregoś dnia okropnie wystraszyłem Salmę i Muhammeda na podwórzu.

– Słyszałem.

– Przepraszam. Byłem trochę za bardzo spięty.

– W porządku. Obawiałem się tylko, że znów zacząłeś pić.

Harry pokręcił głową i lekko się uśmiechnął. Lubił bezpośredniość Pakistańczyka.

– To dobrze. – Ali odliczył resztę. – Co słychać z tym twoim remontom?

– Z remontem? – Harry wziął pieniądze. – Masz na myśli grzybiarza?

– Grzybiarza?

– No tak, tego faceta, który sprawdzał, czy w piwnicy nie ma grzyba. Stormann czy jak mu tam.

– Grzyb w piwnicy? – Ali patrzył na Harry'ego przerażony.

– Nie wiedziałeś? – spytał Harry. – Przecież jesteś przewodniczącym wspólnoty. Sądziłem, że on z tobą rozmawiał.

Ali powoli pokręcił głową.

– Może rozmawiał z Bjørnem.

– Kto to jest Bjørn?

– Bjørn Asbjørnsen od trzynastu lat mieszka na parterze. – Ali skarcił Harry'ego spojrzeniem. – I tak samo długo jest wiceprzewodniczącym.

– Aha. Bjørn – powtórzył Harry z miną, jakby starał się zapamiętać to imię.

– Sprawdzę to – powiedział Ali.

W mieszkaniu Harry ściągnął buty i poszedł prosto do sypialni. W hotelu w Bergen prawie nie zmrużył oka. Gdy się teraz obudził, w ustach mu zaschło i bolał go brzuch. Wstał, żeby się napić wody, i w przedpokoju zdrętwiał.

Nie zauważył tego, kiedy przyszedł, ale ściany były już na miejscu.

Przechodził z pomieszczenia do pomieszczenia. Czary. Zrobiono to tak idealnie, że gotów byłby się założyć, iż nic tu nie ruszano. Nie widać było ani jednej starej dziury po gwoździu, żadna listwa nie tkwiła krzywo. Dotknął ściany, żeby się upewnić, czy to nie halucynacja.

Na stole w dużym pokoju przy fotelu leżała żółta kartka. Odręcznie napisana wiadomość. Litery były bardzo staranne i dziwnie piękne.

Unicestwione. Więcej mnie Pan nie zobaczy. Stormann.

PS Musiałem odwrócić jedną deskę na ścianie, ponieważ się skaleczyłem i poplamiłem ją krwią. A krew, która wsiąknie w surowe drewno, jest nie do wywabienia. Alternatywą było pomalowanie ściany na czerwono.

Harry osunął się na fotel i bacznie studiował gładkie ściany.

Dopiero kiedy wszedł do kuchni, zorientował się, że cud nie był jednak idealny. Zniknął kalendarz z Rakel i Olegiem. Błękitna jak niebo sukienka. Zaklął głośno i zaczął grzebać w kuble ze śmieciami. Zajrzał nawet do kontenera na podwórzu, zanim przyznał, że dwanaście najszczęśliwszych miesięcy w jego życiu zostało unicestwione razem z grzybem.

Dla psychiatry Kjersti Rødsmoen był to zupełnie inny dzień roboczy. Nie tylko dlatego, że słońce złożyło rzadką wizytę na bergeńskim niebie i akurat w tej chwili świeciło przez okna na Kjersti spieszącą korytarzem oddziału psychiatrycznego Szpitala Haukeland w Sandviken. Szpital zmieniał nazwę już tyle razy, że mało który bergeńczyk wiedział, iż obecna oficjalna nazwa to Szpital Sandviken. Ale oddział zamknięty wciąż nazywał się oddziałem zamkniętym i czekał, aż ktoś zacznie twierdzić, że nazwa jest myląca, a przynajmniej piętnująca.

Kjersti Rødsmoen i obawiała się, i cieszyła ze zbliżającego się spotkania z pacjentką, która przebywała tu zamknięta z zachowaniem najostrzejszych zasad bezpieczeństwa, jakie psychiatra była w stanie sobie przypomnieć na oddziale. Razem z Espenem Lepsvikiem z KRIPOS i Knutem Müller-Nilsenem z Komendy Okręgowej Policji w Bergen ustalili granice etyczne i sposób postępowania. Pacjentka była w psychozie, dlatego nie mogła być przesłuchiwana przez policję. Kjersti jako psychiatra mogłaby z nią rozmawiać, ale kierując się wyłącznie dobrem pacjentki, a więc celem innym niż policja. Ponadto pozostawał jeszcze problem tajemnicy lekarskiej. Kjersti Rødsmoen sama musiała ocenić, czy informacje ujawnione w trakcie rozmowy mogą mieć dla śledztwa tak duże znaczenie, by musiała je przekazać dalej. Informacji tych i tak nie można by wykorzystać podczas procesu, skoro pacjentka była w psychozie. Krótko mówiąc, poruszali się po prawniczym i etycznym polu minowym, na którym najmniejszy błędny krok mógł mieć katastrofalne następstwa, ponieważ wszelkie poczynania Kjersti miały być później oceniane przez sąd i przez media.

Pod białymi drzwiami do pokoju rozmów stał pielęgniarz i umundurowany policjant. Kjersti wskazała na swój identyfikator przypięty do białego lekarskiego fartucha i policjant otworzył kluczem drzwi.

Zgodnie z wcześniejszą umową pielęgniarz miał obserwować, co się dzieje w pokoju, i podnieść alarm, gdyby coś się wydarzyło.

Kjersti Rødsmoen usiadła na krześle i popatrzyła na pacjentkę. Trudno było sobie wyobrazić, by ta kobieta mogła stanowić jakieś zagrożenie. Drobna, z włosami opadającymi na twarz, z czarnymi szwami w kąciku ust i szeroko otwartymi oczami w bezdennym strachu wpatrującymi się w coś, czego Kjersti Rødsmoen nie widziała. Przeciwnie, Katrine Bratt wyglądała na tak sparaliżowaną, iż można było odnieść wrażenie, że się przewróci, gdy tylko mocniej się na nią dmuchnie. Fakt, że właśnie ta osoba mordowała z zimną krwią, był zupełnie niepojęty. Ale tak przecież jest zawsze.

– Dzień dobry – powiedziała psychiatra. – Mam na imię Kjersti.

Żadnej odpowiedzi.

– Jak pani myśli, co jest pani problemem? – spytała.

Pytanie było żywcem wyjęte z instrukcji przeprowadzania rozmów z osobami psychotycznymi. Z alternatywą: „Jak pani uważa, w czym mogę pomóc?".

Wciąż żadnej odpowiedzi.

– Tu, w tym pokoju, jest pani całkiem bezpieczna. Nikt tutaj nie chce wyrządzić pani krzywdy. Ja również nie chcę pani skrzywdzić. Tutaj jest pani bezpieczna.

Taka zdecydowana informacja miała według instrukcji uspokoić osobę w psychozie, ponieważ psychoza to przede wszystkim bezgraniczny strach. Kjersti Rødsmoen męczyła się jak stewardesa omawiająca procedury bezpieczeństwa przed startem. Mechanicznie i rutynowo. Nawet na trasach przelotu nad najsuchszymi pustyniami demonstruje się sposób użycia kamizelki ratunkowej, ponieważ przesłanie mówi to, co człowiek chce usłyszeć: możesz się bać, ale my się tobą zaopiekujemy.

Przyszedł czas na rozumienie rzeczywistości.

– Czy pani wie, jaki dzisiaj dzień?

Milczenie.

– Proszę spojrzeć na zegar na ścianie. Może mi pani powiedzieć, która godzina?

Odpowiedzią było tylko uporczywie przestraszone spojrzenie.

Kjersti Rødsmoen czekała. I czekała. Długa wskazówka zegara maszerowała po tarczy. Sprawa wyglądała na beznadziejną.

– Pójdę już – oznajmiła w końcu Kjersti, wstając. – Ktoś po panią przyjdzie. Jest pani tutaj całkowicie bezpieczna.

Skierowała się do drzwi.

– Muszę porozmawiać z Harrym. – Głos był głęboki, prawie męski.

Kjersti zatrzymała się i odwróciła.

– Kto to jest Harry?

– Harry Hole. To pilne.

Kjersti usiłowała nawiązać z pacjentką kontakt wzrokowy, ale kobieta wciąż wpatrywała się w swój własny stumilowy las.

– Musi mi pani powiedzieć, kim jest Harry, Katrine.

– Komisarz z Wydziału Zabójstw w Oslo. I proszę się do mnie zwracać po nazwisku, jeśli już pani musi, Kjersti.

– Bratt?

– Rafto.

– Dobrze. Ale nie chce mi pani zdradzić, o czym by pani chciała porozmawiać z Harrym Hole, żebym mogła przekazać to, co...

– Pani tego nie rozumie. Oni wszyscy umrą.

Kjersti powoli usiadła na krześle.

– Rozumiem. A dlaczego pani sądzi, że oni wszyscy umrą, Katrine?

Kontakt wzrokowy nareszcie udało się nawiązać. A to, co Kjersti Rødsmoen zobaczyła, skojarzyło jej się z jedną z czerwonych kart w grze w monopol podczas wakacji w domku letniskowym: „Wasze domy i hotele płoną".

– Wy niczego nie rozumiecie – usłyszała niski, prawie męski głos. – To nie ja.

O drugiej Harry zatrzymał się na drodze poniżej należącej do Rakel willi z drewnianych bali na Holmenkollveien. Śnieg przestał padać, a on pomyślał, że nie ma sensu zostawiać śladów, pokazujących, że ktoś wjeżdżał na podwórze. Śnieg przeciągle skrzypiał pod butami, a ostre światło błyskało w czarnych jak ciemne okulary oknach, kiedy się zbliżał. Wszedł po schodach prowadzących do drzwi wejściowych, otworzył drzwiczki budki dla ptaków, umieścił w środku zegarek Rakel i zamknął. Już miał odejść, gdy nagle drzwi za jego plecami się otworzyły.

– Harry!

Odwrócił się i przełknął ślinę, próbując się uśmiechnąć. Przed nim stał nagi mężczyzna, tylko w pasie owinięty ręcznikiem.

– Mathias – odezwał się niezgrabnie, patrząc na tors tamtego. – Ależ mnie przestraszyłeś! Myślałem, że o tej porze pracujesz.

– Przepraszam – zaśmiał się Mathias, szybko zasłaniając pierś rękoma. – Pracowałem do późna w nocy. Teraz odbieram sobie nadgodziny. Właśnie szedłem pod prysznic i usłyszałem, że ktoś majstruje przy drzwiach. Myślałem, że to Oleg, bo jego klucz się trochę zacina.

Zacina się, pomyślał Harry. To musi oznaczać, że Oleg przejął klucz, który kiedyś miał on, a Mathias dostał klucz Olega. Ach, to kobiece myślenie!

– Mogę ci w czymś pomóc, Harry?

Harry zauważył, że skrzyżowane ramiona lekarza znajdowały się nienaturalnie wysoko na piersi, jakby próbował coś zasłonić.

– Nie, nie – odparł lekko. – Po prostu tędy przejeżdżałem i przywiozłem coś dla Olega.

– Dlaczego nie zadzwoniłeś do drzwi?

Harry przełknął ślinę.

– Nagle sobie uświadomiłem, że on jeszcze nie wrócił ze szkoły.

– Tak? Jak to?

Harry kiwnął Mathiasowi głową, jakby zgadzając się z nim, że to uzasadnione pytanie. Ale w otwartej życzliwej twarzy Mathiasa nie było nawet cienia podejrzliwości, tylko szczera chęć wyjaśnienia czegoś niezrozumiałego.

– Śnieg – wyjaśnił Harry.

– Śnieg?

– Tak. Przestało padać dwie godziny temu, a na schodach nie ma żadnych śladów.

– O cholera, Harry! – zawołał Mathias entuzjastycznie. – To się nazywa wykorzystanie dedukcji w życiu codziennym. Nie ma najmniejszych wątpliwości, że jesteś śledczym.

Harry też się roześmiał, sztucznie. Skrzyżowane ramiona Mathiasa obsunęły się odrobinę i Harry zobaczył to, co Rakel musiała mieć na myśli, mówiąc o jego cielesnej osobliwości. W miejscu, w którym człowiek spodziewa się dwóch brodawek, była gładka skóra. Biała, niczym niezakłócona.

– To dziedziczne – wyjaśnił Mathias, który najwyraźniej zauważył spojrzenie Harry'ego. – Mój ojciec też ich nie miał. Rzadka przypadłość, ale całkiem niegroźna. Zresztą na co one nam, mężczyznom.

– No właśnie, na co. – Harry poczuł, że zaczynają palić go koniuszki uszu.

– Chcesz, żebym przekazał tę rzecz Olegowi?

Harry przeniósł wzrok. Jego spojrzenie odruchowo zatrzymało się na budce dla ptaków, zanim powędrowało dalej.

– Przyniosę mu to innym razem – powiedział z miną mającą świadczyć, że to nieistotne. – Idź się kąpać.

– Okej.

– No to cześć.

Gdy tylko Harry wsiadł do samochodu, mocno walnął obiema rękami w kierownicę i głośno zaklął. Zachował się jak nastoletni złodziejaszek przyłapany na gorącym uczynku. Kłamał Mathiasowi prosto w oczy. Kłamał, wił się przed nim i był złym facetem.

Dodał gazu i gwałtownie puścił sprzęgło, żeby ukarać samochód. Nie miał siły teraz o tym myśleć. Musiał się zająć czymś innym. Nie potrafił jednak. Gdy jechał do miasta, myśli przelatywały mu przez głowę jak niezorganizowany ciąg skojarzeń. Myślał o niedoskonałości. O czerwonych płaskich brodawkach, które na nagiej skórze wyglądały jak plamy krwi. Myślał o plamach krwi na surowym drewnie. I z jakiegoś powodu przypomniały mu się słowa grzybiarza. Alternatywą było pomalowanie ściany na czerwono.

Grzybiarz się skaleczył. Harry przymknął oczy, próbując wyobrazić sobie ranę. Musiała być głęboka, skoro krwi wyciekło tyle, że... że alternatywą było pomalowanie ściany na czerwono.

Gwałtownie zahamował. Usłyszał klakson, zerknął w lusterko i zobaczył toyotę hiace, ślizgającą się po świeżym śniegu, na szczęście opony zdołały złapać przyczepność i toyota wyminęła go bokiem.

Harry szarpnięciem otworzył drzwiczki, wyskoczył z samochodu i zobaczył, że jest koło Gressbanen. Nabrał powietrza i rozbił swoją budowlę z myśli. Zdemontował ją, żeby się przekonać, czy da się ją poskładać na nowo.

Zbudował ją szybko, wcale nie zmuszając kawałeczków, by wciskały się jeden w drugi. Łączyły się ze sobą same z siebie. Puls mu przyspieszył. Jeśli to się sprawdzi, wszystko znów stanie na głowie. Ale to się zgadzało. Zgadzało się z tym, że Bałwan zaplanował, jak dostać się do wewnątrz, po prostu spacerkiem wszedł z ulicy i zaczął się częstować. I zwłoki – to by wyjaśniało, gdzie się podziały zwłoki. Harry drżącymi rękami zapalił papierosa, próbując zrekonstruować to, co przed chwilą mignęło mu w głowie. Kurze pióro przypalone na brzegu.

Nie wierzył w inspirację, w boskie objawienia czy telepatię. Ale wierzył w szczęście. Nie w to szczęście, z którym człowiek się rodzi, lecz w to, na które zarabia ciężką systematyczną pracą i utkaniem sieci o oczkach tak drobnych, że zbieg okoliczności prędzej czy później działa na jego korzyść. Ale to nie był ten rodzaj szczęścia. To był po prostu szczęśliwy traf. Nietypowy. Jeśli oczywiście miał rację. Spuścił głowę i zobaczył, że brodzi po śniegu. I w przenośni, i dosłownie czuł się wyprowadzony w pole.

Zawrócił do samochodu, wyjął komórkę i wybrał numer Bjørna Holma.

– Słucham, Harry? – rozległ się senny i trudny do rozpoznania nosowy głos.

– Mówisz tak, jakbyś był na kacu – powiedział Harry podejrzliwie.

– Chciałbym. – pociągnął nosem Holm. – Jakieś cholerne przeziębienie. Marznę pod dwiema kołdrami. Boli mnie całe...

– Posłuchaj – przerwał mu Harry. – Pamiętasz, jak cię prosiłem, żebyś zmierzył temperaturę kurom, bo chciałem się dowiedzieć, ile czasu minęło, odkąd Sylvia je zaszlachtowała w stodole?

– Tak?

– Wspomniałeś później, że jedna była cieplejsza od dwóch pozostałych.

Bjørn Holm znów pociągnął nosem.

– No tak. Skarre sugerował, że miała gorączkę. Teoretycznie to możliwe.

– Wydaje mi się, że ona była cieplejsza, bo zarżnięto ją już po zabójstwie Sylvii. A więc co najmniej godzinę później.

– Co? Kto to zrobił?

– Bałwan.

Harry usłyszał, jak Holm długo pociąga nosem, nim się odezwał:

– Chcesz powiedzieć, że ona wzięła siekierę Sylvii i wróciła...

– Nie, siekiera została w lesie. Powinienem był zareagować od razu, jak to zobaczyłem, ale kiedy przyglądaliśmy się zwłokom kur w stodole, nie słyszałem jeszcze o tej pętli żarowej.

– No dobrze – powiedział Holm. – Ale po co, na miłość boską, miałaby zarżnąć kurę?

– Po to, żeby pomalować całą ścianę na czerwono.

– Co?

– Mam pewien pomysł – oświadczył Harry.

– Niech to cholera – mruknął Bjørn. – Przypuszczam, że ten pomysł oznacza, że mam wstać z łóżka.

– No cóż...

Śnieg jakby tylko brał oddech, bo o trzeciej na Østlandet znów zaczęły się gęsto sypać puszyste płatki. Wijącą się na północ od Bærum drogę E16 pokryła szara glazura błota.

W najwyższym punkcie szosy na Sollihøgda Harry i Holm skręcili w leśną drogę. Pięć minut później w drzwiach stanął przed nimi Rolf Ottersen. Za nim w pokoju Harry dostrzegł siedzącą na kanapie Ane Pedersen.

– Chcieliśmy tylko zerknąć na podłogę w stodole – wyjaśnił Harry.

Rolf Ottersen popchnął okulary na nos. Bjørn zakasłał głęboko, charcząco.

– Bardzo proszę – powiedział Ottersen.

Kiedy szli do stodoły, Harry czuł, że chudy mężczyzna wciąż stoi w drzwiach i się im przygląda.

Pieniek do rąbania drewna stał na tym samym miejscu, ale nigdzie nie było widać kur. Ani żywych, ani martwych. Oparty o ścianę stał ostro zakończony szpadel. Do kopania w ziemi, nie do odrzucania śniegu, pomyślał Harry i podszedł do tablicy z narzędziami. Zarys siekiery, która powinna tam wisieć, skojarzył mu się z kredowym obrysem zwłok, zabranych już z miejsca zdarzenia.

– A więc uważam, że Bałwan przyszedł tutaj i zarżnął trzecią kurę, żeby spryskać kurzą krwią deski w podłodze. Desek odwrócić nie mógł, więc alternatywą pozostawało pomalowanie ich na czerwono.

– Mówiłeś to już w samochodzie, ale ja ciągle nic z tego nie rozumiem.

– Jeśli chce się ukryć czerwone plamy, to można albo je wywabić, albo zamalować na czerwono. Wydaje mi się, że Bałwan próbował coś ukryć. Jakiś ślad.

– Jakiego rodzaju ślad?

– Coś czerwonego, czego nie da się usunąć, bo wsiąka w surowe drewno.

– Krew? Ona próbowała ukryć krew w większej ilości krwi? To jest ten twój pomysł?

Harry wziął szczotkę i zamiótł trociny wokół pieńka. Przykucnął i poczuł nacisk rewolweru Katrine, który nosił za paskiem. Przyjrzał się podłodze, wciąż miała różowawy odcień.

– Wziąłeś te zdjęcia, które tutaj zrobiliśmy? – spytał. – Zacznij od sprawdzenia w tym miejscu, gdzie krwi było najwięcej. W pewnej odległości od pieńka. Mniej więcej tutaj.

Holm wyjął zdjęcia z torby.

– Wiemy, że na wierzchu była kurza krew – ciągnął Harry. – Ale wyobraź sobie, że pierwsze krople, które tu spadły, miały czas, by wsiąknąć w drewno i nasycić je tak, że nie zmieszały się z nową krwią wylaną sporo później. Ciekaw jestem, czy dałbyś jeszcze radę pobrać próbki tej pierwszej krwi. To znaczy tej, która wsiąkła w drewno.

Bjørn Holm mrugał z niedowierzaniem.
– Co mam, do cholery, na to odpowiedzieć?
– No cóż – odparł Harry. – Jedyną odpowiedzią, jaką zaakceptuję, jest „tak".
Holm gwałtownie się rozkasłał.
Harry wrócił do domu Ottersenów. Zapukał, Rolf Ottersen zaraz przyszedł.
– Mój kolega zostanie tu przez jakiś czas – poinformował Harry. – Czy mógłby od czasu do czasu wejść tu do środka i trochę się zagrzać?
– Oczywiście – odparł niechętnie Ottersen. – W czym wy znów grzebiecie?
– Chciałem spytać dokładnie o to samo. W stodole zauważyłem ziemię na szpadlu.
– Na szpadlu? Wkopywałem słupki do ogrodzenia.
Harry spojrzał na pokryte śniegiem pole ciągnące się do gęstego ciemnego lasu. Zastanawiał się, co Ottersen chciał ogrodzić. Albo od czego się odgrodzić. Bo w oczach Rolfa Ottersena zauważył lęk.
Harry skinieniem głowy wskazał na pokój.
– Wizyta...
Przerwał mu dzwonek komórki.
To był Skarre.
– Mamy nowego – zaczął.
Harry zapatrzył się na las, czuł, jak duże płatki śniegu topnieją mu na policzkach i czole.
– Kogo nowego? – spytał cicho, chociaż po tonie głosu Skarrego już wiedział.
– Nowego bałwana.

Psychiatra Kjersti Rødsmoen złapała nadkomisarza Knuta Müller-Nilsena w chwili, gdy razem z Espenem Lepsvikiem z KRIPOS wychodzili z biura.
– Katrine Bratt przemówiła – oznajmiła. – Myślę, że powinniście przyjechać do szpitala. Posłuchać, co ma do powiedzenia.

32 DZIEŃ 21. WANNY

Skarre dreptał przed Harrym po śladach na śniegu prowadzących między drzewa. Wcześnie zapadający popołudniowy zmrok obwieszczał, że zima stoi już za progiem. Nad nimi mrugała wieża telewizyjna Tryvannstårnet, a pod nimi migotało Oslo. Harry przyjechał tu bezpośrednio z Sollihøgda i zostawił samochód na wielkim pustym parkingu, na którym maturzyści, niczym stado lemingów, każdej wiosny zbierali się w celu przymusowego odprawienia rytuału przejścia w dorosłość charakterystycznego dla ich gatunku: tańców wokół ogniska, zamroczenia alkoholowego i pieprzenia. Matura Harry'ego upłynęła bez spektakularnych wybryków. Było tylko dwóch wrzeszczących kolegów, Bruce Springsteen i „Independence Day" z ghettoblastera na szczycie niemieckiego bunkra na Nordstrand.

– Jakiś spacerowicz go znalazł – poinformował Skarre.

– I uznał za konieczne powiadomienie policji o tym, że w lesie stoi bałwan?

– Był z psem. To pies… No, sam zobaczysz.

Wyszli na otwarty teren. Jakiś młody człowiek wyprostował się na ich widok i podszedł w ich stronę.

– Thomas Helle z Sekcji Osób Zaginionych – przypomniał się. – Cieszymy się, że tu jesteś, Hole.

Harry zdziwiony spojrzał na młodego policjanta, ale przekonał się, że chłopak mówi szczerze.

Zobaczył techników na szczycie pagórka. Skarre nachylił się, a Harry dał krok nad pomarańczową taśmą policyjną. Ścieżka wyznaczała, którędy mają iść, żeby nie zatrzeć tych śladów technicznych, które jeszcze nie zostały zniszczone. Technicy, zauważywszy Harry'ego i Skarrego, w milczeniu odsunęli się na bok, z uwagą przyglądając się nowo przybyłym. Tak jakby czekali, by im to pokazać. I zobaczyć reakcję.

– O kurde! – rzucił Skarre i zrobił krok w tył.

Harry poczuł, że robi mu się zimno w głowę, tak jakby cała krew odpłynęła z mózgu, pozostawiając bez czucia martwe wrażenie nicości.

Nie chodziło o szczegóły, bo na pierwszy rzut oka nie wyglądało na to, by naga kobieta była maltretowana. Inaczej niż Sylvia Ottersen czy Gert Rafto. Tu do szaleństwa przerażała sztuczność, teatralność, premedytacja, zrealizowana z zimną krwią inscenizacja. Zwłoki tkwiły na szczycie dwóch wielkich kul ze śniegu, przytoczonych pod pień drzewa i ustawionych jedna na drugiej, jako początek bałwana. Ciało opierało się o pień, lecz gdyby ześlizgnęło się na bok, przytrzymałby je stalowy drut przymocowany do grubej gałęzi tuż nad głową, zakończony sztywną pętlą zarzuconą na szyję ofiary, ale wygiętą tak, że jej nie dotykała. Pętla przypominała lasso, znieruchomiałe w momencie, gdy w idealnie celnym rzucie pada na ofiarę. Ręce kobiety były związane za plecami, oczy i usta miała zamknięte, a twarz wyglądała spokojnie, prawie tak, jakby spała.

Można by niemal pomyśleć, że zwłoki potraktowano z szacunkiem. Aż do momentu zauważenia szwów na bladej nagiej skórze. Krawędzie skóry pod prawie niewidoczną nitką rozdzielała jedynie delikatna równiutka fuga sczerniałej krwi. Jeden ścieg ciągnął się w poprzek brzucha tuż pod piersiami, drugi wokół szyi.

Doskonała robota, pomyślał Harry. Ani jednej dziury po gwoździu, ani jednej krzywej listwy.

– To wygląda jak taka gówniana abstrakcyjna sztuka – stwierdził Skarre. – Jak oni takie coś nazywają?

– Instalacja – podpowiedział ktoś z tyłu.

Harry przechylił głowę. Mieli rację. Ale coś zakłócało wrażenie doskonałej chirurgii.

– Pociął ją na kawałki – powiedział głosem, który brzmiał tak, jakby ktoś go dusił. – A potem znów poskładał.

– On? – spytał Skarre.

– Może chciał sobie ułatwić transport – podsunął Helle. – Chyba wiem, kto to jest. Mąż zgłosił wczoraj zaginięcie. Już tu jedzie.

– Dlaczego myślisz, że to właśnie ta kobieta?

– Mąż znalazł sukienkę ze śladami nadpalenia mniej więcej w tym miejscu, w którym idą szwy. – Helle wskazał na zwłoki.

Harry skupił się na oddychaniu. Wiedział już, co zaburza wrażenie całości. Niedokończony bałwan. Niedokładne supły, nieczyste kąty z plecionego drutu. Wydawały się pospieszne, przypadkowe, próbne. Tak jakby to był szkic, ćwiczenie. Pierwszy projekt niedokończonego jeszcze dzieła. I dlaczego związał jej ręce na plecach? Przecież musiała nie żyć na długo przed tym, zanim się tu znalazła. Czy to element szkicu?

Chrząknął.

– Dlaczego nie dowiedziałem się o tym wcześniej?

– Zgłosiłem to mojemu szefowi, który przekazał wiadomość naczelnikowi Biura Kryminalnego. Otrzymałem jedynie polecenie, że na razie mamy o tym milczeć. Przypuszczam, że to miało związek... – zerknął pospiesznie na techników – z tą anonimową poszukiwaną osobą.

– Z Katrine Bratt? – spytał Skarre.

– Tego nazwiska nie słyszałem – rozległ się głos za ich plecami.

Odwrócili się. Naczelnik Biura Kryminalnego stał w śniegu na szeroko rozstawionych nogach, z rękami w kieszeniach trencza. Zimnymi niebieskimi oczami uważnie przyglądał się zwłokom.

– To powinno trafić na Wystawę Jesienną.

Młodsi funkcjonariusze wielkimi oczami patrzyli na naczelnika, który nie zważając na nic, zwrócił się do Harry'ego:

– Proszę na słówko, komisarzu.

Podeszli do taśmy ogradzającej teren.

– Cholerna sytuacja – powiedział naczelnik. Stał zwrócony do Harry'ego, ale jego spojrzenie błądziło po dywanie świateł w dole. – Mieliśmy spotkanie. Właśnie dlatego muszę z tobą porozmawiać teraz, w cztery oczy.

– Kto miał spotkanie?

– To nie jest takie ważne, Harry. Ważne, że podjęliśmy decyzję.

– Tak?

Naczelnik tupnął w śnieg, a Harry przez moment zastanawiał się, czy ma mu zwrócić uwagę, że zanieczyszcza miejsce zbrodni.

– Zamierzałem omówić to z tobą dziś wieczorem, Harry. W ciszy i spokoju. Ale teraz, z powodu znalezienia tych nowych zwłok, trzeba się spieszyć. Prasa to zwącha już za parę godzin. Wtedy nie będziemy mieli tego czasu, na który liczyliśmy. Będziemy musieli wyjawić, kim jest Bałwan. Wyjaśnić, w jaki sposób Katrine Bratt udało się u nas zatrudnić i działać niezauważenie. Oczywiście kierownictwo musi wziąć na siebie odpowiedzialność. Na tym polega rola kierownictwa, to się samo przez się rozumie.

– O co właściwie chodzi, szefie?

– O wiarygodność policji w Oslo. Gówno spływa w dół, Harry. Im wyżej zaczyna, tym bardziej zanieczyszcza całą firmę. Błędy popełnione przez pojedyncze osoby na niższym szczeblu można wybaczyć. Ale jeśli zachwiejemy wiarą ludzi w to, że policją zarządzają kompetentne osoby, że istnieje bodaj pewna kontrola, to przegraliśmy. Liczę, że rozumiesz, co można stracić, Harry.

– Mam mało czasu, szefie.

Spojrzenie naczelnika wróciło z wędrówki po mieście i wbiło się w komisarza.

– Wiesz, co oznacza „kamikadze"?

Harry przestąpił z nogi na nogę.

– Japończyk z wypranym mózgiem, który kieruje swój samolot na amerykański lotniskowiec.

– Ja też tak myślałem. Ale Gunnar Hagen mi wyjaśnił, że sami Japończycy nigdy nie używali tego słowa, że to amerykańscy łamacze szyfrów źle coś zrozumieli. Kamikadze to nazwa tajfunu, który ocalił Japończyków podczas bitwy z Mongołami w trzynastym wieku, w dosłownym tłumaczeniu to „boski wiatr". Bardzo malownicze, nie uważasz?

Harry nie odpowiedział.

– Potrzebujemy teraz takiego wiatru – oświadczył naczelnik.

Harry z namysłem kiwnął głową. Zrozumiał.

– Chcecie, żeby ktoś wziął na siebie winę za zatrudnienie Katrine Bratt? I za to, że wcześniej nie została odkryta? Można powiedzieć, za całe to gówno?

– Proszenie kogoś o to, by się w ten sposób poświęcił, nie jest przyjemne. Zwłaszcza gdy ta ofiara oznacza, że ratuje się własną skórę. Trzeba wtedy pamiętać, że chodzi o coś większego niż jednostka. – Naczelnik znów przeniósł wzrok na miasto. – Mrowisko, Harry. Zawsze chodzi o mrowisko. Wysiłek, lojalność, czasami bezsensowne poświęcenie. To mrowisko sprawia, że warto.

Harry potarł dłonią twarz. Zdrada. Zasztyletowanie. Tchórzostwo. Próbował przełknąć wściekłość. Tłumaczyć sobie, że naczelnik ma rację. Że kogoś trzeba poświęcić, a winowajcę umieścić najniżej w hierarchii, jak się da. To oczywiste. Zresztą powinien odkryć Katrine Bratt dużo wcześniej.

Wyprostował się. O dziwo, poczuł ulgę. Od dawna przeczuwał, że tak się to skończy. Od tak dawna, że w zasadzie już się z tym pogodził. Tak samo jak koledzy z *Dead Policemen's Society* zrobili *exit*. Bez fanfar i odznaczeń. Co najwyżej z szacunkiem własnym i wtajemniczonych. Nielicznych, którzy wiedzieli, o co chodzi. Mrowisko.

– Rozumiem – powiedział. – I akceptuję to. Musicie mnie poinstruować, jak to ma wyglądać. Ale uważam, że i tak powinniśmy odłożyć konferencję prasową o kilka godzin, do czasu, aż będziemy wiedzieć cokolwiek więcej.

Naczelnik pokręcił głową.

– Ty nie rozumiesz, Harry.

– Mówmy, że pojawiły się nowe okoliczności w sprawie.

– To nie na ciebie mają spaść te gromy.

– Sprawdzimy, czy... – Harry urwał. – Co powiedziałeś, szefie?

– Taka była pierwotna propozycja, ale Gunnar Hagen nie chciał się na to zgodzić. Przyjmuje całą winę na siebie. Siedzi teraz w biurze i pisze wypowiedzenie. Chciałem cię tylko o tym powiadomić. Żebyś wiedział, kiedy zacznie się konferencja.

– Hagen? – zdziwił się Harry.

– To dobry żołnierz. – Naczelnik poklepał go po ramieniu. – Uciekam już. Konferencja o ósmej w dużej sali. W porządku?

Harry zobaczył oddalające się plecy naczelnika i jednocześnie poczuł wibrowanie komórki w kieszeni kurtki. Zanim zdecydował się odebrać, sprawdził, kto dzwoni.

– *Love me tender* – powiedział Bjørn Holm. – Jestem w Instytucie Medycyny Sądowej.

– Co masz?

– W drewnie była ludzka krew. Kobitka z laboratorium mówi, że niestety krew jest przeceniana jako źródło DNA, wątpi więc, byśmy znaleźli jakiś materiał do sporządzenia profilu. Ale sprawdziła grupę krwi. I zgadnij, co znaleźliśmy. – Bjørn Holm zrobił pauzę, zanim najwyraźniej uświadomił sobie, że Harry nie ma zamiaru bawić się z nim w „Milionerów", i ciągnął: – To grupa, która w zasadzie wyklucza większość ludzi, bo mają ją zaledwie dwie osoby na sto. I w całym archiwum kryminalnym zarejestrowano tylko sto dwadzieścia trzy przypadki. Jeśli Katrine Bratt ma krew tej grupy, to cholernie mocna poszlaka wskazująca na to, że krwawiła w stodole Ottersenów.

– Sprawdź w Centrali Operacyjnej. Mają rejestr wszystkich policjantów z komendy wraz z grupą krwi.

– Sprawdzę od razu.

– Ale nie bądź zanadto rozczarowany, kiedy się przekonasz, że ona nie ma B minus.

Harry czekał, słuchając niemego zdumienia kolegi. W końcu usłyszał pytanie:

– A skąd, u diabła, wiesz, że to B minus?

– Jak szybko możesz się ze mną spotkać w Instytucie Anatomii?

Była już szósta i osoby pracujące o stałych godzinach w Szpitalu w Sandviken dawno poszły do domu. Ale w gabinecie Kjersti Rødsmoen paliło się światło. Psychiatra upewniła się, czy Knut Müller-Nilsen i Espen Lepsvik mają przygotowane notatniki, nim zajrzała do własnych notatek i zaczęła.

– Katrine Rafto mówi, że bardzo kochała ojca. – Psychiatra popatrzyła na mężczyzn. – Była jeszcze dziewczynką, kiedy gazety obsmarowały go za stosowanie przemocy. Katrine poczuła się zraniona, wystraszona i zdezorientowana. W szkole jej dokuczano z tego powodu. Niedługo później rodzice się rozwiedli. Kiedy miała dziewiętnaście lat, ojciec zniknął, a jednocześnie w Bergen zginęły dwie kobiety. Śledztwo umorzono, ale i w policji, i poza nią panowało przekonanie, że to jej ojciec zamordował obie, a potem sam odebrał sobie życie, kiedy zrozumiał, że się nie wykręci. Właśnie wtedy Katrine postanowiła zostać policjantką, wyjaśnić te zabójstwa i oczyścić ojca.

Kjersti Rødsmoen podniosła głowę. Żaden z mężczyzn nie notował, tylko na nią patrzyli.

– Dlatego postanowiła się dostać do Wyższej Szkoły Policyjnej – podjęła psychiatra – i po skończeniu studiów przyjęto ją do Wydziału Zabójstw i Osób Zaginionych w Bergen. Tu od razu zaczęła w czasie wolnym badać sprawę ojca. Trwało to, dopóki tego nie odkryto i nie powstrzymano jej. Wtedy Katrine przeniosła się do Wydziału Obyczajowego. Czy to się zgadza?

– Owszem, potwierdzam – przyświadczył Müller-Nilsen.

– Pilnowano, by nie zbliżała się do sprawy ojca, zaczęła więc badać podobne przypadki i dokonała interesującego odkrycia, przeglądając raporty dotyczące zaginięć z całego kraju, a mianowicie takiego, że w latach po zniknięciu ojca zgłaszano zaginięcia kobiet w podobnych okolicznościach. – Kjersti Rødsmoen przerzuciła kartkę. – Ale żeby posunąć się dalej, Katrine potrzebowała pomocy. A wiedziała, że na to w Bergen nie może liczyć. Dlatego postanowiła doprowadzić do tego, by sprawą zajął się ktoś, kto ma doświadczenie z seryjnymi zabójstwami. Oczywiście musiało się to stać w taki sposób, by nikt nie wiedział, że kryje się za tym ona, córka Rafty.

Espen Lepsvik z KRIPOS wolno pokręcił głową. Kjersti mówiła dalej:

– Po starannych przygotowaniach jej wybór padł na komisarza Harry'ego Hole z Wydziału Zabójstw w Oslo. Napisała do niego list i podpisała się tajemniczo „Bałwan". Zrobiła to, żeby wzbudzić jego ciekawość, a poza tym o bałwanach wspominało wielu świadków podczas przesłuchań w związku z zaginięciami. Bałwan pojawił się również w notatkach ojca dotyczących zabójstwa na szczycie Ulriken. Kiedy Wydział Zabójstw w Oslo ogłosił, że ma wakat ze szczególnym wskazaniem na kobietę, zgłosiła się i została wezwana na rozmowę. Mówiła, że zaproponowano jej pracę, właściwie jeszcze zanim usiadła na krześle.

Rødsmoen podniosła głowę, ale ponieważ mężczyźni nic nie mówili, podjęła:

– Już od pierwszego dnia Katrine postarała się nawiązać kontakt z Harrym Hole i uczestniczyć w śledztwie. Z góry posiadała wiedzę i o Holem, i o sprawie, łatwo więc jej przyszło zmanipulowanie go i skierowanie jego uwagi na Bergen i zniknięcie Gerta Rafto. No i z pomocą Holego wreszcie odnalazła ojca. W zamrażarce na Finnøy. – Kjersti zdjęła okulary. – Nie trzeba mieć zbyt wielkiej wyobraźni, żeby zrozumieć, że takie przeżycie daje podstawy do silnej reakcji psychicznej. Stres, rzecz jasna, jeszcze się wzmógł, gdy trzykrotnie była przekonana, że zabójca został odkryty. Najpierw Idar Vetlesen, potem jakiś... – Kjersti dłuższą chwilę szukała w notatkach – ...Filip Becker. A na koniec Arve Støp. I za każdym razem okazywało się, że to nie ta osoba. Próbowała osobiście wymusić na Støpie przyznanie się do winy, ale zrezygnowała, kiedy w końcu zrozumiała, że i on nie jest tym człowiekiem, którego szukała. Uciekła z jego mieszkania, gdy usłyszała, że nadchodzi policja. Mówi, że nie mogła zostać złapana, dopóki nie skończy swojej roboty. Dopóki nie znajdzie winnego. Sądzę, że możemy spokojnie powiedzieć, że już w tym momencie ogarnęła ją głęboka psychoza. Wróciła na Finnøy, licząc, jak twierdzi, że Hole ją tam odnajdzie. Okazało się, że miała rację. Kiedy się tam zjawił, rozbroiła go, żeby jej wysłuchał, chciała go też poinstruować, jak ma dalej prowadzić śledztwo.

– Rozbroiła? – wtrącił Müller-Nilsen. – Przecież wiemy, że poddała się bez dramatycznych okoliczności.

– Mówi, że tę ranę przy ustach zadał jej Harry Hole, kiedy ją obezwładnił – uzupełniła Kjersti Rødsmoen.

– Mamy wierzyć osobie w psychozie? – spytał Lepsvik.

– Ona już nie jest w psychozie – oświadczyła zdecydowanie Rødsmoen. – Przytrzymamy ją na obserwacji jeszcze przez kilka dni, ale później powinniście być przygotowani na jej przejęcie. Oczywiście jeśli dalej będziecie ją uważać za podejrzaną.

Ostatnie słowa zawisły w powietrzu. W końcu Espen Lepsvik wychylił się nad stołem.

– Chce pani powiedzieć, że pani wierzy, że Katrine mówi prawdę?

– Nie mam żadnych kwalifikacji, by mieć jakieś zdanie na ten temat – powiedziała Rødsmoen, zamykając notatki.

– A jeśli spytam o to nieoficjalnie?

Rødsmoen uśmiechnęła się krótko.

– Myślę, że powinien pan dalej myśleć tak, jak pan już myśli, komisarzu.

Bjørn Holm pokonał piechotą krótki odcinek dzielący Instytut Medycyny Sądowej od sąsiedniego Instytutu Anatomii i w garażu czekał, aż Harry przyjedzie samochodem z Tryvann. Razem z Holmem stał ubrany na zielono preparator medyczny z kolczykami w uchu, ten sam, który podczas poprzedniej wizyty Harry'ego transportował zwłoki.

– Lund-Helgesena nie ma tu dzisiaj – poinformował Harry'ego Holm.

– Ale może ty zechcesz nas oprowadzić – zwrócił się Harry do preparatora.

– Nie mamy zezwolenia na pokazywanie... – zaczął chłopak w zielonym fartuchu, ale Harry mu przerwał:

– Jak się nazywasz?

– Kai Robøle.

– Dobra, Robøle. – Harry wyciągnął swój identyfikator. – Ja ci udzielam zezwolenia.

Robøle wzruszył ramionami i wpuścił ich do środka.

– Macie szczęście, że w ogóle kogoś tu zastaliście. Po piątej zawsze tu pusto.

– A ja miałem wrażenie, że często pracujecie w nadgodzinach – powiedział Harry.

Robøle pokręcił głową.

– Ale nie tu, w piwnicy z trupami. Tu wolimy przebywać za dnia. – Uśmiechnął się, najwyraźniej wcale nie rozbawiony. – Co chcecie oglądać?

– Najświeższe zwłoki.

Preparator otworzył drzwi i poprowadził ich jeszcze przez dwoje drzwi do wyłożonego kafelkami pomieszczenia z ośmioma wpuszczonymi w podłogę wannami, po cztery z każdej strony, między którymi było wąskie przejście. Wanny były nakryte metalowymi pokrywami.

– Leżą pod nimi – wyjaśnił Robøle. – Po cztery trupy w każdej wannie. Wanny są wypełnione spirytusem.

– Mocna rzecz – mruknął Holm cicho.

Trudno było stwierdzić, czy preparator celowo źle to zrozumiał, ale odpowiedział:

– Czterdzieści procent.

– A więc trzydzieści dwa ciała – powiedział Harry. – To już wszystko?

– Mamy około czterdziestu zwłok, ale te są najświeższe. Zwykle leżą tu przez rok, zanim zaczynamy ich używać.

– W jaki sposób tu trafiają?

– Przywozi je karawan z zakładu pogrzebowego. Po niektóre jeździmy sami.

– I przewozicie je przez garaż?

– Tak.

– I co się dzieje dalej?

– Co się dzieje? No... Preparujemy je. Robimy dziurę na samej górze uda i wstrzykujemy mieszankę preparującą. Dzięki niej zachowują się w takim dobrym stanie. Potem przygotowujemy metalowe tabliczki z numerem, który jest w papierach.

– W jakich papierach?

– Tych, które towarzyszą zwłokom. Są archiwizowane na górze, w biurze. Tabliczki przymocowujemy do palca u nogi, do palca u ręki i do ucha. Staramy się rejestrować części zwłok również po ich podzieleniu, tak by ciało można było skremować możliwie w całości, gdy przychodzi na to czas.

– Regularnie sprawdzacie ciała z dokumentami?

– Czy sprawdzamy? – Chłopak podrapał się w głowę. – Tylko wtedy, kiedy wysyłamy zwłoki. To w Oslo ludzie zapisują nam w testamentach najwięcej ciał, więc zaopatrujemy uniwersytety w Tromsø, Trondheim i w Bergen, kiedy im brakuje.

– Możliwe więc, że leży tu ktoś, kogo nie powinno tu być?

– O, nie, nie. Wszyscy, którzy tu leżą, ofiarowali własne ciała Instytutowi w testamencie.

– Właśnie nad tym się zastanawiam. – Harry przykucnął przy jednej z wanien.

– Nad czym?

– Posłuchaj, Robøle. Zadam ci teraz hipotetyczne pytanie i chcę, żebyś się dobrze zastanowił, zanim mi na nie odpowiesz, dobrze?

Preparator krótko skinął głową.

Harry wstał.

– Czy możliwe jest, by ktoś, kto ma dostęp do tych lokali, mógł przewieźć tu zwłoki wieczorem przez garaż, założyć tabliczki z fikcyjnymi numerami, ułożyć ciało w jednej z tych wanien i uważać za względnie prawdopodobne, że to nigdy nie zostanie odkryte?

Kai Robøle się wahał. Znów drapał się w głowę. Przeciągnął palcem wzdłuż rzędów kolczyków.

Harry przeniósł ciężar ciała na drugą nogę. Bjørn Holm rozchylił usta.

– Chyba tak – odparł w końcu Robøle. – W zasadzie nic nie stoi temu na przeszkodzie.

– Nic nie stoi na przeszkodzie?

Robøle pokręcił głową i roześmiał się krótko.

– No tak, cholera. To najzupełniej możliwe.

– Wobec tego chcę obejrzeć te zwłoki.

Robøle wlepił wzrok w wysokiego policjanta.

– Teraz? Tutaj?

– Możesz zacząć od tej ostatniej wanny z lewej strony.

– Chyba muszę zadzwonić do kogoś, kto ma autoryzację.

– Jeśli chcesz utrudniać śledztwo w sprawie zabójstwa, to proszę bardzo.

– Zabójstwa? – Robøle zmrużył oko.

– Słyszałeś o Bałwanie?

Robøle mrugnął dwa razy. Potem się odwrócił, podszedł do łańcuchów zwisających z ruchomego bloku na suficie, z pobrzękiwaniem przeciągnął je nad wannę i zaczepił dwa haki o metalową płytę pokrywy. Sięgnął do kontrolki sterowania i wcisnął guzik. Blok zaczął warczeć i nawijać łańcuch. Pokrywa wanny powoli się unosiła. Harry i Holm nie spuszczali z niej oczu. Do spodu pokrywy umocowane były dwie poziome płyty jedna pod drugą, przedzielone trzecią, pionową. Po obu jej stronach na poziomych płytach leżały nagie białe zwłoki. Wyglądały jak blade lalki, a wrażenie to potęgowały jeszcze czarne prostokątne otwory na udach. Kiedy zwłoki znalazły się mniej więcej na wysokości bioder preparatora, wcisnął stop. W ciszy słychać było jedynie głębokie westchnienia kapiącego spirytusu odbijające się echem o wyłożone białymi kafelkami ściany.

– I jak? – spytał Robøle.

– Nie – powiedział Harry. – Dalej.

Preparator powtórzył procedurę. Z następnej wanny wyłoniły się cztery kolejne ciała.

Harry pokręcił głową.

Kiedy ukazał się czwarty kwartet, Harry drgnął. Kai Robøle, który wziął reakcję policjanta za przerażenie, uśmiechnął się zadowolony.

– Co to jest? – spytał Harry, wskazując na kobiece ciało bez głowy.

– Prawdopodobnie zwrot z któregoś z pozostałych uniwersytetów – wyjaśnił Robøle. – Nasze zwykle są całe.

Harry pochylił się i dotknął ciała, zimnego i dziwnie twardego w wyniku preparacji. Przeciągnął palcem wzdłuż linii cięcia na szyi. Było gładkie, a tkanka blada.

– Używamy najpierw skalpela, a potem delikatnej piły – wytłumaczył preparator.

– Mhm. – Harry pochylił się nad zwłokami, ujął przeciwległe ramię kobiety i gwałtownie za nie pociągnął, przewracając ciało na bok.

– Co pan wyprawia? – wrzasnął Robøle.

– Widzisz coś na jej plecach? – spytał Harry stojącego po drugiej stronie Holma.

Holm kiwnął głową.

– Tatuaż. Wygląda na flagę.

– Jaką?

– Nie mam pojęcia. Zielono-żółto-czerwona. Z pentagramem na środku.

– Etiopia. – Harry puścił ciało, które powróciło do poprzedniej pozycji. – Ta dziewczyna nie ofiarowała swojego ciała. Raczej można powiedzieć: została ofiarowana. To Sylvia Ottersen.

Kai Robøle mrugał i mrugał, jakby miał nadzieję, że jeśli będzie mrugał dostatecznie mocno, coś zniknie.

Harry położył mu rękę na ramieniu.

– Ściągnij tu kogoś, kto ma dostęp do dokumentów tych ciał. Sprawdźcie wszystkie. Natychmiast. Ja muszę lecieć.

– Co się dzieje? – spytał Holm. – Szczerze mówiąc, pogubiłem się.

– Próbuj – zachęcił Harry. – Zapomnij o wszystkim, co ci się wydawało, że wiesz, i próbuj.

– No dobrze, ale co się dzieje?

– Są na to dwie odpowiedzi – odparł Harry. – Jedna to ta, że łapiemy Bałwana.

– A druga?

– Że nie mam pojęcia.

Część V

33 ŚRODA, 5 LISTOPADA 1980. BAŁWAN

To było tego dnia, kiedy spadł śnieg. O jedenastej przed południem z bezbarwnego nieba bez żadnej zapowiedzi zaczęły sypać olbrzymie płatki śniegu, niczym armada z kosmosu przybywająca na podbój pól, ogrodów i trawników w Romerike.

Mathias siedział sam w należącej do matki toyocie corolli przed willą na Kolloveien. Nie miał pojęcia, co matka robi w tym domu. Powiedziała, że to nie potrwa długo. Ale już długo trwało. Zostawiła przekręcony kluczyk w stacyjce, z radia leciało *Pod śniegiem* nowego dziewczęcego zespołu Dollie. Mathias otworzył drzwiczki samochodu i wysiadł. Śnieg sprawił, że między willami panowała gęsta, wręcz nienaturalna cisza. Pochylił się, nabrał w garść białej lekkiej substancji i ubił z niej śnieżkę.

Dzisiaj na szkolnym boisku rzucali w niego śniegowymi kulami i wołali za nim: Mathias-Cycek. Ci tak zwani koledzy z klasy siódmej a. Nienawidził rozpoczęcia nauki w gimnazjum, nienawidził tego, że ma trzynaście lat. Zaczęło się już po pierwszej lekcji WF-u, kiedy odkryli, że nie ma brodawek. Zdaniem lekarza to mogło być dziedziczne i przebadano go pod kątem wielu chorób. Matka powiedziała jemu i ojcu, że dziadek, jej ojciec, który zmarł, gdy była małą dziewczynką, też nie miał brodawek. Ale w jednym z albumów ze zdjęciami babci Mathias znalazł zdjęcie dziadka zrobione podczas sianokosów, na którym stał w samych spodniach na szelkach, bez koszuli. I przynajmniej na tym zdjęciu miał brodawki.

Ubił śniegową kulę jeszcze mocniej. Chciał nią w kogoś rzucić. Z całej siły. Tak mocno, żeby zabolało. Ale nie było w kogo. Położył ją na śniegu przy garażu i zaczął toczyć. Kryształki zaczepiały jeden o drugi. Gdy przetoczył kulę wokół trawnika, sięgała mu już do brzucha, zostawiła ślad odsłaniający zbrązowiałą trawę. Mathias dalej ją toczył. Kiedy już nie dał rady, zaczął lepić nową. Równie dużą. Ledwie zdołał dźwignąć ją na tę pierwszą. Potem ulepił głowę, wspiął się na bałwana i umieścił ją na szczycie. Bałwan stał tuż pod oknami domu. Dochodziły stamtąd odgłosy. Mathias ułamał z jabłonki dwie gałązki i wbił w boki bałwana. Dokopał się do żwiru przy schodach, znów wspiął się na figurę, zrobił bałwanowi oczy i uśmiech. Potem siedząc bałwanowi na barana, zajrzał przez okno.

W oświetlonym pokoju zobaczył mężczyznę z nagim torsem poruszającego biodrami tak, jakby tańczył. Z łóżka stojącego przed nim sterczała para rozsuniętych nóg. Mathias tego nie widział, ale wiedział, że to Sara. Że to mama. Że się rżną.

Zacisnął uda wokół bałwaniej głowy, poczuł chłód w kroczu. Nie mógł oddychać, jakby wokół szyi zamknął mu się stalowy drut.

Biodra mężczyzny nie przestawały uderzać o matkę. Mathias wpatrywał się w jego tors, czując, jak lodowaty chłód rozlewa mu się od krocza na brzuch i dalej aż do głowy. Mężczyzna wbijał w matkę fiuta. Tak jak robili w gazetach. Zaraz wtryśnie w matkę nasienie. I ten człowiek nie miał brodawek.

Mężczyzna nagle znieruchomiał. Oczy miał szeroko otwarte, patrzyły wprost na Mathiasa.

Chłopiec rozluźnił uda i powoli zsunął się po plecach bałwana. Na ziemi skulił się i czekał cicho jak mysz. Myśli przelatywały mu przez głowę. Był bystrym chłopcem, inteligentnym, stale to słyszał. Dziwnym, ale zdolnym, mówili nauczyciele. Dlatego teraz wszystkie myśli szybko trafiły na swoje miejsca jak kawałeczki puzzli, nad których umiejscowieniem długo się zastanawiał.

Ale obraz, jaki się z nich wyłonił, był mimo wszystko nie do pojęcia, wprost nie do wytrzymania. Nie mogło tak być, po prostu nie mogło.

Mathias słyszał swój własny zdyszany oddech.

Ale tak było. Po prostu to wiedział. Wszystko się zgadzało. Chłód matki wobec taty. Te rozmowy, których, jak im się wydawało, nie słyszał, rozpaczliwe błaganie i groźby ojca, by matka nie odchodziła. Nie tylko ze względu na niego, lecz na Mathiasa. Na miłość boską, przecież mają dziecko! I gorzki śmiech matki. Dziadek w albumie ze zdjęciami, kłamstwo matki. Mathias oczywiście nie uwierzył, kiedy Stian z klasy oświadczył, że matka Mathiasa-Cycka ma kochanka, który mieszka na wzgórzu, że tak mówiła jego ciotka. Stian był równie głupi jak wszyscy inni dręczyciele i nic nie rozumiał. Nawet wtedy, gdy dwa dni później znalazł swojego kota powieszonego na maszcie flagowym w szkole.

Tata tego nie wiedział. Mathias całym sobą czuł, że tata wierzy, że on jest jego dzieckiem. I nie mógł się dowiedzieć, że jest inaczej. Nigdy. Umarłby przez to. Mathias wolał umrzeć sam. Właśnie tego teraz chciał. Chciał umrzeć, uciec od matki, szkoły, od Stiana, od... wszystkiego.

Wstał, kopnął bałwana, i pobiegł do samochodu.

Zabierze ją ze sobą. Ona też umrze.

Kiedy matka wróciła, a on otworzył jej drzwiczki, minęło prawie czterdzieści minut, odkąd weszła do tego domu.

– Coś się stało? – spytała.

– Tak – odparł Mathias i przesunął się na tylnym siedzeniu, żeby nie mogła na niego patrzeć w lusterku. – Widziałem go.

– O czym ty mówisz? – spytała, przekręcając kluczyk w stacyjce.

– O bałwanie...

– Jak ten bałwan wyglądał? – Silnik zaskoczył z rykiem, a matka puściła sprzęgło tak gwałtownie, że Mathiasowi prawie wypadł lewarek, który ściskał w ręku.

– Tata na nas czeka – powiedziała. – Musimy się pospieszyć.

Włączyła radio. Spiker monotonnie odczytywał wiadomości o wyborach i Ronaldzie Reaganie, a matka mimo to podgłośniła. Wjechali na szczyt wzgórza i zaczęli zjeżdżać w stronę głównej drogi i rzeki. Na polu przed nimi spod śniegu sterczały żółte sztywne źdźbła.

– Umrzemy – odezwał się Mathias.

– Co mówisz?

– Umrzemy.

Przyciszyła radio. On się przygotował. Wychylił się między siedzeniami i podniósł rękę.

– Umrzemy – szepnął.

I uderzył.

Cios trafił ją w tył głowy, trzasnęło. Matka prawie nie zareagowała, tylko jakby zdrętwiała na siedzeniu. Uderzył więc jeszcze raz. I jeszcze. Samochód lekko podskoczył, gdy jej stopa ześlizgnęła się z pedału sprzęgła, ale ona wciąż nie wydała z siebie żadnego odgłosu. Może ośrodek mowy w mózgu jej się uszkodził, pomyślał Mathias. Przy czwartym uderzeniu poczuł, że coś ustępuje, że głowa jakby zmiękła. Samochód toczył się do przodu z równą prędkością, ale Mathias rozumiał, że matka nie jest już przytomna. Toyota corolla przecięła główną drogę i zaczęła sunąć przez pole po drugiej stronie. Śnieg trochę ją hamował, lecz nie na tyle, by ją zatrzymać. W końcu samochód wpadł do wody, do szerokiej czarnej rzeki. Przez chwilę stał w poprzek koryta, ale prąd zaczął nim obracać. Do środka przez drzwi i szpary w karoserii, przez szczeliny przy klamkach i wokół szyb zaczęła sączyć się woda. Prąd powoli znosił ich w dół. Mathias wyglądał przez okno, zamachał do jakiegoś samochodu jadącego główną drogą, ale kierowca najwyraźniej go nie zauważył. Wody w samochodzie przybierało. I nagle usłyszał, że matka coś mamrocze. Spojrzał na nią, na tył jej głowy, na której pod zakrwawionymi włosami widać było głębokie wgniecenia. Poruszyła się pod pasem bezpieczeństwa. Teraz woda wlewała się szybko, sięgała Mathiasowi już po kolana. Poczuł narastającą panikę. Nie chciał umierać. Nie teraz, nie w taki sposób. Uderzył lewarkiem w boczną szybę. Kiedy się stłukła, wlała się przez nią woda. Mathias wskoczył na siedzenie i przecisnął się przez otwór. Butem zaczepił o brzeg okna, ale przekręcił stopę i but się zsunął. Wreszcie się uwolnił i zacząć płynąć do brzegu. Zobaczył, że na drodze zatrzymał się już jakiś samochód, wysiadły z niego dwie osoby i brnęły przez śnieg w stronę rzeki.

Mathias był dobrym pływakiem, był dobry w wielu rzeczach. Dlaczego więc go nie lubili? Jakiś mężczyzna wszedł do wody i wyciągnął go na brzeg. Mathias osunął się w śnieg. Nie dlatego, że nie byłby w stanie utrzymać się na nogach, ale instynkt podpowiadał mu, że tak będzie najmądrzej. Zamknął oczy i tuż przy uchu usłyszał przejęty głos, pytający, czy w samochodzie jest ktoś jeszcze. Że może jeszcze można kogoś uratować. Mathias pokręcił głową. Pytano go, czy jest pewien.

Policja później tłumaczyła wypadek śliską nawierzchnią, a obrażenia na głowie utopionej kobiety wypadnięciem z drogi i zderzeniem z wodą. Samochód wprawdzie nie miał uszkodzeń, ale to było przecież jedyne rozsądne wyjaśnienie. Tak samo jak szok stanowił jedyne możliwe wyjaśnienie odpowiedzi chłopca, który na pytanie zadawane mu kilkakrotnie przez osoby jako pierwsze obecne na miejscu wypadku, czy w samochodzie jest ktoś jeszcze, odpowiadał: „Jestem tylko ja. Jestem sam".

– Jestem tylko ja – powtórzył Mathias sześć lat później. – Jestem sam.

– Dzięki – powiedział stojący przed nim chłopak i postawił tacę na stołówkowym stoliku, który Mathias miał do tej pory tylko dla siebie. Za oknem deszcz wygrywał studentom medycyny w Bergen rytmiczny powitalny marsz; miał im towarzyszyć do wiosny.

– Ty też zaczynasz na medycynie? – spytał chłopak, a Mathias patrzył, jak jego nóż zagłębia się w tłusty sznycel.

Kiwnął głową.

– Mówisz wschodnim dialektem – zauważył chłopak. – Nie dostałeś się w Oslo?

– Nie chciałem się dostać w Oslo.

– Dlaczego?

– Nikogo tam nie znam.

– A kogo znasz tutaj?

– Nikogo.

– Ja też nikogo tu nie znam. Jak się nazywasz?

– Mathias. Lund-Helgesen. A ty?

– Idar Vetlesen. Byłeś już na Ulriken?

– Nie.

Ale Mathias już był na Ulriken.

Był też na Fløyen i na Sandviksfjellet. Chodził po zaułkach, zwiedzał Targ Rybny i Torgalmenningen, oglądał pingwiny i lwy morskie w Akwarium, pił piwo w Wesselstuen, słuchał nowej, bardzo chwalonej grupy w pubie Garage i widział, jak Brann przegrywa na własnym stadionie. Wszystko to, co się robi z kolegami ze studiów, Mathias już zdążył zrobić. Sam.

Razem z Idarem zrobił tę rundę na nowo, udając, że to pierwszy raz.

Prędko się przekonał, że Idar jest towarzyską przyssawką, a przez przyssanie się do przyssawki Mathias trafiał tam, gdzie coś się działo.

– Dlaczego studiujesz medycynę? – spytał kiedyś Idar Mathiasa na przygrywkowej imprezie u kolegi noszącego tradycyjne bergeńskie nazwisko. Tego wieczoru miał się odbyć doroczny jesienny bal studentów medycyny, na który Idar zaprosił dwie śliczne dziewczyny z Bergen. Siedziały teraz w czarnych sukienkach z upiętymi włosami, wychylając się, żeby usłyszeć, o czym ci dwaj rozmawiają.

– Żeby świat stał się choć odrobinę lepszym miejscem – odparł Mathias i dopił ciepłe piwo z lokalnego browaru Hansa. – A ty?

– Żeby robić forsę, to oczywiste – Idar puścił oko do dziewcząt.

Jedna z nich usiadła obok Mathiasa.

– Masz znaczek honorowego krwiodawcy – zauważyła. – Jaką masz grupę krwi?

– B minus. A ty czym się zajmujesz?

– O tym nie musimy rozmawiać. B minus to chyba bardzo rzadka grupa?

– Owszem, a skąd wiesz?

– Studiuję pielęgniarstwo.

– Aha – powiedział Mathias. – Na którym roku?

– Na trzecim.

– Masz zamiar robić jakąś specjali…

– Nie musimy o tym rozmawiać – szepnęła jeszcze raz i położyła mu na udzie drobną ciepłą rączkę.

To samo zdanie powtórzyła pięć godzin później, kiedy naga leżała pod nim w jego łóżku.

– Nigdy wcześniej mi się to nie zdarzyło – wyznał.

Uśmiechnęła się do niego i pogłaskała po policzku.
– Więc to nie ze mną jest coś nie tak?
– Co? – wydusił z siebie. – Nie.
Roześmiała się.
– Uważam, że jesteś słodki. Taki dobry i czuły. A co się stało z nimi? – uszczypnęła go w skórę na piersiach.
Mathias poczuł coś czarnego. Paskudnego, czarnego i cudownego.
– Taki się już urodziłem – wyjaśnił.
– To jakaś choroba?
– Występuje razem z objawem Raynauda i towarzyszy sklerodermii.
– A co to jest?
– Dziedziczna choroba, zwłóknienie skóry i tkanek.
– To niebezpieczne?
Delikatnie powiodła palcami po jego piersi.
Mathias uśmiechnął się i poczuł zaczynającą się erekcję.
– Objaw Raynauda oznacza po prostu, że palce u rąk i nóg robią się zimne i białe. Sklerodermia jest gorsza...
– Bo?
– Bo skóra twardnieje i się napina. Wszystko się wygładza, znikają zmarszczki.
– To źle?
Poczuł, że jej ręka przesuwa się w dół.
– Napięta skóra zaczyna hamować mimikę. Nie można robić min, aż w końcu twarz sztywnieje i zmienia się w maskę.
Mała ciepła rączka objęła jego członek.
– Dłonie, a z czasem również całe ręce zginają się i nie dają się wyprostować. W końcu można tylko stać nieruchomo i dosłownie czuć, jak cię dusi własna skóra.
– To chyba jakaś straszna śmierć – szepnęła.
– Najlepiej odebrać sobie życie, zanim ból doprowadzi cię do szaleństwa. Masz coś przeciwko temu, że cię przesunę na koniec łóżka? Wolę na stojąco.
– To dlatego studiujesz medycynę, prawda? – spytała. – Żeby coś z tym zrobić. Znaleźć sposób na to, żeby dało się z tym żyć.

– Jedyne, czego pragnę – powiedział, stając przy łóżku z pełną erekcją – to dowiedzieć się, kiedy przyjdzie pora, żeby umrzeć.

Świeżo wykształcony doktor Mathias Lund-Helgesen był popularną postacią na oddziale neurologii w Szpitalu Haukeland w Bergen. I koledzy, i pacjenci uważali go za zdolnego, troskliwego, a przede wszystkim umiejącego słuchać lekarza. To ostatnie bardzo się przydawało, ponieważ często przyjmował pacjentów cierpiących na rozmaite choroby, często dziedziczne i często bez nadziei na wyleczenie, a co najwyżej na złagodzenie cierpień. A gdy z rzadka się zdarzało, że szpital miał do czynienia z tą straszną chorobą, jaką jest sklerodermia, pacjenta zawsze kierowano do życzliwego młodego lekarza, który powoli zaczynał myśleć o doktoracie z immunobiologii. Wczesną jesienią zwróciła się do niego Laila Aasen z mężem i córeczką. Dziewczynce sztywniały stawy, odczuwała ból, a Mathias natychmiast pomyślał, że to może być choroba Bechterewa. I Laila Aasen, i jej mąż twierdząco odpowiedzieli na pytanie, że w ich rodzinach występowały choroby przypominające reumatyzm, Mathias więc oprócz próbki krwi córeczki, pobrał też krew od nich obojga.

Kiedy przyszły wyniki, Mathias musiał przeczytać je trzy razy. I znów poczuł, jak narasta w nim to coś paskudnego, czarnego i cudownego. Wyniki były negatywne. Zarówno w znaczeniu medycznym, bo wykluczały jako przyczynę dolegliwości chorobę Bechterewa, jak i w znaczeniu rodzinnym, bo wykluczały pana Aasena jako biologicznego ojca dziewczynki. Mathias zdawał sobie sprawę, że mężczyzna o niczym nie wie, wie natomiast Laila Aasen. Przez twarz przebiegł jej lekki skurcz, gdy zarządził badanie krwi wszystkich trojga. Czy ciągle sypiała z tamtym drugim? Jak on wygląda? Mieszka w willi z ogrodem? Jakie ma tajemnicze ułomności? W jaki sposób i kiedy córka się dowie, że przez całe swoje życie była oszukiwana przez tę kłamliwą dziwkę?

Mathias spuścił wzrok i zobaczył, że przewrócił szklankę z wodą. Plama rozlewała się w kroku, poczuł chłód rozchodzący się na brzuch, przesuwający dalej aż do głowy.

Zadzwonił do Laili Aasen, poinformował ją o wynikach. Tych medycznych. Podziękowała mu z wyraźną ulgą. Kiedy się rozłączyli, Mathias długo wpatrywał się w telefon. Boże, jak on jej nienawidził! Tej nocy nie mógł zasnąć na wąskim łóżku w wynajętym pokoju, który zatrzymał jeszcze po studiach. Starał się czytać, ale litery tylko tańczyły mu przed oczami. Próbował się onanizować, co zwykle męczyło go na tyle, że łatwiej zasypiał, ale nie był w stanie się skoncentrować. W końcu wbił sobie igłę w całkiem zbielały duży palec u nogi, tylko po to, by sprawdzić, czy coś czuje. Wreszcie skulił się pod kołdrą i płakał, dopóki noc nie zszarzała.

Mathias zajmował się również ogólniejszymi przypadkami neurologicznymi, a jednym z nich był pewien policjant z Komendy Okręgowej Policji w Bergen. Po badaniu mężczyzna w średnim wieku zaczął się ubierać. Kombinacja odoru cielesnego z alkoholowym oddechem wręcz odurzała.

– No i co? – huknął policjant, jak gdyby Mathias był jednym z jego podwładnych.

– Początkowe stadium neuropatii – stwierdził Mathias. – Nerwy w podeszwach stóp są uszkodzone. Stopy mają mniejszą wrażliwość.

– Chce pan powiedzieć, że to dlatego zacząłem chodzić jak jakiś cholerny pijak?

– A jest pan pijakiem, Rafto?

Policjant przestał zapinać koszulę, rumieniec wystąpił mu na szyję i zaczął podnosić się coraz wyżej jak rtęć w termometrze.

– Co ty, do cholery, wygadujesz, szczeniaku?

– Z reguły przyczyną polineuropatii jest duża ilość alkoholu. Jeśli to będzie dłużej trwać, istnieje ryzyko nieodwracalnych zmian w mózgu. Słyszał pan o Korsakowie? Nie? Miejmy nadzieję, że tak będzie dalej, bo to nazwisko słyszy się z reguły w związku z bardzo nieprzyjemnym objawem, któremu nadało nazwę. Nie wiem, co pan odpowiada, gdy patrzy pan w lustro, zadając sobie pytanie, czy jest pan pijakiem, ale ja proponuję, żeby następnym razem zadał pan sobie pytanie dodatkowe: czy chcę umrzeć już teraz, czy trochę później?

Gert Rafto długo przyglądał się chłopakowi w lekarskim kitlu. W końcu cicho zaklął i wymaszerował z gabinetu, trzaskając drzwiami.

Cztery tygodnie później Rafto zadzwonił znów. Spytał, czy Mathias mógłby przyjechać go zbadać.

– Proszę zgłosić się do mnie jutro – odparł młody lekarz.

– Nie mogę. To pilne.

– Więc proszę zadzwonić na pogotowie.

– Niech pan mnie posłucha, Lund-Helgesen. Od trzech dni leżę w łóżku i nie mogę się ruszyć. Pan jedyny mnie spytał, czy jestem pijakiem. I owszem, jestem. I nie chcę umrzeć. Na razie jeszcze nie.

Mieszkanie Gerta Rafto cuchnęło śmieciami, pustymi butelkami po piwie i nim samym. Nie śmierdziały tu tylko resztki jedzenia, bo jedzenia w tym domu nie było.

– To zastrzyk z witaminy B1 – wyjaśnił Mathias, podnosząc strzykawkę pod światło. – Postawi pana na nogi.

– Dziękuję – powiedział Gert Rafto.

Pięć minut później już spał.

Mathias obszedł mieszkanie. Na biurku stało zdjęcie Rafty, trzymającego na barana ciemnowłosą dziewczynkę. Na ścianach nad biurkiem wisiały zdjęcia czegoś, co musiało być miejscami zbrodni. Wiele takich zdjęć. Mathias je obejrzał. Dwa zdjął i bacznie przyjrzał się szczegółom. Ależ ci mordercy niedokładni! Nieskuteczność rzucała się w oczy szczególnie w wypadku zwłok z ranami ciętymi i tłuczonymi. Otworzył szufladę, szukając dalszych zdjęć. Znalazł raporty, notatki, trochę rzeczy wartościowych, pierścionki, damskie zegarki, naszyjniki. I wycinki z gazet. Powtarzało się w nich nazwisko Gerta Rafto, często z cytatami z konferencji prasowych, na których mówił o głupocie zabójców i o tym, jak ich wykrył. Bo najwyraźniej wykrył ich wszystkich. Co do jednego.

Sześć godzin później, kiedy Gert Rafto się obudził, Mathias wciąż był w mieszkaniu. Siedział przy łóżku z dwoma raportami na kolanach.

– Niech mi pan podpowie – spytał – w jaki sposób popełnić zabójstwo tak, żeby nie zostać złapanym?

– Unikać mojego dystryktu – odparł Rafto, rozglądając się za czymś do picia. – Jeśli śledczy jest dobry, to i tak nie masz szans.

– A gdybym chciał to zrobić w dystrykcie, w którym jest dobry śledczy?

– To najpierw zaprzyjaźniłbym się z tym śledczym przed popełnieniem morderstwa – powiedział Rafto. – A później, po morderstwie, zabiłbym i jego.

– Dziwne – mruknął Mathias. – Ja też tak myślałem.

W kolejnych tygodniach Mathias często odwiedzał Gerta Rafto. Policjant prędko dochodził do siebie i dużo rozmawiali o chorobie, o stylu życia i o śmierci. I o jedynych dwóch rzeczach w życiu, które Gert Rafto kochał: o córce, Katrine, z niepojętych przyczyn odwzajemniającej tę miłość. I o domku na Finnøy będącym jedynym miejscem, w którym Rafto z całą pewnością mógł mieć spokój. Ale przede wszystkim rozmawiali o zabójcach wykrytych przez Gerta Rafto. O triumfach.

Mathias dodawał mu otuchy. Twierdził, że walkę z alkoholizmem da się wygrać. Że Rafto będzie mógł święcić nowe triumfy w policji, jeśli tylko zdoła się trzymać z dala od butelki.

Kiedy w Bergen nastała późna jesień, przynosząc jeszcze krótsze dni i jeszcze więcej deszczu, Mathias miał plan gotowy.

Zadzwonił do domu Laili Aasen przed południem. Przedstawił się. W milczeniu słuchała, gdy przekazywał jej wiadomość. Kiedy mówił, że we krwi córeczki znaleziono coś nowego i że odkrył, iż Bastian Aasen nie jest biologicznym ojcem dziewczynki. Powiedział, że ważne jest uzyskanie próbki krwi od prawdziwego ojca. Będzie to oznaczało, że i córka, i mąż Laili dowiedzą się prawdy. Czy ona ma tego świadomość?

Mathias czekał, aż jego słowa do niej dotrą. W końcu oświadczył, że jeśli zależy jej na utrzymaniu tego w tajemnicy, chętnie pomoże, lecz w takim razie muszą to zrobić *off record*.

– *Off record*? – powtórzyła apatycznie, jak ktoś, kto doznał szoku.

– Jako lekarza wiążą mnie pewne etyczne zasady dotyczące otwartości wobec pacjenta, w tym wypadku pani córki. Ale zajmuję się naukowym badaniem objawów i dlatego bardzo mnie interesuje jej obserwacja. Czy zatem mogłaby się pani ze mną spotkać dziś po południu, z zachowaniem pełnej dyskrecji?

– Tak – szepnęła drżącym głosem. – Tak, bardzo proszę.

– Dobrze. Proszę pojechać ostatnią kolejką na szczyt Ulriken. Tam nikt nie będzie nam przeszkadzał, a zejść możemy na piechotę. Mam nadzieję, że zdaje sobie pani sprawę, ile ryzykuję, i nikomu nie wspomni pani o tym spotkaniu.

– Oczywiście. Proszę mi zaufać.

Kiedy się rozłączyła, on wciąż trzymał słuchawkę w dłoni. Z ustami przyciśniętymi do szarego plastiku szepnął:

– Dlaczego ktoś miałby ci ufać, ty dziwko!

Dopiero kiedy leżała na śniegu ze skalpelem przyłożonym do gardła, Laila Aasen przyznała się, że o spotkaniu z nim powiedziała przyjaciółce. Zrobiła to, ponieważ wcześniej umówiły się na kolację. Ale wymieniła tylko jego imię i nie zdradziła, dlaczego mają się spotkać.

– Po co w ogóle coś jej mówiłaś?

– Żeby się z nią podrażnić! – krzyknęła Laila. – Ona jest taka ciekawska!

Mocniej przycisnął stalowe ostrze do jej szyi i Laila wydusiła z siebie nazwisko i adres przyjaciółki. Później nie powiedziała już nic więcej.

Kiedy Mathias dwa dni potem czytał w gazecie o zabójstwie Laili Aasen, a także o zniknięciu Onny Hetland i Gerta Rafto, miał mieszane uczucia. Po pierwsze, był niezadowolony z zabójstwa Laili Aasen. Nie tak to sobie wyobrażał. Stracił kontrolę, ogarnięty wściekłością i paniką. Poza tym było za dużo brudu. Za dużo sprzątania. Za bardzo przypominało to zdjęcia w domu Rafty. I za mało czasu na napawanie się zemstą, sprawiedliwością.

Zabójstwo Onny Hetland było jeszcze gorsze, graniczące z katastrofą. Dwa razy tracił odwagę, gdy już miał zadzwonić do jej drzwi. Dwa razy spod nich odchodził. Za trzecim razem odkrył, że się spóźnił. Ktoś już naciskał dzwonek. Gert Rafto. Po jego wyjściu zapukał i przedstawił się jako asystent Rafty. Wpuściła go do środka, oświadczyła jednak, że nie powie, co wyjawiła Rafcie, bo obiecała, że to zostanie między nimi. Dopiero kiedy naciął jej dłoń skalpelem, zaczęła mówić.

Z jej słów Mathias wywnioskował, że Rafto postanowił rozwiązać tę sprawę samodzielnie, na własną rękę. Idiota, myślał, że w ten sposób odzyska dobre imię.

Na samo uśmiercenie Onny Hetland nie było co narzekać. Mało hałasu, mało krwi. A ćwiartowanie pod prysznicem odbyło się szybko i skutecznie. Poszczególne części ciała owinął w plastik i zmieścił w wielkim plecaku i w torbie, które zabrał ze sobą specjalnie na tę okazję. Podczas wizyt u Rafty dowiedział się, że jedną z pierwszych rzeczy, jakie policja sprawdza w sprawach o zabójstwo, są samochody zaobserwowane w okolicy. I taksówki. Dlatego całą drogę do swojego mieszkania pokonał piechotą.

Pozostawała jeszcze ostatnia część instrukcji Gerta Rafto dotycząca zabójstwa doskonałego: pozbycie się śledczego.

O dziwo, było to najlepsze ze wszystkich trzech zabójstw. O dziwo, bo Mathias nie żywił do Rafty żadnych uczuć. Nie czuł nienawiści, jak do Laili Aasen. Chodziło raczej o to, że pierwszy raz zbliżył się do tej estetyki, jaką sobie wyobrażał, do idei zrealizowania zabójstwa. Pierwszy raz dokonanie samego aktu było tak okrutne i rozdzierające serce, jak na to liczył. Wciąż słyszał krzyk Rafty niosący się po wyludnionej wyspie. A najdziwniejsze ze wszystkiego było to, że kiedy stamtąd wracał, odkrył, że palce u stóp nie są już białe i bez czucia, jakby stopniowe zamarzanie na chwilę ustało, jakby zaczął tajać.

Kiedy Mathias cztery lata później, mając na koncie cztery kolejne zabite kobiety, zorientował się, że wszystkie morderstwa były próbą powtórzenia śmierci matki, doszedł do wniosku, że oszalał.

A mówiąc konkretniej, że cierpi na poważne zaburzenia osobowości. W każdym razie na to wskazywała wszelka literatura, jaką czytał na ten temat. Rytualność zbrodni polegała na tym, że musiały one mieć miejsce w dniu, w którym padał pierwszy śnieg. I że musiał zbudować bałwana. A przede wszystkim przemawiał za tym jego rosnący stopień sadyzmu.

Ta wiedza nie powstrzymała go jednak w żaden sposób przed kontynuowaniem dzieła. Wiedział, że ma mało czasu. Objaw Raynauda pojawiał się coraz częściej, zaczynał też czuć pierwsze objawy sklerodermii, sztywność twarzy, która z czasem miała mu przynieść ohydny szpiczasty nos i zaciśnięte przypinające pyszczek karpia usta, z którymi kończyli ci najciężej dotknięci.

Przeprowadził się do Oslo, żeby tam napisać doktorat z immunobiologii o kanałach transportu wody w mózgu, ponieważ ośrodek tych badań znajdował się w Instytucie Anatomii w Gaustad. Równolegle pracował w Klinice Marienlyst, w której polecił go Idar, już tam zatrudniony. Mathias często brał również dyżury w pogotowiu, ponieważ i tak nie mógł spać.

Ofiary nietrudno było znaleźć. Po pierwsze, miał dostęp do wyników badań krwi pacjentów, które w wielu wypadkach eliminowały ojcostwo, później zaś pojawiły się jeszcze testy DNA, wykorzystywane przez oddział ojcostwa Instytutu Medycyny Sądowej. Idar, który miał bardzo ograniczone kompetencje nawet jak na lekarza ogólnego, często w tajemnicy radził się Mathiasa we wszystkich sprawach dotyczących chorób dziedzicznych i ich objawów. Gdy chodziło o młodych ludzi, rada Mathiasa zawsze była taka sama.

„Ściągnij oboje rodziców na pierwszą konsultację. Od wszystkich pobierz wymaz z jamy ustnej, mówiąc, że chcesz tylko sprawdzić florę bakteryjną, i prześlij próbki do oddziału ojcostwa, żebyśmy przynajmniej wiedzieli, na czym stoimy".

Idar, ten idiota, robił to, co mu polecono. W wyniku jego działań Mathias już wkrótce dysponował całą kartoteką kobiet z dziećmi żeglujących pod fałszywą flagą. A najlepsze w tym było to, że nie istniało żadne powiązanie między tymi kobietami a nim, ponieważ wszystkie bez wyjątku próbki do zbadania przesyłano na nazwisko Idara.

Sposób, w jaki wciągał ofiary w pułapkę, był ten sam, którym posłużył się skutecznie wobec Laili Aasen. Jeden telefon i umówione spotkanie w odludnym miejscu, oczywiście w całkowitej tajemnicy. Tylko raz się zdarzyło, że wybrana ofiara załamała się już podczas rozmowy telefonicznej i o wszystkim opowiedziała mężowi. Skończyło się rozpadem rodziny. I tak więc poniosła karę.

Przez długi czas Mathias zastanawiał się, jak najskuteczniej pozbywać się zwłok. W każdym razie metoda, którą posłużył się w wypadku Onny Hetland, w oczywisty sposób nie była dobra. Kawałek po kawałku rozpuszczał ją w kwasie solnym w wannie we własnym wynajętym mieszkaniu. Był to długotrwały, niebezpieczny dla zdrowia i ryzykowny proces, który zajął mu blisko trzy tygodnie. Dlatego rozpierała go radość, kiedy nagle znalazł rozwiązanie. Wanny na zwłoki w Instytucie Anatomii. Było to wyjście równie genialne, co proste. Podobnie jak pętla żarowa. Przeczytał o niej w czasopiśmie fachowym, w którym pewien francuski anatom zalecał to stosowane w weterynarii urządzenie do wykorzystania na zwłokach, w których zaczęły już zachodzić procesy gnilne. Pętla żarowa równie skutecznie, co delikatnie przecinała miękką gnijącą tkankę do kości, a dodatkowo miała jeszcze tę zaletę, że można jej było używać na różnych zwłokach, nie ryzykując przeniesienia bakterii. Mathias natychmiast zrozumiał, że przy użyciu tego wynalazku do ćwiartowania zwłok, ich transport radykalnie się uprości. Dlatego skontaktował się z firmą producenta, wybrał się samolotem do Rouen, gdzie w pewien mglisty poranek w pobielonej wapnem oborze w północnej Francji z wykorzystaniem marnego angielskiego zademonstrowano mu działanie urządzenia. Miało prosty uchwyt kształtu i wielkości banana, zaopatrzony w metalową nakładkę chroniącą dłoń przed poparzeniami. Sama pętla, obydwoma końcami umocowana w bananie, była cienka jak rybie ścięgno, napinało się ją bądź luzowało suwakiem na uchwycie. Tam też umieszczony był przełącznik, który aktywował napędzany baterią element grzewczy i rozżarzał przypominający garotę drut do białości w ciągu zaledwie kilku sekund. Mathias bardzo się ucieszył, bo tego instrumentu można było używać nie tylko do ćwiartowania zwłok. Kiedy usłyszał cenę, o mało nie wybuchnął śmiechem. Pętla żarowa kosztowała mniej niż bilet na samolot. Z bateriami.

Opublikowane wyniki szwedzkich badań, z których wynikało, że od piętnastu do dwudziestu procent wszystkich dzieci ma innego biologicznego ojca, niż im się wydaje, potwierdziły statystki prowadzone przez Mathiasa. Nie był sam. Nie był też osamotniony w perspektywie przedwczesnej okrutnej śmierci z powodu kurwienia się matki z zepsutymi genami. Ale w oczyszczaniu, w zwalczaniu zepsucia, w tej wyprawie krzyżowej musiał być sam. Wątpił, by ktokolwiek kiedykolwiek mu podziękował, w jakiś sposób uhonorował. Wiedział jedno: wszyscy będą go pamiętać jeszcze długo po jego śmierci. Bo wreszcie wiedział, co przyniesie mu wieczną sławę. Co będzie jego arcydziełem. Ostatnim cięciem miecza.

Zaczęło się przypadkiem.

Zobaczył go w telewizji. Policjanta. Harry'ego Hole. Przeprowadzano z nim wywiad, ponieważ w Australii wykrył seryjnego mordercę. Mathias natychmiast przypomniał sobie radę Gerta Rafto. „Nie w moim dystrykcie". Ale pamiętał również, jaką satysfakcję przyniosło mu pozbawienie życia myśliwego. Poczucie mistrzostwa. Poczucie władzy. Nic później nie mogło się równać z zabójstwem policjanta. A ten herostratesowo słynny Hole wydawał się mieć w sobie coś z Rafty. Coś z tej samej obojętności i złości.

A jednak być może po prostu zapomniałby o Harrym Hole, gdyby następnego dnia w stołówce Kliniki Marienlyst jeden z ginekologów nie wspomniał, że słyszał, iż ten pozornie wspaniały policjant, który wczoraj występował w telewizji, to alkoholik i kompletny szaleniec. Gabriella, pediatra, dodała, że syn partnerki Holego był jej pacjentem, na imię ma Oleg i jest miłym chłopcem.

– Na pewno i z niego wyrośnie alkoholik – stwierdził ginekolog. – To cholernie dziedziczne.

– Hole nie jest jego ojcem – wyjaśniła Gabriella. – Ale interesujące, że ten, który jest zarejestrowany jako ojciec, jakiś rosyjski profesor czy ktoś taki z Moskwy, też jest alkoholikiem.

– Halo, tego nie słyszałem. – Idar Vetlesen przekrzyczał śmiech. – Ludzie, pamiętajcie o tajemnicy lekarskiej!

Lunch mijał, ale Mathias nie mógł zapomnieć o tym, co powiedziała Gabriella, a raczej o sposobie, w jaki się wyraziła: „ten, który jest zarejestrowany jako ojciec".

Dlatego po lunchu Mathias poszedł za pediatrą do jej gabinetu i zamknął za nimi drzwi.

– Mogę cię o coś spytać, Gabriello?

– O, cześć – pełen nadziei rumieniec wystąpił jej na policzki. Mathias wiedział, że się jej podoba. Że prawdopodobnie uważa go za przystojnego, życzliwego, zabawnego i umiejącego słuchać. Kilka razy nawet bezpośrednio zaproponowała mu randkę, ale z wdziękiem odmówił.

– Jak pewnie wiesz, wolno mi wykorzystywać w pracy doktorskiej niektóre z wyników analiz krwi przeprowadzanych dla kliniki – zaczął. – Prawdę powiedziawszy, znalazłem kilka czynników w próbce krwi tego chłopca, o którym mówiłaś. Synka partnerki Holego.

– Z tego co wiem, nie są już razem.

– Naprawdę? To dziedziczne historie. Dlatego zastanowiły mnie związki rodzinne... – Mathias był pewien, że widzi w jej twarzy pewne rozczarowanie.

Za to on ani trochę się nie rozczarował, gdy wyjawiła mu to, co miała do przekazania.

– Dziękuję – powiedział, wstając, i wyszedł. Czuł, że podniecone serce pompuje życiodajną krew, że stopy same go niosą, a radość sprawia, że lśni jak pętla żarowa. Wiedział bowiem, że to początek. Początek końca.

Towarzystwo Miłośników Holmenkollen urządziło swoją letnią imprezę w upalny sierpniowy dzień. Na trawniku przed siedzibą Towarzystwa dorośli siedzieli na ogrodowych krzesełkach pod parasolami i popijali białe wino, a dzieci biegały między stolikami albo grały w piłkę na boisku. Pomimo ogromnych ciemnych okularów prawie całkiem zasłaniających jej twarz, Mathias poznał ją ze zdjęcia, które ściągnął ze strony internetowej jej pracodawcy z listą pracowników. Stała osobno, podszedł do niej i spytał z lekkim uśmiechem, czy może przy niej stanąć i udawać, że ją zna. Dobrze już wiedział, jak się robi takie rzeczy. Tyle się nauczył. Przestał już być Mathiasem-Cyckiem.

Zdjęła okulary, spojrzała na niego pytająco, a on stwierdził, że zdjęcie mimo wszystko kłamało. Była o wiele piękniejsza. Tak piękna, że przez moment myślał, że plan A ma słaby punkt: nie jest wcale pewne, że ona go zechce. Że taka kobieta jak Rakel, wszystko jedno samotna matka czy nie, ma wiele innych możliwości. Plan B wprawdzie przewidywał takie samo zakończenie jak plan A, lecz nie byłby ani trochę równie satysfakcjonujący.

– Mam towarzyskie fobie – powiedział z udręczoną miną, wznosząc na powitanie plastikowy kubek. – Zaprosił mnie tu kolega mieszkający w sąsiedztwie i sam nie przyszedł. A tu najwyraźniej wszyscy się znają. Obiecuję, że się usunę, gdy tylko on się zjawi.

Roześmiała się. Spodobał mu się ten śmiech. Już po krytycznych trzech sekundach wiedział, że wynik jest na jego korzyść.

– Widziałem na boisku chłopca, który przed chwilą strzelił wspaniałą bramkę – dodał. – Domyślam się, że musi pani być z nim blisko spokrewniona.

– Tak? To pewnie Oleg, mój syn.

Udało jej się to ukryć, ale Mathiasa niezliczone konsultacje lekarskie nauczyły, że żadna matka nie jest w stanie się oprzeć pochwale własnego dziecka.

– Miła impreza – kontynuował. – Mili sąsiedzi.

– Lubi pan imprezować z cudzymi sąsiadami?

– Mam wrażenie, że zdaniem moich przyjaciół stałem się ostatnio odludkiem. Próbują mnie rozweselić, na przykład prezentując mi swoich zadowolonych sąsiadów. – Upił łyk z plastikowego kubka i skrzywił się. – I proponując bardzo słodkie białe wino. Jak pani na imię?

– Rakel. Fauke.

– Cześć, Rakel. Jestem Mathias.

Ujął jej rękę, szczupłą i ciepłą.

– Nie masz nic do picia – zauważył. – Zaraz przyniosę. Słodkiego białego wina?

Kiedy wrócił i podał jej kieliszek, wyjął pager. Przyjrzał mu się z zatroskaną miną.

– Wiesz, Rakel... Chętnie bym tu jeszcze postał i lepiej cię poznał, ale w pogotowiu brakuje ludzi, potrzebny im jest prędko ktoś na zastępstwo. Muszę się więc przebrać w strój supermana i jechać do miasta.

– Szkoda.

– Tak uważasz? Może tylko na kilka godzin. Zamierzasz zostać tu długo?

– Nie wiem. To zależy od Olega.

– Rozumiem. Zobaczymy. I tak bardzo miło było cię poznać.

Znów ujął ją za rękę. Wychodząc, wiedział, że wygrał pierwszą rundę.

Pojechał do swojego mieszkania na Torshov i przeczytał bardzo interesujący artykuł naukowy o kanałach transportu wody w mózgu. Kiedy wrócił o ósmej, ona wciąż siedziała pod parasolem w dużym białym kapeluszu i uśmiechnęła się, gdy do niej podszedł.

– Uratowałeś komuś życie? – spytała.

– To były głównie otarcia – odparł Mathias. – Jedna ślepa kiszka. Punktem kulminacyjnym był chłopczyk, który wcisnął sobie do nosa butelkę po napoju. Powiedziałem jego matce, że jest za młody, żeby wąchać colę. Niestety ludzie w takich sytuacjach nie mają poczucia humoru...

Ona się śmiała, tym czarującym pięknym śmiechem, który sprawił, że prawie zapragnął, by to było naprawdę.

Mathias już od dawna obserwował zgrubienia na pewnych obszarach skóry, ale jesienią 2004 zorientował się, że choroba wkracza w kolejną fazę. Fazę, w której nie chciał brać udziału. Napięcie twarzy. Planował, że tegoroczną ofiarą będzie Eli Kvale, później te dziwki Birte Becker i Sylvia Ottersen. Ciekaw był, czy policji uda się wpaść na trop związku między tymi dwiema ostatnimi ofiarami, na tego dziwkarza Arvego Støpa. Ale w tej sytuacji plany musiały przyspieszyć. Cały czas obiecywał sobie, że postawi kropkę natychmiast, gdy tylko pojawi się ból, nie będzie czekać. A teraz się pojawił. Zdecydował więc, że załatwi je wszystkie. A na koniec pozostawi sobie wielki finał. Rakel i policjanta.

Do tej pory działał w ukryciu. Najwyższy czas, by jego dzieło życia zostało ujawnione. Musiał więc zostawić wyraźniejsze ślady. Pokazać im związki. Całościowy obraz.

Zaczął od Birte. Umówił się z nią, żeby porozmawiać o chorobie Jonasa u niej w domu, po wyjeździe jej męża do Bergen. Mathias przyszedł w umówionym czasie, wzięła od niego płaszcz w wiatrołapie, żeby powiesić go w szafie. Rzadko improwizował, ale na wieszaku wisiał różowy szalik, sięgnął po niego wręcz odruchowo. Skręcił go dwa razy, nim stanął za nią i zarzucił go jej na szyję. Potem uniósł tę drobną kobietę i umieścił ją przed lustrem, żeby móc widzieć jej oczy. Wychodziły z orbit jak u ryby wyciągniętej szybko z głębin.

Kiedy włożył ją do samochodu, wrócił do ogrodu, do bałwana, którego ulepił poprzedniej nocy. Telefon komórkowy wepchnął mu w pierś, zalepił dziurę, a szal zawiązał bałwanowi na szyi. Było już po północy, gdy przyjechał do garażu Instytutu Anatomii, tam spreparował zwłoki Birte, wybił numerki na metalowych tabliczkach, które przymocował do ciała, i umieścił ją na wolnym miejscu w jednej z wanien.

Potem przyszła kolej na Sylvię. Zadzwonił do niej, wyrecytował wyuczoną lekcję i umówili się na spotkanie w lesie za skocznią Holmenkollen. W miejscu, które raz już kiedyś wykorzystał. Tym razem jednak w pobliżu byli ludzie, więc wolał nie ryzykować. Wyjaśnił, że Idar Vetlesen w przeciwieństwie do niego nie jest żadnym specjalistą od choroby Fahra, więc muszą się spotkać znów. Zaproponowała, by zadzwonił do niej następnego dnia, kiedy będzie w domu sama.

Pojechał tam, zastał ją w stodole i postanowił rozliczyć się z nią na miejscu.

Ale ta wariatka rzuciła w niego siekierą, trafiła go w bok, rozcięła kurtkę i koszulę, przecięła arterię, aż krew trysnęła na podłogę stodoły. Krew grupy B minus. Taka, jaką mają dwie osoby na sto. Kiedy więc już ją zabił w lesie, a głowę umieścił na czubku bałwana, wrócił i zakamuflował własną krew, polewając ją tą zarżniętej kury.

To była stresująca doba, ale najdziwniejsze, że tej nocy nie czuł bólu. A przez następne dni śledził sprawę w gazetach, czując cichą wewnętrzną radość. Bałwan. Taką nazwę mu nadali. Nazwę, która zostanie zapamiętana. Nie miał pojęcia, że kilka liter wydrukowanych na papierze z makulatury może wzbudzić takie poczucie władzy i ważności. Prawie żałował, że przez tyle lat działał w ukryciu. Jakie to łatwe! Uwierzył Gertowi Rafto, że dobry śledczy zawsze znajdzie mordercę, tymczasem spotykał Harry'ego Hole i widział frustrację na twarzy zmęczonego policjanta. To była twarz człowieka, który nic nie rozumie.

Aż wreszcie – gdy Mathias przygotowywał swoje ostatnie ruchy – nagle spadło to na niego jak grom z jasnego nieba. Idar Vetlesen. Zadzwonił i powiedział, że Hole był u niego, zadawał pytania o Arvego Støpa, zmuszał do wykazania związku. Sam Idar też się zastanawiał, co się dzieje. Nieprawdopodobne, by ofiary wybierano przypadkowo. A oprócz niego i Støpa jedynie Mathias wiedział o tych dwóch przypadkach ojcostwa, skoro jak zwykle pomógł mu ustalić diagnozę.

Idar był oczywiście wzburzony, ale Mathias zdołał na szczęście zachować zimną krew. Poprosił, by Idar nie mówił nikomu ani słowa i spotkał się z nim w miejscu, gdzie mógł mieć pewność, że nikt ich nie zobaczy.

O mało nie wybuchnął śmiechem, gdy to mówił. Przecież to były dokładnie te same słowa, które powtarzał swoim ofiarom kobietom. Pewnie wynikało to z napięcia.

Idar zaproponował lokal klubu curlingowego. Mathias odłożył słuchawkę i zaczął myśleć.

W końcu dotarło do niego, że mógł sfingować wszystko tak, by Idara uznano za Bałwana, a on zyska dzięki temu trochę spokoju do pracy.

Następne godziny poświęcił na wymyślanie szczegółów samobójstwa Idara. I chociaż pod wieloma względami cenił kolegę, była to niezwykle emocjonująca, wręcz imponująca praca myśli. Taka jak planowanie tego dużego projektu. Ostatniego bałwana. Ona będzie siedzieć – tak jak on pierwszego śnieżnego dnia przed laty – na ramionach bałwana, będzie czuć zimno między udami i przez okno patrzeć na zdradę, na człowieka, który zada jej śmierć. Na Harry'ego Hole. Mathias zamknął oczy i wyobraził sobie pętlę nad jej głową. Lśniła. Jak fałszywa aureola.

34 DZIEŃ 21. SYRENY

Harry wsiadł do samochodu w garażu Instytutu Anatomii, zamknął drzwi i oczy, starał się myśleć logicznie. Pierwszą rzeczą, jaką musiał zrobić, to dowiedzieć się, gdzie jest Mathias.

Usunął jego numer ze swojego telefonu, więc zadzwonił do informacji, tam podano mu numer komórki i adres. Wstukał cyfry. Czekając na odpowiedź, zorientował się, że zdenerwowany oddycha szybciej, i spróbował się opanować.

– Cześć, Harry. – Mathias mówił cicho, ale w jego głosie jak zawsze brzmiało radosne zaskoczenie.

– Przepraszam, że tak marudzę – powiedział Harry.

– Ależ skąd.

– To dobrze. Gdzie teraz jesteś?

– W domu. Zaraz schodzę, niedługo będę z Rakel i Olegiem.

– Dobrze się składa, bo właśnie się zastanawiałem, czy nie mógłbyś jednak mimo wszystko przekazać tej rzeczy Olegowi.

Zapadła cisza. Harry zacisnął szczęki, aż zęby mu zatrzeszczały.

– Oczywiście – odezwał się w końcu Mathias. – Ale Oleg jest teraz w domu, więc możesz sam...

– Chodzi mi o Rakel – powiedział szybko Harry. – My... ja nie mam ochoty się z nią dzisiaj widzieć. Mogę do ciebie przyjechać?

Kolejna pauza. Harry przycisnął słuchawkę do ucha, intensywnie się wsłuchując, jak gdyby liczył, że usłyszy myśli tamtego. Ale słyszał jedynie oddech i delikatną muzykę w tle. Jakieś minimalistyczne japońskie dzwonki czy coś w tym rodzaju. Wyobraził sobie Mathiasa w surowym, równie minimalistycznie urządzonym mieszkaniu. Może niezbyt dużym, lecz oczywiście bardzo porządnym, w którym nic nie pozostawiono przypadkowi. A teraz włożył jasnoniebieską neutralną koszulę i zakrył nią świeży opatrunek na ranie w boku, bo wcale nie po to, by ukryć brak brodawek, Mathias trzymał skrzyżowane ręce tak wysoko, gdy stał przed Harrym na schodach. Chciał ukryć ranę zadaną siekierą.

– Oczywiście – zgodził się Mathias.

Harry nie potrafił stwierdzić, czy jego głos brzmi naturalnie. Muzyka w tle się urwała.

– Dziękuję. Będę się spieszył, ale obiecaj mi, że zaczekasz.

– Obiecuję. Ale, Harry…

– Tak? – Harry wstrzymał oddech.

– Znasz mój adres?

– Rakel mi kiedyś podała.

Harry zaklął w duchu. Dlaczego nie powiedział po prostu, że dostał w informacji, przecież w tym nie było nic podejrzanego.

– Naprawdę? – spytał Mathias.

– Tak.

– No to dobrze. Po prostu wejdź, drzwi będą otwarte.

Harry się rozłączył i dalej gapił w telefon. Nie znajdował żadnego racjonalnego wytłumaczenia dla uczucia, że trzeba się spieszyć. Że musi biec, zanim się ściemni, jakby od tego zależało życie. W końcu zdecydował, że to tylko jakieś przywidzenie, ten rodzaj strachu, który nie pomaga. Strach, który pojawia się, gdy nadciąga noc, a domu babci nie widać.

Wybrał kolejny numer.

– Słucham? – odezwał się Hagen. Głos miał płaski, bez życia. Głos człowieka, który pisze wypowiedzenie, stwierdził Harry.

– Rzuć tę papierkową robotę, szefie – oświadczył. – Musisz dzwonić do dyżurnego komendanta. Potrzebny mi nakaz wyjazdu z bronią. Zatrzymanie podejrzanego na Åsengata 12 na Torshov.

– Harry…

– Posłuchaj, szefie. Reszta ciała Sylvii Ottersen leży w wannie ze zwłokami w Instytucie Anatomii. To nie Katrine jest Bałwanem. Rozumiesz?

Milczenie.

– Nie – odparł w końcu Hagen szczerze.

– Bałwan to wykładowca w Instytucie. Mathias Lund-Helgesen.

– Lund-Helgesen. O cholera! Masz na myśli tego, który…

– Owszem, lekarza, który tak bardzo nam pomógł skierować uwagę na Idara Vetlesena.

W głosie Hagena powróciło ożywienie.

– Dyżurny będzie pytał, czy ten człowiek może być uzbrojony.

– No cóż – mruknął Harry. – Z tego, co wiemy, zabijając tych dziesięcioro czy dwanaścioro ludzi, raczej nie posługiwał się bronią palną.

Upłynęło parę sekund, nim do Hagena dotarł sarkazm tej odpowiedzi.

– Dzwonię od razu.

Harry rozłączył się i przekręcił kluczyk w stacyjce, drugą ręką dzwoniąc do Magnusa Skarrego. Skarre i silnik odpowiedzieli synchronicznie.

– Ciągle jesteś na Tryvann? – Harry przekrzyczał warkot.

– Tak.

– Rzucaj wszystko, co trzymasz w rękach, wskakuj do samochodu i jedź na skrzyżowanie Åsengata-Vogts gate. Zatrzymanie.

– Piekło się rozpętało, czy jak?

– Owszem – odparł Harry. Guma zapiszczała o beton, gdy puścił sprzęgło.

Pomyślał o Jonasie. Z jakiegoś powodu pomyślał o Jonasie.

Jeden z sześciu radiowozów, o które Harry poprosił Centralę Operacyjną, już stał na skrzyżowaniu przy Åsengata, gdy Harry nadjechał Vogts gate od strony Storo. Zatrzymał się na chodniku, wyskoczył i podszedł do nich. Opuścili szyby, zażądał krótkofalówki.

– Wyłączcie tę sokowirówkę – pokazał na obracające się niebieskie światło. Wcisnął guzik w krótkofalówce i polecił pozostałym radiowozom wyłączyć syreny w odpowiednim czasie przed dotarciem na miejsce.

Cztery minuty później na skrzyżowaniu stało już sześć radiowozów. Policjanci, wśród nich Skarre i Ola Li z Wydziału Zabójstw, skupili się wokół samochodu Harry'ego, który siedział w otwartych drzwiach z planem miasta na kolanach i pokazywał.

– Li, weźmiesz trzy samochody, żeby odciąć możliwe drogi ucieczki. Tu, tu i tu.

Li pochylił się nad planem, kiwnął głową.

Harry odwrócił się do Skarrego.

– Dozorca?

Skarre uniósł telefon.

– Właśnie z nim rozmawiam. Już idzie do głównego wejścia z kluczami.

– Dobra. Bierzesz sześciu ludzi, których umieścisz w bramie, na tylnych schodach i, jeśli to możliwe, na dachu. No i jeszcze będziesz mnie osłaniał od tyłu. Samochód Delty już jest?

– Jest.

Dwaj policjanci wyglądający dokładnie jak wszyscy inni, pokazali, że przyjechali stałym wozem patrolowym Delty, specjalnego oddziału szturmowego, wyćwiczonego w tego typu zadaniach.

– Dobrze. Chcę, żebyście od razu stanęli przy głównym wejściu. Wszyscy mają broń?

Policjanci potwierdzili. Niektórzy machnęli pistoletami maszynowymi MP-5, wyciągniętymi z bagażnika samochodów. Inni mieli tylko służbowe rewolwery. To kwestia budżetu, jak wyjaśnił kiedyś komendant główny.

– Dozorca mówi, że Lund-Helgesen mieszka na drugim. – Skarre schował telefon do kieszeni. – Na każdym piętrze jest tylko jedno mieszkanie. Nie ma żadnego wyjścia na dach. Żeby dostać się do tylnych schodów, trzeba wejść na trzecie i przejść przez zamknięty na klucz strych.

– Dobrze – powiedział Harry. – Wyślij dwóch ludzi tylnymi schodami i niech czekają na strychu.

– Okej.

Harry zabrał ze sobą dwóch umundurowanych funkcjonariuszy z pierwszego radiowozu, starszego sierżanta i pryszczatego młodzieniaszka, którzy kiedyś już pracowali ze Skarrem. Zamiast skierować się do kamienicy na Åsengata 12, przebiegli na drugą stronę ulicy i weszli do domu naprzeciwko.

Dwaj chłopcy z rodziny Stigsonów z drugiego piętra wielkimi oczami patrzyli na policjantów w mundurach, gdy ich ojciec słuchał wyjaśnień Harry'ego, dlaczego muszą przez chwilę skorzystać z ich mieszkania. Harry wszedł do salonu, odsunął kanapę od okna i przyjrzał się uważnie mieszkaniu po drugiej stronie ulicy.

– W salonie pali się światło! – zawołał.

– Ktoś tam siedzi. – To starszy funkcjonariusz stanął tuż za nim.

– Słyszałem, że po pięćdziesiątce wzrok pogarsza się o trzydzieści procent – mruknął Harry.

– Nie jestem ślepy. W tym wielkim fotelu, odwróconym plecami. Widać górną część tyłu głowy i rękę na oparciu.

Harry zmrużył oczy. Cholera, czyżby potrzebował okularów? No cóż, skoro stary twierdzi, że to widzi, to widać widzi.

– Wobec tego zostaniesz tutaj i przez radio dasz mi znać, czy on się rusza. W porządku?

– W porządku – uśmiechnął się sierżant.

Harry zabrał ze sobą młodego.

– A kto tam siedzi? – zawołał głośno młody, przekrzykując dudnienie stóp, gdy zbiegali po schodach.

– Słyszałeś o Bałwanie?

– O kurde.

– No właśnie.

Przebiegli przez ulicę do tamtej kamienicy. Dozorca, Skarre i pięciu umundurowanych policjantów już czekali przy drzwiach wejściowych.

– Nie mam klucza do mieszkania – powiedział dozorca. – Tylko ten od bramy.

– W porządku – uspokoił go Harry. – Najpierw zadzwonimy. A jeśli nie otworzy, wyłamiemy drzwi. Wszyscy niech mają broń w pogotowiu i starają się poruszać najciszej jak się da, okej? Delta, idziecie ze mną...

Harry wyjął smith&wessona Katrine i dał znak dozorcy, by przekręcił klucz.

Harry i dwóch ludzi z Delty uzbrojonych w MP-5 bezszelestnie ruszyło na górę po schodach, wbiegając po trzy stopnie.

Zatrzymali się na drugim piętrze przed niebieskimi drzwiami bez wizytówki. Jeden z funkcjonariuszy przyłożył ucho do drzwi, po czym odwrócił się do Harry'ego i pokręcił głową. Harry wyciszył krótkofalówkę do minimum i teraz podniósł ją do ust.

– Alfa do... – Nie przydzielił kryptonimów, a imienia nie pamiętał. – ...do posterunku przy oknie za kanapą. – Czy obiekt się poruszył? *Over.*

Zwolnił przycisk, znów cicho zatrzeszczało. Wreszcie rozległ się głos.

– Ciągle siedzi w fotelu.

– Przyjąłem. Wchodzimy. Bez odbioru.

Jeden z funkcjonariuszy kiwnął głową, wyciągnął łom, drugi natomiast się cofnął i przygotował do akcji.

Harry miał okazję już nie raz obserwować tę technikę. Jeden wywala drzwi, by ten drugi mógł łatwo wbiec do środka. Nie dlatego, by nie mogli wyważyć drzwi łomem, tylko dlatego, że w dziewięciu przypadkach na dziesięć obiekt pod wpływem hałasu, siły i prędkości zamiera i po prostu nieruchomieje w fotelu, na kanapie albo w łóżku.

Ale tym razem Harry uniósł rękę, wstrzymując tych z Delty. Nacisnął klamkę i pchnął.

Mathias nie kłamał, drzwi nie były zamknięte na klucz.

Otworzyły się bezszelestnie. Harry pokazał, że chce wejść pierwszy.

Mieszkanie, wbrew jego przewidywaniom, nie było urządzone minimalistycznie.

To znaczy panował tu minimalizm, ale w takim rozumieniu, że nie było tu nic. Żadnych ubrań w korytarzu, mebli, obrazów. Jedynie nagie ściany, które prosiły się o nową tapetę albo warstwę farby. Mieszkanie sprawiało wrażenie opuszczonego, i to od dawna.

Drzwi do pokoju były uchylone, a w szparze Harry widział podłokietnik fotela i rękę, która na nim leżała. Szczupłą dłoń i zegarek na nadgarstku. Wstrzymał oddech, zrobił dwa długie kroki z wyciągniętym przed siebie rewolwerem, i stopą pchnął drzwi.

Zauważył, że dwaj funkcjonariusze poruszający się na samym skraju jego pola widzenia zdrętwieli. Dotarł do niego ledwie słyszalny szept:

– Panie Jezu...

Nad suficie wisiał duży zapalony żyrandol oświetlający osobę, która siedziała w fotelu i patrzyła wprost na niego. Na szyi miała sine ślady duszenia, twarz bladą i piękną, włosy czarne, a ubrana była w błękitną jak niebo sukienkę w drobne białe kwiatki. W tę samą sukienkę, co na zdjęciu w kalendarzu, który wisiał w jego kuchni.

Harry poczuł, że serce rozsadza mu w piersi, a ciało kamienieje. Próbował się poruszyć, ale nie był w stanie oderwać się od zmatowiałego spojrzenia. Zmatowiałego i pełnego wyrzutu. Oskarżającego go, że nie zrobił czegoś, o czym nie wiedział, ale powinien się domyślić. Powinien to powstrzymać. Powinien ją uratować.

Była tak samo biała jak matka, kiedy leżała martwa w szpitalnym łóżku.

– Sprawdźcie resztę mieszkania – powiedział niewyraźnym głosem, wypuszczając rewolwer. Chwiejnym krokiem podszedł do zwłok, położył rękę na nadgarstku. Był lodowaty i martwy jak marmur. A mimo to czuł lekkie cykanie, słaby puls i przez moment w przypływie absurdu pomyślał, że może jest umalowana tak, by wyglądać na nieżywą. W końcu spuścił wzrok i zobaczył, że to cyka zegarek.

– Nikogo tu nie ma – usłyszał za plecami głos jednego z funkcjonariuszy. – Wiesz, kto to jest?

– Tak – odparł Harry i potarł palcem szkiełko zegarka. Tego samego, który zaledwie kilka godzin wcześniej trzymał w ręce. Zegarka, który został u niego w sypialni. Który włożył dziś do budki dla ptaków, żeby narzeczony Rakel mógł ją wieczorem zabrać do restauracji, uczcić, że od tej pory ich dwoje stanie się jednością.

Harry znów popatrzył w oczy kobiety, znów zobaczył jej pełne wyrzutu spojrzenie.

Tak, pomyślał. Jestem winien wszystkich punktów oskarżenia.

Skarre wszedł do mieszkania, stanął za Harrym i przez jego ramię patrzył na martwą kobietę w fotelu. Obok niego stali dwaj funkcjonariusze z Delty.

– Uduszona? – spytał.

Harry ani nie odpowiedział, ani się nie poruszył. Obsunęło się jedno ramiączko błękitnej jak niebo sukienki.

– Trochę dziwne wkładać taką letnią sukienkę w grudniu – stwierdził Skarre głównie po to, żeby w ogóle coś powiedzieć.

– Ona często tak się ubiera. – Głos Harry'ego brzmiał tak, jakby wydobywał się gdzieś z głębi.

– Kto? – zdziwił się Skarre.

– Rakel.

Sierżant drgnął. Widywał byłą partnerkę Harry'ego wtedy, gdy jeszcze pracowała w policji.

– To... to jest Rakel? Ale...

– To jej sukienka – odparł Harry. – I jej zegarek. On ją przebrał za Rakel. Ale ta kobieta to Birte Becker.

Skarre w milczeniu przyglądał się zwłokom. Wyglądały inaczej niż ciała, które dotychczas widywał, były kredowobiałe i jakby nadmuchane.

– Chodźcie ze mną – zwrócił się Harry do dwóch funkcjonariuszy z Delty, a do Skarrego powiedział: – Ty zostaniesz tutaj, zabezpieczysz mieszkanie. Dzwoń do techników na Tryvann i przekaż, że czeka ich nowa robota.

– A ty gdzie idziesz?

– Potańczyć – uciął Harry.

Kiedy szybkie kroki trzech osób na schodach zamarły, w mieszkaniu zapadła kompletna cisza, ale parę sekund później Skarre usłyszał odgłos zapalanego silnika i wizg opon na asfalcie na Vogts gate.

Niebieskie światło omiatało drogę. Harry na siedzeniu pasażera słuchał, jak telefon dzwoni na drugim końcu linii. Dwie zwisające z lusterka miniaturowe kobietki w bikini tańczyły w rytm rozpaczliwego wycia, gdy policyjny radiowóz jechał slalomem między samochodami na obwodnicy Ring 3.

Tak cię proszę, modlił się w duchu. Proszę, odbierz, Rakel.

Spojrzał na metalowe tancerki pod lusterkiem, pomyślał, że jest taki jak one. Że bezwolnie tańczy tak, jak mu ktoś zagra, że jest komiczną figurą w farsie, w której zawsze będzie o dwa kroki za wydarzeniami, zawsze będzie wpadać wściekły odrobinę za późno i witać go będzie śmiech publiczności.

Nie wytrzymał dłużej.

– Jasna cholera! – wrzasnął i rzucił telefonem w szybę. Komórka ześlizgnęła się po desce rozdzielczej i upadła na podłogę. Funkcjonariusz za kierownicą wymienił w lusterku spojrzenie z siedzącym z tyłu kolegą.

– Wyłącz syreny – nakazał Harry.

Zrobiło się cicho.

Harry usłyszał jakiś dźwięk z podłogi. Sięgnął po telefon.

– Halo? – zawołał. – Halo, jesteś w domu, Rakel?

– Oczywiście, przecież dzwonisz na stacjonarny. – To był jej głos. Miękki i spokojny, wesoły. – Coś się stało?

– Oleg też jest w domu?

– Tak, siedzi w kuchni i je obiad. Czekamy na Mathiasa. Co się dzieje, Harry?

– Słuchaj mnie uważnie, Rakel. Słyszysz?

– Boję się, Harry. O co chodzi?

– Załóż łańcuch na drzwi.

– Po co? Są zamknięte na klucz i...

– Załóż łańcuch, Rakel! – wrzasnął Harry.

– No dobrze.

Usłyszał, że mówi coś do Olega. Zaszurało krzesło i rozległ się odgłos biegnących stóp. Kiedy Rakel znów się odezwała, w jej głosie pojawiło się leciutkie drżenie.

– Powiedz mi teraz, co się dzieje, Harry?

– Zaraz ci powiem. Ale najpierw musisz mi obiecać, że pod żadnym pozorem nie wpuścisz Mathiasa do domu.

– Mathiasa? Jesteś pijany, Harry? Nie masz prawa...

– Mathias jest niebezpieczny, Rakel. Siedzę w radiowozie razem z dwoma innymi policjantami i już do ciebie jedziemy. Resztę wyjaśnię ci później. Ale teraz chcę, żebyś wyjrzała przez okno. Widzisz coś?

Zorientował się, że Rakel się waha. Ale nic więcej nie powiedział, po prostu czekał. Nagle bowiem wiedział już z całą pewnością, że ona mu ufa, że mu wierzy. Że zawsze tak było. Dojeżdżali do tunelu przy Nydalen. Na skraju drogi śnieg ułożył się w szarobiały wełnisty rant. Znów usłyszał jej głos.

– Niczego nie widzę. Ale nie wiem, czego mam szukać.

– To znaczy, że nie widzisz bałwana? – spytał Harry cicho.

Po ciszy, która zapadła, zrozumiał, że Rakel powoli zaczyna sobie wszystko uświadamiać.

– Powiedz, że to nieprawda, Harry. Powiedz, że to tylko sen.

Przymknął oczy, zastanawiając się, czy ona może mieć rację. Przed oczami stanęła mu Birte Becker w fotelu. Oczywiście, że to sen.

– Schowałem twój zegarek w ptasiej budce – szepnął.

– Tam go nie było... – zaczęła, ale urwała i zaraz jęknęła. – O Boże!

35 DZIEŃ 21. POTWÓR

Z kuchni Rakel miała widok na wszystkie trzy strony, od których ktoś mógł się dostać do domu. Na tyłach było niezbyt wysokie, ale pionowe urwisko, którego nie dałoby się pokonać, zwłaszcza teraz, gdy pokrył je śnieg. Chodziła od okna do okna. Wyglądała i sprawdzała, czy są porządnie zamknięte. Kiedy jej ojciec budował ten dom po wojnie, umieścił okna wysoko na ścianie, a dodatkowo zabezpieczył je żelaznymi kratami. Wiedziała, że miało to związek z wojną i z pewnym Rosjaninem, który zakradł się nocą do ich bunkra pod Leningradem i zastrzelił wszystkich śpiących kolegów oprócz niego, który leżał najbliżej drzwi i był tak zmęczony, że obudził się dopiero na dźwięk alarmu; wtedy odkrył, że jego koc jest obsypany łuskami. Ojciec zawsze powtarzał, że to była ostatnia noc w jego życiu, kiedy naprawdę spał. Ale ona zawsze nienawidziła tych krat. Aż do teraz.

– Mogę iść do swojego pokoju? – spytał Oleg, kopiąc nogę dużego kuchennego stołu.

– Nie – zaprotestowała Rakel. – Musisz być tutaj.

– Co Mathias zrobił?

– Harry wszystko wyjaśni, kiedy przyjedzie. Na pewno dobrze założyłeś łańcuch?

– Tak, mamo. Chciałbym, żeby tata tu był.

– Tata? – zdziwiła się. Oleg nazywał tak tylko Harry'ego, a i to kilka lat temu. – Masz na myśli twojego ojca w Rosji?

– To nie tata.

Powiedział to z przekonaniem, od którego Rakel przeszedł dreszcz.

– Drzwi do piwnicy! – zawołała nagle.

– Co?

– Mathias ma też klucz do drzwi do piwnicy. Co my zrobimy?

– To proste – oświadczył Oleg i dopił wodę ze szklanki. – Trzeba podstawić krzesło ogrodowe pod klamkę od środka. Są akurat odpowiednio wysokie. Wtedy nie ma szans, żeby wejść.

– Próbowałeś już tego? – spytała zdziwiona.

– Harry kiedyś tak zrobił, kiedy się bawiliśmy w kowbojów.

– Siedź tutaj – nakazała, kierując się w stronę korytarza prowadzącego do drzwi do piwnicy.

– Zaczekaj.

Zatrzymała się.

– Ja widziałem, jak to się robi. – Oleg już wstawał. – Zostań tutaj, mamo.

Popatrzyła na syna. Boże, jak on wyrósł w ciągu ostatniego roku! Niedługo będzie wyższy od niej, a w ciemnych oczach dziecinność zaczynała ustępować czemuś, co na razie być może było głównie młodzieńczym buntem, ale już widziała, że z czasem przemieni się w dorosłe zdecydowanie.

Zawahała się.

– Pozwól mi to zrobić.

W głosie Olega brzmiała prośba. Rakel zrozumiała, że to dla niego ważne, że ma związek z mnóstwem rzeczy, z rozprawieniem się z dziecięcymi strachami, z rytuałem przejścia w dorosłość, i z tym, żeby być taki jak ojciec, bez względu na to, kogo miał na myśli.

– Pospiesz się – szepnęła.

Oleg pobiegł. Rakel stanęła przy oknie i wyjrzała. Nasłuchiwała odgłosu samochodu na podjeździe. Modliła się w duchu, by to Harry przyjechał pierwszy. Myślała, jak jest cicho, i nie miała pojęcia, skąd jej się wzięła następna myśl, że będzie jeszcze ciszej.

Nagle jednak mimo wszystko usłyszała jakiś dźwięk. Cichutki. W pierwszej chwili pomyślała, że dobiegał z zewnątrz, ale zaraz zorientowała się, że dochodzi z tyłu. Odwróciła się. Nie zobaczyła nic, tylko pustą kuchnię. Ale odgłos znów się powtórzył. Jakby ciężkie cykanie zegarka. Albo palec stukający w stół. Stół. Zapatrzyła się. Znów ten dźwięk. I nagle to zobaczyła. Na stół spadła kropla. Wolno przeniosła wzrok na sufit, na samym środku pomalowanej na biało płaszczyzny utworzyło się ciemne koło. A na środku tego koła wisiała przezroczysta kropla. Spadła i uderzyła w blat. Rakel widziała, jak to się dzieje, lecz mimo to odgłos sprawił, że drgnęła przestraszona, jakby ktoś nieoczekiwanie wymierzył jej policzek.

Boże, musi lecieć z łazienki! Czyżby naprawdę zapomniała zakręcić prysznic? Nie wchodziła na piętro, odkąd wróciła do domu, od razu wzięła się do obiadu, woda najpewniej leci od rana. I oczywiście musiało się to stać teraz, akurat w samym środku tego napięcia.

Pobiegła na górę do łazienki, szumu prysznica nie słyszała. Otworzyła drzwi, podłoga sucha. Nigdzie nie leciała żadna woda. Zamknęła drzwi i przez parę sekund stała przy łazience. Spojrzała na sąsiednie drzwi do sypialni. Wolno tam podeszła, położyła rękę na klamce. Wahała się. Jeszcze raz próbowała nasłuchiwać samochodów. W końcu otworzyła. Popatrzyła w głąb pokoju i znieruchomiała. Miała ochotę krzyczeć. Instynkt jednak podpowiadał jej, że krzyczeć nie wolno, że musi być cicho. Całkiem cicho.

– Jasna cholera! – wrzeszczał Harry, waląc pięścią w deskę rozdzielczą, aż cała się trzęsła. – Co się dzieje?

Samochody zatrzymały się w tunelu. Stały tak już od dwóch długich minut.

Odpowiedź padła w tej samej sekundzie z policyjnego radia.

– Kolizja na Ring 3 przy wyjeździe z zachodniej nitki tunelu przy Tåsen. Nie ma rannych. Laweta już jedzie.

Harry odruchowo sięgnął po mikrofon.

– Wiecie, kto to jest?

– Wiemy tylko, że to dwa samochody osobowe. Oba na letnich oponach – odparł lakonicznie nosowy radiowy głos.

– Zawsze jest chaos, kiedy w listopadzie spadnie śnieg – stwierdził funkcjonariusz z tylnego siedzenia.

Harry nie odpowiedział, tylko bębnił pacami w deskę. Rozważał możliwości. Przed nimi i za nimi była ściana samochodów. Żadne niebieskie światło ani syreny nie mogły ich stąd wydostać. Mógł wysiąść i przebiec do końca tunelu, przywołać tam jakiś radiowóz, który by go zabrał, ale to były prawie dwa kilometry.

W samochodzie panowała teraz zupełna cisza, dochodził jedynie ściszony szum aut na jałowym biegu. Dostawcza furgonetka przed nimi przesunęła się o metr, a kierujący radiowozem policjant podjechał za nią i zahamował zderzak w zderzak, jakby się bał, że wszystko inne niż agresywna jazda znów wywoła wybuch wściekłości komisarza. Ostre hamowanie sprawiło, że dwie metalowe kobietki w bikini wesoło zadzwoniły o siebie.

Harry znów pomyślał o Jonasie. Dlaczego? Dlaczego myślał o Jonasie, kiedy rozmawiał z Mathiasem przez telefon? Musiało chodzić o jakiś dźwięk. Dźwięk w tle.

Spojrzał na dwie tancerki pod lusterkiem. I nagle już wiedział.

Wiedział, dlaczego myślał O Jonasie. Wiedział, czym był ten odgłos. I wiedział, że nie ma nawet sekundy do stracenia. Albo... – tę myśl usiłował od siebie odsunąć – że przeciwnie, już nie ma się po co spieszyć. Że jest już za późno.

Oleg przeszedł szybko przez ciemny piwniczny korytarz, nie rozglądając się i nie patrząc na ściany, na których, jak wiedział, odkładająca się sól rysuje białe upiorne wzory. Usiłował się skoncentrować na tym, co ma zrobić, i nie myśleć o niczym innym. Nie dopuszczać do siebie złych myśli. Tak mówił Harry. Mówił, że jedyne potwory, jakie istnieją, te, które są w głowie, da się pokonać. Ale trzeba to trenować. Trzeba do nich wychodzić i walczyć z nimi tak często, jak się da. Toczyć z nimi małe bitwy, które można wygrać, potem wrócić do domu, przylepić plaster na rany i wrócić do nich znów. Oleg starał się to robić. Wiele razy chodził sam do piwnicy. Musiał, bo przecież łyżwy należało trzymać w chłodzie.

Złapał za ogrodowe krzesło, pociągnął je za sobą, żeby dźwięk zagłuszył ciszę. Sprawdził, czy drzwi do piwnicy rzeczywiście są zamknięte na klucz. Wsunął krzesło pod klamkę i wypróbował, czy ten sposób działa. Klamka ani drgnęła. To dobrze. Nagle zdrętwiał. Jakiś dźwięk? Spojrzał w maleńkie okienko w drzwiach piwnicy. Teraz nie zdołał już zapanować nad myślami. Ktoś stał tuż za drzwiami. Oleg miał ochotę wbiec na górę, ale zmusił się, by stać spokojnie. Starał się walczyć ze złymi myślami, zastępując je innymi. Jestem w środku, pomyślał. Jestem tu tak samo bezpieczny jak na górze. Odetchnął głęboko, czuł, że serce wali mu w piersi jak oszalały bęben. Nachylił się i zajrzał w okienko. Zobaczył odbicie własnej twarzy. Ale nad nią ujrzał inną twarz, wykrzywioną, nie jego. Dostrzegł też ręce. Unoszące się dłonie potwora. Cofnął się przerażony, wpadł na coś i poczuł, jak dłonie zaciskają się na jego twarzy i ustach. Nie był w stanie krzyczeć. Bo teraz chciał krzyczeć. Krzyczeć, że to wcale nie dzieje się tylko w myślach, że potwór jest tu, w środku. I że wszyscy umrą.

– On jest w domu – oświadczył Harry.

Funkcjonariusze popatrzyli na niego zdziwieni, a Harry już wciskał „repeat" w telefonie.

– Myślałem, że to jakaś japońska muzyka, a to dzwonek wiatrowy. Taki, jaki Jonas ma swoim pokoju. Oleg też ma taki. Mathias był tam przez cały czas. Powiedział mi to wprost...

– O czym ty mówisz? – odważył się spytać policjant z tylnego siedzenia.

– Powiedział, że jest w domu. A przecież teraz jego dom to Holmenkollveien. Powiedział nawet, że s c h o d z i do Olega i Rakel. Powinienem był to zrozumieć. Przecież Holmenkollen jest położone wyżej niż Torshov. On był na piętrze Holmenkollveien. Zamierzał zejść na dół. Musimy wyciągnąć ich z domu. Odbierz, do cholery!

– Może ona jest za daleko od...

– W tym domu są cztery aparaty. Przeciął linię. Muszę tam dotrzeć.

– Wyślemy inny radiowóz – podsunął kierowca.

– Nie – zaprotestował Harry. – Na to już za późno. On już ich ma. A naszą ostatnią szansą jest ostatni kawałek układanki. Ja.

– Ty?

– Tak. To, że wziął mnie pod uwagę w swoich planach.

– Chyba raczej, że nie wziął?
– Nie, nie, że wziął. Że na mnie czeka.
Tamci dwaj znów wymienili spojrzenia, słuchając warkotu motocykla wlokącego się żółwim tempem między stojącymi za nimi samochodami.
– Myślisz, że tak właśnie jest?
– Tak – potwierdził Harry, zerknął w boczne lusterko i dostrzegł motocykl. Pomyślał, że inaczej nie może odpowiedzieć. Bo tylko taka odpowiedź dawała jakąkolwiek nadzieję.

Oleg walczył z całych sił, ale zdrętwiał w żelaznym uścisku potwora, kiedy poczuł na szyi zimny metal.
– To jest skalpel, Oleg. – Potwór miał głos Mathiasa. – Używamy go do krojenia ludzi. Nie uwierzysz nawet, jakie to proste.
Potwór kazał mu szeroko otworzyć usta, wepchnął w nie brudną ścierkę i krzyknął, że ma się położyć na brzuchu z rękami na plecach. Kiedy Oleg nie posłuchał od razu, metal dźgnął go pod uchem. Poczuł ciepłą krew spływającą po ramieniu pod koszulkę. Położył się więc na brzuchu na lodowatej cementowej podłodze, a potwór usiadł na nim. Obok twarzy Olega upadło czerwone pudełko. Przeczytał napis. To były opaski zaciskowe, takie, którymi spina się kable i opakowania pudełek z zabawkami, irytujące, ponieważ dawały się jedynie zacisnąć, a nie pozwalały poluzować. Nie dało się też ich zerwać, chociaż były cienkie. Poczuł, że ostry plastik wbija mu się w nadgarstki i kostki.
Potem został podniesiony i gdzieś wrzucony. Upadł, ale nawet nie zdążył przygotować się na ból, bo już znalazł się na czymś miękkim i trzeszczącym. Spojrzał w górę. Leżał na plecach w zamrażarce. Czuł oderwane drobiny lodu, które piekły w skórę przedramion i twarzy. Nad nim pochylał się potwór z lekko przekrzywioną głową.
– Żegnaj – powiedział. – Już niedługo spotkamy się po drugiej stronie.
Pokrywa się zatrzasnęła i zrobiło się ciemno jak w grobie. Oleg słyszał klucz przekręcany w zamku i szybkie, oddalające się kroki.

Próbował unieść język, przesunąć go na tył szmaty, żeby ją wypchnąć. Musiał oddychać. Musiał mieć powietrze.

Rakel przestała oddychać. Stała w drzwiach do sypialni ze świadomością, że patrzy na dowód szaleństwa. Szaleństwa, od którego kurczy się skóra, usta same się otwierają, a oczy wychodzą z orbit. Łóżko i inne meble zepchnięto pod ścianę, a parkiet pokrywała prawie niewidzialna warstwa wody, której powierzchnia marszczyła się jedynie wtedy, gdy kapała na nią kolejna kropla. Ale Rakel tego nie obserwowała, widziała wyłącznie ogromnego bałwana królującego na środku pokoju.

Cylinder na głowie z uśmiechniętymi ustami sięgał prawie do sufitu.

Gdy wreszcie znów zaczerpnęła powietrza i tlen zaczął docierać do mózgu, poczuła zapach mokrej wełny i wilgotnego drewna. Usłyszała kapanie topniejącego śniegu. Z pokoju bił chłód, ale to nie on przyprawił ją o gęsią skórkę, tylko ciepło człowieka, który stanął tuż za nią.

– Prawda, że piękny? – powiedział Mathias. – Ulepiłem go specjalnie dla ciebie.

– Mathias…

– Cicho. – Objął ją za szyję, niby obronnym gestem, spojrzała w dół i zobaczyła, że trzyma w dłoni skalpel. – Nie rozmawiajmy, moja droga. Tyle trzeba zrobić, a czasu jest mało.

– Dlaczego? Dlaczego?

– To jest nasz dzień, Rakel. Reszta życia jest tak niesamowicie krótka, więc uczcijmy to, zamiast wyjaśniać. Przełóż, proszę, ręce na plecy.

Rakel usłuchała. Nie słyszała, by Oleg wracał z piwnicy, może wciąż tam był, może uda mu się wydostać, jeśli tylko ona zdoła zatrzymać Mathiasa.

– Chcę wiedzieć – wykrztusiła i zorientowała się, że płacz już ściska jej struny głosowe.

– Dlatego, że jesteś dziwką.

Coś cienkiego i twardego zacisnęło się na jej nadgarstkach. Czuła gorący oddech Mathiasa na karku, wargi, język. Zacisnęła zęby. Wiedziała, że jeśli zacznie krzyczeć, on przestanie, a ona chciała, żeby dalej tu był. Żeby zajmowało mu to czas. Język przesunął się do jej ucha. Lekko ukąsił.

– Twój bękart leży w zamrażarce – szepnął.

– Oleg? – Rakel poczuła, że traci panowanie nad sobą.

– Uspokój się, moja droga, on nie umrze z zimna.

– Nie... nie umrze?

– Na długo przed tym, zanim ciało aż tak się wychłodzi, twój bękart umrze z braku powietrza. To prosta matematyka.

– Matema...

– Obliczyłem to już dawno temu. Obliczyłem wszystko.

Motocykl sunął w ciemności na wysokich obrotach pod górę krętą drogą na Holmenkollen. Warkot niósł się między domami, a ci, którzy zauważyli motor, pomyśleli, że to głupota jechać tak po śniegu, że motocykliście powinno się odebrać prawo jazdy. Ale ten motocyklista takiego prawa jazdy w ogóle nie miał.

Harry dodał gazu na podjeździe do czarnego domu z bali, ale koła, biorąc ostry zakręt, zabuksowały na świeżym śniegu i motocykl stracił prędkość.

Harry nie próbował prostować przechyłu, tylko się odbił i zeskoczył z motoru, który potoczył się dalej, wpadł w niskie gałęzie świerka, aż w końcu zatrzymał się na pniu i przewrócił na bok, wzbijając spod tylnego koła tuman śniegu, nim wreszcie zgasł.

Harry był już wtedy w połowie drogi do schodów.

Na śniegu nie zauważył żadnych śladów, ani prowadzących do domu, ani z domu. Wyciągnął rewolwer, skokami pokonując stopnie. Drzwi nie były zamknięte na klucz. Tak jak Mathias obiecywał.

Harry wsunął się do przedpokoju i pierwszą rzeczą, jaką zobaczył, były otwarte na oścież drzwi do piwnicy. Zatrzymał się i nasłuchiwał. Słyszał jakiś dźwięk, coś w rodzaju bębnienia, dochodzący chyba z kuchni. Zawahał się, ale w końcu zdecydował się na piwnicę.

Przylgnąwszy do ściany, zaczął schodzić w dół z rewolwerem gotowym do strzału. Na samym dole schodów przystanął, pozwalając, by oczy przyzwyczaiły się do półmroku, i znów nasłuchiwał. Miał wrażenie, że cała piwnica wstrzymała oddech. Zauważył krzesło ogrodowe pod klamką. Oleg. Spojrzenie powędrowało dalej. Już zdecydował, że wraca na górę, gdy dostrzegł ciemną plamę na cemencie koło zamrażarki. Woda? Zrobił krok. Musiała wydostawać się spod spodu. Siłą woli skierował myśli na tor inny niż ten, którym chciały podążyć, i pociągnął za pokrywę. Zamknięta na klucz. Co prawda tkwił w zamku, ale Rakel nie miała zwyczaju tak starannie zamykać zamrażarki. Obrazy z Finnøy cisnęły się teraz przed oczy, czym prędzej więc przekręcił klucz i podniósł pokrywę.

Zdążył dostrzec błysk metalu i zaraz palący ból twarzy odrzucił go w tył. Nóż? Upadł na plecy między dwoma koszami na brudną bieliznę, a szczupła i zwinna postać, która zdążyła już wydostać się z zamrażarki, stanęła nad nim.

– Policja! – krzyknął Harry, machając rewolwerem. – Nie ruszać się!

Postać znieruchomiała z ręką wzniesioną nad głową.

– Harry?

– Oleg?

Harry opuścił rewolwer i zobaczył, co chłopiec trzyma w ręku. Łyżwę.

– Myślałem, że to Mathias wrócił – szepnął.

Harry się podniósł.

– Mathias jest tutaj?

– Nie wiem. Powiedział, że niedługo się spotkamy, dlatego myślałem…

– Skąd się wzięła ta łyżwa?

Harry czuł w ustach metaliczny smak krwi, palcami wymacał ranę na policzku.

– Leżały w zamrażarce – uśmiechnął się chłopiec. – Tyle marudzenia z tym trzymaniem ich na schodach, więc schowałem je pod groszkiem, żeby mama nie widziała. My przecież nigdy nie jemy groszku. – Oleg poszedł za Harrym, który już wchodził po schodach. – Na szczęście były naostrzone i udało mi się przeciąć te zaciski. Z zamkiem sobie nie poradziłem, ale udało mi się wyrąbać parę dziur w dnie, żeby powietrze dochodziło. I stłukłem żarówkę, żeby światło się nie zapaliło, gdyby otworzył.

– Ciepło twojego ciała stopiło lód i woda wypływała przez dziurę – dodał Harry.

Byli już w korytarzu. Harry pociągnął Olega do drzwi wejściowych, otworzył.

– Widzisz światło u sąsiadów? Biegnij tam i zostań u nich, dopóki po ciebie nie przyjdę, dobrze?

– Nie – oświadczył zdecydowanie Oleg. – Mama...

– Posłuchaj. Najlepszą rzeczą, jaką możesz akurat w tej chwili dla niej zrobić, to stąd odejść.

– Chcę ją znaleźć!

Harry złapał Olega za ramiona i ścisnął tak mocno, że w oczach chłopca zakręciły się łzy.

– Kiedy mówię, że masz biec, to biegnij, idioto!

Powiedział to cicho, ale z taką wściekłością, że Oleg zdziwiony zamrugał, a łza stoczyła mu się po rzęsach na policzek. Obrócił się jednak na pięcie i wypadł na zewnątrz. Zaraz pochłonęła go ciemność i zamieć.

Harry sięgnął po krótkofalówkę.

– Tu Harry. Daleko jesteście?

– Jesteśmy przy Gressbanen. *Over*.

Harry poznał głos Gunnara Hagena.

– Jestem w środku – szepnął. – Podjedźcie pod dom, ale nie wchodźcie, dopóki wam nie powiem. *Over*.

– Przyjąłem.

– Bez odbioru.

Harry poszedł za dźwiękiem, który wciąż dochodził z kuchni. Na progu stanął i zapatrzył się w cienką strużkę wody, jakby zawieszoną u sufitu. Rozpuszczony gips zabarwił ją na szaro, krople gorączkowo bębniły o kuchenny stół.

Schody na piętro pokonał czterema długimi susami. Na palcach podkradł się pod drzwi sypialni. Przełknął ślinę. Spojrzał na klamkę. Z daleka słyszał już odgłos zbliżających się policyjnych syren. Kropla krwi z rany na policzku spadła na parkiet z cichym cmoknięciem.

Czuł już, niczym ucisk w skroniach, że to w tym miejscu się skończy. I że jest w tym jakaś forma logiki. Ileż to razy stał pod tymi drzwiami o szarówce, po nocy, którą obiecywał spędzić z nią, a potem zatrzymywał się tu z wyrzutami sumienia i świadomością, że ona za tymi drzwiami śpi. Delikatnie naciskał klamkę, która, jak wiedział, zazgrzyta w połowie ruchu, a ona się obudzi, spojrzy na niego zaspanymi oczami, próbując go nimi ukarać, dopóki on nie wsunie się pod kołdrę i do niej nie przytuli. Z jej ciała powoli zniknie sztywna niechęć, mruknie zadowolona, a on będzie ją głaskał, całował i gryzł, będzie jej sługą, dopóki ona go nie dosiądzie i przestanie być zaspaną królową, będzie miauczeć i mruczeć, podniecona i urażona zarazem.

Złapał za klamkę, poczuł, jak dłoń rozpoznaje płaski kanciasty kształt. Nacisnął ją z nieskończoną delikatnością, czekając na znajomy zgrzyt. Ale zgrzytu nie było. Coś się zmieniło. Klamka stawiała opór. Czyżby ktoś naciągnął sprężynę? Puścił ją delikatnie, nachylił się do dziurki od klucza, próbując zajrzeć do środka. Czarno. Ktoś zatkał dziurkę.

– Rakel? – zawołał. – Jesteś tam?

Bez odpowiedzi. Przyłożył ucho do drzwi, wydało mu się, że słyszy drżący odgłos, ale nie był pewien. Znów sięgnął do klamki, ale się zawahał. Zmienił zdanie i szybko przeszedł do łazienki sąsiadującej z sypialnią. Pchnął niewielkie okienko, wcisnął się w nie i wychylił. Między czarnymi prętami w oknie sypialni sączyło się światło. Harry zaczepił się stopami o wewnętrzny parapet, napiął mięśnie łydek i wysunął się z okna łazienki na ścianę. Palce na próżno usiłowały znaleźć punkt zaczepienia na drewnianych balach, tylko śnieg oblepiał mu twarz, tajał i spływał razem z krwią z policzka. Z trudem wytrzymywał. Parapet tak mocno wżynał się w łydki, jakby miał je zaraz przeciąć na pół. Dłonie przesuwały się po ścianie niczym rozgorączkowane pięcionogie pająki. Mięśnie brzucha bolały. Ale było za daleko, nie da się. Spojrzał w dół. Wiedział, że pod cienką warstewką śniegu w tym miejscu jest asfalt.

Nagle poczuł pod palcami coś zimnego.

Ostatni zewnętrzny pręt kraty.

Zaczepił o niego dwoma palcami. Trzema. Potem drugą ręką. I oderwał obolałe łydki od parapetu, zakołysał się jak wahadło i czym prędzej oparł stopy o ścianę, żeby odciążyć ręce. Nareszcie mógł zajrzeć do sypialni.

I patrzył. Mózg nie chciał zaakceptować obrazu, chociaż od razu pojął, co widzi: skończone dzieło sztuki, którego szkic już oglądał.

Rakel miała oczy szeroko otwarte i czarne. Ubrana była w ciemnoczerwoną sukienkę. Czerwoną jak campari. Koszenila. Głowę wyciągnęła w stronę sufitu, jak gdyby stała za płotem i próbowała spojrzeć na drugą stronę, i z tej pozycji patrzyła na niego. Barki miała ściągnięte do tyłu, ręce niewidoczne. Harry przypuszczał, że są związane na plecach, a policzki wypchane ścierką albo skarpetką. Siedziała okrakiem na ramionach ogromnego bałwana. Nagie łydki były zarzucone na pierś bałwana i splecione ze sobą. Harry widział, że ich mięśnie drżą w skurczu. Nie mogła spaść. Nie mogła. Bo jej szyję otaczał drut, ale nie szary martwy stalowy drut jak u Eli Kvale, tylko rozżarzony biały krąg niczym absurdalna parodia starej reklamy pasty do zębów, obiecującej otoczenie się aureolą pewności siebie, szczęściem w miłości i długim szczęśliwym życiem. Od czarnego plastikowego trzonka żarowej pętli ciągnął się sznur do haka w suficie tuż nad głową Rakel, stamtąd prowadził na drugi koniec pokoju do drzwi. Do klamki. Sznurek nie był gruby, ale dostatecznie długi, by mimo wszystko w wyraźny sposób stawić opór, gdy Harry zaczął naciskać klamkę. Gdyby otworzył drzwi, a nawet gdyby tylko całkiem wcisnął klamkę, rozżarzony metal wbiłby się w skórę Rakel tuż pod brodą.

Rakel spojrzała na Harry'ego, nawet nie mrugając. Mięśnie drgały jej w twarzy, na zmianę wyrażały wściekłość i nagi strach. Pętla była za ciasna, by mogła z niej bezpiecznie wysunąć głowę. Rakel za wszelką cenę starała się nie dotknąć śmiercionośnego kręgu.

Popatrzyła na Harry'ego, na podłogę i znów na Harry'ego. A on zrozumiał.

W wodzie pokrywającej podłogę już leżały szare grudy śniegu. Bałwan topniał. Szybko.

Harry z całych sił szarpnął za kraty. Ani drgnęły. Nawet zachęcająco nie zatrzeszczały. Pręty były dość cienkie, ale solidnie umocowane.

Rakel się zachwiała.

– Wytrzymaj! – krzyknął Harry. – Niedługo wejdę!

Kłamstwo. Nie zdołałby wygiąć tych krat nawet łomem. A nie było czasu na ich przecinanie. Niech diabli porwą jej ojca, tego cholernego wariata! Ręce zaczęły już go boleć. Słyszał przenikliwy ryk syreny pierwszego radiowozu wjeżdżającego na podwórze. Odwrócił się. To był jeden ze specjalnych wozów Delty, landrover, wielka opancerzona bestia. Z siedzenia pasażera wyskoczył mężczyzna w zielonej kurtce moro, schował się za samochodem z krótkofalówką w ręku. W odbiorniku Harry'ego zaskrzypiało.

– Cześć! – zawołał Harry.

Mężczyzna zdziwiony rozejrzał się dokoła.

– Spójrz w górę, szefie.

Gunnar Hagen wyprostował się za samochodem, gdy kolejny radiowóz skręcił pod dom z włączonymi niebieskim światłami.

– Szturmujemy dom? – zawołał Hagen.

– Nie! – wrzasnął Harry. – On ustawił w środku konstrukcję z Rakel. Po prostu...

– Po prostu co?

Harry uniósł wzrok, patrzył. Ale nie na miasto, tylko na oświetloną skocznię Holmenkollen widoczną wyżej na zboczu.

– No co, Harry?

– Zaczekajcie.

– Mamy czekać?

– Tak. Muszę się zastanowić.

Przyłożył czoło do zimnych krat, ręce ledwie wytrzymywały, ugiął więc nogi w kolanach, by na nie przełożyć jak największy ciężar. Ta żarowa pętla musi mieć jakiś wyłącznik. Prawdopodobnie na plastikowym trzonku. Mogliby wybić okno i wysunąć długą tyczkę z zamontowanym na nim lusterkiem i wtedy może... Ale jak, do cholery, wcisnąć przełącznik, nie poruszając jednocześnie całym tym ustrojstwem? I... Odpędził myśl o śmiesznie cienkiej warstwie skóry i miękkiej tkanki chroniącej tętnicę szyjną. Starał się myśleć konstruktywnie, nie zważać na panikę, która wrzeszczała mu do ucha, że musi natychmiast znaleźć się w środku.

Drzwiami dostać się nie mogli. Nie dało się ich otworzyć, co najwyżej mogli wyciąć piłą dziurę, nie ruszając klamki. Potrzebowali piły motorowej. Ale skąd ją wziąć?

Przecież byli na cholernym Holmenkollen. Cała ta tutejsza banda ma w ogródkach świerki.

– Przynieście od sąsiada piłę motorową! – wrzasnął.

Usłyszał w dole odgłos biegnących kroków. I miękkie plaśnięcie w sypialni. Serce mu stanęło, zajrzał do środka. Cała lewa strona bałwana zniknęła. Po prostu osunęła się w wodę. Bałwan powoli się przewracał. Harry widział, jak ciało Rakel drży, gdy usiłowała utrzymać równowagę, żeby uniknąć kontaktu z białą pętlą kształtem przypominającą łzę. Za nic nie zdążą załatwić tej piły, a co dopiero wyciąć nią dziury.

– Hagen! – Harry słyszał histerię we własnym głosie. – W radiowozach mają linę, rzućcie ją tu i podjedźcie landroverem pod samą ścianę!

Dobiegły go podniecone głosy, silnik landrovera wyjący na wstecznym biegu, odgłos otwieranego bagażnika.

– Łap!

Harry wypuścił metalowy pręt z jednej ręki i odwrócił się akurat w porę, by zobaczyć zwój liny nadlatujący w jego stronę. Wyciągnął rękę w ciemność, złapał za coś i przytrzymał. Reszta liny upadła na ziemię.

– Przywiążcie drugi koniec do haka!

Błyskawicznie przesunął linę tak, że wreszcie miał w ręku jej koniec z przymocowanym do niego dużym karabińczykiem. Zaczepił nim o łączenie prętów na środku. *Speedcuffing*. Błyskawiczne zakuwanie.

Kolejne plaśnięcie z sypialni. Harry nawet tam nie spojrzał. To już nie miało sensu.

– Ruszajcie! – wrzasnął.

Sam obiema rękami złapał za rynnę i skorzystał z krat jak ze schodów. Gdy przerzucał ciało na dach, usłyszał potężny ryk silnika. Przyciśnięty do dachówek, z zamkniętymi oczami wsłuchiwał się w warkot i wreszcie do jego uszu dotarł upragniony trzask. Kraty powoli się poddawały. Pospieszcie się! Miał świadomość, że czas płynie wolniej, niż mu się wydawało, lecz i tak nie dość wolno. Nagle, gdy już spodziewał się upragnionego huku, obroty silnika przeszły w dzikie wycie.

Jasny gwint! Zrozumiał, że koła landrovera buksują bezradnie w śniegu.

Przez głowę przeleciało mu, że mógłby się pomodlić, ale wiedział, że Bóg już podjął decyzję, że szczęście zostało wyprzedane, że ten bilet trzeba kupić na czarnym rynku. Dusza bez niej i tak nie byłaby wiele warta. Myśl zniknęła w tej samej sekundzie, co się pojawiła, przegnana odgłosem gumy trącej o asfalt, niższymi obrotami silnika i wzmożonym trzeszczeniem.

Wielkie ciężkie opony odzyskały wreszcie przyczepność.

Potem nastąpił huk. Silnik ryknął i zaraz całkiem ucichł. Nastąpiła sekunda całkowitej ciszy, a po niej głuchy huk obwieszczający, że kraty spadły na landrovera.

Harry stanął na dachu. Obrócił się plecami do podwórza na samej krawędzi rynny, która powoli zaczęła się uginać. Czym prędzej więc się nachylił, złapał za rynnę obydwiema rękami i odbił się. Wyprostował ciało i zakołysał nim jak wahadłem, celując w okno. Ugiął nogi w biodrach, by mieć stopy przed sobą. W momencie gdy stara cienka szyba pękała z kruchym trzaskiem pod podeszwami jego butów, Harry puścił rynnę. Przez kilka dziesiątych części sekundy nie miał pojęcia, gdzie wyląduje, na podwórzu, na zębach szkła w oknie czy w sypialni.

Huknęło. Strzelił bezpiecznik i zrobiło się czarno.

Harry leciał przez próżnię, nic nie czuł, niczego nie pamiętał. Otoczyła go całkowita pustka.

Kiedy światło znów się zapaliło, pomyślał, że pragnie tam wrócić. Ból rozlewał się po całym ciele. Harry leżał na plecach w lodowatej wodzie. Uznał, że już nie żyje. Widział anioła w krwistej czerwieni, w ciemności jarzyła się świetlista aureola. Powoli powracały dźwięki, szuranie, dyszenie. Potem zobaczył wykrzywioną twarz, panikę, szeroko otwarte usta zatkane żółtą kulą, stopy usiłujące utrzymać się na śniegu. Chciał tylko zamknąć oczy. I ten dźwięk przypominający ściszony jęk. Odgłos mokrego śniegu, który się poddaje.

Później Harry nie potrafił opowiedzieć, co się dokładnie wydarzyło. Pamiętał jedynie mdły zapach, który rozniósł się, gdy rozżarzona pętla dotknęła skóry.

W momencie gdy bałwan się zwalił, on się poderwał. Rakel poleciała do przodu. Harry uniósł prawą rękę, lewą jednocześnie obejmując jej uda, by ją podtrzymać. Wiedział, że jest już za późno. Rozległ się syk palonego ciała. Nozdrza wypełnił mu tłusty słodki zapach, a na twarz pociekła krew. Podniósł wzrok. Jego prawa ręka znajdowała się między rozżarzonym drutem a jej szyją. Ciężar szyi przyciskał mu rękę do drutu, który wżynał się w palce jak przyrząd do krojenia jajek w białko. Wiedział, że gdy już je przetnie, przetnie także jej szyję. Pojawił się ból. Najpierw delikatny i głuchy, w pierwszej chwili jakby niechętnie, ale później zaatakował jak stalowy młot. Harry za wszelką cenę starał się utrzymać na nogach. Musiał uwolnić lewą rękę. Oślepiony krwią, podniósł Rakel na ramię i wolną rękę wyciągnął nad głowę. Czuł jej skórę pod palcami, gęste włosy, rozżarzony drut wciąż go kąsał, zanim dłoń odnalazła wreszcie twardy plastik, trzonek. Palce odszukały przełącznik. Przesunęły go w prawo, ale zaraz puściły, bo pętla zaczęła się napinać. Znalazły inny przycisk, dźwięki ucichły. Światło zaczęło migotać i Harry zrozumiał, że znów traci przytomność. Muszę oddychać, myślał. Cała rzecz w dostarczaniu tlenu do mózgu. Ale kolana już się pod nim uginały. Świetlista aureola zmieniła kolor na czerwony, a potem stopniowo zaczęła czernieć.

Za plecami usłyszał odgłos szkła pękającego pod kolejnymi parami butów.

– Mamy ją! – zawołał czyjś głos.

Harry osunął się na kolana w zabarwioną na czerwono krwią wodę, w której pływały grudki śniegu i niewykorzystane zaciski. Mózg włączał mu się i wyłączał, jakby miał przerwy w dostawie prądu.

Ktoś z tyłu coś powiedział. Dotarły do niego zaledwie urywki. Zaczerpnął powietrza i wydusił z siebie:

– Co?

– Ona żyje – powtórzył głos.

Dźwięki się ustabilizowały. Wzrok też. Odwrócił się. Dwaj ubrani na czarno mężczyźni posadzili Rakel na łóżku i rozcinali jej więzy. Żołądek Harry'ego bez zapowiedzi zaprotestował. Dwa skurcze i był pusty. Patrzył na wymiociny unoszące się na wodzie i czuł, że zaraz wybuchnie histerycznym śmiechem. Bo wyglądało to tak, jakby wyrzygał z siebie wszystko, co w nim było. Podniósł prawą rękę i spojrzał na zakrwawiony kikut po środkowym palcu, który potwierdzał, że to jego palec unosi się w wodzie.

– Oleg...

To był głos Rakel.

Harry sięgnął po jedną z opasek zaciskowych, założył ją na kikut i zaciągnął z całej siły. To samo zrobił na prawym palcu wskazującym, który był przecięty aż do kości, ale jeszcze jakoś się trzymał.

Podszedł do łóżka, odsunął funkcjonariuszy, okrył Rakel kołdrą i usiadł przy niej. Patrzyła na niego oczami wielkimi i czarnymi od szoku, a z miejsc po obu stronach szyi, których dotknęła żarowa pętla, płynęła krew. Ujął jej dłoń sprawną ręką.

– Oleg – powtórzyła.

– Wszystko w porządku. – Harry odpowiedział na jej uścisk. – Jest u sąsiadów. Już po wszystkim.

Zobaczył, że usiłuje skupić na nim wzrok.

– Obiecujesz? – szepnęła ledwie słyszalnie.

– Obiecuję.

– Dzięki Bogu.

Zaszlochała, zasłoniła twarz dłońmi i wybuchnęła płaczem.

Harry popatrzył na zranioną rękę. Albo opaski powstrzymały krwotok, albo cała krew już z niego wypłynęła.

– Gdzie jest Mathias? – spytał cicho.

Poderwała głowę i spojrzała na niego.

– Przecież obiecałeś, że...

– Rakel, dokąd on poszedł?

– Nie wiem.

– Nic nie mówił?

Ścisnęła go za rękę.

– Nigdzie nie idź, Harry. Ktoś inny może przecież…
– Co on powiedział?
Po drgnięciu jej ciała zorientował się, że podniósł głos.
– Powiedział, że to się już dopełniło. Że to już zakończone – odparła. Do ciemnych oczu wciąż napływały łzy. – I że koniec będzie hołdem dla życia.
– Hołdem dla życia? Dokładnie tych słów użył?
Kiwnęła głową. Harry delikatnie wysunął dłoń z jej ręki, wstał i podszedł do okna. Spojrzał w mrok. Śnieg przestał padać. Spojrzał na oświetlony monument, widoczny z niemal każdego miejsca w Oslo. Na skocznię. Wyglądającą na czarnym wzgórzu jak biały przecinek. Albo jak kropka.
Znów podszedł do łóżka, nachylił się i pocałował Rakel w czoło.
– Dokąd idziesz? – krzyknęła.
Harry uniósł zakrwawioną rękę i uśmiechnął się.
– Do lekarza.
Wyszedł z pokoju, potknął się na schodach. Nawet w zimnej białej ciemności na podwórzu mdłości i zawroty głowy nie chciały ustąpić.
Hagen stał przy landroverze i rozmawiał przez komórkę. Przerwał rozmowę i kiwnął głową, kiedy Harry spytał, czy mogą go podwieźć.
Harry usiadł z tyłu. Myślał o tym, że Rakel dziękowała Bogu. Nie wiedziała, że to nie Bogu należy dziękować. Że inny kupiec przyjął ofertę. I że teraz trzeba go spłacić.
– Do miasta? – spytał kierowca.
Harry pokręcił głową i wskazał na wzgórze. Palec wskazujący wyglądał między kciukiem a serdecznym na dziwnie osamotniony.

36 DZIEŃ 21. WIEŻA

Dojazd z domu Rakel do skoczni Holmenkollen zajął trzy minuty. Przejechali tunelem pod skocznią i zaparkowali na placu widokowym wśród sklepów z pamiątkami. Zeskok wyglądał jak biały zamarznięty wodospad spływający między trybunami i rozlewający się na polanie sto metrów niżej.

– Skąd możesz wiedzieć, że on jest tutaj? – spytał Hagen.

– Ponieważ powiedział mi to wprost. Siedzieliśmy na lodowisku, a on mi wyznał, że tego dnia, kiedy dzieło jego życia zostanie dokończone i będzie tak chory, że zechce umrzeć, to skoczy z tej wieży. To będzie jego hołd dla życia. – Harry wskazał na oświetloną wieżę i rozbieg wznoszący się ku czarnemu niebu nad nimi. – Wiedział, że ja to zapamiętam.

– Szaleniec – szepnął Gunnar Hagen, zmrużonymi oczami patrząc na pogrążoną w ciemności szklaną klatkę na szczycie skoczni.

– Pożyczysz mi swoje kajdanki? – spytał Harry, zwracając się do kierowcy.

– Już masz jedne. – Hagen skinieniem głowy wskazał na prawy nadgarstek Harry'ego, na którym ten zdążył już zapiąć jedną z metalowych bransolet. Druga wisiała półotwarta.

– Wolę mieć dwie pary. – Harry wziął od kierowcy skórzaną sakiewkę. – Pomożesz mi? Brakuje mi dwóch palców.

Hagen kręcił głową, ale zapiął kajdanki kierowcy na drugim nadgarstku Harry'ego.

– Nie podoba mi się to, że idziesz sam. Boję się.

– Tam na górze jest ciasno, a ja mogę z nim porozmawiać. No i mam to. – Pokazał rewolwer Katrine.

– Właśnie o to się boję, Harry.

Komisarz Hole posłał swojemu szefowi krótkie spojrzenie, zanim się obrócił i otworzył drzwiczki samochodu sprawną lewą dłonią.

Funkcjonariusz poszedł razem z Harrym do wejścia Muzeum Narciarstwa, przez które należało przejść, by dostać się do windy jadącej na wieżę. Wzięli ze sobą łom, żeby wybić nim szybę w drzwiach, ale kiedy się zbliżyli, światło latarki wyłowiło z mroku odpryski szkła migoczące na podłodze przy okienku kasowym. Gdzieś w głębi muzeum wył na wdechu i wydechu alarm.

– Okej. No to wiemy już, że się tu zjawił. – Harry sprawdził, czy rewolwer dobrze siedzi za paskiem spodni na plecach.

– Ustawcie dwóch ludzi przy wyjściu od tyłu, gdy tylko dojedzie następny samochód.

Harry wziął od funkcjonariusza latarkę i wszedł do pogrążonych w ciemności lokali. Mijał zdjęcia i plakaty norweskich bohaterów narciarstwa, norweskie flagi, norweskie smary do nart, norweskich królów, norweskie księżniczki i teksty, które zwięźle oznajmiały, że Norwegowie to wspaniały naród. Przypomniał sobie, dlaczego nigdy nie mógł znieść tego muzeum.

Winda znajdowała się w głębi. Ciasna, zamknięta. Harry spojrzał na jej drzwi i poczuł, że oblewa go zimny pot. Obok były metalowe schody.

Osiem okrążeń wyżej pożałował swojej decyzji. Słabość i mdłości powróciły, znów miał odruch wymiotny. Odgłos kroków na metalu niósł się w górę i w dół, a kajdanki zwisające z nadgarstków wygrywały muzykę na poręczy. Właściwie serce powinno pompować już do krwi adrenalinę i stawiać organizm w stan gotowości. Może był zbyt zmęczony, zbyt zrezygnowany. A może po prostu wiedział, że to wszystko już się skończyło. Dobito targu. Rezultat wiadomy. Ruszył dalej. Stawiał stopy na stopniach, nie miał siły nawet na to, by próbować iść cicho. Wiedział, że tamten już i tak dawno go usłyszał.

Schody prowadziły wprost do ciemnej szklanej klatki. Harry zgasił latarkę i poczuł zimny powiew, gdy tylko jego głowa znalazła się nad brzegiem. Śnieg nie sypał i do środka wpadało blade światło księżyca. Pomieszczenie miało mniej więcej cztery metry na cztery, dookoła otaczały je szyby i stalowa poręcz, na której turyści prawdopodobnie zaciskali ręce z radością przemieszaną ze strachem, napawali się widokiem Oslo i okolic lub wyobrażali sobie, jak by to było zjechać z samej góry na nartach. Albo spaść z wieży. Unosić się pionowo ku domom i rozbić o drzewa daleko w dole.

Harry wszedł do wieży i zwrócił się do sylwetki rysującej się na tle widocznego w dole dywanu świateł miasta. Postać siedziała na zewnątrz balustrady na parapecie wielkiego otwartego okna, przez które wpadało zimne powietrze.

– Pięknie, prawda? – Głos Mathiasa brzmiał lekko, niemal wesoło.

– Jeśli masz na myśli widok, to się zgadzam.
– Nie chodzi mi o widok, Harry.
Jedna stopa Mathiasa wisiała za oknem. Harry zatrzymał się więc na schodach.
– Kto ją zabił, Harry? Bałwan czy ty?
– A jak myślisz?
– Sądzę, że ty. Jesteś bystrym facetem, liczyłem na ciebie. Piekielne uczucie, prawda? Oczywiście nie tak łatwo dostrzec piękno, gdy właśnie zabiło się osobę, którą się kocha najmocniej.
– No cóż. – Harry przysunął się o krok. – Ty chyba za dużo o tym nie wiesz.
– Nie? – Mathias zaśmiał się i odchylił głowę do framugi. – Pierwszą kobietę, którą zabiłem, kochałem najbardziej na świecie.
– Dlaczego więc to zrobiłeś?
Harry poczuł gwałtowny ból, gdy wsunął prawą rękę za plecy i położył na rewolwerze.
– Ponieważ moja matka była kłamczynią i dziwką – oświadczył Mathias.
Harry wyszarpnął rewolwer zza paska i wycelował.
– Zejdź stamtąd, Mathias, z rękami do góry!
Mathias spojrzał na niego z zaciekawieniem.
– Wiesz, że jest prawie dwadzieścia procent szansy na to, że twoja matka też taka była, Harry? Dwadzieścia procent szansy na to, że jesteś bękartem. Co ty na to?
– Słyszałeś, co powiedziałem, Mathias?!
– Pozwól, że ci to ułatwię, Harry. Po pierwsze, nie mam zamiaru być ci posłuszny. Po drugie, możesz powiedzieć, że nie widziałeś moich rąk, więc mogłem być uzbrojony. I już. Strzelaj, Harry.
– Zejdź stamtąd!
– Oleg to bękart, Harry. Rakel też była dziwką. Powinieneś mi być wdzięczny za to, że pozwoliłem ci ją zabić.
Harry przełożył broń do lewej ręki. Luźne końce kajdanków stuknęły o siebie.
– Zastanów się, Harry. Jeśli mnie aresztujesz, stwierdzą, że jestem chory psychicznie. Przez kilka lat będą się mną zajmować na

oddziale psychiatrycznym, a w końcu mnie wypuszczą. Zastrzel mnie.

– Ty chcesz umrzeć – Harry podszedł bliżej. – Bo i tak umierasz na sklerodermię.

Mathias uderzył ręką w futrynę.

– Dobra robota, Harry. Sprawdziłeś to, co powiedziałem o przeciwciałach we krwi.

– Spytałem Idara. A później sprawdziłem, czym jest sklerodermia. Komuś, kto cierpi na tę chorobę, łatwo wybrać inną śmierć. Na przykład spektakularną śmierć, która będzie stanowić ukoronowanie tego twojego tak zwanego dzieła życia.

– Słyszę pogardę, Harry. Ale pewnego dnia ty też zrozumiesz.

– Co zrozumiem?

– Że działaliśmy w tej samej branży. Że chodziło o zwalczenie choroby. I że te choroby, które obaj zwalczamy, nie pozwolą się unicestwić. Wszystkie zwycięstwa są jedynie tymczasowe. Naszym życiowym zadaniem jest więc po prostu walka. A moja kończy się tutaj. Nie chcesz mnie zastrzelić, Harry?

Harry popatrzył Mathiasowi w oczy. Potem odwrócił rewolwer w dłoni i podał go Mathiasowi rękojeścią.

– Sam to zrób, ty diable.

Mathias uniósł brew.

Harry dostrzegł jego wahanie, podejrzliwość, która zaraz później ustąpiła miejsca uśmiechowi.

– Jak chcesz.

Mathias wyciągnął rękę ponad balustradą i wziął broń. Pogładził czarną lakierowaną stal.

– To był wielki błąd z twojej strony, przyjacielu – powiedział, kierując rewolwer w Harry'ego. – Będziesz wspaniałą kropką, Harry. Gwarancją tego, że moje dzieło zostanie zapamiętane.

Harry wpatrywał się w czarną lufę i widział, jak kurek unosi swoją małą paskudną główkę. Miał wrażenie, że wszystko dzieje się wolniej, a pomieszczenie zaczyna się obracać. Mathias wycelował. Harry też wycelował. I wyrzucił w przód prawą rękę. Kajdanki cicho świsnęły w powietrzu, gdy Mathias przycisnął spust. Po suchym kliknięciu nastąpiło miękkie plaśnięcie i otwarta metalowa bransoleta uderzyła o nadgarstek.

– Rakel przeżyła! – zawołał Harry. – Nie udało ci się, ty draniu.

Zobaczył, że oczy Mathiasa się rozszerzają. A potem zwężają. Widział, jak wpatrują się w rewolwer, z którego nie padł strzał. I w metalową obręcz na nadgarstku przykuwającą go do Harry'ego.

– Ty... ty wyjąłeś naboje – wydusił z siebie Mathias.

Harry pokręcił głową.

– To Katrine Bratt nigdy nie miała amunicji w swoim rewolwerze.

Mathias podniósł wzrok na Harry'ego i wychylił się do tyłu.

– Chodź! – krzyknął.

I skoczył.

Harrym szarpnęło, stracił równowagę. Próbował się przytrzymać, ale Mathias był za ciężki, a Harry zmienił się w skurczonego pustego olbrzyma bez ciała i krwi. Wrzasnął, pociągnięty ponad stalową balustradą, jak gdyby wsysała go otchłań za oknem. I kiedy wyciągał wolną lewą rękę nad głową i odchylał ją dalej, przed oczami miał nogę od stołu, przy którym siedział całkiem sam w brudnym pokoju bez okna na Cabrini-Green w Chicago. Usłyszał odgłos metalu uderzającego o metal i swobodnie uleciał w noc. Transakcja została sfinalizowana.

Gunnar Hagen wpatrywał się w wieżę, ale śnieg, który znów zaczął padać, zatarł widoczność.

– Harry – powtórzył do krótkofalówki. – Jesteś tam?

Zwolnił przycisk mówienia, ale w odpowiedzi znów usłyszał jedynie intensywny szum nicości.

Na placu przy skoczni stały już cztery radiowozy i gdy kilka sekund wcześniej z wieży dobiegł głośny krzyk, zapanowało kompletne zamieszanie.

– Spadli – oświadczył funkcjonariusz, który pojawił się obok Hagena. – Jestem pewien, że widziałem dwie postacie wypadające z tej szklanej klatki.

Gunnar Hagen z rezygnacją zwiesił głowę. Nie bardzo wiedział, jak i dlaczego, ale przez chwilę wydawało mu się absurdalnie logiczne, że to się tak skończyło. Było w tym coś w rodzaju kosmicznej równowagi.

Bzdura! Co za cholerna bzdura!

W zadymce Hagen nie widział radiowozów, ale już słyszał jękliwe syreny niczym spieszące na miejsce żałobnice. Wiedział, że ten dźwięk ściągnie padlinożerców, sępy karmiące się sensacjami, zaciekawionych sąsiadów, krwiożerczych szefów. Nadciągną wyszarpać dla siebie ulubiony kawałek truchła, delikates. A dzisiejsza kolacja z dwóch dań, wstrętny Bałwan i wstrętny policjant, wszystkim przypadnie do gustu. Nie było żadnej logiki, żadnej równowagi. Tylko głód i żarcie.

Krótkofalówka zatrzeszczała.

– Nie możemy ich znaleźć! *Over.*

– Muszą tam być! – krzyknął Hagen. – Sprawdziliście dachy budynków? *Over.*

Czekał, zastanawiając się, jak powiedzieć swoim zwierzchnikom, że pozwolił, by Hole poszedł sam. Jak wytłumaczy, że był tylko zwierzchnikiem Harry'ego, a nie jego szefem. I nigdy nim nie był. I że w tym również jest jakaś logika. I gówno go obchodzi, czy ją zrozumieją, czy nie.

– Co się dzieje?

Hagen się odwrócił. To był Magnus Skarre.

– Harry spadł. – Hagen ruchem głowy wskazał na wieżę. – Szukają ciała.

– Ciała? Harry'ego? Na pewno nie.

– Nie?

Hagen odwrócił się do Skarrego, który wpatrywał się w wieżę.

– Myślałem, że zdążyłeś już poznać tego faceta, szefie.

Hagen poczuł, że mimo wszystko zazdrości młodemu sierżantowi tego przekonania.

Krótkofalówka znów zatrzeszczała.

– Tu ich nie ma!

Skarre odwrócił się do niego, ich spojrzenia się spotkały, a sierżant wzruszeniem ramion powiedział: „A nie mówiłem".

– Hej, ty! – zawołał Hagen do kierowcy landrovera, wskazując reflektor na dachu samochodu. – Poświeć na wieżę! I skombinuj mi lornetkę.

Kilka sekund później promień światła przeciął mrok.

– Widzisz coś, szefie? – dopytywał się Skarre.

– Śnieg – powiedział Hagen i przycisnął lornetkę do oczu. – Świećcie wyżej. Stop! Zaczekajcie! Dobry Boże!

– Co?

– To, do cholery, nie może być prawda!

W tej samej chwili zasłona śniegu przesunęła się na bok niczym kurtyna odsłaniająca scenę. Hagen usłyszał okrzyki policjantów. Wyglądało to tak jak dwie połączone figurki zwisające na łańcuszku z samochodowego lusterka. Dolna jakby z ręką triumfalnie wyciągniętą nad głową, druga z obiema rękami ustawionymi prostopadle do ciała, jak ukrzyżowana. Obie bez życia ze zwieszonymi głowami wolno obracały się na wietrze.

Przez lornetkę Hagen dostrzegł kajdanki kotwiczące lewą rękę Harry'ego do balustrady wewnątrz szklanej klatki.

– To, do cholery, nie może być prawda! – powtórzył.

Przypadkiem to młody sierżant z Sekcji Osób Zaginionych Thomas Helle kucał przy Harrym Hole, gdy ten odzyskał przytomność. Czterech policjantów wciągnęło i jego, i Mathiasa Lund-Helgesena z powrotem do szklanej klatki. W następnych latach Helle miał raz po raz opowiadać o dziwnej pierwszej reakcji osławionego komisarza:

– Miał zupełnie dzikie oczy i pytał, czy Lund-Helgesen żyje! Tak jakby się bał, że facet umarł. Jakby to była najgorsza rzecz, która mogłaby się przydarzyć. A kiedy powiedziałem, że tak, że karetka już go zabrała, wrzasnął, że musimy Lund-Helgesenowi odebrać sznurówki i pasek, dopilnować, żeby nie popełnił samobójstwa. Słyszałeś o podobnej trosce o faceta, który przed chwilą próbował zabić twoją byłą kobietę?

37 DZIEŃ 22. TATA

Jonasowi wydawało się, że słyszy podzwanianie metalowych rurek, ale znów zasnął. Otworzył oczy, dopiero gdy usłyszał zduszone dźwięki. Ktoś był w pokoju. Ojciec. Przysiadł na brzegu łóżka.

A te zduszone dźwięki to był płacz.

Jonas usiadł. Położył ojcu rękę na ramieniu. Poczuł, jak drży. To dziwne. Nigdy nie myślał o tym, że ojciec ma takie wąskie barki.

– Zna... znaleźli ją – załkał ojciec. – Mama...

– Wiem – powiedział Jonas. – Śniło mi się.

Ojciec spojrzał na niego zdziwiony. W blasku księżyca wpadającym przez zasłony Jonas dostrzegł łzy płynące mu po policzkach.

– Zostaliśmy tylko we dwóch, tato.

Ojciec otworzył usta. Raz. Drugi. Ale nic się z nich nie wydobyło. W końcu wyciągnął ręce, objął Jonasa i przytulił do siebie, Trzymał go mocno. Jonas wtulił głowę w szyję ojca, czuł, jak jego łzy wilżą mu głowę.

– Wiesz, Jonas – szepnął ojciec zduszonym głosem. – Bardzo cię kocham. Jesteś najcenniejszym, co mam. Jesteś moim synem, słyszysz? Moim synem. I zawsze nim będziesz. Damy sobie radę, prawda?

– Tak, tato – odszepnął Jonas. – Damy sobie radę. Ty i ja.

38 GRUDZIEŃ 2004. ŁABĘDZIE

Nadszedł grudzień i za oknami szpitala pola ciągnęły się nagie, zbrązowiałe. Na autostradzie opony z kolcami chrzęściły po suchym asfalcie, a piesi szli przez kładkę z podciągniętymi kołnierzami i zobojętniałymi twarzami. Ale w domach ludzie jeszcze bardziej zbliżali się do siebie.

Harry zatrzymał się w drzwiach. Ståle Aune siedział wyprostowany w łóżku i najwyraźniej przed chwilą powiedział coś zabawnego, bo szefowa Wydziału Techniki Kryminalistycznej Beate Lønn ciągle się śmiała. Na kolanach trzymała rumiane niemowlę, które z otwartą buzią wpatrywało się w Harry'ego okrągłymi oczkami.

– Przyjaciel! – zamruczał Ståle na widok Harry'ego.

Harry wszedł, schylił się, uściskał Beate, a Aunemu podał rękę.

– Wyglądasz lepiej niż ostatnio – stwierdził.

– Mówią, że mnie wypiszą przed świętami. – Aune obracał dłoń Harry'ego. – To dopiero diabelski pazur. Co się stało?

Harry pozwolił mu na oglądanie ręki.

– Ucięło mi środkowy palec. Nie dało się go uratować. W serdecznym pozszywali ścięgna, a nerwy rosną z szybkością milimetra na miesiąc i próbują się odnaleźć, ale lekarze twierdzą, że muszę się liczyć z trwałym niedowładem.

– Wysoka cena.

– Nie – sprzeciwił się Harry. – Niska.

Aune pokiwał głową.

– Masz jakieś wieści o tym, kiedy sprawa trafi do sądu? – spytała Beate, która wstała, żeby włożyć dziecko do nosidełka.

– Nie. – Harry bacznie obserwował zręczne ruchy koleżanki.

– Obrona będzie się starać, żeby Lund-Helgesena uznano za chorego na umyśle – powiedział Aune, który wciąż preferował ludowe określenie „chory na umyśle", ponieważ jego zdaniem było nie tylko trafniejsze, ale też i bardziej poetyckie. – A trzeba jeszcze gorszego psychologa niż ja, żeby to się nie udało.

– Tak czy owak, dostanie dożywocie. – Beate wygładzała kocyk dziecka.

– Szkoda tylko, że dożywocie nie jest dożywociem – mruknął Aune, sięgając po szklankę na nocnej szafce. – Im jestem starszy, tym bardziej skłaniam się ku przekonaniu, że zło to zło. Wszystko jedno, czy ma związek z chorobą umysłu czy nie. Wszyscy jesteśmy mniej lub bardziej predysponowani do popełniania złych uczynków. Ale nasze predyspozycje nie mogą odbierać nam winy. Przecież, w imię nieba, wszyscy jesteśmy chorzy i mamy zaburzenia osobowości. To właśnie nasze działanie definiuje to, jak bardzo jesteśmy chorzy. Obowiązuje równość przed sądem, ale to bezsensowne, skoro ludzie są różni. Podczas epidemii czarnej śmierci marynarzy, którzy zaczynali kaszleć, wyrzucano za burtę. To było oczywiste, bo sprawiedliwość to tępy nóż. I jako filozofia, i jako sędzia. Mamy jedynie postacie choroby, które rokują lepiej lub gorzej.

– Wszystko jedno – wzruszył ramionami Harry, wpatrując się we wciąż zabandażowany kikut środkowego palca. – W tym wypadku to i tak jest dożywocie.

– Bo?

– Marne rokowania.

W pokoju zapadła cisza.

– Mówiłem wam, że zaproponowano mi protezę? – Harry zamachał prawą ręką. – Ale w zasadzie podoba mi się tak, jak jest. Cztery palce. Ręka jak z komiksu.

– A co zrobiłeś z tym palcem?

– Próbowałem go podarować Instytutowi Anatomii, ale nie chcieli. Zamierzam go wypchać i postawić sobie na biurku, tak jak Hagen ma ten japoński mały palec. Myślę, że sztywny środkowy palec to niezłe powitanie u Holego.

Roześmiali się.

– A co z Olegiem i Rakel? – spytała Beate.

– Zaskakująco dobrze – odparł Harry. – Twardziele.

– A z Katrine Bratt?

– Lepiej. Odwiedziłem ją w zeszłym tygodniu. W lutym wraca do pracy. Do obyczajówki w Bergen.

– Naprawdę? Przecież chciała strzelać do ludzi.

– Pomyłka. Okazuje się, że zawsze nosiła nienaładowaną broń. Dlatego miała odwagę wcisnąć cyngiel tak mocno, że aż kurek się podniósł. A ja powinienem zrozumieć to wcześniej.

– Dlaczego?

– Bo kiedy się przenosisz z jednej komendy do drugiej, to oddajesz stary rewolwer i dostajesz nowy z dwoma pudełkami nabojów. W szufladzie jej biurka były dwa nieodpieczętowane pudełka.

Na chwilę zapadła cisza.

– Dobrze, że jest zdrowa. – Beate pogłaskała dziecko po główce.

– Owszem – przyznał Harry w zamyśleniu.

Wyglądało na to, że rzeczywiście idzie ku dobremu. Kiedy odwiedził Katrine w mieszkaniu jej matki w Bergen, akurat wzięła prysznic po długim biegu na Sandviksfjellet. Wciąż miała mokrą grzywkę i rumieńce na policzkach. Matka podała herbatę, a Katrine opowiadała, jak historia ojca dosłownie ją opętała. Przepraszała Harry'ego za to, że wciągnęła go w tę sprawę. Ale on w jej oczach nie dostrzegł żadnego smutku.

– Mój psychiatra mówi, że jestem tylko odrobinę bardziej ekstremalna od większości ludzi – roześmiała się Katrine i wzruszyła ramionami. – Ale już z tym skończyłam. Towarzyszyło mi to od dzieciństwa, ale ojciec nareszcie jest oczyszczony i mogę zaczynać wszystko od nowa.

– Złożysz papiery do wydziału obyczajowego?

– Od tego zaczniemy, a później się zobaczy. Nawet premierzy urządzają *come back*.

Jej spojrzenie powędrowało za okno, na fiord. Może w kierunku Finnøy. Gdy Harry stamtąd wychodził, wiedział, że ta rana nigdy całkiem się nie zabliźni.

Spojrzał na swoją rękę. Aune miał rację. Skoro każde dziecko jest idealnym cudem, to życie w zasadzie jest procesem niszczenia.

W drzwiach pojawiła się pielęgniarka.

– Pora na zastrzyki, panie Aune.

– Niech mi pani dziś daruje, siostro.

– Tutaj nikt się nie wykręci.

Ståle Aune westchnął.

– Siostro, co jest gorsze: odebrać życie człowiekowi, który pragnie żyć, czy uniemożliwić śmierć takiemu, który chce umrzeć?

Beate, pielęgniarka i Ståle wybuchnęli śmiechem. Żadne z nich nie zauważyło, że Harry cały aż drgnął.

Harry wspinał się po stromych zboczach ciągnących się od szpitala do jeziora Sognsvann. Nie było tu wiele ludzi, jedynie gromadka wiernych niedzielnych wycieczkowiczów, odfajkowywujących stałą rundę wokół jeziora. Rakel czekała na niego przy szlabanie.

Uściskali się i w milczeniu ruszyli. Powietrze było ostre, na jasnoniebieskim niebie świeciło blade słońce. Suche liście trzeszczały pod stopami, rozpadały się w pył.

– Chodzę we śnie – oświadczył Harry.

– Jak to?

– No tak. I prawdopodobnie dzieje się to już od jakiegoś czasu.

– Niełatwo być obecnym przez cały czas – powiedziała.

– Nie, nie o to chodzi. – Pokręcił głową. – Dosłownie. Wydaje mi się, że nocą chodzę po mieszkaniu. Bóg jeden wie, co robię.

– A jak się zorientowałeś?

– W nocy, po powrocie ze szpitala, stałem w kuchni i patrzyłem na podłogę, na jakieś mokre ślady. A potem zobaczyłem, że jestem kompletnie goły, tylko na nogach mam kalosze, jest środek nocy, a ja trzymam w ręku młotek.

Rakel uśmiechnęła się i spuściła oczy. Zmieniła długość kroku i teraz szli noga w nogę.

– Ja też przez jakiś czas lunatykowałam. Zaraz po zajściu w ciążę.

– Aune mi mówił, że dorośli lunatykują w okresach stresu.

Zatrzymali się nad brzegiem jeziora, przyglądając się parze łabędzi, które nieruchomo i bezszelestnie unosiły się na szarej powierzchni wody.

– Od samego początku wiedziałam, kto jest ojcem Olega – zaczęła Rakel. – Ale zanim zrozumiałam, że będziemy mieć dziecko, on dostał wiadomość, że jego dziewczyna w Oslo jest w ciąży.

Harry zaczerpnął w płuca ostrego powietrza. Czuł, jak kłuje. Miało smak zimy. Zamknął oczy, zwrócił twarz do słońca i słuchał.

– Kiedy się zorientowałam, on już zdążył dokonać wyboru i z Moskwy wyjechać do Oslo. Miałam dwa wyjścia. Dać dziecku ojca w Moskwie, który będzie je kochał i dbał o nie jak o swoje, przynajmniej dopóki będzie przekonany, że dziecko jest jego. Albo drugie wyjście, nie dać dziecku żadnego ojca w ogóle. To było absurdalne. Wiesz, jaki jest mój stosunek do kłamstwa. Gdyby ktoś mi powiedział – mnie, ze wszystkich ludzi na świecie – że któregoś dnia będę musiała zdecydować o całym życiu w kłamstwie, z pewnością bym zaprotestowała. Kiedy jest się młodym, wszystko wydaje się takie proste. Tak mało się wie o niemożliwych wyborach. Gdyby chodziło tylko o mnie, to i ten wybór byłby prosty. Ale tu chodziło o tyle osób. Nie tylko o załamanie Fiodora i urażenie jego rodziny, lecz również o zniszczenie życia człowiekowi, który wyjechał do Oslo, i jego najbliższym. No i Oleg. Przede wszystkim chodziło mi o Olega.

– Rozumiem. Wszystko rozumiem.

– Nie, nie rozumiesz. Sama nie pojmuję, dlaczego wcześniej ci o tym nie powiedziałam. Przecież to ciebie nie dotyczyło. Na pewno uważasz, że starałam się wyjść przed tobą na lepszego człowieka, niż jestem.

– Wcale tak nie myślę. Wcale nie uważam, że jesteś lepszym człowiekiem, niż jesteś.

Położyła mu głowę na ramieniu.

– Myślisz, że to prawda, co mówią o łabędziach? Że są sobie wierne aż do śmierci?

– Myślę, że są wierne obietnicom, które złożyły – powiedział Harry.

– A jakie obietnice składają łabędzie?

– Przypuszczam, że żadnych.

– Mówisz teraz o sobie? Wolałam, kiedy składałeś obietnice i je łamałeś.

– Chcesz więcej obietnic?

Pokręciła głową.

Znów zaczęli iść, wsunęła mu rękę pod ramię.

– Chciałabym, żebyśmy mogli zacząć od nowa – westchnęła. – Udawać, że nic się nie stało.

– Wiem.

– Ale wiesz też, że to niemożliwe.

Harry usłyszał, że powiedziała to takim tonem, żeby zabrzmiało jak stwierdzenie, ale mimo wszystko w zdaniu krył się maleńki znak zapytania.

– Zamierzam wyjechać – oświadczył.

– Tak? A dokąd?

– Nie wiem. Nie szukaj mnie. Szczególnie w Afryce Północnej.
– W Afryce Północnej?
– To kwestia Marty'ego Feldmana z filmu. Chce uciec, ale jednocześnie pragnie, żeby go znaleziono.
– Rozumiem.
Przeleciał nad nimi jakiś cień i przesunął się dalej nad szarożółtym rozmytym leśnym poszyciem. Podnieśli głowy. To był jeden z łabędzi.
– Jak się skończył ten film? – spytała Rakel. – Odnaleźli się?
– Oczywiście.
– Kiedy wracasz?
– Nigdy – powiedział Harry. – Nigdy nie wrócę.

W zimnej piwnicy jednej z kamienic na Tøyen dwóch zatroskanych przedstawicieli wspólnoty patrzyło na mężczyznę w kombinezonie i okularach z niezwykle grubymi szkłami. Z ust buchała mu para przypominająca biały wapienny pył.
– Właśnie tak jest z pleśnią. Nie widać jej – urwał, przycisnął palec do kosmyka włosów przylepionego do czoła. – Ale ona jest.

Cykl kryminałów Jo Nesbø
z komisarzem Harrym Hole

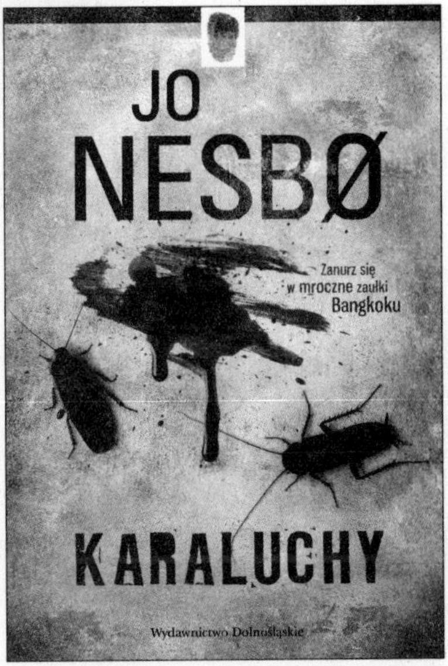

JO NESBØ
CZERWONE GARDŁO
JO NESBØ
TRZECI KLUCZ
JO NESBØ
PENTAGRAM
JO
NESBØ
TRYLOGIA Z OSLO
Mistrz skandynawskiego kryminału

JO
NESBØ
To ja jestem tym, który mówi sprawiedliwie
WYBAWICIEL
Norweski kryminał mrożący krew w żyłach
Wydawnictwo Dolnośląskie

Kto ulepił bałwana...
JO
NESBØ
PIERWSZY
ŚNIEG
Najlepsza książka roku 2007 w Norwegii
Wydawnictwo Dolnośląskie

JO
NESBØ
Utopione
we własnej krwi
PANCERNE SERCE
Skandynawski bestseller
Wydawnictwo Dolnośląskie

„NASTĘPCA
STIEGA
LARSSONA"
Independent
JO
NESBØ
бритва
Arcydzieło
powieści kryminalnej
„Dagbladet"
UPIORY
Kolejne śledztwo Harry'ego Hole
Wydawnictwo Dolnośląskie